KB166061

증편 한국구비문학대계

8-19

경상남도 합천군

이 저서는 2014년 대한민국 교육부와 한국학중앙연구원(한국학진흥사업단)의 구술자료 아카이브 구축사업의 지원을 받아 수행된 연구임(AKS-2014-OHA-1240001)

증편 한국구비문학대계

8-19

경상남도 합천군

박경신 · 김구한 · 김옥숙 · 마소연

한국학중앙연구원

역락

발간사

민간의 이야기와 백성들의 노래는 민족의 문화적 자산이다. 삶의 현장에서 이러한 이야기와 노래를 창작하고 음미해 온 것은, 어떠한 권력이나 제도도, 넉넉한 금전적 자원도, 확실한 유통 체계도 가지지 못한 평범한 사람들이었다. 이야기와 노래들은 각각의 삶의 현장에서 공동체의 경험에 부합하였으며, 사람들의 정신과 기억 속에 각인되었다. 문자라는 기록 매체를 사용하지 못하였지만, 그 이야기와 노래가 이처럼 면면히 전승될 수 있었던 것은 그것이 바로 우리 민족의 유전형질의 일부분이 되었기 때문이며, 결국 이러한 이야기와 노래가 우리 민족을 하나의 공동체로 묶어 주고 있는 것이다.

사회와 매체 환경의 급격한 변화 가운데서 이러한 민족 공동체의 DNA는 날로 희석되어 가고 있다. 사랑방의 이야기들은 대중매체의 내러티브로 대체되어 버렸고, 생활의 현장에서 구가되던 민요들은 기계화에 밀려 버리고 말았다. 기억에만 의존하여 구전되던 이야기와 노래는 점차 잊히고 있다. 한국학중앙연구원이 1970년대 말에 개원함과 동시에, 시급하고도 중요한 연구사업으로 한국구비문학대계의 편찬 사업을 채택한 것은 바로 이러한 시대적 상황에 대한 우려와 잊혀 가는 민족적 자산에 대한 안타까움 때문이었다.

당시 전국의 거의 모든 구비문학 연구자들이 참여하였는데, 어려운 조사 환경에서도 80여 권의 자료집과 3권의 분류집을 출판한 것은 그들의 헌신적 활동에 기인한다. 당초 10년을 계획하고 추진하였으나 여러 사정으로 5년간만 추진되었으며, 결과적으로 한반도 남쪽의 삼분의 일에 해당하는 부분만 조사하게 되었다. 그럼에도 불구하고 한국구비문학대계는 주관기관인 한국학중앙연구원의 대표 사업으로 각광 받았을 뿐 아니라, 해방 이후 한국의 국가적 문화 사업의 하나로 꼽히게 되었다.

21세기에 들어서면서 한국학중앙연구원에서는 미완성인 채로 남아 있는 구비문학대계의 마무리를 더 이상 미룰 수 없다는 생각으로 이를 증보하고 개정할 계획을 세웠다. 20년 전의 첫 조사 때보다 환경이 더 나빠졌고, 이야기와 노래를 기억하고 있는 제보자들이 점점 줄어들고 있었던 것이다. 때마침 한국학 진흥에 대한 한국 정부의 의지와 맞물려 구비문학대계의 개정·증보사업이 출범하게 되었다.

이번 조사사업에서도 전국의 구비문학 연구자들이 거의 다 참여하여 충분하지 않은 재정적 여건에서도 충실히 조사연구에 임해 주었다. 전국 각지의 제보자들은 우리의 취지에 동의하여 최선으로 조사에 응해 주었다. 그 결과로 조사사업의 결과물은 '구비누리'라는 이름의 데이터베이스에 탑재가 되었고, 또 조사자료의 텍스트와 음성 및 동영상까지 탑재 즉시 온라인으로 접근할 수 있는 시스템을 갖추었다. 특히 조사 단계부터 모든 과정을 디지털화함으로써 외국의 관련 학자와 기관의 선망의 대상이 되고 있다.

이제 조사사업의 결과물을 이처럼 책으로도 출판하게 된다. 당연히 1980년대의 일차 조사사업을 이어받음으로써 한편으로는 선배 연구자들의 업적을 계승하고, 한편으로는 민족문화사적으로 지고 있던 빚을 갚게 된 것이다. 이 사업의 연구책임자로서 현장조사단의 수고와 제보자의 고귀한 뜻에 감사를 표하지 않을 수 없다. 아울러 출판 기획과 편집을 담당한 한국학중앙연구원의 디지털편찬팀과 출판을 기꺼이 맡아준 역락출판사에 감사를 드린다.

2013년 10월 4일

한국구비문학대계 개정·증보사업 연구책임자 김병선

책머리에

구비문학조사는 늦었다고 생각하는 지금이 가장 빠른 때이다. 왜냐하면 자료의 전승 환경이 나날이 달라지고 있기 때문이다. 전승 환경이 훨씬 좋은 시기에 구비문학 자료를 진작 조사하지 못한 것이 안타깝게 여겨질수록, 지금 바로 현지조사에 착수하는 것이 최상의 대안이자 최선의 실천이다. 실제로 30여 년 전 제1차 한국구비문학대계 사업을 하면서 더 이른 시기에 조사를 했더라면 하는 아쉬움이 컸는데, 이번에 개정·증보를 위한 2차 현장조사를 다시 시작하면서 아직도 늦지 않았다는 사실을 실감했다.

구비문학 자료는 구비문학 연구와 함께 간다. 자료의 양과 질이 연구의 수준을 결정하고 연구수준에 따라 자료조사의 과학성이 결정되기 때문이다. 실제로 1차 조사사업 결과로 구비문학 연구가 눈에 띄게 성장했고, 그에 따라 조사방법도 크게 발전되었다. 그러나 연구의 수명과 유용성은 서로 반비례 관계를 이룬다. 구비문학 연구의 수명은 짧고 갈수록 빛이 바래지만, 자료의 수명은 매우 길 뿐 아니라 갈수록 그 가치는 더 빛난다. 그러므로 연구활동 못지않게 자료를 수집하고 보고하는 일이 긴요하다.

교육부에서 구비문학조사 2차 사업을 새로 시작한 것은 구비문학이 문학작품이자 전승지식으로서 귀중한 문화유산일 뿐 아니라, 미래의 문화산업 자원이라는 사실을 실감한 까닭이다. 따라서 학계뿐만 아니라 문화계의 폭넓은 구비문학 자료 활용을 위하여 조사와 보고 방법도 인터넷 체제와 디지털 방식에 맞게 전환하였다. 조사환경은 많이 나빠졌지만 조사보고는 더 바람직하게 체계화함으로써 누구든지 쉽게 접속하여 이용할 수 있는 데이터베이스를 구축했다. 그러느라 조사결과를 보고서로 간행하는 일은 상대적으로 늦어지게 되었다.

2차 조사는 1차 사업에서 조사되지 않은 시군지역과 교포들이 거주하는 외국지역까지 포함하는 중장기 계획(2008~2018년)으로 진행되고 있다. 한국학중앙연구원 어문생활연구소와 안동대학교 민속학연구소가 공동으로 조사사업을 추진하되, 현장조사 및 보고 작업은 민속학연구소에서 담당하고 데이터베이스 구축 작업은 한국학중앙연구원에서 담당한다. 가장 중요한 일은 현장에서 발품 팔며 땀내 나는 조사활동을 벌인 조사자들의 몫이다. 마을에서 주민들과 날밤을 새우면서 자료를 조사하고 채록하여 보고서를 작성한 조사위원들과 조사원 여러분들의 수고를 기리지 않을 수 없다. 조사의 중요성을 알아차리고 적극 협력해 준 이야기꾼과 소리꾼 여러분께도 고마운 말씀을 올린다.

구비문학 조사를 전국적으로 실시하여 체계적으로 갈무리하고 방대한 분량으로 보고서를 간행한 업적은 아시아에서 유일하며 세계적으로도 그 보기를 찾기 힘든 일이다. 특히 2차 사업결과는 '구비누리'로 채록한 자료와 함께 원음도 청취할 수 있는 데이터베이스를 구축해서 세계에서 처음으로 인터넷과 스마트폰으로 이용할 수 있는 디지털 체계를 마련했다. '구슬이 서 말이라도 꿰어야 보배'인 것처럼, 아무리 귀한 자료를 모아두어도 이용하지 않으면 소용이 없다. 그러므로 이 보고서가 새로운 상상력과 문화적 창조력을 발휘하는 문화자산으로 널리 활용되기를 바란다. 한류의 신바람을 부추기는 노래방이자, 문화창조의 발상을 제공하는 이야기 주머니가 바로 한국구비문학대계이다.

2013년 10월 4일

한국구비문학대계 개정·증보사업 현장조사단장 임재해

한국구비문학대계 개정·증보사업 참여자(참여자 명단은 가나다 순)

연구책임자

김병선

공동연구원

강등학 강진옥 김익두 김헌선 나경수 박경수 박경신 송진한 신동흔
이건식 이경엽 이인경 이창식 임재해 임철호 임치균 조현설 천혜숙
허남춘 황인덕 황루시

전임연구원

이균옥 최원오

박사급연구원

강정식 권은영 김구한 김기옥 김월덕 김형근 노영근 서해숙 유명희
이영식 이윤선 장노현 정규식 조정현 최명환 최자운 한미옥

연구보조원

강소전 구미진 김보라 김성식 김영선 김옥숙 김유경 김은희 김자현
김혜정 마소연 박동철 박양리 박은영 박지희 박현숙 박혜영 백계현
백은철 변남섭 서은경 서정매 송기태 송정희 시지은 신정아 오세란
오소현 오정아 유태웅 육은섭 이선호 이옥희 이원영 이홍우 이화영
임세경 임 주 장호순 정다혜 정유원 정혜란 진 주 최수정 편성철
편해문 한유진 허정주 황영태 황진현

주관 연구기관 : 한국학중앙연구원 어문생활사연구소

공동 연구기관 : 안동대학교 민속학연구소

일러두기

- 『증편 한국구비문학대계』는 한국학중앙연구원과 안동대학교에서 3단계 10개년 계획으로 진행하는 "한국구비문학대계 개정·증보사업"의 조사 보고서이다.
- 『증편 한국구비문학대계』는 시군별 조사자료를 각각 별권으로 간행하는 것을 원칙으로 한다. 서울 및 경기는 1-, 강원은 2-, 충북은 3-, 충남은 4-, 전북은 5-, 전남은 6-, 경북은 7-, 경남은 8-, 제주는 9-으로 고유번호를 정하고, -선 다음에는 1980년대 출판된 『한국구비문학대계』의 지역 번호를 이어서 일련번호를 붙인다. 이에 따라 『증편 한국구비문학대계』는 서울 및 경기는 1-10, 강원은 2-10, 충북은 3-5, 충남은 4-6, 전북은 5-8, 전남은 6-13, 경북은 7-19, 경남은 8-15, 제주는 9-4권부터 시작한다.
- 각 권 서두에는 시군 개관을 수록해서, 해당 시·군의 역사적 유래, 사회·문화적 상황, 민속 및 구비 문학상의 특징 등을 제시한다.
- 조사마을에 대한 설명은 읍면동 별로 모아서 가나다 순으로 수록한다. 행정상의 위치, 조사일시, 조사자 등을 밝힌 후, 마을의 역사적 유래, 사회·문화적 상황, 민속 및 구비문학상의 특징 등을 중심으로 설명하고, 마을 전경 사진을 첨부한다.
- 제보자에 관한 설명은 읍면동 단위로 모아서 가나다 순으로 수록한다. 각 제보자의 성별, 태어난 해, 주소지, 제보일시, 조사자 등을 밝힌 후, 생애와 직업, 성격, 태도 등을 중심으로 서술하고, 제공 자료 목록과 사진을 함께 제시한다.

- 조사자료는 읍면동 단위로 모은 후 설화(FOT), 현대 구전설화(MPN), 민요(FOS), 근현대 구전민요(MFS), 무가(SRS), 기타(ETC) 순으로 수록한다. 각 조사자료는 제목, 자료코드, 조사장소, 조사일시, 조사자, 제보자, 구연상황, 줄거리(설화일 경우) 등을 먼저 밝히고, 본문을 제시한다. 자료코드는 대지역 번호, 소지역 번호, 자료 종류, 조사 연월일, 조사자 영문 이니셜, 제보자 영문 이니셜, 일련번호 등을 '_'로 구분하여 순서대로 나열한다.
- 자료 본문은 방언을 그대로 표기하되, 어려운 어휘나 구절은 (　) 안에 풀이말을 넣고 복잡한 설명이 필요할 경우는 각주로 처리한다. 한자 병기나 조사자와 청중의 말 등도 (　) 안에 기록한다.
- 구연이 시작된 다음에 일어난 상황 변화, 제보자의 동작과 태도, 억양 변화, 웃음 등은 [　] 안에 기록한다.
- 잘 알아들을 수 없는 내용이 있을 경우, 청취 불능 음절수만큼 '○○○'와 같이 표시한다. 제보자의 이름 일부를 밝힐 수 없는 경우도 '홍길○'과 같이 표시한다.
- 『증편 한국구비문학대계』에 수록된 모든 자료는 웹(gubi.aks.ac.kr/web)과 모바일(mgubi.aks.ac.kr)에서 텍스트와 동기화된 실제 구연 음성파일을 들을 수 있다.

차례

설화

민요

설화

민요

설화

민요

9. 야로면

10. 용주면

현대 구전설화

민요

설화

민요

근현대 구전민요

합천군 개관

합천군 합천읍 전경

합천군은 경상남도의 서북부의 산간내륙 지대에 위치하며 동남으로는 창녕군, 의령군과 서로는 거창, 산청군과 접하며, 북으로는 경상북도 고령, 성주군에 접하고 있다. 동부를 제외하고는 높고 험한 산지가 많으며, 동부는 낙동강이 스쳐 흐르고 있다. 북쪽의 도계에 우뚝 솟아 있는 가야산(1,430m) 줄기를 본맥으로 하여 크고 작은 산들이 파생하고 있다. 매화산(954.1m)과 거창군계의 비계산(1,125.7m), 두무산(1,083.4m), 오도산(1,133.7m) 그리고 산청군계의 황매산(1,108m)이 위치하고 있으며 악견산, 금성산, 허굴산, 의룡산과 북부의 가점산, 미숭산, 두무산 남쪽 군계의 자굴산, 미타산 등의 준봉이 제각기 정기를 자랑하고 있다. 이와 같이 크고 작은 수많은 지맥이 북부에서 동남으로 향하여 경사는 완만하나 높고 낮은 산맥이 첩첩으로 이어져 들판은 좁다.

합천군의 산지는 일찍부터 명산으로 이름나 있다. 이를 구체적으로 보면, 가야산에서 남으로 북두산, 서로 매화산과 비룡산이 가야면의 진산으로 자리 잡고 있다. 두무산은 비계산 본맥으로 여기서 서북으로 조금 달려 우뚝 솟은 산이 오도산이고, 두무산과 함께 묘산과 봉산지방의 주산을 이룬다. 이 산은 "천촉"이란 별명도 가지고 있다. 속설에 따르면 옛날에 이 산을 오두산으로 불렀으나 한선과 일두 양선생이 산하 계곡에 소일하면서 유교의 도리를 진작시킬 목적으로 오도산이라 해서 지금에 이르고 있다고 전한다. 이 산에서 정기를 모아 남으로 두 갈래로 나누어 내려오다가 북산과 월암봉이 진산이 되어 합천읍의 터를 만들었다. 서쪽의 황매산은 덕유산의 본맥이다. 예리한 산릉이 종횡으로 뻗어 있는 이 산은 그 종맥이 멀리 진주의 비봉산에 이른다. 산정에는 큰 돌들이 많으며 그 사이에 키가 작은 관목과 고산식물이 번성하고 전망도 광활하여 사방을 휘돌아보면 합천군은 물론 주변의 창녕군 그리고 경북의 고령군과 성주군 일대가 한 눈에 들어온다. 한편 악견산, 허굴산, 금성산에는 임진왜란 때 쌓은 성지가 아직도 남아있다. 동으로는 멀리 달려 태암산, 무월산, 청계산, 미타산이 병풍을 둘러쳐 놓은 듯하며, 그 안에 8개의 계곡이 합쳐 동쪽으로 흘러드니 일찍이 서거정이 "西山이 圍郡去하고 八水가 抱村流"라 하였다. 두방촌은 임진왜란 때 이충무공이 잠깐 머문 진지로 알려져 있다. 강북의 이현석굴과 강남의 안영동석굴은 장관을 이룬다.

수세가 또한 절묘하니 대동맥인 황강은 덕유산에서 발원하여 거창을 거쳐 봉산면에서 군의 중앙을 곡류하여 동으로 낙동강에 유입하니 마치 한띠를 허리에 두른 것 같으며, 그 연안에는 수많은 정자들이 널려 있다. 즉 부자정, 황암정, 벽한정, 함벽루, 호연정, 근수정, 법성정, 황강정 등이 그것이다. 이 일대는 1988년 10월 합천댐이 완공을 보게 되면서 합천과 거창 일원까지 연결된 25km^{2}의 거대한 합천호가 형성되었고 그 결과 주변에 즐비한 천혜의 계곡과 어우러져 가히 선경이라 말할 수 있을 정도로 관광명소가 되었다. 합천의 주요 수계 중 낙동강의 지류로서 본군 관내를 관류하는 직할하천 황강은 거창군 덕유산에서 발원하여 봉산면에서 남으로 꼬부라져 합천읍에 이른다. 군 중심부를 관류하면서 율곡면에서 사행한 뒤 청덕면 적포리에서 낙동강 본류에 합류한다. 지방하천인 회천은 가야산에서 발원하여 가야, 야로, 묘산면을 지나 경상북도 고령군을 거쳐 덕곡면으로 이어지고 있다. 서에서 동으로 관류하는 황강은 17개 읍면 중 6개 면을 남북으로 관통하므로 강의 흐름에 따라 행정지역과 생활권이 분할되어 있는 곳이 많으며 강폭은 넓으나 수심은 얕은 편이다. 합천군의 생명의 젖줄인 황강은 유로 연장이 총 111km이며, 유역면적은 1,332km^{2}에 달하고 유역에 많은 마을이 형성되어 있다. 또한 하도(河道)의 경사가 급한데다 토사의 유출이 많아 합천읍 등 하류는 하상이 주위의 농경지보다 높은 소위 천정천을 이루면서 여름철 집중호우 시에는 자주 범람하는 홍수의 피해를 입기도 한다. 한편에서는 홍수 시에 퇴적된 토사는 질이 좋아 건축이나 토목건설업의 골재로 널리 활용되고 있다. 한편, 유사 이래 한 번도 개발의 손길이 닿지 않았던 "처녀지" 황강에도 합천댐이 건설되면서 지역 경제발전은 물론 관광자원의 조성·용수조절 등의 획기적인 전기를 마련하게 되었다.

마을은 합천, 초계 분지를 비롯하여 북부의 묘산면, 남부의 삼가면에 집중 분포하고 있다. 주민의 생활수준은 비교적 낙후된 편이었으나 70년대 이후 새마을 사업의 일환으로 주택개량사업 등 환경개선사업을 추진하여 면모를 일신하였으며, 특히 80년대 이후 수로교통망이 획기적으로 개발됨에 따라 국·지방도 연변과 가야산국립공원 주변의 마을을 중심으로 점차 도시화 되어가는 경향을 보이고 있다. 특히 합천군은 가야산과 황매산 등 고령준봉이 중첩되어 높은 정기를 이어받고 있으며, 군의 동부는 낙동강이 흐르고 있고, 군의 주앙에는 황강을 끼고 있어 산과 계곡, 강과 들의 자연적 조화를 이루고 있어 아름다운 경관을 자랑하고 있다. 이 같은 자연 환경을 기반으로 크고 작은 취락이 형성되어 있다. 합천읍은 진주, 대구, 마산, 창녕, 거창 등지와의 교통이 편리화고 농산물의 집산지이며, 합천읍에서 북쪽의 묘산면은 대구, 거창, 해인사에 이르는 교통의 요지이다. 그리고 가야면과 야로면은 가야산과 해인사를 끼고 있어 종교마을로 관광객이 많으며, 쌍백면과 삼가면은 각종 특산물의 집산지이며 교통의 요지이고, 가회면은 황매산 군립공원을 중심으로 합천댐과 연결, 관광마을을 형성하고 있으며, 대양면은 합천읍과 인접하여 외곽도시로서의 발전 가능성을 가지고 있다. 용주면, 대방면, 봉산면은 합천댐을 끼고 있어 자연휴양지로서 관광단지를 형성하고 있다. 그리고 율곡면, 쌍책면, 청덕면, 덕곡면은 황강을 끼고 각종 농업특산물을 생산하고 있고, 초계면은 넓은 침식분지로 부근 취락은 저수지를 낀 특이한 경관을 이루고 있다. 오늘날 산업화, 공업화의 진전이 가속화되고 있지만, 합천군은 아직 자연촌락을 중심으로 대부분의 군민들이 농업에 종사하고 있다.

합천은 신라시대 초기까지는 대야주라 불렀다. 대야주는 신라초기까지 대가야국에 속했으며, 대가야국 내에서 가장 큰 고을이라는 뜻으로 대야주라 불렀다 한다. 대가야가 신라합병 후에도 지명을 그대로 존속시키면서 이곳에 도독부를 두어 백제를 견제하였다고 한다. 신라시대 후기에는 강양군으로 불렸다. 신라 35대 경덕왕 때 행정구역을 개편하면서 현 합천군의 중앙을 관통하고 있는 황강의 바른 쪽이 위치한 지역이라는 이유로 강양군이라 지칭하였다 한다. 고려시대 때는 합주로 불렀다. 고려 현종 2년에 행정구역이 개편되면서 합주로 승격되었는데 이는 현종이 대량원군으로 있을 때 진외가인 이 지역을 높이 평가하여 강양군을 합주로 승격시켰다고 한다. 현재의 합천은 조선시대 이후 호칭된 지명이다. 조선 태종

13년(1413)에 행정구역 개편 시 주가 군으로 강등되면서 합천이라 하였으며 합천은 좁은 내라는 뜻으로 이 지역이 산이 많고 들판은 없어 온통 산으로 둘러싸인 좁은 계곡이 많다는 뜻과 부합되는 것으로 풀이 된다. 그러나 1914년 3월에 행정구역이 개편되면서 분지를 이루고 있는 초계와 삼가가 합천군으로 편입되면서 좁은 계곡 또는 좁은 내라는 뜻은 맞지 않다하여 "세계의 고을이 합하여 이루어진 곳"인 합천으로 불러야 한다는 주장에 따라 한문식(漢文式) 표기방식은 그대로 존속하나 말할 때와 읽을 때는 "합천"이라고 한다.

합천지역에는 학술적, 예술적 가치가 크며, 민족의 재산으로 보호하고 보존해야 할 문화재가 각처에 많이 남아 있다. 보존할 만한 가치가 있다고 판단하여 국가 및 지방자치단체에서 지정한 문화재만도 92건에 달한다. 유형별로 보면 국가지정문화재가 26건이며, 도지정문화재가 66건이다. 국가지정문화재 중에는 국보가 3건이다. 해인사 대장경판, 장경판고, 고려각판 등이 국보로 지정되어 있다. 이밖에 보물로는 해인사 석조여래입상을 비롯하여 16건, 사적 및 명승 1건, 사적 2건, 천연기념물 1건, 중요민속자료 2건 등이다. 66건의 도지정문화재 중에는 유형문화재 29건, 기념물 7건, 문화재 자료 29건 등이다.

합천군의 인물은 고려초 이래로 수많은 토성(土姓)이 있고, 신라의 죽죽(竹竹), 고려의 정배걸, 정문, 조선의 자초, 조식 등이 충절이나 학문 또는 재행 등으로 명성을 떨쳤다. 또 합천군, 초계군, 삼가현 모두 향교가 설치되고 교관이 파견되었으며, 신천, 용연, 청계, 송원, 용암서원 등이 건립되어 자제의 교육을 담당하였다. 그리하여 사방이 고산과 강으로 막힌 산곡지대이고 넓은 평야는 없지만 교육이 진흥되면서 많은 인재가 배출되었다.

합천군 세시풍속은 다른 지역과 마찬가지로 대보름에 큰 의미를 둔다. 대보름에는 사람들이 모여 줄다리기, 석전, 차전놀이, 답교, 달집태우기,

지신밟기, 놋다리밟기 등을 했다. 많은 사람들이 모여 새해 첫 만월을 반기며 여러 가지 놀이를 즐기고 흥겨워했다. 그러나 지금 전승되는 것은 달집태우기와 윷놀이, 지신밟기 정도이다. 합천군에는 당제나 동제를 지내는 곳이 많다. 합천읍 내곡리의 경우 산신에게 무사태평을 기원하며, 제관 3인(축관, 헌관, 유사)을 선출하고, 섣달그믐날 밤 뒷산의 제처(祭處)에서 자정에 제사를 지냈다. 외곡리에도 같은 동제가 있고, 내곡리 소사동에서는 당산제라고 하여 매년 음력 11월 2일 자정에 제사를 지낸다. 한편, 금양리에서는 음력 정월 15일 밤 자정에 당산제를 갖는다. 금양리 당산은 두꺼비산이고, 길 건너 산은 지네산인데, 두꺼비 때문에 지네산이 길 건너에서 멈췄다고 한다. 두꺼비가 지네와 싸워 주인인 처녀를 구하고 함께 죽었다는 민담에 비추어 마을의 당산을 두꺼비산이라 부른다. 동제일은 전국적으로 원단(元旦)이나 대보름 자정에 집중되어 있는데, 이웃마을끼리도 이같이 차이가 난다. 더구나, 내곡리의 경우 미신이라 하여 20여 년 전에 폐지하였다 한다.

합천군 지역의 구비문학 자료는 대표적으로 민요와 전설을 들 수 있다. 수집한 민요는 모 찔 때 부르는 노래와 모심을 때 부르는 노래, 논 맬 때 부르는 노래, 타작할 때 부르는 노래, 밭 맬 때 부르는 노래, 베 짤 때 부르는 노래, 삼 삼을 때 부르는 노래 등의 다양한 노동요와 상여소리나 지신밟기노래 등의 의식요, 시집살이노래, 빨래노래 등의 부요, 타령, 유희요 등이 포함되어 있다. 합천군의 민요 자료 중에서 가장 많은 분포를 보이는 것은 기능요이다. 그중에서도 논농사와 관련된 노동요의 비중이 매우 높다. 이러한 노동요는 지역의 자연환경에 적응하면서 생활한 지역민의 노래이기 때문에 농사와 깊은 관련을 가진다고 할 수 있다. 합천 지역의 주요 작물은 쌀, 보리, 콩, 면화, 삼 등이다. 합천지역의 민요는 이곳의 자연환경과 역사에 순응하고 적응한 지역민들의 삶의 방식이 드러난다. 합천군의 민요 중에는 합천댐 수몰 지역에서 불려 온 이른바 "수몰망향가"라는 노래도 있어 민요의 발생 배경과 민요의 속성 등을 확연히 이해할 수 있게 해준다. "수몰망향가"는 수몰지역민의 애끓는 아픔을 느끼게 한다.

합천지역에도 숱한 전설이 전승되어 왔다. 암석이나 고목, 산, 씨족의 시조, 사찰, 역사적 인물 등과 관련된 전설이 많다. 특히 해인사와 팔만대장경 그리고 무학대사와 관련된 전설이 많이 전해져 내려오고 있다. 전설은 인물에 얽힌 전설과 지명 전설 등 주민들의 입에 자주 오르내리는 내용을 주로 채록하였다.

합천군의 구비문학 조사는 군지나 읍·면지를 만들 때 부분적으로 이루어졌다. 이러한 작업들은 체계적으로 이루어진 것이 아니기에 내용의 중복이나 누락된 부분이 많아 제한된 자료를 보여주고 있다. 학술적인 목적으로 체계적으로 조사하기 시작한 것은 계명대학교 한국학연구원과 합천문화원에서 실시한 『합천지역의 역사와 문화』(합천문화원, 2000)가 그것이다. 여기에는 민요자료 187편, 설화 자료 117편, 탈춤 자료는 초계오광대 1편이 수록되어 있다. 그리고 합천문화원 주관으로 박환태 씨가 편찬한 『합천의 전설과 설화』(합천문화원 총서 46, 2008)에 111편의 설화 자료가 실려 있다. 이 책은 각종 읍·면지를 참고하여 재수록함과 아울러 필자가 부분적으로 채록하기도 하여 한권의 책으로 묶어 발간하게 된 것이다.

조사자 일행은 이상의 자료를 바탕으로 조사 일정을 수립하고 합천군 현장조사를 실시하였다. 잘 알려져 있다시피 합천군은 도내에서 제일 넓은 면적과 군 지역 최다 읍·면수(17개읍·면)를 가지고 있다. 1읍 17개 면으로 매우 넓은 지역인데다, 자연마을 또한 많아 짧은 시간 안에 모든 지역을 조사하기에는 많은 어려움이 있다. 따라서 조사는 4차례에 나누어 실시하기로 했다.

우선, 합천군청 문화예술과에 공문을 보내고 협조를 요청했다. 문화공

보과 이성태 사무관의 도움으로 합천군의 개관과 지리적 특징을 들었다. 그리고 중점적으로 조사할 수 있는 면으로 봉산면, 묘산면, 가야면, 가회면 등 몇 군데를 추천해 주며, 그 지역 담당자를 알려 주었다. 다시 합천문화원을 방문하였다. 합천문화원 차판암 원장을 만나 합천지역의 구비문학 현황과 자료 조사 개황에 대한 설명을 들었다. 합천지역 구비문학 조사의 취지에 공감을 하며 많은 도움을 주겠다고 약속을 했다. 많은 대학에서 합천 지역의 구비문학을 조사해 갔다면서 그 자료들이 제대로 활용되고 있는지에 대해 관심을 보였다. 합천문화원장이 추천한 지역은 합천읍, 가야면, 삼가면, 초계면 등 상권이 활성화된 지역은 빼고 가회면, 청덕면, 덕곡면, 봉산면, 적중면, 용주면 등을 추천했다. 가회면은 옛날 선비들이 많이 살았던 곳이고, 청덕면과 덕곡면에는 임진왜란 때의 전설 등이 많이 남아 있다고 했다. 봉산면과 대병면은 댐 수몰 지역으로 관련 내용이 많을 것으로 보고 꼭 가보라고 권했다. 합천문화원에서 『합천군사』, 『합천의 전설과 설화』, 『합천지역의 역사와 문화』, 『합천지명사』 등 책 네 권을 기증받아 합천을 이해하는 데 많은 도움을 주었다.

1차 조사는 2010년 1월 18일(월)부터 1월 20일(수)까지 실시하였다. 합천읍을 둘러싸고 있는 용주면, 봉산면, 율곡면, 묘산면 등을 먼저 조사하기로 했다. 우선, 용주면 사무소를 방문하여 윤영권 씨를 통해 노인회장 이만용 씨의 연락처를 얻었으나 대구에 있는 관계로 만나지 못했다. 대신 용주노인회관분회를 알려 주었다. 용주노인회관을 방문했으나 대부분 할아버지들로 민요나 전설에 대해서 아는 것이 없다고 하면서 가호리마을회관을 추천해 주며 무실양반과 손무댁, 철원이 엄마 등의 제보자를 찾아가라고 했다. 가호리는 류씨 집성촌이며 문주남 할머니(철원이 엄마)를 만나 자장가를 들을 수 있었다. 오후에는 봉기리노인회관에서 다양한 제보자를 만날 수 있었다. 이곳에서 김정조 제보자 외 4명을 만나 민요 18편 설화 3편을 채록했다. 다음날인 1월 19일(화)에는 봉산면사무소 족우식

씨의 도움으로 4개 마을을 추천받았다. 먼저 계산2구 동편마을회관에서 민요 28편, 계산2구 남계마을회관에서 민요 31편, 봉산면 권빈1구 마을회관에서 민요 14편, 설화 3편을 채록하는 것으로 조사를 마쳤다. 마지막 날인 1월 20일(수)에는 합천문화원을 다시 방문하여 『합천지명사』를 빌려 지역 현황을 조사하였다. 차판암 문화원장이 율곡면사무소 조수일 면장에게 협조 요청하여 율곡면사무소를 찾았다. 조수일 면장에 의하면 율곡면은 논농사 중심이며, 대부분 농가는 하우스 딸기나 한우가 주 수입원이라고 했다. 단일마을로 가장 큰 내천마을을 추천해 주었다. 대한노인회 내천리 경로당을 방문했으나 아직 이른 시간이라 그런지 마을 어르신들이 별로 나오지 않았다. 다행히 배학태 씨를 만나 설화 1편을 듣는 것으로 만족해야 했다. 다시 용주면으로 넘어와 용주2리 마을회관에서 민요 4편, 용주면 가호리 마을회관에서 민요 18편, 율곡면 임북2구 마을회관에서 민요 25편을 채록하는 것으로 1차 조사는 마무리 지었다.

2차 조사는 2010년 2월 25일(목)부터 2월 26일(금)까지 1박 2일 동안 이루어졌다. 먼저 2월 25일(목)에는 쌍책면사무소를 방문하여 정태섭 부면장의 안내를 받았다. 쌍책면에 대한 정보와 경로당의 현황, 그리고 노인회장 명단을 얻었다. 민요는 계촌마을 박동실 할아버지를 추천해 주었다. 쌍책면에서는 대한노인회 합천군지회 쌍책면 분회와, 외촌할머니 경로당, 다라리 중촌 마을회관, 계촌 마을 회관 등에서 설화 6편, 민요 49편을 채록하는 것으로 하루 일정을 마무리했다. 다음날인 2월 26일(목)에는 덕곡면사무소를 찾아 박정혜 씨의 도움으로 북동마을 경로당과 포두리 경로당을 추천받았다. 두 곳에서 민요 88편, 설화 3편을 조사하는 것으로 2차 조사를 완료했다.

3차 조사는 2010년 6월 15일(화)부터 6월 16일(수)까지 진행되었다. 6월 15일에는 가야면사무소에서 민동기 씨를 만나 가야면 지역 개관과 구연할 만한 제보자를 안내 받았다. 가야면 전체 경로당 현황과 야천리에 농악을 하시던 김옥경 씨와 가야할머니 경로당을 추천해 주었다. 우리는 먼저 가야할머니 경로당부터 찾아 가기로 했다. 여기에서 민요 16편과 설화 1편을 조사하였다. 야천리 김옥경 씨는 만나지 못하고 묘산면사무소로 발길을 돌렸다. 묘산면사무소 신중진 씨의 도움으로 묘산면 관내 경로당 현황을 제공 받았다. 묘산면 산제리 교동마을회관에서 민요 18편을 조사하였다.

다음날 6월 16일(수)에는 아침 일찍 합천문화원에 들러 차판암 문화원장을 만났다. 이날은 합천 지역 이장 모임이 문화원에서 열린다고 하여 잠깐 합천지역 구비문학 조사의 취지와 의의에 대해서 말씀드렸다. 각자 자기 마을에 오면 최대한 협조를 해주겠다는 긍정적인 답변을 들었다. 합천문화원에서 추천한 권순조 씨를 가야면 치인리 해인경로당에서 만나 민요 27편을 조사하였다. 다시 야로면 구정2구 대한노인회 합천야로면분회에서 민요 3편을 조사했다. 묘산면 관기마을회관에서 민요 36편을 조사하는 것으로 3차 조사도 마무리 되었다.

4차 조사는 7월 13일(화)부터 7월 15일(목)까지 이루어졌다. 4차 조사는 합천군의 아래쪽인 삼가면, 가회면, 대양면 등과 몇 차례 조사를 진행한 율곡면, 그리고 추가 조사가 필요했던 봉산면 등에서 이루어졌다. 삼가면사무소에서 조성환 씨를 만나 삼가면과 관련된 여러 가지 정보를 얻었다. 대양면에서 면지를 낸다고 하여 대양면 부면장을 소개시켜 주었다. 일단 저녁에 만나기로 하고 삼가면 이부할머니경로당을 찾았다. 이곳에서 민요 27편과 설화 9편을 조사하였다. 대부분의 자료는 문막임 할머니가 구연해 주었다. 절을 자주 다니는 제보자는 '무등산 보살'이라는 법명도 가지고 있을 정도로 독실한 불교 신자였다. 제공한 첫 노래도 염불이었으며, 이야기를 하고는 뒤에 삶의 방식이나 지혜에 대한 이야기를 덧붙이는 등 불교의 색채가 생활 전반에 녹아 있는 모습이 여기저기서 드러났다. 평소에도 노래하기를 즐기고, 잘 부르는지 마을 사람들 모두 제보자를 추천하고 칭찬하였다. 제보자의 구연 능력이 뛰어나서 조사자들은 조금은 소란스러운 마을회관을 피해 제보자의 자택으로 이동해서 2차 조사를 진행하였다. 실제로 나이가 믿기지 않을 정도로 총기가 있어 조사자들을 놀라게 하였다. 조사자가 첫머리를 일러주면 거의 바로 구연을 시작하였으며, 칭칭이 노래나 베틀 노래 등 쉽게 듣기 어려운 노래도 구연해 주었다. 염불이나 장편 민요 등 길이가 꽤 긴 노래들도 거의 막힘없이 구연하였으며, 10분이 넘어가는 이야기도 물 흐르듯 구연하였다. 제보자의 집에서는 민요 3편과 설화 8편을 조사하였다.

조사가 끝나갈 무렵 대양면사무소에서 연락이 와서 대양면사무소에서 강대만 부면장을 만났다. 대양면 경로당 현황과 대양면지 및 면과 관련된 책자 4권을 얻었다. 대양면지를 발간하는 데 많은 공헌을 한 류해을 씨를 만나 강제조 할아버지와 도리 마을회관을 추천받았다. 도리마을회관에서는 민요 15편을 조사했다.

다음날인 7월 14일(수)에는 합천군 문화원에서 연락해 둔 가회면사무소 송철이 씨를 만나 가회면의 구비전승물의 상황과 문화재 전문위원인 김연 씨를 추천 받았다. 김연 씨는 개인 사정으로 만나지는 못했다. 가회면에서는 둔내리 덕만마을, 장대리 비기마을, 장대마을, 무곡리 무곡마을 등에서 민요 55편을 조사하였으나 설화는 한편도 조사하지 못해 아쉬움을 남겼다.

마지막 날인 7월 15일(목)에는 아침 일찍 초계면사무소에서 윤용희 씨와 김태윤 부면장을 만났다. 초계면에서 전승되는 대표적 유물과 전설 등에 대해 간략히 이야기를 나무고 초계면 경로당 현황과 『내고향 초계의 역사』, 『일반동산문화제 다량 소장처 실측보고서』라는 책 2권을 참고용으로 얻었다. 그러나 이날은 초계 장이 서는 날로 모든 경로당이 문을 닫아 조사를 진행할 수 없었다. 사전 예비조사의 중요성을 실감하며 다시 율곡면으로 넘어 왔다. 율곡면 영전1구 벽전마을과 임북리 임북마을회관에서 민요 51편과 설화 1편을 조사하였다. 1차 조사에서 많은 설화를 제보해 준 봉산면 권빈1구의 백은조 제보자를 추가 조사하기 위해 다시 봉산면으로 이동했다. 마을회관의 할머니와 아저씨들이 반갑게 맞아 주었다. 백은조, 김봉순 제보자를 통해 민요 4편과 설화 10편을 추가 조사하였다. 이로써 4차에 걸친 합천군의 구비문학 조사는 끝이 났다.

합천군 조사 자료의 특징은 민요가 540여 편으로 압도적으로 많다. 설화는 총 46편이다. 설화자료를 제대로 조사하지 못한 것이 한계로 남는다. 합천군 지역의 설화자료가 빈약하다는 것이 아니라 조사자들의 조사 방법이나 제보자 선정의 문제 등 여러 가지 요인이 작용한 것으로 보인다. 민요는 다양한 범주에서 다양한 노래들이 조사되었으나 주된 것은 농업노동요이다. 모심기노래, 모찌는 노래, 밭 매는 노래 등이 주류를 이룬다. 길쌈노동요인 베틀노래도 많이 조사되었다. 의식요로는 지신밟기노래, 액막는노래, 상여노래, 달구질노래 등이 조사되었고, 유희요로는 동요가 많이 채록되었다. 다리세기노래, 이빠진 아이 놀리는 노래, 잠자리노래 등이다. 언어유희요인 천자풀이, 화투뒤풀이 등도 다양한 지역에서 조사되었다. 경기민요 계통의 창민요로 청춘가, 노랫가락, 창부타령 등은 지역을 초월하여 많은 제보자들이 구연해 주었다. 간혹 불교와 관련된 염불노래나 석가여래부처와 관련된 노래도 조사되었다.

설화자료는 첫째 지명과 지형에 관한 설화가 많았는데 합천지역의 지명과 관련된 설화라든가 해인사와 팔만대장경과 관련된 것이 있었고, 사명대사 관련 설화도 일부 조사되었다. 다음으로는 지혜담이 대부분을 차지하였으며 간혹 바보담이나 음담패설 등이 조사되었다. 설화 자료는 양상이 다양하지 못해 아쉬운 점은 있으나 이 지역 구비문학만의 독자적 특성을 파악할 수 있었던 것은 매우 의미 있는 일이다. 합천군의 설화와 민요자료를 살펴보면 전국적인 양상을 보이는 자료도 많이 있지만 이 지역만의 특징을 지닌 자료가 발견되기 때문이다.

1. 가야면

▌조사마을

경상남도 합천군 가야면 치인리 치인1구

조사일시 : 2010.6.16

조 사 자 : 박경신, 김구한, 김옥숙, 마소연, 정아용

합천군 가야면 치인1구는 가야면 중 북쪽에 위치하고 있으며, 가야면 중 불교의 흔적이 가장 많은 지역이다. 합천 사람들은 부처님의 은덕이 있어야 치인에 살 수 있다고 하여 이곳을 은혜로운 곳으로 생각하고 있다.

본래 합천군 각사면 지역으로서 해인사가 있었으므로 치인리라 하였는데 1914년 행정구역 폐합에 따라 마장동, 초막동을 병합하여 치인리라 하여 가야면에 편입되었다. 고운 최치원(孤雲 崔致遠) 선생의 이름을 따서 치원리(致遠里), 치인리(致仁里)로 불리어 오다가 1914년 치인리(淄仁里

緇 : 스님의 검은 옷)로 불리어 오고 있다. 삼정·마장·초막동 등 3개 자연 마을로 형성되어 있으며, 해발 800m 고지에 위치하고 있어 벼농사가 잘 되지 않아 약초, 감자 등 작물을 재배 해 오다가 1980년 고랭지 채소를 재배하여 소득이 증가되자 그 경작면적을 확장하였다. 1989년부터는 화훼단지를 조성하여 고소득을 올렸으며, 2002년도부터는 파프리카를 재배하여 해외로 수출하고 있다. 국보 52호 팔만대장경을 소장한 법보종찰(法寶宗刹) 해인사를 중심으로 뒤로는 1,430m의 가야산과 남에는 1,010m의 남산제일봉으로 둘러싸여 있으며, 관광객을 대상으로 한 상가단지를 중심으로 원치인, 삼정, 마장, 초막, 장자동 등 자연마을과 14개의 암자로 형성되어 있다. 주산업은 관광업이며, 가야산 실버타운 및 해인사 실버타운 등의 노인 복지 시설이 있다.

치인리는 치인1구와 치인2구로 나누어지며 치인1구는 원치인이라 하여 해인사 상가 단지에서 약 1km 위에 위치하고 있다. 1973년 가야산 국립공원지구 정비를 하면서, 현 상가 단지를 조성하였다. 이때 많은 사람들이 절 위쪽으로 이주하였다. 조사는 치인1구 해인경로당에서 이루어졌다. 마을의 호수는 약 150여 호이고 600여 명이 거주하고 있다고 한다. 성씨별 분포는 경주최씨, 밀양박씨, 수원백씨, 청주한씨, 달성서씨, 그 외 김해김씨, 안동김씨, 경주이씨, 파평윤씨, 안동권씨, 평산신씨, 고령박씨 등이 살고 있다. 구비문학상의 특징은 당제는 지금은 지내지 않고 사월초파일 해인사 팔만대장경 행사에 참여한다고 한다.

조사자들이 처음 해인경로당을 방문한 것은 6월 15일 오후 3시쯤이었다. 그러나 할머니들 대부분 합천에서 주최하는 엑스포를 구경하러 가고 없었으며, 남아계신 할머니들 몇 분이 내일 아침 10시에 찾아오라고 하였다. 그래서 16일 약속한 시간에 다시 해인경로당을 방문했고, 조사자들이 찾아온 목적을 이야기하자 권순조할머니를 추천해 주었다.

권순조는 재담이 좋다거나 분위기를 주도하는 편은 아니었지만, 노래하는 것을 즐기는 듯 했으며 청중도 노래나 이야기 모두 잘한다며 제보자를 칭찬했다. 제보자는 기억력이 좋았으며, 노랫가락과 청춘가, 창부타령 등의 차이를 명확하게 인식하고 있었다. 어려서부터 어른들이 노래 부르는 것을 듣고 따라했으며, 한두 번 들으면 노래를 기억할 수 있었다고 한다. 청중이 노래를 권유할 때 숨이 가쁘다거나, 가사가 좋지 않다는 이유 등을 들어서 마음에 드는 노래 위주로 구연하려고 했다. 이가 빠져서 발음은 부정확했으며, 주로 'ㅂ' 발음을 'ㄷ'으로 발음했다. '하~' 하는 여음구로 노래를 시작하고는 했다. 노래를 하는 동안에는 다리를 두드려 장단을 맞추었으며, 노래가 끝나거나 시작하기 전 본인이 부르는 노래가 어떤 종류인지를 알려주었다. 조사자들이 잘한다며 칭찬을 하자 먼저 농담을 걸기도 했다. 제보자의 친정은 진주이고 25세에 이곳으로 시집을 왔다고 한다. 자녀는 4남 1녀인데 아들은 일찍 세상을 떠났으며, 딸들도 멀리 산다고 하였다. 해인경로당에서 수집된 자료는 모두 제보자가 제공한 것이다. 창부타령, 노랫가락 등 민요 27편을 채록하였다.

경상남도 합천군 가야면 황산리

조사일시 : 2010.6.15
조 사 자 : 박경신, 김구한, 김옥숙, 마소연, 정아용

본래 합천군 각사면의 지역으로 산의 흙이 누르므로 누르미, 황산이라 하였다. 1914년 행정구역 통폐합에 따라 하각동, 청량동, 구원동, 일부와 산어면의 외사동 일부를 병합하여 황산리라 하였는데 1950년경 1, 2구로 분동되었다가 1958년경 1, 2, 3구로 분동되었다. 황산3구는 현재 가야시장이 형성되어 있어 면내에서 가장 많은 인구를 가지고 있으며, 김해김씨, 곡부공씨, 연안차씨의 성씨가 대중을 이루고 있다. 황산리는 노르미, 시장, 청량동, 무릉동 등 자연마을로 형성되었으며, 노르미 앞에는 해인사에서 내려오는 가

야천이 흐르고 청량동 뒤에는 매화산과 남산제일봉이 있어 사계절 등산객이 줄을 이으며, 청량사에는 보물 3점이 소장되어 있다. 조사가 이루어진 황산3구는 가야시장이 서는 곳이다. 가야시장은 일제말기인 1941년 2월 5일 경상남도 지사의 허가를 받아 개장(開場)하였다. 이 일대는 당시 해인사의 소유지였기 때문에 사찰측의 협조에 의하여 시장이 세워졌다. 전국 장사 씨름대회를 갖는 등 군민들의 협력이 대단했다고 한다. 한편 가야장은 해인사 관광객이 늘어나면서 더욱 번창하였고 1974년에 해인사 신 마을이 옮겨지면서 진입로가 포장되고 주민수가 늘어나 많은 발전을 하게 되었다. 또한 1984년 88올림픽고속도로가 가야면을 경유하게 되면서 더욱 발전했다.

가야면 황산3구는 합천군 중 가장 북쪽에 위치하고 있으며, 가야면 중 가장 발달한 곳이다. 황산3구의 인구는 150여 가구에 600명이 거주하고 있다. 성씨별 분포는 김해김씨, 분성배씨, 성산이씨, 합천이씨, 밀양박씨,

안동김씨, 경주이씨, 안동권씨, 진양강씨, 고령박씨, 밀양손씨, 수원백씨, 파평윤씨, 전주이씨, 단양우씨 등 다양한 성씨들이 살고 있다.

마을 민속상의 특징은 면사무소에서 주관하여 실시하는 농사기원제 형식의 달집태우기가 있고, 장사를 하는 집에서 경비를 부담하여 지신밟기도 한다. 특이한 것은 어버이날 행사로 마을 사람들이 모여 씨름과 윷놀이 등을 한다고 했다.

지명으로 유명한 곳은 마을 입구에 있는 '여꼬다리'이다. 신라 애장왕의 왕비가 등창으로 고생을 하던 중 고승을 찾아 각처로 돌아다니다가 이곳에 도착하였다. 그때 백여우 한 마리가 나타나 길을 안내하여 이 여우를 따라 계속 올라가다가 구 해인사 초등학교 밑에 있는 바위에서 자취를 감췄다 하여 자취바위로 불리며, 황산다리는 여우가 나타났다고 하여 여꼬다리라 불렀다. 1986년에 군에서 교량을 다시 설치하여 지금은 황호교란 이름으로 불린다. 집 한 채 없던 이곳에 일제 말기에 시장이 들어서고 면사무소를 비롯하여 농협, 우체국, 각종 상가, 병원 등이 들어왔다. 또한 해인사, 가야산, 매화산 등을 찾는 관광객들로 하여 번화한 거리가 되어 1969년에 황산3구로 분리되었다.

조사자들이 가야부녀 경로당에 찾아갔을 때, 할머니들이 식사 준비를 하고 있었다. 그래서 식사 시간 후에 다시 찾았다. 조사자들이 경로당으로 들어갔을 때, 할머니들은 누워계시거나 화투를 치고 있었다. 조사의 의의와 목적을 설명하고 구연을 청하니, 강순임 제보자가 구연 분위기를 만드는데 앞장섰다. 조사의 목적에 대한 이해도가 높았으며, 조사자들을 도와 청중에게 농담을 던져가며 구연을 유도하기 위해 애썼다. 총 네 명의 제보자가 구연해 주었는데 연령층은 다양했다. 화투뒤풀이와 사위노래, 모심기노래, 창부타령 등을 구연해 주었다. 특이하게 월강댁이라 불리는 제보자는 다소 외설적인 감따는 이야기를 해주었는데 청중을 마음껏 웃겨 분위기를 흥겹게 만들었다.

▌제보자

강수연, 여, 1929년생

주 소 지 : 경상남도 합천군 가야면 황산리 가야부녀경로당
제보일시 : 2010.6.15
조 사 자 : 박경신, 김구한, 김옥숙, 마소연, 정아용

옆방에 있던 자그마한 체구의 제보자를 강임시 제보자가 나오게 하여 조사에 참여하게 되었다. 처음에는 수줍어하며 구연을 하지 않으려 하였지만 주변에서 적극적으로 청하자 머뭇거리며 구연을 시작하였다. 구연하는 동안 웃음을 그치지 않았으며, 박수를 치기도 하였다. 조사에는 적극적이지 않았지만 농담을 받기도 하는 등 성격은 활달해 보였다.

제보자의 택호는 중면댁이다. 창부타령과 노랫가락을 각각 한 편씩 구연하였다.

제공 자료 목록
04_19_FOS_20100615_PKS_KSY_0015 노랫가락
04_19_FOS_20100615_PKS_KSY_0016 창부타령

강순임, 여, 1941년생

주 소 지 : 경상남도 합천군 가야면 황산1구 236번지 가야부녀경로당
제보일시 : 2010.6.15
조 사 자 : 박경신, 김구한, 김옥숙, 마소연, 정아용

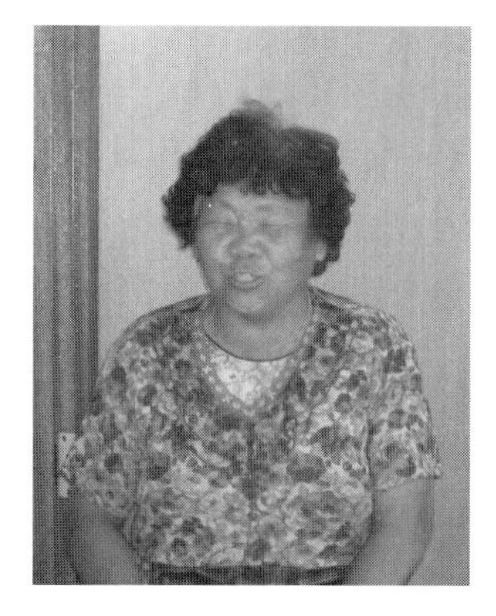

조사자들이 가야부녀 경로당에 찾아갔을 때, 할머니들이 식사 준비를 하고 계셨다. 그래서 식사가 끝난 후에 다시 찾아뵈었다. 조사자들이 경로당으로 들어갔을 때, 할머니들은 누워 계시거나 화투를 치고 계셨다. 조사의 목적과 이의를 설명하고 구연을 청하니, 제보자가 구연 분위기를 만드는데 앞장섰다. 조사 목적에 대한 이해도가 높았으며, 조사자들을 도와 청중에게 농담을 던져가며 구연을 유도하기 위해 애썼다.

제보자는 10년째 도토리묵 장사를 하고 있는데, 꽃무늬 셔츠 위로 전대를 두르고 있는 것으로 보아 장사를 하던 중에 온 듯했다. 실제로 구연 중간 중간에 장사를 하러 가야 한다는 말로 구연을 그치려 했다. 시원시원하고 소탈한 성격에 약간의 유머감각까지 갖추고 있었으며, 웃음도 많고 입담도 좋아 좌중을 압도했다. 초반에는 주로 할머니들의 흥을 돋우고 구연을 유도하는 역할을 맡았지만, 시간이 조금 지나자 구연까지 주도하며 가장 많은 자료를 제보하였다. 목청도 좋고, 발음도 정확한 편이며, 기억력도 좋아서 노래 중간에 그만두는 경우가 거의 없었다. 무릎을 두드리며 장단을 맞추고, 노래를 하다 신명이 나면 어깨춤을 추기도 하였다.

제보자는 갈색 파마머리에 몸집이 통통하고, 까무잡잡한 피부를 가지고 있었다. 택호는 의령댁인데, 할아버지의 고향이 의령이라서 의령댁으로 불린다고 하였다. 일본에서 태어났으며, 친정은 거창 가북면이라고 하였다. 19세에 시집을 갔으며, 21세에 이곳 황산으로 이사를 왔다. 학교를 다닌 적이 없어 글을 모르며, 노래는 어른들이 부르는 걸 듣고 배웠다고 하였다. 공교롭게도 할머니 손자가 조사자들의 제자이거나 또는 조사자들과 선후배 관계였다. 이에 대해 제보자는 할머니가 자료 제공한 사실을 손자가 알면 웃겠다면서 쑥스러워하였다.

제공한 자료는 모심기노래, 사위노래, 경기민요 몇 편이다.

제공 자료 목록

04_19_FOS_20100615_PKS_KSI_0004 창부타령 (1)
04_19_FOS_20100615_PKS_KSI_0005 청춘가
04_19_FOS_20100615_PKS_KSI_0008 창부타령 (2)
04_19_FOS_20100615_PKS_KSI_0012 모심기노래
04_19_FOS_20100615_PKS_KSI_0013 양산도
04_19_FOS_20100615_PKS_KSI_0014 사위노래

강임시, 여, 1922년생

주 소 지 : 경상남도 합천군 가야면 황산리 가야부녀경로당
제보일시 : 2010.6.15
조 사 자 : 박경신, 김구한, 김옥숙, 마소연, 정아용

가장 먼저 자료를 제공한 제보자이다. 청중의 권유에 몇 번 거절하다가 구연을 시작했지만, 마지막 소절은 다 부르지 못한 채로 구연을 끝맺었다. 청중과 조사자가 끝까지 구연해주기를 청했지만 얼른 자리를 다른 곳으로 옮겨 버렸으며, 한 곡을 끝으로 더 이상 구연하지 않았다. 그러나 연세에 비해 목소리도 또렷하고, 비교적 발음도 정확하였다.

제보자는 흰색 바탕에 체크무늬 셔츠를 입고 있었으며, 백발에 그을린 피부색을 가지고 있었다. 진안 강씨로 숭산면에서 살다가 17세에 시집을 왔다고 하였다.

제공 자료 목록
04_19_FOS_20100615_PKS_KIS_0001 창부타령

권순조, 여, 1932년생

주 소 지 : 경상남도 합천군 가야면 치인리 해인경로당
제보일시 : 2010.6.16
조 사 자 : 박경신, 김구한, 김옥숙, 마소연, 정아용

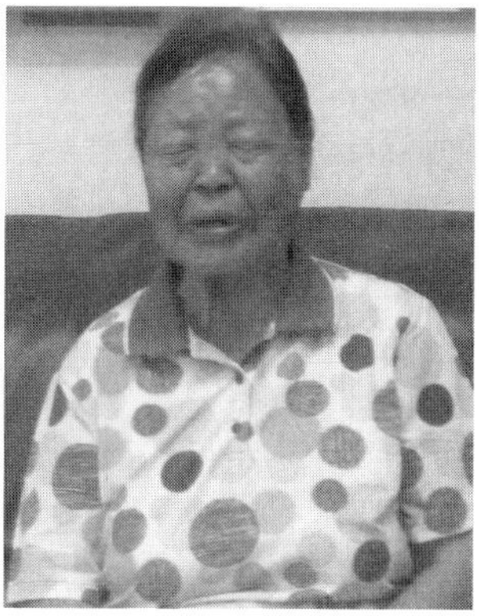

처음 해인경로당을 방문한 것은 15일 오후 3시쯤이었다. 그러나 할머니들 대부분 합천에서 주최하는 엑스포를 구경하러 가고 없었으며, 남아 계신 할머니들 몇 분이 내일 아침 10시에 찾아오라고 하였다. 그래서 16일 약속한 시간에 다시 해인경로당을 방문했고, 제보자를 만날 수 있었다.

제보자는 재담이 좋다거나 분위기를 주도하는 분은 아니었지만, 노래하는 것을 즐기는 듯 했으며, 청중도 노래나 이야기 모두 잘한다며 제보자를 칭찬했다. 기억력이 좋았으며, 노랫가락과 청춘가, 창부타령 등의 차이를 명확하게 인식하고 있었다. 어려서부터 어른들이 노래 부르는 것을 듣고 따라했으며, 한두 번 들으면 대부분의 노래를 기억할 수 있었다고 한다. 청중이 어떤 노래를 권할 때, 숨이 가쁘다거나, 가사가 좋지 않다는 이유 등을 들어서 본인이 부르기 편하고 마음에 드는 노래 위주로 구연하려고 하는 경향을 보였다. 이가 빠져서 발음은 부정확했으며, 주로 'ㅂ' 발음을 'ㄷ'으로 발음했다. '하~' 하는 여음구로 노래를 시작하고는 했다. 노래를 하는 동안에는 다리를 두드려 장단을 맞추었으며, 노래가 끝나거나 시작하기 전 본인이 부르는 노래가 어떤 노래인지를 알려주고는 하였다. 조사자들이 잘한다며 칭찬을 하고, 시

간이 지나면서 분위기에 익숙해지자 먼저 농담을 하였다.

제보자는 통통한 체구에 숨길이 가쁘고 건강이 안 좋아보였다. 과자나 음료수를 권해도 먹지 않았는데, 당뇨가 있어서 당분이 들어 있는 음식은 피한다고 하였다. 제보자의 친정은 진주였으며 25세에 이곳으로 시집을 왔다고 한다. 자녀는 4남 1녀인데 아들은 일찍 세상을 떠났으며, 딸들도 멀리 산다고 하였다.

해인경로당에서 수집된 자료는 모두 제보자가 제공한 것으로 경기민요 다수이다.

제공 자료 목록

04_19_FOS_20100616_PKS_KSJ_0001 창부타령 (1)
04_19_FOS_20100616_PKS_KSJ_0002 노랫가락 (1)
04_19_FOS_20100616_PKS_KSJ_0003 노랫가락 (2)
04_19_FOS_20100616_PKS_KSJ_0004 청춘가 (1)
04_19_FOS_20100616_PKS_KSJ_0005 창부타령 (2)
04_19_FOS_20100616_PKS_KSJ_0006 노랫가락 (3)
04_19_FOS_20100616_PKS_KSJ_0007 창부타령 (3)
04_19_FOS_20100616_PKS_KSJ_0008 노랫가락 (4)
04_19_FOS_20100616_PKS_KSJ_0009 청춘가 (2)
04_19_FOS_20100616_PKS_KSJ_0010 노랫가락 (5)
04_19_FOS_20100616_PKS_KSJ_0011 창부타령 (4)
04_19_FOS_20100616_PKS_KSJ_0012 청춘가 (3)
04_19_FOS_20100616_PKS_KSJ_0013 노랫가락 (6)
04_19_FOS_20100616_PKS_KSJ_0014 창부타령 (5)
04_19_FOS_20100616_PKS_KSJ_0015 청춘가 (4)
04_19_FOS_20100616_PKS_KSJ_0016 노랫가락 (7)
04_19_FOS_20100616_PKS_KSJ_0017 청춘가 (5)
04_19_FOS_20100616_PKS_KSJ_0018 노랫가락 (8)
04_19_FOS_20100616_PKS_KSJ_0019 창부타령 (6)
04_19_FOS_20100616_PKS_KSJ_0020 청춘가 (6)
04_19_FOS_20100616_PKS_KSJ_0021 창부타령 (7)

04_19_FOS_20100616_PKS_KSJ_0022 권주가
04_19_FOS_20100616_PKS_KSJ_0023 노랫가락 (9)
04_19_FOS_20100616_PKS_KSJ_0024 청춘가 (7)
04_19_FOS_20100616_PKS_KSJ_0025 창부타령 (8)
04_19_FOS_20100616_PKS_KSJ_0026 청춘가 (8)
04_19_FOS_20100616_PKS_KSJ_0027 창부타령 (9)

정복순, 여, 1936년생

주 소 지 : 경상남도 합천군 가야면 황산리 151번지 가야부녀경로당
제보일시 : 2010.6.15
조 사 자 : 박경신, 김구한, 김옥숙, 마소연, 정아용

제보자는 강임시 제보자의 구연이 끝나자마자 준비나 한 듯 자료를 제공해준 분이다. 조사 내내 노래 가사를 곰곰이 떠올리며 자료를 제공하기 위해 애를 쓰는 모습을 보였다. 노래를 하면서 박수를 치고, 노래가 끝나면 수줍어하며 잘 안된다고 겸손해 했다. 그렇지만 청중과 조사자들이 잘하신다며 칭찬을 하면 함박웃음을 짓곤 하였다. 목소리는 또렷한 편이나 발음이 정확한 편은 아니었다. 그러나 구연에 적극적이었으며, 기억력도 좋은 편이라서 강순임 제보자 다음으로 많은 자료를 제공하였다.

제보자는 나이보다 젊고 건강해 보였으며, 할머니들 사이에서는 지모댁이라고 불리었다. 친정이 가야면 지모리라서 그렇게 불리며, 18세에 시집을 왔다고 하였다.

제공한 자료는 사위노래, 모심기노래, 경기민요 몇 편이다.

제공 자료 목록
04_19_FOS_20100615_PKS_JBS_0002 창부타령 (1)
04_19_FOS_20100615_PKS_JBS_0003 노랫가락
04_19_FOS_20100615_PKS_JBS_0006 사위노래
04_19_FOS_20100615_PKS_JBS_0007 창부타령 (2)
04_19_FOS_20100615_PKS_JBS_0009 모심기노래
04_19_FOS_20100615_PKS_JBS_0011 창부타령 (3)

정외선, 여, 1924년생

주 소 지 : 경상남도 합천군 가야면 황산리 가야부녀경로당
제보일시 : 2010.6.15
조 사 자 : 박경신, 김구한, 김옥숙, 마소연, 정아용

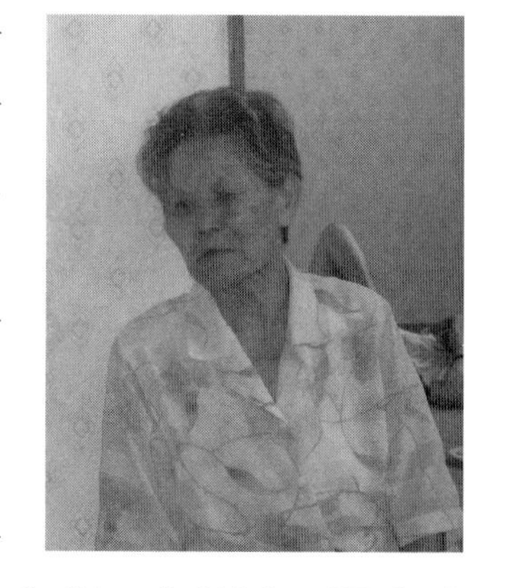

월강댁이라고 불리는 제보자는 화투뒤풀이와 이야기 한 편을 제공하였다. 조사자들이 재미있는 이야기를 해달라고 하자 시원시원하게 응했으며, 노래는 본인이 먼저 해보겠다며 제공한 것이다. 그러나 그 후에는 화투판에 끼어들어 제공한 자료는 두 편에 그친다.

목소리가 좀 떨렸으며, 앞니가 빠져 발음도 부정확했다. 성격은 소탈하고 낯을 가리지 않는 편이었다. 청중이 이야기를 잘한다고 추천하였다. 이야기를 끝낸 후에도 농담으로 분위기를 흥겹게 만들기도 했다.

제공한 자료는 설화 1편과 화투뒤풀이가 있다.

제공 자료 목록
04_19_FOT_20100615_PKS_JOS_0017 땅중우 입고 감 따는 시아버지
04_19_FOS_20100615_PKS_JOS_0010 화투뒤풀이

땅중우 입고 감 따는 시아버지

자료코드 : 04_19_FOT_20100615_PKS_JOS_0017
조사장소 : 경상남도 합천군 가야면 황산리 279-38번지 가야부녀경로당
조사일시 : 2010.6.15
조 사 자 : 박경신, 김구한, 김옥숙, 마소연, 정아용
제 보 자 : 정외선, 여, 87세
구연상황 : 조사자가 재미있는 이야기가 없느냐고 묻자 청중이 제보자가 이야기를 잘한다며 해보라고 권했다. 제보자는 망설임 없이 이야기를 시작하였다. 이야기가 끝난 후 "삼베 땅중우"가 뭐냐고 물었더니 제보자는 강순임 제보자와 함께 옛날에는 속옷이 없어서 여름에 "삼베 땅중우"를 입고 나가면 속이 다 비쳐 보인다고 설명했다. 덧붙여 옛날에 우리 아버지가 그랬다고 이야기해 모두들 한바탕 웃었다.
줄 거 리 : 시아버지가 "땅중우(잠장이)"를 입고 감나무에 감을 따러 올라갔다. 나무 아래에서 지켜보고 있던 며느리는 시아버지의 바지 속이 모두 들여다보여, 시아버지에게 사실대로 말했다. 그러자 시아버지가 거기에 걸맞은 육담으로 대꾸한다.

할아버지가 감 남게에 감 따러 올라갔거덩.

[웃음]
[청중 웃음]
(청중 : 어여, 이야기 하나 내나 봐.)
(청중 : 지금 하잖아.)

삼베 땅중-우[1]를 입고 감 따러 올라간께네
(청중 : 뭐라노?)

---

1) '잠방이'(가랑이가 무릎까지 내려올 만큼 짧게 만든 홑바지), 경상도 방언.

(청중 : 삼베 땅중우 입고 감 따러 올라갔대요.)

메느리가 쳐다보고
“아버님 꼬치 보입니더.”
칸께네,
“옛날에야 꼬치 꼬치지 지금은 좆이지.”

노랫가락

자료코드 : 04_19_FOS_20100615_PKS_KSY_0015
조사장소 : 경상남도 합천군 가야면 황산리 279-38번지 가야부녀경로당
조사일시 : 2010.6.15
조 사 자 : 박경신, 김구한, 김옥숙, 마소연, 정아용
제 보 자 : 강수연, 여, 82세
구연상황 : 옆 방에 있던 제보자를 강순임 제보자가 조사장소인 거실로 나오게 했다. 부끄러워하며 머뭇거리는 제보자를 역시 강순임 제보자가 부추겨 노래하게 했다. 시종 웃으며 구연했다.

노자좋다 젊어서놀아 늙고빙들면(병들면) 못노나니
하무는(화무는) 십일홍이오 달도차기는 기수나무

[제보가가 권하자 이어서 다음 노래를 불렀다.]

따라를가요 따라가요 당신을뒤따라 나는가요
천리라도 따라가고 만리라도 따라가고
당신없는 요시상에(요세상에) 누구를믿고 산다말고

창부타령

자료코드 : 04_19_FOS_20100615_PKS_KSY_0016
조사장소 : 경상남도 합천군 가야면 황산리 279-38번지 가야부녀경로당
조사일시 : 2010.6.15
조 사 자 : 박경신, 김구한, 김옥숙, 마소연, 정아용
제 보 자 : 강수연, 여, 82세

구연상황 : 그만 하겠다며 일어서는 제보자를 강순임 제보자가 붙들어 앉혔다. 무슨 노래를 불러야 하느냐고 제보자가 말하자 강순임 제보자는 자기가 부르고 싶은 것을 부르라고 했다. 눈을 감기도 하고 박수를 치며 구연했다. 구연을 끝낸 제보자에게 강순임 제보자가 "요만하면 만족하지 대택은 무슨 대택이라. 영감은 어지간히 좋아하네."라고 말했다. 이에 제보자는 "나 영감을 좋아한데이~"라고 말해 모두 한바탕 웃었다.

나물묵고 물마서도 팔을비고서 누웠으니
대장부 살렴살이에 요만하민은 대택이라

창부타령 (1)

자료코드 : 04_19_FOS_20100615_PKS_KSI_0004
조사장소 : 경상남도 합천군 가야면 황산리 279-38번지 가야부녀경로당
조사일시 : 2010.6.15
조 사 자 : 박경신, 김구한, 김옥숙, 마소연, 정아용
제 보 자 : 강순임, 여, 70세
구연상황 : 지금까지 농담을 하거나, 청중에게 노래하기를 권하는 등 구연 장소의 분위기를 주도하던 제보자에게 한 청중이 "지금(요즈음) 노래"를 해보라고 청했다. 그러자 제보자는 지금 노래하면 잡아간다고 웃으며 이야기하고는 구연을 시작했다. 눈을 지그시 감고 노래에 심취한 모습으로 열심히 불렀다. 얼굴을 좌우로 흔들면서, 한 손으로 무릎을 두드리며 아주 구성지게 불렀다. 목소리가 좋고 힘이 있었으며, 발음이 정확했다. 세 곡을 달아서 불렀는데, 곡이 끝나면 항상 크게 소리 내어 웃었다. 청중은 박수를 치며 제보자의 노래에 흥을 돋우었다.

천냥짜리 처녀를두고 만수등담을 뛰넘다가
모비단(모보단) 쪼끼를 쭉 잡아쨌네(잡아 찢었네)
우리어머님이 이일을알면 이말에답변을 어이할꼬
너하고나하고 꼭살기가되면 본살같이도(원래처럼) 집어주지
얼씨구나 뚱땅~ 절씨구나 좋네~

이렇기 좋다가는 딸놓겠네~

[웃음]

[조사자가 제목을 물었더니 노래의 내용을 다시 들려주며 호탕하게 웃었다. 청중이 한 곡 더 해보라고 하자 이어서 구연했다.]

도라지꽃 동동산에 인월새가 노래하고
원아원아 동네원아 딸작다고서 원망마라

(청중 : 아이구 잘한다~)

높은가지에는 석노(석류)가열고 낮은가지에는 유자열어
유자성노는 근언이(근원이)좋아 한가지에도 둘이열어
주야사철 부는바람 떨어야질까도 염려로다

(청중 : 아이구 잘하네~)

아 얼씨구나 좋네 디화자 좋아
이렇게 좋으면은 논팔겠네

[웃음]

[조사자가 목청이 너무 좋다고 칭찬하자 할머니가 다 됐다며 겸손해 했다. 조사자가 다시 중(中) 할머니밖에 되지 않아 목소리가 확실히 다르다고 칭찬하자 크게 웃었다. 이런 노래가 좋다며 아는 게 있으면 더 해달라고 청하자 이어서 다음 노래를 구연했다.]

총각아 총각아 이요이~ 날따라 온-너라
참나물 민다래끼 좋-다

(청중 : 좋다! 내뜯어 주꾸마.)

[노래가 끝나자마자, 내 노래 다 하려면 하루 종일 걸린다며 크게 웃고, 시장에 도토리묵 장사하러 가려고 했다. 청중이 한 곡만 더 하라고 권했다. 조사자는 웃으며 도토리묵을 사드리겠다고 하자, 제보자는 크게 웃으며 혼자 노래를 계속하면 다른 사람들이 욕한다고 말했다. 도토리묵은 내일 팔면 안 되느냐고 하자, 웃으면서 도토리묵은 쉬지 않아 내일 팔아도 된다며 다음 노래를 시작했다.]

진주야달성 안사랑에 파도가뜨는 저선배야
너거누부(누이) 있거들랑 남종아호걸 나를도고(다오)
누님을보고 자형을보니 우리누나주기는 영글렀소
얼씨구나 좋네~ 기화자 좋아~
아니야 노지는 못하리라~

청춘가

자료코드 : 04_19_FOS_20100615_PKS_KSI_0005
조사장소 : 경상남도 합천군 가야면 황산리 279-38번지 가야부녀경로당
조사일시 : 2010.6.15
조 사 자 : 박경신, 김구한, 김옥숙, 마소연, 정아용
제 보 자 : 강순임, 여, 70세
구연상황 : 창부타령을 연달아 몇 곡 부른 제보자는 어릴 때 부르던 짧은 창가 한 곡을 소녀 같은 모습으로 불렀다. 제보자에게 노래를 더 해 줄 것을 청하자 다음 노래를 불렀다. 노래가 끝난 후 즐겁게 웃었다. 이런 노래를 제보자는 "벌로(평소에)" 부르던 것이라고 말했다.

가야산 허리에 에헤이요 허리안개 돋고요
열칠팔 큰애손에 총각손도 동난데이

창부타령 (2)

자료코드 : 04_19_FOS_20100615_PKS_KSI_0008
조사장소 : 경상남도 합천군 가야면 황산리 279-38번지 가야부녀경로당
조사일시 : 2010.6.15
조 사 자 : 박경신, 김구한, 김옥숙, 마소연, 정아용
제 보 자 : 강순임, 여, 70세
구연상황 : 다른 사람에게 구연을 권하던 제보자가 이 노래를 시작했다. 노래를 마친 후 그래도 후실 장가를 안 가고 되느냐며 호탕하게 웃었다.

수수대기 수만대야 만구야풍산 울아배야
전실자슥(자식) 있거들랑 후실(후처)장개를 가지마소
얼씨구나 좋네~ 기화자 좋아~
아니 노지는 못하리라~

모심기노래

자료코드 : 04_19_FOS_20100615_PKS_KSI_0012
조사장소 : 경상남도 합천군 가야면 황산리 279-38번지 가야부녀경로당
조사일시 : 2010.6.15
조 사 자 : 박경신, 김구한, 김옥숙, 마소연, 정아용
제 보 자 : 강순임, 여, 70세
구연상황 : 앞 제보자가 모심기노래 가사를 창부타령 곡조로 부르자, 그렇게 부를 수도 있지만 모심기노래는 이렇게 부른다며 제보자가 이 노래를 구연했다.

등넘에라 첩을두고 옷갓을하고 어디가요
등넘에

[다시 고쳐서]

첩오집에(첩의집에) 옷갓하고 놀러가네

첩오집은 꽃밭이요 요내집은 연못이라

양산도

자료코드 : 04_19_FOS_20100615_PKS_KSI_0013
조사장소 : 경상남도 합천군 가야면 황산리 279-38번지 가야부녀경로당
조사일시 : 2010.6.15
조 사 자 : 박경신, 김구한, 김옥숙, 마소연, 정아용
제 보 자 : 강순임, 여, 70세
구연상황 : 앞 제보자의 이야기 구연이 끝나고 옆방의 청중에게 노래하라고 거들던 제보자가 이 노래를 구연하였다.

아이고~
뒷집에 김도롱 나시집 가는데
가매채 잡고 대성통곡을 하~네
나시집가는 주로 봄사러 오~소

사위노래

자료코드 : 04_19_FOS_20100615_PKS_KSI_0014
조사장소 : 경상남도 합천군 가야면 황산리 279-38번지 가야부녀경로당
조사일시 : 2010.6.15
조 사 자 : 박경신, 김구한, 김옥숙, 마소연, 정아용
제 보 자 : 강순임, 여, 70세
구연상황 : 앞 노래에 이어서 구연했다. 치아가 부실하고 목소리가 작았으나 가사는 알아들을 만 했다. 박수를 치며 열심히 불러주었다.

찹쌀백석 백미야쌀에 액미같이도 가린사위
은쟁반 놋쟁반에 구실을담아 사랑하오

만첩산중 깊은골에 이슬이덧겨 우찌왔노

진주낭강 뭇두둑에 고기낚는 내사우야

밀양삼랑 유리잔에 술을가득 부여가주

이술한잔 자네묵고 내딸성공은 자네주소

얼씨구나 절씨구나 지화자 좋네~

아니 노지는 못하리라~

창부타령

자료코드 : 04_19_FOS_20100615_PKS_KIS_0001
조사장소 : 경상남도 합천군 가야면 황산리 279-38번지 가야부녀경로당
조사일시 : 2010.6.15
조 사 자 : 박경신, 김구한, 김옥숙, 마소연, 정아용
제 보 자 : 강임시, 여, 89세
구연상황 : 조사자가 구연을 권하자 강순임 제보자가 “에헤이요 노다가 갑시다 노다가”라며 흥을 돋우고, 청중에게 노래할 것을 권유하였다. 조사자가 술 한 잔 대접하겠다며 분위기를 띄우자 제보자가 카메라 앞에 자리를 잡고 구연을 시작하였다. 한 청중이 노래 가락에 맞추어 박수를 쳤다. 제보자는 구연이 끝나자 됐다며 원래 앉았던 자리로 돌아가고, 강순임 제보자는 노래를 하다말면 되느냐고 한 마디 하였다.

명사십유(명사십리) 해당화야 꽂진다꼬 설음마라(서러워마라)

내년삼월 봄이오마 꽃잎도피고사 꿈도피고

우리인생은 한분가니 돌아올줄 모리더라

(청중 : 아이구 잘한데이~~)

일장춘몽 봄이로다

창부타령 (1)

자료코드 : 04_19_FOS_20100616_PKS_KSJ_0001
조사장소 : 경상남도 합천군 가야면 치인리 196-5번지 해인경로당
조사일시 : 2010.6.16
조 사 자 : 박경신, 김구한, 김옥숙, 마소연, 정아용
제 보 자 : 권순조, 여, 79세
구연상황 : 청중이 제보자를 두고 노래고 이야기고 모두 잘한다고 했다. "뚝배기보다 장맛"이라고 하면서 진짜 잘해서 아마 놀랄 것이라고 알려주었다. 제보자는 숨이 가빠서 잘할지 모르겠다며 구연을 시작했다. 눈을 지그시 감고 크고 구성진 목소리로 노래를 불렀다. 노래가 끝나고 스스로 큰 소리로 "잘한다!"라고 했다. 제보자는 노래를 시작할 때 "하~"라며 여음을 넣는 습관이 있고, 치아가 부실한 관계로 'ㅂ' 발음을 'ㄷ'이나 'ㄱ'으로 발음할 때가 있다. 예를 들어 "송죽바람"은 "송죽다람"으로 들리게 발음하였다.

하~아니 놀지는 못하리라
아니 서지도 못하리라
어지러운 사바세계 ○○할곳이 전혀없어
모든미련을 다떨치고 삼강백전을 찾어가니
송죽바람만 쓸쓸한데 두견조차도 슬피울어
귀촉도 구렁이야 너도울고 나도울어
심야삼경 깊은밤을 같이울어서 세와(세워)볼까

[힘들어서 못한다고 하였다. 청중이 "잘하지요~"라며 박수를 쳤다.]

한밤꿈에 기러기오고 같이앉아 짖었더니
기다리던 임이올까 기다리던 편지올까
일락서산에 해는지고요 눈물강이 되었구나
언제나 그임을만나 하루동산 추풍위에
이별없이도 살아볼까

노랫가락 (1)

자료코드 : 04_19_FOS_20100616_PKS_KSJ_0002
조사장소 : 경상남도 합천군 가야면 치인리 196-5번지 해인경로당
조사일시 : 2010.6.16
조 사 자 : 박경신, 김구한, 김옥숙, 마소연, 정아용
제 보 자 : 권순조, 여, 79세
구연상황 : 앞 노래에 이어 '노랫가락'도 하나 하겠다며 구연을 시작했다. 구연 중간에 마을회관에서 마이크 방송이 나와서 좀 시끄러웠다.

내가이술을 질겨서(즐겨서)먹나 가○인줄을 알면서도
일편단심 먹으난마음 구디구디도(부디부디도) 먹는도다
오늘도 이술이아니면 누구에게다 하소연할까

노랫가락 (2)

자료코드 : 04_19_FOS_20100616_PKS_KSJ_0003
조사장소 : 경상남도 합천군 가야면 치인리 196-5번지 해인경로당
조사일시 : 2010.6.16
조 사 자 : 박경신, 김구한, 김옥숙, 마소연, 정아용
제 보 자 : 권순조, 여, 79세
구연상황 : 마을 방송이 끝나고 조사자가 더 불러줄 것을 부탁하자, 하나만 하고 말자면서 이 노래를 불렀다. 노래가 끝나자 듣기 싫어서 그렇지 하기는 잘한다며 웃었다.

임이날 버린다면은 나는죽어서 연자가되어
나를잃고 깊이든잠을 지저귀면서 깨울라요

청춘가 (1)

자료코드 : 04_19_FOS_20100616_PKS_KSJ_0004
조사장소 : 경상남도 합천군 가야면 치인리 196-5번지 해인경로당
조사일시 : 2010.6.16
조 사 자 : 박경신, 김구한, 김옥숙, 마소연, 정아용
제 보 자 : 권순조, 여, 79세
구연상황 : '청춘가'도 하나 하겠다며 이 노래를 시작했다. 앞서 한 노래들은 '노랫가락'과 '창부타령'이라고 설명하였다. 제보자가 노래곡조를 명확히 인식하고 있음을 알 수 있었다. 오른손으로 무릎을 두드리며, 큰 목소리로 구슬프게 불렀다. 청중이 노래는 거짓말이 없다고 덧붙였다.

아~앞산에 두견새여~ 네와그리 슬피우나~
임죽은 넋이거든~ 날다려(데려) 가거라~

창부타령 (2)

자료코드 : 04_19_FOS_20100616_PKS_KSJ_0005
조사장소 : 경상남도 합천군 가야면 치인리 196-5번지 해인경로당
조사일시 : 2010.6.16
조 사 자 : 박경신, 김구한, 김옥숙, 마소연, 정아용
제 보 자 : 권순조, 여, 79세
구연상황 : 제보자는 이야기는 전부 거짓말이고 노래는 거짓말이 없다, 모두 맞는 말이라는 대화를 청중과 나누다가 이 노래를 불렀다. 제보자는 치아가 온전치 못해 "방실방실"을 "당실당실"로 불렀다. 청중이 듣기 싫어서 그렇지 잘한다고 하여 모두 웃었다. 이어서 이만큼 하는 사람도 없지 않느냐며 젊었을 때는 더 잘 불렀다고 칭찬했다.

당실당실(방실방실) 웃는꽃과 우줄우줄이 능수버들

["그거는 장부타령도 내 한개 더한다."고 말한 후 계속하였다.]

능수버들

[잘못 구연한 듯 다시 고쳐 불렀다.]

앞집에장닭이 꼬끼오울고 뒷집삽살이 콩콩짖네
앞논에암소는 음메음메 뒤뜰산꿩이 기기기끼끼
물이고가는 큰애기걸음 산촌에 건걸저어
아기장아기장 사푼사푼 그니를건너서 찾아간다

노랫가락 (3)

자료코드 : 04_19_FOS_20100616_PKS_KSJ_0006
조사장소 : 경상남도 합천군 가야면 치인리 196-5번지 해인경로당
조사일시 : 2010.6.16
조 사 자 : 박경신, 김구한, 김옥숙, 마소연, 정아용
제 보 자 : 권순조, 여, 79세
구연상황 : 그만 하겠다는 제보자에게 멀리서 왔으니 더 해 달라고 청하자 이 노래를 불렀다. 첫 번째 곡은 앞에 불렀던 것이라 했으나 이번에 더 완전하게 구연하였다.

아~
임아 임이 날버려

그 아까 한 건데 또 하네.

날버린다면 나는죽어서 연자가되어

(청중 : 좋~고!)

임이자는 영창문밖에 흙을물어다 집을지어
나를잃고 깊이든잠을 지저귀면서 깨울라요

(청중 : 잘한다~)
[조사자가 이것이 노랫가락이냐고 묻자 그렇다고 대답하였다.]

임그려(그리워) 살지를말고
내가죽어 머나면황천길에다 임을모셔다 내곁에두고

아이구 노래가 콱 막힌다.

생전에 못다한사랑을 후승에라도 만나나볼까

창부타령 (3)

자료코드 : 04_19_FOS_20100616_PKS_KSJ_0007
조사장소 : 경상남도 합천군 가야면 치인리 196-5번지 해인경로당
조사일시 : 2010.6.16
조 사 자 : 박경신, 김구한, 김옥숙, 마소연, 정아용
제 보 자 : 권순조, 여, 79세
구연상황 : 제보자 옆에 있는 청중에게 노래할 것을 권하였으나 못한다고 하였다. 제보자도 여기서 이런 노래는 나밖에 못한다고 한 후 이 노래를 불렀다. 소파에 앉은 채로 다리를 손으로 두드리며 장단을 맞추었다. 이런 노래는 많은데 막혀서 못한다고 했다. 선생님들과 조사장비를 앞에 두고 노래하려니 큰 가수가 된 것 같다고 하여 훌륭하신 가수라고 칭찬을 아끼지 않았다.

사랑이라는기(것이) 무엇이냐 사랑이라는기 무엇인지
알다가도 모를사랑 믿다가도 속는사랑
알칵달칵 재미가있고 달칵달칵에 싸우기도하고

노랫가락 (4)

자료코드 : 04_19_FOS_20100616_PKS_KSJ_0008
조사장소 : 경상남도 합천군 가야면 치인리 196-5번지 해인경로당
조사일시 : 2010.6.16
조 사 자 : 박경신, 김구한, 김옥숙, 마소연, 정아용
제 보 자 : 권순조, 여, 79세
구연상황 : 조사자가 노래를 잘한다며 요즘 이런 노래 할 줄 아는 사람 없다고 칭찬하자 이 노래를 불렀다. 노래를 끝내고 이런 노래 많지만 이것이 조사에 해당이 되느냐며 이제 그만하자고 하였다. 청중이 이런 노래 때문에 조사하러 왔다고 제보자를 나무랐다.

임을 아니나보면 할말못할말 무궁터니만
임을 역시대하고나니 심정이월월해 말못하리라

[한참 동안 구연을 유도하던 중 청중이 "나비야 청산" 뭐라고 하는 것을 해 보라고 하자, 그건 '노랫가락' 아니냐며 구연을 시작했다.]

하~
나비야 청산을가자 노랑나비야 너도가자

(청중 : 자꾸 해~)

가다가날 저물거든 꽃밭수렁에 자고가자
그꽃이 부대(부디)져가거든 잎에서라도 자고가자

청춘가 (2)

자료코드 : 04_19_FOS_20100616_PKS_KSJ_0009
조사장소 : 경상남도 합천군 가야면 치인리 196-5번지 해인경로당
조사일시 : 2010.6.16

조 사 자 : 박경신, 김구한, 김옥숙, 마소연, 정아용
제 보 자 : 권순조, 여, 79세
구연상황 : 청중이 청춘가 한마디 더 해보라며 권하자 이 노래를 구연했다. 노래가 당최 안 된다며, 여러 선생님이 계셔서 노래가 안 나온다고 했다.

우연히 뜬(든)정이 골속에 맺혀졌나
잠안든 전에는 잊을수 없구나

아~
저달 뒤에는 길따라 가구요
정든님 뒤에는 에루아~ 내따라 간다오

노랫가락 (5)

자료코드 : 04_19_FOS_20100616_PKS_KSJ_0010
조사장소 : 경상남도 합천군 가야면 치인리 196-5번지 해인경로당
조사일시 : 2010.6.16
조 사 자 : 박경신, 김구한, 김옥숙, 마소연, 정아용
제 보 자 : 권순조, 여, 79세
구연상황 : 조사자가 제보자에게 노래가 꽉 찼을 거라고 하자, 청중이 노래가 많이 있다며 아직 멀었다고 했다. 청중이 '양산도'를 해보라고 권하자 그건 숨이 가빠서 못한다고 했다. 숨이 가빠도 해보라고 하자, 부르다가 그만두는 데도 해야 되느냐, 육칠십 대에는 많이 불렀지만 지금은 부르기가 힘들다고 했다. 조사자가 제보자의 기억을 끌어내기 위해 언급한 이 노래를 아주 옛날 것이라며 반가워하며 앞부분을 생각해내어 구연을 시작했다. 청중도 이 노래가 좋다고 덧붙였다.

늘어진 가지다 주천을(그네를) 매여
임이타면 내가밀고 내가타면은 임이밀고

(청중 : 좋다~)

임아임아 굴르지마세요 줄떨어지면 정떨어진다
떨어지면 줄떨어졌지 둘이든정이 떨어질수있나

[청중이 이 노래가 좋다며, 이 할머니가 노래 잘한다고 어제 말하지 않았느냐고 했다. 새로운 청중 등장하여 진주기생이 왔느냐고 말하자, 제보자는 젊었을 때 자신의 별명이 진주기생이었는데 이제는 아니라고 했다. 조사자의 유도로 이어서 구연했다.]

남기라도 고목이되면 오든새도 아니오고
이내몸도 늙으나지면 오던임도 간곳이없네

창부타령 (4)

자료코드 : 04_19_FOS_20100616_PKS_KSJ_0011
조사장소 : 경상남도 합천군 가야면 치인리 196-5번지 해인경로당
조사일시 : 2010.6.16
조 사 자 : 박경신, 김구한, 김옥숙, 마소연, 정아용
제 보 자 : 권순조, 여, 79세
구연상황 : 노래를 잘하는 마을 사람 이야기를 하다가 이 노래들을 구연했다. 제보자는 노래를 끝내고 이런 노래는 못하는 사람이 누가 있느냐고 했다.

뒷동산에 댓가죽나무는 남사당북채로 다나가고
우주영산에 줄감나무는 양반에신주로 다나간다

[청중과 농담을 하며 이야기 하는 중에 조사자가 노래 앞 소절을 알려주며 구연을 유도하자 계속해서 다음 노래를 불렀다.]

사랑이 불과같으면 타는가슴이 이를알까
가슴만이 탈뿐아니라 이몸전신이 다타니라

[청중이 조사자보고 노래 가사를 많이 안다고 하자, 제보자가 조사자에게 또 꺼내어 보라고 했다. 청중과 여러 노래에 대해서 이야기하다가 다음 노래를 구연했다.]

춘추는 연연록이요 왕손은 기둘기라
인생일장 춘몽인데 아니놀지는 못하리라

청춘가 (3)

자료코드 : 04_19_FOS_20100616_PKS_KSJ_0012
조사장소 : 경상남도 합천군 가야면 치인리 196-5번지 해인경로당
조사일시 : 2010.6.16
조 사 자 : 박경신, 김구한, 김옥숙, 마소연, 정아용
제 보 자 : 권순조, 여, 79세
구연상황 : 조사자의 유도로 이 노래를 구연했다. 구연이 끝나고 조사가가 이런 노래들이 듣기 좋다고 하자, 제보자는 서글프다고 말했다.

서산에 지는해는 지고싶어 지나요
날두고 가시는임 가고싶어 가느냐

노랫가락 (6)

자료코드 : 04_19_FOS_20100616_PKS_KSJ_0013
조사장소 : 경상남도 합천군 가야면 치인리 196-5번지 해인경로당
조사일시 : 2010.6.16
조 사 자 : 박경신, 김구한, 김옥숙, 마소연, 정아용
제 보 자 : 권순조, 여, 79세
구연상황 : 청중이 더 노래하기를 권하자 노래가 자꾸 있느냐고 많이 불렀다고 했다. 청중이 첫 소절을 언급하며 부르기를 청하자 구연을 시작했다. 구연하는 동안

제보자와 함께 청중은 박수를 치고 '좋고!'라며 추임새를 넣었다.

꽃좋다 탐내지말고 모진손으로 끊지를마라
꺽고버리고 버리고꺽는 남자마음이 ○○이냐

(청중 : 좋-고!)

얼씨구나 지화자자자가 좋네
아니 놀지를 못하리라

[청중과 조사자가 잘한다고 칭찬하였다. 청중에게 노래하기를 권하던 중 조사자가 제보자에게 다음 노래의 앞머리를 꺼내자 "그거는 내 할 줄 안다."며 다음 노래를 불렀다.]

하~
내사랑 남주지말고 남의사랑을 탐내지마라

(청중 : 좋-고!)

우연한 남의님보고 부질없이도 정들이놓고
일시라도 목석이되면 그리워서도 못사리로다

[청중이 이 노래는 오늘 처음 들어봤다고 하고, 조사자를 보고 노래를 많이 안다고 했다. 그러자 제보자가 조사자에게 첫 소절을 일러보라고 하였다. 조사자가 다음 노래의 앞머리를 언급하자, 뒤 소절을 언급하며 확인한 뒤 곧 이어서 노래를 불렀다.]

꽃같이 고우난님을 열매같이도 맺어놓고
가지가지 꽃화자요 구비구비는 내천자라
동화전전은 안주를놓고 녹수전전이 술부어라

술맛도 좋거나마는 웃는액씨가 더욱곱다

[이런 노래를 할 줄은 알지만 목이 안 좋다며 기침을 하였다. 제보자가 물을 한잔 마신 뒤에, 조사자가 다음 노래의 앞머리를 언급하자 다음 노래를 불렀다.]

가고못오실 임이라면 정이나마저 가져가지
정은두고 몸만가시니 심중이월월해 내못사리라

창부타령 (5)

자료코드 : 04_19_FOS_20100616_PKS_KSJ_0014
조사장소 : 경상남도 합천군 가야면 치인리 196-5번지 해인경로당
조사일시 : 2010.6.16
조 사 자 : 박경신, 김구한, 김옥숙, 마소연, 정아용
제 보 자 : 권순조, 여, 79세
구연상황 : 조사자가 노래를 유도하기 위해 첫 소절을 알려주자 이 노래가 기억이 나는지 불렀다. 손짓을 많이 하면서 구연했다.

한송이피었다가 지버려진줄을 나도번연히 알면서도

(청중 : 좋-고!)

[아는데 잊어버린 것 같다며 모르겠다고 하였다. 조사자가 노래를 유도하자 계속 이어서 불렀다.]

모진손으로 뚝잘라다가 시들기전에 내버리네
어진몸 스러진간장 무심코 밟고가니
낸들아니 아플소냐
운명같이 운명이라면 너무도아파서 못살겠네

[이제 그만하겠다며 자리에서 일어난 제보자를 조사자와 청중이 다시 앉히고 계속 구연해 주기를 권유하였다.]

널겉이 냉정한남아를 정들인것이 후회로구나

(청중 : 좋고)
["또 뭐꼬?" 하며 잠시 기억하다가 이어서 구연하였다.]

알고속고 모리고속고 알고속는기 여자로다

[조사자가 첫머리를 알려주며 구연을 유도했으나 모르는 노래라고 하였다. 그러다가 다음 노래를 구연하였다.]

개야개야 검둥개야 짖지말고 밥먹어라
먹기싫어서 너를주나 배가둘러서 너를주나
밤중에 임오시거든 짖지를마라고 너를준다

(청중 : 맞고요~)
[옛날 노래가사는 의미가 깊다는 이야기를 주고받았다. 이야기는 거짓말이 많다고 하는 청중에게 이야기 구연을 청하는 중 제보자가 다음 노래를 계속해서 불렀다.]

찹쌀닷대 인절미는 계피고물에 곰돌어지고
우리집에 우리낭군은 나를안고서 곰돌어진다

["하이~ 좋다!"라고 신나게 마무리했다. 한 청중이 이 노래는 여행갈 때 부른 노래라고 했다.]

이도롱은 본낭군인데 김도롱은 훗낭군

이도롱범벅은 멥쌀범벅 김도롱범벅은 찹쌀범벅
동지석달에는 호박범벅 구시월에는 찹쌀범벅
얼씨구나 좋네 지화자가 좋네
아니 놀지를 못하리라

["하이 좋다!"라고 하였다. 청중이 그래도 많이 안 잊어버렸다고 칭찬했다.]

뒷동산에 댓가죽나무는 남사당북채로 다나가고
우주영산에 줄감나무는 양반에신주로 다나간다

청춘가 (4)

자료코드 : 04_19_FOS_20100616_PKS_KSJ_0015
조사장소 : 경상남도 합천군 가야면 치인리 196-5번지 해인경로당
조사일시 : 2010.6.16
조 사 자 : 박경신, 김구한, 김옥숙, 마소연, 정아용
제 보 자 : 권순조, 여, 79세
구연상황 : 조사자와 청중이 가사를 알려줘도 쉽게 기억나지 않는 듯하더니, 조사자가 이 노래의 앞 소절을 알려주자 바로 구연을 시작했다.

신작로 널러서 길가기 좋구요
전깃불 밝아서 임보기 좋구나

(청중 : 좋다~)

인순너머 사랑끝에 열매가 맺었느냐
안받을 고통을 다받고 살았구나

니하나 만~내서 골속에 든정은

내몸이 죽어져도 잊을길이 없더라

노랫가락 (7)

자료코드 : 04_19_FOS_20100616_PKS_KSJ_0016
조사장소 : 경상남도 합천군 가야면 치인리 196-5번지 해인경로당
조사일시 : 2010.6.16
조 사 자 : 박경신, 김구한, 김옥숙, 마소연, 정아용
제 보 자 : 권순조, 여, 79세
구연상황 : 조사자에게 수고했다며 그만하자고 자리에서 일어났다. 조금만 더해 달라고 부탁하자 난감해 하며 자리에 도로 앉았다. 이제 이야기를 좀 해달라고 부탁하자 옆에 할머니에게 하라고 권했다. 조사자가 계속해서 가사의 앞 소절을 언급하며 구연을 유도하자, 제보자는 옆 두 청중에게 좀 하면 될 텐데 안한다며 이 노래를 시작하였다. 구연 후 이 노래는 원래 시조인데, 숨이 가쁘고 시조 목이 안 다듬어져서 이렇게 노랫가락 곡조로 부른다고 설명했다.

말없는 청산이요 태없는 유수로다
말없는 청춘이요 임자없는나 내몸이라
이중에 빙없을몸이 본대겉이도 늙어나간다
말없는 청산이요 태없는 유수로다

[이게 원래는 시조인데 숨이 가쁘고 목이 길게 못 돼서 안 다듬어져서 이렇게 노랫가락으로 부른다고 하고 곡조를 붙인 것이라 설명하였다.]

산은 옛산일망정 물은 옛물이아니로다
주야장천 흐리는(흐르는)물이 옛물이라고 할수있나

청춘가 (5)

자료코드 : 04_19_FOS_20100616_PKS_KSJ_0017
조사장소 : 경상남도 합천군 가야면 치인리 196-5번지 해인경로당
조사일시 : 2010.6.16
조 사 자 : 박경신, 김구한, 김옥숙, 마소연, 정아용
제 보 자 : 권순조, 여, 79세
구연상황 : 하다가 보면 노래가 더 많이 나올 것 같다며 제보자를 추켜세우자, 노래가 많아도 생각이 나지 않아 안 나온다고 했다. 조사자가 이 노래 첫머리를 꺼내자 "그기야 알지." 하며 구연 시작했다. 소파를 오른손으로 두드리며 즐겁게 달아서 네 곡을 불렀다.

사쿠라 꽃밑에다 임숨귀 놓고요~
임인가 꽃인가 분간이 없구나

날다리 날다리 날다려(데려) 가거라
한양에 낭군아 얼씨구 날다려 가거라

못사리로다 내못사리로다 임없는요세상에 내못사리로다

네가 잘나서 내눈에 꽃이더냐
내눈이 어두바서(어두워서) 에루아~ 한잠이로다

노랫가락 (8)

자료코드 : 04_19_FOS_20100616_PKS_KSJ_0018
조사장소 : 경상남도 합천군 가야면 치인리 196-5번지 해인경로당
조사일시 : 2010.6.16
조 사 자 : 박경신, 김구한, 김옥숙, 마소연, 정아용
제 보 자 : 권순조, 여, 79세
구연상황 : 제보자는 세상을 떠난 아들과 네 명이나 되는 딸과 손자 이야기를 하였다. 이

읏고 노래를 구연하였다. 이 노래도 뜻은 참 깊은 것이라고 했다. 이런 노래들은 오다가다 배웠는데, 젊었을 때는 노래를 한번만 들어도 알았다고 한다.

백두산성은 나두진이요 두만강수는 은나누라
남아일신 내팽부기면 후세수칭은 대장부라
이노래 기억이는 남아장군이 금명부다

창부타령 (6)

자료코드 : 04_19_FOS_20100616_PKS_KSJ_0019
조사장소 : 경상남도 합천군 가야면 치인리 196-5번지 해인경로당
조사일시 : 2010.6.16
조 사 자 : 박경신, 김구한, 김옥숙, 마소연, 정아용
제 보 자 : 권순조, 여, 79세
구연상황 : 조사자가 기억력이 좋고 노래에 재능이 있다고 하자, 잘하지는 못해도 기억력은 좋았다고 말했다. 조사자가 이 노래의 첫머리를 말하자 "백설같은 흰나비?" 하며 구연을 시작했다.

백설같은 흰나비는 소복단장을 곱게도하고
장다리밭으로 날아든다

청춘가 (6)

자료코드 : 04_19_FOS_20100616_PKS_KSJ_0020
조사장소 : 경상남도 합천군 가야면 치인리 196-5번지 해인경로당
조사일시 : 2010.6.16
조 사 자 : 박경신, 김구한, 김옥숙, 마소연, 정아용
제 보 자 : 권순조, 여, 79세
구연상황 : 조사자의 유도로 구연했다.

산이 높아야 골도 깊으지
쪼그만한 여자속이 에루아~ 얼마나 깊을소냐

창부타령 (7)

자료코드 : 04_19_FOS_20100616_PKS_KSJ_0021
조사장소 : 경상남도 합천군 가야면 치인리 196-5번지 해인경로당
조사일시 : 2010.6.16
조 사 자 : 박경신, 김구한, 김옥숙, 마소연, 정아용
제 보 자 : 권순조, 여, 79세
구연상황 : 이 노래는 가사가 안 좋다며 부르지 않겠다고 했던 노래인데, 조사자가 다시 첫머리를 꺼내자 구연해 주었다.

해는지고 저문날에 옷갓을하고 어디가요
나의몸은 꽃밭일망정 첩의몸은 연못이라
꽃밭에든나비는 한철이라도 연못에금붕어는 사철이라

권주가

자료코드 : 04_19_FOS_20100616_PKS_KSJ_0022
조사장소 : 경상남도 합천군 가야면 치인리 196-5번지 해인경로당
조사일시 : 2010.6.16
조 사 자 : 박경신, 김구한, 김옥숙, 마소연, 정아용
제 보 자 : 권순조, 여, 79세
구연상황 : 조사자가 "진주덕산 얽은"이라고 하자, 그 노래는 권주가라고 했다. 그것도 조사대상이 되느냐고 확인한 후 구연했다. 구연 중간에 이 노래는 실제로 사위가 장모에게 술을 권하면서 부른 노래라고 설명한 다음 구연했다.

진주반석 얽어논(얽어놓은)독에 찹쌀빚은 언약주요

이술한잔 자고나시고 춘추만대를 행복할주요

[권주가가 또 하나 더 있다며 해주겠다고 하고 이어서 구연했다.]

하~
불로초를 술을빚어서 말연대해다 가뜩부어
이술한잔 자고나시고 춘추만대를 부귀영화

[옛날에는 시집가고 장개가면 사위가 장모한테 술을 권했다. "사위는 그카모 장모는"이라고 말한 후 계속해서 다음 노래를 불렀다.]

그술은 자네가들고 내딸거천만 잘해주게

노랫가락 (9)

자료코드 : 04_19_FOS_20100616_PKS_KSJ_0023
조사장소 : 경상남도 합천군 가야면 치인리 196-5번지 해인경로당
조사일시 : 2010.6.16
조 사 자 : 박경신, 김구한, 김옥숙, 마소연, 정아용
제 보 자 : 권순조, 여, 79세
구연상황 : 조사자가 '사위노래'나 '술 담그는 노래'는 모르냐고 묻자, 이 노래를 구연했다.

사랑앞에 국화를심어 국화밑에다 술빚어놓고
달

[생각이 안 나는지 "뭐시카노?"라며 잠시 멈추었다.]

달뜨고 별뜬방안에 임이오시자 저달이속네

청춘가 (7)

자료코드 : 04_19_FOS_20100616_PKS_KSJ_0024
조사장소 : 경상남도 합천군 가야면 치인리 196-5번지 해인경로당
조사일시 : 2010.6.16
조 사 자 : 박경신, 김구한, 김옥숙, 마소연, 정아용
제 보 자 : 권순조, 여, 79세
구연상황 : 조사자가 계속해서 구연을 유도하며 "처남처남"이라고 꺼내자, 이 노래를 구연했다. 팔을 들썩이며 노래를 불렀다.

처남철댁은 뚝떨어져 살아도
널 떨어지고는 못사리로다

창부타령 (8)

자료코드 : 04_19_FOS_20100616_PKS_KSJ_0025
조사장소 : 경상남도 합천군 가야면 치인리 196-5번지 해인경로당
조사일시 : 2010.6.16
조 사 자 : 박경신, 김구한, 김옥숙, 마소연, 정아용
제 보 자 : 권순조, 여, 79세
구연상황 : 앞 노래가 끝난 후, 조사자가 이 노래 첫머리를 꺼내자마자 소파를 손으로 두드려 장단을 맞추며 노래를 불렀다.

바람불어 씨러진낭게(나무에) 바람이분다꼬 일어날까
송죽같이 굳은절기가 매맞는다고서 허락할까
몸은비록 화류곌망정 절기조차도 없을소냐
얼씨구 좋다~ 지화자 좋네~
아니 놀지는 못하리라

청춘가 (8)

자료코드 : 04_19_FOS_20100616_PKS_KSJ_0026
조사장소 : 경상남도 합천군 가야면 치인리 196-5번지 해인경로당
조사일시 : 2010.6.16
조 사 자 : 박경신, 김구한, 김옥숙, 마소연, 정아용
제 보 자 : 권순조, 여, 79세
구연상황 : 많이 했다며 자리에서 일어나는 제보자에게 조사자가 "낙동강 강바람에" 하며 첫 소절을 이야기하자, 그건 유행가라며 이 노래를 시작했다. 선 채로 오른 팔을 들어 휘저으며 구연했다.

낙동강 칠백리 뚝떨어져 살아도
임떨어져서는 못사리로다

창부타령 (9)

자료코드 : 04_19_FOS_20100616_PKS_KSJ_0027
조사장소 : 경상남도 합천군 가야면 치인리 196-5번지 해인경로당
조사일시 : 2010.6.16
조 사 자 : 박경신, 김구한, 김옥숙, 마소연, 정아용
제 보 자 : 권순조, 여, 79세
구연상황 : 조사자의 유도로 구연했다. 노래 세 곡을 부르고 난 후 하루 종일 불러도 노래는 있으나 그만하자고 하여 조사를 마무리했다.

네모반듯 장판방에 석자집기를 디데놓고
임도눕고 나도눕고 방실방실 웃어보자

[조사자가 "돈나온다 돈나온다"라며 첫 소절을 알려주자, 옆의 청중이 "모비단 조끼마다 돈나오나"라고 가사를 고쳐 일러주며 해보라고 부추기자 다음 노래를 구연했다.]

모비단조끼마 돈나오나 삼베조끼도 돈나온다
얼씨구 절씨구 지화자가 좋네
아니 놀지는 못하리라

[조사자가 "어두 침침 검은 밤에"라고 하자 다음 노래를 계속해서 불렀다.]

어두컴컴 빈방안에 외로이도 홀로누워
임이오나 잠이오나 임도잠도 아니나오고
나만홀로만 밤이길어 밤이야 길까마는
임이없는 탓이로다
얼씨구 절씨구 지화자가 좋네
아니 놀지는 못하리라

창부타령 (1)

자료코드 : 04_19_FOS_20100615_PKS_JBS_0002
조사장소 : 경상남도 합천군 가야면 황산리 279-38번지 가야부녀경로당
조사일시 : 2010.6.15
조 사 자 : 박경신, 김구한, 김옥숙, 마소연, 정아용
제 보 자 : 정복순, 여, 75세
구연상황 : 앞 노래가 끝나자마자 제보자가 이 노래를 불렀다. 박수를 치면서 신나게 조금 빠른 듯이 구연했다. 구연이 끝나고 "아이구 몬 하겠네."라 하며 웃자 청중도 같이 웃었다. 강임시 제보자는 나이든 사람은 노래를 천천히 해야 하는데 너무 바쁘게 했다고 아쉬워했다.

봄들었네 봄들었네 삼천리강산에 봄들었네

(청중 : 잘한다~)

푸른것은 버들이고 누른것은 항금이라(황금이라)

항금겉은 끼꼬리는(꾀꼬리는) 버들숲으로 왕래하고
백살겉은 흰나비는 장다리밭으로 날아드나
넘(남)보기 좋으라꼬 소복을했나
부모를 이해서(위해서) 소복했지

노랫가락

자료코드 : 04_19_FOS_20100615_PKS_JBS_0003
조사장소 : 경상남도 합천군 가야면 황산리 279-38번지 가야부녀경로당
조사일시 : 2010.6.15
조 사 자 : 박경신, 김구한, 김옥숙, 마소연, 정아용
제 보 자 : 정복순, 여, 75세
구연상황 : "또 한 가지 더 할까?"며 앞 노래에 이어 계속 구연했다. 구연이 끝나고 제보자는 힘들어서 못하겠다고 하고, 청중은 잘한다며 박수를 쳤다.

동부산 봄춘자요 비른강남도 푸른정자
나마갈로 꽃화자요 진주촉실로(촉석루) 나비들까
동자야 배머리돌러라(돌려라) 진주부백루(부벽루) 구경가자

사위노래

자료코드 : 04_19_FOS_20100615_PKS_JBS_0006
조사장소 : 경상남도 합천군 가야면 황산리 279-38번지 가야부녀경로당
조사일시 : 2010.6.15
조 사 자 : 박경신, 김구한, 김옥숙, 마소연, 정아용
제 보 자 : 정복순, 여, 75세
구연상황 : 청중이 이야기를 나누는 와중에 박수를 치며 구연을 시작했다. 중간에 잊어버렸다며 잠시 쉬고 구연했다. 구연을 끝내고 다 잊어버려 노래가 지독하게 안 된다고 안타까워했다.

찹쌀서말 백미가래 액미같이도 가사린우
은쟁반에 놋쟁반에 구실담아 사랑사야
진주남강 못둑속에 달이뜨는 내사우야
아침이슬 찬바람에 이슬이젖어 어예(어떻게)왔노

[안 해서 잊어버렸다고 하고는 잠시 쉰 후, 이어서 구연하였다.]

초가삼간 내집안에 배랑폭폭 얽은독에
술을담아서 당하주라
비

[또 안 된다고 하며 다시 고쳐 구연하였다.]

팔모깨끼 유리잔에 시월같으니 시아놓고
이술은 자네가먹고 내딸성공은 자네하게

창부타령 (2)

자료코드 : 04_19_FOS_20100615_PKS_JBS_0007
조사장소 : 경상남도 합천군 가야면 황산리 279-38번지 가야부녀경로당
조사일시 : 2010.6.15
조 사 자 : 박경신, 김구한, 김옥숙, 마소연, 정아용
제 보 자 : 정복순, 여, 75세
구연상황 : 조사자가 '환갑노래'를 언급하자, 청중은 환갑노래 잘 하는 사람이 오늘 오지 않았다고 했다. 청중이 대화하는 와중에도 곰곰이 가사를 떠올리던 제보자가 박수를 치며 구연을 시작했다.

백년사랑 맺안(맺은)언약 염라대왕이 똑따가고
애지중지 키완(키운)아들은 미느리(며느리)자슥이 똑따가고

거목겉이 키완딸은 사위자슥이 똑따가고
일월요지 키완손자 선생님이 똑따가고
구야구야 담바구야 너랑나랑 벗을삼자
누웠으니 잠이오나 앉았으니 임이오나
임도잠도 아니오고

["뭐라카노?" 하며 잊어버린 가사를 주변에 물었다. 청중이 알려주어 뒷부분을 마무리하였다.]

모진강풍 날속인다

모심기노래

자료코드 : 04_19_FOS_20100615_PKS_JBS_0009
조사장소 : 경상남도 합천군 가야면 황산리 279-38번지 가야부녀경로당
조사일시 : 2010.6.15
조 사 자 : 박경신, 김구한, 김옥숙, 마소연, 정아용
제 보 자 : 정복순, 여, 75세
구연상황 : '모심기노래'를 해보라고 청하자, 제보자는 강순임 제보자와 모심기노래를 서로 해보라고 실랑이했다. 곧 세 마디나 할지 모르겠다며 박수를 치며 노래를 불렀다.

모야모야 노랑모야 언제커서 열매열래
이달크고 훗달크고 칠팔월이 돌오오면(돌아오면)
그때가서 열매열래

창부타령 (3)

자료코드 : 04_19_FOS_20100615_PKS_JBS_0011
조사장소 : 경상남도 합천군 가야면 황산리 279-38번지 가야부녀경로당
조사일시 : 2010.6.15
조 사 자 : 박경신, 김구한, 김옥숙, 마소연, 정아용
제 보 자 : 정복순, 여, 75세
구연상황 : 모심기노래에 대한 이야기를 나누던 중, 강순임 제보자가 이 노래를 꺼내어 두 마디를 불렀다. 이어서 제보자가 부르고, 다시 두 사람이 서로 다른 곡조로 같은 내용의 가사를 부르는 등 옥신각신 하였다. 조사자가 나서서 제보자에게 이 노래를 다시 불러 줄 것을 요청하였다. 제보자는 박수를 치며 신나게 불렀으나, 모심기노래 곡조로 이 노래를 부르지 않았다.

해다지고 저문날에 옷갓을입고 어데가요
첩의집에 가실라면 내죽는꼴을 보고가소
첩의집은 꽃밭이고 연못에라 노는고기
사시사철 노닌다

화투뒤풀이

자료코드 : 04_19_FOS_20100615_PKS_JOS_0010
조사장소 : 경상남도 합천군 가야면 황산리 279-38번지 가야부녀경로당
조사일시 : 2010.6.15
조 사 자 : 박경신, 김구한, 김옥숙, 마소연, 정아용
제 보 자 : 정외선, 여, 87세
구연상황 : 조사자와 청중의 권유에 곰곰이 생각하다가 앞 제보자의 노래가 끝나자마자 화투노래를 해주겠다며 구연을 시작했다. 목소리가 많이 떨리고 힘이 없었으며, 치아가 부실해서 발음이 덜 정확했다. 구연이 끝나자 청중이 잘한다며 박수를 쳤다.

정월속가지 속속한마음

이월매조에 맺아놓고

삼월사꾸라 산란한마음

사월흑사리 허사로다

오월난초 나는나비

유월목단에 ○○ ○○

칠월홍돼지 홀로누워

팔월공산만 바라본다

구월국화 굳은마음

시월단풍에 뚝떨어진다

오동추야 달밝어도

비삼십에 녹아든다

2. 가회면

▌조사마을

경상남도 합천군 가회면 둔내리 덕만마을

조사일시 : 2010.7.14
조 사 자 : 박경신, 김구한, 김옥숙, 마소연, 정아용

둔내리는 본래 삼가군 둔내면의 지역인데 1914년 행정구역 폐합에 따라 덕전동, 중심동, 복치동 일부를 병합하여 둔내면의 소재지이므로 둔내리라 해서 합천군 가회면에 편입되었다.

덕만마을은 옛 덕전마을과 두만, 상두만 등 3개 자연마을이 있었으나 시대변천에 따라 상두만, 두만 2개 자연마을은 6·25 한국전쟁 이후에 사람이 살지 아니하고 옛 마을 터만 남아 있으며, 현재는 덕전마을만 존재하고 있다.

덕만마을에는 인천이씨가 가장 많으며 성주도씨, 경주최씨가 살고 있다. 지금은 20여 호만 남아 있다. 주로 논농사와 밭농사로 생계를 유지한다고 했다. 인천이씨 이영발의 후손이 건립한 경덕정이란 재실이 있으며, 마을을 지켜준다고 믿고 있는 서삼봉이 마을 뒤쪽에 우뚝 솟아 있다. 서삼봉은 황매산 최고봉이며, 봉우리가 셋이 있다. 전설에 의하면 큰 인물이 셋이 날 것이라고 하여 한 봉우리는 무학대사가 탄생하였고, 한 봉우리는 남명 조식선생이 탄생하였고, 한 봉우리는 전두환 대통령을 탄생시켰다고 전하고 있다. 민속 상의 특징은 당산제는 40여 년 전에는 했지만 지금은 하지 않는다고 한다. 유일하게 면사무소에서 주관하는 달집태우기에 참여한다고 했다.

조사자들이 덕만마을경로당을 찾았을 때는 이른 아침이라 경로당에 사람들이 없어 조사자들이 한참을 기다린 후에 마을 할머니의 도움으로 경로당으로 들어가게 되었다. 조금 있다 할머니와 할아버지 몇 분이 오셨지만 구연을 할 만한 사람이 없어 추천을 부탁드렸더니 '이의원'이라고 불리는 분을 추천해 주었다. 군의원을 한 경력 때문에 그렇게 부른다고 했다. 제보자 두 명으로부터 성주풀이와 모심기노래, 양산도, 노랫가락 등을 조사하였다. 설화 자료는 조사하지 못했다.

경상남도 합천군 가회면 장대리 비기마을

조사일시 : 2010.7.14

조 사 자 : 박경신, 김구한, 김옥숙, 마소연, 정아용

장대리는 삼가군 감한면의 지역으로서 지형이 대(帶)로 되었으므로 장대라 하였는데, 1914년 행정구역 폐합에 따라 비기동, 다공동을 병합하여 장대리라 해서 합천군 가회면에 편입되었다. 비기마을에는 약 30여 호가 살고 있으며 논농사와 밭농사가 주요 생계 수단이라고 했다. 성씨별 분포

비 기 마 을 경 로 당

는 강릉유씨, 김녕김씨, 파평윤씨 등이 거주하고 있다. 마을 어귀에 원모재라는 안동권씨 묘각이 있으며 비기 남쪽에 있는 바위를 일산바위라 부른다고 했다. 민속의 특징은 당산제는 지내지 않은 지 오래되었고, 면사무소에서 하는 달집태우기 등에 참여한다고 했다. 마을에 거주하는 사람들이 많지 않음으로 해서 옛날처럼 많은 사람들이 어울려 놀기는 힘들다고 했다.

조사자들이 비기마을경로당에 도착하자 할머니들은 텔레비전을 보거나 낮잠을 자고 있었다. 조사자들이 조심스럽게 찾아온 목적을 설명하자 청중은 대부분 옛날에는 많이 불렀지만 안 부른 지 오래되어 모른다고 거절했다. 그때 다리가 아파 벽에 기대어 있던 염창연 제보자를 청중이 이구동성으로 추천했다. 동네에서 잔치가 있을 때는 반드시 한 곡 한다고 하며 목청이 좋다고 칭찬했다. 실제로 목청이 좋고 신명도 많아 노래하는 내내 본인뿐만 아니라 청중을 흥겹게 했다. 노래만 하면 신명이 나서 못 견디겠다고 하며 유행가를 부르면 안 되느냐고 몇 번이나 물었다. 끊임없이 몸을 움직이며 구연해 주었는데 대표적으로 환갑노래, 권주가, 화투뒤풀이 등과 경기민요 다수를 불러주었다.

조사가 무르익어 가자 청중 중 한 명이 경주댁이 잘하는데 그 사람을 불러주겠다고 했다. 마을 사람 중 한 사람이 전화로 제보자를 불렀다. 경주댁은 도착하자마자 자료를 제공할 만큼 적극적이었다. 하지만 구연 자료들이 대부분 경기민요라 아쉬움이 남았다.

경상남도 합천군 가회면 장대리 장대마을

조사일시 : 2010.7.14
조 사 자 : 박경신, 김구한, 김옥숙, 마소연, 정아용

장대 마을은 가회면소재지에서 2.5km의 북쪽에 위치한 교통 요지 마을

로서 조선조말까지 삼가군 감한면(甘閑面-將臺, 肥基, 茶貢, 外沙마을) 소재지였다. 마을 이름의 유래는 장군대좌설(將軍臺座說)이 있다하여 장대(將臺)라 하였는데, 일제강점기시 그 지명의 정기를 없애려는 일제의 횡포로 마을이름이 장기(將基)로 변경되었다가 2011년 주민의 건의로 2012년 3월에 다시 장대(將臺)로 환원되었으며 마을은 안장대, 장터거리, 안담, 들터, 삼거리 등으로 이루어져 있다. 옛날에 5일장이 열렸다는 장터거리, 장수(將帥)가 대좌(臺座)한 대(臺)의 형상의 장대(將臺)라는 대(臺)와 옛 감한면사무소(甘閑面事務所)자리 주변에 서원(書院)이 있었다는 서원터라 부르는 곳이 있다. 안담마을 옆의 문인석과 무인석이 있는 거대한 장군묘는 지금도 마을 사람들이 관리·보존하고 있으며 마을 뒷산 국사봉(國師峰)에는 매년 섣달 그믐날 밤 제를 올리는 전통을 이어오다 최근 주민들의 고령화로 지금은 수년 동안 아쉽게도 그 맥이 끊어졌다. 경지면적은 협소하나 경작 여건은 대체로 양호하며, 소득원으로는 벼, 밤, 양파, 한우 등이다.

장대마을은 50여 가구에 120여 명이 거수하고 있다. 성씨별 분포는 김해허씨, 김해김씨, 초계정씨, 청주한씨 등 다양한 성씨들이 살고 있으나 김해허씨와 김해김씨가 주를 이룬다. 마을에는 추모재라는 김해허씨 종실이 있으며, 효자효녀의 정문인 강효자문과 배씨열녀문이 있다. 마을 사람들은 효자효녀가 많이 나는 곳이라는 자부심이 대단하였다.

장대라는 이름의 유래는 안담 앞 낮은 봉우리로 장군이 군사를 지휘하는 장소라 그렇게 부른다고 했다. 특징적 지명으로는 그믐재와 명고담쌈이 있다. 그믐재는 장대에서 외사로 넘어가는 고개 골이며, 너무 길어서 초순에 나서면 그믐 하순께에 다 넘는다고 하여 붙여진 이름이다. 일명 회령제라고도 한다. 명고담쌈은 약수터이다. 전해져 내려오는 이야기에 의하면 나병환자가 그 물을 마시고 병이 나았다고 한다.

민속적 특징은 뒷산 국사봉에서 지내던 당산제를 안 지낸 지 10년 정

장 대 회 관

도 된다고 한다. 마을 사람들이 많이 떠나고 제를 모실 제관과 비용 등을 마련하기 힘들어 제를 지내지 못하고 있다고 했다. 정월대보름에는 지신밟기와 윷놀이 등은 지금도 한다고 한다.

조사자들이 비기마을경로당에서 장대마을회관의 위치를 확인하고 비기마을 할머니들의 도움을 받아 장대마을을 찾았다. 조사 온 목적과 취지를 말씀드리자 적극적으로 조사에 임해 주었다. 네 명의 제보자로부터 망깨노래, 지신밟기노래, 상여소리, 모심기노래와 경기민요를 조사했다. 이곳에서도 설화를 구연하는 제보자를 만나지 못했다.

▌제보자

문은숙, 여, 1931년생

주 소 지 : 경상남도 합천군 가회면 장대리 708번지 장대마을회관
제보일시 : 2010.7.14
조 사 자 : 박경신, 김구한, 김옥숙, 마소연, 정아용

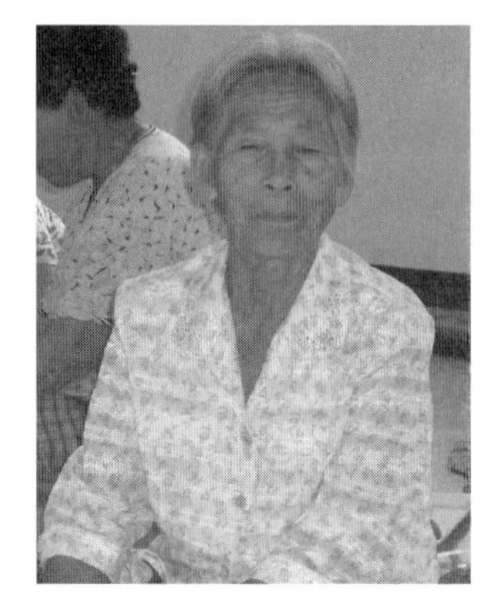

조사자 진행되는 동안 뒤쪽 소파에 앉아 있던 제보자이다. 조사가 무르익자 조사장비가 있는 앞쪽으로 나오며, 자신이 노래를 한번 해 보겠다고 나서서 조사가 이루어졌다. 구연한 자료는 몇 곡 되지 않지만, 자신이 알고 있는 노래는 구연하여 조사에 도움을 주려고 애쓰는 등 나름 적극적인 제보자이다.

가는 몸매에 갸름한 얼굴을 하고, 수줍은 듯 웃음 띤 얼굴로 구연에 임했다. 그러나 목소리는 큰 편이고 성격은 활달하였으며 적극적인 편이었다. 대병에서 이 마을로 이사를 왔으며, 택호는 본동댁이다.

제공한 자료는 망깨노래, 모심기노래, 노랫가락 등이 있다.

제공 자료 목록
04_19_FOS_20100714_PKS_MES_0007 사또영산 구월산 밑에
04_19_FOS_20100714_PKS_MES_0008 노랫가락
04_19_FOS_20100714_PKS_MES_0011 망깨노래
04_19_FOS_20100714_PKS_MES_0012 모심기노래

박임순, 여, 1935년생

주 소 지 : 경상남도 합천군 가회면 장대리 708번지 장대마을회관
제보일시 : 2010.7.14
조 사 자 : 박경신, 김구한, 김옥숙, 마소연, 정아용

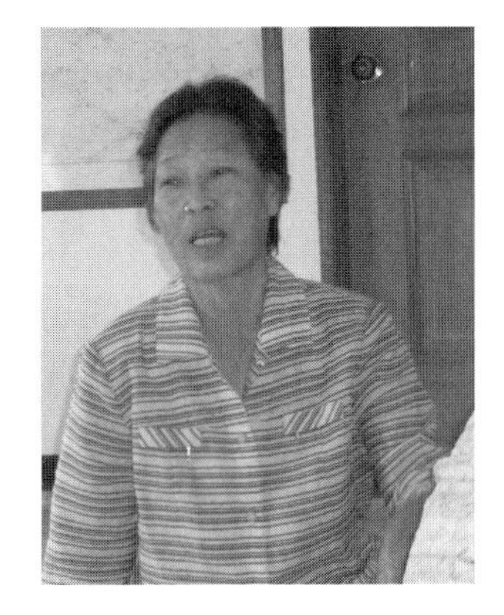

조사자가 조사장소로 찾아가 만난 제보자이다. 아는 노래는 열심히 구연하려 하였다. 그러나 적극적으로 나서기보다 다른 제보자가 부른 뒤에 생각나는 가사가 있거나, 주로 조사자의 요청으로 노래를 불렀다. 젊었을 적에는 제법 노래를 잘 한 것 같았으나, 기억하는 자료는 많지 않았으며, 끝까지 부르지 못하고 노래를 끝내기도 했다. 그러나 목청이 좋아 구성지게 들렸으며, 신나게 구연하는 모습을 보였다.

체격이 좀 큰 편으로 커트머리에 단정한 옷차림을 하고, 나이보다 훨씬 젊은 외모를 지녔다. 대구에서 20세에 이 마을로 시집왔다고 한다. 택호는 하동댁이다.

제공한 자료는 모심기노래 한 곡과 창부타령 두 곡이다.

제공 자료 목록
04_19_FOS_20100714_PKS_PIS_0004 창부타령 (1)
04_19_FOS_20100714_PKS_PIS_0005 창부타령 (2)
04_19_FOS_20100714_PKS_SGD_0002 모심기노래
04_19_FOS_20100714_PKS_SGD_0003 노랫가락

서기도, 남, 1935년생

주 소 지 : 경상남도 합천군 가회면 장대리 708번지 장대마을회관
제보일시 : 2010.7.14

조 사 자 : 박경신, 김구한, 김옥숙, 마소연, 정아용

조사자가 조사장소에 찾아가서 만난 제보자이다. 구연한 대부분의 노래를 자청해서 불렀으며, 자신이 부르는 노래에 대한 자부심이 대단했다. 모든 노래를 자신감 넘치게, 당당하게 구연했다. 노래를 즐기는 분위기로 신명나게 구연하여 청중을 즐겁게 만들었다. 목청이 좋고 기억력도 좋은 편이었으나 보유한 자료가 아주 많지는 않았다. 또한 몇 번이나 신식 유행가를 부르려고 했고, 종이에 적힌 유행가를 부르기도 하는 것으로 보아, 평소에는 유행가를 즐겨 부르는 것 같았다. 전국 노래자랑 대회에도 나갔다고 하였는데, 노래에 재능이 있는 분임을 알 수 있었다.

시원시원하고 적극적인 성격에 목소리가 좋았으며, 노래 부르는 것을 즐겼다. 키가 크고 보통체격에 앞에 나서서 하는 일을 잘해 보였다. 이 동네 태생으로 소학교를 졸업하였다.

제공한 자료는 모심기노래, 상여소리, 지신밟기, 각설이타령, 노랫가락, 양산도가 있다.

제공 자료 목록

04_19_FOS_20100714_PKS_SGD_0001 각설이타령
04_19_FOS_20100714_PKS_SGD_0002 모심기노래
04_19_FOS_20100714_PKS_SGD_0003 노랫가락
04_19_FOS_20100714_PKS_SGD_0006 양산도
04_19_FOS_20100714_PKS_SGD_0009 지신밟기(성주풀이)
04_19_FOS_20100714_PKS_SGD_0010 상여소리

염창연, 여, 1942년생

주 소 지 : 경상남도 합천군 가회면 장대리 비기마을경로당
제보일시 : 2010.7.14
조 사 자 : 박경신, 김구한, 김옥숙, 마소연, 정아용

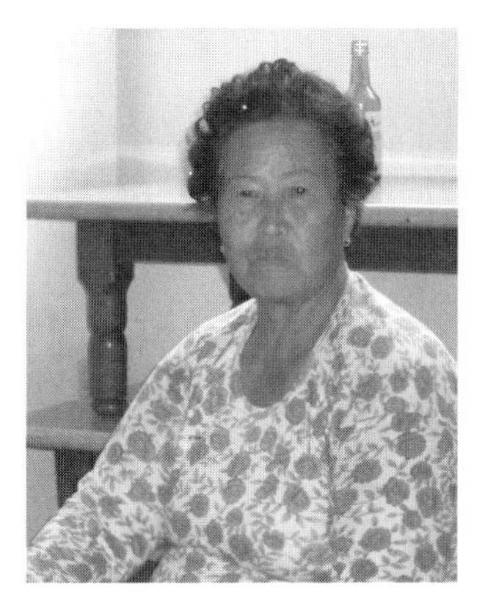

일을 잠시 쉬는 점심시간을 이용해 마을 사람들 몇 명이 경로당에 모여 있었다. 제보자도 그중에 한 명이다. 다리가 아파서 한쪽 다리를 뻗고 그 밑에 시원한 물이 담긴 음료수 병을 받치고 앉아 있었는데, 주변 사람들이 입을 모아 노래를 잘 한다고 칭찬하였다. 실제로 목청이 좋고, 두 손을 너울거리며 춤추듯이 노래하는 등 신명도 많아 노래하는 내내 본인뿐 아니라 주변 모두를 흥겹게 만들었다. 노래만 하면 흥이 나서 못 견딘다고 하였다. 평소에도 유행가뿐 아니라 옛날 노래도 종종 부른다고 하였다. 구연을 하면서 박수를 치고, 어깨춤을 추는 등 끊임없이 몸을 움직이며 노래를 하였다. 노래가 끝나면 호탕하게 웃곤 하였다. 중간에 계속 유행가를 부르고 싶어 하였는데, 민요도 경기민요는 많이 알고 있었지만 모심기노래 같은 전통 노동요는 거의 모른다고 하였다. 아는 노래들은 모두 듣고 배웠다고 했다.

제보자는 웃음이 많고 서글서글한 인상의 소유자였다. 택호는 묵골댁이며, 18세에 이 마을로 시집왔다고 한다.

제공한 자료는 모심기노래와 화투뒤풀이, 경기민요 다수이다.

제공 자료 목록
04_19_FOS_20100714_PKS_YCY_0001 모심기노래
04_19_FOS_20100714_PKS_YCY_0002 청춘가 (1)
04_19_FOS_20100714_PKS_YCY_0003 창부타령 (1)

04_19_FOS_20100714_PKS_YCY_0004 청춘가 (2)
04_19_FOS_20100714_PKS_YCY_0005 창부타령 (2)
04_19_FOS_20100714_PKS_YCY_0006 노랫가락 (1)
04_19_FOS_20100714_PKS_YCY_0007 청춘가 (3)
04_19_FOS_20100714_PKS_YCY_0008 환갑노래
04_19_FOS_20100714_PKS_YCY_0009 창부타령 (3)
04_19_FOS_20100714_PKS_YCY_0010 청춘가 (4)
04_19_FOS_20100714_PKS_YCY_0011 노랫가락 (2)
04_19_FOS_20100714_PKS_YCY_0012 청춘가 (5)
04_19_FOS_20100714_PKS_YCY_0013 노랫가락 (3)
04_19_FOS_20100714_PKS_YCY_0014 창부타령 (4)
04_19_FOS_20100714_PKS_YCY_0015 화투뒤풀이
04_19_FOS_20100714_PKS_YCY_0016 노랫가락 (4)
04_19_FOS_20100714_PKS_YCY_0020 창부타령 (5)
04_19_FOS_20100714_PKS_YCY_0021 청춘가 (6)
04_19_FOS_20100714_PKS_YCY_0022 창부타령 (6)
04_19_FOS_20100714_PKS_YCY_0023 도라지타령
04_19_FOS_20100714_PKS_CPL_0024 청춘가 (2)
04_19_FOS_20100714_PKS_YCY_0026 노랫가락 (5)

이주환, 남, 1934년생

주 소 지 : 경상남도 합천군 가회면 둔내리 1244번지 덕만마을경로당
제보일시 : 2010.7.14
조 사 자 : 박경신, 김구한, 김옥숙, 마소연, 정아용

가회면 경로당에서 추천을 받아 찾아가서 만난 제보자이다. 적극적으로 자료를 제보하지는 않았지만, 미리 전화를 하고 방문했기 때문인지 조사자들에게 호의적인 태도를 보였다. 목청이 좋고, 노래도 술술 잘 넘기며 불러서 과거에 노래를 잘 했음을 충분히 짐작하게 했다. 그러나 제보자는 아침이고, 맨 정신에 노래를 하려니 노래가 잘 넘어가질 않는다며 노래를 많이 하려 하지 않았다. 제보자는 민요에 대한 명확한 인식을 하고 있는

듯했다. 노래를 시작할 때마다 종류를 달리하여 어떤 노래를 부를 것인지 미리 이야기했으며, 노래가 끝난 뒤에도 노래에 대한 부연 설명을 덧붙이고는 하였다.

마을 사람들이 '이의원'이라고 불렀는데, 군의원을 한 경험 때문에 그렇게 불린다고 하였다. 현재는 농사를 짓는다고 했다. 남색 체크무늬 셔츠에 안경을 끼고, 단정하게 머리를 빗어 넘긴 모습 때문인지, 방금 논에 물을 대고 왔다는데도 깔끔하게 보였다.

제공한 자료는 모심기노래, 성주풀이, 경기민요 몇 편이 있다.

제공 자료 목록
04_19_FOS_20100714_PKS_LJH_0001 노랫가락
04_19_FOS_20100714_PKS_LJH_0002 청춘가
04_19_FOS_20100714_PKS_LJH_0003 양산도
04_19_FOS_20100714_PKS_LJH_0004 창부타령
04_19_FOS_20100714_PKS_LJH_0005 성주풀이
04_19_FOS_20100714_PKS_LJH_0006 모심기노래

전내두, 여, 1932년생

주 소 지 : 경상남도 합천군 가회면 둔내리 덕만마을경로당
제보일시 : 2010.7.14
조 사 자 : 박경신, 김구한, 김옥숙, 마소연, 정아용

이른 아침이라 경로당에 사람이 없어 조사자들이 주변을 서성이고 있을 때 우연히 만나 자료를 제공하게 된 제보자이다. 그러나 선뜻 응하지는 않아서 조사자들이 곡식 말리는 것을 도와주자, 마지못해 경로당으로

찾아와 구연을 해주었다. 그러나 본인은 늙어서 노래가 안 된다며 구연을 계속 이어가지는 않았다. 조사자들에게 도움이 안 된 것이 마음에 걸려서인지 조사자들에게 라면이라도 끓여 줄 테니 먹고 가라며, 시골 분 특유의 인심을 보여주기도 하였다.

나이보다 젊어 보이는 외모에 자그마하고 건강한 체구를 가진 제보자는 덕만마을경로당 뒷집에 살고 있었다. 친정이 가동이라 택호가 가동댁이었으며, 17세에 시집왔다고 했다.

제공한 자료는 경기민요 2편이다.

제공 자료 목록
04_19_FOS_20100714_PKS_JND_0007 창부타령
04_19_FOS_20100714_PKS_JND_0008 청춘가

주시환, 남, 1932년생

주 소 지 : 경상남도 합천군 가회면 무곡리 821번지 무곡마을회관
제보일시 : 2010.7.14
조 사 자 : 박경신, 김구한, 김옥숙, 마소연, 정아용

마을 이장님의 추천으로 만나게 된 제보자이다. 백발에 흰 모시옷을 깔끔하게 차려 입고 나타난 제보자는 일제강점기 때 식량을 공출 당했던 일을 세세히 설명하며 회한을 드러냈다. 중학교까지 졸업하고 대양초등학교 육성회장, 강암 향교 유도회장을 역임한 만큼 유식했으며, 일제강점기 상황이나 마을 지명 등 사실적인 지식은 꽤 있었지만 구비문학적 자료 가치는 희박하였다.

말로 설명하는 것은 좋아하였으나, 노래를 청하면 잘 하려들지 않았다. 제보자가 제공한 모심기노래도 몇 번의 반복된 요청 끝에 불러준 것이다. 현재는 상주 주씨 대동친목회 이사와 무곡 경로당 회장을 겸하고 있다고 했다. 그래서인지 체면을 중요시하며 그것을 훼손하는 언행은 삼가는 모습이 역력했다. 젊어서는 밤나무 농사를 크게 지었으며, 이 마을 토박이이다.

제공한 자료는 모심기노래 1편이다.

제공 자료 목록
04_19_FOS_20100714_PKS_JSH_0001 모심기노래

채점이, 여, 1937년생

주 소 지 : 경상남도 합천군 가회면 장대리 708번지 장대마을회관
제보일시 : 2010.7.14
조 사 자 : 박경신, 김구한, 김옥숙, 마소연, 정아용

베틀노래를 잘한다는 문은숙 제보자의 추천으로 조사에 임하게 된 제보자이다. 그러나 베틀노래는 부르지 못했으며, 문은숙 제보자와 모심기노래를 몇 곡 함께 부르는데 그쳤다. 노래를 온전히 기억하여 정확하게 부르는 능력은 없는 듯 보조로 거드는 역할을 했다. 통통하고 키 작은 외모에 택호는 내동댁이다.

제공한 자료는 모심기 노래 1편이다.

제공 자료 목록
04_19_FOS_20100714_PKS_MES_0012 모심기노래

최필림, 여, 1934년생

주 소 지 : 경상남도 합천군 가회면 장대리 비기마을경로당
제보일시 : 2010.7.15
조 사 자 : 박경신, 김구한, 김옥숙, 마소연, 정아용

조사자가 구연을 부탁하자 마을 사람 중 한 사람이 전화를 하여 제보자를 오게 하였다. 체구가 크지 않고, 눈과 얼굴이 동글동글한 느낌에 깔끔한 인상을 주었다. 도착하자마자 자료를 제공할 만큼 성격도 시원시원하고 웃음도 많았다. 많은 자료를 제공하지는 않았지만, 목청이 탁 트이고 발음도 정확한 편이라 듣기에 좋았다.

경주 최씨라서 경주댁으로 불리는 제보자는 친정은 진주라고 하였으며, 17세에 시집을 왔다고 했다.

제공한 노래는 경기민요 4편이다.

제공 자료 목록
04_19_FOS_20100714_PKS_CPL_0017 노랫가락
04_19_FOS_20100714_PKS_CPL_0018 청춘가 (1)
04_19_FOS_20100714_PKS_CPL_0019 창부타령
04_19_FOS_20100714_PKS_CPL_0024 청춘가 (2)

사또영산 구월산 밑에

자료코드 : 04_19_FOS_20100714_PKS_MES_0007
조사장소 : 경상남도 합천군 가회면 장대리 1103번지 장대마을회관
조사일시 : 2010.7.14
조 사 자 : 박경신, 김구한, 김옥숙, 마소연, 정아용
제 보 자 : 문은숙, 여, 80세
구연상황 : 뒷쪽 창가에 놓인 소파에 앉아있던 제보자는 "내 한번 불러 볼게."라고 하며 조사장비가 있는 방 가운데로 나와 앉아 이 노래를 구연했다. 발음도 분명하고 목청도 좋게 잘 구연했다. 중간에 생각이 안 난다며 잠시 머뭇거리기도 하였다. 구연 후에 빠트려 먹었다며 아쉬워했다.

헤~
사또영산 구월산밑에 주추캐는아 저큰아가

(청중 : 얼씨구)

당신집이 어디건데 해다진데 주추캐노
소녀집을 볼라시면 한등넘어도 못보니요(못보네요)
삼사시등을 넘어가면
앞등에는 국화를심고 뒤뜰에는 매화심고

(청중 : 잘하니요~)

굵은바늘 지둥하고(기둥하고) 가는바늘은 쇠로걸고
당사실로 이루얽어서

["뭐꼬? 또?"라며 잠시 생각하다가 계속하였다.]

분으로는 대비를(도배를)하고 연지로는 왕토하고
앞뜰에는 국화를심고 뒤뜰에는 매화를심어

(청중 : 좋다~)

분통겉은반이 요내반이요

노랫가락

자료코드 : 04_19_FOS_20100714_PKS_MES_0008
조사장소 : 경상남도 합천군 가회면 장대리 1103번지 장대마을회관
조사일시 : 2010.7.14
조 사 자 : 박경신, 김구한, 김옥숙, 마소연, 정아용
제 보 자 : 문은숙, 여, 80세
구연상황 : 앞 노래에 이어서 웃음 띤 모습으로, 몸을 좌우로 조금 흔들며 즐겁게 구연했다. 팔십 노인이 노래를 잘한다고 하자 목에서 소리가 안 나온다고 한탄했다.

백장문 저높은집에 명지베(명주베)짜는 저큰아가
잘짜든지 못짜나든지 임자수단이 제일이요

망깨노래

자료코드 : 04_19_FOS_20100714_PKS_MES_0011
조사장소 : 경상남도 합천군 가회면 장대리 1103번지 장대마을회관
조사일시 : 2010.7.14
조 사 자 : 박경신, 김구한, 김옥숙, 마소연, 정아용
제 보 자 : 문은숙, 여, 80세
구연상황 : 앞 제보자에게 상여소리에 이어 봉분 다질 때 부르는 '달구질노래'를 청하자, 제보자가 이 노래를 불렀다. 이 망깨노래는 달구질할 때도 불렀음을 짐작할 수 있다. 제보자는 이 노래는 왜정시대 못 팔 때 부르던 노래로 별가사가 없

다고 설명했다.

어야라처 에야라 망깨로구나
망깨다리는 니다리요
어여러차 망깨야~

(청중 : 망깨서방은 일본가고)

어여라처 망깨야~
망깨다리가 잘다린다
에야라처 망깨야~

["망깨라 그만." 이라며 왜정시대 때 그랬다고 말하였다.]

망깨서방은 일본을가고
어야라처 망깨야~

모심기노래

자료코드 : 04_19_FOS_20100714_PKS_MES_0012
조사장소 : 경상남도 합천군 가회면 장대리 1103번지 장대마을회관
조사일시 : 2010.7.14
조 사 자 : 박경신, 김구한, 김옥숙, 마소연, 정아용
제보자 1 : 문은숙, 여, 80세
제보자 2 : 채점이, 여, 74세
구연상황 : 채점이 제보자가 '모심기노래'를 한 곡 안다고 하며 이 노래를 구연하게 되었다. 먼저 문은숙 제보자가 선창을 하다가 두 분이서 함께 구연했다. 청중 한 명이 제보자의 목소리에 힘이 없다며 점심 굶고 하느냐고 핀잔을 주기도 했다.

서마지기 논빼미가 반달같이 남아드네

니가무신 반달이라 초생달이 반달이제

이논에다 모를심어 장잎나서 영화로다
우리동생 곱기키와(키워) 갓을씌와(씌워) 영화로다

우리님은 어디가고 엥기(연기)낼줄 모리는고
집집마다 엥기나네 골골마다 엥기내네
우리님은 어디가고 엥기낼줄 모르는고

창부타령 (1)

자료코드 : 04_19_FOS_20100714_PKS_PIS_0004
조사장소 : 경상남도 합천군 가회면 장대리 1103번지 장대마을회관
조사일시 : 2010.7.14
조 사 자 : 박경신, 김구한, 김옥숙, 마소연, 정아용
제 보 자 : 박임순, 여, 76세
구연상황 : 앞 노래에 이어서 계속 구연했다. 양반다리를 하고 두 손은 박수를 치면서 구연했다.

아니아니 놀지는 못하리라
추강월색 달밝은밤에 벗이없는 이몸이
어둠침침 긴긴밤을 나홀로서 누웠으니
밤적적 야심하니 침불안석 잠못자고
봄부님에 시달려 꼬꼬닭은 울었구나
오늘도 뜬눈으로 새벽마치를 하였구나
얼씨구나 이제○○○ 아니 노지를 못하리라

창부타령 (2)

자료코드 : 04_19_FOS_20100714_PKS_PIS_0005
조사장소 : 경상남도 합천군 가회면 장대리 1103번지 장대마을회관
조사일시 : 2010.7.14
조 사 자 : 박경신, 김구한, 김옥숙, 마소연, 정아용
제 보 자 : 박임순, 여, 76세
구연상황 : 서기도 제보자가 종이에 적힌 가사를 보고 유행가를 부르자 청중은 박수를 치며 즐거워했다. 조사자가 '청춘가'를 하나 부르라고 청하자 제보자가 박수를 치며 이 노래를 불렀다.

아~높은 상사봉에 외로이 누워서
술먹고 잠드니 내온줄 아느냐
흘러가는 세월은 바람결 같구요
늙어가는 인생은 물결과 같구나

각설이타령

자료코드 : 04_19_FOS_20100714_PKS_SGD_0001
조사장소 : 경상남도 합천군 가회면 장대리 1103번지 장대마을회관
조사일시 : 2010.7.14
조 사 자 : 박경신, 김구한, 김옥숙, 마소연, 정아용
제 보 자 : 서기도, 남, 76세
구연상황 : 조사자가 조사준비를 마치자 제보자는 '각설이타령'부터 해보겠다며 적극적으로 구연을 시작했다. 눈은 먼 데를 응시하다가 좌우를 한 번씩 둘러보면서 즐겁게 구연했다. 두 손을 사용하여 가끔 노래 내용을 표현하기도 했다.

헐~씨구씨구 들어간다
절씨구 들어간다
이때나마참 어느땐고
양춘이간장하게 봄이들어

아리나마당에 꽃피어
꽃은피어 ○○해
잎은피어 만발해
우리나같은 인생은
팔도강산을 당겨도
○○○○ 당깁니다
얼씨고 절씨고 잘한다

헤에~
혼차나가면은 심심질
둘이나가면은 투견질
서이나가면은 사배질
사배기질에는 싸움질
잡았다가놓았다가 투망질
시내갱변에 빨래질
어진사람은 강도질
방안에새댁이 바느질
아래우에(위에) 양치질
얼씨구 절씨구 잘한다

이태롱은 떨어지고
떡태롱이 들어간다
한발두발 가래떡
헝클어졌다 속풀떡
한치나 두치나 시리떡
울기쭐기 찹쌀떡

아동치가 먹은떡은
찹쌀모찌에 꿀을발라
꿀떡꿀떡 잘넘어간다
어러씨구 저러씨구 잘한다

이각설이가 이래도
하루장만 꿀리면
지집에(계집에) 자슥을 굶긴다
아래장에 눈오고
오늘

[잘못 구연하여 다시 고쳐 구연함.]

어젯장에 비오고
오늘장에 내가왔소
얼씨구 절씨구~ 잘-한-다

모심기노래

자료코드 : 04_19_FOS_20100714_PKS_SGD_0002
조사장소 : 경상남도 합천군 가회면 장대리 1103번지 장대마을회관
조사일시 : 2010.7.14
조 사 자 : 박경신, 김구한, 김옥숙, 마소연, 정아용
제보자 1 : 서기도, 남, 76세
제보자 2 : 박임순, 여, 76세
구연상황 : 앞 노래를 끝낸 제보자는 신식 유행가를 한 곡 부르겠다고 했다. 그러자 청중이 유행가는 부르지 말고 옛날노래를 부르라고 채근했다. 조사자가 모심기노래를 불러보라고 하자 목청을 길게 빼서 노래를 불렀다. 이어 박임순 제보자도 이 노래를 불렀으나 두 번째 곡에서는 자꾸 잊어버린다며 완전하게 구

연하지 못했다. 서기도 제보자는 조사자들에게 잘 왔다며 이런 노래들은 전국 노래자랑 대회에서 주로 부르는 노래라며 귀한 노래를 제공한다는 자부심을 내비쳤다.

제보자 1 서마지기 논빼미에 반달같이도 내다간다
내가무슨 반달인가 초승달이 반달이지

제보자 2 상주함창 공갈못에 연밥따는 저처녀야
연밥줄밥 내따줌세 이내품안에 잠들어라
잠들기는 어렵잖아 연밥따기 어려울세

문어야대전복 손에들고~첩오(첩의)집이 왠말인가
첩오집은 연못이고 나의집은

노랫가락

자료코드 : 04_19_FOS_20100714_PKS_SGD_0003
조사장소 : 경상남도 합천군 가회면 장대리 1103번지 장대마을회관
조사일시 : 2010.7.14
조 사 자 : 박경신, 김구한, 김옥숙, 마소연, 정아용
제보자 1 : 서기도, 남, 76세
제보자 2 : 박임순, 여, 76세
구연상황 : 서기도 제보자가 노랫가락을 불러보겠다며 한 곡조를 구연하자, 이어 박임순 제보자가 한 곡 더 구연하였다.

세상을 원망을말고 고생하는걸 탄식을마라
꽃핀후에 열매가열고 고생끝에는 행복이온다

(청중 : 잘한다~)

아서라 탄식을말고서 먹은술이나 더먹어보세

수강모랑 집을짓고 만수무게가 경판을달고

(청중 : 잘한다~)

산신산 불로초를 여기저기에 씌워놓고
죽당에 양파

[이 구절이 생각이 나지 않아 잠시 멈추었다.]

모시우다가 백년사리

양산도

자료코드 : 04_19_FOS_20100714_PKS_SGD_0006
조사장소 : 경상남도 합천군 가회면 장대리 1103번지 장대마을회관
조사일시 : 2010.7.14
조 사 자 : 박경신, 김구한, 김옥숙, 마소연, 정아용
제 보 자 : 서기도, 남, 76세
구연상황 : 제보자는 양산도를 하겠다며 이 노래를 구연하였다.

에헤이요~
앞집에 김도령 나시접(시집) 간다고
가매짝 잡고서 대성통곡 슬피우지를마~어라
나시접 가는곳은 고공살러(머슴살러) 오~너라
어허라 놀어라 놋노리~
능기를 하여도 내가 못살겄~네

지신밟기(성주풀이)

자료코드 : 04_19_FOS_20100714_PKS_SGD_0009
조사장소 : 경상남도 합천군 가회면 장대리 1103번지 장대마을회관
조사일시 : 2010.7.14
조 사 자 : 박경신, 김구한, 김옥숙, 마소연, 정아용
제 보 자 : 서기도, 남, 76세
구연상황 : 옛날에 꽹과리 치면서 부르던 성주풀이를 하겠다고 적극 나섰다. 꽹과리를 치는 후렴 부분을 말로 흉내 내는 것이 특이하고 재미있었다. 그러나 이 자료를 제대로 알고 있는 구연자는 아닌 듯 몇 마디한 후, "대한민국!"이라며 끝내자 모두 박장대소하였다.

이집에 물문은 올라붙듯이 떡떡올라붙고
이명당 이터전에 철릉으로 말나라레
용물이 들었다가 사모에 핑경(풍경)달아
핑경소리가 좋고
이집에 아들애기 놓거들랑
서울을 올려서 정승판사를 마련하고
딸애기 놓거들랑 정렬부인을 마련하고
이집에 자수사망시
물문은 개오시 떼올라붙듯이 떡떡올라붙고
키크고 눈큰놈은 저-물밑으로 내보내고
어유라 성주여 까강까강 깡깡깡
어루자 성주여 까가라깡깡 깡깡깡
대한민국 까-까-까-

상여소리

자료코드 : 04_19_FOS_20100714_PKS_SGD_0010
조사장소 : 경상남도 합천군 가회면 장대리 1103번지 장대마을회관
조사일시 : 2010.7.14
조 사 자 : 박경신, 김구한, 김옥숙, 마소연, 정아용
제 보 자 : 서기도, 남, 76세
구연상황 : 제보자가 "사람이 세상을 버리면 종구쟁이"를 한다며, 상여소리를 할 줄 안다고 말했다. 조사자가 이 노래는 듣기가 매우 어렵다며 구연을 청하자 다음 노래를 시작했다. 구연이 끝난 후, 청중이 제보자를 두고 전에는 목청이 좋았는데, 요즈음 안 좋아졌다고 말했다.

어젯밤 새벽까지는 대궐같은 청개집에서 잤거만은
오늘부터 첩첩산골짝 옛집찾아 나는간다

[한 청중이 슬픈 목소리로 "어이구" 하자 청중이 웃었다. 이어 후렴으로 "어이구 어이구" 해야 되냐고 했다.]

일가친척이 많다해도 한양

[잘못 구연하여 고쳐서 다시 구연하였다.]

대신갈이가(사람이) 누가있나

(청중 : 맞다.)

친구야벗이 많다고해도 한양갈 이가
삐가리(병아리)같은 손자를두고 눈을감고서 어이가나

(청중 : 아이 눈물 나네.)

저승길이 멀다고해도 문밖이 저승이다
어~어 어어어 어화넘차 어화~

모심기노래

자료코드 : 04_19_FOS_20100714_PKS_YCY_0001
조사장소 : 경상남도 합천군 가회면 장대리 963-2번지 비기마을경로당
조사일시 : 2010.7.14
조 사 자 : 박경신, 김구한, 김옥숙, 마소연, 정아용
제 보 자 : 염창연, 여, 69세
구연상황 : 조사자가 "잘 부르시는 분 있으면 전화해서 오라고 해 주세요."라고 하자 청중이 한 사람을 지목하였는데, 그 분이 이 제보자이다. 조사자가 제보자에게 조사 취지를 설명하며 어떤 것이든 아는 데까지만이라도 구연해 줄 것을 청하자 청중과 함께 박수를 쳐가며 신명나게 구연하였다.

모야모야 노랑모야 언제커서 열매열래
이밤크고 훗달(다음달)크고 저훗달에 열매열게

청춘가 (1)

자료코드 : 04_19_FOS_20100714_PKS_YCY_0002
조사장소 : 경상남도 합천군 가회면 장대리 963-2번지 비기마을경로당
조사일시 : 2010.7.14
조 사 자 : 박경신, 김구한, 김옥숙, 마소연, 정아용
제 보 자 : 염창연, 여, 69세
구연상황 : 앞 노래에 이어 계속해서 구연하였다.

산이 높아야 이~요 골도나 깊으지
조그만은 여자속이 에~헤 얼마나 깊으리

창부타령 (1)

자료코드 : 04_19_FOS_20100714_PKS_YCY_0003

조사장소 : 경상남도 합천군 가회면 장대리 963-2번지 비기마을회관
조사일시 : 2010.7.14
조 사 자 : 박경신, 김구한, 김옥숙, 마소연, 정아용
제 보 자 : 염창연, 여, 69세
구연상황 : 제보자가 한 곡만 부르고 "그만하면 되었다." 하며 그만두려 하였다. 이에 조사자가 더 해 줄 것을 청하였다. 옛날 노래를 해야 되는지 조사자에게 확인한 다음 박수를 치며 웃음 띤 얼굴로 즐겁게 구연하였다.

높은낭게 깐치집은(까치집은) 바람이불까도 염려되고
청-천에 요내몸은 뱅이(병이)날까도 염려로다

청춘가 (2)

자료코드 : 04_19_FOS_20100714_PKS_YCY_0004
조사장소 : 경상남도 합천군 가회면 장대리 963-2번지 비기마을경로당
조사일시 : 2010.7.14
조 사 자 : 박경신, 김구한, 김옥숙, 마소연, 정아용
제 보 자 : 염창연, 여, 69세
구연상황 : 앞 노래에 이어 구연하였다. 웃으면서 박수를 치고, 아주 여유 있는 모습으로 노래를 불렀다. 청중도 잘 한다며 칭찬하고 흥을 돋우었다. 같은 곡을 연달아 다섯 곡을 불렀다.

나비없는 동산에 꽃피모 뭣할것고(것이고)
임없는 요몸이 좋~다 고와서 뭣할것고

술이라꼬 먹거들랑 이~여 술지정(술주정) 말고서
임이라꼬 만나거등 좋~다 이별을 말어라

[제보자는 민망한 듯 웃으며, 옛날 노래가 많지만 자신이 부르는 노래는 노래도 아니라고 했다. 이에 조사자가 얄궂은 노래가 좋다고 하며 더 불러줄 것을 청하자 이어서 불렀다.]

신작로 끝나도록 이~요 가는기(것이) 옳것나(옳겠는가)
요종사를 하고서 좋~다 사는기 옳것나

(청중 : 잘한다~)

저달 뒤에는 이~요 빌(별)따로(따라) 가고서
우런(우리)님 뒤에는 좋~다 내따로(따라) 갈라네

[웃음]
[상을 주어도 많이 주고 가야 되겠다고 하였다.]

청천 하늘에 이~여 잔별도 많고서
요내야 가슴에 좋~다 수심도 많더라

창부타령 (2)

자료코드 : 04_19_FOS_20100714_PKS_YCY_0005
조사장소 : 경상남도 합천군 가회면 장대리 963-2번지 비기마을경로당
조사일시 : 2010.7.14
조 사 자 : 박경신, 김구한, 김옥숙, 마소연, 정아용
제 보 자 : 염창연, 여, 69세
구연상황 : 앞 노래에 이어 구연하였다. 구연이 끝난 후 청중이 "땡잡았다. 녹음 잘 한다."며 제보자의 신명을 돋우었다.

설탄백탄(석탁백탄) 타는데는 연기짐도(김도) 안나는데
요내가슴 타는데는 연기도짐도 아니난다

노랫가락 (1)

자료코드 : 04_19_FOS_20100714_PKS_YCY_0006
조사장소 : 경상남도 합천군 가회면 장대리 963-2번지 비기마을경로당
조사일시 : 2010.7.14
조 사 자 : 박경신, 김구한, 김옥숙, 마소연, 정아용
제 보 자 : 염창연, 여, 69세
구연상황 : 앞 노래에 이어 구연하였다.

당신에께 디릴라꼬(드리려고) 가슴깊이다 심었더니
그수건 전하기전에 이별해자가 왠말이냐

청춘가 (3)

자료코드 : 04_19_FOS_20100714_PKS_YCY_0007
조사장소 : 경상남도 합천군 가회면 장대리 963-2번지 비기마을경로당
조사일시 : 2010.7.14
조 사 자 : 박경신, 김구한, 김옥숙, 마소연, 정아용
제 보 자 : 염창연, 여, 69세
구연상황 : 청중이 자신들은 노래들이 기억이 안 나는데, 제보자는 참 잘한다고 칭찬하였다. 청중이 제보자는 평소에도 노래를 불러서 잘한다고 말하는 중에 구연을 시작했다. 노래하는 내내 박수를 쳤으며, 중간 중간 팔을 흔들며 춤을 추기도 하였다.

질갓집(길갓집) 담장은 이~요 높어야 좋고서
술집에 아줌마씨 좋~다 고와야 좋더라~

(청중 : 잘한다~)

신작로 널러서(넓어서) 이~요 질(길)가기 좋고서
전깃불 밝아서 좋~다 놀기도 좋더라

[웃음]

낙동강 칠백리 이~요 줄배를 놓고서
임이나 탔는가 좋~다 뱃머리나 둘러봐라

환갑노래

자료코드 : 04_19_FOS_20100714_PKS_YCY_0008
조사장소 : 경상남도 합천군 가회면 장대리 963-2번지 비기마을경로당
조사일시 : 2010.7.14
조 사 자 : 박경신, 김구한, 김옥숙, 마소연, 정아용
제 보 자 : 염창연, 여, 69세
구연상황 : 앞 노래에 이어 제보자는 옛날 가요를 두 곡을 연달아 청중과 함께 불렀다. 조사자가 이것은 조사 대상이 못 된다며 다시 좀 전에 하던 노래들을 청하였다. 청중이 제보자에게 '칠순노래'를 하라고 하자 이 노래를 시작하였다. 아마 요즈음은 환갑잔치는 생략하고 칠순잔치를 주로 하는 추세이고, 따라서 이 노래도 주로 칠순잔치 때 부르는 것 같다. 제보자는 막힘없이 발음도 정확하고 신명나게 노래했다.

나라충성 내아들아 만대유지 내메늘아
평생소자(효자) 내딸아가 사랑하다 내사우야
금쪽겉은 친손자야 옥돌겉은 내손자야
오늘같이 좋은날에 많이먹고 잘놀아라
배고프면 밥줄끼고(것이고) 술없시머 술주끼고
많이많이먹고 잘노다가자~

창부타령 (3)

자료코드 : 04_19_FOS_20100714_PKS_YCY_0009
조사장소 : 경상남도 합천군 가회면 장대리 963-2번지 비기마을경로당
조사일시 : 2010.7.14
조 사 자 : 박경신, 김구한, 김옥숙, 마소연, 정아용
제 보 자 : 염창연, 여, 69세
구연상황 : 앞 노래에 이어서 계속 구연했다. 달아서 두 곡을 불렀다. 청중은 제보자에게 참 잘한다고 하고, 오늘 자리 참 잘 잡았다고 했다. 조사자들에게는 때맞추어 잘 찾아왔다고 말했다.

탁주를 배를모아 청주바닥에 띄워놓고
소주바람 딜이불어 안주산으로 놀러가세

[청중이 제보자에게 참 잘한다며, 오늘 참 자리 잘 잡았다고 했다. 조사자들에게는 때맞추어 잘 찾아왔다고 했다. 한참 쉰 후 다음 노래가 생각났는지 계속해서 구연했다.]

저건네러 잔솔밭에 살살기는 저포수야
그삐들기 잡지를마라 지난밤에 꿈을꾸니
날캉(나와)같은 임을잃고 임찾아서 살살긴다.

청춘가 (4)

자료코드 : 04_19_FOS_20100714_PKS_YCY_0010
조사장소 : 경상남도 합천군 가회면 장대리 963-2번지 비기마을경로당
조사일시 : 2010.7.14
조 사 자 : 박경신, 김구한, 김옥숙, 마소연, 정아용
제 보 자 : 염창연, 여, 69세
구연상황 : 앞 노래에 이어 구연하였다. 얼굴에 함박웃음을 머금고 박수를 치고, 어깨춤을 추며 흥겨워하면서 구연하였다.

시고 떫어도 이~요 주막술이 좋고서
껌고야 껌어도 좋~다 본낭군이 최고더라

아실아실 춥거들랑 이~요 나품에 잠들고
베개돋움이 높으거등 좋~다 나폴을(팔을) 베세요

[이때 제보자가 조사자를 향해 “그 노래 좋지요.”라고 하면서 웃었다.]

니가 날마쿰(만큼) 이~요 사랑만 한다면
가시밭이 천리라도 좋~다 신벗고도 갈끼다(것이다)

[조사자가 신나면 하루 종일 혼자 노시겠다고 웃으면서 칭찬하자, 청중이 맞장구를 쳤다. 화기애애한 분위기가 이어졌다. 제보자는 그동안 노래 가사를 떠올리다가 구연을 이어나갔다.]

청천 하늘에 이~요 잔별도 많고서
요내야 가슴이 좋~다 수심도 많더라

세월이 갈라면 이~요 제혼채(저혼자) 가제요(가지요)
아까운 나청춘을 다리고(데리고) 가느냐

노랫가락 (2)

자료코드 : 04_19_FOS_20100714_PKS_YCY_0011
조사장소 : 경상남도 합천군 가회면 장대리 963-2번지 비기마을경로당
조사일시 : 2010.7.14
조 사 자 : 박경신, 김구한, 김옥숙, 마소연, 정아용
제 보 자 : 염창연, 여, 69세
구연상황 : 조사자가 구연을 유도하기 위해 첫머리를 꺼내자 구연을 시작하였다.

뒷동산 고목나무 날캉(나와)같이도 속이썩어
속이썩어 넘이(남이)아나 겉이썩어야 넘이알제
앞뜰에 푸르난들판 보기만하여도 풍년이구나

[청중이 "줄 떨어진다고 하는 노래"라고 하자, 즉 조사자가 앞서 언급한 노래가사를 말하자 이어서 불렀다.]

수천당 새모시낭개 오색가지를 고내를(그네를)매~여
니가(네가)밀면 내가밀고 내가밀면은 니가밀고
임아임아 줄밀지마라 줄떨어지면 정떨어진다

청춘가 (5)

자료코드 : 04_19_FOS_20100714_PKS_YCY_0012
조사장소 : 경상남도 합천군 가회면 장대리 963-2번지 비기마을경로당
조사일시 : 2010.7.14
조 사 자 : 박경신, 김구한, 김옥숙, 마소연, 정아용
제 보 자 : 염창연, 여, 69세
구연상황 : 조사자의 유도로 앞 노래에 이어 구연하였다.

서산에 지는해는 어~요 지고싶어 지나요
날두고 가는님이 에~헤 가고싶어 가느냐

노랫가락 (3)

자료코드 : 04_19_FOS_20100714_PKS_YCY_0013
조사장소 : 경상남도 합천군 가회면 장대리 963-2번지 비기마을경로당
조사일시 : 2010.7.14

조 사 자 : 박경신, 김구한, 김옥숙, 마소연, 정아용
제 보 자 : 염창연, 여, 69세
구연상황 : 잠시 쉬면서 제보자는 유행가 앞 구절을 꺼내며 옛날노래가 맞느냐고 물었다. 청중이 맞다고 하자 노래 한 곡을 불렀다. 제보자는 유행가도 아주 잘 부르는 목소리를 지녔다. 조사자가 모심기노래를 유도하려 했지만, 기억나는 것이 없는지 잠시 구연이 중단되었다. 조사자는 계속 첫머리를 일러주며 구연을 유도하였다. 청중이 이야기를 나누는 동안 이 노래가 생각나자 구연하였다.

백장에 걸려난시계 얼거덕 철거덕
니(네) 가지마라 니가가면 세월도가고
세월이 가면은 나청춘도 능다(늙는다)

창부타령 (4)

자료코드 : 04_19_FOS_20100714_PKS_YCY_0014
조사장소 : 경상남도 합천군 가회면 장대리 963-2번지 비기마을경로당
조사일시 : 2010.7.14
조 사 자 : 박경신, 김구한, 김옥숙, 마소연, 정아용
제 보 자 : 염창연, 여, 69세
구연상황 : 조사자가 시집살이 노래는 모르냐고 묻자, 기억이 나지 않는지 웃기만 하다가 이 노래를 구연하였다.

장독간에 봉숭아꽂은 나비가앉아서 잦아지고
올목졸목 나의이홀목(손목) 당신이지어서(쥐어서) 잦아진다

화투뒤풀이

자료코드 : 04_19_FOS_20100714_PKS_YCY_0015
조사장소 : 경상남도 합천군 가회면 장대리 963-2번지 비기마을경로당
조사일시 : 2010.7.14

조 사 자 : 박경신, 김구한, 김옥숙, 마소연, 정아용
제 보 자 : 염창연, 여, 69세
구연상황 : 조사자가 '화투타령'이나 '각설이타령'은 구연을 유도하자 곧바로 이 노래를 시작하였다.

정월솔가지 속속한마음
이월매조에 맺아놓고
삼월사꾸라 산란한마음
사월흑싸리 허사로다
오월남초 나비가날아
유월목단에 꽃에앉아
칠월홍돼지 홀로누워
팔월공산에 달떠온다
구월국화 굳었던마음
시월시단풍에 다떨어진다
오동장롱 값많다해도
비삼십에다 당할소냐

노랫가락 (4)

자료코드 : 04_19_FOS_20100714_PKS_YCY_0016
조사장소 : 경상남도 합천군 가회면 장대리 963-2번지 비기마을경로당
조사일시 : 2010.7.14
조 사 자 : 박경신, 김구한, 김옥숙, 마소연, 정아용
제 보 자 : 염창연, 여, 69세
구연상황 : 조사자가 구연을 이끌어내기 위해 다양한 노래를 언급했지만 아는 노래가 없는지 잠시 구연이 중단되었다. 청중도 이 노래의 앞머리를 이야기해주며 구연을 유도하였다. 그만하면 되었다고 거절하다가 잠시 후 이 노래를 구연하였다.

보소왔소 나여기왔소 천리타향에 나여기왔소
아마도 나여기완(온) 것은 꽃을보자꼬 나여게(여기에)왔소

창부타령 (5)

자료코드 : 04_19_FOS_20100714_PKS_YCY_0020
조사장소 : 경상남도 합천군 가회면 장대리 963-2번지 비기마을경로당
조사일시 : 2010.7.14
조 사 자 : 박경신, 김구한, 김옥숙, 마소연, 정아용
제 보 자 : 염창연, 여, 69세
구연상황 : 청중이 전화 통화를 길게 하였다. 구연이 중단된 채 이야기를 나누며 시간이 흘렀다. 다시 여러 노래를 언급하며 구연을 유도하자, 제보자가 이제는 기억나는 것을 대부분 다 불렀다며 그만 부르려 하였다. 이때 청중 가운데 한 명이 "처남처남 해 봐라"라고 하자, 제보자가 이 노래를 불렀다.

처남처남 내처남아 너거(너희)누부(누나) 뭣하더노
신던보선 볼거더나 입던적삼 등받더나
등도불도 아니걸고 질캉(길과)같은 경대놓고
연지찍고 분바르고 자형오도록만 기다린다

청춘가 (6)

자료코드 : 04_19_FOS_20100714_PKS_YCY_0021
조사장소 : 경상남도 합천군 가회면 장대리 963-2번지 비기마을경로당
조사일시 : 2010.7.14
조 사 자 : 박경신, 김구한, 김옥숙, 마소연, 정아용
제 보 자 : 염창연, 여, 69세
구연상황 : 조사자와 청중이 노래가사의 앞머리를 언급하며 구연을 유도하여 이 노래를 부르게 되었다. 구연이 끝나자 청중은 "진짜 보기 싫다."며, "늙으면 사람만큼

보기 싫은 것이 없다."고 응수했다. 이어 노래에 빠져 일하러 가는 것도 잊었다고 웃었다.

새끼야 백발은 쓸모가 있어도
사람아 백발은 에~헤 쓸모도 없더라

호박은 늙으면 에히요 단맛이 있고서
사람은 늙으면 에~헤 보기도 싫단다

창부타령 (6)

자료코드 : 04_19_FOS_20100714_PKS_YCY_0022
조사장소 : 경상남도 합천군 가회면 장대리 963-2번지 비기마을경로당
조사일시 : 2010.7.14
조 사 자 : 박경신, 김구한, 김옥숙, 마소연, 정아용
제 보 자 : 염창연, 여, 69세
구연상황 : 앞 노래에 이어 구연하였다.

오둥장놈 발맞춤하고 진주야대학상이(대학생이) 임일론가(임일런가)
목두름재기 어덜떨털고 밥무-로(먹으러)오는기(것이) 임일론가

장독간에 봉숭아꽃은 나비가앉아서 잦아지고
홀목홀목 나의홀목 당신이쥐어서 잦아진다

노랫가락 (5)

자료코드 : 04_19_FOS_20100714_PKS_YCY_0026
조사장소 : 경상남도 합천군 가회면 장대리 963-2번지 비기마을경로당
조사일시 : 2010.7.14

조 사 자 : 박경신, 김구한, 김옥숙, 마소연, 정아용
제 보 자 : 염창연, 여, 69세
구연상황 : 앞 노래에 이어 구연하였다. 구연이 끝난 후 청중이 "참사랑 만나 미돌 없는 밥 묵어보꼬." 이렇게 나와야 하는데, 노래하다가 말았다며 아쉬워했다. 제보자는 모르겠다며 크게 웃었다.

배고파 지으난(지어놓은)밥은 돌도많고서 미도많애
미많고 돌많은밥은 임이없느나(없는) 탓이로다

노랫가락

자료코드 : 04_19_FOS_20100714_PKS_LJH_0001
조사장소 : 경상남도 합천군 가회면 둔내리 1247-2번지 덕만마을경로당
조사일시 : 2010.7.14
조 사 자 : 박경신, 김구한, 김옥숙, 마소연, 정아용
제 보 자 : 이주환, 남, 77세
구연상황 : 가회면 경로당에서 노랫가락을 잘 한다며 제보자를 추천해 주었다. 사전 연락 후 제보자를 만나 조사를 시작하였다. 조사의 목적을 설명하고 구연을 부탁하였다. '노랫가락' 한마디 하겠다며 노래를 불렀다. 목청도 좋고 발음도 정확한 편이었으며, 노래 종류에 대한 지식도 해박한 듯하였다.

하~
노세 젊어서놀아 늙고빙들면 못노나니
화무 십일홍이요 달도차면은 기우나니
인생은 일장춘몽에 아니노지는 못하리로다

청춘가

자료코드 : 04_19_FOS_20100714_PKS_LJH_0002

조사장소 : 경상남도 합천군 가회면 둔내리 1247-2번지 덕만마을경로당
조사일시 : 2010.7.14
조 사 자 : 박경신, 김구한, 김옥숙, 마소연, 정아용
제 보 자 : 이주환, 남, 77세
구연상황 : 노래를 더 해달라는 조사자의 청에 '청춘가'를 한 곡 하겠다며 구연을 시작했다.

세월아 네월아 가지를 말어라
아까운 청춘이 다늙어 가노라

양산도

자료코드 : 04_19_FOS_20100714_PKS_LJH_0003
조사장소 : 경상남도 합천군 가회면 둔내리 1247-2번지 덕만마을경로당
조사일시 : 2010.7.14
조 사 자 : 박경신, 김구한, 김옥숙, 마소연, 정아용
제 보 자 : 이주환, 남, 77세
구연상황 : 앞 노래에 이어 '양산도'를 해보겠다며 노래를 시작하였다. 흥겨운 노래라서 그런지 다른 노래를 할 때에 비해 고개의 움직임이 더 활발했다.

에헤허어~
세월아 네월아 가지를 마라
알뜰한 청춘이 다늙어만 간다
아서라 말어라 내가그리를 마라
알뜰한 청춘이 다늙어만 간다

창부타령

자료코드 : 04_19_FOS_20100714_PKS_LJH_0004

조사장소 : 경상남도 합천군 가회면 둔네리 1247-2번지 덕만마을경로당
조사일시 : 2010.7.14
조 사 자 : 박경신, 김구한, 김옥숙, 마소연, 정아용
제 보 자 : 이주환, 남, 77세
구연상황 : 목청도 좋고 노래를 잘한다고 칭찬을 하자 '창부타령'을 해보겠다며 구연을 시작하였다. 눈을 지그시 감기도 하며 구연했다.

아니아니 노진 못하리라
찾어가자 찾어가자 백두산을 찾어가자
울긋불긋 봉오리는 아롱아롱아 금무늬라
한구야 흙을타달으니 저녁수가 좋을씨고
잉여대시 바위마다 대왕꿈이나 묻었구나
얼씨구나 절씨구나 지화자 좋네~
아니 노지는 못하리라~

성주풀이

자료코드 : 04_19_FOS_20100714_PKS_LJH_0005
조사장소 : 경상남도 합천군 가회면 둔네리 1247-2번지 덕만마을경로당
조사일시 : 2010.7.14
조 사 자 : 박경신, 김구한, 김옥숙, 마소연, 정아용
제 보 자 : 이주환, 남, 77세
구연상황 : 조사자의 계속 되는 칭찬에 아침이라 노래가 잘 안된다고 말했다. 평소에 술도 한 잔 하면서 흥겨운 분위기에서 해야 노래가 잘 넘어가는데 이렇게는 부르기 힘들다고 이야기하였다. 그러나 조사자가 술을 한 잔 대접하겠다고 하자 거절하였다. 조사자들이 노래를 더 해줄 것을 청하니 노래를 시작했다. 얼굴에 웃음을 머금고 다리를 손으로 두드리며 구연하였다. 조사자가 권하는 주스를 마시며 목을 축이는 동안 이 노래가 성주풀이라고 일러주며, 지신을 밟을 때 부르는 노래에 대해 설명을 곁들였다. 실제로 지신을 밟으면서 하는 것과 이렇게 그냥 앉아서 하는 것은 다르다며, 그냥 부르면 노래가 안 된다고 하였다.

낙영성 십리허에~ 높고낮인(낮은) 저무덤은
영영호걸이 몇몇이냐 절대가인이 그누구냥
우리네인생 한분가면 다시오기를 애렵더라
에라~ 만-수~ 에라~ 대-신이야~
저건너 잔솔밭에 잔솔밭에 살살기는 저포수야
그산비둘기 잡지마라
뭇비둘기 나와같이 임을잃고 임을찾아
밤새도록 지내노라
에라~ 만-수~ 에라~ 대신이여~
한송정 솔을비어 조그만케 배를놓아
술렁술렁 배띄워주고 술이나안주 가득실어
강릉경포대 달구경가노라
에라~ 만-수~ 에라~ 대-신이야~

모심기노래

자료코드 : 04_19_FOS_20100714_PKS_LJH_0006
조사장소 : 경상남도 합천군 가회면 둔내리 1247-2번지 덕만마을경로당
조사일시 : 2010.7.14
조 사 자 : 박경신, 김구한, 김옥숙, 마소연, 정아용
제 보 자 : 이주환, 남, 77세
구연상황 : '논매기노래'를 불러달라고 청하자 가사가 생각나지 않는다며 '모심기노래'를 해 보겠다며 구연을 시작했다. 이어서 세 곡을 부른 후 이런 곡조로 '모심기노래'를 부른다고 설명했다.

다풀다풀 다박머리 해다진데 어디가노
울어머니 산소등에 젖묵으로 가는가네

들어내자 들어내자 이모판을 들어내자
허라~이라~차라~
서마지기 논빼미가 반달겉이 매여지네

창부타령

자료코드 : 04_19_FOS_20100714_PKS_JND_0007
조사장소 : 경상남도 합천군 가회면 둔네리 1247-2번지 덕만마을경로당
조사일시 : 2010.7.14
조 사 자 : 박경신, 김구한, 김옥숙, 마소연, 정아용
제 보 자 : 전내두, 여, 79세
구연상황 : 마을회관 뒤에 사는 제보자를 직접 찾아가서 마을회관으로 모셔왔다. 조사의 목적을 설명하며 구연을 부탁하자, 자신은 늙어서 못한다며 선뜻 구연하려 하지 않았다. 조사자가 노래의 첫마디를 알려주자 뒷 부분을 이어서 구연하였다. 조사자가 처음부터 다시 불러달라고 부탁하자 더 이상 이어서 부르지 않고 이 노래를 구연하였다.

노세좋다 젊어서놀아 늙어병들면 못노니라

["잘한다"고 하고, 크게 웃으며 박수를 쳤다.]

화무는 십일홍이요 달도차면은 기우나니

[노래를 자꾸 잊어버린다며 구연을 중단하였다. 조사자가 잊어버리거나 빠뜨려도 괜찮다며 구연을 계속할 것을 청했으나, 기억이 나지 않는지 바로 이어 부르지 못했다.]

내사랑 넘주지말고 넘의님사랑을 탐내지마라
알뜰한 이사랑에도 하는잡사랑 섞일새라

청춘가

자료코드 : 04_19_FOS_20100714_PKS_JND_0008
조사장소 : 경상남도 합천군 가회면 둔내리 1247-2번지 덕만마을경로당
조사일시 : 2010.7.14
조 사 자 : 박경신, 김구한, 김옥숙, 마소연, 정아용
제 보 자 : 전내두, 여, 79세
구연상황 : 조사자는 틀려도 좋고, 못 불러도 상관없다며 구연을 계속 해나갈 것을 권했다. 이 노래의 첫머리를 알려주자 구연을 시작하였다.

서산에 지는해 지고싶어 지느냐
날두고 가는임이 좋~다 가고싶어 가느냐

모심기노래

자료코드 : 04_19_FOS_20100714_PKS_JSH_0001
조사장소 : 경상남도 합천군 가회면 무곡리 839번지 무곡마을회관
조사일시 : 201.7.14
조 사 자 : 김구한, 김옥숙, 마소연, 정아용
제 보 자 : 주시환, 남, 79세
구연상황 : 제보자는 어릴 때 왜놈정치 할 때, 추수만 하면 공출해 가서 원한이 맺혔다고 한다. 항상 양식이 부족하여 할머니들이 봄만 되면 생보리를 찧어서 먹었으며, 그래도 모심을 때 되면 희망이 있었던지 노래를 불렀다고 하였다. 이런 내용의 설명을 길게 한 뒤, 이 노래를 구연했다. 시종 진지한 표정으로 노래를 불렀다. 노래가 끝난 뒤 또다시 일제강점기 때 왜놈들이 공출해간 일이며, 짚까지 빼앗아간 일, 또 이차대전이 일어나자 사람까지 잡아간 일, 한글을 배우지 못하게 하고 한국말까지 사용하지 못하게 하던 일들을 한이 맺힌 간절한 목소리로 슬프게 들려주었다.

모야모야 어이모야 어이빨리 자나라세
이모심어 가을되면 큰자식을 갓을씌워 영화보세

서마직 논빼미는 반달겉이 떠나가네
주인양반 어디가고 물꼬는 흘어놓고
첩우방에 시중드나

오늘해는 다갔는가 골골마다 연기나네

[남의 집 머슴들이 하루 종일 일만 하니까 배가 고파서, 연기 나는 그것이 부러워서 부른 노래가 이 노래라고 설명하였다.]

오늘해가 다갔는가 집집마다 연기나네

노랫가락

자료코드 : 04_19_FOS_20100714_PKS_CPL_0017
조사장소 : 경상남도 합천군 가회면 장대리 963-2번지 비기마을경로당
조사일시 : 2010.7.14
조 사 자 : 김구한, 김옥숙, 마소연, 정아용
제 보 자 : 최필림, 여, 77세
구연상황 : 앞 제보자의 구연이 끝나고 다른 노래들을 떠올려 보던 중 한 분이 조사장소에 도착하였다. 앞선 제보자가 지금 옛날 노래를 녹음하고 있다고 하며, 한 곡 불러줄 것을 권하자 관심을 보였다. 옛날노래 하나밖에 모르지만 한번 해보겠다며 흔쾌히 구연에 임했다. 두 곡의 노래가 끝나자 청중이 나이가 팔십이 다 되어가는 노인이 잘한다고 칭찬했다. 원래 노래를 잘하는데 아프고 나이가 많아서 잘 못하게 되었다고 설명했다.

광넓은 손수건에 사랑애자를 수를낳여(놓아)
임오시모(오시면) 디리날라꼬 (드리려고) 가슴속에다 깊이심어

(청중 : 좋다)

그수건 전하기전에 이별이자가 왠말이냐

강남서 날아난제비 어데(어디)오던지 높이떠혀(떠서)
이집저집 다가려다가 흥부가문에 날아간다
칠십아칠세 이나야(이나의)몸은 김씨가문에 날아왔소.

청춘가 (1)

자료코드 : 04_19_FOS_20100714_PKS_CPN_0018
조사장소 : 경상남도 합천군 가회면 장대리 963-2번지 비기마을경로당
조사일시 : 2010.7.14
조 사 자 : 김구한, 김옥숙, 마소연, 정아용
제 보 자 : 최필림, 여, 77세
구연상황 : 앞 노래와 같은 구연상황에서 계속하였다.

오르막 내릴막~ 잔기침 소리는
자다가 들어도 헤~에 우리님 소리네

창부타령

자료코드 : 04_19_FOS_20100714_PKS_CPL_0019
조사장소 : 경상남도 합천군 가회면 장대리 963-2번지 비기마을경로당
조사일시 : 2010.7.14
조 사 자 : 김구한, 김옥숙, 마소연, 정아용
제 보 자 : 최필림, 여, 77세
구연상황 : 청중은 제보자가 '베틀노래'나 '물레노래'도 안다고 하였다. 또 다섯 곡은 불러야 한다고 하며 이야기를 나누던 중 이 노래를 불렀다.

바람불어 씰어젼(쓰러진)낭기 눈비온다고 일어나나

잔뱅(잔병)잦아 누워난(누워있는)님이 약을씬다고 일어나나

청춘가 (2)

자료코드 : 04_19_FOS_20100714_PKS_CPL_0024
조사장소 : 경상남도 합천군 가회면 장대리 963-2번지 비기마을경로당
조사일시 : 2010.7.14
조 사 자 : 김구한, 김옥숙, 마소연, 정아용
제보자 1 : 최필림, 여, 77세
제보자 2 : 염창연, 여, 69세
구연상황 : 앞 노래에 이어서 염창연 제보자가 앞에서 이미 불렀던 이 '청춘가'를 다시 세 곡 불렀다. 제보자 자신도 재창이라는 사실을 알아차렸다. 그러자 최필림 제보자가 다른 가사가 생각나서 구연을 받아서 하였다.

제보자 1 알뜰히 살뜰이 예에~ 기럽던(그립던) 저의임을
얼매나 봐여서 싫도록 보겄노

제보자 2 일선에 가신님은 이여~ 총각마 알고서
이십세 꽃지는줄 에헤 왜몰라 보느나

도라지타령

자료코드 : 04_19_MFS_20100714_PKS_YCY_0023
조사장소 : 경상남도 합천군 가회면 장대리 963-2번지 비기마을경로당
조사일시 : 2010.7.14
조 사 자 : 박경신, 김구한, 김옥숙, 마소연, 정아용
제 보 자 : 염창연, 여, 69세
구연상황 : 청중이 "도라지" 하라며 권하자 노래를 시작하였다. 뒷부분은 생각이 안 난다며 마무리하지 못했다.

도라지도라지 백도라지 심심삼천에 백도라지
한두뿌리만 캐어도 ○○ 반실만 되누나

아리랑

자료코드 : 04_19_MFS_20100714_PKS_CPL_0025
조사장소 : 경상남도 합천군 가회면 장대리 963-2번지 비기마을경로당
조사일시 : 2010.7.14
조 사 자 : 김구한, 김옥숙, 마소연, 정아용
제 보 자 : 최필림, 여, 77세
구연상황 : 앞 노래에 이어 구연하였다.

정든님이 오시는데 인사를못해
행주치마 입에물고 입만벙긋
아리아리랑 쓰리쓰리랑 아라리가났네
아리랑 고개로 내넘어가네

3. 대양면

▮조사마을

경상남도 합천군 대양면 도리마을

조사일시 : 2010.7.13
조 사 자 : 박경신, 김구한, 김옥숙, 마소연, 정아용

대양면은 선사시대부터 마을을 이루어 살아 왔고 한때는 합천의 중심부였다. 면소재지인 덕정리를 비롯 정양, 아천, 대목, 무곡, 양산, 안금, 함지, 도리, 백암, 오산 등 11개 법정리에 16개 행정리동과 51개의 자연부락으로 형성되어 있다. 대양이 옛 합천의 중심이었다는 사실은, 삼국시대에는 합천이 대량으로 불리었다는 점에서 찾아볼 수 있다. 지금도 이곳 주민들은 대양을 대량으로 발음하고 있다는 것이 옛 뿌리를 지키자는 의지로 볼 수 있을 것이다.

대양면은 합천군의 중심인 합천읍에서 6km 떨어진 남쪽에 위치하고 있다. 북쪽으로 율곡면과 서쪽에는 용주면과 경계하고, 동쪽으로는 초계면과 일부 접하고 있으며, 동남쪽으로 의령군 봉수면 서암리와 경계하고, 남쪽으로는 아등재를 경계로 쌍백면과 경계하고 북쪽으로 황강건너 합천읍과 경계하고 있다. 그리고 북쪽 대야성 남쪽은 금반산성, 동쪽은 대암산성, 서쪽에는 갈마산성, 서남에는 승비산성이 둘러싸여 자연요새로 지형이 형성되어 있다. 대양면은 소재지인 덕정리를 비롯, 정양리, 아천리, 대목리, 무곡리, 양산리, 도리, 함지리, 안금리, 백암리, 오산리 등 11개 법정리에 16개 행정리 그리고 51개의 자연마을로 형성되어 있다.

대양면은 대체로 도로 및 교통편은 좋은 편이다. 대양면의 도로는 국도 33호의 2차선 도로가 남북으로 뚫려 통행하고 있으며, 남쪽으로는 쌍백면과 삼가면을 경유 진주시로 가는 도로와 교통편이 있다. 삼가, 대의, 마산, 창원, 부산으로 가는 북쪽으로는 합천읍을 경유하여 율곡면을 경유 지릿재를 넘어 대구시로 통행하는 교통편이 있고 24호선은 해인사 및 거창으로 통행하는 도로와 교통편도 있다. 지선으로는 대양면에서 1011호 지방도로 아홉사리 재를 넘어 백암리를 경유 의령군 봉수면 신반, 마산으로 통행하는 도로와 교통편이 있다. 그리고 용주 및 대병면으로 통행하는 도로와 교통편이 있고, 율곡면 내천을 경유 대구로 통행하는 도로와 초계면을 경유 창녕 및 의령 신반으로 통행하는 도로와 교통편이 있다. 현재는 국도 33호선을 확장(4차선) 면소재지 우회, 한원, 아천, 새마, 쌍다리, 황강스파랜드 앞에서 입체교차도로 건설. 합천읍 진입할 예정이며 한원에서 입체교차로까지는 구관도였다.

도리마을은 옛날 양산면 지역으로서 독골, 돗골, 도동, 도안이라고 하였는데, 1914년 행정구역 개편에 따라 점촌동과 대목면의 구시골(조동)을 병합하여 도리라 하고 대양면에 편입되었다. 도리는 행정리와 법정리가 같으며, 도리마을 안에는 상도리, 하도리(점촌), 구시골 3개의 자연마을이 분포되어 있다. 대양면 소재지에서 6km 떨어진 마을로서 합천읍에서 진주로 연결되는 33호선 국도변, 아등재 입구에서 우측 편에 위치한 조용한 마을이다.

도리마을에는 고려말기와 이조 초인 약 600여 년 전에 황씨, 한씨, 이씨가 정착하였다 하나 이름은 알 수 없다. 도리마을의 지명유래는 옛날에 마을의 서쪽에 도암이라는 바위가 있어 도동이라 했다고 하는데 일설에 의하면 도동(상도리)에서 용주면 팔산리와 노리, 장전리, 쌍백면 멱골리 대양면 이계리와 신거리 등 사방 각처로 통하는 길이 많이 있다고 하여 길자를 따서 도리라 했다 한다. 옛날 도리를 돗골이라고 불렀는데 그 연유는 이 동리에서 돗자리 원료인 완초를 많이 생산하는 골이라 하여 돗골이라고 불렀다는 설이 있으며, 독골로 부른 연유는 점촌동과 구시골의 염재에서 옹기를 생산했기 때문에 독골이라고 불렀다고 전하고 있다. 현재는 도동을 상도리, 윗도리라고 부르며, 점촌동을 하도리라고 부르고 있으며, 옛날 구시골을 조동이라 불렀는데 지금은 거의 부르지 않는다.

도리 마을(상도리, 구시골, 하도리) 인구는 현재 60여 세대 130여 명이다. 성씨별 분포는 진주강씨, 언양김씨, 경주최씨, 수원백씨, 의성김씨, 합천이씨, 김령김씨, 언양김씨, 창녕조씨, 초계정씨, 성주배씨, 평산신씨 등으로 이루어져 있다.

주요 문화유적으로는 진양 강씨 은열공파의 도강재와 종사랑 정릉 참봉 죽헌 진주 강공의 유적비, 애국지사 인암 강상무의 추모비와 박사공파의 도양재가 있다. 도리마을 입구에 있는 마을이 점촌마을이다. 옛날 옹기를 생산했던 마을이라 토점동, 점촌 마을이라 한다. 3개의 옹기굴이 있었고 장독, 사구, 뚝배기 등을 생산하다가 1976년도에 폐쇄했으며 전성기에는 약 80여 명의 종업원들이 있었다 한다. 경주이씨의 판석정과 하동정씨의 봉호정과 창녕 조성연의 기행비가 있다. 1970년도 새마을 사업을 하기 전에는 당산제 등을 지냈으나 지금은 하지 않는다고 했다. 다만 면사무소에서 하는 달집태우기에는 참여하여 여흥을 즐긴다고 한다.

조사자들이 대양면 사무소에서 여러 가지 조사 정보를 수집한 후 대양면지 발간을 도운 경험이 있는 류해을 씨의 소개로 찾아간 곳이 도리마을이다. 마을회관은 10여 명의 할머니들이 텔레비전을 보거나 낮잠을 자는 등 자유로운 분위기였다. 조사자들이 조사 온 목적을 이야기하고 류해을 씨의 추천으로 정말순 할머니를 만나러 왔다고 했다. 정말순 할머니는 평소 관광을 가거나 마을 잔치가 있을 때 노래를 즐겨 부른다고 하였다. 그러나 주변 사람들이 노래의 제목까지 이야기하며 구연을 청했으나 잘 하려 하지 않았다. 조사자들이 충분히 조사의 목적과 취지, 자료의 가치에 대해서 설명하였지만 자신이 알고 있는 노래는 조사할 가치가 없다고 하며 구연을 피했다. 그때 옆에 있던 박남이 할머니가 창부타령을 불렀다. 그러자 조사자들이 구연 요청을 하지 않았는데도 임필림 할머니가 창부타령을 이어받아 가장 많은 자료를 제공해 주었다. 임필림 할머니는 성격이 활달하고 노래 부르는 것을 좋아하는 듯 보였다. 창부타령, 진주난봉가, 너영나영, 사위노래, 화투뒤풀이 등을 불러 주었다.

▌제보자

박남이, 여, 1937년생

주 소 지 : 경상남도 합천군 대양면 도리 808번지 도리마을회관
제보일시 : 2010.7.13
조 사 자 : 박경신, 김구한, 김옥숙, 마소연, 정아용

도리마을은 대양면지 발간을 도운 경험이 있는 류해을 제보자의 소개로 찾아간 곳이다. 제보자는 마을회관에서 가장 먼저 자료를 제공해 주신 분이다. 수줍은 듯 웃다가도 노래를 시작하면 어깨를 들썩이며 구연하였다. 많은 자료를 제공하지는 않았지만, 조사자가 노래를 유도하는 과정에서 아는 노래가 나오면 내가 해보겠다며 먼저 나서는 적극적인 모습을 보였다.

비교적 건강한 모습으로, 기억력이 그리 좋은 편은 아니었다. 택호는 공암댁이다.

제공한 자료는 창부타령과 사위노래가 있다.

제공 자료 목록
04_19_FOS_20100713_PKS_BNI_0001 창부타령
04_19_FOS_20100713_PKS_BNI_0014 사위노래

윤순조, 여, 1937년생

주 소 지 : 경상남도 합천군 대양면 도리 832번지 도리마을회관
제보일시 : 2010.7.13

조 사 자 : 박경신, 김구한, 김옥숙, 마소연, 정아용

처음에는 다른 제보자의 구연을 들으며 흥을 돋우어 주는 역할을 했지만, 아는 노래가 생각나거나 조사자의 권유가 있으면 주저하지 않고 구연을 시작하였다. 주로 임필림 제보자와 함께 구연하였다.

까무잡잡한 피부에 약간 마른 체구를 가지고 있었지만 아주 건강해 보였다. 택호는 노리실댁이라고 하였다.

제공한 자료로는 창부타령 3편, 시집살이노래가 있다.

제공 자료 목록

04_19_FOS_20100713_PKS_YSJ_0006 창부타령 (1)
04_19_FOS_20100713_PKS_YSJ_0007 창부타령 (2)
04_19_FOS_20100713_PKS_YSJ_0011 창부타령 (3)
04_19_FOS_20100713_PKS_YSJ_0013 시집살이노래

임필림, 여, 1940년생

주 소 지 : 경상남도 합천군 대양면 도리 807번지 도리마을회관
제보일시 : 2010.7.13
조 사 자 : 박경신, 김구한, 김옥숙, 마소연, 정아용

도리마을에서 가장 많은 자료를 제공한 제보자이다. 조사자들이 힘들게 구연을 요청하지 않아도 아는 노래가 있으면 먼저 나서서 자료를 제공하는 굉장히 적극적인 제보자였다. 노래가 끝난 뒤 청중의 반응이 좋으면 크게 웃기도 하였다. 발음도 분명한 편

이었으며, 노래 부르는 것을 좋아하는 듯 했다.

전체적으로 동글동글한 느낌의 외모를 가지고 있는 제보자는 성격이 활달하고, 환하게 웃는 선한 모습이 인상적이었다. 택호는 함지댁이며, 18세에 시집왔다고 하였다.

제공한 자료는 창부타령, 청춘가, 화투뒤풀이, 시집살이노래 등 다수이다.

제공 자료 목록
04_19_FOS_20100713_PKS_LPL_0002 창부타령 (1)
04_19_FOS_20100713_PKS_LPL_0004 창부타령 (2)
04_19_FOS_20100713_PKS_YSJ_0007 창부타령 (2)
04_19_FOS_20100713_PKS_LPL_0010 창부타령 (3)
04_19_FOS_20100713_PKS_LPL_0012 청춘가
04_19_FOS_20100713_PKS_YSJ_0013 시집살이노래
04_19_FOS_20100713_PKS_LPL_0015 화투뒤풀이

정말순, 여, 1933년생

주 소 지 : 경상남도 합천군 대양면 도리 803번지 도리마을회관
제보일시 : 2010.7.13
조 사 자 : 박경신, 김구한, 김옥숙, 마소연, 정아용

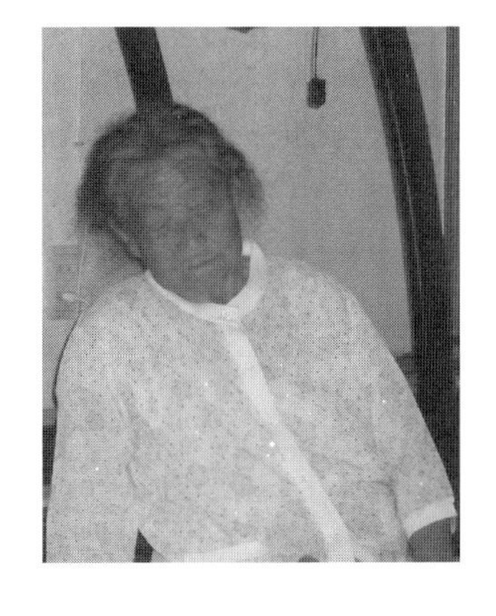

류해을 제보자가 적극적으로 추천해준 제보자이다. 평소에 관광을 가거나 하면 노래를 즐겨 부른다고 했다. 그러나 주변에서 어떤 곡을 상세히 설명하며 구연을 청해도 잘 하려 들지 않았다. 조사자들이 충분히 조사의 목적과 취지, 자료의 가치에 대해 설명했지만 자신이 알고 있는 곡이 자료 가치가 없다고 여기는 듯 보였다. 따라서 구연을 유

도하기가 어려웠던 제보자였다. 조사 분위기가 무르익자 앞서 보다 편하게 구연하기는 하였지만, 적극적으로 구연에 나서지는 않았다.

친정이 오산이라 오소골댁으로 불렸으며, 쪽을 찌어 머리를 올린 모습이 인상적이었다.

제공한 자료는 창부타령, 진주난봉가, 노랫가락 등 3편이다.

제공 자료 목록
04_19_FOS_20100713_PKS_JMS_0003 창부타령
04_19_FOS_20100713_PKS_JMS_0005 진주난봉가
04_19_FOS_20100713_PKS_JMS_0008 노랫가락

정선이, 여, 1935년생

주 소 지 : 경상남도 합천군 대양면 도리 803번지 도리마을회관
제보일시 : 2010.7.13
조 사 자 : 박경신, 김구한, 김옥숙, 마소연, 정아용

다른 제보자가 노래를 하면 열심히 박수치고, 웃으며 흥을 돋우는 역할을 주로 하였다. 조사자들이 구연을 유도하려 애쓰자 자신도 한 곡 하겠다며 나서서 구연해 주었다. 흥이 많은 제보자는 아니었으나, 차분한 음성으로 구연하였다. 태어나고 자란 마을에서 결혼까지 해서 본동댁으로 불리고 있었다.

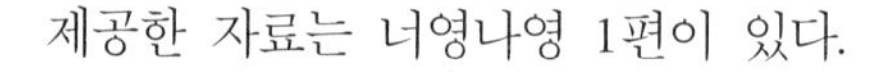

제공한 자료는 너영나영 1편이 있다.

제공 자료 목록
04_19_MFS_20100713_PKS_JSI_0009 너영나영

창부타령

자료코드 : 04_19_FOS_20100713_PKS_BNI_0001
조사장소 : 경상남도 합천군 대양면 도리 791-2번지 도리마을회관
조사일시 : 2010.7.13
조 사 자 : 박경신, 김구한, 김옥숙, 마소연, 정아용
제 보 자 : 박남이, 여, 74세
구연상황 : 마을회관에 도착한 조사자들은 조사의 목적을 설명하고 구연을 부탁하였다. 이장과 류해을 제보자의 적극적인 권유에 제보자가 하나 해보겠다며 나서서 구연을 시작하였다. 미소를 띤 채 어깨를 좌우로 들썩이며 구연하였다.

대원대원 봄대원아 봄님들 성안니서리
이슬맞은 저참낭게(참나무에) 임이그리워 다늙었네

사위노래

자료코드 : 04_19_FOS_20100713_PKS_BNI_0014
조사장소 : 경상남도 합천군 대양면 도리 791-2번지 도리마을회관
조사일시 : 2010.7.13
조 사 자 : 박경신, 김구한, 김옥숙, 마소연, 정아용
제 보 자 : 박남이, 여, 74세
구연상황 : 조사자가 '찹쌀 술 담는 노래'나 '환갑노래'의 구연을 유도하자 내가 한 곡 하겠다며 이 노래를 불렀다.

찹쌀백미 삼백석에 액미같이도 가린사우
나의정은 자네를두니 자네정은 내딸주게

창부타령 (1)

자료코드 : 04_19_FOS_20100713_PKS_YSJ_0006
조사장소 : 경상남도 합천군 대양면 도리 791-2번지 도리마을회관
조사일시 : 2010.7.13
조 사 자 : 박경신, 김구한, 김옥숙, 마소연, 정아용
제 보 자 : 윤순조, 여, 74세
구연상황 : 앞 노래에 이어서 계속 구연하였다.

열창밀창 반만열고 침자질하는 저큰아가
침자질이사 좋구만은 고개야살콤만(살짝만) 들어보소
옥당목 처마주름 잔주름잡아 삼각

[기억이 나지 않아 멈추었다가 청중이 도움으로 계속 구연하였다.]

삼각산장주리 잔주름잡아

[또 잊어버렸다고 하였다.]

범나비한쌍이 춤을춘다

창부타령 (2)

자료코드 : 04_19_FOS_20100713_PKS_YSJ_0007
조사장소 : 경상남도 합천군 대양면 도리 791-2번지 도리마을회관
조사일시 : 2010.7.13
제보자 1 : 윤순조, 여, 74세
제보자 2 : 임필림, 여, 71세
조 사 자 : 박경신, 김구한, 김옥숙, 마소연, 정아용
구연상황 : 앞 노래에 이어 구연하였다.

제보자 1 바람불어 씨러전낭기 눈비온다고 일어나나

이네몸이 뱅들어(병들어)누워 약방약신듯 일어나나

제보자 2 당신거기 빙이든것은 약방에감초도 무야디야

창부타령 (3)

자료코드 : 04_19_FOS_20100713_PKS_YSJ_0011
조사장소 : 경상남도 합천군 대양면 도리 791-2번지 도리마을회관
조사일시 : 2010.7.13
조 사 자 : 박경신, 김구한, 김옥숙, 마소연, 정아용
제 보 자 : 윤순조, 여, 74세
구연상황 : 앞 노래에 이어 구연하였다. 너무 짧게 끝냈다며 미안해했다. 잠이 와서 자고 싶고, 임도 와서 자자고 하나, 모진 시어머니가 삼 한 숨을 다시 담그니, 그 삼을 삼자면 잘 수가 없다고 하는 노래 가사의 내용을 설명했다.

잠도와서 자자하고 임도와서 자자하는데

[기억이 나지 않아 잠깐 멈춤.]

모진넘우 시오마씨 삼한모숨[2]을 다담군다

시집살이노래

자료코드 : 04_19_FOS_20100713_PKS_YSJ_0013
조사일시 : 2010.7.13
조사장소 : 경상남도 합천군 대양면 도리 791-2번지 도리마을회관
조 사 자 : 박경신, 김구한, 김옥숙, 마소연, 정아용
제보자 1 : 윤순조, 여, 74세
제보자 2 : 임필림, 여, 71세

2) 모숨 : 한 줌 안에 들어올 만한 분량의 길고 가느다란 물건.

구연상황 : 조사자가 노래의 첫머리를 일러주며 구연을 유도했다. 그러자 임필림 제보자와 윤순조 제보자가 함께 노래를 불렀다.

성아성아 사촌성아 시즙살이가 우떻더노
시즙살이 좋더라해도 쪼끄마는 시도판에
수저낳기도 에럽더라 주우(바지) 벗은 시동상에
말하기도 에럽더라

창부타령 (1)

자료코드 : 04_19_FOS_20100713_PKS_LPL_0002
조사장소 : 경상남도 합천군 대양면 도리 791-2번지 도리마을회관
조사일시 : 2010.7.13
조 사 자 : 박경신, 김구한, 김옥숙, 마소연, 정아용
제 보 자 : 임필림, 여, 71세
구연상황 : 조사자와 청중이 정말순 제보자에게 열심히 구연을 권하였으나 정말순 제보자는 쉽게 입을 열지 않았다. 누군가 이 노래를 꺼냈는데, 이런 노래를 불러도 된다는 조사자의 말에 제보자가 먼저 구연을 시작했다.

포롱포롱 봄배추는 봄비오기만 기다리고
옥안에갔던 춘낭이는 이도롱오기만 기다린다

창부타령 (2)

자료코드 : 04_19_FOS_20100713_PKS_LPL_0004
조사장소 : 경상남도 합천군 대양면 도리 791-2번지 도리마을회관
조사일시 : 2010.7.13
조 사 자 : 박경신, 김구한, 김옥숙, 마소연, 정아용
제 보 자 : 임필림, 여, 71세

구연상황 : 앞 노래에 이어 구연하였다. 청중이 박수를 치며 잘한다고 칭찬하였다.

능청능청 베루(벼리)끝에 시누올키 꽃꺾다가
떨어졌네 떨어졌네 낙동강에라 떨어졌네
서울갔던 울오래비 헐래헐래이 오시더니
곁에있는 동상홀목(손목) 이티리고
먼데있는 올키부텅 건져주네
울오래비 날살렸나 수양버들이 날살렀지
분살곁은 이네얼굴 영옥밥이 되었구나
삼단곁은 이네머리 구륵곁이 흘렀구나

(청중 : 잘하네~)
[웃음]

나도죽어 후생가서 낭군님부터 싱길라네(섬길라네)

창부타령 (3)

자료코드 : 04_19_FOS_20100713_PKS_LPL_0010
조사장소 : 경상남도 합천군 대양면 도리 791-2번지 도리마을회관
조사일시 : 2010.7.13
조 사 자 : 박경신, 김구한, 김옥숙, 마소연, 정아용
제 보 자 : 임필림, 여, 71세
구연상황 : 조사자가 노랫가락 좀 더 해달라고 부탁하며 구연을 부추기자, 자리에서 한 걸음 앞으로 나와 "해보자."며 적극적으로 구연하였다. 노래가사가 마음에 와 닿는지 청중이 웃으며 반기고, 이것이 "이전(옛날)노래"라고 하였다.

잠아잠아 오지를마라 질삼거리가(길쌈거리가) 묵어난다[3)]

3) '제때에 처리를 못하고 묵어서 남다.'는 뜻임.

(청중 : 좋다!)

질삼거리 묵어나면 씨옴마시(시어머니) 눈에난다
씨옴마씨 눈에나면 시즙살이는 다살았다

청춘가

자료코드 : 04_19_FOS_20100713_PKS_LPL_0012
조사장소 : 경상남도 합천군 대양면 도리 791-2번지 도리마을회관
조사일시 : 2010.7.13
조 사 자 : 박경신, 김구한, 김옥숙, 마소연, 정아용
제 보 자 : 임필림, 여, 71세
구연상황 : 이장과 청중이 노래를 더 해보라고 성화를 하는 중에 제보자가 이 노래를 구연하였다.

저달 뒤에는 별따러(따라) 가고서
우리님 뒤에는 좋다~ 내따러 가는구나

화투뒤풀이

자료코드 : 04_19_FOS_20100713_PKS_LPL_0015
조사장소 : 경상남도 합천군 대양면 도리 791-2번지 도리마을회관
조사일시 : 2010.7.13
조 사 자 : 박경신, 김구한, 김옥숙, 마소연, 정아용
제 보 자 : 임필림, 여, 71세
구연상황 : 조사자들이 마지막으로 한 곡만 더해 달라고 부탁했다. '화투뒤풀이'나 '노랫가락'을 불러달라고 부탁하자 가사를 생각하는 듯 하더니 이내 노래를 시작하였다.

정월솔가지 속속한마금(마음)

이월매조리 맺아놓고

삼월사꾸라 산란한마금

이월매조리 맺았구나

[청중이 "사월"이라고 틀린 부분을 고쳐 말했다.]

오월난초 나드는나비

유월목판에 춤잘추네

칠월홍돼지 홀로누여

팔월공산에 달떠온다

구월국화 구웠던말은

시월단풍에 다떨어졌네

창부타령

자료코드 : 04_19_FOS_20100713_PKS_JMS_0003
조사장소 : 경상남도 합천군 대양면 도리 791-2번지 도리마을회관
조사일시 : 2010.7.13
조 사 자 : 박경신, 김구한, 김옥숙, 마소연, 정아용
제 보 자 : 정말순, 여, 78세
구연상황 : 이장과 류해을 제보자는 정말순 제보자가 평소에 부르던 노래를 구체적으로 제시하면서 불러보기를 청하였다. 제보자는 그게 어디 옛날 노래냐며 구연하기를 망설였다. 조사 분위기가 무르익고, 앞 제보자가 한 곡 부르자 제보자도 이어서 이 노래를 구연하였다. 노래가 끝나자 여기저기 웃음소리가 터졌다. 한 청중이 "작작하다."는 "넉넉하다."라는 뜻이라고 설명을 곁들였다.

물마시고 팔을비고 누웠으니

대장부의 살림살이가 이만하면 작작하다

진주난봉가

자료코드 : 04_19_FOS_20100713_PKS_JMS_0005
조사장소 : 경상남도 합천군 대양면 도리 791-2번지 도리마을회관
조사일시 : 2010.7.13
조 사 자 : 박경신, 김구한, 김옥숙, 마소연, 정아용
제 보 자 : 정말순, 여, 78세
구연상황 : 청중이 관광 갈 때는 모두들 잘 하면서 왜 노래를 안 하느냐고 구연을 종용하였다. 그러자 제보자가 이 노래를 차분하게 불렀다. 청중이 노래에 맞추어 박수도 쳐주고, 중간 중간 잘한다고 칭찬도 하면서 제보자의 흥을 돋우었다. 뒷부분이 생각나지 않아 구연이 중단되자 말로 뒷부분의 내용을 설명하였다. 첩과 놀아나는 진주낭군의 모습을 보고 본처가 죽자, 진주낭군이 첩의 사랑은 석 달이고 본처사랑은 백년인데 왜 죽었느냐고 한탄하였다고 한다.

울도담도 없는집에 시접삼년을 살고난께
시어머니 하는말씀 아가아가

[기억이 나지 않아 잠시 멈추었다.]

아가아가 미늘아가 진주야난강에 빨래가라
진주난강에 빨래를가니 돌도좋고 물도좋네
난데없는 말소리가 얼커덕절거덕 나는구나
옆눈으로 쳐다가보니 하늘겉은 갓을씌고
구름겉은 말을타고 못본듯이 지내가네
집이라고 돌아온께 시오마시 하는말씀

(청중 : 잘하네~)

아가아가 진주낭군을 몬봤거든
아랫방문을 열어봐라
아랫방문을 열어보니 죽었다네 죽었

노랫가락

자료코드 : 04_19_FOS_20100713_PKS_JMS_0008
조사장소 : 경상남도 합천군 대양면 도리 791-2번지 도리마을회관
조사일시 : 2010.7.13
조 사 자 : 박경신, 김구한, 김옥숙, 마소연, 정아용
제 보 자 : 정말순, 여, 78세
구연상황 : 청중과 조사자의 청에 의해 구연을 시작하였다.

저달 뜬중은(줄은) 천지가 아는데
내마음 뜬중은 아무도 모른다

너영나영

자료코드 : 04_19_MFS_20100713_PKS_JSI_0009
조사장소 : 경상남도 합천군 대양면 도리 791-2번지 도리마을회관
조사일시 : 2010.7.13
조 사 자 : 박경신, 김구한, 김옥숙, 마소연, 정아용
제 보 자 : 정선이, 여, 76세
구연상황 : 조사자가 많이 해줄수록 좋다고 구연을 청했다. 그러자 제보자가 아무거나 하나 해보겠다며 구연을 시작하였다.

아침에 우는새는

(청중 : 손뼉 치지 말고.)
[웃음]

배가고파서 울고요
저녁에 우는새는 임이그리워 운다
나양 너양 두리둥실 놀고요
낮이낮이나 밤이밤이나 참사랑이 로고나

4. 덕곡면

▌조사마을

경상남도 합천군 덕곡면 포두리 북동마을노인정

조사일시 : 2010.2.26

조 사 자 : 박경신, 김구한, 김옥숙, 정아용

북동은 소학산 밑에 자리 잡은 마을로 포두리 북쪽에 위치하고 있다고 하여 북동 또는 뒷골로 불리었다. 마을 뒤쪽에 있는 소학산은 높이가 489m이며 그 밑에 마을이 형성되어 있다. 정상에는 북동쪽으로 뻗은 능성에 많은 마을이 형성되어 있다. 하단부의 아담한 학동마을에는 옛날 삼한시대의 씨족장 분묘로 지석묘가 아직도 그대로 남아 있으며, 마을 뒷산에는 통일신라시대의 것으로 추정되는 20여 점의 토기가 발굴된 적도 있어 오랜 옛날부터 많은 사람들이 살았다는 사실을 증명해 주고 있다. 소학산 정상에 있는 소학산성은 둘레가 400m 이상이었으나 대부분 허물어지고 지금은 20m 정도가 남아 있다. 또한 소학산 정상에는 조선시대 봉화대의 흔적과 임진왜란 때의 격전지 유적들이 많이 남아 있다. 상봉에 새겨져 있는 국금지(國禁止) 표시는 정상에 묘지를 쓰면 극심한 한발이 생긴다하여 나라에서 이를 금지했다는 설도 있다. 상봉 주위에 산이 약 10m 정도 끊긴 흔적이 있는 것은 옛날 명나라 장수 이여송 장군이 이곳은 산세가 너무 좋아 인재와 장군이 많이 난다고 투기를 하여 붓으로 지도에 나타나 있는 산맥을 짤라 낸 탓이라고 알려져 있다. 소학산 중턱에 있는 소학사의 노승 무효대사가 다남산과 절 사이에 구름다리를 놓아 그곳을 왕래하며 도를 닦았다 하는데 그 후 절에 빈대가 많이 번식하여 사람이 도저히 살 수 없을 정도로 심했다고 전한다. 절 부근에 있는 우물도 말라 식수가 어렵게 되자 스님들은 절을 적중면으로 옮겨갔다고 한다. 적중면에 있는 유학사는 소학산에서 옮겨간 절이라고 전해진다.

북동마을은 현재 총 가구 수가 30여 호에 80여 명이 거주하고 있다. 원래는 50호가 훨씬 넘었는데 다들 이사를 나갔다고 한다. 성씨는 광산김씨가 주를 이루고 밀양박씨, 초계정씨 등으로 구성되어 있다. 주로 논농사를 짓지만 마늘과 양파, 감자도 많이 생산한다. 특히 양파는 합천군에서 제일 많이 생산한다고 마을 어른들이 자랑을 한다.

문화유적으로는 임진왜란 이전 남해 일대에 출몰하던 왜적을 맞아 용감히 전투를 하다 순국한 순흥안씨 보은의 얼을 후세에 전하기 위하여 세운 보은 안공 영사비가 있다.

북동리 앞에 있는 뒷골나루는 가야강 나루 북동에서 고령군 우곡면으로 건너가는 나루이다. 현재도 도선이 왕래하고 있다. 북동리 북쪽에 있는 골짜기인 소상골에는 옛날에 절이 있었고 중의 시체를 화장한 화장터가 아직도 남아 있다.

민속적 특징은 북동리 서쪽에 있는 당산등이라는 등성이에서 매년 정월 14일에 당산제를 지낸다. 그리고 정월대보름날에는 면사무소 중심으로 달집태우기와 각종 민속놀이들이 행해지고 있다.

조사자들이 포두리마을회관에 갔으나 할머니들이 모두 읍내 목욕하러 나가서 만날 수 없었다. 그래서 바로 옆 동네에 있는 북동마을노인정을 찾았다. 회관에는 8명의 할머니들이 음료수를 마시며 놀고 있었다. 할머니들은 조사에 매우 협조적이었다. 조사자들이 조사 온 취지와 목적을 설명하자 아실댁 김을선 할머니를 추천했다. 조사자들이 노래를 부탁하자 바로 모심는 노래를 시원하게 막힘없이 구연했다. 청중은 기억력이 좋다고 칭찬하며 창도 한번 해보라고 하며 여러 가지를 부탁했다. 베틀노래를 비롯하여 다양한 민요와 지혜담도 구연해 주었다. 구연을 마치고는 노래 잘하는 사람으로 포두리 지실댁을 추천하였다.

북동마을 사람들은 자식 농사를 잘 지은 것에 대해 상당한 자부심을 가지고 있었다. 특히 노분종 할머니는 매사에 적극적이며 노래에 취미가 있다고 하면서 모심기노래 및 노랫가락 등 여러 곡을 불렀다. 할머니는 자식에 관한 이야기를 장황하게 한 후 유행가 한곡을 하겠다고 했다. 할머니는 '고향이 그리워도 못가는 신세~~'라는 유행가를 부르다가 가족들과 떨어져 캐나다에서 파견 근무하는 큰아들이 생각나 서글프게 울기도 했다.

북동마을에서는 칭칭가, 베틀노래, 객구물림, 모심기노래 등 민요 25편과 지혜담 계통의 설화 3편을 조사하였다.

경상남도 합천군 덕곡면 포두리 포두리마을회관

조사일시 : 2010.2.26
조 사 자 : 박경신, 김구한, 김옥숙, 정아용

덕곡면은 삼한시대에는 변한의 땅이었으며, 신라시대에는 팔혜현에 속했다가 경덕왕 때는 팔계에 속했다. 그리고 고려에 와서는 초계에 속했다가 1914년 행정구역 통폐합 작업에 의해 합천군에 편입되었다. 덕곡면은 가야시대에는 덕실곡으로 불리었다가 신라시대에 와서 덕곡리로 불리었고 1914년 합천군에 편입되면서 덕곡면으로 개칭되어 오늘에 이르고 있다. 조선시대에 낙동강변의 포구마을로 수로 교통의 주축으로 서부의 경제 중심지였다. 6·25전쟁 시 8월 초경에는 덕곡지역까지 북한군의 남침을 받았다. 시대의 변천에 따라 육로교통이 급격히 발달되어 빈포구로 변하자 각처와의 교류도 단절되어 내륙의 오지마을로 쇠락해졌다.

덕곡면은 옛날부터 오광대 발상지로 알려져 있다. 전설에 따르면 350여 년 전 대홍수 때 큰 나무궤짝 하나가 이곳으로 떠내려 와서 마을 사람들이 건져서 열어보니 그 속에는 많은 가면과 "영노전 초권"이라고 하는 책이 한 권 들어 있었다. 당시 마을에는 전염병과 재앙이 그치지 않으므로 좋다는 방법을 다 해봐도 아무런 효과가 없었으나 어떤 사람의 말대로 탈을 쓰고 그 책에 쓰여져 있는 놀음을 하여 보았더니 이상하게도 재앙이 없어졌다고 한다. 그런 뒤로 이 마을 사람들은 해마다 탈을 쓰고 연극을 해왔다고 전해지고 있다. 오광대 가면극은 산대(山臺) 가면극이 점차 연극으로 발전되어 갔던 시기에 낙동강 안에 있어서 물자의 집중지였던 합천군 덕곡면 율지리(밤마을)에 전국 각지에서 여러 가지 흥행단이 흘러 들어온 가운데 초계(草溪현 합천군 초계면)를 근거지로 한 일파(一派)가 형성되어 그 주류를 이루었던 탈놀음이다. 특히 그 인근 지방 인사들에게 많은 영향을 줌으로써 각지에 탈놀음이 전파되었던 것이며, 이 탈놀음은 밤마리가 발상지로 되었던 것이다. 이 탈놀음이 오광대라고 불리게 된 것은 이 놀음의 첫 과장(科場)이 다섯 광대로서 시작되므로 이렇게 부르게 되었다. 이 놀이는 낙동강의 뱃길이 끊기면서 서서히 끊겨 지금은 오광대 맥의 원류를 찾기가 어렵다.

갯머리, 갯벌, 포두라고 불리는 포두리는 본래 초계군 덕곡면의 지역으로서 1914년 행정구역 개편에 따라 포두리라 해서 합천군 덕곡면에 편입되었다. 일명 개머리라고도 부르며, 멀리서 보면 개머리 같이 생긴 동네라는 뜻이나 듣기가 거북하다는 이유로 갯벌(개포구)이라는 뜻으로 전래되며, 개포동과 북제동 두개의 자연마을로 이루어져 있다. 개포동은 포두머리 쪽에 위치한다고 하여 갯머리라고 불리기도 한다. 북제동은 포두리 서쪽 소학산 중턱에 자리 잡은 마을로서 한학을 수학하는 재실이 있다고 하여 북제동으로 불리었다는 이야기가 전해진다. 현재 이 속엔, 강능최씨의 재실인 모원정(慕遠亭)과 능선구씨의 재실인 경송정(景松亭)이 있다.

포두리의 성씨 분포는 강릉최씨, 초계정씨, 능성구씨 창녕성씨 등으로 구성되어 있고 지금은 60여 가구에 150여 명이 살고 있다. 주 생계 수단은 논농사이고 마늘과 양파 등으로 수입을 올리고 있다.

문화유적으로는 이효각이라는 효자각이 있다. 포두리에서 출생한 구우

영이 빈곤한 가정살림이었지만 노부를 위하여 하루에 한 끼니 씩으로 연명하면서도 노부에게는 극진히 봉양하고 사후에는 3년 동안 시묘한 효성이 널리 알려지자 1962년 초계 향교 전교로부터 표창을 받았다. 이를 기념하기 위해 지방인들의 헌금으로 비각을 세웠다.

민속적 특징으로는 정월대보름에 달집태우기와 윷놀이, 지신밟기 등의 행사를 지금도 한다.

조사자들은 합천군 문화원의 협조로 덕곡면사무소를 찾았다, 면사무소에서 바로 추천해 준 곳이 포두리마을회관이었다. 10시 좀 넘어 마을회관을 찾았을 때는 유정옥 할머니 혼자 계셨다. 내일이 동제라 마을사람들이 모두 목욕하러 갔다며 점심시간 이후에 사람들이 많이 올 것이라고 전해주었다. 오후에 다시 마을회관을 찾아가니 8명의 할머니들이 모여 있었다. 많은 사람들이 유정옥 할머니가 노래를 잘한다고 추천해 주었다. 하지만 추천해 준 할머니는 생각만큼 쉽게 노래를 구연하려 하지 않았다. 자기가 부르는 노래는 이런 장소에 내놓을 유식한 노래가 아니라 주로 밭을 매면서 세월이 지겨워 부르는 하찮은 노래라며 구연하기를 꺼렸다. 한참을 권유한 끝에 경기민요와 모심기노래를 불렀다. 그리고 노래를 구연하는 사이에 일기예보를 이 마을 지명을 넣어 재미나게 구연하여 좌중을 웃게 했다. 구연한 노래들은 해질녘에 슬퍼서 부르는 것이라고 몇 번에 걸쳐 말하였다. 이 마을에서는 모심기노래, 베틀노래, 과부자탄가, 권주가, 성주풀이, 백발가 등 60여 편의 민요를 채록했다.

▌제보자

김금출, 여, 1929년생

주 소 지 : 경상남도 합천군 덕곡면 포두리 포구 250번지 포두리마을회관
제보일시 : 2010.2.26
조 사 자 : 박경신, 김구한, 김옥숙, 정아용

매우 적극적으로 조사에 협조하고 민요를 많이 불러준 제보자이다. 다른 제보자가 모심기노래를 잘못 부르거나 뒷부분부터 부르자 그것은 이렇게 부른다며 다시 고쳐 구연하면서 조사에 응했다. 모심기노래 중에 조사자가 한 번도 들어보지 못한 구절을 덧붙이기에 무슨 뜻이냐고 질문을 하였더니 조리 있게 자세히 설명해 주었다. 고개를 많이 끄덕거리며 오른 팔을 춤추듯 내저으며 웃음 띤 얼굴로 불렀다. 큰 목청으로 신명나게 구연하는 편이어서 청중의 호응도 좋았으며, 민요를 여러 명이 이어서 많이 부르게 만들었다. 안영시 제보자와 권주가를 부를 때는 두 분이서 술잔을 마주잡고, 주고받으며 노래를 불러 구연 판에 흥을 돋우었다.

또한 제보자는 청중에게 평소에 노래 좀 부르자고 해도 화투만 치고 노래를 안 불러서 노래가 안 나온다고 한탄하였다. 우리 노래 같은 것은 없다며 민요가 유행가보다 낫다고 민요에 대한 자부심을 나타내기도 했다. 노래 부르는 것을 무척 즐겼는데, 그 옛날 이 노래를 즐겨 부르던 시절이 생각이 나는지 무척 재미있어하며 박장대소하였다.

보통의 체구로 목소리가 크고 목청이 좋았다. 성격도 활달하고 신명이

많아 좌중을 이끄는 재주가 있었다. 창동 구지면에서 17세에 시집을 왔으며, 택호는 창동댁이다. 구연한 노래들은 처녀 적에 배운 것이라 한다.

제공한 자료는 모심기노래 몇 편과 경기민요 다수이다.

제공 자료 목록

04_19_FOS_20100226_PKS_KGC_0006 모심기노래 (1)
04_19_FOS_20100226_PKS_KGC_0007 모심기노래 (2)
04_19_FOS_20100226_PKS_KGC_0008 모심기노래 (3)
04_19_FOS_20100226_PKS_KGC_0009 모심기노래 (4)
04_19_FOS_20100226_PKS_CSJ_0011 창부타령 (1)
04_19_FOS_20100226_PKS_KGC_0013 청춘가 (1)
04_19_FOS_20100226_PKS_KGC_0019 노랫가락 (1)
04_19_FOS_20100226_PKS_KGC_0029 노랫가락 (2)
04_19_FOS_20100226_PKS_KGC_0034 권주가 (1)
04_19_FOS_20100226_PKS_KGC_0035 노랫가락 (3)
04_19_FOS_20100226_PKS_KGC_0036 창부타령
04_19_FOS_20100226_PKS_CGS_0042 노랫가락
04_19_FOS_20100226_PKS_KGC_0045 노랫가락 (4)
04_19_FOS_20100226_PKS_KGC_0046 권주가 (2)
04_19_FOS_20100226_PKS_AYS_0047 양산도
04_19_FOS_20100226_PKS_KGC_0048 닐리리야
04_19_FOS_20100226_PKS_CSJ_0049 창부타령 (3)
04_19_FOS_20100226_PKS_KGC_0054 양산도
04_19_FOS_20100226_PKS_AYS_0055 창부타령 (4)
04_19_FOS_20100226_PKS_AYS_0058 창부타령 (5)
04_19_FOS_20100226_PKS_AYS_0060 창부타령 (6)
04_19_FOS_20100226_PKS_KGC_0061 노랫가락 (5)
04_19_FOS_20100226_PKS_KGC_0062 청춘가 (2)

김오연, 여, 1934년생

주 소 지 : 경상남도 합천군 덕곡면 포두리 720번지 북동마을노인정
제보일시 : 2010.2.26

조 사 자 : 박경신, 김구한, 김옥숙, 정아용

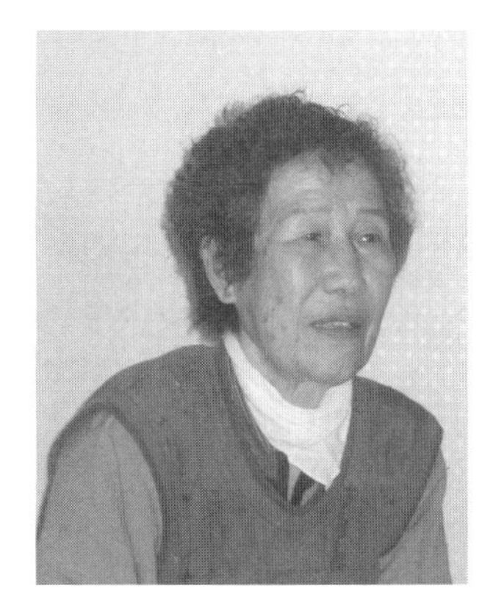

마을회관에서 만난 제보자는 아는 노래가 생각나기만 하면 적극적으로 구연하는 자세를 보여주었다. 마을회관에 대한 설명도 시원스럽게 해주었다. 구연 중에는 한손으로 박자를 맞추거나 흔들면서 씩씩하게 노래를 불렀다. 60년 동안 결혼생활을 하며 사는 동안 어른들과 자식들에게 골몰하느라 노래를 부르지 못해 바보가 되었다고 푸념하였다.

단정한 차림새로 목에 천식이 있다고 하면서도 말이 무척 빨랐다. 택호는 소래댁으로, 친정인 청덕면 소래에서 18세에 이 마을로 시집왔다고 했다.

제공한 자료는 칭칭가와 화투뒤풀이, 경기민요가 몇 편이 있다.

제공 자료 목록

04_19_FOS_20100226_PKS_KOY_0008 칭칭가
04_19_FOS_20100226_PKS_KOY_0012 창부타령 (1)
04_19_FOS_20100226_PKS_KOY_0013 창부타령 (2)
04_19_FOS_20100226_PKS_KOY_0016 창부타령 (3)
04_19_FOS_20100226_PKS_KOY_0017 화투뒤풀이
04_19_FOS_20100226_PKS_KOY_0020 청춘가
04_19_FOS_20100226_PKS_KOY_0021 노랫가락

김을선, 여, 1935년생

주 소 지 : 경상남도 합천군 덕곡면 포두리 632번지 북동마을노인정
제보일시 : 2010.2.26
조 사 자 : 박경신, 김구한, 김옥숙, 정아용

제보자는 조사자들을 보자마자 협조적인 자세를 보여, 조사자들의 요청

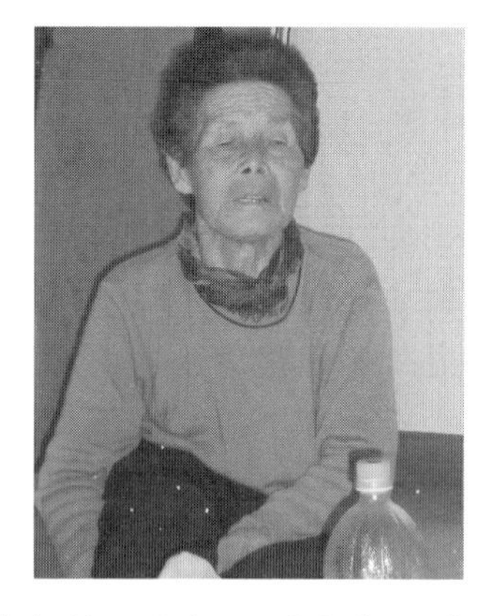

으로 북동마을 회관에서 가장 먼저 자료를 제공한 분이다. 이야기 자료도 지니고 있고, 베틀노래 같은 노동요도 제법 기억하는 제보자이다. 모심는 노래는 자랄 때 부친 밑에서 모를 심으며 배운 것으로 60년이 넘었다고 한다. 자꾸 부르니까 노래가 생각난다며 다른 사람의 구연 사이사이에 적극적으로 나서서 구연하였다. 다른 제보자가 빠트리고 부른 노래를 다시 부르기도 하고, 자청해서 부르거나, 조사자의 요청으로 부르기도 하였다. 한 쪽 다리를 세우거나, 두 다리를 뻗은 채로 손뼉을 치면서 시종 차분한 어조로 표정의 변화 없이 구연하였다. 베틀노래를 구연할 때는 청중이 기억력이 좋다며 칭찬하였다.

민요 외에 여성제보자들이 잘 구연하지 않는 수단꾼 이야기를 자청해서 두 편 구연하고, 나머지 한 편은 청중의 요청으로 구연했다. 세 번째 이야기는 "우리끼리 하는 얘긴데, 하면 안 되는 데 했다."며 미안해했다. 이야기 상황에 어울리는 여러 가지 손동작을 곁들여 재미있게 구연하여 좌중을 웃음판으로 만들었다. 청중은 이야기 내용을 익히 알고 있어, 우스운 대목이 나오면 미리부터 웃음을 터트리거나 참으려 했다. 또한 제보자의 이야기하는 솜씨에 총기 있는 사람이 이야기를 잘한다며 상을 줘야겠다고 하면서 이런 이야기를 어떻게 잊어버리지도 않았느냐며 제보자의 기억력을 칭찬하였다. 그리고 제보자는 이야기 줄거리를 언급하고, "거짓말이 참 잘 들어맞는다."고 하면서 이야기에 대한 평을 하거나, 속에 있는 것은 한 번씩 하는 것이 좋은데 늙어서 많이 잊어버렸다고 안타까워했다. 그리고 "옛날부터 노래는 거짓말이 없는데 이야기는 거짓말이 많다."고 구비자료에 대한 인식의 일단을 보여주기도 하고, 이런 이야기는 듣지도 보지도 못하지 않았느냐며 자신이 보유한 이야기에 대한 자부심도 내비쳤다.

제보자는 작지만 건강하고 다부진 체구로, 표정이 밝고 발음이 분명하였다. 택호는 아실댁 또는 아치실댁이며, 경북 고령 아실이 친정이라고 했다.

제공한 자료는 설화 3편과 모심기노래, 베틀노래, 시집살이노래 등이 있다.

제공 자료 목록
04_19_FOT_20100226_PKS_KES_0026 거짓말 잘하는 사위 얻기
04_19_FOT_20100226_PKS_KES_0027 수단꾼 정만수
04_19_FOT_20100226_PKS_KES_0028 점심 광주리 인 여인과 중놈
04_19_FOS_20100226_PKS_KES_0001 모심기노래 (1)
04_19_FOS_20100226_PKS_KES_0003 모심기노래 (2)
04_19_FOS_20100226_PKS_KES_0005 모심기노래 (3)
04_19_FOS_20100226_PKS_KES_0010 양산도
04_19_FOS_20100226_PKS_KES_0018 베틀노래
04_19_FOS_20100226_PKS_KES_0019 창부타령
04_19_FOS_20100226_PKS_KES_0023 시집살이노래 (1)
04_19_FOS_20100226_PKS_KES_0024 시집살이노래 (2)
04_19_MFS_20100226_PKS_KES_0025 손 비비는 소리

노분종, 여, 1938년생

주 소 지 : 경상남도 합천군 덕곡면 포두리 720번지 북동마을노인정
제보일시 : 2010.2.26
조 사 자 : 박경신, 김구한, 김옥숙, 정아용

조사에도 적극적이고, 조사자에게 국수를 대접해 주는 등 아주 친절하고 부지런한 모습을 보이던 제보자이다. 구연에도 적극적으로 임해주었는데, 노래를 부를 때는 벽에 등을 기대고 한쪽 다리를 세운 채 손을 너울거리거나 손뼉을 치면서 아주 신명나게 불렀다. 다른 제보자에 이어서 모

심기노래를 여러 곡 부르면서, 때로는 서서 춤을 추면서 즐겁게 구연하였다. 특히 캐나다에서 주재원으로 근무하는 큰아들을 많이 그리워하면서 고복수의 "타향살이"라는 가요를 부르며 눈시울을 적시기도 하는 등 개인적인 한과 슬픔이 많아 보였다.

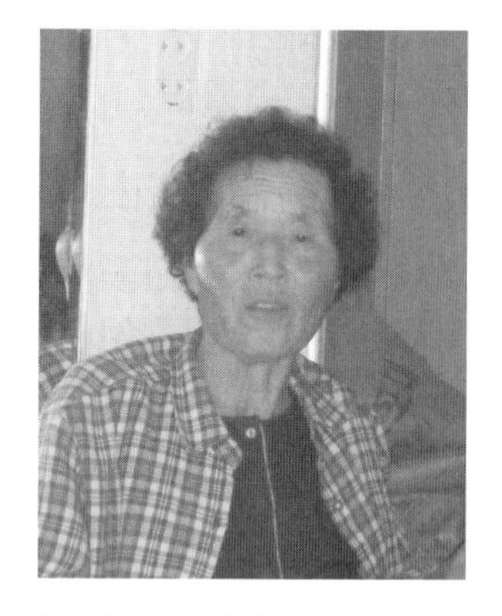

제보자는 자그마한 체구에 아파서 두 달 동안 병원에 있다가 이날 처음 나온 거라며, 볼이 유난히 빨간 모습으로 무척 쇠약해 보였다. 창녕 이방면에서 22세에 이 동네로 시집을 왔으며, 택호는 임불댁이다.

제공한 자료는 모심기노래 등 경기민요 몇 편이 있다.

제공 자료 목록
04_19_FOS_20100226_PKS_NBJ_0002 모심기노래 (1)
04_19_FOS_20100226_PKS_NBJ_0004 모심기노래 (2)
04_19_FOS_20100226_PKS_NBJ_0006 모심기노래 (3)
04_19_FOS_20100226_PKS_NBJ_0007 청춘가 (1)
04_19_FOS_20100226_PKS_NBJ_0009 청춘가 (2)
04_19_FOS_20100226_PKS_KOY_0012 창부타령 (1)
04_19_FOS_20100226_PKS_JBS_0014 창부타령
04_19_FOS_20100226_PKS_JBH_0015 양산도 (2)

안영시, 여, 1936년생

주 소 지 : 경상남도 합천군 덕곡면 포두리 958번지 포두리마을회관
제보일시 : 2010.2.26
조 사 자 : 박경신, 김구한, 김옥숙, 정아용

베틀노래 같은 귀한 자료를 많이 보유하고 있다는 제보자가 조사장소에 도착한 것은 조사가 한참 진행된 무렵이다. 병원에 갔다 온 제보자는

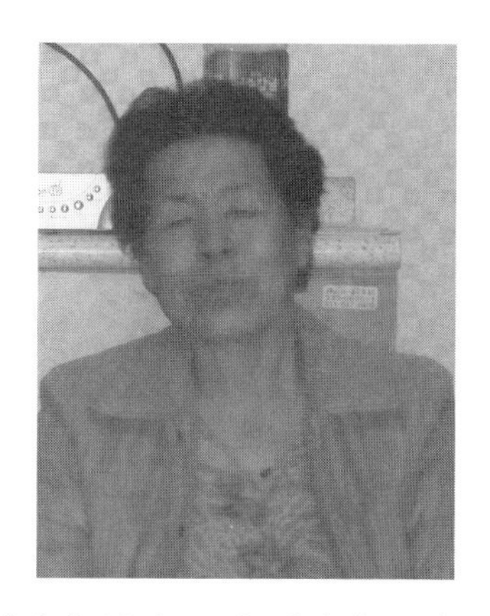

기운이 없어 보였다. 그럼에도 불구하고 청중의 요구에 힘들어하며 노래를 시작하여 많은 자료를 제공해 주었다. 두드려야 노래가 나온다며 페트병을 달라고 하여 시종 젓가락으로 장단을 맞추며 구연했다. 노래를 여러 편 하고나서 사실 젓가락으로 병을 두드리는 것은 싱겁기도 하고, 부끄러워서 친다고 해명했다. 눈을 내리깐 채 차분하게 기억을 되살리며 구연했는데 몸이 아파 힘이 없다며 중간 중간 쉬면서 노래를 불렀다. 하고 싶어서 술술 나와야 노래가 잘 되는데 오늘은 몸이 안 좋아서 목소리가 잘 안 나오는 탓에 노래가 잘 안 된다고 말했다. 청중은 음료수를 권하며 기억이 잘 안 나는 뒷부분 가사를 일러주기도 하고, 잘한다는 감탄사를 연발하며 흥을 돋우었다. 노래가 하나씩 끝날 때마다 크게 박수치며 웃고 재미있어 했다. 또한 제보자의 기억력과 총기를 칭찬하며 이런 노래하는 사람 없지 않느냐고 박수로 환호했다. 또한 청중은 박수나 잡음도 녹음된다는 사실을 알고 노래할 때는 이를 자제할 것을 부탁하기도 했다.

이런 청중의 반응에 제보자는 자신은 10에 8할밖에 안 되며, 다른 곳에 가면 노래를 자기보다 더 잘하는 사람이 있다며 겸손하게 말했다. 자신이 중신을 했다는 칠곡 사람의 김해 장가가는 내용의 노래는 아마 직접 가사를 만든 듯했다. 이 노래는 예전에 노인학교에서 관광을 갈 때 불러 호응이 좋았다고 하면서 그때는 지금보다 노래를 잘 불렀다고 말했다. 제보자는 집에서 혼자하면 노래가 잘 나오는데, 몸이 안 좋아 힘이 없어 노래가 더 안 된다고 아쉬워했다. 특히 제보자는 서사민요를 기억하고 구연하는데 강한 분으로 기억력이 매우 뛰어났으며, 기억나지 않은 부분은 적당히 건너뛰고 넘어가는 재주가 있었다.

점잖고 귀티 나는 외모에 옷차림이 단정했다. 가사내용과 발음이 정확한 편이었다. 택호는 미실댁이며, 친정인 청덕 미곡(미실)에서 17세에 시집왔다고 했다.

구연한 노래는 베틀노래, 과부자탄가, 회심곡, 장가가는 노래, 환갑노래, 권주가, 불경, 경기민요 등 다수이다.

제공 자료 목록

04_19_FOS_20100226_PKS_AYS_0015 베틀노래
04_19_FOS_20100226_PKS_AYS_0016 과부자탄가
04_19_FOS_20100226_PKS_AYS_0017 회심곡
04_19_FOS_20100226_PKS_AYS_0018 장가가는 노래
04_19_FOS_20100226_PKS_AYS_0025 창부타령 (1)
04_19_FOS_20100226_PKS_AYC_0027 창부타령 (2)
04_19_FOS_20100226_PKS_AYS_0031 창부타령 (3)
04_19_FOS_20100226_PKS_AYS_0032 권주가
04_19_FOS_20100226_PKS_AYS_0033 환갑노래
04_19_FOS_20100226_PKS_AYS_0044 시집살이노래
04_19_FOS_20100226_PKS_KGC_0045 노랫가락 (4)
04_19_FOS_20100226_PKS_KGC_0046 권주가 (2)
04_19_FOS_20100226_PKS_AYS_0047 양산도
04_19_FOS_20100226_PKS_AYS_0052 천수경
04_19_FOS_20100226_PKS_KGC_0054 양산도
04_19_FOS_20100226_PKS_AYS_0055 창부타령 (4)
04_19_FOS_20100226_PKS_AYS_0056 백발가
04_19_FOS_20100226_PKS_AYS_0058 창부타령 (5)
04_19_FOS_20100226_PKS_AYS_0060 창부타령 (6)

안정산, 여, 1937년생

주 소 지 : 경상남도 합천군 덕곡면 포두리 포구 86번지 포구마을회관
제보일시 : 2010.2.26
조 사 자 : 박경신, 김구한, 김옥숙, 정아용

조사자가 조상장소에 가서 다른 제보자와 함께 만난 제보자이다. 제보자는 자청해서 조사에 임했다. 연신 알기는 아는데 모두 잊어버렸다는 말을 하면서 의욕만큼 부르지는 못했다. 옛날에는 모심기노래를 많이 부르고 잘 부른다는 소리도 들었는데, 모를 안 심으니 생각이 안 난다고 했다. 구연할 때 몸을 앞뒤로 흔들며 부르는 등 노래 부르는 자세는 적극적이고 보기 좋았다.

얼굴이 둥글고 복스러운 이목구비에 깔끔한 복장을 하고 있었고, 곱게 늙은 모습이었다. 성격이 밝고 느긋하였으며, 목소리가 좋았다. 청덕 파실에서 21세에 시집왔으며 택호는 파실댁이다.

제공한 자료는 모심기노래 2편이다.

제공 자료 목록

04_19_FOS_20100226_PKS_AJS_0005 모심기노래

04_19_FOS_20100226_PKS_KGC_0007 모심기노래 (2)

04_19_FOS_20100226_PKS_AJS_0012 노랫가락

04_19_FOS_20100226_PKS_YJO_0030 청춘가 (3)

유정옥, 여, 1932년생

주 소 지 : 경상남도 합천군 덕곡면 포두리 포구 86번지 포구마을회관

제보일시 : 2010.2.26

조 사 자 : 박경신, 김구한, 김옥숙, 정아용

오전에 이 마을회관에 찾아갔을 때, 내일이 동제라 마을사람들이 모두 목욕하러 갔다며 점심시간 이후에 사람들이 많이 올 것이라고 전해 준 제보자이다. 이전에 조사한 포두리 북동 마을에서 노래를 잘 한다고 추천해

준 제보자이나 생각만큼 쉽게 노래하려 하지 않았다. 자기가 부르는 노래는 이런 장소에 내놓을 유식한 노래가 아니라 주로 밭을 매면서 세월이 지겨워 부르는 장난 같은 노래라는 말을 되풀이했다. 노래 잘 하는 사람 앞에서는 주눅이 든다고 말하면서, 어디 옮기지도 못한다거나, 녹음하지 말라고 하는 등 자신이 보유한 노래에 지나치게 겸손한 태도로 보이기도 했다. 구연한 노래들은 해질녘에 슬퍼서 부르는 것이라고 하면서 남편이 병석에 있어서 그와 관련된 노래를 불러주기도 했는데, 삶의 애환이 좀 많은 듯하였다. 노랫가락 같은 경기민요는 하루 종일 불러도 부를 것이 있다고 하면서도 정작 적극적으로 부르지는 않아 자료 채록에 아쉬움을 남겼다. 제보자는 특히 노래를 제 곡조로 부르지 않고 읊조리는 경향이 있었다. 한편 조사 도중에 이 마을 지명을 넣어 일기예보를 재미나게 구연하여 좌중을 웃겼는데, 이로써 조사 분위기를 즐겁게 만들었다.

키가 크고 마른 몸매에 쪽진 머리를 하고, 자상한 성품이 엿보였다. 가는 목소리에 말이 무척 빨랐다. 조사자에게 점심을 안 먹었으면 떡국을 끓여주겠다고 하거나 집에서 강정과 과일을 가지고 와서 주기도 하는 등 무척 친절하였다. 고령지실에서 17세에 이 마을로 시집을 왔으며, 택호는 지실댁이다.

제공한 자료는 시집살이노래, 밭 메는 노래, 모심기노래, 경기민요 등이 있다.

제공 자료 목록

04_19_FOS_20100226_PKS_YJO_0001 청춘가 (1)

04_19_FOS_20100226_PKS_YJO_0002 시집살이노래

04_19_FOS_20100226_PKS_YJO_0003 모심기노래 (1)
04_19_FOS_20100226_PKS_YJO_0004 창부타령 (1)
04_19_FOS_20100226_PKS_KGC_0008 모심기노래 (3)
04_19_FOS_20100226_PKS_CSJ_0011 창부타령 (1)
04_19_FOS_20100226_PKS_AJS_0012 노랫가락
04_19_FOS_20100226_PKS_YJO_0023 쌍금쌍금 쌍가락지
04_19_FOS_20100226_PKS_AYS_0025 창부타령 (1)
04_19_FOS_20100226_PKS_YJO_0026 노랫가락 (1)
04_19_FOS_20100226_PKS_YJO_0028 청춘가 (2)
04_19_FOS_20100226_PKS_KGC_0029 노랫가락 (2)
04_19_FOS_20100226_PKS_YJO_0030 청춘가 (3)
04_19_FOS_20100226_PKS_YJO_0037 밭 메는 노래
04_19_FOS_20100226_PKS_CGS_0042 노랫가락
04_19_FOS_20100226_PKS_YJO_0043 모심기노래 (2)
04_19_FOS_20100226_PKS_YJO_0050 창부타령 (2)
04_19_FOS_20100226_PKS_YJO_0051 청춘가 (4)
04_19_FOS_20100226_PKS_YJO_0059 노랫가락 (2)
04_19_FOS_20100226_PKS_AYS_0060 창부타령 (6)

정병선, 여, 1934년생

주 소 지 : 경상남도 합천군 덕곡면 북동마을노인정
제보일시 : 2010.2.26
조 사 자 : 박경신, 김구한, 김옥숙, 정아용

조사자의 유도로 자료를 구연한 제보자이다. 두 손을 바닥에 짚거나 무릎 위에 올리고, 눈을 내리깐 채 느릿한 속도로 처연하게 구연했다. 키가 크고 보통의 몸매로, 즐겁게 노래했으나 아는 자료는 많지 않았다. 택호는 새날댁으로, 친정인 고령군 우곡면에서

16세에 시집왔다고 했다.

제공한 자료는 시집살이노래와 창부타령 2편이다.

제공 자료 목록

04_19_FOS_20100226_PKS_JBS_0014 창부타령

04_19_FOS_20100226_PKS_KOY_0016 창부타령 (3)

04_19_FOS_20100226_PKS_JBS_0022 시집살이노래

정분희, 여, 1934년생

주 소 지 : 경상남도 합천군 덕곡면 북동마을노인정

제보일시 : 2010.2.26

조 사 자 : 박경신, 김구한, 김옥숙, 정아용

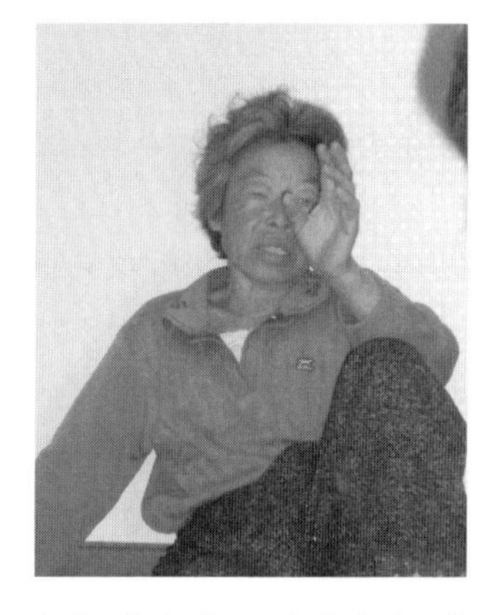

조사가 한참 진행 되자 구연에 스스로 임한 제보자이다. 벽에 등을 기대고 한쪽 무릎을 세운 뒤, 그 위에 한쪽 팔을 얹은 자세로 손을 너울거리거나 손뼉을 치기도 하면서 구연했다. 담담하나 구성지게 노래를 불렀다. 노래를 7년 동안 부르지 않았고, 또 아파서 수술했기 때문에 힘이 없다며 조금 부르다가 말았다.

택호는 밤무지댁이다. 여기가 친정으로 19세에 밤무지로 시집가서 살다가 다시 친정마을로 와서 산 지 50년 정도가 되었다고 했다.

제공한 자료는 양산도 2곡이다.

제공 자료 목록

04_19_FOS_20100226_PKS_JBH_0011 양산도 (1)

04_19_FOS_20100226_PKS_JBH_0015 양산도 (2)

차광순, 여, 1924년생

주 소 지 : 경상남도 합천군 덕곡면 포두리마을회관
제보일시 : 2010.2.26
조 사 자 : 박경신, 김구한, 김옥숙, 정아용

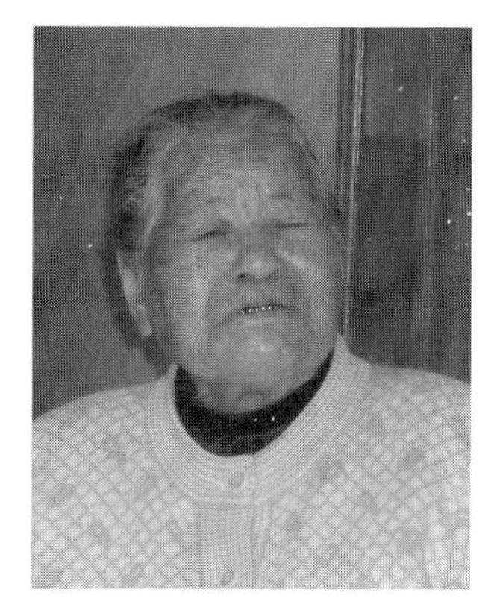

조사자의 요청으로 노래를 부른 제보자이다. 노래를 부르기 시작하자 같은 곡을 연이어 다섯 개를 불러 주었는데 태연한 자세로 담담하게 구연했다. 목청이 좋았으나 연세 탓인지 말끝이 흐렸다. 열심히 구연하였으며, 제공한 자료가 옛날노래임을 강조하였다. 청중은 연세가 많음에도 노래를 잘한다며 제보자를 칭찬하였다.

쪽진 머리에 조금 통통한 외모로, 나이가 있는 데도 정정해 보였다. 택호는 삼동댁으로 친정은 대구라고 했다.

제공한 자료는 경기민요 다수이다.

제공 자료 목록

04_19_FOS_20100226_PKS_CGS_0010 창부타령 (1)
04_19_FOS_20100226_PKS_AYS_0025 창부타령 (1)
04_19_FOS_20100226_PKS_CGS_0039 닐리리야
04_19_FOS_20100226_PKS_CGS_0040 창부타령 (2)
04_19_FOS_20100226_PKS_CGS_0041 성주풀이
04_19_FOS_20100226_PKS_CGS_0042 노랫가락
04_19_FOS_20100226_PKS_CJH_0053 창부타령 (3)
04_19_FOS_20100226_PKS_CGS_0057 양산도
04_19_FOS_20100226_PKS_AYS_0058 창부타령 (5)

차선주, 여, 1940년생

주 소 지 : 경상남도 합천군 덕곡면 포두리마을회관
제보일시 : 2010.2.26
조 사 자 : 박경신, 김구한, 김옥숙, 정아용

조사가 진행된 지 중후반에 이를 때쯤 조사자의 권유로 노래를 부른 제보자이다. 다리가 아픈지 두 다리를 뻗고 앉아 무릎을 손으로 두드리며 구연하였다. 구연을 끝낸 후 노래가사에 담긴 이야기를 설명해 주기도 했다. 한 청중은 제보자의 노래에 눈물이 나려한다는 반응을 보였다. 택호는 연안댁이며, 친정인 청덕 내삼학에서 22세에 이 마을로 시집왔다고 했다.

제공한 자료는 모심기노래, 노랫가락, 시집살이노래 등이다.

제공 자료 목록
04_19_FOS_20100226_PKS_CSJ_0011 창부타령 (1)
04_19_FOS_20100226_PKS_AJS_0012 노랫가락
04_19_FOS_20100226_PKS_CSJ_0020 모심기노래
04_19_FOS_20100226_PKS_CSJ_0021 시집살이노래
04_19_FOS_20100226_PKS_CSJ_0022 창부타령 (2)
04_19_FOS_20100226_PKS_AYS_0025 창부타령 (1)
04_19_FOS_20100226_PKS_CSJ_0049 창부타령 (3)

차주희, 여, 1944년생

주 소 지 : 경상남도 합천군 덕곡면 포두리마을회관
제보일시 : 2010.2.26
조 사 자 : 박경신, 김구한, 김옥숙, 정아용

청중이 잡담을 하는 동안 노래가 생각난 제보자가 스스로 구연에 나섰다. 한쪽 무릎을 세우고 두 손으로 무릎을 감싼 자세로 담담하게 구연했다. 감기에 걸려 목이 잠겼다고 하면서도 열심히 자료를 제공해 주었다. 택호는 삼학댁으로, 친정인 청덕 내삼학에서 21세에 시집왔다고 했다.

제공한 자료는 화투뒤풀이와 창부타령 몇 편이다.

제공 자료 목록
04_19_FOS_20100226_PKS_CJH_0014 화투뒤풀이
04_19_FOS_20100226_PKS_CJH_0024 창부타령 (1)
04_19_FOS_20100226_PKS_KGC_0029 노랫가락 (2)
04_19_FOS_20100226_PKS_CJH_0038 창부타령 (2)
04_19_FOS_20100226_PKS_CJH_0053 창부타령 (3)
04_19_FOS_20100226_PKS_AYS_0060 창부타령 (6)

거짓말 잘하는 사위 얻기

자료코드 : 04_19_FOT_20100226_PKS_KES_0026
조사장소 : 경상남도 합천군 덕곡면 포두리 652-3, 4번지 북동마을노인정
조사일시 : 2010.2.26
조 사 자 : 박경신, 김구한, 김옥숙, 정아용
제 보 자 : 김을선, 여, 76세
구연상황 : 제보자에게 이야기 구연을 청하자, 속에 있는 것 한 번씩 하는 것도 좋은데 늙어서 잊어버려 이야기하기가 힘들다고 했다. 그러나 곧 이야기 구연을 시작했다. 제보자는 이야기 상황에 어울리는 여러 가지 동작을 손을 사용하여 만들어내면서 열심히 구연했다. 청중은 아주 재미있어 하며 구연 중간에 몇 번이나 웃었다. 구연이 끝나자, 청중은 꿈같은 거짓말이라며, 옛날부터 노래는 거짓말이 없고 이야기는 거짓말이 많다고 말했다. 제보자는 이야기 줄거리를 말하면서 수단꾼을 구하려고 광고를 내놓은 것이라며, 거짓말이 참 잘 들어맞는다고 강조했다.
줄 거 리 : 한 정승이 거짓말 잘 하는 사람을 사위로 삼겠다고 광고를 했다. 한 사람이 정승을 찾아가 이야기를 시작했다. 자기는 백정을 하던 사람으로 소 껍데기 등껍질을 많이 모아서, 자루를 만들어 기름 장사를 하였는데, 그 자루가 기름에 절여져서 밖으로 바람이 안 새어나가는 자루가 되었다. 이 자루에 바람을 많이 사 넣어서 오뉴월 더운 날에 성안도 진기맹기 넓은 들에 모심기 하는 사람들에게 가서, 조금씩 내놓자 시원하다고 난리가 났다. 거기서 바람을 팔아 돈이 모이기를 서울 종남산 무더기만큼 되었다. 이 돈 무더기 위에 올라가서 보니 어느 정승이 정부의 돈을 횡령해서 사형선고를 받았다고 광고가 났는데, 그 정승이 바로 당신이다. 내가 바람 팔아 번 돈 모두를 당신에게 주었다고 거짓말을 했다. 그 정승은 꼼짝없이 그 사람을 사위로 삼았다고 한다.

옛날에 옛날에 어떤 사람이, 옛날 정승 어느 서울 정승이 딸을 치알라꼬(치우려고, 시집보내려고) 떡 내놓고,

(청중 : 여- 이야기 잘한다.)

이 딸을 어떻게 해야 좋은 데로 치아겠노 부모 마음 다 안 그렇습니까, 그자?

"내 앞에 와가지고,

(청중 : 방앗간 셋째딸이 제일 좋다 안 커더나?)

내 앞에 와가지고, 내 앞에 와가지고, 거짓말이라 카는 사람을 내가 사우로 보꾸마(보겠다)."

이래가 광고를 내둘린 기라(것이라). ○○○에 한 고을이라, 광고를 떡 내놓이, 어떤 한 놈이 지가 많이 아직 막 참 짜들(많이) 정승사위감도 되도 안하는 기 턱,

"정승님 이야기하러 왔십더."

카머, 이야기 하면 흥흥 세가(혀가) 빠지케놓고도(빠지게 해놓고도),

"에이넘 거짓말이다."

카면 헛일인기라. 암만(아무리) 해놔도. 그래가 인자 마 이야기 실컨(실컷) 할라고 왔는데,

"정승님, 내가 언제 년에 팍 내가 대껍디기(대껍데기) 소껍디기 그런 백정을 해가지고, 껍디기를 많-이 빗기(벗겨) 모다가지고(모아가지고), 그걸 갖다가 내가 잘리를(자루를) 집어가지고(기워서), 지름장사를(기름장사를) 그거 하러 지름장사를 했어요."

카그든. 것다가 지름이 콱 쨀리놓으마(절여 놓으면) 백겉에(밖에) 통풍이 안 되거든. 것다가 바람을 많-이 사옇-가지고(사서 넣어가지고) 마, 저 성안도 징기맹기라는 커는데 가가지고, 거 가이까네 아주 막 덥어가지고 예, 모심기한다꼬 발발발 하거든.

보따리 아구빠리[4] 골로(그리고) 바람을 쪼매(조금) 솔솔 내보내니, 이 사람들이 더버서(더워서) 일하다가 시원타고(시원하다고) 막 전신에(모두)

---

4) 입의 속어로 여기서는 입구로 쓰임.

오거든예. 그래가 바람 팔러 막 오데요. 전신에 오니, 그래 헐어 놓고 바람을 쪼매썩(조금씩) 쪼매썩 천원어치도 팔고, 만원어치도 팔고,

[청중 웃음]

(청중 : 그때 천원어치 그기 일원어치, 이원어치 그기다. 바람을 팔았는 기라.)

그래가 자꾸 바람을 팔아 모다인끼네(모아놓으니까), 돈이 한정 없는 기라예. 마 돈이 마 서울 종남산 무디기만(무더기만) 했는 기라.

[청중 웃음]

그래 정승님, 지가 종남산 무디기 그 은자 올라가서, 내가 올라앉아서, 가마-히 니려다보이깨네, 서울에 어느 정승이 정부에 돈을 들어먹고 신깃대 목을 매러 나간다고 그 광고가 났더래요. 그래 내가 인자 가마이 내려다보이깨네, 이 돈은 인자 많이 벌어놘기고(벌어놓은 것이고), 장개는 가야되고, 그래서 인자 내가 니려다보고 있다가, 내가 니려와서,

"내 그 돈을 갖다가 그 정승을 다 줬습니더."

이카그든. 그래 정승이 가마 생각해보이

"옛끼 이놈 거짓말이다."

[청중 웃음]

"거짓말이면 딸을 주세요."

또 딸 줄라커이(줄려고 하니) 아깝거든.

"에이 이놈아 참말이다."

"참말이면 돈을 주세요."

이렇게 돼가지고 꼭다시(꼼짝없이) 딸을 뺐기더래요. 그런 정승이.

수단꾼 정만수

자료코드 : 04_19_FOT_20100226_PKS_KES_0027
조사장소 : 경상남도 합천군 덕곡면 포두리 652-3, 4번지 북동마을노인정
조사일시 : 2010.2.26
조 사 자 : 박경신, 김구한, 김옥숙, 정아용
제 보 자 : 김을선, 여, 76세
구연상황 : 앞 이야기에 이어 이야기를 더 해 줄 것을 청했다. 청중은 총기 있는 사람이 이야기를 잘한다며, 제보자가 안 해서 그렇지 이야기 문서가 많다고 했다. 제보자는 짤막한 것을 하자며 이 이야기를 구연했다. 정만수의 일화 두 가지를 웃으면서 재미있게 구연한 제보자는 정만수가 수단꾼이라며 머리가 참 좋다고 설명했다. 청중도 제보자의 말에 동조하며, 어떻게 이런 이야기를 잊어버리지 않고 있느냐고 제보자를 칭찬했다. 그러면서 상을 줘야 한다고 농담을 했다. 한참 뒤 조사자에게 "그런 얘기 듣도 보도 못했지요?"라고 하며, 자신이 한 이야기에 자부심을 드러냈다.
줄 거 리 : 정만수가 길을 가다가 담배 팔러가는 사람을 만나, 담배 한 모숨만 달라고 하나 거절당한다. 그러자 정만수는 그 사람을 앞질러 마을 앞 빨래터에 가서, 빨래하는 여인 중 가장 예쁜 아가씨한테 입을 맞추고 달아난다. 그 주변에 있던 사람들이 정만수를 쫓아오자, 정만수는 담배장수에게 형님이라고 부르며 빨리 오라고 한 뒤 달아난다. 쫓아오던 마을사람들이 담배장수를 한통속이라 생각해 잡아서 혼내고 담배를 부셔버린다. 정만수는 담배장수를 만나 담배 한 모숨을 주지 않아 그런 일을 했다고 말한다. 또 한 번은 정만수가 애기 잃고 우는 아주머니를 웃겨서 어떤 사람에게서 술 한 동이를 얻어먹기도 한다.

그전에 정만수라 카는(하는) 사람이 질로(길로) 떡 가이깨네,

["짤막하게 하입시더. 짜리든가(짧든가) 말든가."라고 한 후 이어서 구연함.]

하이깨네, 참 옛날에 엽초 담배 겉은 거 집에 넙덕한 게, 옛날에 엽초 담배 심궈가지고(심어서), 이파리(잎) 엮어가지고, 막 팔러 가는데, 담배로 한-짐 팔러가거든예. 아저씨가 바지게로 많-이 지고 가는데,

그래가 정만수 이 사람이

"아이구, 아저씨 담배 한 모숨 주소."

이카니, 담배 팔러 가는 데 누가 주겠습니꺼? 안주거든.

그래 마, 참 앞에 비실비실 마 가가지고, 저 어느 마을 앞에 지나이깨네, 어느 도로에 아낙네들이 막 빨래하고 있거든예. 옛날에는 그렇게 안 했어요? 웅덩가에, 빨래 두들겨서. 거 가가지고 마 제일 참한 아가씨한테 입을 쪽 맞차.

(청중 : 담배 지고 가다가?)

그래 마, 어데? 담배 가가면서 안 줄라캐서 내삐리고(내버리고), 지 혼차(혼자) 뛰 와가지고(와서) 입을 쪽 맞차고는(맞추고는) 마 달-나며(달아나며) 마. 달-나며 마. 그 안카(워낙) 옛날에는 이런 법이 상당하다 아입니꺼?(아닙니까?) 저 놈 때려 죽일 상놈이 죽이니 살리니 커며, 막, 그 주변에 있던 사람이 저 놈 잡아라 이 카거든. 막- 뛰가 가면서

"아이고 형님 어서 오소."

이카거든. 그 담배장사한테 커머 이 사람은 달-라면 따라지만은(못잡지만은) 저넘 형님은 잡아야 되는 기라. 이놈 한통살이니깨(한통속이니까). 그놈을 잡아가지고 다 시다리해가 담배를 다 뿌사뿠는기라.

그래 어느 재만디[5] 어디꺼지 가가 턱 쉬고 있으니깨네, 그넘우 그 담배장사 오거든. 그래 마 서로 시달 안 하겠습니꺼?

"날 담배 한 모숨만 줬으만 이런 불상사가 없을 낀데(것인데), 와 담배 한 모숨 안줬느냐꼬?"

그런 협작꾼을 징긴(지닌) 사람이 있더래요. 정만수라 카는 사람이, 정만수라 카는 사람이 대동강 물도 팔아먹었다 안 했습니꺼?

그래가 또 한분은 또 정만수가 술을 고래라, 술을 참 잘 묵어. 그래 니 저저 아줌마한테 가서 윗기고(웃기고) 오면은 내가 니 술 한동- 받아주꾸마 약속을 하거든. 그래 이 사람이 가마 생각하디- 윗기고 올라 카그던.

5) 고개마루, 산의 정상.

그래 그 뭐 주변에 아줌마가 자기 애기를 잃아뿌고(잃어버리고), 하도 원통해가지고 무덤에 가서 대성통곡하고 울고 있어요. 그래 니 저 아줌마 가서한테 가서 울리 윘기고(웃기고) 오면은 내가 니 술 한동우 대분 대접하꾸마 이라거든. 그래 정만수 이 사람 가마 생각해 보디- 가는 기라. 가 젙에(곁에) 가서 똥을

[강하게 말하며]

한 무디기(무더기) 눠놓고 마 막 울어댔는 기라. 거서 애 아줌마 옆에서.

[청중 웃음]

"아이고!"

카매 울어대니, 이 아주머니가 참 애통해서 울다가 생각하이 갑작시럽거든예(갑작스럽거든요).

(조사자 : 예.)

그래

"아저씨 왜 그리 울고 있어요?"

커이,

"아줌마는 왜 울고 있어요?"

커이

(청중 : 문 그 좀 열어놨뿌소.)

"나는 내 간줄기서 떨어졌는 자식이 애착을 당하서 하도 원통코 보고접아서(보고싶어서) 울고 있소."

이카이,

"그래 아저씨는 왜 울어요?"

카이,

"하이구 나도 내 간줄기서 떨어전 촌총이가 나와서

[웃으며]

이기(이것이) 하도 원통해서 울고 있어요.”

[웃음]

(청중이 웃으면서 “자 묵지. 촌충이 알아요? 똥구멍에서 나온 촌충이 알아예?”라고 함.)

[“아지(알지). 배안에서 촌충이라고 납닥한(납작한) 게 있어예.”라고 한 후에]

(조사자 : 회충 종류!)

그러이 이 아주무이가 얼처구니가(어처구니가) 없거든예. 윗을 백인게(밖에는). 씨아 같잖시럽어서[6] 실(슬) 윗거든예.

그래서 그 사람이 그 사람한테 지고 술 한 동우를 뺐아묵던(빼앗아 먹던) 사람이라. 정만수라 카는 그래 그래 묵고 사는 사람이라. 대동강 물도 팔아먹고.

점심 광주리 인 여인과 중놈

자료코드 : 04_19_FOT_20100226_PKS_KES_0028
조사장소 : 경상남도 합천군 덕곡면 포두리 652-3, 4번지 북동마을노인정
조사일시 : 2010.2.26
조 사 자 : 박경신, 김구한, 김옥숙, 정아용
제 보 자 : 김을선, 여, 76세
구연상황 : 청중이 제보자에게 이야기 하나 더 하라며, 세 가지는 해야 한다고 권했다. 청중이 “중 이야기”를 하라고 하자, 제보자는 “아이구 더럽어 죽겠는데.”라며 하기를 꺼려하였다. 그리고는 다른 청중에게 자기는 안 하면서 “공 것”을 먹으려 한다며 이야기하기를 청했다. 청중은 “아치실댁은 줄줄 나오는데 나는 잊어버렸다.”, “입담이 없어 못한다.”고 하고는 “중하고 점섬 이고 가는 것” 그거 하라고 종용했다. 제보자는 이야기도 유식한 이야기를 해야 한다며 안 하려 했다. 이런 이야기도 괜찮다는 조사자의 설득에 이윽고 이야기를 구연했

6) ‘같잖다’와 ‘스럽다’가 합쳐진 말임.

다. 청중은 익히 알고 있는 이야기라 우스운 대목이 나오면 미리부터 웃음을 터뜨리거나 웃음을 참으려 했다. 제보자는 이야기에 어울리는 다양한 몸놀림으로 이야기를 더 감칠맛 나게 했다. 구연이 끝나자 이야기판은 웃음판이 되었다. 제보자는 이 이야기는 여기서 할 이야기가 아니며, 우리끼리 하는 이야기인데, 하도 하라고 해서 한다며 무척 미안해했다.

줄 거 리 : 들에 점심밥을 이고 가던 한 여인이 점심 광주리를 이자마자 갑자기 대변이 너무 마려워서 견딜 수가 없다. 광주리 내려놓으면 다시 머리에 이기 어려워서 광주리를 인 채 볼일을 보았는데, 뒤를 처리할 재주가 없다. 마침 지나가던 중을 불러 사정을 이야기하고 도와달라고 하자, 중은 추워서 땅에 붙어버린 여인의 엉덩이를 떼기 위해 입김을 불다가 자기 수염까지 같이 붙어버린다. 우여곡절 끝에 땅에 붙은 것들을 뗀 두 사람은 서로 힘들었던 경험담을 말한다.

옛날에 옛날에 와 들에 일을 하면 밥 겉은 거 광주리 이고 많이 안 대니오. 그래 점심을 해가지고 가는데

(청중 : 또 붓기가 붕알 부는 얘기 하는 갑네.)

[청중 웃음]

["거 하라 커는데 해야지."라고 말한 뒤]

(청중 : 그거 우습어 죽는다.)

[두 손으로 광주리를 이는 시늉을 하며]

그래 이고 가-이(가니), 으 일나이깨, 참 대변이 억시기(매우) 보고접는(보고싶은) 기라예(것이라요). 어짤 수가 없는 기라. 은자 옷에 쌀 판이고. 그래 내라(내려) 놓으면 어차피 이지를 몬하는 기라. 그래 은자 이고 대변을 봤는 기라. 보고나이깨네, 천지에 처리할 수가 없는 기라. 이 밥은 였지예(였지요). 그래서 힘을 들이고 고생고생 하고 있으니깨 어떤 중놈이 지내가더래요.

"하이고 아저씨, 여 내가 딱한 사정이 있는데 아저씨 여 좀 오소."

이카이카니깨,

그래 떠더-이(떨더니) 오줌을 누니깨, 오줌하고 궁디하고(엉덩이하고)

땅에 붙어뿠어예(붙어버렸어요). 어 춥어가지고 엄청 춥었거든예.

그러이 있다가 도리가 없는 기라. 빼끔 들여다보이 딱 붙어가 있는데, 껌씹끼리 딱 붙어가 있는데. 그래서 할 도리가 없고,

[상체를 낮추어 밑을 들여다보는 시늉을 하며]

이 중놈이 빼꿈이(빠끔이) 들이다보고 이래

[입으로 부을 하며 길게 빼서]

“호---”

자꾸 불었거든요, 것따가(거기다가). 불자마자 자꾸 불었더니 얼매 춥은지 시염겉은(수염겉은) 겉은 거 자기 털끝도 다 붙어뿠는기라예. 그러이깨네 큰일인기라예.

(청중 : 밥도 몬 이고 갈따(가겠다). 미쳤다. 춥은데 말라 밥이고 가노?)

그러구러(그렇게 저렇게 해서) 그러구러 띠가((떼서) 띠긴 뗐는데, 그래 그래 아주무이 이야기가

“꺼끄럽다, 꺼끄럽다 캐도 중놈 대갈빽이만치(머리만큼) 꺼끄럽은 거 없더라.”

이 중놈은 이따 뭐라 카는 게 아니라

“내미(냄새) 난다 내미 난다 캐도 씹내(씹냄새) 만치(만큼)

[웃음을 참기 어려워 말을 흐리며]

맡기 어렵더라.”

모심기노래 (1)

자료코드 : 04_19_FOS_20100226_PKS_KGC_0006
조사장소 : 경상남도 합천군 덕곡면 포두리 863번지 포두리마을회관
조사일시 : 2010.2.26
조 사 자 : 박경신, 김구한, 김옥숙, 정아용
제 보 자 : 김금출, 여, 82세
구연상황 : 앞 제보자가 '모심기노래'를 잘못 구연하고 완전하게 구연하지 못하자, 제보자가 그것은 이렇게 부른다며 이 노래를 구연하였다. 고개를 많이 끄덕이며 신나게 구연했다. 노래를 끝내고 새삼스럽게 이 노래를 부르던 시절이 생각이 나는지 무척 재미있어하며 박장대소하였다.

물꼴랑 어절철철 흘어놓고 주인양반 어딜갔노

(청중 : 은자 됐다.)
[웃음]

문어야전복 손에들고 첩오(첩의)방에 놀러갔네
첩우방은 꽃밭이고 본처야방은 연못이야
꽃과나비는 봄한철이요

모심기노래 (2)

자료코드 : 04_19_FOS_20100226_PKS_KGC_0007
조사장소 : 경상남도 합천군 덕곡면 포두리 863번지 포두리마을회관
조사일시 : 2010.2.26
조 사 자 : 박경신, 김구한, 김옥숙, 정아용

제보자 1 : 김금출, 여, 82세
제보자 2 : 안정산, 여, 74세
구연상황 : 한 청중이 "나도죽어 후성가서"라고 뒷부분부터 노래를 시작하자, 제보자가 그게 아니라며 "내 하께."라며 이 노래를 시작하였다. 청중이 같이 거들어 합창하였다. 이어 여태 들어보지 못한 세 번째 구절을 안정산 제보자가 덧붙여 구연하였다. 노래가 끝나고 이 마지막 구절에 대해 제보자에게 묻자 이 노래에 얽힌 유래담을 한 청중과 김금출 제보자가 열심히 설명해 주었다. 남매가 살다가 오빠가 장가를 갔다. 홍수가 나서 아내와 여동생이 물에 떠내려가고 있는데, 오빠가 자기 아내만 건진다. 누이동생이 떠내려가면서, 죽어서 다른 세상가면 낭군부터 섬겨보겠다고 말하고는 버들가지를 붙들고 살아났다. 살아난 동생이 오빠를 원망하며 부른 노래가 이 노래라고 했다.

제보자 1 능청휘청 저비루(배리)끝에 무정하다 울(우리)오라바
나도죽어서 후성가서 낭군한번 싱기(섬겨)볼래

이렇게 나와야지.

제보자 2 울오래비가 날속있나(속였나) 버들피리가 날살렸나

모심기노래 (3)

자료코드 : 04_19_FOS_20100226_PKS_KGC_0008
조사장소 : 경상남도 합천군 덕곡면 포두리 863번지 포두리마을회관
조사일시 : 2010.2.26
조 사 자 : 박경신, 김구한, 김옥숙, 정아용
제보자 1 : 김금출, 여, 82세
제보자 2 : 유정옥, 여, 79세
구연상황 : 조사자가 청중에게 '모심기노래'가 생각나면 한 명씩 교대로 불러달라고 청했다. 한참 후 조사자는 다른 노래의 제목을 언급하며 구연을 유도하였는데, 제보자가 다시 이 모심기노래를 구연하였다. 제보자는 오른팔과 손을 펼쳤다 오므렸다 하며 목청 좋게 구연하고, 청중은 다과와 음료를 먹고 마시며 즐겁게 경청하였다.

제보자 1 오늘해는 다졌는데 골골마다 연기나네

[제보자 2가 받아준다며 함께 불렀다.]

제보자 2 우리야임은 어딜가고 연개낼줄 왜모리노

모심기노래 (4)

자료코드 : 04_19_FOS_20100226_PKS_KGC_0009
조사장소 : 경상남도 합천군 덕곡면 포두리 863번지 포두리마을회관
조사일시 : 2010.2.26
조 사 자 : 박경신, 김구한, 김옥숙, 정아용
제 보 자 : 김금출, 여, 82세
구연상황 : 앞 노래 구연 후 흐름이 깨지자, 조사자가 모심기노래 곡조의 서두를 하나 꺼냈다. 그러자 이 노래를 불러주었다. 유정옥 제보자가 뒷소리를 받아 하였으나, 제보자의 큰 목소리에 묻혀버렸다. 이 노래 또한 오른 팔을 내저으며 웃음 띤 얼굴로 불렀다.

찔레꽃을 살쿰데쳐 임오(임의)버선 볼을걸어
보선보고 임을보니 임주기가 아깝더라

청춘가 (1)

자료코드 : 04_19_FOS_20100226_PKS_KGC_0013
조사장소 : 경상남도 합천군 덕곡면 포두리 863번지 포두리마을회관
조사일시 : 2010.2.26
조 사 자 : 박경신, 김구한, 김옥숙, 정아용
제 보 자 : 김금출, 여, 82세
구연상황 : 차광순 제보자가 창가를 몇 곡조 부르고 있는데, 기다리던 안영시 할머니가 조사장소에 도착했다. 할머니가 숨을 가다듬고 쉬는 동안에 제보자가 노래를

불렀다. 두 손으로 무릎을 치며 신나게 구연하였다.

나비없는 동산에 꽃피마 뭐하리
임없는 요내머리 이이~ 단장하만 뭐하겠노

술과 담배는 나심중 아는데
한품에 든임은 어어 나심중 모리더라

[제보자는 "하이하이!"라며 추임새를 넣고 웃었다. 제보자가 안영시 제보자에게 그동안의 조사과정을 설명하고 잘하는 베틀노래를 하라고 권하다가 다음 노래를 이어 불렀다.]

질머리 찰찰찰 국화잠 놓고서
유리영창 반만열고 나비잠 자는구나

노랫가락 (1)

자료코드 : 04_19_FOS_20100226_PKS_KGC_001
조사장소 : 경상남도 합천군 덕곡면 포두리 863번지 포두리마을회관
조사일시 : 2010.2.26
조 사 자 : 박경신, 김구한, 김옥숙, 정아용
제 보 자 : 김금출, 여, 82세
구연상황 : 옛날에 '장개 온 노래' 내가 한번 하겠다며 제보자가 이 노래를 구연했다. 큰 소리로 노래한 후, 이것이 옛날에 '장가가는 노래'라고 했다.

왔소왔소 나여기왔소 천리타향에 내가왔소
아마도 나여기완(온)것은 정든임볼라꼬 내가왔소

["이기 옛날 장개가는 노래다"고 한 뒤]

바람에 불려서왔나 구름속으로 쌓여서왔나

노랫가락 (2)

자료코드 : 04_19_FOS_20100226_PKS_KGC_0029
조사장소 : 경상남도 합천군 덕곡면 포두리 863번지 포두리마을회관
조사일시 : 2010.2.26
조 사 자 : 박경신, 김구한, 김옥숙, 정아용
제보자 1 : 김금출, 여, 82세
제보자 2 : 유정옥, 여, 79세
제보자 3 : 차주희, 여, 67세
구연상황 : 앞 노래에 이어 계속 구연했다.

제보자 1 신문에 개짓는소리 임이오시나 문열어보니
임은점점 간곳이없고 모진강풍이 날속인다

제보자 2 시마산 사꾸라꽃은 날마(날만)새민은(새면) 발름발름
어여쁘고 고으난처녀 날만보민은 싱긋방긋

[노래가 떨어지지 않게 자꾸 부르자고 말하였다.]

제보자 3 새천당에 세모지낭게 높고낮은데 군디를(그네를)매여
임이타면은 내가나밀고 내가타면은 임이민다

권주가 (1)

자료코드 : 04_19_FOS_20100226_PKS_KGC_0034
조사장소 : 경상남도 합천군 덕곡면 포두리 863번지 포두리마을회관
조사일시 : 2010.2.26

조 사 자 : 박경신, 김구한, 김옥숙, 정아용
제 보 자 : 김금출, 여, 82세
구연상황 : 앞 노래에 이어서 손으로 무릎을 치며 불렀다. 끝부분을 몰라 머뭇거리자, 안영시 제보자가 오래 살라고 하면 되지 않느냐고 말했다.

맹월이같은 우리장모 국화같은 딸을길러
범나비같은 저를주니 거울청산에 얽은독에
누룩을섞어서 강해주요 이술한잔 잡으시고

노랫가락 (3)

자료코드 : 04_19_FOS_20100226_PKS_KGC_0035
조사장소 : 경상남도 합천군 덕곡면 포두리 863번지 포두리마을회관
조사일시 : 2010.2.26
조 사 자 : 박경신, 김구한, 김옥숙, 정아용
제 보 자 : 김금출, 여, 82세
구연상황 : 조사자가 '계모노래'를 모르느냐고 했더니, 잠시 후 제보자는 크고 걸쭉한 목소리로 이 노래를 불렀다.

배고파 져으난(지어놓은)밥은 미도많고 돌도많네

(청중 : 인자 고마 부리소.)

돌많고 미많은밥은 임없느나 탓이로다

(청중 : 이래 부르니 좋네. 계속 부리소.)

나도언제나 정든임만나 메돌없는 밥먹어나볼꼬

창부타령

자료코드 : 04_19_FOS_20100226_PKS_KGC_0036
조사장소 : 경상남도 합천군 덕곡면 포두리 863번지 포두리마을회관
조사일시 : 2010.2.26
조 사 자 : 박경신, 김구한, 김옥숙, 정아용
제 보 자 : 김금출, 여, 82세
구연상황 : 앞 노래에 이어 계속 구연했다. 유정옥 제보자는 밭에서 일하다가 이 노래를 "요내몸 달뜬것은 돈없는 탓이로다."로 바꾸어 부른다고 하였다.

산너메(산너머에) 달뜬것은 구름없는 탓이로다
요내몸 달뜬것은 임없는 탓이로다

노랫가락 (4)

자료코드 : 04_19_FOS_20100226_PKS_KGC_0045
조사장소 : 경상남도 합천군 덕곡면 포두리 863번지 포두리마을회관
조사일시 : 2010.2.26
제보자 1 : 김금출, 여, 82세
제보자 2 : 안영시, 여, 75세
조 사 자 : 박경신, 김구한, 김옥숙, 정아용
구연상황 : '사랑가'를 해보라고 청하였다. 김금출 제보자와 안영시 제보자가 마주보고 말을 맞추더니, 김금출 제보자가 한번 해보자며 노래를 시작했다. 이어 두 번째 구절부터는 함께 불렀다.

사령아 내사령아 잠든사령이 자네로다
사랑이 불과같으면 가슴인들 오죽타리
가슴만 탈뿐아니라 오만전신이 다타노라

권주가 (2)

자료코드 : 04_19_FOS_20100226_PKS_KGC_0046
조사장소 : 경상남도 합천군 덕곡면 포두리 863번지 포두리마을회관
조사일시 : 2010.2.26
제보자 1 : 김금출, 여, 82세
제보자 2 : 안영시, 여, 75세
조 사 자 : 박경신, 김구한, 김옥숙, 정아용
구연상황 : 이왕 하는 김에 두 분이서 '권주가'를 해보라고 청했다. 김금출 제보자가 노래를 시작하자 청중이 서로 마주보고 직접 술을 권하면서 구연하라고 권했다. 다른 청중도 이 제안을 반겼다. 김금출 제보자가 사위가 되고, 안영시 제보자가 장모가 되어 실제로 술잔을 주고받으며 권주가를 불렀다. 청중은 웃고 즐거워했다. 다 부른 후 두 제보자는 이구동성으로 가사가 더 많이 있는데 다 잊어버렸다고 아쉬워했다.

제보자 1 잡으시오 잡으시오 이술한잔을 잡으시오
이술은 술이아니라

[여기서 제보자가 막히는지 또 뭐냐고 묻자, 청중은 "딸 키아(키워) 날 주는 술."이라고 하고, 맞은편에 앉은 안영시 제보자는 "향로주 석노반에 이슬받안 술이로다."고 가르쳐 주었다.]

이슬받안(받은) 술이로다

[청중 웃음]

이술한잔을 잡으시면 늙도젊도 아니하고
부모에게 효도하고 형지에게 우애하고

제보자 2 네동무에게 인심얻고 이술한잔 잡으시마
천년만년 사오리다

[청중은 웃고, 김금출 제보자가 안영시 제보자에게 술잔을 건넸다. 안

영시 제보자는 절을 하면서 "아이구 감사합니다."라고 하며 술잔을 받았고, 마시며 안 된다면서도 술을 마셨다. 다 마신 후 권주가 술은 먹어야 한다고 말했다. 청중이 다시 술잔에 술을 채워주자, 김금출 제보자가 양반 다리를 하고 앉아, 안영시 제보자에게 처음에는 "잡으시오."라고 하면서 노래하라고 거듭 알려 주었다.]

제보자 2 진주덕산 얽은독에다 찹쌀맵쌀 술을하여
누룩을지르마 강해주요 국화를지르마 국화주라

제보자 1 어이쿠~
이술한잔을 잡으시고 근심걱정은 다버리고
어이구 오야~ 만수무강을 하옵시소

["아이구 고맙습니다."라고 하며 술을 받아 마셨다.]

닐리리야

자료코드 : 04_19_FOS_20100226_PKS_KGC_0048
조사일시 : 2010.2.26
조사장소 : 경상남도 합천군 덕곡면 포두리 863번지 포두리마을회관
조 사 자 : 박경신, 김구한, 김옥숙, 정아용
제 보 자 : 김금출, 여, 82세
구연상황 : 조사자가 '줌치노래'를 모르느냐고 물었다. 제보자는 잘못 알아듣고 춤도 잘 춘다고 한 뒤 이 노래를 불렀다. 두 팔로 춤을 추면서 신나게 불렀으나 중간에 잊어버려 매끄럽게 구연하지는 못했다.

닐리리야~ 닐리리야~
니나노 난실로 내가 돌아간다
닐~닐리리 닐리리야~

왜왔더노 왜왔더노
울리고 갈길을 왜왔더노
닐~닐리리 닐리

[청중이 옆에서 빠진 것이 있다고 지적하자, 다시 시작하다가 생각하더니 계속 구연했다.]

짜증을 내여서 무엇하나
성화를 받쳐서 무엇하노
닐리~

(청중 : 인생 일장춘몽인데 아니 노지를 못하리라.)

니나노~ 닐리리야~ 닐리리야~
니나노 얼싸~ 좋다 얼씨구 좋네~
봄나비가 일열이 폴폴
꽃-을 찾아서 날아든다

양산도

자료코드 : 04_19_FOS_20100226_PKS_KGC_0054
조사장소 : 경상남도 합천군 덕곡면 포두리 863번지 포두리마을회관
조사일시 : 2010.2.26
제보자 1 : 김금출, 여, 82세
제보자 2 : 안영시, 여, 75세
조 사 자 : 박경신, 김구한, 김옥숙, 정아용
구연상황 : 청중이 안 한 사람들에게 노래를 권하다가, "지금(요즘)" 노래를 해보라고 했다. 지금 노래는 안 된다는데 해서 되느냐고 하자, 김금출 제보자가 어깨춤을 추며 이 노래를 부르기 시작했다. 술기운에 홍이 넘쳐 곡조도 마음대로 늘였다 줄였다 하며 불렀으며, 이 때문에 노래구절의 끝부분을 거의 들리지 않았

다. 안영시 제보자와 교대로 노래를 구연했다.

제보자 1 에헤이요~

니잘랐다 내잘랐다 난자랑마소

연지찍고 분바르마 일반이

[제보자는 청중에게 이런 노래도 못 하느냐고 하고, 청중은 제보자가 제일 잘한다고 했다.]

에헤이요~

[청중이 보라며, 제보자는 입만 벌리면 노래가 나온다며 웃었다.]

에헤헤헤이이요~

서산에 지는해는 싶어지나

날버리고 가는임이 가고싶어서 가~나

에르화~ 둥게디어라 둥게디어라 아니 못노

제보자 2 에헤헤헤이요~

○○에 ○○를 안하담수감고

죽여라 살려라 사생결단이로다

제보자 1 이이요~

저달을 뚝따서 등안에 옇고

임이나 보는가 마짐(마중)가자

제보자 2 에헤이이요~

저달뒤에는 새빌이(새별이) 달렸고

정든임 뒤에는 요몸이 달-려

아르마 단단다 둥게디어라 아니마 못노리라

열넘이(놈이) 꺼꾸러져도 난못노리로다

(청중 : 잘한다~)

[제보자 1이 다른 청중에게 "이오"소리도 못하나. "입만 벌리면 될끼네."라고 하여 모두 웃었다. 한 청중이 다음 노래를 언급하자 제보자가 이 노래를 계속해서 불렀다.]

제보자 1 이이요~
바람아 강풍아 부지를 마소
우리집에 낭군님 밍태잽이로(명태잡이로) 갔-다

노랫가락 (5)

자료코드 : 04_19_FOS_20100226_PKS_KGC_0061
조사장소 : 경상남도 합천군 덕곡면 포두리 863번지 포두리마을회관
조사일시 : 2010.2.26
조 사 자 : 박경신, 김구한, 김옥숙, 정아용
제 보 자 : 김금출, 여, 82세
구연상황 : 앞 노래에 이어 이제 '노랫가락' 하나 하겠다며 이 노래를 불렀다.

마령가자 밑구무(밑구멍)털고 저임은날잡고 놓치하네
사경은 저재를넘고 요내갈길은 천리로다
저임아 날잡지말고 서산에지는해 붙잡아내소

청춘가 (2)

자료코드 : 04_19_FOS_20100226_PKS_KGC_0062
조사장소 : 경상남도 합천군 덕곡면 포두리 863번지 포두리마을회관

조사일시 : 2010.2.26
조 사 자 : 박경신, 김구한, 김옥숙, 정아용
제 보 자 : 김금출, 여, 82세
구연상황 : 앞 노래에 이어서 계속 불렀다. 남은 다과를 가져다놓으니, 먹고 마신다고 분위기가 소란스러웠다. 이 와중에 제보자는 이 노래를 몇 곡이나 이어서 불렀다. 구연이 끝나고 한 청중이 녹음한 이 노래를 어디 가서 풀어놓을 것이냐며 걱정했다. 그러나 제보자는 우리 노래 이런 것은 없다며, 이 민요가 유행가보다 더 많이 쓰인다고 자부심에 차서 말했다.

아침에 우는새~ 배고파 울구요~
저녁에 우는새는~ 임찾아 우는구나~

종달새 울거든~ 봄온줄 알고요~
하모니카 불거들랑~ 임온줄 아시오~

잘한다. 노래도 잘 하고 먹을 것도 많다.

상추 일월이~ 하수심 많고요~
강물만 불어도~ 임생각 나는구나~

질머리 찰찰찰~ 국화잠 놓고~
유리영창 반만열고~ 나비잠 자는구나~

칭칭가

자료코드 : 04_19_FOS_20100226_PKS_KOY_0008
조사장소 : 경상남도 합천군 덕곡면 포두리 652-3, 4번지 북동마을노인정
조사일시 : 2010.2.26
조 사 자 : 박경신, 김구한, 김옥숙, 정아용
제 보 자 : 김오연, 여, 77세
구연상황 : 앞 제보자의 노래를 듣다가, 제보자는 비슷한 가사들을 언급하였다. 그러자 노

분종 제보자가 그것은 '칭칭이' 앞소리 할 때 하는 것이라고 했다. 곧이어 제보자가 이 노래를 구연했다. 커피 잔을 든 손을 올리고 내리면서 박자를 맞추었다. 구연이 끝나고 솔밭의 "기"가 뭐냐고 묻자, '나무를 베고 남은 밑둥'이라고 자세히 설명해 주었다. 이 노래는 제보자가 자랄 때 부른 것이라고 한다.

쾌지나칭칭나네~

[이렇게 하고 하지 않느냐고 한 뒤]

솔밭에는 마디도많고

(청중 : 솔밭에는 기도 많고)

쾌지나칭칭나네~
대밭에는 마디도많고
쾌지나칭칭나네~
강원도는 감자도많고
쾌지나칭칭나네~
서울에는 인간도많고
쾌지나칭칭나네~
제주도는 말도많다
쾌지나칭칭나네~
칭칭노래를 부르면은
백수야 ○○에 노래하자

창부타령 (1)

자료코드 : 04_19_FOS_20100226_PKS_KOY_0012
조사장소 : 경상남도 합천군 덕곡면 포두리 652-3, 4번지 북동마을노인정

조사일시 : 2010.2.26
조 사 자 : 박경신, 김구한, 김옥숙, 정아용
제보자 1 : 김오연, 여, 77세
제보자 2 : 노분종, 여, 73세
구연상황 : "내 한번 부를게." 하면서 김오연 제보자가 노래를 시작하자, 이어서 노분종 제보자도 노래를 불렀다. 김오연 제보자는 왼손으로 무릎을 치면서 박자를 맞추거나 흔들면서 불렀다. 노분종 제보자는 일어서서 춤을 추고 있다가 김오연 제보자의 노래가 끝나자 이어서 구연했다.

제보자 1 오동동솔솔이 봄가지가놀고 봄잎솔솔이 백기가논다
유주야햇님이 양산을씨고 공산삼십을 찾어간다
삽짝때린다 담무라진(담무너진)소리 금강곳곳에 봄들어온다
기러기잡아 술안주하고 국화좀걸러라 묵고놀자

제보자 2 봄들었네 봄들었네 이강산삼천리 봄들었네
푸른것은 버들이고 누른것은 꾀꼬리라
황금같은 꾀꼬리는 푸른숲으로 드나들고
백설겉은 흰나비는 장다리밭으로 드나드네

창부타령 (2)

자료코드 : 04_19_FOS_20100226_PKS_KOY_0013
조사장소 : 경상남도 합천군 덕곡면 포두리 652-3, 4번지 북동마을노인정
조사일시 : 2010.2.26
조 사 자 : 박경신, 김구한, 김옥숙, 정아용
제 보 자 : 김오연, 여, 77세
구연상황 : 다른 제보자가 부르다만 노래가사에 힌트를 얻어 제보자가 이 노래를 불렀다.

호박꽃도 꽃이라고 오는나비를 괄세하고
우런님도 대장부라꼬 나를갖다가 박대하나

창부타령 (3)

자료코드 : 04_19_FOS_20100226_PKS_KOY_0016
조사장소 : 경상남도 합천군 덕곡면 포두리 652-3, 4번지 북동마을노인정
조사일시 : 2010.2.26
조 사 자 : 박경신, 김구한, 김옥숙, 정아용
제보자 1 : 김오연, 여, 77세
제보자 2 : 정병선, 여, 77세
구연상황 : 앞 노래에 이어 계속 구연했다. 김오연 제보자가 노래 하나를 끝내자 자연스럽게 정병선 제보자가 노래를 불렀다. 점심시간이 되어서인지 노분종 제보자가 다른 청중에게 "라면 좀 삶아라."고 말해 모두 웃었다.

제보자 1 수산 어덕에(언덕에) 뽕잎도 피고
이내야 가심에(가슴에) 사랑도 피네

(청중 : 라면 좀 삶아라.)
[웃음]

옥당목 처마저고리 양고름 처마
산들 봄바람 삼각산 자댕기
범나비 안산에 춤을 춘다
어이 좋-다

[청중이 "좋다!"고 흥을 돋우었다. 이어 노분종 제보자가 다른 청중에게 라면 끓이게 물을 좀 올려달라는 부탁을 했다.]

제보자 2 뒷동산도 봄철이든가 꽃이피어 산을덮고
우런님도 야밤이든강 한쪾(쪽)소매를 나를안네

[웃음]

얼씨구나 좋다 절씨구나 좋다

이렇기 좋다가 춤나온다

화투뒤풀이

자료코드 : 04_19_FOS_20100226_PKS_KOY_0017
조사장소 : 경상남도 합천군 덕곡면 포두리 652-3, 4번지 북동마을노인정
조사일시 : 2010.2.26
조 사 자 : 박경신, 김구한, 김옥숙, 정아용
제 보 자 : 김오연, 여, 77세
구연상황 : 조사자의 유도로 이 노래를 구연했다. 쪼그리고 앉아 두 손을 무릎에 올려놓고, 두 손을 계속 움직이며 씩씩하게 불렀다. 모르는 부분은 청중의 도움을 받아 구연했으나, 청중은 제보자의 구연이 미흡한지 마지막 구절을 다시 불렀다. 제보자는 60년 세월을 이곳에서 보내면서 어른들과 자식들에게 골몰하느라, 노래를 부르지 않아 바보가 되었다고 푸념했다.

정월솔가지 솔솔한마음
이월매조에 맺아놓고
삼월사쿠라

[생각이 안 나는지 "뭐라카노?"라고 하자 청중이 "산란한 마음"이라고 하자 구연을 계속했다.]

산란한바람에
사월흑싸리 허사로다

(청중 : 이월 매조에 맺어놓고)

오월난초 나는나비
유월목단에 춤을춘다
칠월홍돼지 홀로홀로

팔월공산에 달이떴다

시월

(청중 : 구월 국화)

구월국화 나는나비는

(청중 : 굳은 마음)

시월단풍에 떨어졌다

다 잊아뿌고 그것도 안자
(청중 : 구월국화 굳은마음 시월단풍에 떨어졌다.)

청춘가 (1)

자료코드 : 04_19_FOS_20100226_PKS_KOY_0020
조사장소 : 경상남도 합천군 덕곡면 포두리 652-3, 4번지 북동마을노인정
조사일시 : 2010.2.26
조 사 자 : 박경신, 김구한, 김옥숙, 정아용
제 보 자 : 김오연, 여, 77세
구연상황 : 앞 노래에 이어서 계속 구연했다. 청중이 박수를 치며 장단을 맞추었다.

강남서 나온제비~ 줄을타고 놀고서~
임이없는 송아지~ 쿰발쿠라 노는구나~

우수야 경첩에~ 대동강 풀리고~
정든임 말소리~ 내가슴 풀린다~

이팔 청춘에~ 시집한분 몬가보고~

[청중 웃음]

쓸쓸한 갱빈에서(강변에서)~ 세월만 보내구나~

[옛날에 노처녀가 시집 한번 못 가보고 갱빈에 앉아서 세월 보내고 살았다고 말했다.]

산이 높아야~ 골도나 깊우고~
조끄만은 여자속에~ 말도 없더라

노랫가락

자료코드 : 04_19_FOS_20100226_PKS_KOY_0021
조사장소 : 경상남도 합천군 덕곡면 포두리 652-3, 4번지 북동마을노인정
조사일시 : 2010.2.26
조 사 자 : 박경신, 김구한, 김옥숙, 정아용
제 보 자 : 김오연, 여, 77세
구연상황 : 청중이 '청춘가' 같은 것 못하느냐며 서로 노래하기를 권하는 가운데, "생각이 나는데 불러 볼까?" 하며 이 노래를 불렀다. 구연 후 옛날 노랫가락은 이렇게 짤막짤막하다며 노래가 짧은 것에 대해 언급했다.

뒷동산 고목나무는 날과(나와)같이도 속이썩어
속이썩어 누가알아주나 겉이썩어야 넘이(남이)알지

모심기노래 (1)

자료코드 : 04_19_FOS_20100226_PKS_KES_0001
조사장소 : 경상남도 합천군 덕곡면 포두리 652-3, 4번지 북동마을노인정
조사일시 : 2010.2.26

조 사 자 : 박경신, 김구한, 김옥숙, 정아용
제 보 자 : 김을선, 여, 76세
구연상황 : '모심기노래'를 권하자 제보자가 선뜻 나서서 불러보겠다고 했다. 양반다리를 하고 눈을 내리깐 채 박수를 치며, 시종 차분하게 구연하였다. 이 노래들은 자랄 때 부친 밑에서 모심으면서 부른 노래로 60년이 넘었다고 했다.

노랑부채 청도포는 꽃을보고 지났구나
꽃아꽃아 서러마라 맹년(내년)삼월에 다시온다

[조사자가 잘 안 들리는 가사를 제보자에게 물어본 뒤, 생각나는 것 있으면 더 해달라고 하자, 잠시 생각하더니 이어서 구연했다.]

연지꽃은 살금(살짝)디쳐(데쳐) 임의보선(버선) 볼걸었네

[바로 이어서 구연하지 못하자 청중이 "보신보고" 아니냐고 하였다.]

보신보고 임을보니 임줄생각 전혀없네

모심기노래 (2)

자료코드 : 04_19_FOS_20100226_PKS_KES_0003
조사장소 : 경상남도 합천군 덕곡면 포두리 652-3, 4번지 북동마을노인정
조사일시 : 2010.2.26
조 사 자 : 박경신, 김구한, 김옥숙, 정아용
제 보 자 : 김을선, 여, 76세
구연상황 : 제보자는 우리만 해서 어떻게 하느냐고 하더니 잠시 후 다음 노래를 구연했다.

서마지기 이논빼미 반달같이도 떠나가네
니가무슨 반달이고 초생달이 반달이지

모심기노래 (3)

자료코드 : 04_19_FOS_20100226_PKS_KES_0005
조사장소 : 경상남도 합천군 덕곡면 포두리 652-3, 4번지 북동마을노인정
조사일시 : 2010.2.26
조 사 자 : 박경신, 김구한, 김옥숙, 정아용
제 보 자 : 김을선, 여, 76세
구연상황 : 제보자가 자꾸 부르니까 생각이 난다면서, 또 한 곡을 부르겠다고 하고는 구연을 시작했다.

물꼴랑철철 헐어놓고 주인한량 어데갔노
첩에방에 가실라면(가시려면) 나죽는꼴 보고가소
첩의방은 꽃밭이요 나의방은 연못이요
꽃과나비는 봄한철이요 연못에고기는 사시사철

양산도

자료코드 : 04_19_FOS_20100226_PKS_KES_0010
조사장소 : 경상남도 합천군 덕곡면 포두리 652-3, 4번지 북동마을노인정
조사일시 : 2010.2.26
조 사 자 : 박경신, 김구한, 김옥숙, 정아용
제 보 자 : 김을선, 여, 76세
구연상황 : '양산도'를 하겠다고 노래를 시작했다. 힘 있게 부르지는 못했으나, 차분하고 진지하게 다섯 곡을 연이어 구연했다.

시고 떫어도 막걸리 좋고요
얽고 검어도 기상첩이 좋더라

(청중 : 맞다.)

질까시(길가의) 담장은 높아야 좋구요

술집에 아주마씨 고와야 좋아라

(청중 : 잘한다.)

니가 잘라서 천하일색이 되었나
내눈이 어둡어서 환장만 들었나

니정 네정은 바다같이 깊은데
니좋고 내살면 영화로 볼거가(것인가)

우연히 싫더라 너말을 들었노
날반 보면은 생짜증 내는구나

베틀노래

자료코드 : 04_19_FOS_20100226_PKS_KES_0018
조사장소 : 경상남도 합천군 덕곡면 포두리 652-3, 4번지 북동마을노인정
조사일시 : 2010.2.26
조 사 자 : 박경신, 김구한, 김옥숙, 정아용
제 보 자 : 김을선, 여, 76세
구연상황 : 앞 노래를 부른 제보자에게 '베틀노래' 같은 것은 모르느냐고 하였더니 제보자가 '베틀노래'를 안다고 했다. 그러나 아주 잘하지는 못한다면서 머뭇거렸는데, 조사자가 잘 부르지 못해도 되니 기억나는 대로 해달라고 청하여 구연을 시작했다. 그냥 내 하는 대로 부르면 되느냐고 하고는 손뼉을 치면서 차분하게 구연했다. 청중은 제보자의 기억력이 좋다며 몇 번이나 칭찬하는 통에, 또 점심 준비 한다고 어수선한 분위기 등이 구연에 지장을 주었다. 그러나 제보자는 이에 아랑곳하지 않고 침착하게 구연했다. 구연이 끝나자 잠깐 노래의 내용을 설명하였다.

월궁에 노던선녀 지하에 나려왔디-
할일이 전혀없어 비틀한쌍 들었도다

달가운데 기수나무 한장도 끊어나니
베틀한쌍 들었더니 베틀다리 사다린가
앞두다리 높이놓고 뒷두다리 높이놓고
좌우한편 둘러보니 옥난강에 비틀놓고
나무말코 돋이차고
부티한쌍 두른양은

(청중 : 기억력이 있다.)

절로생긴 산지슭에(기슭에)

(청중 : 총망 있다.)

허리안개 두른지생 나무말코 동이차고

(청중 : 나무애미타불~)
[웃음]

나무말코 돋이차고
부티한쌍 두른양은

(청중 : 부티는 아나?)
(청중 : 부티 안다. 허리 두르는 거.)

절로생긴 산지슭에 허리안개 두른지상
엉거부정 드시발남해
서산 무지개가 미주불칼 이양듯고

(청중 : 잘한다. 오늘.)

고 나무

[다시 고쳐서]

바디집이 치는양은
물밍선생 기신방에 벽력쾅쾅 하신지생
북이라고 나든싱은
하날에라 봉학이 대동강에 알을놓고
알품으러 오락가락 하는지생
바디집 치는양은
물밍선생 기신방에 벽력쾅쾅 하는지생
잉에대라 이새명지
관음장에 유건들이 팔만진우에 노는지상
끼룩끼룩 용두마리 혼자가는 이기러기
둘이가는 쌍기러기 벗부르는 지생이요
나부손으 하는양은 국녀로 잔을들고
좌우한편 둘러보니 오락가락 하는지생

[숨을 한번 쉰 후]

버게미 뻳은양은
홍무영에 높은장치 그물차기도 벌어졌네
쿵절쿵 도투마리 배비한쌍 지는양은
구시월 시단풍에 떡가랑잎 지는듯고
엉거부정 젖히와서 헌신짝 목을매고
이방저방 다닐적에 볼일없이도 다니구나
다릿새라 절린양은

황해도라 구월산에 벽력같이도 절렸구나
그럭저럭 그럭저럭 금자한필 다짰구나
은가시개(은가위) 은자개 한장도 끊어다가
앞내물에 씻거다가 뒷내물에 히아다가(헹궈다가)
임의옷을 비었더니

(청중 : 이제 끝날 때 됐다.)

삼시불로(삼세번으로) 비었더니
미신짝도 짝이있고 나무짝도 짝이있네
이내몸은 짝이없어 이옷줄줄 어데있노

창부타령

자료코드 : 04_19_FOS_20100226_PKS_KES_0019
조사장소 : 경상남도 합천군 덕곡면 포두리 652-3, 4번지 북동마을노인정
조사일시 : 2010.2.26
조 사 자 : 박경신, 김구한, 김옥숙, 정아용
제 보 자 : 김을선, 여, 76세
구연상황 : 조사자가 노래 구연을 청하자 제보자가 이 노래를 불렀다. 이어서 한 곡 더 불러달라고 청하여 노래를 불렀는데, 뒷부분이 생각나지 않는 것 같았다.

담부랑(담벼락)밑에 돌삼봉 질삼못하는 내한이라
뒷집에 이도령보고 시집못가는 내한이야

[청중 웃음]

등장등장(등잔등잔) 옥등잔에 어화심지 불밝혀라
도라지핑풍(병풍) 연당안에 잠든큰아가 문열어라

[한 청중이 "바람불고 비오는날에 날올줄모르고 잠들었나"고 하지 않더냐면서 노래가사와 관련 있는 구절을 말했다. 제보자에게 더 불러달라고 하자, 머리를 알면 꼬리를 모른다고 했다. 그래도 괜찮다고 하자 다음 노래를 이어서 불렀다.]

동짓섣달 진진(긴긴)밤에 이불없이도 몬잘래라
삼사오월 진진해에 점심굶고도 몬살래라

시집살이노래 (1)

자료코드 : 04_19_FOS_20100226_PKS_KES_0023
조사장소 : 경상남도 합천군 덕곡면 포두리 652-3, 4번지 북동마을노인정
조사일시 : 2010.2.26
조 사 자 : 박경신, 김구한, 김옥숙, 정아용
제 보 자 : 김을선, 여, 76세
구연상황 : 앞 노래가 끝나자 제보자는 노래를 제대로 부르라고 하고는, 앞 제보자가 빠트린 구절을 불렀다. 시어머니는 빠트리고 시아버지만 부르면 되느냐고 하면서 "노래를 차차차차 맞추어 가야지. 건너뛰고 부르면" 되느냐고 했다. 그러자 청중이 시숙도 빠졌다고 했다. 조사자가 제보자에게 다시 불러줄 것을 청하자 박수를 치면서 이 노래를 불렀다.

저건네라 바위밑에 호랑같은 시아바씨

(청중 : 아따!)

도래도래 도래줌치 대라졌다(되바라졌다) 시오마씨

(청중 : 앙살 겉은 시어마씨)

뒷밭에라 고치를심궈 맵고짭고 만동시야

앞밭에라 수시를심궈 끄떠럭저떠럭 시동상아
수시끝에 제비가앉아 재재불재재불 시누부야

(청중 : 잘하네.)

사랑앞에 국화를심어 싱긋벙긋 낭군님아

시집살이노래 (2)

자료코드 : 04_19_FOS_20100226_PKS_KES_0024
조사장소 : 경상남도 합천군 덕곡면 포두리 652-3, 4번지 북동마을노인정
조사일시 : 2010.2.26
조 사 자 : 박경신, 김구한, 김옥숙, 정아용
제 보 자 : 김을선, 여, 76세
구연상황 : 조사자가 이 노래의 앞 구절을 이야기하자 청중이 재미있어 했다. 제보자에게 이 노래를 구연해 달라고 하여 노래를 불렀으나 빠트리고 구연하였다. 청중이 빠진 구절을 지적하였다. 제보자가 처음부터 다시 불렀으나 얼마 못 부르고 중단하였다.

히야히야(형아형아) 사촌히야 시집살이 어떻더노
아이고야야 그말마라
동글동글 수박갱우 밥담기도 어렵더라
도리도리 도리판에 수저놓기 어렵더라
중우벗은 시동상에 말하기도 어렵더라

모심기노래 (1)

자료코드 : 04_19_FOS_20100226_PKS_NBJ_0002
조사장소 : 경상남도 합천군 덕곡면 포두리 652-3, 4번지 북동마을노인정

조사일시 : 2010.2.26
조 사 자 : 박경신, 김구한, 김옥숙, 정아용
제 보 자 : 노분종, 여, 73세
구연상황 : 앞 노래를 끝낸 김을선 제보자가 자신은 이야기를 한 마디 할 테니, 제보자에게 노래를 한 마디 하라고 권했다. 그러자 제보자는 곧 벽에 등을 기대고, 한쪽 다리를 세워, 그 위에 한쪽 팔을 얹은 채 슬픈 모습으로 이 노래를 구연했다. 달아서 네 곡을 불러주었는데, 노래 끝에 노래가사에 대해 열띤 의견을 나누기도 했다.

모야모야 노랑모야 니언제커서 열매열래
이달커고 훗달커서 칠팔월에 열매열지

눙청해청 저비러끝에 무정하다 저오라바(오라버니야)
나도죽어서 후성가서 낭군한번 심겨보소

[제보자는 이 노래가 올케와 시누이가 물에 떠내려가는데, 오빠가 동생은 밀어버리고 자기 아내만 건져서, 그 동생이 떠내려가면서 부른 노래라고 설명했다. 청중은 이에 대해 여러 의견을 내놓았다. 동생은 다시 만들 수 없지만 아내는 다시 얻으면 되는데, 막상 닥치면 마누라부터 구할 것이라는 이야기를 했다. 조사자들도 올케 입장과 오빠인 남편의 입장에서 이야기를 나누었다.]

모시야적삼 안섶안에 분통같은 저젖보소
저젖한번 덥썩쥐면 영결영천 귀양가네

[쉬는 틈을 이용해 김을선 제보자에 관한 인적사항을 조사하였다. 잠시 후 제보자가 “노래 하나 더 해줄까요?”라고 하고 이어서 다음 노래를 구연했다.]

해다지고 저문날에 우인행상 질(길)떠나노
이태백에 본처죽은 이별행상 질떠나네

모심기노래 (2)

자료코드 : 04_19_FOS_20100226_PKS_NBJ_0004
조사장소 : 경상남도 합천군 덕곡면 포두리 652-3, 4번지 북동마을노인정
조사일시 : 2010.2.26
조 사 자 : 박경신, 김구한, 김옥숙, 정아용
제 보 자 : 노분종, 여, 73세
구연상황 : 앞 노래에 이어 계속 구연했다.

저녁을먹고 썩나서니 물명당고개서 손을치네
손치는데는 나중가고 술치는데는 인제가지

[경쾌한 곡조로]

퐁당퐁당 수제비 사우판에 다올랐네
요놈우(요놈의)할마시 어데가고 딸우동정 시겼노

[청중 웃음]

[청중이 이 노래에 담긴 내용을 설명했다. 딸이 수제비를 끓여서 아버지인 자기 그릇에는 국물만 주고, 자기 신랑인 사위의 그릇에는 건더기를 주었다고 한다. 한 청중이 어디서 왔느냐고 해서 조사취지를 다시 한 번 설명하고, 어제 조사를 다녀 온 쌍책면 자료에 대해서 이야기했다. 베틀노래를 기억해내는 청중에게 구연을 부탁하자 거절하였다. 그러자 제보자가 모심기노래를 이어서 구연했다.]

서마지기 요논빼미 모를심어 영화로다
우리야부모님 산소등에 소를심어 영화로다

[청중이 제보자에게 음료수를 좀 마시고 계속하라고 권하자, 제보자가 더 할 것이 있느냐고 했다. 과자를 먹던 청중은 미안하다며, 조사자 일행에게 커피를 타주겠다고 하였다. 청중 한 명이 요즘 아이들은 모심기노래

같은 건 모른다고 말하여, 조사자는 조사를 하러 다니며 옛날 노래를 배우는데, 가사도 좋고 곡조도 좋다고 설명했다. 흥이 나는지 제보자가 유행가요를 부르려하였다. 모심기노래를 더 불러달라고 하자 제보자는 김을선 제보자가 부른 것과는 다르게 자신은 "연지꽃"이 아니라 "찔레야 꽃"이라고 부른다면서 다음을 구연했다.]

찔레야꽃을 살큼디쳐 임에보신 볼걸었네
보신보고 임을보니 주자(주고)싶은 정이없네

[우리는 이렇게 한다고 말하고 잠시 침묵한 뒤, 다음 노래를 시작했다.]

해다지고 저문날에

[여기서 갑자기 "이게 골골마다 연기나네"라고 하는 그 노래가 맞느냐고 확인한 뒤 계속해서 불렀다.]

골골마다 연기나네

(청중 : 울으님은 어데가고)

우리야임은 어디가고 연기낼줄 모르는고

모심기노래 (3)

자료코드 : 04_19_FOS_20100226_PKS_NBJ_0006
조사장소 : 경상남도 합천군 덕곡면 포두리 652-3, 4번지 북동마을노인정
조사일시 : 2010.2.26
조 사 자 : 박경신, 김구한, 김옥숙, 정아용
제 보 자 : 노분종, 여, 73세
구연상황 : 앞 제보자가 부른 노래의 첫 구절을 넣어서 제보자가 모심기노래를 읊었다.

이에 조사자가 제보자에게 지금 말로 한 그 가사를 노래로 불러달라고 청했다.

물꼴랑(물꼬는) 어절철철흐려놓고 주인한량 어데 갔노
우리야대장부 손에들고 첩의방에 놀러갔네

청춘가 (1)

자료코드 : 04_19_FOS_20100226_PKS_NBJ_0007
조사장소 : 경상남도 합천군 덕곡면 포두리 652-3, 4번지 북동마을노인정
조사일시 : 2010.2.26
조 사 자 : 박경신, 김구한, 김옥숙, 정아용
제 보 자 : 노분종, 여, 73세
구연상황 : 옛날 노래라면 노랫가락이 아니냐고 하고는 이 노래를 불렀다.

청천 하늘에~ 잔별도 많고요~
요내야 가슴에 좋다~

뭐라커노

근심도 많더라~

청춘가 (2)

자료코드 : 04_19_FOS_20100226_PKS_NBJ_0009
조사장소 : 경상남도 합천군 덕곡면 포두리 652-3, 4번지 북동마을노인정
조사일시 : 2010.2.26
조 사 자 : 박경신, 김구한, 김옥숙, 정아용
제 보 자 : 노분종, 여, 73세
구연상황 : 앞 노래에 이어서 계속 구연했다. 두 팔을 어깨춤 추듯이 하며 불렀다. 노래가 끝나자 맞는지 안 맞는지 모르는데, 기억이 나서 부른다고 했다.

산천 초목에~ 불질러 놓고요~
진주야 난강에~

(청중 : 신난다. 좋다. 물실러 가노라~)
(청중 : 좋다.)
(청중 : 잘한다.)

낙동강 칠백리~ 무시와굴 놓고요~
열두칸 기차가 좋다~ 왕래를 하는구나~

베틀노래

자료코드 : 04_19_FOS_20100226_PKS_AYS_0015
조사장소 : 경상남도 합천군 덕곡면 포두리 863번지 포두리마을회관
조사일시 : 2010.2.26
조 사 자 : 박경신, 김구한, 김옥숙, 정아용
제 보 자 : 안영시, 여, 75세
구연상황 : 청중이 병원에 갔다 온 제보자에게 이제 부른 '화투노래' 말고 '달거리'를 해 보라고 권했다. 제보자가 앞부분을 언급하며 섣달까지 있다고 하여 불러볼 것을 청했다. 이어 청중도 조사자가 '베틀노래'를 원하니 베틀노래를 불러주라고 청했다. 제보자는 두드려야 노래가 나온다며 페트병을 달라고 하여, 시종 젓가락으로 두드리며 장단을 맞추며 구연했다. 몸이 아파 기운이 없다며 중간중간 쉬었지만, 눈을 내리깐 채 기억을 되살려 차분하게 잘 구연했다. 하고 싶어서 술술 나와야 노래가 잘 된다고 하였다. 목소리만 나오면 노래가 잘 되는데, 오늘은 몸이 안 좋아서 목소리가 잘 안 나오는 탓에 노래가 잘 안 된다고 설명하였다. 청중은 제보자의 기억력을 존경하며 구연을 잘 할 수 있게 음료수를 마시고 하라거나 가사를 일러주는 등 여러모로 애썼다.

월궁에라 노던선녀 옥황전에도 죄를짓고
인간세상에 내렸더니 하실일이 전히(전혀)없어

(청중 : 잘한다~)

금자한필 잣아놓고 비틀한쌍이 전히없네

(청중 : 잘한다~ 그래 그거.)

달가운데 기수나무 동편으로 벋은가지 어이~

[청중 웃음]

굽은가지는 배를치고 뻗은가지는

["아이구 대서 못하겠다."라고 하자 청중이 "등을치고"라며 가사를 일러주며 계속하기를 바랐다.]

등을치고

[생각이 안 나는지 쉬면서 "이래가 끊쳐가(끊어놓고) 있으면 안 될낀데."라고 하여, 괜찮다고 하자 계속 이어서 구연하였다.]

등을치고
앞집에라 이대목아 뒷집에라 박대목아
이장망태 둘러미고 우리집으로 급히오소

(청중 : 아이-고!)

술도묵고 밥도묵고 양철관중 백통대로
담배한대 먹은후에

["지절로 하고집아서(싶어서) 슬슬 나와야 되지."라고 하며 웃었다.]

묵은후에

금도끼로 찍어내여 옥도끼로 따듬아서(다듬어서)
금대패로 밀었더니 얼음겉이도 반드랍네
비틀한쌍은 좋커니와 비틀놀데가 전히없다
좌우한편 둘러보니 옥난강이 비었구나
옥난강에다 비틀놓고 구름에다 잉에걸고
안개속에 뿌리삶아 안질가에 앉인선녀
양귀비에도 눈있던가 발상을 낮이차고
아미를 숙였으니

(청중 : 잘한다~)

비틀다리는 니다리요 선녀다리는 두다리라

(청중 : 어이쿠~)

[제보자는 힘이 드는 듯 '나와야 하지.'라며 잠시 구연을 중단하고 쉬었다. 청중이 쉬어가면서 하라고 하자, 약을 먹고 주사를 맞아서 입도 빠짝 마른다고 했다. 청중은 제보자에게 입을 적시고 하라며 음료수를 마시고 하라고 했으나 마실 정이 없다며 계속 구연했다.]

두다리라
안질가에 도툼놓고 그우에라 앉인선녀
우리나라 금상님이 용상작에도 앉인듯다
부티한쌍 둘른양은

[이때 청중이 제보자에게 사탕을 건네주자, 다른 청중이 그거 입에 넣고는 못한다고 했다.]

둘른양은

강원도라 금강산에 허리안개가 두른듯다
두루말코를 다니차고 덜걱덜걱 비를짜자

(청중 : 잘한다~ 잘한다. 참!)

바디집 치는소리는 우리

그 뭐꼬?

아양국사 정질적에 연목치는 소리겉고

(청중 : 아따~)

북-한쌍 나든양은
청룡황룡이 알을배고 들락날락 하는겉고

직발한쌍 잉긴(안긴)양은
난국서산에 무지기가 옥화수를 건넌듯다

(청중 : 잘한다~)
[또 뭐가 있느냐고 하다가 이어서 구연하였다.]

잉에대는 삼형지요 눌림대는 독선이라
벌어졌다 버김이는 홍새원네(홍생원네) 잔치든가
엄청시리도(엄청나게도) 벌어지고

(청중 : 잘한다~)

사침사침 사침대는 억만군사로 거느리고
두손묵을 마주잡고 임보기도 어렵구나
기럭길어 용두마리 청춘에 뜬기러기

짝을잃고도 우는듯다

["또 뭐 있노?"라고 하자, 청중이 "도투마리"라고 일러주어 계속했다.]

도투마리 노는양은
병환에 드신부모 일바시라(일받쳐라, 일으켜라) 눕히라하는겉고
회비퉁퉁 흐르는소리
구시월 서단풍에 단풍잎이 흐르는겉고
즐거럽다 즐기시는
짚신짝이 목을매고 신시태롱을(신세타령) 하는구나

(청중 : 잘한다~)

[청중이 하라고 해놓고도 애가 쓰인다고 하자, 제보자는 안 나와서 애가 터진다고 했다. 이어 혼자하면 잘 나오는데, 오늘은 힘이 없어서 잘 안 나온다고 했다.]

세월이 여루하야 금자한필을 다짰구나

(청중 : 좋다)

앞냇물에다 씻겄다가 뒷냇물에다 히아다가(헹궈다가)

(청중 : 잘한다~)

백옥겉은 풀을하야

(청중 : 어~ 잘하고~)

어른땅 따듬똑게(다듬이돌에) 박달나무 방마치로(방망이로)
아당파당 뚜디리서 임의옷을 비여낼제

금가새로 폭을붙이 은바늘로

["가마(가만히) 있거라."라고 하며 잘못 구연한 듯 웃었다.]

금가새로 금가새로 비였더니 은바늘로 폭을붙이
은다리미 다리내니 얼음겉이도 반드랍네

(청중 : 잘한다~)

상하의복을 다지여서 양롱속에 던지놓고
앞청문을 열띠리고(열어뜨리고)
서울갔던 한량들아 우리한량이 안오더나
오기사야 오지마는 칠성판에도 실려오요
어이구답답 내일이야 이를어찌 한단말고
감산하에 장찬밭은 어는장부가 갈아주며

(청중 : 아이고 잘한다~)

하호주에 좋은술을 누를하야 맛을보꼬
어린자석은 애비불러 에미간장을 다녹힌다

과부자탄가

자료코드 : 04_19_FOS_20100226_PKS_AYS_0016
조사장소 : 경상남도 합천군 덕곡면 포두리 863번지 포두리마을회관
조사일시 : 2010.2.26
조 사 자 : 박경신, 김구한, 김옥숙, 정아용
제 보 자 : 안영시, 여, 75세
구연상황 : 긴 노래를 끝낸 제보자에게 청중은 좀 쉬라고 하다가, 또 '열두 달 노래'를 하라고 재촉하였다. 제보자는 쉬지 않고 곧바로 이 노래를 구연했다. 청중은

이 노래도 제보자가 잘하는 노래라고 했다. 청중은 구연 내내 박수를 치며 흥겨워했다. 구연이 끝나자 박수로 환호하며 이런 노래하는 사람 없지 않느냐, 총기가 뛰어나다는 등 제보자를 자랑스러워했다.

정월이라 대보름날은 달구경하는 명절이라

(청중 : 그것도 잘하고.)

청춘남녀가 짝을지여 하양삼삼 다니건만

(청중 : 잘한다~)

울으님은 어데로가고 달구경가자 말이없노
그달그믐 허송하고 이월초성 닥치오니
이월이라 한식일은 계자죽은 넋이로다
북망산천을 찾아가서 무덤을안고서 돌고나니
무정하고 야속한님은 왔나소리도 아니하네
삼월이라 삼짇날은 강남갔던 제비들도
옛집을찾아서 오건마는
우런님은 한분가니 집찾아올중도 왜모르노
좋다~

(청중 : 잘한다~)

사월이라 초패일날은 서가모네 명절이라
집집마다 등을달고 자석불공을 하건마는
하늘로봐야 빌을따지 임없는요몸이 소양있나
오월이라 단오일은 추천하는 명절이라

[기침]

송백약육 긴긴낭게다 높다랗게도 군대매고
녹의홍상 미인들은 오락가락 하건마는
우런님은 한분가니 추천질도 와모르노
유월이라 유일날은

["유월날은 뭐꼬?"라고 하고, 청중이 "유두"라고 하자 계속해서 구연함.]
[웃으면서]

유월이라 유두날은

(청중 : 유디~)

유두비로 떡을하야 울기쫄기 맛도좋다

(청중 : 어이쿠 잘한다~)

임없는 빈방안에 혼채먹기가 가이없네

(청중 : 잘한다.)

칠월이라 칠석날은 견아직녀가 만내는날
원화작교 먼먼길에 일년에한 분썩 맨내는데
울으님은 한분가니 십년에한 번도 못만내네

[여기서 제보자가 구연을 멈추자, 청중이 잘한다고 박수를 쳤다. 새로운 청중이 등장하고, 조사자가 제보자에게 쉬었다가 하라고 권했다. 그러나 제보자는 해버리고 치워야겠다며 곧이어 구연을 계속하였다.]

구월이라 구일날은 만가지 벌레들도
지(제)집을찾아서 다가는데

우리님은 한분가니 집찾아올중도 와모르나

(청중 : 에~ 노래 부르는데 잡음 넣치 말라카이.)

시월이라 상달에는 찰떡치고 매떡치고
장닭잡아서 웃음치고

(청중 : 아이쿠 잘하고~)

일년에 자손을 빌어보자

다 안했나? 동짓달 있나?
[웃음]

동지달은 다치고(닥치고)보니 동지팥죽 먹고낭게(먹고나니)
나는(나이는) 한살더있구만 임은하나 우째없노
섣달에라 막달에라 빚있는사람은 쫄리(졸려)죽는데
복조리장사는 복조리사소 복조리사소 하건만은
복조리야 사지마는 임건지는조리는 와없는고

회심곡

자료코드 : 04_19_FOS_20100226_PKS_AYS_0017
조사장소 : 경상남도 합천군 덕곡면 포두리 863번지 포두리마을회관
조사일시 : 2010.2.26
조 사 자 : 박경신, 김구한, 김옥숙, 정아용
제 보 자 : 안영시, 여, 75세
구연상황 : 앞 노래를 부른 후 청중과 이야기를 나누며 쉬던 제보자는 이제 회심곡 해볼까하고 말했다. 제보자는 청중이 가져다준 물을 마시고, 떡도 조금 먹으며 기운을 되찾으려 했다. 사실, 젓가락으로 병을 두드리는 것은 싱겁기도 하고,

부끄러워서 친다고 말했다. 그러자 청중은 노래 이외에 박수소리와 잡담하는 소리도 녹음되는지를 물었다. 이참에 청중에게 구연하는 중간에는 큰 소리를 자제해 달라고 부탁했다. 제보자의 동서 되는 청중이 박수도 치지 말고 잡음도 넣지 말자고 하여, 이 노래는 조용한 분위기에서 진행되었다. 긴 구연이 끝나자 청중은 크게 박수를 치고, 재미있어하며 크게 웃고, 가사 내용에 공감하는 발언을 하였다. 또한 정말 잘한다며 제보자의 구연능력을 칭찬해 마지않았다. 조사자도 칭찬하자, 제보자는 자신은 열에 팔 할밖에 안 되기 때문에 다른 데 가면 더 잘하는 사람이 있다고 겸손하게 말했다.

세상천지 만물 중에 사람밖에 또 있다

(청중 : 나는 이런 노래 더 좋아.)
이거 회심곡 아이가.

여보시오 시주님네 이내말씀 들어보소
이세상에 나완사람 뉘덕으로 나왔는고
서가여래 공덕으로 아버님전 피를빌고
어머님전 살을빌고 칠성님전 운을빌고
재석님전에 복을빌고 이내일신 탄생하니
한두살에 철을몰라 부모은공 앎을쏜가
이삼십이 당하여도 부모공을 몬다하고
어이없고 애닯구나 무정시월 여류하야
원수백발 돌아오니 없던만정 절로난다
망령이라 흉을보고 구석구석 웃는모양
애닯고 설은지고 절통하고 통분하다

[옆 사람을 손으로 치며, “오망들만(노망들면)”이라고 말한 뒤]

통분하다

와 하다가 안 생각키노?

통분하다
춘추는 연연록이요 왕손은 기울기라
우리인생 늙어지마 다시오기 어렵구나
명사십리 해당화야 꽃진다꼬 설음마라
명년삼월 봄이오마 너는다시 피지마는
우리인생 한분가마 다시오기 어려워라
담배곯고 모안재물 묵고가면 씨고가나
아귀악식 모안재물 저승으로 옮기갈까
화전부저 가지갈까 가지갈까
인간팔십 산다해도 인간칠십 고려희다
어지(어제)오날(오늘) 성튼

빠자(빠트려) 묵는다.
[청중 웃음]

성튼몸이 저녁나잘 병이드네
섬섬약질 약한몸에 태산겉은 빙이드니
부르나니 엄마소리 찾는것은 냉수로다
인삼녹용 약을씬들 약호험이 있을쏘냐
무녀불러 굿을한들 굿덕인들 있을쏘냐
판수불러 경을건들 경덕인들 있을쏘냐
제미쌀을 실코실어 명산대천을 찾아가서
상탕에 메를짓고 중탕에는 목욕하고
화탕에는(하탕에는) 손발씻고 촛대한쌍 걸어놓고
향로향아 불갖추고 소지삼장 올린후에

비난이다 비난이다 하늘님전에 비난이다
하늘님전 비난이다 신장님전 발원하고

또 또 뭐라 그러노?
[청중 웃음]

하늘님전 비난이다 신령님전 발원해도
어는곳에 갈곳없네

[웃으면서 “죽기밖에 갈 데 있나?”라고 함.]
[청중 웃음]
[경로당에 다른 할머니가 들어오면서 노래가 잠시 중단되었다. 청중은 딴 이야기를 하는 할머니에게 노래하는 중이라며 이야기는 나중에 하라고 말했다. 그러자 제보자가 다시 구연을 계속했다.]
[“다 빌어도 안 되고 죽을 거 아니가? 인자 잡으러 온다.”라고 한 뒤, 생각이 나지 않아 길게 빼서 부르며]

일직사자~
한손에는 철봉들고 또한손에 창검들고

[“다 아는데 이럴 제는 막힌다.”고 하며 웃은 뒤]
(청중 : 어서가자 바삐가자~)

팔장같이 곱은길에 화살겉이 달려와서
닫은문을 박차면서 니성같이 호령하야
닫은문을 박차면서 성명삼자 불러내야
어서가자 바삐가자 뉘명이라 지체하며
뉘분부라 거역할꼬 거역할꼬~

[조사장소에 들어오는 사람에게 “들오이소.”라고 한 뒤, 생각이 나지 않아 길게 빼서 구연하며]

거역할꼬~
사자님아 사자님~아 뉘명이라 거역할꼬
실낱 같은 이내목숨 팔뚝같은 시사슬로(쇠사슬로)
결박하야 들어내니 혼비백산 이아닌가
사자님아 사자님아 내말잠깐 들어보소
노잣돈도 챙기옇고 만당개유 애걸한들
어는사자 들을쏜고 아이고답답 내팔자야
인간하직 망극하다 북망산 돌아갈제
어찌갈꼬 심산허노 한정없는 길이로다
결정없는 길이로다 이세상을 하직하니
불쌍하고 가련하다~ 불쌍하고 가련하다~
신사당에 하직하고 구사당에 혀배하고
대문밖을 썩나서니 적삼내여 손에들고
혼배불러 초혼하니 없던곡성 낭자하다

[“인자 끌리 간다.”라고 한 뒤 웃으며]

일직사자 등을치고 월직사자 발을끚고(발을 끌고)
중후같이 제촉하야 천방지방 몰아가니
낮은데는 높아지고 높은데는 낮아지니
혼비백산 이아닌가 사자님아 사자님아
내말잠깐 들어보소 시장한데 점심먹고
신발이나 고치신고 쉬어가자 애별해도
들은치도(척도) 아니하고 시(쇠)뭉치로 등을치며

어서가자 바삐가자

[웃으면서 “다 가 가겠다. 인자.”라고 하면서, 물을 한 모금 마시고]
(청중 : 잘한다~ 진짜로.)
(청중 : 잘했심더~)

그럭저럭 여러여러날에 저승원문 다다르니
우두나찰 마두나찰 문간에 마주서서
대명하고 기다리니 옥사장이 분부듣고
남자지인(남자죄인) 등대할제~남자지인 등대할제
인정돌라 비는구나 열두대문 들어가니
무섭기도 끝이없고 뜨겁기도 칙량없다
재판관이 문서잡고 남녀지인

[뒷구절이 생각이 안 나는 듯 약간 길게 늘여 구연하며]

잡아~내여 잡아내여~

인자

[청중 웃음]
[웃음]

다짐받고 봉초할제 이놈들아 들어봐라
이세상에 니보낼(내보낼) 제 선심공덕 하라캔데(하라고 했는데)
무슨선심 니했는고 바른대로 아리어~라(아뢰어라)

[열두 대문도 안 하고 지나가버렸고 한 뒤]

바른대로 아뢰어라

용본비반 본을받아 임금님께 극랑했나
나라에 충성했나 부모님전 효도했나
형지간에 우애했나 일가친척 화목했나
무슨공덕 니했더노 배고픈자 밥을조서(주어서)
아사구제 니했더나 헐벗은데 옷을줘서
훈왕공덕 니했더나 목마른데 물을줘서
급수공덕 니했더나 깊은물에 다리놓고
월천공덕 니했더나 좋은밭에 원두심어
해인해갈 시깄더나(시켰더나) 만첩청산 불당지어
중생공덕 니했더나 병든사람 약을줘서
활인공덕 니했더나 니했더나
부치님의 공양올리 마음닦고 성심하야
염불공덕 니했더냐 어서바삐 아리어라
너의죄목 지중하마 풍도

풍도옥이 제일 무섭더나

풍도옥에 가두리라 지지갱중 가리여서
차례대로 처결할제 도산지옥 화산지옥
한빛지옥 발설지옥 우마지옥 독새지옥
닥처분불 처결핬노 착한사람 불러들이
위로하고 대접할제 못쎌놈들 구경해라
저런사람 성심으로 극락세계 가올지니
이얼마나 좋을겉고 소원대로 물을직에
니소원을 말다해라 소원대로 다해주마
극락으로 니갈라냐 선경으로 니갈라냐

정수문이 될라느냐 바른대로 아뢰어라
저런사람 성심하야 길이되어서

[옆의 사람을 치며 "좋은 기 길이 돼서"라고 한 뒤]

길이되어 가느니라 이얼마나 좋을쏜가

(청중 : 응.)

남자죄인 처결한후 여자지인 잡아들이지

[웃으면서 "여자들 잡아들인다."고 한 뒤]

여자죄인 잡아들이 어명국문 하는말이
기약하고 각독한년 부모말쌈 거역하고
형지간에 이간하고 마주앉아 각살시리
군말하고 성내는년 남의말을 일삼는년
시기하기 좋아한년 풍도옥에 가두리라

(청중 : 맞다.)
(청중 : 맞다.)
[청중 웃음]

착한여자 불러들이 위로하고 대접할 제
몬씰놈들 구경하라 저런사람 성심하야
극락세계 가올지니 이아니 좋을쏜가
소원대로 물을적에 극락으로 니갈라냐
선경으로 니갈라냐요 지연에 갈라느냐
남자몸이 태어나서 태어나서

장수몸이 될라느냐 어서바삐 아뢰어라

(청중 : 참, 대단합니더.)

(청중 : 다 했나? 응?)

[질문한 청중에게 웃으며 “다 했어요.”라고 한 뒤]

어화세상 할매님요 회심곡을 없선이기(없신여겨)

불의행사 하지마소 불의행사 하고보마

독새지옥 못민하고(면하니) 구리이배암(구렁이 뱀) 못민하니

부대부대 성심하야 후생노자 장만해서

왕생극락 인도하소

[고개를 숙이며 재빠르게]

나무아미타불~

[이때 청중은 구연이 끝난 줄 알고 “어이구야!”라며 모두 박수를 크게 쳤다. 그러나 곧이어 지금까지 곡조와는 다르게 좀 가볍고 신나는 곡조로 다음을 구연했다. 청중은 박수로 장단을 맞추었다.]

극락에간다꼬 불버(부러워)마소 공덕이없으마 극락가나

지옥간다꼬 설음마소 지목(죄목)없이 지옥가나

(청중 : 잘한다.)

지성이면 감천이요 하늘님이 무심할까

[웃음]

나무아미타불~

장가가는 노래

자료코드 : 04_19_FOS_20100226_PKS_AYS_0018
조사장소 : 경상남도 합천군 덕곡면 포두리 863번지 포두리마을회관
조사일시 : 2010.2.26
조 사 자 : 박경신, 김구한, 김옥숙, 정아용
제 보 자 : 안영시, 여, 75세
구연상황 : 앞 노래에 이어 '칠곡 사람 김해 장개간 노래'를 하겠다며, "내가 중신을 해줬거든."이라고 말했다. 중간 중간에 설명을 넣어가며 구연했는데, 청중은 열심히 경청하며 좋아했다. 노래가 끝난 뒤, 그 후 그 사람이 아들 놓고 딸 놓고 잘 산다고 말했다. 그러자 청중은 중신 잘했다고 말했다. 이 노래를 언제 배웠느냐고 물으니, '장개가는 소리"는 저절로 배웠다고 한다. 청중은 제보자가 중신을 잘한다고 했는데, 실제로 중신한 곳의 지명을 넣어 구연하는 것 같았다. 이 노래는 노인학교에서 관광을 가서 저녁에 부르던 것으로, 그때는 지금보다 노래를 잘 해서 아주 호응이 좋았다고 했다.

천지만물이 생긴후에 일월성심 받았어라

["이제 중신애비 든다."고 말한 뒤]

삼강오륜 중한법에 부부유별이 으뜸인고
칠곡군심 만천동에 만만결색이 자라날제
김해땅 손전촌에 일등미녀가 생깄구나

(청중 : 으 그래.)
[웃으면서 "그래 중신해야지."라고 한 뒤]
(청중 : 그래 해라.)

생깄구나~
전생인생 우리연분 십오십육 장가갈제
서왕에 모지연에 청조새도 날아들고
부모님에 덕택으로 길한양색 받아내여

천지대

[옆의 청중을 보며 "백중책 아지요?"라고 한 뒤]
(청중 : 안다.)

천지대 백중여를 차례차례 내여놓고
생긴복을 대정하니 경신년 정월이라

잔치가 경신년 정월이라

(청중 : 정월달에 했다.)

좋을씨고 초정월은 일년하고도 첫달이라
백설한풍 다지내고 춘풍하기도 좋은때라

(청중 : 응 맞다.)
[웃으면서 옆 청중에게 "그때 내 중신할 때 술 안 주던교? 그래 인자 장개간다."라고 한 뒤]

춘풍하기 좋은때라
이 이홍~

[청중 웃음]

이국을 편지하고 대리석에 썩나설제
이홍땅에 기린학은 해를(홰를)치고 춤을치고
여상에 앉은봉은 나를보고 반기는듯
암탉장닭 마주놓고 청실홍실 걸어놓고
청댓잎은 병에꽂고 밤대추는 꾸리끼고

["서답일배"라고 하며 웃음]

북한사배 다한후에 침방을 들어가서
야식을 기다릴제 일각이 여삼추라

새댁이가 보고접아서(보고싶어서)

일각이 여삼추라
보기싫은 처족들은 지처지처 아니가네
넘에눈에 밉보이마 백년이나 살까있어

가도 안 한다 봐라.

밤은점점 삼경이라 어째그래 더디던고

새댁이가 하도 안 와서

밤중새별 완전하다 청사초롱 불을밝히-
오는길을 인도한다 오는길을 인도한다
신부가 입방할제
대장부 한평생이 오늘밤이 또있을까

[웃음]

오늘밤이 또있을까
좋다~

그래 인자 신부캉 앉아서 주안상 앞에 놓고 한잔 썩 권하며 이야기를 하는 기라 신랑이

주안상 앞에놓고~

[이때 제보자가 뭐 어떤 말이 있기는 있는데 모르겠다고 하자, 옆의 청중이 뚜드려 벗기나 뭐하느냐고 하여 모두 웃었다. 또 한 청중은 청중이 모두 제보자만 보고 있더라도 주눅 들지 말고 마음 놓고 하라고 말했다.]

신랑이 하신말씀~

새댁이한테, 새댁이보고

그대는 무엇할꼬 나라에 충성하고
부모에 호성하고 일가친척 화목하면~

원근에 칭찬 소문이 멀리나면

원근에 칭찬받고 수복이 다(多)남자로
오복이 금전하면 부녀에 행실로서
그후에 또있을까

(청중 : 응. 맞다.)

이내나는 무엇할꼬
학업을 숭상하야 고국충신이 되오리라
미엄한 우리정이 온갖설화 다못하고
뒷동산 참새소리 개동적을 제촉하네
원촌에 우는닭은 나의사정 지모르고
오경을 재촉하네

(청중 : 닭키 우니까 잘한다~)

[이때 제보자가 첫닭 울면 나가야 된다고 하자, 청중이 이구동성으로

옛날에는 첫닭 울면 나갔다고 했다. 첫날밤에는 첫닭이 울면 족두리 쓰고 처매 싸서 내뺀다고 말했다.]

또 이튿날 하루로

장장춘일 하루해를 삼척같이 넘기고서
야식을 기다릴제 일각이 여삼추라

하루가 열흘 맞잽이라

일각이 여삼추라~

그라고 또 이튿날 밤에는 재행걸음 하고 하루 자고는 가뺐어.

애써있네 여신법도 삼일이상 무슨일고

[웃음]
인자 신랑도 가야지. 즈그 집에 갔다.

집으로 돌아가서 부모님전 배온후에
사처에 돌아앉아 암암이 생각하니
주는것도 먹기싫고 묵는것도 듣기싫고
요조한 고운태도 두눈에 삼삼하고
낙낙한 그말소리 이귀에 쟁쟁하다

(청중 : 맞다.)

북천을 멀리바라 때때로 생각하니
요원한 이내말은 ○○○ 다름없고
초상진상 흰구름은 영약강수 돌아들고~~

[뒤 구절이 생각이 안 나서 이 구절을 길게 빼자 청중이 웃었다.]

영약강수 맑은물은 김해지방 흘러가마
나의소식 몬전하니 묵은소희 어떠할꼬
달도밝고 명랑하마 마루끝에 썩나서서
날라가는 저기럭아 아~저기럭아~
김해땅을 가거들랑 이내소식 전코가소
무정하다 저기러기 들은치도(들은척도) 아니하고
허청망연 날라가네

창부타령 (1)

자료코드 : 04_19_FOS_20100226_PKS_AYS_0025
조사장소 : 경상남도 합천군 덕곡면 포두리 863번지 포두리마을회관
조사일시 : 2010.2.26
조 사 자 : 박경신, 김구한, 김옥숙, 정아용
제보자 1 : 안영시, 여, 75세
제보자 2 : 유정옥, 여, 79세
제보자 3 : 차선주, 여, 71세
제보자 4 : 차광순, 여, 87세
구연상황 : 김금출 제보자가 청중에게 노래 좀 부르자고 해도 매일 화투만 치더니, 평소에 노래를 부르지 않아 노래가 안 나온다고 나무랐다. 이때 안영시 제보자가 젓가락으로 병을 두드리며 신나게 노래했다. 연달아 세 명의 제보자가 노래를 불렀다.

제보자 1 돈잘써야 환량이냐 활을잘써야(쏘아야) 환량이지

(청중 : 어이~ 잘한다~)

옛날에환량은 활잘씨고 지끔환량은 돈잘씬다

제보자 2 어둠침침 검은밤에 등신같은 저임보소
아듬다듬 손들온다 분칠겉은 이내몸에
지는꽃과 피는꽃이 어이그리 연분인고

[다 잊어버리고 모르겠다고 하였다]

제보자 3 나온다 모비단쪼끼마 돈나온다
모비단쪼끼만 돈나오나 이내쪼끼도 돈나온다

(청중 : 잘 나온다.)

옛날환량을 활잘쏘고 지끔환량을 돈잘씬다
이래도좋고 저래도좋고 아니놀지는 몬살겠네

제보자 2 매끌매끌 장판방에 십육기전기불 밝혀놓고
임은앉아 공부를하고 내는앉아 수를놓고
임의물팍(무르팍) 땡기서(당겨서)비고 나도방실 너도방실
방실방실 웃는임을 몬다보고 해다지네
오늘해는 다졌구만 새는날로 다시보자

[하루 종일 불러도 노래가 나온다고 했다.]

제보자 4 명사십리 해당화야 꽂진다꼬 설워마라
내년삼월 또돌아오면 꽃은피어 만발하고
잎은피어서 산을덮고
얼씨구나좋다 지화자좋다 아니노지는 못하리라

백설같은 흰나부는 부모님중생을(거상을, 몽상을) 입었구나
소복단장 곱기나하고 장다리밭으로 날아든다
얼씨구나 지화자좋다 아니나노지는 못하리라

창부타령 (2)

자료코드 : 04_19_FOS_20100226_PKS_AYS_0027
조사장소 : 경상남도 합천군 덕곡면 포두리 863번지 포두리마을회관
조사일시 : 2010.2.26
조 사 자 : 박경신, 김구한, 김옥숙, 정아용
제 보 자 : 안영시, 여, 75세
구연상황 : 앞 노래에 이어 계속 구연했다.

울도담도 없느나(없는)집에 명지비짜는 저큰아가

(청중 : 참 옛날 노래다.)

누간장을 녹힐라고 그래저리도 잘짜는고
남아이십

["뭐꼬?"라고 한 뒤 다시 고쳐]

이구십팔 열여덟에 대장부간장을 못녹힐라

창부타령 (3)

자료코드 : 04_19_FOS_20100226_PKS_AYS_0031
조사장소 : 경상남도 합천군 덕곡면 포두리 863번지 포두리마을회관
조사일시 : 2010.2.26
조 사 자 : 박경신, 김구한, 김옥숙, 정아용
제보자 1 : 안영시, 여, 75세
제보자 2 : 김금출, 여, 82세
제보자 3 : 유정옥, 여, 79세
구연상황 : 앞 노래에 이어 계속 구연했다.

제보자 1 배띄워라 배띄워라 만경장판에 배띄워라

만경장판에 배띄와놓고 누간장을 녹힐라고

[잊어버렸다며 중단하였다]

[청중 웃음]

제보자 2 높은낭게 열매중에는 청실홍실이 제이로다

낮은낭게 열매중에는 나라가열매가 제이로다

애기동동 노는데에는 내아들내딸이 젤잘났고

신사선부 모인데는 내낭군님이 신사로다

[웃음]

제보자 3 인간이별 만사중에 임여빈기(여윈것이) 대길이고

시간살이(세간살이) 설움중에 돈설움이 지작이라

권주가

자료코드 : 04_19_FOS_20100226_PKS_AYS_0032
조사장소 : 경상남도 합천군 덕곡면 포두리 863번지 포두리마을회관
조사일시 : 2010.2.26
조 사 자 : 박경신, 김구한, 김옥숙, 정아용
제 보 자 : 안영시, 여, 75세
구연상황 : '장모 노래'나 '사위 노래'를 청하자, 제보자는 장가가서 장모한테 권주가 할 때 이렇게 한다며 이 노래를 구연했다. 젓가락 장단에 맞추어 구연했다.

밍월이같은 우리장모

국화겉은 딸을길러 범나비겉은 저를주니

이술한잔 잡으시고 딸의정을 잊어주소

환갑노래

자료코드 : 04_19_FOS_20100226_PKS_AYS_0033
조사장소 : 경상남도 합천군 덕곡면 포두리 863번지 포두리마을회관
조사일시 : 2010.2.26
조 사 자 : 박경신, 김구한, 김옥숙, 정아용
제 보 자 : 안영시, 여, 75세
구연상황 : 조사자가 제보자에게 '환갑노래'를 청했다. 한 번 들어본 거라 잘 모를 것 같지만 해 본다며 노래를 불렀다. 박수를 치며 부르다가 기억이 나지 않은지 중단했다.

원아원아 동래원아 동래원은 내아들

내 아들이고
[다시 곡조로]

일등미녀 내딸이야 동방화초 내사우야
일월이 요지는 내손자요

시집살이노래

자료코드 : 04_19_FOS_20100226_PKS_AYS_0044
조사장소 : 경상남도 합천군 덕곡면 포두리 863번지 포두리마을회관
조사일시 : 2010.2.26
조 사 자 : 박경신, 김구한, 김옥숙, 정아용
제 보 자 : 안영시, 여, 75세
구연상황 : 제보자는 청중에게 옛날 노래 아는 것 있으면 부르라고 하더니, 제보자가 노래를 불렀다. 구연이 끝나고 제보자는 시누이와 시어머니가 어찌 괴롭히던지 약을 먹고 죽었다고 노래내용에 대해 언급했다. 제보자와 청중은 옛날에는 시집 살다가 배고파 죽은 사람, 잠을 못자 죽은 사람도 있으며, 화장실 가서 자다가 맞는 사람, 아들 며느리 같이 자지 말라고 갈라놓기도 하는 등 힘든 시집살이에 대해 이야기를 나누었다.

하늘겉이 높은집에 내안묵은 봉오기기(고기)
내안꺾은 화초대는 날꺾었다 다시하네
하늘겉이 높은집에 다문다섯 사는깅구[7)]
날하나를 넘이라꼬 내안묵은 봉오기기
날묵었다 탓이하고 내안꺾은 화초대는
날꺾었다 탓이하네 앞집에라 장(장에)가는데
서돈어치 약을부치 뒷집에라 장가는데
닷돈어치 약을부치 아홉가지 약을놓고
열두가지 옷을입고 밤중밤중 야밤중에
이약묵고 죽어보까 저약묵고 죽어보까

[목소리가 잘 안 나온다고 한 뒤]

사약묵고 죽었구나 동네동쪽 돋는해가
높이둥실 떠올라도 일어나지 아니한데
잔반문을 반만여니 자는듯이도 죽었구나
죽은아내 덥썩안고 아이고답답 하는말이
배옥겉은 이얼굴을 땅밑에다 어찌옇-꼬(넣을꼬)
삼단같은 진진머리 땅밑에다 어찌열-꼬(넣을꼬)
배옥같은 일신을 토석중에서 섞단말가

그래 그거고. 나온깨네, 그 단에 죽어가 연자(제비)가 됐어.
(청중 : 하도 시집살이 대(힘들어) 가지고 죽고집아서(싶어서))

죽어 연자가되어 춘시끝에다 집을짓고
그연자가 하는말이 무섭더라 무섭더라

7) '깅구'는 '공구'로 식구의 방언.

자기부모가 무섭더라 무섭더라 무섭더라
자기동상 무섭더라 우리동상 무섭우마
천년있고 만년있나 우리부모 무섭아도
천년살고 만년사나 너캉날캉 백년사지

양산도

자료코드 : 04_19_FOS_20100226_PKS_AYS_0047
조사장소 : 경상남도 합천군 덕곡면 포두리 863번지 포두리마을회관
조사일시 : 2010.2.26
조 사 자 : 박경신, 김구한, 김옥숙, 정아용
제보자 1 : 안영시, 여, 75세
제보자 2 : 김금출, 여, 82세
구연상황 : 앞 노래를 끝낸 김금출 제보자는 합천군에 다니면서 이렇게 잘 하는 동네 있느냐고 말했다. 이어 유행가는 안 된다고 했다. 이 노래의 첫머리를 꺼내면서 청중을 보며, 할 줄 알면 해보라고 했다. 그러자 안영시 제보자가 박수를 치며 빠른 속도로 한 곡조를 불렀다. 김금출 제보자는 좀 전에 마신 술기운 탓인지 아주 큰 목소리와 몸짓으로 홍에 겨워 노래를 불렀다. 청중도 홍겨워 하며 배를 잡고 웃었다.

제보자 1 에헤헤헤이이요~
아실아실 춥거든 임품에 들~고~
비게도툼 높으거든 임팔로 비~소~
에루마 난단다 둥게디어라~
아니나 못노리~
너른일을 하야도 아니나 못노리로다~

제보자 2 에헤헤헤이요~
사꾸라 꽃속에 임을실어다 놓고~

임인가 꽂인가

[청중 웃음]

분별치못해~

에루아 난단다 둥게디어라

둥게디어라 아니 못노리~

창부타령 (4)

자료코드 : 04_19_FOS_20100226_PKS_AYS_0055
조사장소 : 경상남도 합천군 덕곡면 포두리 863번지 포두리마을회관
조사일시 : 2010.2.26
조 사 자 : 박경신, 김구한, 김옥숙, 정아용
제보자 1 : 안영시, 여, 75세
제보자 2 : 김금출, 여, 82세
구연상황 : 청중이 "이 꽃 지자 저 꽃도 진다."고 할머니들의 신세를 지는 꽃에 비유하였는데, 제보자는 이 노래가 생각났는지 불렀다. 이어 김금출 제보자도 같은 내용의 노래를 불렀다.

제보자 1 슬프구나 슬프구나 어찌하야서 슬프더노

백년광음이 몬다가고 백발이되니 슬프구나~

[제보자가 백발이 슬프다고 이야기 하자, 청중이 동감했다. 한 청중은 "놀기 좋은 선화당"이 여기라고 했다.]

제보자 2 이팔청춘 소연들아 백발보고 반절마소

(청중 : 잘한다~)

머리신데[8] 먹칠하고 이빠젼데 박씨를박고

소연당에(소년당) 놀러가니 소연대집은(대접은) 간곳없고
백발대집을 하더란다

백발가

자료코드 : 04_19_FOS_20100226_PKS_AYS_0056
조사장소 : 경상남도 합천군 덕곡면 포두리 863번지 포두리마을회관
조사일시 : 2010.2.26
조 사 자 : 박경신, 김구한, 김옥숙, 정아용
제 보 자 : 안영시, 여, 75세
구연상황 : 앞 노래에 이어 계속 구연했다. 앞 두 소절은 청춘가의 곡조로 부르고, 그 이후 소절은 창부타령 곡조로 구연했다.

백발아 니(너)올줄알았으마 십리야 밖에다가
가시덤불 쌓을거로(것을)

오는 백발 못 막거든.

드는칼로 냅다치면 혼이나서 안오겠나
만반진수 차리놓고 빌어보마 아니올까
석순에이 억만재물 인정씨면 안오겠나
소진장이 구변좋아 달게(달래)보만 안오겠나
억만번을 생각해도 오지않을 수가없다

창부타령 (5)

자료코드 : 04_19_FOS_20100226_PKS_AYS_0058

---

8) 머리카락이 희게 되다.

조사장소 : 경상남도 합천군 덕곡면 포두리 863번지 포두리마을회관
조사일시 : 2010.2.26
조 사 자 : 박경신, 김구한, 김옥숙, 정아용
제보자 1 : 안영시, 여, 75세
제보자 2 : 차광순, 여, 87세
제보자 3 : 김금출, 여, 82세
구연상황 : 조사자가 경기민요의 곡조를 구분하는 질문을 했더니, 안영시 제보자가 "아니 놀지는 못하리라"가 '창부타령'이라며, 이에 해당하는 노래를 부르기 시작했다. 김금출 제보자는 앞에서 '권주가'라며 부른 노래가사를 여기서 다시 창부타령 곡조로 불렀다. 앞에서는 끝부분을 마무리하지 못했으나 여기서는 끝맺음을 했다. 네 번째 안영시 제보자가 부른 곡도 "그 전에 장가올 때 불렀다는" 제보자의 설명처럼 '권주가'이다. 그러나 여기서는 특히 제보자들이 "아니 놀지를 못하리라"라는 구절을 넣어, '창부타령'을 한다는 의도로 구연하였다.

제보자 1 아니아니 놀지를 못하리라

(청중 : 그건 창부타령이고.)

하늘겉이 높은사랑 하해와같이도 깊은사랑
칠년대환 가물음에 빗발같이도 반긴사랑
광명하여 양귀비요 이도령에는 춘낭이라
일년삼백 육심일을 하루만몬봐도 몬살겠네

(청중 : 또 가다가 온단 말이다. 몬 잊어가 온다.)

제보자 2 백구야 백구야 날지를 마라

제보자 2, 3 너를잡으러 내가간다

제보자 1 서산이 발원하니 너를쫓아서 내가간다
나물묵고 물마시고 팔을비고서 누웠으니
대장부 살림살이 요만하민은 넉넉하네

(청중 : 잘한다~)

제보자 3 아니아니 노지는 못하리라
맹월이같은 우리장모 국화겉은 딸을길러
범나비같은 저를주니 어월청산 얽은독이
누룩을섞어서 강해주요 이술한잔 잡으시오
그술쳐서 자네가들고 내딸데리고 잘살아주게

(청중 : 어- 좋다.)

제보자 1 아니아니 놀지는 못하리라
이청저청 마디청위에 빙빙빙도는 빙모님아
빌립시다 빌립시다 막걸리한잔을 빌립시다
막걸리한잔은 노랫가락 청주한잔은 청춘가요
얼씨구나좋다 지화자좋다 우리장모님 잘도한다

창부타령 (6)

자료코드 : 04_19_FOS_20100226_PKS_AYS_0060
조사장소 : 경상남도 합천군 덕곡면 포두리 863번지 포두리마을회관
조사일시 : 2010.2.26
조 사 자 : 박경신, 김구한, 김옥숙, 정아용
제보자 1 : 안영시, 여, 75세
제보자 2 : 김금출, 여, 82세
제보자 3 : 유정옥, 여, 79세
제보자 4 : 차주희, 여, 67세
구연상황 : 앞 노래에 이어 계속 구연했다. 병을 두드리거나, 박수를 치며, 모르는 것을 서로 일러 주면서 흥겹게 구연했다.

제보자 1 그물놓자 뱃줄을놓자 선녀야마당에 그물놓자
못난처녀는 다빠지고 하구라이처녀만 낚았구나

[이때 제보자는 그 뒤에 또 뭐라고 하느냐고 김금출 제보자에게 물었다. 그러자 김금출 제보자는 내가 해보겠다며 이 노래를 처음부터 다시 불렀다.]

제보자 2 부산노래 뱃노래든가 육지처녀가 춤잘춘다
그물놓자 뱃줄을놓자 처녀야골목에 그물놓자
잘난처녀는 다빠지고 못난처녀만 다널렸네

["이래 나오고."라고 하며 끝맺자, 안영시 제보자는 뒤에 남은 노래를 이어서 시작했다. 김금출 제보자도 이 부분을 같이 불렀다.]

제보자 1, 2 안낚으면 열녀로다 못낚으면 상사로다
열녀상사 꽂맺아놓고 그꽂지도록 살아보자

제보자 3 아첨이슬 참이슬에 상추뽑는 저큰아가
누간장을 녹힐라꼬 아첨이슬에 상추뽑나
이구십팔 열여덟살에 대장부간장을 모놀키네(못녹히네)

얼씨구 좋다
(청중 : 잘한다~)

제보자 2 포름포름 봄뱁추는 봄비만오기마 기다리고

[김금출 제보자가 "뭐꼬?"라고 하자 안영시 제보자가 이어서 불렀다.]

제보자 1, 2 옥에갇힌 춘낭이는 이도령오기마 기다린다

[김금출 제보자가 또다시 "뭐꼬?"라고 하자, 차주희 제보자가 다음을 시작했다.]

제보자 4 백설겉은 흰나비는 부모님건생을 입었던가
소복단장 곱게하고 장다리밭으로 넘나든다

제보자 1 시오세 심청이는 부모한테도 효성있어

(청중 : 좋다~)

고양미 삼백석을 그에몸을 암매하야
눈물이 피가되어 연당속에다 포혼하고
한숨이 동남풍이되어 타는가슴이 더탔구나~

모심기노래

자료코드 : 04_19_FOS_20100226_PKS_AJS_0005
조사장소 : 경상남도 합천군 덕곡면 포두리 863번지 포두리마을회관
조사일시 : 2010.2.26
조 사 자 : 박경신, 김구한, 김옥숙, 정아용
제 보 자 : 안정산, 여, 74세
구연상황 : 좌중이 이야기를 나누던 중 제보자가 이 모심기노래를 구연하였다. 이어서 다른 가사를 시작하였으나 생각이 나지 않아 끝내지 못하였다. 모심기노래는 제법 알고 많이 불렀는데 모를 안 심으니 생각이 안 난다며 안타까워하였다.

모야모야 노랑모야 언제커서 열매열래

(청중 : 잘한다.)

이달커고 훗달커고 칠팔월에 열매열래

노랫가락

자료코드 : 04_19_FOS_20100226_PKS_AJS_0012
조사장소 : 경상남도 합천군 덕곡면 포두리 863번지 포두리마을회관
조사일시 : 2010.2.26
조 사 자 : 박경신, 김구한, 김옥숙, 정아용
제보자 1 : 안정산, 여, 74세
제보자 2 : 유정옥, 여, 79세
제보자 3 : 차선주, 여, 71세
구연상황 : 앞 노래에 이어서 계속 구연했다. 구연을 끝내고 이런 노래가 무슨 소용이 있느냐고 물었다. 조사자가 설명하자, 청중은 옛날노래가 요즈음 노래보다 듣기가 좋다고 말했다.

제보자 1 창밖에 국화를심어 국화밑에다 꽂맺아놓고

(청중 : 참 옛날노래다.)

꽂피자

[생각이 안 나서 머뭇거렸다. 청중이 "임오시자."라고 일러주었다.]

꽂피자 임오시자
동

[잊어버렸다며 멈추었다.]

제보자 2 간밤에 꿈좋다더니 임의거게서 편주(편지)왔네
편주사 왔거나만은 임은어이서 못오시노
방자야 먹갈어라 임오거게서 답변하자

[청중이 잘한다고 하고, 제보자는 다 잊어버려 모른다고 수줍은 듯 말했다.]

제보자 3 뒷동산 살구나무에 금실홍실 군대매어
임이타면은 내가밀고 내가타면은 임이민다
임아임아 줄밀지마라 줄떨어지면은 정떨어진다

청춘가 (1)

자료코드 : 04_19_FOS_20100226_PKS_YJO_0001
조사장소 : 경상남도 합천군 덕곡면 포두리 863번지 포두리마을회관
조사일시 : 2010.2.26
조 사 자 : 박경신, 김구한, 김옥숙, 정아용
제 보 자 : 유정옥, 여, 79세
구연상황 : 오전에 이 마을회관에 찾아왔을 때 이장님께서 내일이 동제라 마을사람들이 모두 목욕하러 갔다고 전해 주었다. 점심시간 이후에 오면 사람들이 많이 올 것이라고 했다. 오후 2시 가까이 다시 찾은 마을회관에는 7명의 할머니들이 있었으나 시간이 지날수록 몇 명의 할머니들이 더 왔다. 음료와 다과를 제공하면서 조사 분위기를 조성하였다. 제보자는 유식한 노래는 잘 부르지 못하고, 밭을 매면서 세월이 지겨워서 부르던 노래와 주로 남을 웃기는 소리밖에 없다고 하였다. 한참을 권한 끝에 다음 노래를 구연하였다. 이 노래들은 주로 밭을 매다가 지겹거나 해질녘 슬프거나 하면 부르던 것이라고 한다.

몬(못)사리로다

["찍지마소 찍지마소."라며 채록하지 말라는 행동을 취했다.]

나몬사리로다~
어떻기 산다여 잘산다 말이요
수단이 없어서 아루아~ 요모냥 되는구나

[한 번씩 가다가 영감노래를 한다며 이어서 구연하였다.]

신작로 끝나기 가는기(가는것이) 옳겄나

영감이름이 홍덕식이거든.

홍덕식이 요집에 아루아~ 사는기 좋겄나

시집살이노래

자료코드 : 04_19_FOS_20100226_PKS_YJO_0002
조사장소 : 경상남도 합천군 덕곡면 포두리 863번지 포두리마을회관
조사일시 : 2010.2.26
조 사 자 : 박경신, 김구한, 김옥숙, 정아용
제 보 자 : 유정옥, 여, 79세
구연상황 : 한참을 자신의 삶에 대해 이야기하던 제보자는 조사자가 언급하는 시집살이 노래와는 다른 시집살이노래가 있다며 이 노래를 구연하였다.

한살묵어 엄마죽고 두살먹어 아빠죽고
시살먹어 삼촌밑에 설음설음 자라나서
다문(다만)다문 열섯에

[기침한 후 구연함.]

열다섯에 시접가서 열여섯에 아열여

[다 잊어버렸다고 하고는 다시 고쳐 말로 구연함.]

열다섯에 머리얹어 열여섯에 시집가서

[다시 곡조로 구연함.]

다문다문 다섯경구[9] 나가나를 넘이라꼬

9) '경구'는 '공구'로 식구의 방언.

내가꺽은 추자나무 날꺽었다 하고있고

내안먹은 붕우고기 날먹었다 하고있네

한강수 깊은물에 풍기둥실 빠져죽자

모심기노래 (1)

자료코드 : 04_19_FOS_20100226_PKS_YJO_0003
조사장소 : 경상남도 합천군 덕곡면 포두리 863번지 포두리마을회관
조사일시 : 2010.2.26
조 사 자 : 박경신, 김구한, 김옥숙, 정아용
제 보 자 : 유정옥, 여, 79세
구연상황 : 제보자는 조사자가 모심기노래를 원하니 한번 불러보자며 이 노래를 불렀다. 이것은 둘이 한 소절씩 교대로 부르는 노래라고 설명했다. 자신이 부르는 노래는 보잘 것 없어 어디 옮기지도 못한다며 녹음하지 말라고 한 후 구연했다. 제보자는 이 노래를 모심기노래 곡조로 부르지는 않았다.

모시적삼 안섶

[둘이 부르는 노래라고 설명하고, 다시 처음부터 구연하였다.]

모시적삼 안섶안에 분통같은 저젖보소

[이렇게 노래하면 저 쪽에서 받아주는 사람이 뒷 구절을 부른다고 한 뒤 계속 구연하였다.]

많이보

[저 쪽에 받는 사람이 또 이쪽을 보고 부른다고 한 뒤 계속하였다.]

많이보면 병날끼고 마치마치도 비어(보여)주소

창부타령 (1)

자료코드 : 04_19_FOS_20100226_PKS_YJO_0004
조사장소 : 경상남도 합천군 덕곡면 포두리 863번지 포두리마을회관
조사일시 : 2010.2.26
조 사 자 : 박경신, 김구한, 김옥숙, 정아용
제 보 자 : 유정옥, 여, 79세
구연상황 : 앞 노래를 끝내고 제보자는 녹음 안 한다고 하니까 노래를 불렀는데, 사실 누가 잡으러 올까봐 겁난다며 농담을 하였다. 또 잘하는 사람을 생각하면 주눅이 든다고도 하였다. 이 노랫가락은 하루 종일 부를 정도로 많다며 이 노래를 불렀다. 거듭 이 노래는 어디 내놓을 노래는 아니고 장난노래이며, 세월이 지겨워서 부르는 노래라고 겸손하게 말했다. 두 손을 뒷방바닥을 짚은 채 차분히 구연했다. 왜 이 노래를 부르느냐는 한 청중의 말에 요즘 영감이 아파서 걱정이 되어서 불렀다고 말했다.

하늘같은 서방님이 태산같은 빙이들어
처마를팔아 속곳을(속옷을)팔아 비네를팔아 달비를팔아
은삼노양(인삼녹용) 약을지어 청로화리 얹어놓고
몬씰놈우 잠이들어 서방님숨간줄 몰랐구나
가오가오 나도가오
천리라도 임따라가오 만리라도 임따라가오
임없는 요세상에 누를믿고 산다말고
가오마내가가면 아주가나 아주간들 잊을쏘냐

쌍금쌍금 쌍가락지

자료코드 : 04_19_FOS_20100226_PKS_YJO_0023
조사장소 : 경상남도 합천군 덕곡면 포두리 863번지 포두리마을회관
조사일시 : 2010.2.26
조 사 자 : 박경신, 김구한, 김옥숙, 정아용

제 보 자 : 유정옥, 여, 79세
구연상황 : 조사자가 청중에게 이 노래를 아느냐고 하자, 제보자가 바로 이 노래를 불렀다. 낭창한 목소리로 구연한 후, 누명 쓴 처녀의 입장을 옹호했다.

쌍금쌍금 쌍가락지 호작질로 닦을레라
먼데보니 달을레라 곁에보니 처절레라(처자일레라)
그처재라 자는방에 숨소리도 둘일레라
그오라바시 홍달바시 거짓말씸 말아주소
쪼끄만한 기피방에(재피방에) 물리(물레)놓고 비틀놓고
비상불로 피아놓고 쪼끄만한 기피방에
둘이잘데 어딨던게 날랑날랑 죽거들랑
앞산에도 묻지말고 뒷산에도 웃지말고
연대밑에 묻어주소
연대꽃이 피거들랑 날만이기(여겨) 돌아보고
가랑비가 오거들랑 홑이불로 덮어주고
소낙비가 오거들랑 도랭이가(도랭이로) 덮어주소

노랫가락 (1)

자료코드 : 04_19_FOS_20100226_PKS_YJO_0026
조사장소 : 경상남도 합천군 덕곡면 포두리 863번지 포두리마을회관
조사일시 : 2010.2.26
조 사 자 : 박경신, 김구한, 김옥숙, 정아용
제 보 자 : 유정옥, 여, 79세
구연상황 : 앞 노래에 이어 계속 구연했다.

나비야 청산을가자 호랑나비야 너도가자
가다가 길저물거든 꽃밭에따나(꽃밭에나마) 자고나가소

그꽃이 마다고하면 요내품안에 잠들고가소

청춘가 (2)

자료코드 : 04_19_FOS_20100226_PKS_YJO_0028
조사장소 : 경상남도 합천군 덕곡면 포두리 863번지 포두리마을회관
조사일시 : 2010.2.26
조 사 자 : 박경신, 김구한, 김옥숙, 정아용
제 보 자 : 유정옥, 여, 79세
구연상황 : 앞 노래에 이어 계속 구연했다. 노래를 끝내고 처녀 방에 들어가고 싶어 했는데 못 들어갔다고 설명하여 청중이 함께 웃었다.

담너메(담너머에) 넘어갈제 그맘을 먹구요

(청중 : 잘한다.)

문고리 쥐고서 아루화~ 발발발 떠누나
문고리 쥐고서 떠지를 말고요
심중에 있는말 아루화~ 하고나 가시오

청춘가 (3)

자료코드 : 04_19_FOS_20100226_PKS_YJO_0030
조사장소 : 경상남도 합천군 덕곡면 포두리 863번지 포두리마을회관
조사일시 : 2010.2.26
조 사 자 : 박경신, 김구한, 김옥숙, 정아용
제보자 1 : 유정옥, 여, 79세
제보자 2 : 안정산, 여, 74세
구연상황 : 앞 노래에 이어 계속 구연했다. 유정옥 제보자가 박수를 치며 한 곡을 부르자, 이에 대한 답가로 안정산 제보자가 노래를 불렀다. 구연이 끝나자 노래가

사 때문에 모두 크게 웃었다.

제보자 1 삼각산 중허리~ 비온(오는)동(둥) 만(마는)동요(둥요)~
쪼끄만은(조그마한) 저신랑품에 에루화~ 잠잔동 만동요~

[자꾸 하자고 말하자, 청중이 지실댁이 이제 열어놨다면서 밤 열두시까지 해야겠다고 말했다.]

제보자 2 산이야 높아도~ 골도나 짚으지(깊지)~
쪼끄만은 여자속이 좋-다 잠잔동 만동요~

밭 메는 노래

자료코드 : 04_19_FOS_20100226_PKS_YJO_0037
조사장소 : 경상남도 합천군 덕곡면 포두리 863번지 포두리마을회관
조사일시 : 2010.2.26
조 사 자 : 박경신, 김구한, 김옥숙, 정아용
제 보 자 : 유정옥, 여, 79세
구연상황 : 밭 메는 노래의 구연을 부탁하자, 제보자는 다 잊어버리고 대강 조금 안다며 이 노래를 구연했다. 기억이 부실하여 조금 부르다가 주로 말로 노래 가사 내용을 설명했다.

미같이라 지슨(짙은)밭을 한골메고 두골메고
삼시골을 다메고나도 달은져서 다나가도
이내저슴(점심) 안나오네 그럭저럭

(청중 : 죽어버렸나?)

떼고

내 그런 노래 한 분씩 부른다.

때고(때가)되니
점슴이라꼬 나오는거 삼년묵은 꼬랑장에
꼬리(싹)나는 보리밥에 몬할레라 몬할레라
이집살림 몬할레라

그래

아홉가닥 이내머리 한가닥한가닥 풀어내여

[이 뒤 내용은 해인사 절로 가는 것이라고 했다. 잊어버려서 다 빠트렸는데 대강 해보겠다고 하자, 청중은 안 되겠다며 그만 하라고 했다. 그러자 제보자가 못하겠다고 하고, 조사자는 빼먹고 해도 되니 계속해 달라고 청했다.]

아홉폭 자당처메 한골

[다시 고쳐서]

한폭따서 고깔짓고 한폭따서 바랑짓고
삼단겉은 이내머리 삭발하고 가는질을
해인사질로 들어간데 가는중에 들어서서
우리집엄마 보고갈래

삽짝 걸에 드가서 저검마한테(자기 엄마한테)

왔소왔소 대사왔소 이집

["석 저 뭐 지인"이라고 머뭇거리다가]

이집지인(주인) 대사왔소

저게가는 저대사는 우리딸의 목소리요
우리딸
다같은 사람으로서 다같을 이실
대사대사 하라카네

대강하라고 해서

대사대사 이대사야 쌀을주까 보쌀(보리쌀)주까
우리법당 신님을요 조비쌀이 지장있나

[그래 조비쌀을 밑 없는 자루에다 주니, 쏟아져서 쓴다고 쓰는데, 무엇을 줄까 해서 놋젓가락을 달라고 한다. 놋젓가락으로 주워 담아도 밑구멍으로 흘러버리고, 밤이 되었다고 한다.]

아등침침 밤이돼서~

[뒷부분은 이야기하듯 구연했다. 대사대사 우리 방에 자라고 하니, 우리 법당 벗님네는 방에는 못 잔다며 마구간을 달라고 한다. 마구간에서 자는데, 자기 엄마가 나와서 달을 쳐다보며 우리 딸의 얼굴인가 딸의 목소리 들어보고 싶다고 했다. 그러자 딸의 얼굴을 보려고 하거든 여물간에 가라고 했다. 그래 여물간에서 만나 모녀간에 이야기를 나누고 갔다고 한다.]

모심기노래 (2)

자료코드 : 04_19_FOS_20100226_PKS_YJO_0043
조사장소 : 경상남도 합천군 덕곡면 포두리 863번지 포두리마을회관
조사일시 : 2010.2.26

조 사 자 : 박경신, 김구한, 김옥숙, 정아용
제 보 자 : 유정옥, 여, 79세
구연상황 : 청중이 새로 온 청중에게 '모심기노래'를 하라고 청하는데 제보자가 이 노래를 불렀다. 제보자는 이 노래를 모심기노래라고 하였으나 곡조는 그렇게 부르지 않았다.

해다지고 저무신날에
어른동사 아부씨고
울민(울며)가는 저아가씨

[제보자가 이게 모심기노래라고 말하자, 청중이 골동품이라고 하였다.]

우리엄마 산소등에
젖믹이로(먹이러) 나-가오

창부타령 (2)

자료코드 : 04_19_FOS_20100226_PKS_YJO_0050
조사장소 : 경상남도 합천군 덕곡면 포두리 863번지 포두리마을회관
조사일시 : 2010.2.26
조 사 자 : 박경신, 김구한, 김옥숙, 정아용
제 보 자 : 유정옥, 여, 79세
구연상황 : 밭 매다가 이런 노래를 부른다고 하며 구연했다.

원수로구나 원수로구나 요시상금전이 하루화~ 대원수로구나

(청중 : 아루화 ○○○○디)

천리만리에 뚝떨어져살아도 빙모님딸떨어지고는 못사리로다

[제보자는 "자꾸 또 한다. 한 번 더 하지."라고 하고, 청중은 맥주가 김

이 빠져나간다며 서로 먹으라고 권했다.]

천리만리에 가는기 옳컸나
홍득식에 요집에 좋다~ 사는기 옳컸나

(청중 : 살어야 된다.)

청춘가 (4)

자료코드 : 04_19_FOS_20100226_PKS_YJO_0051
조사장소 : 경상남도 합천군 덕곡면 포두리 863번지 포두리마을회관
조사일시 : 2010.2.26
조 사 자 : 박경신, 김구한, 김옥숙, 정아용
제 보 자 : 유정옥, 여, 79세
구연상황 : 앞 노래에 이어 계속 불렀다. 구연을 끝내고 제보자는 김금출 제보자와 밭 매면서 이런 노래를 주거니 받거니 한다고 했다.

천지영웅 진시왕도 하면(한번)죽음을 못민하고(면하고)
만고영웅 초패왕도 하면죽음을 못민한데
삼천갑자 동방석도 하면죽음을 못민한데
날같이 초롱인생이야 죽음이야 여기있나

노랫가락 (2)

자료코드 : 04_19_FOS_20100226_PKS_YJO_0059
조사장소 : 경상남도 합천군 덕곡면 포두리 863번지 포두리마을회관
조사일시 : 2010.2.26
조 사 자 : 박경신, 김구한, 김옥숙, 정아용
제 보 자 : 유정옥, 여, 79세

구연상황 : 앞 노래에 이어서 계속 구연했다.

야중에 초민이요 진사없이는 못하리라

(청중 : 참, 안 잊어뿠네. 저래.)

사람이면 진사를하고 못하민은 용서를하소
잘하기나 못하기나 요방중에도 용서하소

창부타령

자료코드 : 04_19_FOS_20100226_PKS_JBS_0014
조사장소 : 경상남도 합천군 덕곡면 포두리 652-3, 4번지 북동마을노인정
조사일시 : 2010.2.26
조 사 자 : 박경신, 김구한, 김옥숙, 정아용
제보자 1 : 정병선, 여, 77세
제보자 2 : 노분종, 여, 73세
구연상황 : 조사자의 유도로 정병선 제보자가 이 노래를 구연하고, 이어서 노분종 제보자는 정병선 제보자의 노래를 듣고 떠올랐는지 비슷한 내용의 노래를 불렀다. 정병선 제보자는 두 무릎을 세워 두 손을 맞잡은 팔을 그 위에 올려놓고 차분히 구연했다. 구연이 끝나자 한 청중이 고개만 살짝 들어도 백년부부 하자는 노래라고 설명했다.

제보자 1 울도담도 없는집에 밍지비짜는 저큰아

(청중 : 새날댁이 옛날 사람이다.)

밍지비도 좋지만은 고개나살푼 들어보소
백년부부를 만나리다
밍지비가 중할줄을 어느누가 모를쏘냐
대장부 만났으면 이집밥은 고만두요

[고개 들고 지나가는 행인을 좋아하면, 시집 밥을 못 먹는다는 이야기라고 설명하였다.]

제보자 2 강원도라 구월산밑에 주추캐는 저큰아가
　　　　주출랑 나중캐고 고개살콤 들어보소

[갑자기 목소리를 높이고 한 팔을 뻗으며]

야 이양반아 고개보면 선볼라꼬

시집살이노래

자료코드 : 04_19_FOS_20100226_PKS_JBS_0022
조사장소 : 경상남도 합천군 덕곡면 포두리 652-3, 4번지 북동마을노인정
조사일시 : 2010.2.26
조 사 자 : 박경신, 김구한, 김옥숙, 정아용
제 보 자 : 정병선, 여, 77세
구연상황 : 앞 노래에 이어서 두 손을 뒤로 짚고 느릿한 속도로 즐겁게 노래했다. 청중이 이 노래가사를 재미있어하며 이야기를 나누었다. 제보자는 노래를 끝내고 시집가서 이런 노래 불러야 하는데, 결혼 전에 이런 노래를 불렀다고 한다.

저건디라 바위듬에 호랑같은 시아바시

(청중 : 아따 무섭다.)

뒤뜰에라 수시를(수수를)심어 끄떠럭저떠럭 시동상아(시동생아)
앞뜰에라 고치를심어 맵고짭고 맏동시야(맏동서야)

[청중 웃음]

제비궁에 연자가앉아 자자불자자불 시누부야(시누이야)

(청중 : 맞다. 노래는 딱딱 맞다)

사랑앞에 국화를심어

[두 손을 들어 올려 들썩이고, 크게 미소를 지으며]

싱긋벙긋 낭군님아

양산도 (1)

자료코드 : 04_19_FOS_20100226_PKS_JBH_0011
조사장소 : 경상남도 합천군 덕곡면 포두리 652-3, 4번지 북동마을노인정
조사일시 : 2010.2.26
조 사 자 : 박경신, 김구한, 김옥숙, 정아용
제 보 자 : 정분희, 여, 77세
구연상황 : "내가 한 마디 해야 되겠다." 노래를 불렀다. 벽에 등을 기대고 한쪽 무릎을 세우고 그 위에 한 팔을 얹고 손가락을 너울거리며 담담하나 구성지게 구연했다. 세 곡을 달아서 부르다가 힘들어서 못 부르겠다며 중단했다.

에헤이요~
양산도 바람에 다팔아서 옇고
쓸쓸한 북만주에 도달로 가~자~
에르마동동동 둥게디어라 그래도 못노리로~다~

(청중 : 잘한다.)

열님이(열놈이) 죽고살아도 나는 못노리로~다~

에헤헤이요~
니정 내정 모지랑(몽당) 비자리(빗자루)

싹싹싹 씰어다가 한강철구에 옇고
없는정도 있는듯이 또사랑 하고자~
그넘이 죽고살아도 나는 못노리로~다

에헤헤이요~
세월아 네월아 니(너)가지를 마~라~
날따라 장총이 다늙어

양산도 (2)

자료코드 : 04_19_FOS_20100226_PKS_JBH_0015
조사장소 : 경상남도 합천군 덕곡면 포두리 652-3, 4번지 북동마을노인정
조사일시 : 2010.2.26
조 사 자 : 박경신, 김구한, 김옥숙, 정아용
제보자 1 : 정분희, 여, 77세
제보자 2 : 노분종, 여, 73세
구연상황 : 제보자가 '내가 한 개 더 할게'라고 하며 노래를 시작했다. 앞서 힘이 없다며 노래를 중도에 그만두던 제보자는 신나게 목청 좋게 불렀으나 끝부분을 마무리하지 못했다. 바로 이어 노분종 제보자도 노래를 시작했으나 잊어버렸다며 끝맺지 못했다.

제보자 1 에헤헤헤이이요~

(청중 : 잘한다~)
(청중 : 신났다~)

신작로 나자마자 우런님 잃~고~

전깃불 얼른파딱 임생각 난~다

아르마동동동 동게디어라 그래도 못노리로~다~
열놈이 죽고살아도 나는 못노리로~다
아르마동동 동게디어라~

[아이구 대서 못하겠다고 함.]

제보자 2 울산읍내 물레방아 물을안고 돌~고~

(청중 : 오늘 설쉽했다.)

우리야 임은 나를안고 돈다~
어르야~

창부타령 (1)

자료코드 : 04_19_FOS_20100226_PKS_CGS_0010
조사장소 : 경상남도 합천군 덕곡면 포두리 863번지 포두리마을회관
조사일시 : 2010.2.26
조 사 자 : 박경신, 김구한, 김옥숙, 정아용
제 보 자 : 차광순, 여, 87세
구연상황 : 새로운 청중이 몇 명 등장하자 조사자가 다시 옛날노래 불러줄 것을 청하였다. 제보자가 노래를 부르기 시작했다. 이어서 다섯 곡을 불렀는데 마지막 곡은 학교 교과서에 실린 노래였다. 태연한 자세로 담담하게 불렀다.

화난춘생 만화방청 때는좋다 봄일래라

(청중 : 크기하소. 안 뭐라 한다.)[10]

삼천궁녀 구경을가자좋다 여상경치가 여개로다

10) 뭐라고 안 할 테니 크게 하라고 하는 말.

얼씨구나 좋다

(청중 : 노래가 부르고 싶어 몬 사는 기라, 이 노인이.)

불렀나보세 당신과한곡씩 불러나보세
이노래한곡씩 부리고나면 답답한심리가 다풀린다

석탕백탕(석탄백탄) 타는데는 연기만퐁퐁 나는구만
요내가심은 다타도 연기도짐도(김도) 아니나네

닐리리야

자료코드 : 04_19_FOS_20100226_PKS_CGS_0039
조사장소 : 경상남도 합천군 덕곡면 포두리 863번지 포두리마을회관
조사일시 : 2010.2.26
조 사 자 : 박경신, 김구한, 김옥숙, 정아용
제 보 자 : 차광순, 여, 87세
구연상황 : 앞 노래에 이어 계속 구연했다.

닐리리야 닐리리야
니나노 난실로 내가돌아간다
청사초롱 불밝혀라 잊었던낭군이 다시돌아온다
닐닐리리 닐리리야
산푸리고 물맑은데 녹두청성이 니르구나

창부타령 (2)

자료코드 : 04_19_FOS_20100226_PKS_CGS_0040

조사장소 : 경상남도 합천군 덕곡면 포두리 863번지 포두리마을회관
조사일시 : 2010.2.26
조 사 자 : 박경신, 김구한, 김옥숙, 정아용
제 보 자 : 차광순, 여, 87세
구연상황 : 앞 노래에 이어서 구연했다. 구연이 끝나자 청중은 연세 많아도 목청도 좋고 노래도 잘한다고 하였다.

백절폭포 흐르는물은 은하수로 비뿌리고
나는나비 우는양은 춘당춘색을 자랑하고
오륙도밖에 꽃숭어리 범나비오기만 기다리네

성주풀이

자료코드 : 04_19_FOS_20100226_PKS_CGS_0041
조사장소 : 경상남도 합천군 덕곡면 포두리 863번지 포두리마을회관
조사일시 : 2010.2.26
조 사 자 : 박경신, 김구한, 김옥숙, 정아용
제 보 자 : 차광순, 여, 87세
구연상황 : 앞 노래에 이어 계속 구연했다.

저건디 찬솔밭에 설설기는 저포수야
저삐들개 잡지를마라 지난간밤에
너와같은 임을잃고 임찾아서 헤매는구나
어라만수~ 대신이~야

노랫가락

자료코드 : 04_19_FOS_20100226_PKS_CGS_0042
조사장소 : 경상남도 합천군 덕곡면 포두리 863번지 포두리마을회관

조사일시 : 2010.2.26
조 사 자 : 박경신, 김구한, 김옥숙, 정아용
제보자 1 : 차광순, 여, 87세
제보자 2 : 유정옥, 여, 79세
제보자 3 : 김금출, 여, 82세
구연상황 : 앞 노래에 이어 계속 구연했다. 차광순 제보자가 제대로 못 부른 노래를 유정옥 제보자가 같은 가사로 다시 제대로 불렀다. 김금출 제보자는 노래를 끝내고 이 가사도 말이 되지 않느냐고 웃었다.

제보자 1 송육같이 굳으나절기 매맞는다꼬 허락할까

(청중 : 오늘 젊두룩(저물도록) 한다. 내일까지 해도 나는 다.)
(청중 : 노래 샜어요(많아요).)

바람불어 굽은낭기 눈비온다꼬 일어나나

(청중 : 잘한다~ 또)

제보자 2 바람불어 쓰러진낭기 눈비온다꼬 일어나리
장대같이 굳은절기 매맞는다꼬 허락하리
내비록 기생일망정 절개조칠랑(조차도) 없으리요

[기침]

제보자 3 높은낭게 앉안까치는 바람불까도 수심이네
삼대독자 이동아들(외동아들) 병들까봐도 수심이네

양산도

자료코드 : 04_19_FOS_20100226_PKS_CGS_0057
조사장소 : 경상남도 합천군 덕곡면 포두리 863번지 포두리마을회관

조사일시 : 2010.2.26
조 사 자 : 박경신, 김구한, 김옥숙, 정아용
제 보 자 : 차광순, 여, 87세
구연상황 : 앞 노래에 이어 계속 구연했다. 제보자는 노래를 한번 시작하자 여러 곡을 이어서 불렀다. 나이 탓인지 말끝이 좀 흐렸으나 열심히 구연하면서, 옛날 노래들이라고 강조했다. 청중은 제보자가 연세에도 불구하고 노래를 잘 한다며 칭찬하고 많이 웃었다.

세월아 봄철아 오고가지를 마라
장안에 호걸들도 다 늙어진다
세월이 간다고 ○○○ 하고
청춘이 늙기는 다같이 늙는다

에헤헤이이요~
가노라 가노라 내 돌아간다
홀홀홀 바리고 내가 돌아간다

정든임 오시는데 인사로 못~해

(청중 : 형님 잘한다~)
(청중 : 형님 잘해예~ 나가(나이가) 많은데.)

행주처마 입에물고 입만방긋

(청중 : 똑 떠서 입만)
["이기 아주 옛날 노래 아니가?"라고 함.]
(청중 : 잘한다.)

종달새 울거들랑 봄이온줄 알고

(청중 : 아이고 잘한다.)

하모니카 불거들랑 날온줄 알아

(청중 : 안내 벗으니 둘이라도 ○된다는 말이 있어. 오늘 다 하소.)

오지마 기린마 잔재주 소리
밤중에 들어도 우런님 소리

아주 이기, 아주 옛날노래다. 이것도.

(청중 : 응, 전부 옛날노래다.)

질가집 담장은 높아야 좋고
술장시 아주마시 고와야 좋~고

창부타령 (1)

자료코드 : 04_19_FOS_20100226_PKS_CJS_0011
조사장소 : 경상남도 합천군 덕곡면 포두리 863번지 포두리마을회관
조사일시 : 2010.2.26
조 사 자 : 박경신, 김구한, 김옥숙, 정아용
제보자 1 : 차선주, 여, 71세
제보자 2 : 김금출, 여, 82세
제보자 3 : 유정옥, 여, 79세
구연상황 : 조사자가 차광순 제보자에게 좀 더 옛날노래를 불러줄 것을 청했다. 이에 차선주 제보자가 불러주겠다며 박수를 치면서 노래를 부르기 시작했다. 이어 김금출 제보자는 '담바구 타령'을 같은 곡조로 이어 부르고 유정옥 제보자도 거들었다. 청중은 박수를 치며 즐거워했다.

제보자 1 포름포름 봄뱁차는(배추는) 봄비오기만 기다리고 잘한다~
옥에갇힌 춘향이는 이몽룡오기만 기다린다

[제보자가 "됐지예."라며 웃자, 한 청중이 제보자에게 잘한다며, 한마디 더 하라고 했다. 또 한 청중은 이런 노래는 못 부르는 사람이 없으니 모두 하라고 구연을 재촉했다. 조사자가 김금출 제보자에게 구연을 청하자 "노래? 또 하나 할게."라며 다음 노래를 불렀다.]

제보자 2 구야구야 담방구야 동래울산에 담방구야
하늘겉은 낭군님정은 북망산천이 앗아가고
요조숙녀 딸의정은 사우야도령이 앗아가고
영웅호걸 아들정은 미늘이액씨가 앗아가고
구야구야 담방구야
니없어도 내몬살고 내없어도 니몬살고
너와나와 단둘이앉아 한대를재여 묵고나니
어서먹으마 어사가되고 내리먹으마 감사로다

[청중이 박수를 치며 잘한다, 우리 형님 수고했다며 칭찬했다.]

제보자 1 해다지고 저문날에 옷갓을씨고 어디가노
첩우야방은 꽃밭이고 이내방은 연못이라

(청중 : 어이 잘한다.)

제보자 3 꽃과나비는 봄한철이요 연못에고기는 사시장철

모심기노래

자료코드 : 04_19_FOS_20100226_PKS_CSJ_0020
조사장소 : 경상남도 합천군 덕곡면 포두리 863번지 포두리마을회관
조사일시 : 2010.2.26

조 사 자 : 박경신, 김구한, 김옥숙, 정아용
제 보 자 : 차선주, 여, 71세
구연상황 : 조사자가 여러 가지 노동요를 언급하며 구연을 유도하는데, 제보자가 모심기 노래를 부르겠다며 이 노래를 불렀다. 두 다리를 뻗고 앉아 무릎을 손으로 두드리면서 노래했다. 구연을 끝내고 노래에 담긴 이야기를 들려주었다. 한 청중은 이 노래를 들으니 눈물이 나려 한다고 말했다.

능청히청 저비루끝에 무정하다 저오라방

[청중이 곡조를 빼서 하라고 말하였다.]

나도죽어서 후성(후생)가서 우리낭군 심기(섬겨)볼래
무정하다 저오라바 나도죽어서 후성을가서
우리낭군 심기볼래

시집살이노래

자료코드 : 04_19_FOS_20100226_PKS_CSJ_0021
조사장소 : 경상남도 합천군 덕곡면 포두리 863번지 포두리마을회관
조사일시 : 2010.2.26
조 사 자 : 박경신, 김구한, 김옥숙, 정아용
제 보 자 : 차선주, 여, 71세
구연상황 : '시집살이노래'를 유도하자 앞 노래에 이어 제보자가 이 노래를 불렀다. 제보자는 이 노래를 창부타령 곡조로 불렀다.

히야히야(형님형님) 사촌히야 시집살이가 어떻더노
동굴동굴 도리판에 수저놓기도 어렵더라
중우벗인 시동상에 말하기도 어렵더라
시집살이도 숭도많고 접방살이도(곁방살이도) 말도많고

창부타령 (2)

자료코드 : 04_19_FOS_20100226_PKS_CSJ_0022
조사장소 : 경상남도 합천군 덕곡면 포두리 863번지 포두리마을회관
조사일시 : 2010.2.26
조 사 자 : 박경신, 김구한, 김옥숙, 정아용
제 보 자 : 차선주, 여, 71세
구연상황 : 조사자가 노래 종류를 언급하며 유도하는 가운데, 제보자가 이 노래를 불렀다.

임의정도 좋지만은 자석정을 띠고가나
배는고파 등에붙고 밭은짙어서 미고대고

창부타령 (3)

자료코드 : 04_19_FOS_20100226_PKS_CSJ_0049
조사장소 : 경상남도 합천군 덕곡면 포두리 863번지 포두리마을회관
조사일시 : 2010.2.26
조 사 자 : 박경신, 김구한, 김옥숙, 정아용
제보자 1 : 차선주, 여, 71세
제보자 2 : 김금출, 여, 82세
구연상황 : 앞 노래에 이어서 계속 구연했다. 차선주 제보자의 노래가 끝나자, 김금출 제보자는 자기는 이 노래를 이렇게 부른다며 구연했다. 어깨춤을 덩실덩실 추며 큰 목소리로 노래하자 청중이 한바탕 웃고 즐거워했다. 안영시 제보자는 "뒷방구석 달이떠도 날새는줄 내몰랐다."고 하는 것이라고 잘못 부른 부분을 지적하기도 했다. 김금출 제보자가 보름날 부를 노래 다 불렀다고 하자, 한 청중이 보름날 이런 노래 부르라고 하더냐며 반문했다.

제보자 1 처남처남 내처남아 저그누나는 뭐하더노

[웃으면서 안 된다고 하자, 청중이 한 소절 받아 하였다.]
(청중 : 신던보신 볼받아다놓고 입던적삼 등받아입고)

서발경대 앞에다놓고 분바르고 연지찍고
매형오기만 기다리요
얼씨고좋고 절씨고좋네 아니놀지는 못하리라

(청중 : 아이고~ 잘한다.)
[제보자 2가 "우리는 또 이카는데(이렇게 하는데)"라며 이어 구연했다.]

제보자 2 동실동실 나처남아 너그(너희)누부 뭣하더노
입던적삼 등받아입고 신던보선 볼걸어신고
연지찍고 분바리고(바르고) 자형오기만 기다리네

(청중 : 얼씨고~)

동실동실 나처남아 너그누부 인물이잘나
뒷방구석에 달-이떠도 달떠오는줄 내몰랐다

화투뒤풀이

자료코드 : 04_19_FOS_20100226_PKS_CJH_0014
조사장소 : 경상남도 합천군 덕곡면 포두리 863번지 포두리마을회관
조사일시 : 2010.2.26
조 사 자 : 박경신, 김구한, 김옥숙, 정아용
제 보 자 : 차주희, 여, 67세
구연상황 : 안영시 제보자에게 달거리 노래를 권하자, 제보자가 달거리와 관련 있는 이 노래를 구연했다. 박수를 치며 처연하게 불렀다.

정월솔가지 속속한마음
이월매조에 맺아놓고
삼월사꾸라

[구연을 멈추자 청중이 "산란한마음"이라고 일러주었다.]

산란한마음
사월흑사리 허사로다
오월난초 앉았던나비
유월목단에 날아든다

(청중 : 저리 치러보고 해라, 날 치러보지 말고.)

칠월홍돼지 홀로눕어
팔월공산에 달떠온다

(청중 : 잘한다!)

구월국화야 꽃자랑말아라
시월단풍에 떨어진다
얼씨구나 좋네 절씨구 좋네
아니 놀고서나 뭣하

창부타령 (1)

자료코드 : 04_19_FOS_20100226_PKS_CJH_0024
조사장소 : 경상남도 합천군 덕곡면 포두리 863번지 포두리마을회관
조사일시 : 2010.2.26
조 사 자 : 박경신, 김구한, 김옥숙, 정아용
제 보 자 : 차주희, 여, 67세
구연상황 : 구연판이 이야기를 나누는 가운데 제보자가 이 노래를 불렀다. 한 쪽 무릎을 세우고, 두 손으로 무릎을 감싸 안고 담담하게 구연했다. 감기에 걸려서 목이 잠겼다고 했다.

포름포름 봄배추는 봄비오기만 기다리고
옥에갇힌 춘향이는 이도령오기만 기다린다
얼씨구나 지화자좋네 아니놀고서 못하리라

[감기에 걸려서 목이 잠겼다고 했다. 조사자가 계속 부르기를 유도하고, 청중도 서로 노래하기를 권하던 중 제보자가 구연을 계속했다.]

낭기라도 고목이되면 오던새도 아니오고
꽃이라도 낙화가되면 오던새도 아니온다
우리청춘도 늙어지면 오던친구도 아니오네

창부타령 (2)

자료코드 : 04_19_FOS_20100226_PKS_CJH_0038
조사장소 : 경상남도 합천군 덕곡면 포두리 863번지 포두리마을회관
조사일시 : 2010.2.26
조 사 자 : 박경신, 김구한, 김옥숙, 정아용
제 보 자 : 차주희, 여, 67세
구연상황 : 한동안 제보자의 인적사항을 조사한 다음 조금만 더 불러 줄 것을 청하였다. 이윽고 제보자가 이 노래를 구연했다.

명사십리 해당화야 꽃진다고서 설음마소
내년삼월이 돌아오마 그꽃은다시 피건만은

(청중 : 신나게 하소. 신나게.)

우리청춘은 늙어지면 오던친구도 아니온다
노세좋다 젊어놀아 늙어지니 못노난다

창부타령 (3)

자료코드 : 04_19_FOS_20100226_PKS_CJH_0053
조사장소 : 경상남도 합천군 덕곡면 포두리 863번지 포두리마을회관
조사일시 : 2010.2.26
조 사 자 : 박경신, 김구한, 김옥숙, 정아용
제보자 1 : 차주희, 여, 67세
제보자 2 : 차광순, 여, 87세
구연상황 : 좌중이 여러 이야기를 하는 가운데, 제보자가 이 노래를 불렀다.

제보자 1 해다지고 저문날에 옷갓을하고서 어딜가요
첩우방에 가시거든 내죽는꼴이나 보고가소

(청중 : 좋-다.)

첩우방은 꽃밭이요 요내방은 연못이라
꽃과나비는 봄한철이고 연못에붕학이는 사시장철

(청중 : 어이쿠 잘한다.)

얼씨구얼씨구 지화자좋네 아니놀고서 못하리라

제보자 2 높이떴다 저구름아 눈실었나 비실었나
눈도비도 아니나실고 소리명창을 니실었네

손 비비는 소리

자료코드 : 04_19_MFS_20100226_PKS_KES_0025
조사장소 : 경상남도 합천군 덕곡면 포두리 652-3, 4번지 북동마을노인정
조사일시 : 2010.2.26
조 사 자 : 박경신, 김구한, 김옥숙, 정아용
제 보 자 : 김을선, 여, 76세
구연상황 : 조사자의 청으로 제보자가 "옇-소(넣어소), 내 하께."라며 선뜻 구연을 시작했다. 그러나 곧 안한 지 오래 되어서 잊어버렸다며 멈추었는데, 조사자의 유도로 대충 끝을 냈다. 구연이 끝난 후 청중은 옛날 시어머니들이 손 비비던 이야기를 나누었다. 지금은 '보름날'이나 '이월 영등할머니' 때 소지올리면서 빌던 행사를 다 버렸다고 하였다.

싹싹하고 영리한 어진삼신 지왕님네(조왕님네)
아무것도 모립니더
밥그릇이 높으면 새하인만 이기고(여기고)
동방이 밝으면 날샌줄만 이기고
아무것도 모르네요
싹싹하고 어진삼신님네
우옛든지(어떻게 해서든지) 묵고자고 묵고자고 해줍시사

(청중 : "묵고자고 묵고놀고 한자비아면(배우면) 두자알고" 그래쌌더라(그렇게 하더라).)

(청중 : 아실댁이 제일이라. 총망 있다.)

동방이 밝으면 날샌줄 알고

자꾸 또 뭐 잊아뿌사 안 된다. 뭐라커노?

(조사자 : 뭐 잘 크란 얘기 나올 것 같은데, 뒤에요. 뒤에 성공해서 공부 잘하란 얘기 나올 것 같은데…….)

(조사자 : 그럼 맨 끝에는 어떻게 해요? 했다하면 맨 끝에는? 손 비비고 난 뒤에…….)

(조사자 : 뭐 대통령 되게 해 주소 그런 거에요?)

딸애기를 놓거든 열녀문을 매련하고
아들애기 놓거든 정승판서 매련하고

천수경

자료코드 : 04_19_ETC_20100226_PKS_AYS_0052
조사장소 : 경상남도 합천군 덕곡면 포두리 863번지 포두리마을회관
조사일시 : 2010.2.26
조 사 자 : 박경신, 김구한, 김옥숙, 정아용
제 보 자 : 안영시, 여, 75세
구연상황 : 유정옥 제보자가 일기예보를 하여 좌중을 웃게 만들었다. 이어 제보자가 "관세음보살 나무아미타불"이라 하고는 염불 한번 해 보겠다며 구연을 시작했다. 청중이 제보자를 두고 모르는 것이 없다고 칭찬했다. 제보자는 절에 다니는데, 천수경을 잘 읽는다고 청중이 말했다.

일세동방 결도령 이세야 남방 덕천량
삼세서방 구정토 사세북방 열린장
도랑청장 무호예 삼포철룡 강차지
아금지송 모진원 원세제비 밀가고
아적소주 지소생 개요모찐 탐진치
정구업 진언은 수리수리 마하수리 수수리 사바하
나무사만다 못다남 도로도로 지미사바하
나무아미타불~

5. 묘산면

경상남도 합천군 묘산면 관기리 관기마을회관

조사일시 : 2010.6.16
조 사 자 : 박경신, 김구한, 김옥숙, 정아용

묘산면은 고려시대에 심묘면으로 되었다가 조선시대에는 심묘와 거을산으로 나누어졌다가 1914년 행정구역 개편시 묘산면이 되었다. 묘산면은 합천군 1읍 16면 중의 하나인데 본래 합천군의 지역으로서 큰 산이 많으므로 거을산면과 심묘면으로 나누어져 있다가 1914년 행정구역 개편시에 상기 2개면과 현내면의 라천, 묵촌 일부와 산어면의 청현동 일부를 병합하여 심묘와 거을산 이름을 따서 묘산면이라 하였다.

묘산면 동쪽은 경상북도와 합천읍, 서쪽은 거창군과 봉산면, 남쪽은 합천읍과 봉산면, 북쪽은 아로면과 가야면에 인접해 있다. 산세를 보면 서북쪽은 오도산과 두무산, 동쪽은 만대산과 노태산 남쪽으로는 마령산이 뻗어 있으며, 면중심부에 화성산, 샛등산이 자리잡아 넓은 들이 없고 마을주위에 농토가 조금 있는 편이다. 또한 반포 팔심 사리에서 발원된 물이 교동천에서 합류하여 경남북경계의 가야산에서 발원된 물과 합류하여 쌍림천으로 흐르는 낙동강의 지류로 다른 면의 물이 흘러 들어오지 않는 산간오지이다. 교통편은 국도 24호선과 26호선이 면의 동, 서, 남으로 연결되어 있어 대구, 거창, 광주, 전주, 진주, 마산, 부산 방면의 모든 버스가 묘산을 경유하는 교통의 요충지였으나 1984년 88고속도로가 개통된 후 버스이용편이 불편해진 상태이나 개인 소유 자동차가 많아졌다.

관기리는 본래 합천군 심묘면의 지역으로서 관터 또는 관기라 하였는데 1914년 행정지역 개편시 거을산면의 죽전동, 웅기동, 중촌동 일부를 병합하여 관기리라 해서 묘산면에 편입되어 현재에 이르고 있다. 관기마을은 이조 중종 때 양주목사를 지낸 남평문씨 문계창 공이 입촌하였고, 문종 때 밀양박씨 박영공이 이주하였다 하나 마을 형성 내력은 알 수 없다. 집을 짓고 살만한 곳이라 하여 집관(館) 터기(基)자를 써 관기라고 하였다고 한다. 즉 집터로 좋은 곳이라고 하여 붙여진 이름이다.

관기의 문화유적으로는 남평문씨 목사공 문계창(文繼昌)공을 추모하기 위한 재실인 양심정(養心亭)이 있고 군위방씨 숭녕대부 방우선(方禹宣)공을 추모하기 위한 재실인 모신재(慕愼齋)가 있다. 진주강씨 한사 대수공을 추모하는 비인 강양재도 있다.

관기마을에는 80여 가구에 200여 명이 거주하며 대성이 없고 다양한 성씨가 모여 큰 마을을 이루고 있다. 그중에서도 문씨가 좀 많은 편이며 재실에서 다양한 행사를 한다고 했다. 주 생계 수단은 다른 지역과 마찬가지로 논농사와 양파 생산이다. 민속적 특징은 당산제를 지내지 않는 관계로 당집도 없다. 그러나 정월 대보름에는 달집태우기와 윷놀이 등 다양한 민속활동을 한다. 달집을 태울 때 마을에서 제상을 준비하고 풍물놀이도 한다고 했다.

조사 일정상으로 보면 6월 16일 오후는 야로면 지역을 조사하기로 했다. 야로면사무소를 찾아 문화관련 담당을 찾았으나 출장 중이라 회계담당 김태현 씨를 만나 조사 관련 정보를 수집했다. 그러나 사전 자료를 가지고 방문한 마을회관들은 모두 문이 잠겨있었다. 마을 사람들을 통해 들은 내용은 6월은 농번기로 대부분 논밭에 나가서 농사를 짓는다는 것이다. 특히 야로지역은 양파 주산지로 매우 바쁜 곳이라 했다.

우리는 일정을 조정하여 묘산면 관기리로 이동하였다. 야로면과 묘산면은 바로 이웃한 면이기 때문에 거리는 그렇게 멀지 않았다. 오후 늦게 찾아간 관기마을회관은 보통 경로당처럼 화투판을 벌이지 않은 채 모여 담소를 나누고 있었다. 마침 설거지를 마치고 자리에 앉는 전수열 할머니께 구연을 부탁드렸다. 처음 조사자들이 구연을 유도할 때 청중이 다른 제보자를 추천한 것으로 보아 평소에는 노래를 많이 부르는 것 같지는 않았다. 그러나 구연을 시작하자 노래들이 술술 흘러 나왔다. 구연을 하는 동안 조사자와 청중이 칭찬을 하면 수줍게 웃으며 기억을 떠올려 많은 자료를 제공하고자 애썼다. 전수열 할머니는 관기마을에서 가장 많은 자료를 제공했다. 구연한 자료도 보통 자료에 비해 한두 소절이 덧붙여진 것이었다.

곁에서 듣고 있던 윤종분 할머니에게 청중이 노래를 하라고 권유하자, 크게 망설이지 않고 구연을 시작했다. 다른 제보자들이 대체로 차분하고 조용하게 구연을 했던 것에 비해 박수도 치고 손짓도 하며 신나게 자료를 구연하였다. 특히 화투뒤풀이와 고사리 꺾는 노래를 구성지게 하였다.

관기마을회관에서는 양산도, 화투뒤풀이, 고사리 꺾는 노래, 사위노래, 모심기노래, 시집살이 노래 등 민요 36편을 조사하였다.

경상남도 합천군 묘산면 산제리 교동마을회관

조사일시 : 2010.6.15

조 사 자 : 박경신, 김구한, 김옥숙, 정아용

산제리는 본래 합천군 거을산면의 지역으로서 오도산 밑이 되므로 산지미 또는 산제라 하였는데 1914년 행정구역 개편에 따라 가야 등 일부를 병합하여 산제리라 해서 묘산면에 편입되었다.

산제리는 산제마을, 교동마을 가야마을 등 3개의 마을로 이루어져 있다. 산제마을은 면소재지로부터 1km 서쪽 오도산과 두무산 자락에 자리 잡은 마을이다. 김경필, 정여창 선생이 가야면에 있는 소학당 건립을 의논하고 기념으로 나무를 심어 마을 이름을 병수동(幷樹洞)이라 하였다는데 느티나무만 있고 나무 주위에는 마을이 없다. 지금은 느티나무 위쪽에 윗산제, 아래쪽에 크게 형성된 마을을 아랫산제라고 하는데 정확한 사료가 없다. 가야마을은 면소재지에서 서쪽으로 2.5km 위치 오도산 줄기의 한자락에 자리잡은 산골마을로 경지가 좁고 비탈진 곳에 마을이 터를 잡아 경사가 심하다. 이 마을은 창원황씨 황기춘공이 병자호란 때 이주하여 터를 잡았다고 한다.

조사자들이 방문한 교동마을은 두무산과 오도산의 끝자락에 형성되어 있고 교통의 요지로서 학교와 시장이 있어 정착 인구가 늘어나 큰 마을이 이루어졌다. 현재 150여 가구에 500여 명이 거주한다. 산업의 특성은 논농사 위주이고 양파와 복숭아를 많이 재배한다고 했다.

문화유적으로는 묘산면과 거창군의 경계를 이루는 오도산이 있다. 오도산(吾道山)은 높이 1,134m로 합천군에서 두 번째로 높으며 70년대 이전에는 약초와 산나물을 많이 채취한 산이다. 1983년에 산 정상에 통신 중계소를 설치하면서 산을 13m 깎아 면민의 피해가 있다하여 정상복원을 상징하는 돌탑을 건립하여 면민의 날을 기하여 해마다 10월에 산신제를 올리고 있다. 오도산 중턱에 있는 주춤바위는 선녀가 폭포에서 목욕을 하다가 바위가 내려오는 것을 보고 바위가 내려온다고 하니 주춤하고 섰다고 하여 주춤바위라고 했다는 일화가 있다.

민속 및 구비문학상의 특징은 마을 별도로 정월대보름날에 마을회관에 모여 잔치를 벌인다고 한다. 이때는 부녀회에서 주관하여 윷놀이 등으로 놀며 저녁에는 모두 모여 면사무소에서 하는 달집태우기에 참여한다. 지금은 당집과 당수나무가 다 없어졌으며 옛날에 했던 지신밟기도 하지 않는다.

조사자들은 묘산면사무소 신중진 씨의 도움으로 묘산면 관내 노인회 명단을 얻었다. 그 명단을 바탕으로 먼저 산제리의 교동마을회관을 방문했다. 마침 저녁시간이 가까워 주방에서는 저녁을 준비하고 있었다. 조사자들이 소리 잘하는 사람이 없느냐고 묻자 청중이 이구동성으로 임춘자 할머니를 추천해 주었다. 마을에서 노래 잘 한다는 소문이 많이 난 탓인지 조사를 하는 동안 청중은 제보자를 매우 자랑스럽게 여겼다. 실제로도 제보자의 음감이 좋고 성량도 풍부했으며, 문서도 많고 신명까지 가지고 있었다. 본인도 노래만 하면 기분이 좋고 흥이 난다며 평소에도 노래를 즐겨 부른다고 했다. 합천 노래자랑에 나가 1등 상을 타 올 만큼 실력과 끼를 두루 가지고 있는 제보자였다. 기억력도 좋고 발음도 정확했으며, 노래를 하면서 장단을 맞추거나 어깨춤을 추었다. 주변에서 칭찬을 하면 겸손해 했지만, 노래 실력에 대한 자부심이 대단하였다. 거의 모든 자료를 제공하였으며, 제공한 자료는 주로 모심기노래, 노랫가락, 청춘가 등이었다.

분위기가 무르익자 주방에서 저녁을 준비하던 송연이 할머니가 많은 관심을 보였다. 그러나 주변에서 노래 한 곡을 하라고 하면 쑥스러워 하며 다시 주방으로 도망가기를 몇 번 반복하였다. 점점 분위기가 무르익자 다시 방으로 들어와 유순애 제보자와 함께 어깨춤을 추며 구연하였다. 조사를 진행하는 동안 교동마을회관은 다른 마을회관보다 할머니들 사이에 유대감이 더 끈끈해 보였고, 분위기도 몹시 좋았는데 유순애 제보자도 이런 분위기에 도취되어 자료를 제공하게 되었다. 유순애 제보자는 잠시 구연이 중단되어 청중이 구연을 유도할 때 송연이 할머니와 함께 춤을 추며 다시 한 번 분위기를 돋워 주었다.

산제리 교동마을에서 조사한 자료는 모심기노래, 양산도, 창부타령, 노랫가락 등 민요 18편이다.

제보자

문분용, 여, 1930년생

주 소 지 : 경상남도 합천군 묘산면 관기리 관기마을회관
제보일시 : 2010.6.16
조 사 자 : 박경신, 김구한, 김옥숙, 마소연, 정아용

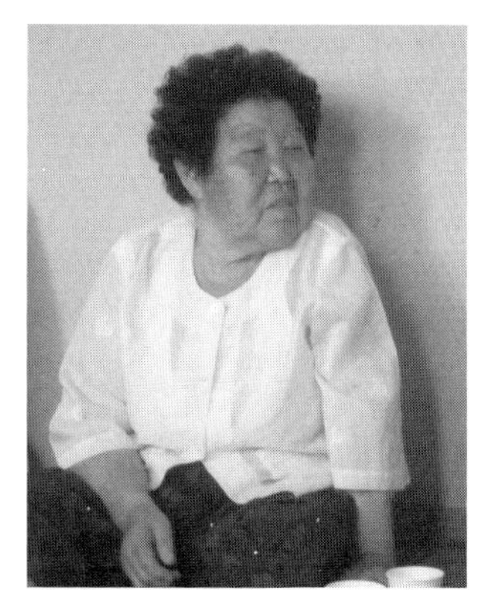

조사 막바지에 이르러 다섯 편의 노래를 구연한 제보자이다. 그중 하나는 앞서 불렀던 노래를 다시 한 번 구연한 것이고, 다른 하나는 앞서 구연한 자료에 첫 소절을 첨가한 것이다. 따라서 실제로 구연한 자료는 두 편이라고 할 수 있다. 제보자는 조사자나 청중의 권유에 거절하거나 수줍어하는 기색 없이 담담하게 구연하였다. 목청이나 발음 모두 괜찮은 편이었으나, 다양한 자료를 구연하지는 못하였다.

몸집이 넉넉하고 나이에 비해 젊어 보이는 외모를 지녔다. 현재 살고 있는 동네에서 태어나 같은 동네로 시집와서 본곡댁으로 불리고 있었으며, 15세에 시집을 왔다고 한다.

제공한 자료는 창부타령 2편이다.

제공 자료 목록
04_19_FOS_20100616_PKS_MBY_0005 창부타령 (1)
04_19_FOS_20100616_PKS_MBY_0026 창부타령 (2)

손분순, 여, 1938년생

주 소 지 : 경상남도 합천군 묘산면 산제리 교동마을회관

제보일시 : 2010.6.15
조 사 자 : 박경신, 김구한, 김옥숙, 마소연, 정아용

구연한 자료는 두 편인데, 임춘자 제보자 만큼 흥을 내지는 않았지만 청중을 집중하게 하는 묘한 매력을 가지고 있는 제보자였다. 그래서인지 제보자의 노래가 끝나면 청중은 가사가 좋다며 즐거워하였다. 조사 내내 순박한 웃음을 잃지 않았으며, 구연을 권유했을 때도 수줍게 웃으며 차분하게 구연했다.

제보자는 항상 웃는 얼굴에, 통통한 체구로 순한 인상을 지녔다. 택호는 고령댁으로 친정이 고령이라고 하며, 현재 마을 회관에 옆집에 거주하고 있다.

제공한 자료는 창부타령과 노랫가락 한 편씩이다.

제공 자료 목록
04_19_FOS_20100615_PKS_SBS_0013 창부타령
04_19_FOS_20100615_PKS_SBS_0015 노랫가락

송연이, 여, 1938년생

주 소 지 : 경상남도 합천군 묘산면 산제리 309번지 교동마을회관
제보일시 : 2010.6.15
조 사 자 : 박경신, 김구한, 김옥숙, 마소연, 정아용

주방에서 저녁을 준비하던 제보자는 방 안에서 다른 제보자들이 신명나게 노래하자 자주 들어와 웃기도 하고 칭찬도 하면서 구연에 관심을 보였다. 그러나 주변에서 노래 한 곡 하라고 하면 수줍어하며 다시 주방으로

들어가기를 몇 번 반복하였다. 점점 분위기가 무르익자 다시 방으로 들어와 유순애 제보자와 함께 어깨춤을 추며 구연에 임했다.

택호는 상연댁이며, 20세에 시집을 왔다고 하였다.

제공한 자료는 양산도, 창부타령 각각 한 곡씩이다.

제공 자료 목록

04_19_FOS_20100615_PKS_SYI_0016 창부타령
04_19_FOS_20100615_PKS_YSA_0017 양산도

유순애, 여, 1936년생

주 소 지 : 경상남도 합천군 묘산면 산제리 교동마을회관
제보일시 : 2010.6.15
조 사 자 : 박경신, 김구한, 김옥숙, 마소연, 정아용

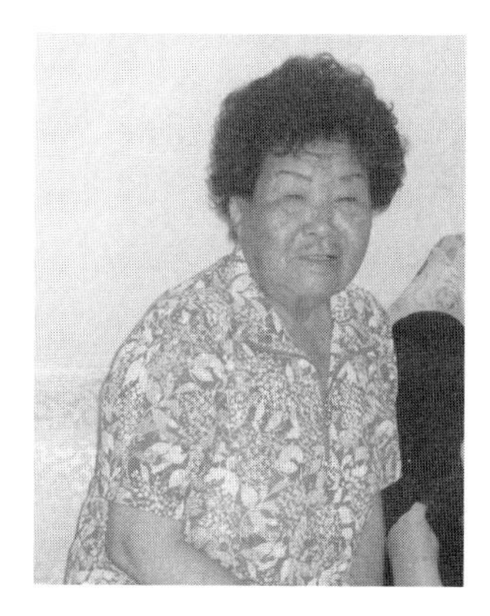

조사를 진행하는 동안 교동마을회관은 다른 마을회관보다 할머니들 사이에 유대감이 더 끈끈해 보이고, 분위기도 매우 좋았다. 제보자도 이런 분위기에 도취되어 자료를 제공하게 되었다. 잠시 구연이 중단되고 청중이 구연을 서로 권할 때, 제보자는 송연이 할머니와 함께 춤을 추며 다시 한 번 분위기를 흥겹게 만들기도 했다.

통통한 체구에 웃는 인상으로 친정은 대구이며, 택호는 대구댁이다.

제공한 자료는 양산도 한 편이다.

제공 자료 목록
04_19_FOS_20100615_PKS_YSA_0017 양산도

윤종분, 여, 1928년생

주 소 지 : 경상남도 합천군 묘산면 관기리 653번지 관기마을회관
제보일시 : 2010.6.16
조 사 자 : 박경신, 김구한, 김옥숙, 마소연, 정아용

조사를 하는 도중에 경로당에 들렀다가 두 번째로 많은 자료를 구연한 제보자이다. 청중이 제보자에게 조사 목적을 설명하고 노래를 하라고 권하자, 크게 망설이지 않고 구연을 시작했다. 다른 제보자들이 대체로 차분하고 조용하게 구연을 했던 것에 비해 박수도 치고 손짓도 하며 신나게 노래를 구연하였다. 그러나 목소리가 떨리고 목청이 좋지 않아 가사가 선명하게 들리지 않았으며, 발음도 부정확했다.

보라색 상의에 염색한 파마머리를 하고, 마른 체구였다. 택호는 파심댁으로 파심리가 친정이라고 했다. 17세에 시집을 왔다고 한다.

제공한 자료는 고사리 꺾는 노래, 화투뒤풀이와 창부타령이다.

제공 자료 목록
04_19_FOS_20100616_PKS_YJB_0006 창부타령 (1)
04_19_FOS_20100616_PKS_YJB_0009 화투뒤풀이
04_19_FOS_20100616_PKS_YJB_0011 창부타령 (2)
04_19_FOS_20100616_PKS_YJB_0014 고사리 꺾는 노래
04_19_FOS_20100616_PKS_YJB_0018 창부타령 (3)
04_19_FOS_20100616_PKS_YJB_0025 창부타령 (4)

임춘자, 여, 1933년생

주 소 지 : 경상남도 합천군 묘산면 산제리 48-1번지 교동마을회관
제보일시 : 2010.6.15
조 사 자 : 박경신, 김구한, 김옥숙, 마소연, 정아용

청중이 이구동성으로 추천할 만큼 역량을 가진 제보자였다. 노래 잘 한다는 소문이 많이 난 탓인지 조사를 하는 동안 청중은 제보자에 대한 자랑스러움을 감추지 않았다. 실제로 제보자의 음감이 좋고 성량도 풍부했으며, 문서도 많고 신명까지 있었다. 본인도 노래만 하면 기분이 좋고 흥이 난다며 평소에도 노래를 즐겨 부른다고 했다. 합천 노래자랑에 나가 일등상을 타 올 만큼 실력과 끼를 두루 지닌 제보자였다. 기억력도 좋고 발음도 정확했다. 노래를 하면서 장단을 맞추거나 어깨춤을 추었다. 주변에서 칭찬을 하면 겸손해 했지만, 자신의 노래 실력에 대한 자부심이 느껴졌다.

제보자는 시원해 보이는 꽃무늬 상의에 진주목걸이를 하고, 곱게 화장까지 하고 있었다. 그래서인지 나이에 비해 젊어보였으며, 몸집이 큰 편이었다. 성격은 시원시원하고 호탕해 보였다. 제보자의 친정은 진주였지만, 택호는 걸미댁으로 불렸다. 30세에 걸미로 이사를 가서 그곳에서 3년 정도 살았기 때문이다. 시집은 18세에 갔으며, 33세에 지금 마을로 이사를 와서 살고 있다고 했다.

제공한 자료는 모심기노래, 경기민요 다수이다.

제공 자료 목록
04_19_FOS_20100615_PKS_YCJ_0001 모심기노래
04_19_FOS_20100615_PKS_YCJ_0002 노랫가락 (1)

04_19_FOS_20100615_PKS_YCJ_0003 창부타령 (1)
04_19_FOS_20100615_PKS_YCJ_0004 창부타령 (2)
04_19_FOS_20100615_PKS_YCJ_0005 양산도 (1)
04_19_MFS_20100615_PKS_YCJ_0006 너영나영
04_19_FOS_20100615_PKS_YCJ_0007 창부타령 (3)
04_19_FOS_20100615_PKS_YCJ_0008 노랫가락 (2)
04_19_FOS_20100615_PKS_YCJ_0009 창부타령 (4)
04_19_FOS_20100615_PKS_YCJ_0010 노랫가락 (3)
04_19_FOS_20100615_PKS_YCJ_0011 창부타령 (5)
04_19_FOS_20100615_PKS_YCJ_0012 창부타령 (6)
04_19_FOS_20100615_PKS_YCJ_0014 창부타령 (7)
04_19_FOS_20100615_PKS_YCJ_0018 창부타령 (8)

장정숙, 여, 1930년생

주 소 지 : 경상남도 합천군 묘사면 관기리 653번지 관기마을회관
제보일시 : 2010.6.16
조 사 자 : 박경신, 김구한, 김옥숙, 마소연, 정아용

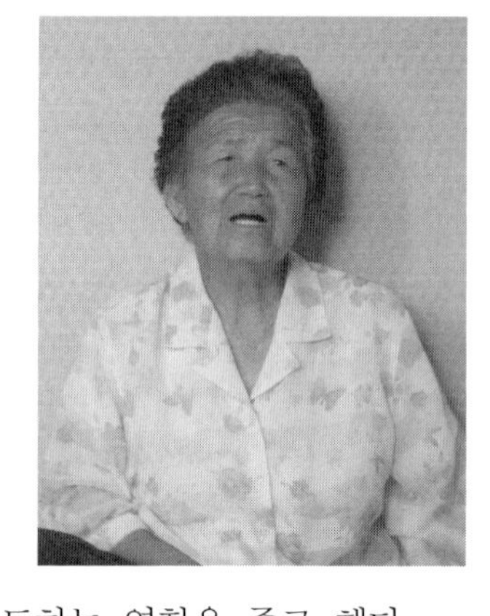

두 편의 자료를 제공한 제보자는 더 많은 자료를 제공하고 싶어했다. 그러나 요즘은 유행가만 불러서 옛날 노래가 기억나지 않는다며 서운해 했다. 중간 중간 유행가를 부르고 싶어 했지만 조사의 목적을 몰라서라기보다 다른 제보자들처럼 조사자들에게 자료를 제공하고 싶은 마음 때문인 듯 보였다. 다른 제보자들이 노래를 할 때 잘한다고 칭찬을 하거나 노래를 더 해보라며 구연을 유도하는 역할을 주로 했다.

목소리는 카랑카랑하고 또렷했으며, 택호는 안동댁이다. 친정인 중촌에서 16세에 시집을 왔다고 한다.

제공한 자료는 권주가 한 편이다.

제공 자료 목록
04_19_FOS_20100616_PKS_JJS_0010 권주가

전수열, 여, 1931년생

주 소 지 : 경상남도 합천군 묘산면 관기리 653번지 관기마을회관
제보일시 : 2010.6.16
조 사 자 : 박경신, 김구한, 김옥숙, 마소연, 정아용

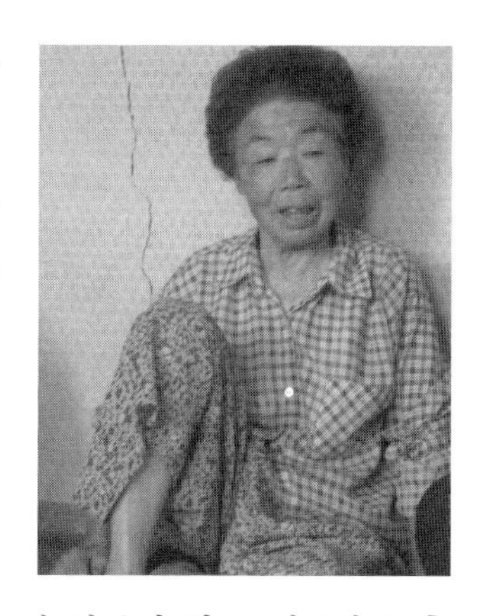

늦은 오후에 찾아간 관기마을회관은 보통 경로당처럼 화투판을 벌이지 않은 채 모여서 담소를 나누고 있었다. 제보자는 방 한쪽에 오른쪽 다리를 세운 채로 다소곳이 앉아 있었다. 구연을 하는 동안 조사자와 청중이 칭찬을 하면 수줍게 웃으며 기억을 떠올려 많은 자료를 제공하고자 애썼다. 제보자는 관기마을회관에서 가장 많은 자료를 제공하였는데, 처음 조사자들이 구연을 유도할 때 청중이 다른 제보자를 추천한 것으로 보아 평소에는 노래를 많이 부르지 않았던 것 같다. 기억력이 좋았고, 구연한 자료도 보통 자료에 비해 한두 소절이 가사를 덧붙였다. 신명은 없었지만, 차분하고 조용하게 노래를 불렀다. 이가 빠졌음에도 발음이 나쁘지 않았다.

머리는 갈색으로 염색을 하였고, 체구는 자그마했으며, 성격이 얌전하고 차분해 보였다. 나이보다 젊어 보이는 외모였다. 택호는 개실댁으로 친정이 개실이라고 하였다. 16세에 이곳으로 시집을 왔다.

제공한 자료는 모심기노래 3편, 시집살이노래, 경기민요 다수, 동요 등

이다.

제공 자료 목록
04_19_FOS_20100616_PKS_JSY_0001 쌍금쌍금 쌍가락지
04_19_FOS_20100616_PKS_JSY_0002 모심기노래 (1)
04_19_MFS_20100616_PKS_JSY_0003 노랫가락 차차차
04_19_FOS_20100616_PKS_JSY_0004 청춘가 (1)
04_19_FOS_20100616_PKS_JSY_0007 창부타령 (1)
04_19_FOS_20100616_PKS_JSY_0012 왈강달강 서울가서
04_19_FOS_20100616_PKS_JSY_0013 모심기노래 (2)
04_19_FOS_20100616_PKS_JJS_0015 노랫가락
04_19_FOS_20100616_PKS_JSY_0017 노랫가락 (1)
04_19_FOS_20100616_PKS_JSY_0019 노랫가락 (2)
04_19_FOS_20100616_PKS_JSY_0020 청춘가 (2)
04_19_FOS_20100616_PKS_JSY_0021 창부타령 (2)
04_19_FOS_20100616_PKS_JSY_0022 창부타령 (3)
04_19_FOS_20100616_PKS_JSY_0023 시집살이노래
04_19_FOS_20100616_PKS_JSY_0024 창부타령 (4)

조정순, 여, 1926년생

주 소 지 : 경상남도 합천군 묘산면 관기리 관기마을회관
제보일시 : 2010.6.16
조 사 자 : 박경신, 김구한, 김옥숙, 마소연, 정아용

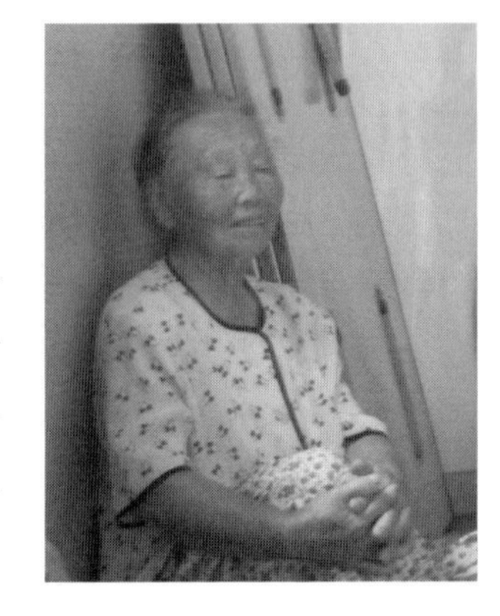

다른 제보자들이 구연하는 것을 웃으며 조용히 듣고 있던 제보자는 조사자들이 청중을 향해 구연을 유도하는 중에 자발적으로 구연에 참여했다. 조용한 성격만큼이나 노래도 조용히 불렀으며, 뛰어난 제보자는 아니었지만, 기억나는 자료를 최대한 제공

하기 위해 애써 주었다.

제보자의 택호는 압실댁이었으며, 17세에 시집을 왔다고 한다.

제공한 자료는 경기민요 3편이다.

제공 자료 목록

04_19_FOS_20100616_PKS_JJS_0008 양산도
04_19_FOS_20100616_PKS_JJS_0015 노랫가락
04_19_FOS_20100616_PKS_JJS_0016 창부타령

창부타령 (1)

자료코드 : 04_19_FOS_20100616_PKS_MBY_0005
조사장소 : 경상남도 합천군 묘산면 관기마을회관
조사일시 : 2010.6.16
조 사 자 : 박경신, 김구한, 김옥숙, 마소연, 정아용
제 보 자 : 문분용, 여, 81세
구연상황 : 주변에서 이 노래의 첫머리를 부르자 제보자가 이 노래를 구연했다.

포롬포롬 봄뱁차는(봄배추는) 밤이실(밤이슬)오기만 기다리고
옥에들은 춘향이는 이도령오기만 기다린다

창부타령 (2)

자료코드 : 04_19_FOS_20100616_PKS_MBY_0026
조사장소 : 경상남도 합천군 묘산면 관기마을회관
조사일시 : 2010.6.16
조 사 자 : 박경신, 김구한, 김옥숙, 마소연, 정아용
제 보 자 : 문분용, 여, 81세
구연상황 좌중이 이야기를 나누느라 소란한 가운데 이 노래를 구연했다.

텃밭에다 뱁차를숨궈
겉잎겉은 울엄마야 속잎겉은 나를두고
임의정도 좋지만은 자슥정을 띠고가요

[청중 웃음]

얼씨고 좋을씨고 아니놀지는 못하리라

[조사자가 잘한다며 더해달라고 하자 계속 구연했다.]

푸른것은 버들이요 누른것은 끼꼬리라(꾀꼬리라)
항경같은(황금같은) 끼꼬리는 숲속으로 날아들고
백살같은(백설같은) 흰나비는 장다리밭으로 날아든다
얼씨고 절씨고 아니놀지는 못하리라

[조사자가 제보자에 대한 인적사항을 조사한 후, 더 구연해 달라며 다음 곡조의 앞머리를 꺼내자 구연을 계속했다.]

봄들었네 봄들었네 이강산삼천리 봄들었네
푸른것은 버들이요 누른것은 끼꼬리라

(청중 : 죽 묹나? 와 이리 소리가 작노?.)

항경같은 끼꼬리는 숲속으로 날아들고
백살같은 흰나비는 장다리밭으로 날아든다
어얼씨고 조을씨고 아니노지는 못하리라

창부타령

자료코드 : 04_19_FOS_20100615_PKS_SBS_0013
조사장소 : 경상남도 합천군 묘산면 산제리 교동마을회관
조사일시 : 2010.6.15
조 사 자 : 박경신, 김구한, 김옥숙, 마소연, 정아용
제 보 자 : 손분순, 여, 73세
구연상황 : 앞 노래가 끝나고, 미리 부를 노래를 준비하고 있으라고 지목당한 제보자가 노래를 불렀다. 박수를 치며 밝은 표정으로 구연했다. 구연이 끝나자 또 한

명의 가수가 나왔다며 계속해서 더 부를 것을 요구했다.

쳐다보니 천장이요 내려다보니 술상이라
술상옆에 임이앉아 임도같고 꽃도같네

(청중 : 좋~고.)

임이거들랑 늙지를말고 꽃이거들랑 피지마오

노랫가락

자료코드 : 04_19_FOS_20100615_PKS_SBS_0015
조사장소 : 경상남도 합천군 묘산면 산제리 교동마을회관
조사일시 : 2010.6.15
조 사 자 : 박경신, 김구한, 김옥숙, 마소연, 정아용
제 보 자 : 손분순, 여, 73세
구연상황 : 청중이 고령댁이 한 번 더 해보라며 청하자, 오늘 저녁에 큰일 났다며 웃으며 구연을 시작했다. 구연 후 청중은 그 노래 참 좋다고 몇 번이나 말했다.

간밤에 꿈좋다했디- 임의거게서(거기에서) 편지왔네

(청중 : 아따, 고거 좋다.)

편지사 왔거나마는 임은어예서 못오시나

(청중 : 좋~다.)

동자야 먹갈아라 임의거게를 답장하자

창부타령

자료코드 : 04_19_FOS_20100615_PKS_SYI_0016
조사장소 : 경상남도 합천군 묘산면 산제리 교동마을회관
조사일시 : 2010.6.15
조 사 자 : 박경신, 김구한, 김옥숙, 마소연, 정아용
제 보 자 : 송연이, 여, 73세
구연상황 : 앞 노래에 이어 계속 구연했다.

부산 봄춘자요 밀양영남루 ○○삼자
남한강물 꽃화자요 진주촉석루 나비접자
호낭자야 술갖다실어라 평양모란봉 유람간다
얼씨구절씨구 기화자좋네 아니놀고는 무엇하리

양산도

자료코드 : 04_19_FOS_20100615_PKS_YSA_0017
조사장소 : 경상남도 합천군 묘산면 산제리 교동마을회관
조 사 자 : 박경신, 김구한, 김옥숙, 마소연, 정아용
조사일시 : 2010.6.15
제보자 1 : 유순애, 여, 75세
제보자 2 : 송연이, 여, 73세
구연상황 : 청중이 더 해보라며 권유하는 도중에 서서 몸을 흔들며 구연하였다. 한 곡이 끝나고 부엌에서 식사준비를 하던 분이 청중의 요청으로 방으로 들어와 한 곡을 더 구연했다.

제보자 1 에헤이이요~

(청중 : 잘한다.)

해명아산천 물레방아는 물을안고 돌고

우르야집에 우런님은 나를안고 돈다

(청중 : 잘한다.)

제보자 1 에헤이요~

제보자 2 노방가수는 열여섯 ○○○○

우리청춘 한번가만 다시야올줄 몰라

창부타령 (1)

자료코드 : 04_19_FOS_20100616_PKS_YJB_0006
조사장소 : 경상남도 합천군 묘산면 관기마을회관
조사일시 : 2010.6.16
조 사 자 : 박경신, 김구한, 김옥숙, 마소연, 정아용
제 보 자 : 윤종분, 여, 83세
구연상황 : 막 조사장소에 도착한 제보자에게 옛날 노래를 부르고 있는 중이라고 설명했더니, 하나 해보겠다며 이 노래를 구연했다. 박수를 치며 어깨춤을 추며 구연한 후, "좋지 뭐. 이만 하면."이라고 하고는 이것이 옛날노래라고 했다.

명사십육(명사십리) 해당화야 꽃핀다고 설워(서러워) 마라
내년춘삼월 봄이오면 너는다시 오건마는
우리네인생은 한번가면 다시오기가 어렵구나

붉은꽃 푸린잎은 총각춘생을 자랑한다
요내청춘 자랑할게 인내호시절 자랑한다
술한잔은 노나서(나눠서)먹고 거들거리고 놀아보자

화투뒤풀이

자료코드 : 04_19_FOS_20100616_PKS_YJB_0009
조사장소 : 경상남도 합천군 묘산면 관기마을회관
조사일시 : 2010.6.16
조 사 자 : 박경신, 김구한, 김옥숙, 마소연, 정아용
제 보 자 : 윤종분, 여, 83세
구연상황 : 앞 노래에 이어서 계속 구연했다. 박수를 치며 즐겁게 불렀다.

정월솔가지 속속한마음
이월매조에 맺아놓고
삼월사구라 산란한마음
사월흑사리 허사로다
오월남초 피는해미
유월목단에 춤을춘다
칠월홍돼지 홀로누워
팔월공산에 달떠온다
구월국화야 꽃자랑마라
시월단풍에 떨어진다
오동장로(장롱) 값비싸다해도
비삼십을 못당한다

창부타령 (2)

자료코드 : 04_19_FOS_20100616_PKS_YJB_0011
조사장소 : 경상남도 합천군 묘산면 관기마을회관
조사일시 : 2010.6.16
조 사 자 : 박경신, 김구한, 김옥숙, 마소연, 정아용
제 보 자 : 윤종분, 여, 83세

구연상황 : 조사자가 '술노래'는 모르냐고 장정숙 제보자에게 물었다. 그 와중에 다른 청중이 이 노래의 첫머리를 언급하자였다. 그러자 제보자가 박수를 치며 구연했다. 노래를 다 부르고 가사 내용이 맞는 말 아니냐고 했다.

태산같은 임오정은 저승처사가 앗아가고
효부야효자 아들의정은 며느리아기가 앗아가고
평상효자 딸의정은 사우에게서 앗아가고
효부를두나 효자를두나 내주머니황금이 효자로다

고사리 꺾는 노래

자료코드 : 04_19_FOS_20100616_PKS_YJB_0014
조사장소 : 경상남도 합천군 묘산면 관기마을회관
조사일시 : 2010.6.16
조 사 자 : 박경신, 김구한, 김옥숙, 마소연, 정아용
제 보 자 : 윤종분, 여, 83세
구연상황 : 조사자가 이 노래를 언급하자 청중이 모두 반가워하였다. 한 청중이 "남산우에 남대롱아 서산밑에 서처자야" 그거 해 주라고 하자, 제보자는 이 노래를 반도 모른다고 했다. 아는 데까지라도 해달라고 하자 구연을 시작했다. 구연이 끝난 후 잘 안 들렸던 부분을 조사자가 질문했는데, 다시 가사를 일러주면서 남대롱과 서처녀가 날이 어두워 거기서 둘이서 혼인잔치를 하고, 아이가 생겼다. 처녀가 아이가 생기니 동네사람들에게 외면당했다. 결국 처녀는 아이를 낳다가 죽고, 총각은 군대에 가고 동네사람들이 살려 주었다. 그래서 남가가 종자가 있다고 설명했다.

서산밑에 서처녀야 남산우에 남도령아
오늘일기가 하도좋아 나물캐러나 가입시다
돈도없고 신도없고 남도롱주머니 털털털어
돈삼년이 나왔더니 신을주고 칼을사고

세잎을주고 또신을사고. 올라가는 올기사리(올고사리)
내리가는 내리사리 능청능청 꺽어다가
물도좋고 정기도존데(좋은데) 점삼밥이나(점심밥이나) 먹고가자

창부타령 (3)

자료코드 : 04_19_FOS_20100616_PKS_YJB_0018
조사장소 : 경상남도 합천군 묘산면 관기마을회관
조사일시 : 2010.6.16
조 사 자 : 박경신, 김구한, 김옥숙, 마소연, 정아용
제 보 자 : 윤종분, 여, 83세
구연상황 : 앞 노래에 이어 계속 구연하였다. 박수를 치며 웃으며 불렀다. 구연을 끝내고, 나 혼자 잘한다며 크게 웃었다.

봄은오고 임은가고 꽃만피어도 임우생각
청춘일월이 한소식하니 강물만출렁이도 임우생각
구시월 설한풍에 낙엽만떨어도 임우생각
동지섣달 살한풍에 백설만날려도 임우생각
누왔으니 잠이오나 앉았으니 임우오나
잠조차도 가주간임을 생각한것이 내○로다

창부타령 (4)

자료코드 : 04_19_FOS_20100616_PKS_YJB_0025
조사장소 : 경상남도 합천군 묘산면 관기마을회관
조사일시 : 2010.6.16
조 사 자 : 박경신, 김구한, 김옥숙, 마소연, 정아용
제 보 자 : 윤종분, 여, 83세

구연상황 : 이 노래를 안다고 하더니 곧 노래를 불렀다.

노들강변 달도밝다 녹의홍상 임도좋다
달밝은데 임을만나 거들거리고 놀아보세

모심기노래

자료코드 : 04_19_FOS_20100615_PKS_YCJ_0001
조사장소 : 경상남도 합천군 묘산면 산제리 교동마을회관
조사일시 : 2010.6.15
조 사 자 : 박경신, 김구한, 김옥숙, 마소연, 정아용
제 보 자 : 임춘자, 여, 78세
구연상황 : 청중의 추천으로 조사가 시작되자 제일 먼저 노래를 구연했다. 성량이 풍부하고 신명이 있었다. 노래 세 곡을 끝내자 청중이 평소에는 노래를 더 잘 부른다고 하고, 합천 노래자랑 대회에서 일등을 했다며 제보자의 노래솜씨를 칭찬했다.

오늘해가 다졌는가 골골마중 연기나네

[청중이 조사자에게 노래 가사의 의미를 아느냐고 하고는 제보자에게 더하라고 청했다.]

오동추야 달밝은데

(청중 : 아이구 슬퍼라. 임의 생각 절로 나네.)

[그저께 어디 가서 노래하고 춤을 추어 목이 쉬었다고 말했다. 청중은 잘했다며 박수를 치며 칭찬했다. 청중이 나이든 분들이 좀 하면 좋을 텐데, 안 한다고 말하는 중간에 다음 노래를 불렀다.]

서마지기

(청중 : 알면 좀 거들어주소.)

논빼미가 반달마치(만큼) 남았구나

(청중 : 아이구 잘한다.)

제가무슨 반달이라

(청중 : 잘한다~)

초승달이 반달이지

노랫가락 (1)

자료코드 : 04_19_FOS_20100615_PKS_YCJ_0002
조사장소 : 경상남도 합천군 묘산면 산제리 교동마을회관
조사일시 : 2010.6.15
조 사 자 : 박경신, 김구한, 김옥숙, 마소연, 정아용
제 보 자 : 임춘자, 여, 78세
구연상황 : 청중 한 명이 이 노래의 앞 소절을 부르다가 다 잊어버렸다고 하자 즉시 제보자가 다시 불렀다. 다리가 아픈지 두 다리를 뻗고 앉아 노래했다. 박수를 치며 흥겹게 불렀으며, 기억이 미흡한 부분은 청중의 도움을 받아 구연했다.

나비야 청산을가자 노랑나비야 너도가자
가다가 날이저물면 꽃잎에라도 자고가자

[여기서 제보자는 구연을 멈추고 이 뒤에 뭐라고 하느냐고 청중에게 물었다. "꽃도잎도 지고나거든"이라고 하자 이어서 구연했다.]

꽃도잎도 지고나걸랑 내품안에도 자고가자

창부타령 (1)

자료코드 : 04_19_FOS_20100615_PKS_YCJ_0003
조사장소 : 경상남도 합천군 묘산면 산제리 교동마을회관
조사일시 : 2010.6.15
조 사 자 : 박경신, 김구한, 김옥숙, 마소연, 정아용
제 보 자 : 임춘자, 여, 78세
구연상황 : 청중이 노래를 잘 부른다는 사행댁이를 찾는 와중에 제보자가 갑자기 큰 목소리로 이 노래를 불렀다. 신명이 나서 어깨춤을 추거나 박수를 치며 구연했다. 구연하는 내내 청중도 박수를 치며 장단을 맞추었다.

명사십리 해당화야 꽃진다잎진다 서러워마오

(청중 : 처음 시작할 때 어렵지 봐라.)

내년춘삼월이 돌아오면 그꽃은 다시피건마는

(청중 : '베틀노래'나 한 번 불러보지.)

우리인생은 한번가마 다시올줄 모르더라

(청중 : 교동마을 일등 하겠다.)

얼씨구나좋구나 지화좋다 아니나노지는 못하리라

창부타령 (2)

자료코드 : 04_19_FOS_20100615_PKS_YCJ_0004
조사장소 : 경상남도 합천군 묘산면 산제리 교동마을회관
조사일시 : 2010.6.15
조 사 자 : 박경신, 김구한, 김옥숙, 마소연, 정아용
제 보 자 : 임춘자, 여, 78세

구연상황 : 앞 노래에 이어서 바로 구연하였다. 중간에 생각이 안 나서 멈추었다 구연하기도 했다. 구연이 끝나자 청중이 정말 잘 한다고 칭찬하자, 제보자는 이 노래가 가치 있는 노래라고 강조했다. 조사자가 제목을 묻자 제목은 모른다고 하고, 잠시 생각하다가 노래 가사의 위주로 내용을 자세히 설명했다. 청중이 설명도 잘한다고 칭찬하자, 한 가지 빠진 게 있다며 부르다가 말았다. 빠진 부분은 동민들이 초상 치는 부분인데 잊어버렸다고 했다. 이런 노래는 이런 곳에서 불러보았자 알아듣는 사람이 아무도 없다고 말했다. 이제 이런 노래는 없어졌다며 안타까워했다.

춘추는 연연록이요 왕손은 개불개라

[제보자가 기억이 안 나는 듯 뭐냐고 묻자 청중은 문장이 많다고 대답하였다. 제보자는 좋은 노래인데 잊어버렸다며 기억을 되살리다가 생각이 나자 이어서 구연하였다.]

만성천자 진시왕도 장생불사를 하려하고
동남동녀 오백인을 삼신산에 보내더니
불사약이 아니와서 사고편대 사하시니

(청중 : 아, 문장 좋다!)

덩그런 일보터에 무덤하나만 남았구나

(청중 : 잘한다.)

우리초려 인생들이야 더욱이멈은 무엇하리

양산도 (1)

자료코드 : 04_19_FOS_20100615_PKS_YCJ_0005
조사장소 : 경상남도 합천군 묘산면 산제리 교동마을회관

조사일시 : 2010.6.15
조 사 자 : 박경신, 김구한, 김옥숙, 마소연, 정아용
제 보 자 : 임춘자, 여, 78세
구연상황 : 조사자가 조사의 의의를 설명하며 더 해줄 것을 청했다. 청중이 청춘가도 괜찮은지 확인하고 제보자는 잠시 생각하다가 이 노래를 불렀다. 어깨춤을 추며 신나게 구연하고, 박수를 치던 청중은 마지막 구절을 부르자 매우 즐거워하였다. 세 곡을 이어서 불렀다.

에헤에~ 이이요~
서울네야 너울네야 오고나가지를 마~라
장안에 호걸들이 다늙어진~다

(청중 : 어, 잘한다이~.)

아여라 당당당당 둥게디여라
아니가 못노리로~다
열두잡놈이 구부러자빠져도 나는 못노리로~다

[청중이 잘한다, 최고라며 박수치자 제보자도 기분 좋게 웃으며 같이 박수를 쳤다. 청중이 "은야[11], 열두 잡놈이 구부러 자빠져도 나는 못 논단다."라고 말하며, 이 부분의 가사를 재밌어하였다. 제보자가 그건 잡상스러워 지워야 한다고 말하며 웃었다.]

이이요요오~
뒷집에김도롱 나시접간다꼬 대신통곡을 말고
나사는 뒷집으로 고곰살이(고공살이, 머슴살이)를 오소

[제보자가 조사자에게 고곰살이, 옛날 고곰살이가 무엇인지 아느냐고 질문했다. 조사자가 머슴살이라고 대답하자 기특하다는 듯이 청중과 함께

11) '있잖아' 정도의 경상도 방언.

크게 웃었다.]

일전에 웬수진건넘 모지랑 빗자리로
싸싸싹싹싹 씰어다가 한강철로에 옇~고
없는정도 있는듯이 잘살아 보~자

창부타령 (3)

자료코드 : 04_19_FOS_20100615_PKS_YCJ_0007
조사장소 : 경상남도 합천군 묘산면 산제리 교동마을회관
조사일시 : 2010.6.15
조 사 자 : 박경신, 김구한, 김옥숙, 마소연, 정아용
제 보 자 : 임춘자, 여, 78세
구연상황 : 청중이 노래 잘 하는 마을 사람들 이야기를 하는 가운데 제보자가 이 노래를 불렀다.

임은가고 봄은돌아왔으니 꽃만피어도 임의생각

[생각이 나지 않는지 뒷구절이 뭐냐고 묻고, 청중이 가르쳐 주어 계속 구연했다.]

앉아생각 누워생각 생각생각은 임의생각
얼씨구나좋구나 기화자좋다 아니놀면은 뭣하리라

노랫가락 (2)

자료코드 : 04_19_FOS_20100615_PKS_YCJ_0008
조사장소 : 경상남도 합천군 묘산면 산제리 교동마을회관
조사일시 : 2010.6.15

조 사 자 : 박경신, 김구한, 김옥숙, 마소연, 정아용
제 보 자 : 임춘자, 여, 78세
구연상황 : 앞 노래에 바로 이어서 구연했다. 여전히 웃음 띤 얼굴로 박수를 치며 불렀다. 제보자는 자꾸 부르다보니 노래가 나온다고 했다. 청중이 "회관에서 백만불짜리!"라고 추겨 세우고, 다른 동네에는 이런 사람이 없을 거라고 칭찬을 아끼지 않았다. 제보자는 잘하는 사람 다 죽었다며 부채를 부치며 겸손하게 말했다.

가고못오실 임이면 정도마지막 가지고가소

(청중 : 아이구 잘한다.)

정만남기고 몸은가시니 밤은길어서 야삼경인데
사람의 심리로서야 병아니날수는 만무로구나

창부타령 (4)

자료코드 : 04_19_FOS_20100615_PKS_YCJ_0009
조사장소 : 경상남도 합천군 묘산면 산제리 교동마을회관
조사일시 : 2010.6.15
조 사 자 : 박경신, 김구한, 김옥숙, 마소연, 정아용
제 보 자 : 임춘자, 여, 78세
구연상황 : 앞 노래에 이어 계속 구연했다. 구연 후 청중이 젊었을 때는 자꾸 부르면 누가 와서 보쌈을 해가겠다고 제보자의 노래솜씨를 칭찬했다.

앞동산에도 봄철이든가 푸른청잎이 산을덮네
우런(우리)님도 야밤이든가 한쪽나래로 나를덮네
얼씨구나좋구나 기화자좋아 아니나놀지는 못하리라

노랫가락 (3)

자료코드 : 04_19_FOS_20100615_PKS_YCJ_0010
조사장소 : 경상남도 합천군 묘산면 산제리 교동마을회관
조사일시 : 2010.6.15
조 사 자 : 박경신, 김구한, 김옥숙, 마소연, 정아용
제 보 자 : 임춘자, 여, 78세
구연상황 : 앞 노래가 끝나자 청중이 이 노래 가사를 언급하였다. 제보자는 바로 이 노래를 구연했다. 구연이 끝난 다음 청중은 이런 노래가 아주 유식한 노래라고 했다.

수천당 세모진남게 늘어진가지에 군대를(그네를)매고
임이뛰면 내가밀고요 내가뛰면은 임이민다

(청중 : 얼씨구!)

임아임아 줄밀지마라 줄떨어지면 정떨어진다

창부타령 (5)

자료코드 : 04_19_FOS_20100615_PKS_YCJ_0011
조사장소 : 경상남도 합천군 묘산면 산제리 교동마을회관
조사일시 : 2010.6.15
조 사 자 : 박경신, 김구한, 김옥숙, 마소연, 정아용
제 보 자 : 임춘자, 여, 78세
구연상황 : 노래가 자꾸 나온다며 앞 노래에 이어 구연했다. 노래를 시작했다가 부엌에 계신 분이 말을 걸자 대답을 하느라 잠시 멈추었다. 부채를 부치고 있는 제보자에게 옆에 앉은 청중이 대신 부쳐주겠다며 부채를 빼앗아 부쳐주자, 웃으며 다시 노래를 시작하였다.

사랑사랑 사랑이라니 사랑사랑사랑 사랑이야
알다가도 모를사랑아 좋다가도 싫은사랑

알각달각 싸우던사랑 오목조목 알뜰사랑
이사랑저사랑 다그만두고 아무도모르게 단둘이만나
소곤소곤 내사랑아

창부타령 (6)

자료코드 : 04_19_FOS_20100615_PKS_YCJ_0012
조사장소 : 경상남도 합천군 묘산면 산제리 교동마을회관
조사일시 : 2010.6.15
조 사 자 : 박경신, 김구한, 김옥숙, 마소연, 정아용
제 보 자 : 임춘자, 여, 78세
구연상황 : 제보자에 대한 칭찬이 이어지고, 부채를 대신 부쳐주는 등 제보자에 대해 호의적이고 화기애애한 분위기가 지속되었다. 제보자는 청중 한 사람에게 노래할 것을 권유하다가 기억이 안 난다고 수줍게 거절했다. 자신이 한 곡 할 동안 생각하고 있으라고 한 다음 이 노래를 시작하였다. 박수를 치며 손동작을 곁들여 노래를 불렀다. 구연이 끝나자 청중은 지금까지 제보자가 한 노래들의 가사가 모두 의미가 있다고 말했다.

사람마다 벼실을하면 농부야될사람이 그누구냐
의사마다 병다곤치면 북망산천은 왜생겼냐

[청중 웃음]
(청중 : 아이구 잘한다.)

얼씨구나좋구나 기화자좋다 아니나놀면은 뭣하겠소

창부타령 (7)

자료코드 : 04_19_FOS_20100615_PKS_YCJ_0014

조사장소 : 경상남도 합천군 묘산면 산제리 교동마을회관
조사일시 : 2010.6.15
조 사 자 : 박경신, 김구한, 김옥숙, 마소연, 정아용
제 보 자 : 임춘자, 여, 78세
구연상황 : 앞 제보자에게 노래를 시작하면 세 곡은 해야 한다고 권하다가 이 노래를 불렀다. 두 곡을 연달아 구연했다.

명사십리 해당화야 꽃진다잎진다 설음마오
내년춘삼월 돌아오면 그꽃은다시 피건만은
우리요로 인생들이야 한분가면 인길동천
얼씨구나좋다 지화자좋다 아니나놀지를 못하리라

[첫 구절을 구연을 하던 중에 잠시 멈췄다가 부르더니, 처음부터 다시 할까며 조사자에게 묻고는 처음부터 다시 구연하였다.]

대구팔공산 달이나쏫아 달서나공운에(달성공원에) 두견새울고
동화사 새벽종소리 임이오시자 날다샜네

창부타령 (8)

자료코드 : 04_19_FOS_20100615_PKS_YCJ_0018
조사장소 : 경상남도 합천군 묘산면 산제리 교동마을회관
조사일시 : 2010.6.15
조 사 자 : 박경신, 김구한, 김옥숙, 마소연, 정아용
제 보 자 : 임춘자, 여, 78세
구연상황 : 청중이 '포롱포롱 봄배추는'을 부르라고 하자 제보자느 이 노래를 불렀다며 부르지 않으려 했다. 조사자와 청중이 안 했다고 거듭 권하자 박수를 치며 구연하였다. 중간에 홍이 나는 대로 손동작을 곁들였다.

포름포름 봄배추는 봄비가오도록 기다리고

옥에갇힌 춘향이는 이도롱오기만 기다린다
우리같은 중늙은이는 임오시기만 기다린다

[청중 웃음]

얼씨구나좋구나 기화자좋다 아니나노지는 못하리라

[제보자가 이제 열아홉 개 불렀다고 하였다. 청중이 하나만 더 하라고 권하자 다음 노래를 불렀다.]

장미꽃이 곱다고해도 꺽고보니 까시로다
사랑이 좋다고해도 남되고보면은 웬수로다

[청중 웃음]

얼씨구나좋구나 지화자좋다 아니나놀지는 못하리라

권주가

자료코드 : 04_19_FOS_20100616_PKS_JJS_0010
조사장소 : 경상남도 합천군 묘산면 관기마을회관
조사일시 : 2010.6.16
조 사 자 : 박경신, 김구한, 김옥숙, 마소연, 정아용
제 보 자 : 장정숙, 여, 81세
구연상황 : '베틀노래'나 '시집살이노래', '밭 메는 노래' 등 여러 노래의 구연을 유도했으나 모두 잊어버렸다고 했다. '사위노래' 모르느냐고 묻자 제보자를 가리키며 잘한다고 했다. 제보자는 잠시 머뭇거리자 주변에서 첫 부분을 알려줘 구연을 시작했다. 구연 중간에 윤종분 제보자가 끼어들어 잠시 중단되었다가 나머지를 말로 구연하였다. 조사자가 곡조를 붙여서 처음부터 다시 불러줄 것을 부탁해 처음부터 다시 구연했다. 구연이 끝나자 청중이 많이 빠트려 먹었다고 말하고 제보자는 미안해했다.

찹쌀백미 삼백석에 액미같이도 가린사우

(청중 : 맞지 뭐.)

와가삼칸 요네집에 만대유전 내사우야

놋장반에다 구슬을담아 구슬을담아 사랑하다 내사우야

진주못등 금잔등에 이슬젖어서 어이왔노

놋장반에

[아니라며 다시 고쳐 부름.]

이술을 자네가들고 우리딸들어다가(데려다가) 성공하세

쌍금쌍금 쌍가락지

자료코드 : 04_19_FOS_20100616_PKS_JSY_0001
조사장소 : 경상남도 합천군 묘산면 관기마을회관
조사일시 : 2010.6.16.
조 사 자 : 박경신, 김구한, 김옥숙, 마소연, 정아용
제 보 자 : 전수열, 여, 80세
구연상황 : 조사자가 제목을 꺼내며 구연을 유도했다. 끝까지 안 해도 되고 아는 데까지 만 불러도 된다고 하자, 제보자가 곧 구연을 시작했다. 더 있는데 잊어버렸다며 끝맺지 못했다. 신명은 없으나 차분하게 노래했다.

쌍금쌍금 쌍가락지 호작질로 딲아내어

먼데보니 달일레나 곁에보니 처절래라

그처녀가 자는방에 숨소리가 둘이더라

홍달홍달 오라바시 거짓말씀 말아주소

모심기노래 (1)

자료코드 : 04_19_FOS_20100616_PKS_JSY_0002
조사장소 : 경상남도 합천군 묘산면 관기마을회관
조사일시 : 2010.6.16
조 사 자 : 박경신, 김구한, 김옥숙, 마소연, 정아용
제 보 자 : 전수열, 여, 80세
구연상황 : 앞 노래에 이어 '모심기노래'를 한 번 해 보겠다며 이 노래를 구연했다. 한쪽 무릎을 세운 채 시종 차분하게 구연했으며, 청중은 유일하게 노래를 잘 부른다며 칭찬하고 즐거워했다.

서마지기 요논빼미 반달같이 떠나가네
니가무슨 반달이냐 초승달이 반달이지
초승달만 반달이가 그믐달도 반달이지

[청중이 왁자지껄 무슨 댁이가 잘하는데 어디 갔는지 모르겠다며 이야기를 나누었다. 조사자가 청중에게 제보자가 기억할 수 있게 가사의 앞머리를 일러줄 것을 부탁했다. 그리고 몇 가지 가사의 앞머리를 언급하자 제보자가 다음 노래를 불렀다.]

물꼬철철 틀어놓고 주인한량 어디갔소

(청중 : 아이구 잘하니요.)

등넘에라 첩을두고 첩의방에 놀러갔지
무슨첩이 대단해서 낮에가고 밤에가노

[웃음]

낮으로는 놀러가고 밤으로는 자로가지

청춘가 (1)

자료코드 : 04_19_FOS_20100616_PKS_JSY_0004
조사장소 : 경상남도 합천군 묘산면 관기마을회관
조사일시 : 2010.6.16
조 사 자 : 박경신, 김구한, 김옥숙, 마소연, 정아용
제 보 자 : 전수열, 여, 80세
구연상황 : 또 뭐할지 고민하는 제보자에게 청중이 어찌됐든 옛날 노래를 해주라고 하자 이 노래를 구연하였다.

산이 높아야~ 골도나 깊으지~

(청중 : 아이구 잘한다.)

조그마난 여자속이~

(청중 : 좋다!)

얼마나 깊으냐~

창부타령 (1)

자료코드 : 04_19_FOS_20100616_PKS_JSY_0007
조사장소 : 경상남도 합천군 묘산면 관기마을회관
조사일시 : 2010.6.16
조 사 자 : 박경신, 김구한, 김옥숙, 마소연, 정아용
제 보 자 : 전수열, 여, 80세
구연상황 : 앞 노래를 구연한 윤종분 제보자에게 청중과 조사자가 베틀노래나 모심기노래 등 아는 것이 더 없냐고 구연을 유도하는 가운데, 제보자가 이 노래를 부르기 시작했다. 청중은 잘한다며 칭찬했다.

황해도라 구월산밑에 주추캐는 저처녀야

(청중 : 저것도 옛날노래다.)

너의집을 어디다두고 해가져도 주추캐노
저의집을 찾어실라면 삼신산 안개속에
초가삼간이 저의집이요

(청중 : 좋-다.)

오실손님 오십시오 가실손님은 가옵소서

왈강달강 서울가서

자료코드 : 04_19_FOS_20100616_PKS_JSY_0012
조사장소 : 경상남도 합천군 묘산면 관기마을회관
조사일시 : 2010.6.16
조 사 자 : 박경신, 김구한, 김옥숙, 마소연, 정아용
제 보 자 : 전수열, 여, 80세
구연상황 : 조사자가 혹시 이 노래를 모르느냐며 언급하자, 청중이 그런 노래 있다고 했다. 조사자가 다시 생각 잘 나시는 분이 좀 해달라고 청하자 곧 제보자가 구연을 시작했다. 청중이 따라 부르기도 했는데, 구연이 끝나고 제보자와 청중이 재미있는지 함께 웃었다.

달강달강 서울가서 나물한되 팔아다가
채독안에 옇어놨디- 머리까만 생쥐쥐가
들락날락 다까먹고 한톨이만 남았구나
버

[다시 고쳐서]

껍질랑 애비주고 버닐랑(보닐랑) 에미주고

살을랑 너랑나랑 갈라먹자 달강달강 서울달강

모심기노래 (2)

자료코드 : 04_19_FOS_20100616_PKS_JSY_0013
조사장소 : 경상남도 합천군 묘산면 관기마을회관
조사일시 : 2010.6.16
조 사 자 : 박경신, 김구한, 김옥숙, 마소연, 정아용
제 보 자 : 전수열, 여, 80세
구연상황 : "옛날 노래 눙청눙청 벼리끝에 그거 하까?" 하며 앞 노래에 이어 계속 구연했다. 노래를 다 부르고 제보자가 가사가 빠졌다고 하자, 청중이 잘 했다며 박수를 쳤다.

눙청눙청 베리끝에

[생각이 안나 잠시 머뭇거리자, 조사자가 알려주자 계속 구연함.]

무정하사 저오라바
시누올끼 꽃다꺾다가 낙동강에 떨어졌네
무정하사 우리오빠 올끼부텅 건져주네

[청중 웃음]

나도죽어 후성가서 낭군부텅 심길소냐(섬길소냐)

노랫가락 (1)

자료코드 : 04_19_FOS_20100616_PKS_JSY_0017
조사장소 : 경상남도 합천군 묘산면 관기마을회관
조사일시 : 2010.6.16

조 사 자 : 박경신, 김구한, 김옥숙, 마소연, 정아용
제 보 자 : 전수열, 여, 80세
구연상황 : 조사자의 유도로 수줍게 웃으며 이 노래를 구연했다.

수천당 세모진남게 늘어즌(늘어진)가지 그네를매여
임이뛰면 내가밀고 내가뛰면은 임이민다
임아 줄멸즈마오(밀지마오) 줄떨어지면은 정떨어진다

[청중이 이야기를 나누는 중에 조사자가 이 곡조의 다른 가사를 언급하였더니, 다음 노래를 구연했다.]

시문에 개가짖길래 임이오시나 내다보니
임은점점 간곳이없고 모진강풍이 날속이네

노랫가락 (2)

자료코드 : 04_19_FOS_20100616_PKS_JSY_0019
조사장소 : 경상남도 합천군 묘산면 관기마을회관
조사일시 : 2010.6.16
조 사 자 : 박경신, 김구한, 김옥숙, 마소연, 정아용
제 보 자 : 전수열, 여, 80세
구연상황 : 한 곡만 더 불러달라고 청하자 제보자가 이 노래를 불렀다. 처음에 첫 소절만 부르고 뒷부분이 기억이 안 나서 잠시 쉬었다가 조사자의 권유로 처음부터 다시 구연했다. 청중은 제일 잘 한다며 칭찬했다.

꿈아 무정한꿈아 오신손님을 왜보냈노
오심을(오시면) 보내지말고 잠든요몸을 깨워주지
일후에 또다시오면 잠든요몸을 깨워도라

청춘가 (2)

자료코드 : 04_19_FOS_20100616_PKS_JSY_0020
조사장소 : 경상남도 합천군 묘산면 관기마을회관
조사일시 : 2010.6.16
조 사 자 : 박경신, 김구한, 김옥숙, 마소연, 정아용
제 보 자 : 전수열, 여, 80세
구연상황 : 조사자의 언급으로 이 노래를 불렀다. 세 번째 곡을 부른 뒤에는 노래 가사 때문에 청중과 제보자, 조사자가 함께 웃었다.

서산에 지는해가~ 지고싶어 지느냐~
날두고 가는임이~ 가고싶어 가느냐~

[조사자가 "청천 하늘에~"라고 하자 이어서 다음을 구연했다.]

청천 하늘에~ 잔별도 많구요~
요내야 가슴에~ 수심도 많구나~

[하나만 더해주면 가겠다는 조사자의 말에도 기억나는 것이 없는지 한동안 가만히 있다가 "하나 더 하마 되면 내 뭐 아무거나 하나 하께. 짤막해도."라고 한 후 다음을 구연했다.]

보리밭에 원수는~ 지섬이 원수요~
나한테 원수는 에헤야~ 시어머님 아들이라~

창부타령 (2)

자료코드 : 04_19_FOS_20100616_PKS_JSY_0021
조사장소 : 경상남도 합천군 묘산면 관기마을회관
조사일시 : 2010.6.16
조 사 자 : 박경신, 김구한, 김옥숙, 마소연, 정아용

제 보 자 : 전수열, 여, 80세
구연상황 : 조사자가 첫 소절을 알려주자 구연을 시작하였으나, 뒤부분은 청중이 일러주어도 기억이 나지 않는지 마무리하지 못했다.

어두컴컴 빈방안에 구실같은 임이누워

창부타령 (3)

자료코드 : 04_19_FOS_20100616_PKS_JSY_0022
조사장소 : 경상남도 합천군 묘산면 관기마을회관
조사일시 : 2010 6.16
조 사 자 : 박경신, 김구한, 김옥숙, 마소연, 정아용
제 보 자 : 전수열, 여, 80세
구연상황 : 조사자의 유도로 구연했다.

울도담도 없는집에 밍지비(명주베)짜는 저큰아가
바람불고 비온날에 나올줄모르고 문잠갔나
적에도(적어도) 대장분데 한번약속을 어길쏘냐

시집살이노래

자료코드 : 04_19_FOS_20100616_PKS_JSY_0023
조사장소 : 경상남도 합천군 묘산면 관기마을회관
조사일시 : 2010.6.16
조 사 자 : 박경신, 김구한, 김옥숙, 마소연, 정아용
제 보 자 : 전수열, 여, 80세
구연상황 : 앞 노래에 이어 조사자의 유도로 구연했다.

미같이도 짙은밭을
한골메고 두골메고 삼시골을 메고나니

저슴(점심) 때가 되었구나

저슴참에 집에가니

밥이라꼬 주는것은 사발국에 발라주고

장이라꼬 주는것은 접시굽에 발라주고

수저라꼬 주는것은 통시(변소)가래(삽) 걸쳐주네

창부타령 (4)

자료코드 : 04_19_FOS_20100616_PKS_JSY_0024
조사장소 : 경상남도 합천군 묘산면 관기마을회관
조사일시 : 2010 6.16
조 사 자 : 박경신, 김구한, 김옥숙, 마소연, 정아용
제 보 자 : 전수열, 여, 80세
구연상황 : 조사자의 유도에 그런 것은 모른다며 웃다가 이 노래를 시작하였다.

처남처남 내처남아 너거누부 뭐하드노

우리자형 오신다꼬 닭잡고

[웃으며 모르겠다고 구연을 중단하였다.]

양산도

자료코드 : 04_19_FOS_20100616_PKS_JJS_0008
조사장소 : 경상남도 합천군 묘산면 관기마을회관
조사일시 : 2010.6.16
조 사 자 : 박경신, 김구한, 김옥숙, 마소연, 정아용
제 보 자 : 조정순, 여, 85세
구연상황 : 조사자가 청춘가나 노랫가락, 양산도 같은 노래를 더 해달라고 부탁하자, 제보자가 이 노래를 불렀다.

에헤에이이요~
노세 놀아라 젊어서 놀~아
늙어서 병들면 못노리로~다

(청중 : 잘한다.)

에헤라 어우여라 이래도 못노리로구~나

노랫가락

자료코드 : 04_19_FOS_20100616_PKS_JJS_0015
조사장소 : 경상남도 합천군 묘산면 관기마을회관
조사일시 : 2010.6.16
조 사 자 : 박경신, 김구한, 김옥숙, 마소연, 정아용
제보자 1 : 조정순, 여, 85세
제보자 2 : 전수열, 여, 80세
구연상황 : 조사자들이 계속 구연을 유도하였다. 시끌벅적한 가운데 제보자가 하나 더 하겠다며 이 노래를 차분하게 구연했다. 전수열 제보자의 노래를 듣고 난 청중은 일만 잘 하는 줄 알았더니 노래도 잘 한다고 칭찬했다.

제보자 1 노세놀아 젊어서놀아 늙어지면은 못노리라
화무는 십일홍이요 달도차면은 기우나니
우리인생 한분갔다가 다시갈줄은 내몰랐네

[청중이 제보자가 기운 없이 부른다고 보리밥 먹느냐고 핀잔을 주었다. 이어서 전수열 제보자는 "나비야 청산을 가자"도 옛날노래 아니냐며 다음 노래를 불렀다.]

제보자 2 나비야 청산을가자 노랑나비야 너도가자
가다가 저물거들랑 꽃에붙어서 자고가자

꽃이 괄시를하면 잎에붙어서 자고가자
잎도꽃도 괄시를하면 내품안에서 자고가자

[청중이 잘한다며 칭찬을 하자 수줍게 웃었다.]

창부타령

자료코드 : 04_19_FOS_20100616_PKS_JJS_0016
조사장소 : 경상남도 합천군 묘산면 관기마을회관
조사일시 : 2010.6.16
조 사 자 : 박경신, 김구한, 김옥숙, 마소연, 정아용
제 보 자 : 조정순, 여, 85세
구연상황 : 앞 노래에 이어 계속 구연하였다. 끝부분이 생각나지 않은지 마무리하지 못했다.

해다지고 저문날에 옷갓을씌고 어데가요
건너뫼라 첩을주고 첩의집에 놀러가요
첩의집에 가실라거든 나죽는꼴 보고가소
첩의야집은 꽃밭이요 이내야집은 연못이라
연못의고기는

노랫가락 차차차

자료코드 : 04_19_MFS_20100616_PKS_JSY_0003
조사장소 : 경상남도 합천군 묘산면 관기마을회관
조사일시 : 2010.6.16
조 사 자 : 박경신, 김구한, 김옥숙, 마소연, 정아용
제 보 자 : 전수열, 여, 80세
구연상황 : '모심기노래'는 앞 두 곡밖에 모른다고 하였다. 다른 노래를 권하자 이 노래를 불렀다.

노세좋다 젊어서놀아 늙고병들면 못노나니
화무는 십일홍이요 달도차면은 기우나니

너영나영

자료코드 : 04_19_MFS_20100615_PKS_YCJ_0006
조사장소 : 경상남도 합천군 묘산면 산제리 교동마을회관
조사일시 : 2010.6.15
조 사 자 : 박경신, 김구한, 김옥숙, 마소연, 정아용
제 보 자 : 임춘자, 여, 78세
구연상황 : 조사자가 '지신밟기'나 '각설이타령' 등 여러 노래를 유도했으나 잘 모르겠다고 했다. '노랫가락'이라도 다른 가사로 더 해 달라고 청하자, 가사가 바로 생각나지 않아 머뭇거렸다. 청중이 노래의 앞 소절을 알려주자 아는 노래인지 크게 웃더니 구연을 시작했다. 노래가 끝난 후 이 노래의 앞 소절을 가르쳐 준 청중은 제보자가 상을 타면 자기와 반으로 나눠야 한다고 하여 한바탕 웃었다.

호박은 늙으마 맛이맛이나 있건만

사람은 늙으면 보기보기도 싫어요
네냥내냥 두리둥실 놀고요
낮이낮이나 밤이밤이나 참사랑이로구나

(청중 : 잘하고.)

저녁에

[다시 고쳐서]

아침에 우는새는

(청중 : 배가고파)

배가고파 울고요
저녁에 우는새는 임이괴로워 운다
네냥내냥 두리둥실 놀고요
낮이낮이나 밤이밤이나 참사랑이로구나

6. 봉산면

▌조사마을

경상남도 합천군 봉산면 권빈1구 권빈마을회관

조사일시 : 2010.1.19

조 사 자 : 박경신, 김구한, 김옥숙, 정아용

봉산면은 원래 합천군 독토면과 삼가현의 계산면, 옥계면, 모태면으로 분리되어 있었으나 1914년 행정구역 폐합에 따라 이들 지역을 합병하여 봉산면이 되었다. 봉산이라고 면 이름을 정하게 된 것은 면 중심부에 자리잡은 봉두산의 봉(鳳)자와 태산이 중첩하고 있다고 하여 산(山)자를 택하여 봉산이라 하였다.

봉산면은 합천군 서북부 지역으로 동은 합천읍과 용주면이 접해 있고, 남은 대병면과 거창군 신원면과 남상면 남하면이 접해 있으며, 북은 묘산면과 거창군 가조면에 접해 있다. 봉산면의 지세는 소맥지맥이 사방으로 기복하여 평야가 좁으며, 면 중앙은 황강 다목적댐 건설로 합천호로 변모하여 산중 호수를 이루고 있다. 오도산의 지붕으로 옛 신라 유보산성의 성지가 남아 있는 석가산의 건너편에 면소재지와 새터가 자리잡고 있다. 이곳에는 관광지가 조성되어 아름다운 자연경관을 이루고 있다.

봉산면은 그 면적이 광대하고 산간지대로 평야가 적고, 황강이 면 중심으로 흐르고 있어 인근 동리와의 교통이 불편하다. 그러나 면 북측은 합천 고령과 거창 함양을 통하는 대로가 있어서 교통의 연결점으로서 교통량이 많고 군사적 요충지이기도 하다.

봉산면의 도로는 합천댐이 건설됨에 따라 면소재지가 김봉리 뒷산으로 이전, 신소재지로 조성되면서 댐 순환도로 및 지방도로를 개설하였다. 이 도로가 개설되면서 설치한 봉산대교가 새로운 명물로 탄생하여 장관을 이루고 있다.

조사자들이 찾은 권빈리는 합천군 봉산면 지역으로 1914년 행정구역 통폐합에 따라 오남, 봉양, 남계동을 병합하여 권빈리라 하였는데 동명은 빛나리라는 뜻으로 권빈이라고 했다. 권빈1구 마을은 양지라는 자연마을로 구성되어 있다. 1550년대 경에 함안 조씨 수도가 입촌 창동하자, 1580년대 경에 김해김씨 송강가음이 들어와 정착하고, 그 후손들이 본동과 김봉리 봉계리에 산재하고 있으며 1780년대 경에 정선전씨 영이 거창에서 입촌하였고, 그후 각 성씨들이 전입하여 오늘에 이르기까지 대동을 이루어 번창하게 살아왔다.

마을명은 함안조씨와 김해김씨가 새터를 마련한 후 관직을 버리고 방랑하던 진주이씨 한 분(전설에 의하면 효령대군의 후손이라고 함)이 이곳을 지나는 것으로 보고 정착하여 같이 살자고 권했다고 해서 권빈이 되었는데 후에 빛날빈(彬)자로 바꾸어 권빈이라 하였다. 동쪽에는 실태재가 있어 묘산면과 경계를 이루고 있고 남쪽은 깨꾹재와 도치골을 비롯하여

관들이 있는데 관이 들어섰다 하여 저어실곡, 통시곡, 굴바곡 등 지명이 있다.

한편, 권빈1구는 양지마 또는 오남(五南)이라 불러, 일정시대 봉산면 지서가 있었으며, 1970년대까지 권빈 옹기공장이 있었다. 국도 24호선이 지나고 있어 교통이 복잡한 지역이다. 주산물은 쌀, 특산물은 양봉꿀이며, 주 소득원은 논농사와 축산업이다.

권빈1구에는 80가구에 170여 명이 거주하고 있다. 성씨별 분포는 김해김씨, 함안조씨, 정선전씨 등이 주를 이룬다. 문화유적으로는 함안조씨 수도를 추모하기 위하여 건립한 모청재라는 재실이 있다.

민속상의 특징은 당산은 있으나 당산제는 지내지 않는다. 정월대보름에는 마을 사람들이 모여 지신밟기와 윷놀이 등 다양한 활동을 한다. 저녁에는 다 같이 달집태우기 행사에 참여한다.

조사자들이 계산리 남계마을 조사를 마치자 권빈1구 마을에 가면 잘 노는 사람들이 많다고 하여 찾아가게 되었다. 조사자들이 마을회관에 도착했을 때는 벌써 술판이 벌어지고 있었다. 조사의 취지와 목적을 말씀드리자 흔쾌히 응해 주었다. 맨 처음으로 구연해준 사람은 최술이 할아버지이다. 조사 준비를 마치자 가장 먼저 노래를 하겠다고 나선 제보자이다. 평소 노래를 즐겨 부르는 제보자임을 쉽게 알 수 있었다. 곁에 있는 아내의 말에 의하면 혼자서 장구치고 노래를 부를 정도로 신명이 많은 사람이라고 했다. 특히 백은조 제보자가 도깨비와 관련된 이야기를 할 때, 엉거주춤 앉아 껑충껑충 제자리에서 뛰며 도깨비들이 춤추는 것을 흉내 낼 정도로 구연판에 동화되고 즐기는 분이다. 각설이타령과 양산도 등을 불러주었다.

권빈1구 조사에서 조사장소의 분위기를 주도하여 청중이 적극 구연에 임하도록 하는 등 조사를 위해 협조를 많이 해 준 분이 마을 이장인 백은조 할아버지다. 제보자 자신도 노래를 제법 하였고, 특히 이야기를 잘 하는 제보자이다. 먼저 노래를 하여 흥을 돋우고 구연하는 가운데 틈만 있으면 웃기려 하였다. 노래를 아주 흥겹게, 신명나게 하였으며, 이야기는 좌중을 집중하게 하여 재미있게 하였다. 노래하는 중에 두 손을 너울거리거나 일어서서 춤을 추기도 하고, 이야기를 하는 와중에는 청중에게 질문을 던져 웃게 하였다. 제보자의 구연을 청중이 좋아하고 즐거워하였다. 청중이 전하는 말로는 신이 나면 감당이 안 되며, 이야기를 하면 하루 종일 하는 재미있는 사람으로 마을 일도 잘 한다고 한다. 또한 모르는 것이 없는 "돌팔이"라고 했다. 매사에 성실하고 적극적인 성격으로 유머가 풍부하고 끼가 넘쳤다. 이 고장 출신으로 마을에 대한 애정이 누구보다도 강했다. 모심기노래와 양산도, 각설이타령 등 민요와 설화 3편을 구연해 주었다.

시간이 너무 늦어 각자 집으로 돌아가야 된다고 하여 더 이상 조사를 진행하지 못했다. 다음에 다시 조사 올 것을 약속하고 마무리 지었다. 권빈1구에서 채록한 자료는 민요 14편과 설화 3편이다.

경상남도 합천군 봉산면 계산리 계산2구 동편마을

조사일시 : 2010.1.19
조 사 자 : 박경신, 김구한, 김옥숙, 정아용

계산리는 본래 삼가현 계산면 소재지가 있었던 지역이다. 1914년 행정구역 통폐합에 따라 동편동, 서편동, 남계동, 신촌동, 저포동의 일부를 병합하여 계산면의 소재지이므로 계산리라 하여 합천군 봉산면에 편입되었다. 계산리는 계산1구와 계산2구의 행정마을로 구분되어 있는데 1985년 합천댐 건설로 장전동이 수몰되었다. 그리고 계산골을 삼덕이라 부르는데 강덕산, 인덕산, 논덕산이 동서북으로 둘러싸여 있어서 그렇게 부르게 되었다.

계산2구(界山二區)마을은 동편동, 서편동, 남계동, 천간동(개울마), 신기동(새터) 등 5개의 자연마을로 형성되어 있다. 처음 생긴 동편 마을은 세조 등극 이후 정난을 피하여 이곳에 온 성균관 생원 사천이씨 욱이 시거하여 수대를 살고 있고, 그 후 1590년 경 임진란을 피하여 안동 권씨 창선이 이곳에 정착하여 사천이씨의 사위가 되면서 마을이 이루어졌다. 서편동은 1680년경에 수원백시 사옥이 초계면 불방에서 이곳으로 이주하여 시거하였고, 천간동(개울마)은 1680년경에 파주염씨 신흡이 거창군 남상면 월평리에서 이주하여 이곳에 시거하였으며, 신기동(새터)은 1690년경에 합천이씨 인봉이 시거하였다. 그 후 파주염씨 등이 입촌하여 살고 있다. 삼덕초등학교가 합천댐 건설로 인하여 수몰됨으로써 1985년에 이 마을로 이교하였다. 남계마을은 1710년대에 밀양박씨 치덕이 거창 남하 지산리에 정착하였으나 해발 460의 고지대이고 농사에 불편하므로 약 250년 동안 후손들이 살다가 1955년을 기점으로 하여 농사에 편리한 현재의 부락으로 집단이주하였다. 그 후 마을이 형성되면서 수원백씨, 김해김씨 등이 입촌하여 오늘에 이른다.

동편마을은 약 30여 가구로 이루어져 있으며 대부분 농사를 생계로 살아가고 있다. 마을사람들은 마을의 역사가 1천년 이상이라고 하여 자부심이 대단하였다. 지금은 당산제도 지내지 않고 유일하게 면사무소 달집태우기 행사에 마을 사람들이 단체로 참여한다.

조사자들이 봉산면 사무소에서 조우식 씨를 만나 봉산면에 대한 정보와 경로당 주소를 얻었다. 사전에 전화를 드리고 마을회관을 찾았다. 아직 경로당에는 나오기 이른 시간이라 다섯 명의 할머니만 있었다. 가까이 앉아 있는 백운점 할머니에게 부탁을 드리자 갑자기 노래 부르라고 하니 당황스럽다고 하였으나, 적극적으로 구연하였다. 조사를 위해 자신은 물론 다른 사람에게도 적극 구연하기를 권하는 등 조사에 협조적이었다. 아는 노래는 시원하고 분명한 음성으로 구성지게 잘 불렀다. "구노래"는 워낙 오래 부르지 않은 터라 다 잊어버렸다고 하였는데, 몸을 들썩이며 신명나게 부르는 솜씨로 보아 전에는 제법 부르는 노래꾼임을 쉽게 알 수 있었다. 백운점 할머니는 주변에 있는 기영애 할머니에게 부르라고 권유를 하자 할머니는 머뭇거리다 백운점 할머니를 따라 민요 몇 편을 계속해서 불렀다. 노래를 시원하게 잘 불렀으나 기억하고 있는 노래는 많지 않았다. 경기민요는 많이 알고 즐겨 부르는지 이를 몇 곡 불렀으며, 또 부르고 싶어 했다. 젊었을 때는 노래자랑 대회에 상도 받았다고 한다. 그러나 귀가 어두워서 조사자의 말을 잘 알아듣지 못했다.

조사가 점점 무르익어 가는 중에 나무하러 가던 할아버지 한 분이 마을회관에 들어왔다. 주변 청중이 제보자를 향해 노래를 잘 하니 일은 쉬고 노래를 구연하라고 적극 권했다. 안 하던 노래라 갑자기 노래가 안 된다던 제보자는 노래 몇 곡을 부르더니, 조사자의 부탁에도 불구하고 경운기를 몰고 다시 나무를 하러 갔다. 그런데 잠시 후, 술을 마시고 가다보니 좀 전에는 생각이 안 나던 노래가 생각이 났다며 도로 조사장소에 왔다. 이 노래는 아마 아는 사람이 없는 노래일 거라며 꼭 해주고 가고 싶었다며 흥분한 상태로 육이오사변 노래를 불렀다. 제공한 자료는 모심기노래, 과부자탄가, 육이오사변노래, 해방가 등이다.

계산2리 동편마을에서 채록한 자료는 과부자탄가, 시집살이 노래, 모심기노래, 애기 어르는 노래 등 민요 28편이다.

경상남도 합천군 봉산면 계산리 계산2구 남계마을

조사일시 : 2010.1.19

조 사 자 : 박경신, 김구한, 김옥숙, 정아용

계산2구 동편마을 조사를 마치자 반대편 언덕에 있는 남계마을 경로당을 찾아가 보라고 마을 어르신들이 말씀해 주었다. 그리고 노래를 잘한다

는 몇 분을 추천해 주기도 하였다. 남계마을은 1710년대에 밀양박씨 치덕이 거창 남하 지산리에서 이곳으로 이주해 정착하였으나 해발 460의 고지대이고 농사에 불편하므로 약 250년 동안 후손들이 살다가 1955년을 기점으로 하여 농사에 편리한 현재의 마을로 집단이주하였다.

지금은 약 15가구만 사는 조그만 마을이다. 성씨는 밀양박씨와 김해김씨가 주를 이루고 있다. 주 생업 수단은 대부분 논농사와 밭농사에 의존하고 있다. 조사자들이 마을회관을 방문하자 아주 친절하게 맞이해 주었다. 조사자들이 조사의 취지와 목적에 대해서 설명을 드리자 바로 노래를 하겠다는 사람이 나올 정도로 적극적이며 화기애애한 분위기였다. 처음으로 구연해 준 사람은 장수분 할머니이다. 주로 경기민요를 이영순 제보자와 교대로 구연하였다. 좌중을 보며 양반 다리를 하고, 두 손을 무릎위에 얹고는 담담하나 시원하게 노래하였다. 목청이 좋았으며, 처연하게 노래하였다. 가끔 한쪽 손을 펼쳤다 오므렸다 손 춤추는 동작도 곁들였다. 생각나는 노래는 서슴지 않고 불러주는 것으로 보아 평소에도 노래를 잘 부르는 소리꾼임을 알 수 있다. 노래는 저절로 배워진 것이며, 보통 때도 구연한 노래를 가끔 부른다고 한다. 제공한 자료는 모심기노래와 경기민요 다수다.

아랫마을에서 특히 노래를 잘 한다고 추천한 제보자가 이영순 할머니이다. 할머니는 조사자에게 매우 협조적이었다. 조사자를 두고 산골마을까지 자동차 기름을 아끼지 않고 먼 길을 달려 찾아왔으니 누구든 열심히 노래 해주라고 계속해서 재촉하였다. 감기에 걸려 목소리가 잘 나오지 않는다고 하면서도 아는 노래가 생각나면 즉시에 불러주었다. 발음이 정확하고, 음성이 맑은 데다 성음이 풍부하여 노래를 잘 하였다. 앉은 자세로 두 손을 너울거리며 춤추듯 하거나 몸을 흔들며 노래하여 신명을 돋우었다. 시종 웃음 띤 얼굴로 침착하나 즐겁게 노래하고, 자신이 구연하지 않을 때는 다른 사람들에게 사이사이에 하나씩 하라고 권했다. 보유한 자료도 많은 편이며, 노래하는 것을 즐기는 제보자이다. 전에는 밤새도록 불러도 노래가 넘쳤는데 지금은 부르지 않아 많이 잊어버렸다고 한다. 제공한 자료는 모심기노래 몇 편과 경기민요, 동요, 객귀물리는 소리 등 다수이다.

남계마을 조사의 특징은 10여 명의 청중이 있었는데 대부분 한 곡조 이상 구연해 주었다는 것이다. 특히 다른 사람들이 유행가를 부르면 청중이 조사취지에 맞는 노래를 부르라고 지적하기도 했다.

남계마을에서 채록한 자료는 다리세기 노래, 이 빠진 아이 놀리는 노래, 잠자리 잡는 노래, 객귀물리는 소리, 장가가는 노래 등 다양한 민요 31편이다.

▌제보자

권양순, 여, 1936년생

주 소 지 : 경상남도 합천군 봉산면 계산2구 528번지 동편마을회관
제보일시 : 2010.1.19
조 사 자 : 박경신, 김구한, 김옥숙, 정아용

제보자는 조사가 무르익은 시점에 조사장소에 도착했다. 백운점 제보자가 제보자에게 노래 부르기를 권하다가 먼저 한 곡을 부르자 민요 몇 편을 달아서 불렀다. 박수를 치며 웃음 띤 얼굴로 흥겹게 노래를 불렀다. 청중은 노래가사가 눈물이 난다고 하고, 제보자도 눈물을 닦았다.

섬세한 이목구비에 갸름한 얼굴을 하고, 인정이 많아 보였다. 젊었을 때는 제법 노래를 잘 부르며 놀았다고 한다.

제공한 자료는 노랫가락 몇 편과 청춘가, 모심기노래가 있다.

제공 자료 목록
04_19_FOS_20100119_PKS_KYS_0017 노랫가락
04_19_FOS_20100119_PKS_KYS_0026 모심기노래
04_19_FOS_20100119_PKS_BUJ_0027 청춘가 (6)
04_19_FOS_20100119_PKS_KYS_0028 노랫가락

기영애, 여, 1930년생

주 소 지 : 경상남도 합천군 계산2구 621번지 동편마을회관
제보일시 : 2010.1.19
조 사 자 : 박경신, 김구한, 김옥숙, 정아용

가는 몸매에 비해 아주 크고 시원한 목소리를 지닌 제보자이다. 노래를 시원하게 잘 불렀으나 기억하고 있는 노래는 많지 않았다. 경기민요는 많이 알고 즐겨 부르는지 이 노래들을 부르고 싶어 했다. 젊었을 때는 노래자랑 대회에 상도 받았다고 한다. 그러나 귀가 어두워서 조사자의 말을 잘 알아듣지 못하는 것이 아쉬웠다.

마른 몸에 갸름한 얼굴을 하여 전체적으로 민첩해 보였다. 택호는 권빈댁이다.

제공한 자료는 경기민요 몇 편이다.

제공 자료 목록
04_19_FOS_20100119_PKS_KYA_0002 창부타령
04_19_FOS_20100119_PKS_KYA_0003 노랫가락
04_19_MFS_20100119_PKS_KYA_0022 닐리리야
04_19_FOS_20100119_PKS_KYA_0023 청춘가

김봉순, 여, 1929년생

주 소 지 : 경상남도 합천군 봉산면 권빈1구 797-1번지 권빈1구마을회관
제보일시 : 2010.7.15
조 사 자 : 박경신, 김구한, 김옥숙, 마소연, 정아용

조사자들이 조사 준비를 끝내자 제일 먼저 자료를 제공한 제보자이다. 나이가 많음에도 불구하고 기억력이 좋아 이야기를 재미있게 구연하였다. 이야기의 진행이 매끄러워 좌중을 집중하게 만드는 힘이 있었으며, 발음도 괜찮은 편이어서 듣기에는 큰 무리가 없었다. 한 쪽 다리를 세우고 그 위에 팔을 걸친 채로 이야기를 구연하는 경우가 많았으며, 손짓을 많이

섞어가며 구연하였다.

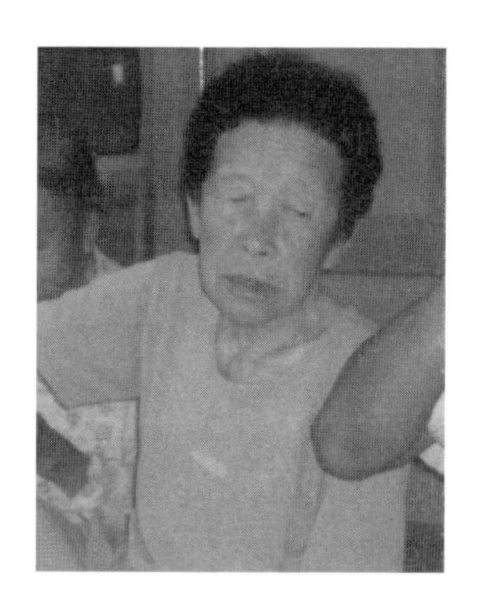

자그마하고 약한 몸에 검정색으로 염색한 파마머리를 하고 있었다. 제보자의 택호는 의성댁이며, 친정은 거창으로 16세에 시집을 왔다고 하였다. 조사자의 질문에 정신대에 가지 않기 위해 일찍 시집을 왔다고 대답했다.

제공한 자료는 이야기 3편이다.

제공 자료 목록
04_19_FOT_20100715_PKS_KBS_0001 적선하여 장가간 서당 아이
04_19_FOT_20100715_PKS_KBS_0004 첫날밤에 아이 낳은 신부 거둔 신랑
04_19_FOT_20100715_PKS_KBS_0006 하룻밤을 자도 만리장성 쌓는다

김영순, 여, 1935년생

주 소 지 : 경상남도 합천군 봉산면 계산2구 57번지 마을회관
제보일시 : 2010.1.19
조 사 자 : 박경신, 김구한, 김옥숙, 정아용

누가 권하지 않았으나 스스로 구연에 임한 제보자이다. 처음에 고음으로 박수를 씩씩하게 치며 노래를 시작하였다. 그러나 곧 가사가 제대로 나오지 않아 청중의 도움으로 노래를 끝냈다. 의욕은 있으나 더 이상 노래 부르지 않았는데 신식 노래는 잘 부를 것 같았다.

쾌활하고 씩씩한 성격으로 다부져 보이는 인상을 주었다. 인근 인곡에서 16세에 이 마을로 시집왔으며, 택호는 흰

바위댁이다. 노래는 자랄 때 조금 배웠다고 한다.

제공한 자료는 화투뒤풀이 1편이다.

제공 자료 목록

04_19_FOS_20100119_PKS_KYS_0005 화투뒤풀이

박초성, 여, 1937년생

주 소 지 : 경상남도 합천군 봉산면 계산2구 53번지 마을회관

제보일시 : 2010.1.19

조 사 자 : 박경신, 김구한, 김옥숙, 정아용

아는 노래가 생각나자 자청해서 불러보겠다고 하면서 자료제공에 임한 제보자이다. 시종 웃음 띤 얼굴로 한쪽 무릎을 손으로 치며 신나게 노래를 불렀다. 발음이 분명하고 목소리가 힘이 있었다. 보유한 자료는 많지 않으나, 흥겹게 노래를 불러 조사 분위기를 이끄는데 한 몫 하였다. 동네 이장인 백은조 제보자를 두고, 동네일을 잘한다고 칭찬을 많이 하였다.

둥근형의 잘 생긴 얼굴에 표정이 편안해 후덕한 인상을 주었다. 최술이 제보자와 부부지간이다. 율곡면에서 18세에 이 마을로 시집왔으며, 택호는 율곡댁이다.

제공한 자료는 창부타령 3편이다.

제공 자료 목록

04_19_FOS_20100119_PKS_BEJ_0003 창부타령 (1)

04_19_FOS_20100119_PKS_PCS_0008 창부타령

04_19_FOS_20100119_PKS_CMS_0013 창부타령

배갑중, 여, 1940년생

주 소 지 : 경상남도 합천군 봉산면 계산2구 345번지 남계마을회관
제보일시 : 2010.1.19
조 사 자 : 박경신, 김구한, 김옥숙, 정아용

조사가 조금 진행되고 있을 무렵에 조사 장소에 도착한 제보자이다. 청중의 권유로 오자마자 노래 한 곡을 부를 정도로 성격이 시원시원했다. 일어서서 팔을 흔들고 춤을 추면서 아주 흥겹게 구연하였다.

보통 키에 마른 체구로 목소리는 탁음이었다. 농담을 하여 좌중을 웃기는 등 유머감각이 있고 낙천적인 성격의 소유자였다. 노래를 아주 신명나게 부르는 특징을 지녔으나 보유한 노래는 많지 않았다. 이 마을 태생으로 계속 이 마을에서 벼농사를 지으며 살고 있다.

제공한 자료는 독새노래와 경기민요 2편이다.

제공 자료 목록
04_19_FOS_20100119_PKS_BGJ_0003 창부타령 (1)
04_19_FOS_20100119_PKS_BGJ_0005 창부타령 (2)
04_19_FOS_20100119_PKS_LYS_0009 노랫가락
04_19_FOS_20100119_PKS_BGJ_0028 독새노래

백운점, 여, 1936년생

주 소 지 : 경상남도 합천군 봉산면 계산2구 658번지 동편마을회관
제보일시 : 2010.1.19
조 사 자 : 박경신, 김구한, 김옥숙, 정아용

찾아간 마을회관에서 만난 제보자이다. 처음에는 갑자기 노래 부르라고

하니 당황스럽다고 하였으나, 시간이 갈수록 적극적으로 구연하였다. 자신은 물론 다른 사람에게도 적극 구연하기를 권하는 등 조사에 협조적이었다. 아는 노래는 시원하고 분명한 음성으로 구성지게 잘 불렀다. "구노래"는 워낙 오래 부르지 않은 터라 다 잊어버렸다고 하였는데, 몸을 들썩이며 신명나게 부르는 솜씨로 보아 예전에는 제법 부르는 노래꾼임을 짐작할 수 있었다.

좀 통통한 체구로, 둥근 얼굴에 다부진 모습이다. 특히 목소리가 야무져서 노래가 힘이 있고 윤기가 있었다. 가난한 독자에게 시집가서 고생을 아주 많이 하였기 때문에 삶 자체가 전설이라고 하였다. 슬하에 구남매를 두고 있으며, 택호는 서쪽 마을에서 왔다고 서북댁이라고 한다.

제공한 자료는 화투뒤풀이, 수시댁이 수명단아, 시집살이노래 외에 경기민요가 다수이다.

제공 자료 목록

04_19_FOS_20100119_PKS_BUJ_0001 화투뒤풀이
04_19_FOS_20100119_PKS_BUJ_0004 노랫가락
04_19_FOS_20100119_PKS_BUJ_0005 청춘가 (1)
04_19_FOS_20100119_PKS_BUJ_0006 수시댁이 수명단아
04_19_FOS_20100119_PKS_BUJ_0008 청춘가 (2)
04_19_FOS_20100119_PKS_BUJ_0009 시집살이노래
04_19_FOS_20100119_PKS_BUJ_0011 창부타령
04_19_FOS_20100119_PKS_BUJ_0015 양산도
04_19_FOS_20100119_PKS_BUJ_0016 청춘가 (3)
04_19_FOS_20100119_PKS_BUJ_0016 청춘가 (4)
04_19_FOS_20100119_PKS_BUJ_0025 청춘가 (5)
04_19_FOS_20100119_PKS_BUJ_0027 청춘가 (6)

04_19_FOS_20100119_PKS_KYS_0028 노랫가락

백은조, 남, 1943년생

주 소 지 : 경상남도 합천군 봉산면 계산2구 93-2번지 마을회관
제보일시 : 2010.1.19
조 사 자 : 박경신, 김구한, 김옥숙, 정아용

봉산면 권빈 1구 마을회관은 1월과 7월 두 차례에 걸쳐 조사가 진행된 곳이다. 1월 조사가 시간상 미진해서 그 부분을 보완하고 좋은 자료를 더 많이 채록하기 위해서였다. 제보자는 마을의 이장으로 두 번의 조사에서 가장 적극적으로 자료를 제공한 분이다. 특히 제보자는 뛰어난 입담을 발휘하여 여러 편의 이야기 자료를 제공하였다. 두 번째 방문할 때는 미리 연락하고 가서인지 이야기 자료를 많이 준비한 듯 보였다.

뿐만 아니라 제보자는 조사장소의 분위기를 주도하여 청중이 적극 구연에 임하도록 하는 등 조사를 위해 협조를 많이 해 주었다. 청중에게 술을 한잔씩 권하면서 평소에 노래를 할 줄 아는 제보자를 지목하여 구연에 임할 것을 청했다. 먼저 자신이 노래를 하여 흥을 돋우고, 구연하는 사이사이에 틈만 나면 사람들을 웃기려 하였다. 이야기를 할 때는 내용 이해를 돕기 위해 휴대폰과 손을 많이 이용하고, 청중에게 질문을 던지는 방식으로 진행하여 청중을 웃게 하고, 또 집중하게 만들었다. 청중에게 인기와 신임도 두터워서 제보자가 이야기를 끝낼 때마다, 청중은 앞 다투어 제보자의 술잔에 술을 채워주기도 하였다. 노래를 할 때면 두 손을 너울

거리거나 일어서서 어깨춤을 추거나 박수를 치면서 신명나게 구연하였으며, 이야기를 하는 도중에는 청중에게 질문을 던져 웃게 하였다. 발음도 정확하고 목청도 좋아서 듣기에도 시원시원했다. 따라서 청중은 제보자의 구연을 좋아하고 즐거워하였다. 청중이 전하는 말로는 제보자는 신이 나면 감당이 안 되며, 이야기를 하면 하루 종일 하는 재미있는 사람으로 마을일도 잘 한다고 한다. 또한 모르는 것이 없는 "돌팔이"라고 했다.

키가 크고 보통의 체격에 이마가 좀 벗겨진 긴 얼굴을 하고 아주 건강해 보였다. 매사에 성실하고 적극적인 성격으로 유머가 풍부하고 끼가 넘쳤다. 이 고장 출신으로 초등학교를 졸업하였다. 조사자들이 제보자 덕분에 마을이 평안하고 즐거운 것 같다며 이장으로서의 능력을 칭찬하자, 마을 사람들이 모두 다 좋아서 그런 것이라며 겸손한 모습을 보이기도 했다. 그리고 자신의 마을을 다시 찾아준 조사자들에게 고마웠던지 조사에 도움을 주기 위해 마을 사람들을 이끌 뿐 아니라, 나서서 구연하는 사람이 없을 경우에는 자신이 자료를 제공하면서 분위기를 주도하는 친절함을 보였다.

제공한 자료는 설화 10편 모심기노래 2편과 각설이타령 등 민요 10편이다.

제공 자료 목록

04_19_FOT_20100119_PKS_BEJ_0015 거짓말 대회
04_19_FOT_20100119_PKS_BEJ_0016 시아버지 누명 벗겨준 박어사
04_19_FOT_20100119_PKS_BEJ_0017 혹 떼러 갔다 혹 붙이고 온 사람
04_19_FOT_20100715_PKS_BEJ_0002 거짓말 대회
04_19_FOT_20100715_PKS_BEJ_0003 건달 남편 구한 아내
04_19_FOT_20100715_PKS_BEJ_0005 꾀 많은 하인
04_19_FOT_20100715_PKS_BEJ_0007 술 못 먹는 내기
04_19_FOT_20100715_PKS_BEJ_0008 홀시아버지와 며느리
04_19_FOT_20100715_PKS_BEJ_0009 시아버지의 그림 편지

04_19_FOT_20100715_PKS_BEJ_0010 도닦은 총각의 이야기 땜
04_19_FOS_20100119_PKS_CSI_0002 각설이타령
04_19_FOS_20100119_PKS_BEJ_0003 창부타령 (2)
04_19_FOS_20100119_PKS_BEJ_0007 노랫가락
04_19_FOS_20100119_PKS_BEJ_0009 모심기노래 (1)
04_19_FOS_20100119_PKS_BEJ_0012 모심기노래 (2)
04_19_FOS_20100119_PKS_CSI_0014 양산도
04_19_FOS_20100715_PKS_BEJ_0011 창부타령 (1)
04_19_FOS_20100715_PKS_BEJ_0012 양산도
04_19_FOS_20100715_PKS_BEJ_0013 창부타령 (3)
04_19_FOS_20100715_PKS_BEJ_0014 각설이타령

손영락, 남, 1939년생

주 소 지 : 경상남도 합천군 봉산면 계산2구 633번지 마을회관
제보일시 : 2010.1.19
조 사 자 : 박경신, 김구한, 김옥숙, 정아용

조사자가 베틀노래를 언급하며, 구연해 줄 것을 청하자 제보자가 이 노래를 부르면서 조사에 참여하게 되었다. 제보자는 이 노래를 사설민요조로 읊는 것이 아니라 창부타령 곡조로 불렀는데, 실제로 제보자는 민요를 잘 불렀다. 어깨나 상체를 좌우로 흔들며 오른손을 내저으며 흥겹게 불렀다. 청중은 요즈음 노래를 더 잘한다고 하면서 명창이라고 소개했다. 제보자 스스로도 옛날 노래는 잘 못한다고 밝혔다.

앞머리가 벗겨진 작은 얼굴에 체구도 작은 편으로 이 마을 토박이다.

제공한 자료는 베틀 노래, 각설이타령, 청춘가 등이 있다.

제공 자료 목록
04_19_FOS_20100119_PKS_SYR_0004 각설이타령
04_19_FOS_20100119_PKS_SYR_0010 베틀노래
04_19_FOS_20100119_PKS_SYR_0011 청춘가

이갑순, 여, 1933년생

주 소 지 : 경상남도 합천군 봉산면 계산2구 396번지 남계마을회관
제보일시 : 2010.1.19
조 사 자 : 박경신, 김구한, 김옥숙, 정아용

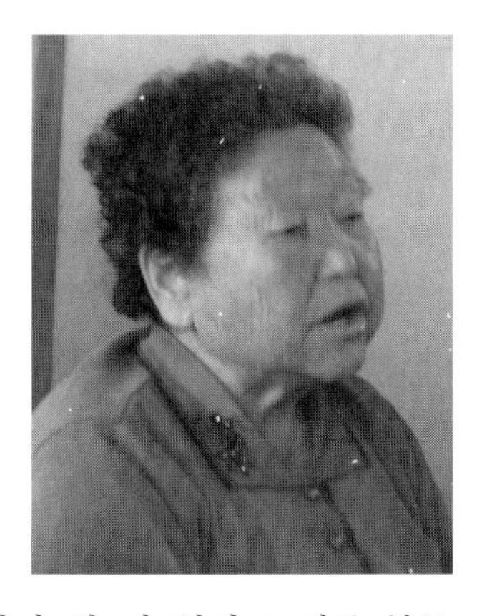

이영순 제보자가 형님도 노래 한 곡조 하라고 하여 순순히 조사에 참여하였다. 처음에는 유행가를 불러 청중으로부터 조사취지에 맞는 노래를 부르라고 지적받았다. 그러다가 곧 조사에 합당한 노래를 웃음 띤 얼굴로 박수를 치며 불렀다. 목소리가 곱고 노래를 잘 부르는 편이었다. 노래 부르는 자세로 보아 평소에 노래를 잘 하는 소리꾼으로 보였다. 그러나 다른 뛰어난 제보자 두 사람이 쉴 새 없이 노래를 부른 때문인지 적극적으로 구연에 임하지는 않았다.

피부가 아주 고왔으며, 복스러운 얼굴과 작고 통통한 체구에 깔끔한 외모를 지니고 있었다. 택호는 서동댁이다.

제공한 자료는 경기민요 2편이다.

제공 자료 목록
04_19_FOS_20100119_PKS_LGS_0006 창부타령
04_19_FOS_20100119_PKS_LGS_0008 청춘가

이영순, 여, 1936년생

주 소 지 : 경상남도 합천군 봉산면 계산2구 404-2번지 남계마을회관
제보일시 : 2010.1.19
조 사 자 : 박경신, 김구한, 김옥숙, 정아용

마을회관에 찾아가서 만난 제보자이다. 아랫마을 동편에서 특히 노래를 잘 한다고 추천한 제보자이다. 조사자에게 매우 협조적이었다. 조사자들이 자동차 기름을 아끼지 않고 산골마을까지 먼 길을 달려 찾아왔으니 누구든 열심히 노래 해주라고 계속해서 청중을 재촉하였다. 감기에 걸려 목소리가 잘 안 나온다고 하면서도 아는 노래가 생각나면 즉시에 불렀다. 발음이 정확하고, 음성이 맑은 데다 성음이 풍부하여 노래를 잘 하였다. 앉은 자세로 두 손을 너울거리며 춤추듯 하거나, 몸을 흔들며 노래하여 신명을 돋우었다. 시종 웃음 띤 얼굴로 침착하나 즐겁게 노래하고, 자신이 구연하지 않을 때는 다른 사람들에게 사이사이에 하나씩 하라고 권했다. 보유한 자료도 많은 편이며, 노래하는 것을 즐겼다. 전에는 밤새도록 불러도 노래가 넘쳤는데 지금은 부르지 않아 많이 잊어버렸다고 한다.

둥근 얼굴로 파마머리를 하고, 주름살이 없어 나이보다 훨씬 젊어보였다. 통통한 체구로 피부가 곱고 후덕한 인상을 주었다. 청중이 못하는 노래가 없다며 칭찬하였고, 장구도 잘 친다고 한다. 그래서인지 경기민요를 잘 불렀다. 평소에도 장구를 치고 노래를 부르며 놀기도 한다고 했다. 대구에서 16세에 이 마을로 시집을 왔으며, 택호는 고령댁이다. 이 마을에서 잠깐 살다가 대구에서 사십 몇 년을 살고, 이곳에 다시 와서 산 지는 삼 년째라고 한다.

제공한 자료는 모심기노래 몇 편과 동요 4편, 객귀물리는 소리, 경기민요 다수이다.

제공 자료 목록
04_19_FOS_20100119_PKS_LYS_0002 창부타령 (1)
04_19_FOS_20100119_PKS_LYS_0004 창부타령 (2)
04_19_FOS_20100119_PKS_LGS_0008 청춘가
04_19_FOS_20100119_PKS_LYS_0009 노랫가락
04_19_MFS_20100119_PKS_LYS_0010 도라지타령
04_19_FOS_20100119_PKS_LYS_0011 모심기노래
04_19_FOS_20100119_PKS_LYS_0012 창부타령 (3)
04_19_FOS_20100119_PKS_JSB_0013 노랫가락 (2)
04_19_FOS_20100119_PKS_LYS_0015 창부타령 (4)
04_19_FOS_20100119_PKS_JSB_0016 노랫가락 (3)
04_19_FOS_20100119_PKS_LYS_0018 양산도 (1)
04_19_FOS_20100119_PKS_LYS_0019 창부타령 (5)
04_19_FOS_20100119_PKS_LYS_0020 양산도 (2)
04_19_FOS_20100119_PKS_LYS_0021 다리세기 노래
04_19_FOS_20100119_PKS_LYS_0022 꼬부랑 할머니
04_19_FOS_20100119_PKS_LYS_0023 이 빠진 아이 놀리는 소리
04_19_FOS_20100119_PKS_LYS_0025 청춘가
04_19_FOS_20100119_PKS_LYS_0026 잠자리 잡는 노래
04_19_ETC_20100119_PKS_LYS_0027 객귀물리는 소리
04_19_FOS_20100119_PKS_BGJ_0028 독새 노래
04_19_FOS_20100119_PKS_LYS_0030 애우단
04_19_MFS_20100119_PKS_LYS_0031 베틀가

장수분, 여, 1942년생

주 소 지 : 경상남도 합천군 봉산면 계산2구 356-1번지 남계마을회관
제보일시 : 2010.1.19
조 사 자 : 박경신, 김구한, 김옥숙, 정아용

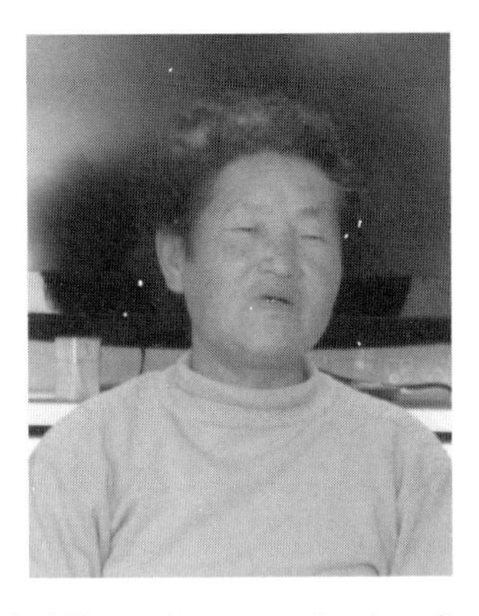

조사자의 조사취지 설명이 끝나자 기다렸다는 듯이 노래를 구연할 정도로 구연에 적극적인 제보자이다. 주로 경기민요를 이영순 제보자와 교대로 구연하였다. 좌중을 보며 양반 다리를 하고, 두 손을 무릎위에 얹고는 담담하나 시원하게 노래하였다. 목청이 좋았으며, 처연하게 노래하였다. 가끔 한쪽 손을 펼쳤다 오므렸다하며 춤추는 동작도 곁들였다. 생각나는 노래는 서슴지 않고 불러주는 것으로 보아 평소에도 노래를 잘 부르는 소리꾼임을 알 수 있었다. 노래는 저절로 배워진 것이며, 보통 때도 이런 노래를 가끔 부른다고 한다.

체구가 큰 편이고, 얼굴은 길고 붉은 편으로 성격이 너그러워 보였다. 아래 동편마을 장수분 제보자와 형제간으로, 아랫마을에서 20세에 이 마을로 시집을 왔다. 택호는 인동댁이다.

제공한 자료는 모심기노래와 경기민요 다수이다.

제공 자료 목록

04_19_FOS_20100119_PKS_JSB_0001 화투뒤풀이
04_19_FOS_20100119_PKS_JSB_0007 노랫가락 (1)
04_19_FOS_20100119_PKS_LYS_0012 창부타령 (3)
04_19_FOS_20100119_PKS_JSB_0013 노랫가락 (2)
04_19_FOS_20100119_PKS_JSB_0014 청춘가
04_19_FOS_20100119_PKS_JSB_0016 노랫가락 (3)
04_19_FOS_20100119_PKS_JSB_0017 이정승 맏딸애기
04_19_FOS_20100119_PKS_LYS_0018 양산도 (1)
04_19_FOS_20100119_PKS_LYS_0019 창부타령 (5)
04_19_FOS_20100119_PKS_LYS_0020 양산도 (2)
04_19_FOS_20100119_PKS_JSB_0024 비야비야
04_19_FOS_20100119_PKS_LYS_0025 청춘가

04_19_FOS_20100119_PKS_BGJ_0028 독새 노래
04_19_FOS_20100119_PKS_JSB_0029 애우단

장수청, 남, 1937년생

주 소 지 : 경상남도 봉산면 계산2구 642번지 동편마을회관
제보일시 : 2010.1.19
조 사 자 : 박경신, 김구한, 김옥숙, 정아용

나무하러 가다가 마을회관에 들르면서 자료를 제공하게 된 제보자이다. 제보자가 조사장소에 도착했을 때는 조사가 진행 중에 있을 때였는데, 주변 청중이 제보자를 향해 노래를 잘 하니 일은 쉬고 노래를 구연하라고 적극 권했다. 평소 안 하던 노래여서 갑자기 노래가 안 된다던 제보자는 노래 몇 곡을 부르더니, 조사자의 만류에도 불구하고 경운기를 몰고 다시 나무를 하러 갔다. 그런데 잠시 후, 술을 마시고 가다보니 좀 전에는 생각이 안 나던 노래가 생각이 났다며 도로 조사장소에 왔다. 이 노래는 아마 아는 사람이 없는 노래일 거라며 꼭 해주고 가고 싶었다며 흥분한 얼굴로 신이 나서 육이오사변 노래를 불렀다. 이러한 태도는 제보자가 우리 노래에 대한 애착과 열정이 많음을 말해준다.

중키에 보통 체구로, 다부진 인상을 주었다. 모자를 쓰고 있으면 나이보다 훨씬 젊어 보일 정도로 건강해 보였다. 말도 빠르고 힘이 넘쳤다. 목청이 아주 좋고, 노래를 잘 불렀는데, 이전에는 꽤 유창하게 노래를 불렀으리라 짐작된다. 하루에 몇 차례씩 술을 마시고 있으며, 술로 세월을 보낸다고 하였다.

제공한 자료는 모심기노래와 과부자탄가, 육이오사변 노래, 해방가 등

이다.

제공 자료 목록
04_19_FOS_20100119_PKS_JSC_0012 모심기노래
04_19_FOS_20100119_PKS_JSC_0013 과부자탄가
04_19_FOS_20100119_PKS_JSC_0014 창부타령
04_19_MFS_20100119_PKS_JSC_0019 육이오사변 노래
04_19_MFS_20100119_PKS_JSC_0021 해방가
04_19_FOS_20100119_PKS_JSC_0024 노랫가락
04_19_FOS_20100119_PKS_BUJ_0025 청춘가 (5)
04_19_FOS_20100119_PKS_BUJ_0027 청춘가 (6)

최명수, 남, 1924년생

주 소 지 : 경상남도 합천군 봉산면 계산2구 53번지 마을회관
제보일시 : 2010.1.19
조 사 자 : 박경신, 김구한, 김옥숙, 정아용

제보자 역시 스스로 노래 구연을 시작했다. 벽에 등을 기대고 조용히 노래를 불렀으나 초성이 좋았다. 나이 탓에 숨차했으나 웃음 띤 얼굴로 즐겁게 노래했다. 두 곡은 말없이 나서서 부르고, 한 곡은 권해서 불렀다. 젊었을 적에는 꽤 노래를 잘 했을 것으로 짐작되었다.

긴 얼굴에 점잖고 어진 인상을 주었다. 치아가 부실해 발음이 덜 정확했다. 이 마을 토박이로 노래는 어른들께 배웠다고 한다.

제공한 자료는 창부타령 3곡이다.

제공 자료 목록
04_19_FOS_20100119_PKS_BEJ_0003 창부타령 (1)
04_19_FOS_20100119_PKS_CSI_0006 창부타령 (2)
04_19_FOS_20100119_PKS_CMS_0013 창부타령

최술이, 남, 1929년생

주 소 지 : 경상남도 합천군 봉산면 계산2구 53번지 마을회관
제보일시 : 2010.1.19
조 사 자 : 박경신, 김구한, 김옥숙, 정아용

조사준비를 마치자 가장 먼저 노래를 하겠다고 나선 제보자이다. 양반다리를 하고 노래 가락에 맞추어 오른팔을 내젓기도 하고, 처연하면서도 구성지게 불렀다. 노래 부르는 자태가 평소에 노래 부르는 것을 무척 즐기는 분임을 알 수 있었다. 백은조 제보자가 도깨비와 관련된 이야기를 할 때, 엉거주춤 앉아 겅중겅중 제자리에서 뛰며 도깨비들이 춤추는 것을 흉내 낼 정도로 구연판에 동화되고, 구연판을 즐기는 분이다. 아내인 박초성 제보자의 말로는 지금도 혼자서 장구치고 노래를 즐겨 부를 정도로 신명이 많다고 한다. 생각나는 노래는 적극 구연해 주었다.

앞머리가 벗겨진 둥근 얼굴로 체격이 좋은 편이었다. 낙천적인 성격에 인상이 좋았다. 이 고장 토박이로서 슬하에 육남매를 두었으며, 노래는 어른들이 하는 것을 보고 배웠다고 한다.

제공한 자료는 경기민요 5편이다.

제공 자료 목록
04_19_FOS_20100119_PKS_CSI_0001 창부타령 (1)
04_19_FOS_20100119_PKS_CSI_0002 각설이타령
04_19_FOS_20100119_PKS_BEJ_0003 창부타령 (1)
04_19_FOS_20100119_PKS_CSI_0006 창부타령 (2)
04_19_FOS_20100119_PKS_CSI_0014 양산도

최점이, 여, 1931년생

주 소 지 : 경상남도 합천군 봉산면 계산2구 동편마을회관
제보일시 : 2010.1.19
조 사 자 : 박경신, 김구한, 김옥숙, 정아용

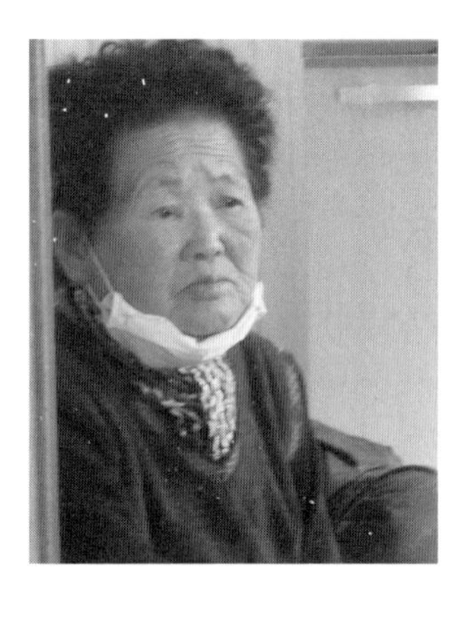

제보자는 아주 소극적으로 조사에 참여하였다. 수줍음을 많이 탔고, 알고 있는 노래도 많지 않아 보였다. 조사가 무르익자 방에서 거실로 나와 장수청 제보자에게 노래 준비할 시간을 준다며 짧은 노래 한 곡을 불러 조사를 도왔다. 박수를 치며 얌전히 노래를 불렀다. 젊었을 때는 신도 많고 노래도 푸지게 불렀으나 이제는 몸이 아파서 못 부른다고 했다.

수더분한 외모에 건강이 안 좋아 보였다. 육이오사변 때 15세 나이로 이 마을로 시집왔다고 하며, 택호는 장반댁이다.

제공한 자료는 동요, 모심기노래, 청춘가이다.

제공 자료 목록
04_19_FOS_20100119_PKS_CJI_0007 애기 어르는 노래
04_19_FOS_20100119_PKS_CJI_0010 모심기노래
04_19_FOS_20100119_PKS_CJI_0020 청춘가

적선하여 장가간 서당아이

자료코드 : 04_19_FOT_20100715_PKS_KBS_0001
조사장소 : 경상남도 합천군 봉산면 권빈1구 882-1번지 권빈1구마을회관
조사일시 : 2010.7.15
조 사 자 : 박경신, 김구한, 김옥숙, 마소연, 정아용
제 보 자 : 김봉순, 여, 82세
구연상황 : 백은조 제보자가 유관순에 얽힌 일화를 짤막하게 소개하고 난 후, 조사자들이 거짓말 같은 이야기를 구연해 달라고 요청했다. 그 때 옆에 앉아 있던 제보자가 "옛날 이바구 내가 한 개 하께." 하며 구연을 시작하였다. 구연이 끝난 후, 옆에 앉아 있던 백은조 제보자가 적어놔야겠다고 하자, 어디 가서 팔아먹으려고 그러냐고 해서 한바탕 웃었다.
줄 거 리 : 한 아이가 서당에 글을 배우러 다녔다. 도시락을 둘 데 없어, 서당 근처 둥근나무에다 늘 두었는데 먹으려고 보면 밥이 비어 있었다. 하루는 그 나무속에서 엄두리 총각이 나오면서 서당아이에게 자기가 삼년 동안 밥을 얻어먹었으니 자기 시키는 대로 하라고 한다. 잔칫집에 가서 방 하나를 비워달라고 하라며, 시킨 대로 하지 않으면 죽이겠다고 하여 서당아이는 그 총각이 시킨 대로 한다. 한밤중이 되자 엄두리 총각이 아이에게 새신랑 목을 베어오라고 시키고, 아이가 새신랑 목을 베어오자 총각이 그 사실을 광고한다. 신랑의 목을 확인해 보니 범의 머리였다. 범이 신랑을 잡아먹고 둔갑하여 신랑행세를 한 것이다. 신부의 목숨을 구한 서당아이는 부잣집 딸인 신부와 결혼하게 되는데, 그 엄두리 총각은 아이에게서 밥을 얻어먹은 목신이라고 한다.

옛날에 어느 옛날에는 학교가 없고 서재 글 배우러 댕길 때, 서당, 서당에 글 배우러 댕겼는데,

(청중 : 그때는 그기 지금 말하자면 학교야.)

서당 글을 배우러 가는데, 이 학생이 빈또밥을(벤또밥을, 도시락을) 장(늘) 갖다가, 안에 거 갖다 놓을 데가 없어가, 지금 학교는 뭐 갖다 놓을

때도 있지마는, 동네는 근바-아 가- 나가면 서당 근방에 큰 둥근 나무 있는데, 것다가 밥을 장 갖다가 올려놓고, 와서 묵을라고 보면 빈또가 싹 빘는(비워 있는) 기라(것이라).

삼 년을 거따(그기 다) 갖다 얹었는데, 하루는 어떤 어떤 엄두리 총각이 하나 나오디- 그기 말하자면 목신이라. 그 나무에, 자기가 삼 년을 밥을 얻어묷신깨네

"넌 내시기는 대로 해야 한다."

이래됐는 기라.

"내시기는 대로 해사면 우예야 됩니꺼? 목신님!"

이칸께

"날 따라가자."

그래 따라강깨(따라가니까)

"어느 잔치집에 방 하나 비워 돌라 구카라(그렇게 하라)."

카라 카는데, 그 잔칫집에 방이 암만 여러 개라도 복잡하다 아이가(아니가)?

"안 그카면 넌 내 손에 죽는데이."

캐서,

"어데 방을 하나 여 나그네 손님 하나 왔는데 비워도라꼬."

카이깨, 그래 비와줘서(비워주어) 누워 자는데 한밤중 된깨(되니까) 칼을 쑥 빼서 주민서

"이거 갖고 너 새신랑 모가지 비가(베어서) 줘."

이카는기라(이렇게 하는 것이라).

새신랑 모가지를 비가 오라칸깨,

[목소리를 높여]

안그러면 지가 죽을 판인깨네

(청중 : 아이구 깜짝이야.)

그렇던가 말던가 마 신랑각시 정답게 자는 걸 고마 목을 팍 쳐갖고 안고 나온께, 새 새신랑 두구리(머리채) 비- 갔다꼬 목신이 괌을(고함을) 질러뿌놓이깨(질러버리니) 그 손 신랑 따라 온 손들(손님들)하고 온 집안사람이 다 일나는(일어나는) 기라. 다 일나이, 그러이 그 그 새신랑 두구리 비온 걸 마당에 던지미(던지며)

"이기 사람머리가 범의 머리가 봐라."

이칸깨네 범대가리라. 그걸 알고 따라붙었어. 그 밥값도 없는 사람이 수명이 없는 사람인데도 목신이 들어 살리고, 대신 그래 거 장가질로 오다가 가매를 옛날에 미고 타고 장개를 댕깄는데,

"이 신랑이 어디 나간 일 없나?"

이컨깨

"소빈(소변) 하러 나갔다."

커는 기라. 고 시간에 범이 이 사람을 주-(잡아) 묵고 범이 둔갑을 해 가지고, 사람이 돼 가지고, 그 가매 앉아 들어서 그날 혼사를 치랐는(치룬) 기라.

그러이깨네로 집이 해딱(홀딱, 모두) 디비지뿐깨네(뒤집어져서 보니) 참 범대가리라. 모가지 날라간(날아간) 것도 범이고, 그랜깨내로 이 저 신랑 그 집에선 우짤 수 없어 돌아가야 되고. 신부집에서 범한테 각시도 재먹힐(잡아먹힐) 거 아니라. 새북되마(새벽되면).

그러니까 그 신부집에서 그 신랑 모가지 빈(벤) 사람하고 혼사를 맺어 줘가지고, 그 집이 그렇게 부잔데, 무남독녀 딸인데, 그래 목신을 밥을 삼 년을 믹이가지고(먹여서), 자기가 죽을 것도 살고, 그 집에 그 결혼식을 해서 잘 살았다 카는 기라.

첫날밤에 아이 낳은 신부 거둔 신랑

자료코드 : 04_19_FOT_20100715_PKS_KBS_0004
조사장소 : 경상남도 합천군 봉산면 권빈1구 882-1번지 권빈1구마을회관
조사일시 : 2010.7.15
조 사 자 : 박경신, 김구한, 김옥숙, 마소연, 정아용
제 보 자 : 김봉순, 여, 82세
구연상황 : 백은조 제보자가 자신 말고도 이야기 잘하는 사람이 많았다고 아쉬워하며, 할머니들에게 노래를 유도하려 하였다. 조사자가 앞서 구연했던 제보자에게 이야기 더 없느냐고 청하자 하면 되기는 되는데 좀 상스러운 이야기라며 조심스러워 했다. 조사자가 괜찮다며 다시 한 번 구연을 청하자 이야기를 시작하였다. 이야기가 끝난 후 백은조 제보자가 지금도 잘 살고 있는지, 요새는 전화 안 해봤냐고 농담을 해서 좌중을 한바탕 웃게 했다. 조사자가 이야기 속 신랑이 머리가 좋은 사람이라고 하자, 제보자는 임금도 그래서 "별과거"를 붙여 벼슬을 준 것이라고 부연 설명을 했다.
줄 거 리 : 한 사람이 장가를 갔는데, 첫날밤에 신부가 궤짝에 간부를 넣어두고 신랑을 죽이려 하였다. 신랑이 먼저 눈치를 채고 간부를 죽인다. 그 사람이 두 번째 장가를 가자 이번에도 첫날밤에 신부가 잠을 자지 않자, 수상하게 생각한 신랑이 집으로 돌아오고 만다. 세 번째 장가를 갔는데, 이번에는 첫날밤에 신부가 아이를 낳는다. 신랑은 그러한 불운이 자신의 운명이라 받아들여 그 갓난아기를 몰래 수습하여 아이를 낳지 못하는 고모에게 주어서 키우게 하고, 십 년 공부를 하러 떠난다. 산속에서 공부하던 중 자신에게 일어난 일 때문에 혼자 웃다가 친구들에게도 그 사실을 말하게 되고, 그것을 창밖에 있던 숙종대왕이 듣게 된다. 그 사람의 재목을 알아본 숙종대왕이 별시를 열고, 세 번째 몸에서 난 사람을 고종으로 삼은 사람에게 암행어사 벼슬을 내린다. 그 사람은 아내를 거둔 덕에 십 년 공부를 육 년으로 단축하고 잘 살게 된다.

옛날에 어떤 사람이 장가를 간깨, 저 잠을 안 자고 그냥 구석에다가 큰 궤짝이 있는데, 그 우다(위에다) 두르막을(두루마기를), 재물통을(자물통을) 탁 안 잠그고 요래 걸어놨는데, 신부가 잠을, 신랑이 가만 자는척하고 누웠은깨, 귀짝 그거만 차려 보는 기라. 신부가 잔다 잠이 들면, 신랭이 새신랑이 잠이 들면 잠들었다 컬라꼬(할려고).

그래서 이 빌어먹을 거 이 안에 뭐 들었는가 싶어서 두루막을 벗어가지고 그 위에다 탁 놔뿐깨, 옛날에는 재물통이 위에서 바로 내리 잠그는 기라. 그기 그만 탁 잼기뿌는 기라.

잼긴깨 열쇠를 꺼낼라카면 신랑이 일나고(일어나고), 신랑이 일나고, 열쇠를 꺼낼라 카면 이래 열쇠로 소스랑 매로(처럼) 막 밀어올렸거던. 옛날 자물통은.

그래 꺼낼라 카면 일나서, 이튿날 그래 손이 가는데, 저거 아부지가 왔던 사람이 가는데, 그래 저 저거 장모님한테

"장모님 빙모님 저 귀짝 저기 탐이 나는데 나 좀 가져갑시다."

이칸깨, 그래

"자네가 꼭 탐이 나면 가져가라고."

이카거든. 그칸깨 신부가 좇아 나와서 막 꺼머안고(끌어안고)

"내 시집갈 때 가-(가지고) 가면 안 되느냐."

칸다.

"나도 하고 젚고(싶고), 당신도 하고 젚으만……."

톱을 거도록 찾아와서 으쓱 끊어놓고 가뺐어. 그 안에서 피가 푹 쏟아지는 기라. 그 안에 사람이 들앉았은깨(들어 앉았으니까).

(청중 : 신랭이 눈치를 챘뺐다.)

눈치를 챘는 기라. 거만 눈독들이고 안 잔깨, 안에 뭐 들었다 카는 걸.

그라고 두 번채 장가를 간깨.

(청중 : 장가를 몇 번 갔는데예?)

시분(세번).

[청중 웃음]

그래가 두 번채 장가를 간께, 이 놈우(놈의) 각시가 또 잠을 안자는 기라. 에이 빌어먹을 온 지녁 오늘 또 무시기 있다 싶어서 고마.

(청중 : 빌어먹을 맨날 그런 데만 찾아가는 갑다. [웃음])

그래 가마히 자는 척하고 있은깨, 코를 들들 기리고 그란깨 자는가 싶어가, 버선발로 살짝 살짝 나가 갖고, 버선발로 가면 재죽(자죽, 발자국) 소리가 안 나잖아.

뒤안에 대밭에 있는데, 대밭에 가서

"잠들었다꼬 오라."

카더란다. 에이 빌어먹을 지가 먼저 나와서

"아버지 갑시다."

이카면서 고마 밤에 또 와뿠어(와버렸어).

그런데 인자 시분채 장가를 가야 공부를 하러 산골에 가서, 십년을 시떡무 공부를 하기를 원을 했는데.

그때는 장가를 일찍 보내잖아, 지금 대면(비교하면) 열 몇 살 묵어서 그래 보내는데, 시분채 장가를 보내놓고 가야, 인제 저 공부를 하러 갈낀데, 시분채 장개로 간깨네로, 첫날 지녁에 신부가 아-를(아기를) 놓더란다.

[청중 웃음]

(청중 : 허 참!)

그래 '이기 마 내 사주다. 우짤 수 없다.' 싶어서

(청중 : 아 별꼬라지(별꼴) 다 보겠소.)

저거 요를 갖다 따가지고, 새솜한다[12] 아이가(아니가), 새 신부 할라카면.

(청중 : 요새는 첫날 저녁 아이라도(아니라도) 연애할 적에 낳는 것도 있는데 뭐.)

그래 거 요 솜을 따가지고 그거로 아-를 싸가지고 보듬고 나가더란다.

시분채(세번째) 아- 놓은 사람을, 신부는 마 덜덜 떨고 죽을 상인데, 그래 갖다가 보듬고 나가디만도(나가더니만) 오데다(어디다) 갖다났는고 들

---

12) 새 솜으로 혼례를 위한 새 이부자리를 만든다는 뜻.

어오디만도,

장모를 깨배가지고(깨워서) 나는 배가 아프면, 곽중에(갑자기) 배가 아프면, 미역국하고 밥을 먹어야 된깨, 미역국하고 밥 좀 해돌라 커더란다. 사우가(사위가) 새 사우가 그 카는데 어느 령이라꼬 안 해주겠노.

(청중 : 그 남자 머리도 좋다.)

그래 갖고 밥을 해 갖고, 이걸 안 먹으마 내가 오늘 사단을 낼 낀깨, 이걸 묵으야된다 이칸깨, 그래 신부가 마지 못해서 아-는 빨던 사람이 배도 고프고 밥을 묵었어. 묵은깨, 내가 저 공부하러 가기 땜에, 토굴에 들어가 산골에 들어가기 땜에, 샘일(삼일) 신랑 할 것도 없고, 무힐(묵힐) 것도 없고, 오늘 나 손 갈 때 신부를 따라 가자 카는 기라. 그래 갖다 놓고 갈라꼬.

그래 따라가자 캐서 그래 우짤 수 없어 저거 집에 눈치를 안 할 낀데, 아를 밴 사람인데 지금. 그때는 그 아 지은 것도 모르고, 빼낸 것도 모르고 한깨, 그래 딸리(딸려) 보냈는데,

가다가 공굴[13] 밑에 가디-(가더니) 조군들한테, 그 가마 미는 사람을 조군이라 카는 기라. 조군들한테

"너거 여(여기) 살 아 우는 소리가 난다."

백지(백재)[14] 딴 사람은 나도 안하는데, 지가

"아- 우는 소리가 난다."

이카면서

"거 내리 봐라."

이카거든.

"너거 공굴 밑에 내리 가 봐라. 오데 아 우는 소리가 난다."

신랑이 이캤어. 그래

---

13) 콘크리트로 만든 다리의 경상도 사투리.

14) '공연(公然)히'의 경북 포항, 경주, 영천지방의 사투리.

"내리 간께 소케(솜) 속에 아기가 하나 있디요."

이카는 기라.

우도(울지도) 안하고 갓난우(갓난 아기) 되놓이깨네 소케 속에 아기가 하나 있는데,

"그라모 아기를 보고 갈 수가 있나 보듬고 오이라."

보듬고 왔어.

(청중 : 신랑 머리 좋다.)

"잠깐이라도 애기는 신부가 거천해야된깨, 신부 가매 안에 갖다 옇어라(넣어라)."

이카거든. 신부가 아 보듬고 나갈 때는 어디 갖다 내비리는가 했는데, 지 앞에 갖다논깨 우짜겠노. 눈이 캄캄하이 아무것도 안 비지(보이지).

그래 가는 도중에 저거 고무(고모) 그 신랑 고무 내외가 사는데, 아-를 못 놓는 기라. 못 놓는데, 고모 내 오다가 저 공굴 밑에서 내가 와서.

"오늘 신랑을 해가지고(해서) 오노. 신랑 온다 소리도 안하디."

캤어.

"원래 재추는(재취는) 삼일 신랑 한다 카는데, 삼일 신랑 할 것도 없고, 내가 글 배러(배우러) 가기가 바빠서 오늘 신랑 바래가(바라서) 옵니다. 오다가 공굴 밑에서 애기를 하나 주웠는데, 그나마 남자 애긴깨 고모가 얼라가(아이가) 없으니깨 애기 키우소."

이칸깨, 그러고 마 키울라 커거든. 아를 못 논 사람인께, 그래 키왔는데,

옛날 숙종대왕을 삼천리 강산을 하루저녁에 축지법을 했다캐. 그때 그 숙종 대왕 때라 카는기라. 그래 삼천리 강산을 축지법을 한깨, 이 창문이 빤하게 있거든. 어느 산골에.

드다본깨네로(들여다보니까) 참 총각들이 서이서(셋이서) 공부를 하고 있다가, 그 하도 얼칙이(어이가) 없어 그 사람이 그거를 생각한깨 우습은

기라. 첫때 갈때 그렇채, 두분채, 시분채 간깨 아를 놓제 이런깨.

[이때 청중이 두 번째 가니까 부정한다고 하자, 제보자는 세 번째 가니 아이를 낳았다고 큰 소리고 말했다.]

그래가지고 그래가지고 어이가 없어 허 웃은깨. 저거 친구들은 모르거던.

"야가 미쳤나. 금방 글 일이다가(읽다가) 윗노(웃노)?"

이카거든.

"내가 고마 이마코 저마코 그래 됐다."

카고, 첨에 장가가는 이야기꺼지 했는 기라.

"그래서 낸주는(나중에는) 장개 여러 번 가도 부모들 부모 밥 해줄 사람도 없겠다 싶어서, 고마 그 사람 밥하라꼬 데리다 놓고, 내가 과거를 보면 새로 출가를 하든지 우짜던지 그래서 데려다놨다 그래 됐다."

이칸깨, 그 숙종대왕이 삼천리 강산에 축지법 하고 듣다가 그 소리를 들었는 기라(것이라). 그래 이틀날 고마 그 사람 머리가 여간 해가지고는 그러지를 못하거든. 시 분 아니라 열 번을 장개를 가도 아― 놓은 신부를 어째 데려가 가겠노. 이래가 '머리가 이런 사람 되면 틀린다.' 싶어가지고,

"이튿날 빌과게를(별과거를, 별시를) 붙인다."

이카는 기라.

그래 인제 붙인다 이캐서.

"우리도 한 번 가보자."

별과게라 칸깨, 별도로 과게날이 아니고 별과게를 붙인 날이 있었는 갑이라(모양이라). 옛날에.

별과게를 붙인다 칸깨, 우리도 가보자 칸깨, 글씨를 써 붙이놓고 삼차몸에서 고종이(고종사촌이) 나온 사람이 암행어사다.

이리 된 기라, 그리 된 기라. 본인은 모르는 기라, 그걸 생각이 안 나서. 저거 자기 친구들이

[큰 목소리로]

"너 아이가 임마. 그래 된 게 니라(너라)."

그래 가만히 생각한께, 삼차 몸에 저거 고모 아들 하라꼬 아들 갖다 줬은께, 삼차 몸에서 고종이 된 게 맞다. 그래 갖고 과거 벼실을 줘서, 암행어사 도호사 벼실을 줘서 떡 타고 내려오면서, 저거 고모 집을 들따본께,

"하이고 너거 외갓집 형님 왔다. 절해라."

이카는데 본께, 십년을 공부를 할라카든기 육년을 하고 그래 됐어. 그 십년을 하고 과거를 보러 갈라 캤는데, 육년이 된께 여-(여섯) 살 먹는 머스마가(머시마가) 와서 절을 하면서 인사를 하거든. 그래

"너거 외갓집에 행님이다."

이칸께, 그래 그 질로 벼실을 해서, 자기가 생각이 짚은(깊은) 사람이라.

'내가 그렇지 않으면 과거를 십 년 전에 볼 수도 없고, 그 사람 땜에로 내가 암행어사가 됐다.'

이래 돼 가지고는 그 사람을 델꼬(데리고) 살림을 살고 집이도 잘 꾸리(꾸려) 나가더란다. 그 고모는 아들 하나 주고.

하룻밤을 자도 만리장성 쌓는다

자료코드 : 04_19_FOT_20100715_PKS_KBS_0006
조사장소 : 경상남도 합천군 봉산면 권빈1구 882-1번지 권빈1구마을회관
조사일시 : 2010.7.15
조 사 자 : 박경신, 김구한, 김옥숙, 마소연, 정아용
제 보 자 : 김봉순, 여, 82세
구연상황 : 백은조 제보자가 김봉순 제보자의 이야기가 좋다고 하자, 한 자리 더 해보겠다며 구연을 시작하였다. 만리성 쌓는데 가보니까 돌이 하나가 담벼락만큼 길고, 밑바닥도 정말 길더라며 보고 온 이야기를 했다. 담벼락에 올려놓은 돌이 한 발씩 되어서 그 앞에서 사진을 찍어도 되더라고 했다. 그러니 거기 가면

골병 안 들고, 안 죽고 나오지는 못하겠더라고 했다. 또한 진시황은 그날까지 성을 못 쌓으면 왕을 내놓게 되어 있었는데, 평소에 눈을 떠서 사람을 보면 사람이 죽게 되어 있어서 눈을 안 뜨고 있었는데, 그날 해지기 전에 성을 다 못 쌓을 성 싶으니까 눈을 떠서 해가 못 넘어가게 하여 자기 뜻대로 하였다고 만리성과 관련된 이야기를 알려주었다.

줄 거 리 : 남편을 만리성 쌓는데 보낸 한 여인이 집에 찾아온 선비를 하룻밤 잘 대접하고, 자기가 주는 편지를 전하면 과거에 급제할 것이라면서 편지를 한 장 써준다. 가다가 절대 뜯어보지 말고 만리성 쌓는 감독에게 전달하게 하고, 갔다 오면 자기와 결혼하자고 유혹한다. 편지를 전한 선비는 편지글 내용대로 여인의 남편과 교대하고 여인의 남편은 집으로 돌아온다.

옛날에 저 진시황 있을 때 그 중국에 만리성. 만리성을 쌓는데, 그 때 시절에 쪼매 이래 뭐 죄를 짓고 잘못한 사람만, 보티한 사람만 데려 갔는 가비라(갔는가보더라). 그 불리갔다 카면 만리성 다 쌓을 때 오지, 아파도 그서

(청중 : 돌 한 디-(덩어리) 하고 사람 목숨하고 같다카는)

죽으마 거 그냥 구불트리뿌고(굴러뜨려버리고) 그냥 고마 또 하고 그런다 카는 기라. 죄 짓는 사람을 데려다가.

그래가지고 그래 어느 선보가 참 없어서 말도 못 타고, 종도 못 데리고 가고, 밥을 사 묵어가면서, 배 고픈개(고프니까) 비지밥을 사 묵어가면서 가는데, 가는 도중에, 그 과거 보러 가는 도중에 오두막살이 집이 한 개 있는데, 불을 빤하게 써놔서 들어간깨, 이쁜 색시가 나와서 반기는 기라.

그래 가뜩 참 돈도 없고, 배도 고프고, 잘 데도 없는데, 그래 이쁜 색시가 반기미(반기며) 밥반주 술에다가, 밥을 잘해서 대접을 잘해서 먹이거든. 먹이머 뭐라 커는 게 아이라,

"내가 안주(아직) 처년데, 우리 오라바이가 과거 보는 그 별지 주는 사람 거시긴깨, 감독인깨느로(감독이니까), 그래 내 지가 편지를 써서 주미-(주며) 요걸 고삼을 갖다주마 과거를 시험이 된다. 된깨, 갖다주고 과거

를 보고 오면 당신하고 나하고 결혼해가 사자."

이래됐는 기라. 그칸깨 이 남자가 좋다고, 이거 떠 보지말고 그사람 갖다줘야 된다칸깨, 이기 마 갖다준다고 할 때, 뭣도 모르고 지고 어디로 갔는 게 아니라, 만리성 쌓는데 감독한테로 보냈어. 여자가 얼마나 똑똑하던고, 그 감독한테로 보내서 그 안에 뭣을 우째 썼는게 아이라.

"요 사람을 내가 요 사람 아무것이 대로(대신) 사서 연깨(넣으니까), 고 사람을 돌려보내고 요 사람을 써라."

요래(요렇게) 해놨는데, 이 사람이 모르고 그 앞을 드가서(들어가서), 드가논깨, 과거 보러도 가도 몬하고, 고마 거서 만리성을 쌓게 됐는 기라.

그런깨 말이 옛날부터 말 나기로 와(왜) '하룻밤을 자고 가도 만리성을 쌓는다.' 카는 기(것이) 고-서(고기서, 그기서) 났는 기라.

고서 나가지고 이거 저거 신랑은 그 사람은 대로 밀아뿌고(밀어버리고), 보내뿌고, 하룻밤 대접 잘해가지고 뭐 이 사람하고 과거도 못보고 만리성 쌓는 데서 녹아뿌랬어. 그렇다 카는 기라.

거짓말 대회

자료코드 : 04_19_FOT_20100715_PKS_BEJ_0015
조사장소 : 경상남도 합천군 봉산면 권빈1구 882-1번지 권빈1구마을회관
조사일시 : 2010.1.19
조 사 자 : 박경신, 김구한, 김옥숙, 마소연, 정아용
제 보 자 : 백은조, 남, 68세
구연상황 : 조사자가 제보자에게 노래를 참 많이 안다고 칭찬하자, 청중들이 모르는 것이 없다며, 이야기를 내놓으면 하루 종일 해도 다 못한다고 알려주었다. 조사자가 이야기 구연을 청하자 제보자는 곧바로 이 이야기를 구연했다.
줄 거 리 : 거짓말 잘 하는 대회에 참석하러 가던 사람이 거짓말 하는 청년을 만나 멋지게 거짓말을 한다. 다듬이돌이 날아가는 것을 보지 못했느냐는 물음에 산 넘어 거미줄에 걸려 있을 거라고 응수하여 거짓말 내기에 성공한다.

옛날에 옛날에 여 여기서 쪼-금 지나가면 큰 이 산을 태산을 하나 넘어야 되는데, 그 산 넘에 가면은 거짓말대회를 하는 날이라, 그날이.

거짓말대회 하는 날인데, 그 인자 거짓말 대회장에 떡 간다고 산에 올라간깨네(올라가니까),이런 어떤 젊은 청년이 하나 헐레벌떡 니려 오는 기라.

"보소 여기 따담돌(다듬이돌) 하나 날라 가는 것 안 봤소?"

[청중 웃음]

그래 힐끔 차려보더니

"올라가보소. 요 산넘에 가이까네 거무줄에 걸리가 있대요."

[청중 웃음]

따담돌이 거미줄에 걸려 있을 리가 있나. 그 거짓말 대회인 기라. 이 거짓말 대회라.

시아버지 누명 벗겨준 박어사

자료코드 : 04_19_FOT_20100715_PKS_BEJ_0016

조사장소 : 경상남도 합천군 봉산면 권빈1구 882-1번지 권빈1구마을회관

조사일시 : 2010.1.19

조 사 자 : 박경신, 김구한, 김옥숙, 마소연, 정아용

제 보 자 : 백은조, 남, 68세

구연상황 : 앞 이야기의 구연을 끝내자, 조사자는 제보자에게 이야기를 더 해 달라고 요청했다. 이런 이야기는 조사 취지에 안 맞을 것이라며 잠시 머뭇거렸으나 전혀 상관없다는 조사자의 말에 구연을 시작했다. 제보자는 구연하는 동안 몇 번이나 청중에게 질문을 하여 청중들을 웃게 하고, 이야기에 집중하게 만들었다. 제보자는 막힘없이 이야기를 구연하였고, 청중들은 열심히 경청하였다.

줄 거 리 : 박문수 어사가 한 고개를 넘어가다가 중을 만났다. 중과 친해져 중의 이력을 모두 알게 되었다. 중과 헤어진 어사가 한 고을에 당도하는데, 이 고을에는 마침 신부가 살해된 살인사건이 발생하여 시아버지가 누명을 쓰고 옥에 갇혀

있다. 어사가 당도한 다음날 시아버지의 사형집행이 진행된다. 어사는 사형집행을 잠시 늦추고 해인사로 간 그중 이름을 언급하며 그를 잡아오게 했다. 암행어사를 본 중은 얼마 전 자기와 이야기를 나누던 그 사람이 바로 암행어사임을 알고 자기 죄를 시인한다. 암행어사 덕분에 진범이 잡히고 시아버지는 며느리를 죽였다는 누명에서 벗어난다.

박문수 박어사 삼도어사거든예. 그래 인자 저기 합천 합천 그 저 아디-재 커는데 아는교? 아디-재인데 떡 올라간깨네 앞에 인 그 신중이 한분 가고 있는 기라. 그래 뒤에서 차라 차라가 따라가 차려 아무래도 그 어사쯤 되는 분이면은 걸음걸이까지 벌로(여사로) 안 보는 거야. 뒤에 차려가면서 본깨네 중은 중인데 어디서

[여기서 제보자는 목소리를 낮추어 어디 해인사 절에서 알면 욕할 것 아니냐고 했다. 괜찮다고 하자 해인사에는 알리지 말라고 말하고 구연을 계속했다.]

중은 중인데 어데 산골짝에서 한 삼년 사다가 온 중 겉애 보이는 기라. 그래 인자 가깝게 하기 위해서 바로 인자 빨리 따라 가가지고,

"중님! 중님!"

커며 뒤에 따라간깨네, 중이 뒤로 휘뜩 차려본깨네,

[목소리를 높여 강조하며]

새주 의복도 남루하고, 갓도 뭐 다 떨어지게 인자 그래 인제 입고 오면서, 중님 컨깨네 같잖커든.

[목소리를 높여]

"에이 이놈! 부를라면 대사면 대사지, '대사님' 커든지 하지 중님이 뭐이 중님이고."

가깝게 하기 위해서

"아이고, 대사님 어디서 사다오는 길이요?"

"내가 보아하니 진짜 참 이 절에서 나오신 분은 아이건데, 이래 댕기머

참 중 중 어데 사람대우 받나. 참말로 오데 이쁜 각시도 한분 몬 만치보고(만져보고) 그래지. 이래 갖고 살면 뭐 살맛이 나노."

이칸깨네,

"참말로 멋지기 만치기야 만칠 뻔 했지."

이래 인자 이얘기를 하다본깨, 가깝게 한두 시간에 한 이년 살은 그때보다 고만 마 더 정답게 어깨동무하고 이래 지내게 된 기라이. 그래 은자 떡 지내게 돼서, 그래

"너는 어두로 가노?"

"나는 합천 해인사로 간다."

[제보자는 해인사가 언급되자 다시 합천 해인사에서 뭐라고 하지 않겠느냐고 했다. 청중들이 웃자 "고 대목은 빼고"라고 한 후 이야기를 계속했다.]

그래 은자 그서 은자 산만당에서 떡 내려다본깨, 합천 노가리 홍대감이라고 있는 그 집이 엄청시리(엄청나게) 거창하고 옛날에 천석하는 그 행제간에 천석을 하고 살은 그런 마을이 있는데, 그 마을로 은자 떡 니러가다가, 그 마을 채 몬 드가서 그 쉬는 놀이터에 떡 가서,

"저 집이 누구집이냐?"

니까

"아이구, 여 참 우리 그 그 홍대감이라커는 분이 그렇기 잘 살고 하다가, 순식간에 고만 집이 폐가망신이 되었다."

"우찌 돼서 그랬냐?"

그래 은자 작은집에서 작은집에 저저저 그런깨네, 홍대감 작은집에서 자부를 봐놓고, 큰댁에 제사가 있어갖고, 제사에 거게 인자 갔다온깨네, 자부가 어데 그 신행해 난지가 얼마 안 되는 기라. 그래 은자 신행해 온지가 얼마 안 되는데, 오데 갔다오면 문만 열마, 대문소리가 나면, 자부가 쫓아 나와서 인사도 하고, 그렇키 잘 하던 사람이 아무 인적기가 없어갖

고, 이상하다 싶어서 마루 끝에 가서 이얘기해도 인적기가 없고

[여기서 제보자는 조사자에게 계속하면 되는지를 묻고 내일 아침까지 해야 되는데라고 하여 좌중을 웃게 했다.]

그래 인적기가 없고, 이래서 하도 답답어서 시아바시되는 사람이 미늘이(며느리) 방문을 열어본깨네, 낮에 멀건 대낮에 목에 비수를 꽂고 죽어가 있는 기라. 그래 은자 할 수 없어서 그 칼을 빼가주고 그거보고 그냥은 못 나올 거 아인가배 그자? 빼가지고 나온깨네, 이웃에 담부락(담벼락) 너메서 노파할머니가 차라보고(쳐다보고) 소문을 내뿠어. 시아바이 시아바이가 미늘이 말을 안 듣는다고 칼로 가지고 직이고 갖고오는 걸 칼로 봤, 갖고 나오는 걸 봤다 이래 됐는 기라 인제.

그래갖고 소문이 나가지고 관가에 잡어놓고, 옛날에는 지금 말하자면 고을원이라 하는 사람이 이 군수라, 군수. 군수라는 사람이 사람을 직이고 살리고 집행권을 가지고 있은 기라.

그 갖다놓고 인자 뭐 항복하도록 뚜디리(두드려) 패든(때리든) 뭐, 본기라 캐야 그거뻬이(그거밖에) 없거든. 그래서 거기 잡어다놓고, 은자 한 및 일간 그래 뭐 벌을 쓰고 하면, 생명이 위독할성 싶으마 인자, 그 형제간에 우애가 얼마나 있든지 힝이가 대로(대신) 가는 기라이. 동생은 그 저 옛날에 그저 형 형제간에는 그 저 교체가 됐다 커네. 고런 식으로 인자 이래 서로 이래 가면서 징역을 살고, 지금 말하면 징역이죠.

했는데, 그날 마침 인자 그 박문수 박어사가 그 도달핸 그 이튿날 사형을 집행하는 날이라. 그래 인자 가마 얘기 들어본깨네, 그 내일 죽는다고 뭐 이래 된 기라. 은자 그래 그 사형집행장에 막 나와서 은자 때가 돼서 칼춤을 추고 이래 됐는데, 그 인자 박문수 저저 암행어사 박문수라는 사람이 그걸 사형집행을 쪼끔 중단을 시킨 기라. 중단을 시기가지고,

[강조하여]

여기서 제-일 날랜 사람 청년 서이만 뽑아돌라 커는, 그래 인자 청년을

뽑아놨는데, 이 해인사 절에 가면은 이름이

[여기서 제보자는 좌중을 향해 여기 강씨가 있느냐고 했다. 없다고 하자 이야기를 계속했다.]

[목소리를 높이고 위엄있게]

"강시랭이라는 사람을 잡아오이라."

이래 됐는 기라. 이름까지 그 은자 노 그 사람하고 한두 시간에 그 마침(그만큼) 그마 이십년 산 그마치 다 이래 그마 정답게 맨들어 놨는 기라.

그래 턱 잡어다놓고, 그 인자,

"고개를 들라. 니 죄를 니가 알겠느냐?"

물은깨네, 지하고 장난핸 그 사람이거든. 암행어사가. 뭐 딴말 몬하고 고마 그서 항복을 하고,

그래갖고 그 박문수 저저 암행어사 박문수라는 사람이 홍대감 그 원수를 갚아줬다는 그런 전설이라.

합천 해인사서

[다시 고쳐서]

아이 저저 합천 오가디 아디재서 만난 사람이 강시랭이라는 사람이 박문수 만내갖고 그래 은자 그 홍대감 그 원수를 갚았다, 누명을 벗겼다(비켰다). 그런 전설이 있습니다.

혹 떼러 갔다가 혹 붙이고 온 사람

자료코드 : 04_19_FOT_20100715_PKS_BEJ_0017
조사장소 : 경상남도 합천군 봉산면 권빈1구 882-1번지 권빈1구마을회관
조사일시 : 2010.1.19
조 사 자 : 박경신, 김구한, 김옥숙, 마소연, 정아용

제 보 자 : 백은조, 남, 68세

구연상황 : 조사자가 합천 전설 권하자 이 동네에는 그런 전설이 특별히 없다고 했다. 그러면, 호랑이나 도깨비나 이무기에 얽힌 이야기를 해달라고 청하자 곧바로 이 이야기를 구연하였다. 저녁 시간이 늦어 몇몇 청중들이 집으로 갔으나 제보자는 입담 좋게 재미나게 구연했다. 청중들은 재미있는 대목이 나올 때마다 많이 웃는 등 매우 재미있어하고 좋아하였다. 이야기를 끝내자 청중이 조사자에게 이야기가 좋지 않으냐고 말했다.

줄 거 리 : 어떤 사람이 소금을 받으러 멀리 갔다가 경군이라는 곳에 오자 해가 져서 쉬게 된다. 거기서 싸간 밥을 먹고 소금 짐을 지게작대기로 받쳐 놓고 누워 자는데, 도깨비들이 나와서 "호호딱딱" 하며 춤을 추고 논다. 자다가 일어난 소금장사도 신이 나서 앞소리를 매겨주었더니 도깨비들이 덕분에 수월하게 잘 놀았다며, 은혜를 갚는다고 그 사람이 달고 있던 혹을 떼 주었다. 이 이야기를 들은 이웃집 혹 달린 사람도 혹을 뗄 욕심으로 소금을 받으러 갔다가 경군이라는 데 도착해서 날이 저물기를 기다린다. 이윽고 도깨비들이 나타나 춤추고 노래하자, 이제 혹을 뗄 것이라는 기대감에 부풀어 신이 나서 "호호딱딱"을 급하게 불렀다. 그 장단에 논다고 힘이든 도깨비들이 지쳐 쓰러지고, 도깨비들은 이 사람에게 어제 떼 논 혹 하나를 다른 쪽 볼에 붙여준다.

우리 옛날에 밑에 집에 요게 지금 슈퍼지는 옆에 집에 고게 한분이 저 소금을 받으러 저 개포 개포라커는 데가 있어. 개포. 개포까지 갔는데, 그때는 소금 받으로 가면은 오더로 가느냐 하면은 이리 둘테재라는 데가 있어. 이 둘테재로 해서 저리 가는데, 둘테재로 이래 지게를 짊어지고 소금 받으러 떡 가갖고, 개포 가서 소금 한포 짊어지고 오면은 여 보름 경군이라는 데가 있어. 보름 경군인데 그 오면 인자 해가 지는 기라.

그래 밥을 싸가논깨네

[이때 휴대전화가 오자 잠시 전화를 받은 후 계속했다.]

그래 소금을 인제 저 개포 가가지고 은자 한포 지게 담아지고, 저 보름 경군인데 온깨네, 해가 인자 그냥 마 이래 져서 소금 짐을 거따다(거기다가) 고아놓고 누워 자는 기라. 저 그 자는 데가 어데냐 할 것 같으면 보름 경군이라커는 데가 있어. 전부 모래 백사장. 지금 그 댕기머 보면 아지마는 잔디 그 잔디 그 저저저저 재배하는 그 지역이라. 그리 옛날에 걸어댕겼어.

그래 소금 짐 징가(고아) 놓고 소금 그 작대기 밑에 거서 지게 밑에 이래 잔깨네, 한심 실컨 자고 난깨네, 토째비들이 마 확- 모여가지고, 토째비 칭칭하고 노래 부른 거는 뭐시냐 할 것 같으면 "호-호딱딱이라, 호-호딱딱."

그래 인자 큰 토째비가 본깨네, 앞에서 이 저 앞소리를 지르고 "호-호딱딱" 컨깨네, 또 마 작은 토째비들이 따라서 막 ○○에서 무슨 "호-호딱딱" 내(계속) 이래.

[청중 웃음]

토째비들이 여-

[최술이 제보자를 보며]

전임회장님 맨구로(처럼) 이래 춤을 잘 춰.

[청중 웃음]

그래 은자 한-참 ○○게 하는데 자다가 떡 차려본깨네, 소금장사가 신이난 기라. 신이 나가지고 그래 은자 그래서 마 따라서 "호호딱딱 호호딱딱" 이래 같이 인자

[청중 : "소금장사도?"라고 묻고 웃었다.]

소금장사가 인자 저 토째비들이 "호호딱딱" 커면 또 "호호딱딱" 커고. 그렇게 인자 큰 토째비가 그 저 앞소리를 질러놓이깨네 엄청시리 좋은기라 마 수월코.

한-바탕 놀고나디만은 하는 얘기가 오늘 참 여 소금장사가 앞소리를 질러줘서 우리 참 수월키 잘 놀았다. 이 우리가 이 소금장사한테 우리가 머 은혜할 건 없고, 이 소금장사 한쭈 여 볼태기에 혹이 요마치 이래 나와 있는 기라. 그래 이걸 인자 장(늘) 이래 잔디 매꾸로 홀까 매갖고 이이래 댕기는데, 저 혹을 떠주자 커며 혹을 달라들어 잡아 띠 좄뷨는 기라.

[청중 : 아이구!]

맬가이(말갛게) 이넘우 혹을 띠뿌고 난깨네, 이튿날 아침에 그 소금을 짊어지고 온깨네, 걸음이 지대로 이 마 날라 오는 긴지, 이거는 뭐 우찌된 건지도 모르고 마 다부(도로) 이까지 금병까지 온기라.

그 혹 이래 뻰 사람이 바로 옆에 요 있었어, 나중에 갈(가르쳐) 주께.

그래 그 옆에 집에 여 지금 방앗간 있는 집에, 여게 또 사는 사람이 한 사람이 혹이 또 하나 이래 왼쪽에 인자 붙어 있는 사람이 있어. 똑 그 혹만 한 기라.

근데 이 사람이 인자 그 소리를 듣고 그 은자 소금 받으로 갔다. 그 오는데 본깨네, 소금장사가 저저 소금 받으로 간 사람이 혹을 이래 달고 갔는데, 혹이 없이 그냥 오거든.

[청중 웃음]

그래 혹을 어쨌노 물은깨네 사실 이얘기를 했어. 이만큼 저만큼 그 참 오다본깨네, 보름 경군에 날이 저물어가지고, 그 누워잔깨네, 토째비들이 와서 이래 칭칭이를 하고 놀길래, 내가 앞소리를 질러 질러 줬디마는 내한테 은혜할 건 없고, 혹을 띠 줬으면 그래 띠고 온다 이캤거든.

그래 젙에(곁에) 이웃에 사는 그 사람이 가마이 차려본깨네, 허 '이거야 나도 인제 소금받으로 한번 가야 되겠다.' 지게를 은자 턱 짊어지고 저 개포까지 일쩍 나서서 막 짊어지고, 보름 경군에 오이까네 해가 하늘 가운데 있는 기라. 그 은자 그다 고아놓고 해가 지도록 기다린다. 턱 기다리고 있시깨내,

[청중 웃음].

밤이 된깨네 토째비들이 꽉 모이더마는 "호-호딱딱 호-호딱딱 호-호딱딱"

["호호딱딱" 하는 부분을 몇몇 청중이 합창하고, 다른 청중은 웃으며 즐거워했다.]

그 마 앞소리를 지르고 툭 튀어나온께 어떠든 때는 온기다

그때마 시작해서 고마 이것도 소금장사도 고마 소금 짊어지고 온 사람도 "호호딱딱 호호딱딱" 혹은 띠난기고 어떻기 기분이 좋던지 저사람 한분

[다시 고쳐서]

토째비 한분 가면 나는 두 번씩

[빠르게]

"호호딱딱 호호딱딱."

이넘우 토째비들이 난중에 지치가지고 턱 주저앉디마는 아이고 어지 소금 받아간 사람은 참 앞소리를 지른깨네 수월코 좋디마는, 이 사람은 너무 급하게 질러갖고 우리가 디서(대서, 힘들어서) 그만 십겁을 했다.

[청중 웃음]

이 사람한테는 고만 어제 띠 놘 걸 다부 이 사람을 붙이주자

[청중 박장대소함.]

한개는 여개 붙고 두 개 붙어가지고 은자 소금도 무거운데, 그놈 두 개를 붙이갖고, 이래 갖고 은자 혹이 "덜렁", 걸음 하나 걸으마 "덜렁- 덜렁-" 그래 갖고 지게 짐을 짊어지고 여개 인자 온기라.

요개 바로 여 옆에 집에 난죽에 내 갈키 줄게.

고 집에 살은 사람 그래 온깨네, 앞에 받아 온 혹 띠고 온 사람이

"자네는 와 한 개 더 붙이가 오노?"

컨깨네,

[기운 없고 느린 목소리로]

"나는 하나 더 붙이주대."

칸다고. 이기 인자 그래 두고 하는 말이라이. 이 이 혹 떨라 커다가 붙있다. 그런 얘기 들어봤지. 혹 떨라 커다가 붙있다.

거짓말 대회

자료코드 : 04_19_FOT_20100715_PKS_BEJ_0002
조사장소 : 경상남도 합천군 봉산면 권빈1구 882-1번지 권빈1구마을회관
조사일시 : 2010.7.15
조 사 자 : 박경신, 김구한, 김옥숙, 마소연, 정아용
제 보 자 : 백은조, 남, 68세
구연상황 : 제보자가 다음 할머니 하실 분 없느냐고 구연을 유도하다가, 조사자가 "다음 할머니 없으면 이장님 하실 거죠?"라고 하자 그럼 자신이 먼저 하겠다고 하였다. 참말 이야기와 거짓말 이야기 둘 중에 뭐부터 하기를 원하느냐고 물었다. 조사자들이 웃으며 참말 이야기부터 해달라고 하자 그래도 이야기는 거짓말이고, 거짓말이 안 들어가면 이야기가 안 된다며 구연을 시작하였다. 이 이야기는 이 마을 1월 조사에서도 제보자가 구연한 것이다.
줄 거 리 : 거짓말 잘 하기 대회가 열렸다. 한 사람이 고개를 넘어가다 고개를 내려오는 사람에게 자기가 날린 다듬이돌이 날아가는 것 보지 못했느냐고 물었다. 그러자 그 사람이 그 다듬이돌이 거미줄에 걸려 있는 것을 보았다고 대답해서 거짓말 내기에서 이긴다.

옛날에, 옛날에는 이기 무슨 일이든 간에 대회라 카는(하는) 기(것이), 지금 말하자면 뭐 공차고 어데 노래자랑하고 이런 것이 아니고, 거짓말 대회라 하면은, 예를 들어서 인자 우리 경상도 전라도 이런 식으로 돼 있는 기라. 전라도 어느 곳에서 은자 거짓말 대회가

[한 손을 들어올리며]

탁 붙었는데,

[이때 제보자가 청중에게 이 이야기는 전에 한번 한 것이라 재미가 없다고 하자, 그 청중이 한 것도 괜찮다고 하자 계속 구연했다.]

붙었는데, 그게 인자 경상도 사람이 척 전라도 대회 장소로 척 인자 헐레벌떡 가니까

[이때 제보자는 이야기가 좀 짧다며 거짓말 이야기는 좀 짧다고 농담을 했다.]

어느 한 능선을 이래 턱 넘어야 되는데, 팔부 능선 쯤 올라가니까 거기에 팔대장성 겉은 사람이 한 사람이 헐레벌떡 내려오는 기라.

그래 그 사람한테 물었어.

[왼쪽 위로 쳐다보며]

저 사람 보니까 장에 갔다오는 사람은 아인(아닌) 겉고, 머슨(무슨) 대회 갔다오는 사람 겉에(같아) 보인다 싶어가지고

"보시오. 어데 갔다오요?"

"거짓말 대회 하는데 갔다온다."

커이

"거게 갔다오만 혹시 조금 전에 따담돌(다듬이돌) 하나 날라오는 거 안 봤소?"

커이까네, 이사람이 가마이(가만히) 고개를 좌우뚱 좌우뚱 하디만은(하더니만은)

"올라가보소. 여 너메(너머에) 여게(여기에) 내 그 고개 먼다(만디)[15] 그머 거무줄에 다땀돌 하나 걸리가 있데요."

건달 남편 구한 아내

자료코드 : 04_19_FOT_20100715_PKS_BEJ_0003
조사장소 : 경상남도 합천군 봉산면 권빈1구 882-1번지 권빈1구마을회관
조사일시 : 2010.7.15
조 사 자 : 박경신, 김구한, 김옥숙, 마소연, 정아용
제 보 자 : 백은조, 남, 68세
구연상황 : 앞 이야기와는 상반되는 이야기라며 앞 이야기에 이어서 구연하였다. 처음에는 어색하고 긴장된 분위기가 엿보였지만, 이야기가 진행될수록 청중에게서

15) 산의 정상이나 언덕의 정상. 쉽게 말해서 그곳에서 제일 높은 곳을 가리켜 하는 말로서 주로 경상도 지방에서 쓰는 말.

박수를 유도하기도 하는 등 안정된 분위기를 보였다. 구연을 끝낸 후 이야기가 길어 간추려서 했다며, 다 하려면 출발도 안 했다고 말해서 청중을 웃기기도 했다. 제보자의 긴 이야기에 몰입했던 청중은 이야기가 끝나자 박수를 쳤으며, 제보자에게 술을 따라주었다. 이 이야기는 소설 배비장전 유형의 이야기인데, 제보자는 며느리감 구한 정승과 과거시험 답을 알려주어 합격하는 설화의 일부분을 가져와 구연하고 있다.

줄 거 리 : 옛날 어느 정승집에 독자를 낳았는데, 그 상을 보니 복이 전혀 없는 팔자라 그 아버지가 직접 나서서 복 있는 며느리를 구해 온다. 그리고는 그 아들에게 세상 물정을 알게 하기 위해 평양에 포목장사를 하러 보내면서 기생을 조심하라고 간곡히 이른다. 그러나 아들은 평양 기생에 홀려 전 재산을 그 기생에게 모두 갖다 바친다. 그러자 그 아내는 칠성을 모셔놓고 날마다 옆집 총각이 과거에 되게 해달라고 빌고, 아내의 소원대로 옆집 총각이 과거에 합격하고 벼슬을 하게 된다. 총각은 옆집 부인의 사정을 듣고 자신의 관복을 빌려준다. 아내는 빌려 입은 관복으로 기생을 징계하고, 잃어버린 남편의 재산을 찾고, 남편을 풀어준다. 그러나 집에 돌아온 남편이 큰소리치자, 관복을 꺼내 보이며 남편이 잃어버린 재산과 남편을 되찾은 사람이 자신이라는 것을 밝힌다.

그 저 어느 정승이라 하자. 정승이 아들을 이래 무남독신 아들을 하나 낳아 낳아놓고는 다른 애가 없는 기라. 이 애를 키우면서 상을 본깨네 세상에 밥떠꺼리(밥풀) 하나 붙은 게 없어. 복이라꼬는. 우리여 저 학생들 모양, 요래 뭔가 막 복이 줄줄-하니 있고 철철 넘어야 되는데.

[청중 웃음]

밥떠꺼리(밥풀) 하나 붙은 게 없어가지고, 내가 죽고 나면은 이- 내 가정이 지금 말하자면 천석이라고 보자. 이것이 싹- 언제 어느 시에 날라갈지 모르겠다. 이 가정을 거닐 수 있는 사람을 구해야 되겠다.

구하는 데는 머시(무엇이) 필요하냐면 미느리가(며느리가) 필요하다. 자부, 자부를 구해야 되겠다. 이래갖고(이래서) 은자 그 지금 말하자면 정승이라꼬 보면은 지금 뭐라카노, 그 좌의정 우의정, 지금 말하자면 국무 국무

(조사자 : 장관 정도)

국무총리 장관쯤 되지예.

그런 사람이 인자 자기 미느리를 구하기 위해서 척 이래 말을 타고, 옛날에는 차가 없으니까, 말을 타고 거리에 가다 본깨네.

어느 마을 아주 우리 마을 이런 마을은 신사마을이고, 아주 쫌 보잘것없는 그런 소래질로(소로길로) 가는데, 그 마을이 하나 있어서, 거기서 딱 차려(쳐다) 본깨네, 웬 아가씨가 머리를 눙청하니 땋아가지고 우물에 물을 길르러 온 기라. 그래 물을 한 그릇 이 좀 얻어먹기 위해서

"물 좀 주시오."

이래 하니까, 차려 보고 은자 이 물을 주는데, '복이 많고, 요 아이면은 우리 재산을 거느릴 수 있겠다.' 이래갖고 은자 그 아이한테 물을 얻어먹고,

"집이 어데냐?"

물으니까 그 물 물만 주고 마 그대로 낯선 사람이니까 그대로 가는 기라. 드가는데(들어가는데) 본깨네, 물동이를 이고 바로 못 드가는 그런

[좀 큰소리로 강조하며]

아주 보잘것없는 옴팽이집이라. 그래 은자 그 집에 집을 알아나가지고(알아놓아서), 그 밑에 그 지금 말하자면 그 비서들이제, 비서들한테 연락을 해가지고,

"그 집 아이를 우리 아이하고 혼사를 맺도록 해 보라."

은자 그래갖고(그래서) 그래갖고 결국 혼사가 돼 가지고. 그래 사-자(살자), 자기 그 정승되는 분은 세상을 비리고(버리고),

그래 인자 그 이야기가 쪼끔 바꼈는데(바뀌었는데),

고 살 적에(때에) 그 미느리 데려놓고, 은자 그렇게 생활하고 살적에, 그 아이를 사회 물정을 알기 위해서 빨릴라꼬, 말하자면 사회 물정을 알아라꼬, 그 이웃에 장사하는 사람이 하나 있는데 그 무슨 장사냐 하면 포복장사라(포목장사라). 그래 인자 지금 말하자면 저 서울 쪽에서 평양 쪽

으로 이래 보부장사를 하는 사람이 있었어. 그게 은자 딸리 보내는 기라.

[여기서 제보자는 청중에게 평양하면 뭐가 유명한가고 묻고 조사자가 기생이라고 대답하자 칭찬하는 말을 하고 웃었다.]

그래서

"거기 가거들랑 다른 것은 조심 안 해도 기생을 조심해라."

저거 아부지가 이 얘기를 핸기라(한 것이라).

그래 은자 그 이야기를 듣고, 그 은자 그 이웃사람 따라 댕기면서 천-(천하) 없이 기생 아이라, 뭐 아무리 어떤 게 이야기해도 저거 아버지 시기는 대로 고고는(그것은) 하는 기라.

그런깨네 그래 인자 한두 번 이래 댕기다가 하도 뭐 주위가 소란하고 하니까, 옆으로 거는(거기는) 이제 평양가면 이 사람은 마 수건으로 가라가(가리고) 댕기는(다니는) 기라. 가라가 댕기다가 옆으로 딱 본깨네, 이건 뭐 호화찬란 아주 막 기생들이, 지금은 참 우리 우리가 하지. 옛날에는 입수부리(입술) 빨가이(빨갛게) 바르고, 우리 어릴 적만 해도

"대구에서 메구가(여우가) 고령까지 왔단다."

입수부리 빨가이 발른 사람보고 메구라고 캤거든(했거든). 메구. 그런 세월이 있었는데 그때만 해도.

그런 걸 안 보다가 딱 봐 놓니까, 너무 이거 이런 세상이 있나 싶어갖고(싶어서), 그래 한 번 보고 두 번 보고, 난제는(나중에는) 고마 접근하게 된 기라. 그래갖고 그거 자기 아버지는 세상을 비리뻐리고(버려버리고) 거기 뭐 기생한테 빠져논깨(빠져놓으니), 난 그거 잘 모르지마는, 빠지논깨네 이 재물이라는 기 아까운 줄 모르는 기라. 어느 순간에 그 재산이 그 기생집으로 다 가뿌랐어(가버렸어). 가뿌리고.

그 인자 자기 부인은 집에서 그 혼자서 인자 그 자녀들 거느리고 이래 어떻게 묵고 살고 있는데, 그래 이 자기 부인이 엽 밤중돼서 밖에 그 뭐 어떤 볼일을 보러 은자 나가니까, 담부랑(담벼락) 너메서 그 가만 보니 글

읽는 소리가 듣기거든(들리거든). 가마이(가만히) 들어보니까 진짜 글소리도 처랑하고(처량하고), '저 글 읽는 저 총각은 그냥 이 세상을 살 사람이 아이다. 뭣을 할 사람 겉에(같아) 보인다.'

그래 인자 미느리 되는 사람이 그게 인자 총각 글 읽는 그걸 보고, 담이 옛날에는 말하자면 돌 갖고 은자 경계가, 집이 경계가 돼 있으니까. 거기서 인자 담 젙에(곁에) 거게다 대고, 바로 요래 뭐 집이 있다고 보면은, 요래 뭐 칠성당이라 캅니까? 여 와 물 떠놓고 비는 거, 그걸 인자 맨들어 놓고 비는 기라.

한 열두시-쯤 되면 나가 갖고 목욕재개하고, 요 뭐 빌라카면 소복도 해야 된다미(된다며). 그래갖고 그 가서 은자 비는 기라. 비는 기 어째 비는가 하면,

"담부랑 너머 옆집 총각 얼굴도 모르고 이름도 모르고 성도 모르지마는, 어쨌든 서울 가면은 진사 급제를 해주십사."

이기 가마이 본께 절을 막 일곱 번씩 해쌓고[16] 그런 기라. 그 은자 총각이 밤에 소변보러 나오다 가마이 본깨네, 옆에서 불을 촛불을 써(켜) 놓고 무슨 군담소리가 나오는데 이상하다 싶어서, 그 딱 담부랑 그 내다보니까, 자기 자기 일을 그 인자 팔리서 얘기를 하거든.

"담부랑 너머에 옆집 총각 요번에 서울 가면은 진사급제를 해주십사."

이렇게 비는 기라. '거 이상하다!'

그래 인자 이 사람이 과거 볼 날짜가 떡 돼 가지고, 서울 과거 보러 턱 가는데, 예를 들어서 우리 권빈 쯤 해서 올라가는 거 같으면, 어데고 저저 서울 갈라카면 저기 어데냐 그 저저 무슨 나무고, 천안 삼거리 능수버들. 그 지역에 가가지고 정자나무 걸에(곁에) 턱 쉰깨네, 그 웬 총각이 하나 턱 몽달 총각같은 기(것이) 하나 나타나더만은

16) '하고'를 강조하는 경상도 방언.

"어데 가요?"

이래 묻는 기라.

"서울 과거보러 간다."

이칸깨네

"허어 요놈 봐라. 요 과거가 말하자면 어제 아래 보있다."

이거라. 보있다.

"어 나는 날짜가 내일 모레라꼬 생각하고 왔는데 거기 어째 과거가 보있으꼬. 그래 과거가 보있으면 운자가 어째 났는고?"

그래 은자 본까네 은자 그래

"당신은 어데 사느냐?"

이래 물은께네

"나는 수중박골 사요."

수중박골이라 커는 거는 인자 물속에 산다 이거라. 그래 그 사람이 누구냐 하면은 말하자면 아, 고 뒤에 좀 있다 이야기해야 된다.

거 인자 과거를 떡 본깨 그 운자가 나오는데, 그 운자가 나온 기라. 그 운자가 나왔는데, '수중박골 산다'는 그 운자가 나왔는데, 그런데 그 사람이 이얘기하는 뒤끝 자는 무슨 잔지 모르겠다 이래되거든. 그래 그거는 어느 꼬치로 구어쌌다가 이거는 모르겠는데 생각이 안 나는데, 이카고 말았는 기라.

그래 은자 서울 그 과거 은자 그 과거장에 들어선깨네 과거 안 보인 기라. 그 날짜가 맞는 기라. 그래 인자 거 과거 볼라꼬 운자 나온 거를 턱 본깨네, 그 사람이 가르쳐 준 운자가 거 나오는 기라. 뒷자는 모르겠다는 이거는 지 맘대로 기리였어(그려 넣었어).

그래 인자 과거 보는 그 저 시험관이 이거는 사람으로서는 해득을 몬하는 긴데, 이거는 귀신이 안 갈-춰으면(가르쳐 주었으면) 이거는 알아낼 재주가 없는 기다. 근데 마지막 이거는 이 사람이 쓴 기(것이) 맞네.

그래 인자 그 사람이 암행어사를 준 사람이 누구냐면 박문수 박어사라.

그래 인자 그 사람이 박문수 박어사라는 사람이 어사를 해 가지고, 내려오면서 가마이 생각하이까네 수중박골 산다. 이거 저것 마 전부 다 이야기할라 카면 안 되고, 어쨌든 그거 다 할라카면 오늘 하루 다 해야 되기 때문에

대천 거쳐 가지고 어데까지 오느냐, 집에까지 다 와 가는 기라 지금. 이제. 저저 깨솔재 오는 기라, 권빈 마 여게(여기에) 여서 출발했다고 보마. 그래 인자 그 사람이 오(와) 가지고, 그래 그 부인을 물었어.

"당신이 뭐 때문에 나를 과거에 시험 합격하라고 이렇게 빌어줬느냐? 정성을 디렀냐?"

물은깨네 그 사면사우[17] 이야기하는 기라.

"우리 남편이 그렇게 많던 재산을 저 평양 기생집에 다 갖다 바쳐뿌리고(바쳐버리고), 아-무것도 없이 자슥하고 이래 묵고 살라하니까 진짜 너무 딱해서, 옆집 도롱님 성도 모르고 이름도 모르지마는 과거에 합격을 하면은, 다만에 지금 말하자면 이거 저 순사카는 비슬이라, 순사카는 비슬이라도 하나 주마 내가 그 집을 찾아가가지고, 내 재산도 가-오고 남편도 찾아올 수 있다, 그래서 인자 그래 빌었다."

이카는 기라.

그래서 그건 말만 하면 되는 긴데, 그 계급을 존(준) 기라. 순사 계급을 계급을 줘가지고, 준깨네, 당장 고마 그 여자 여자 되는 분이 남장을 딱 해가지고, 의복을 딱 바꾸고, 갓을 떡 씌고, 그 인자 말도 한 필 준 기라. 말을 탁 타고 평양 기생집으로 탁 간깨네(가니까), 저거 남편은 그 많던 재산 그 집에 다 갖다 바치고, 얘기 재밌습니까?

(청중 : 예.)

---

17) '사연을' 정도의 말인 듯함.

재밌으면 박수 한 번 쳐 주이소.

[청중 : 박수침]

그래 다 갖다 바치고 빗자리 갖고 마당 쓴다고 이래 막.

(청중 : 마당쇠가 됐다.)

씰고(쓸고) 있거든. 그래 인자 청에 떡 앉아서

"여보게 마당 씨는 사람!"

이칸께네

"예-."

막 마당 씨는 사람 예를 들어서 지금 말하자면 순사가 와서 턱 옛날 같으면 순사 부장 칼 차고 긋발(끝발) 날렸다 옛날에.

깃발 날릴 땐깨네(때니까) 인자 그거는 뭐 그래 인자

"예-."

이카거든.

"자네는 오데서(어디서) 오데서 오는 사람이 그래 오데 할 짓이 없어서 이런 데서 마당 쓸고 있는고?"

"아이고 송구스러워가지고 얘기도 몬합니더."

이카거든.

그래 인자 그 집에 평양 기생이라 카는 그 주인을 불러가지고

"여보게. 저 마당 씨는 저 사람은 어데 사람이며, 어떻게 해서 이래 왔는고?"

물으니깨, 그래 참 사면사우 얘기를 안 할 수가 없어갖고 한 기라. 얘기를 한깨네,

"오도 갈 데 없어서 내가 델꼬(데리고) 있다."

"어찌돼서 오도 갈 때가 없는고?"

"입장이 그래 됐다."

이래된 기라.

그리 된끼네 그 남자를 불러가꼬

"네 이놈! 바른대로 해라. 니가 너도 본깨네 사람이 사지가 멀쩡한 놈이 처자식도 있을 법한데 니 재물은 어데 갖다 바치고 여서 이런 짓을 하고 있느냐? 그런깨 얘기를 싹 고하라."

켄깨네 얘기를 싹 다 바치 얘기를 핸 기라 인자.

"어떻게 어떻게 해서 내가 포복장사를 하다가 참 여기 와서 이집 와서 빠지가지고(빠져서) 내가 기서(거기서) 그 많던 재산을 여서(여기서) 다 줬다."

이래 인자 이얘기를 한깨네 호통을 쳤네. 그 주인을 핑양 기생을 불러갖고,

[큰 소리로 강조하여]

"빨리 짐 싹 챙기가지고 가-(가지고) 있던 거 이자는 못 줄망정 본전이라도 싹 챙기갖고(챙겨서), 이 말에 실리서, 저거 집에 가서 사-록(살도록) 맨들어줘라."

명령이 그래 내려온깨 말 한 필 하고, 또 그 막 돈하고 챙기갖고 인자 의복 단장해서 갓 씌아서 인자 너거 집에 가서 잘 살아라 카면서 그래 인자 보낸 기라. 보내고, 퍼뜩 자기는 인자 앞에 오가지고 앞에 온기라.

앞에 와서 은자 착- 옷 벗어놓고, 누워서 농(장롱) 안에 농 안에 재 놓고, 그래 인자 가정복 그 놈을 그 놈을 딱 입고 앉아은깨(앉아있으니까) 앉았은깨네. 한-참 있은깨네 대문 소리가 쾅 덜커덕 덜커덕 카고

"집에 있나. 남자가 어데 나가서 돈을 벌어오면 마짐이라도(마중이라도) 못 나올망정

(청중 : 아이구! 참)

이런 법이 어데 있어."

막 싸-미(해싸미, 해쌓고, 하고) 툭탁 해쌓고 방- 들오디만

"세상에 집도 이래 놓고, 이기 뭐 이-."

잘못하면 맞을 판이라. 할 수 없어서

"아이고 그기 아이고, 내가 올라가서 이래 만들었다."

"그 되도(되지도) 안한 넘우(남의) 소리를 하고 있어?"

증거가 없어서 안 되거든.

그래 농문을 탁 여-디만은(열더니만은) 그래 은자 의복을 꺼내가지고, 그 놈을 은자 싹 정복, 정장 해가지고

"내가 이렇게 맨들었냈다."

그 은자 그때는 감히 얼굴을 못 차려 본 기제.

옷은 본깨네 맞는 기라.

그래 마 다부(도로) 인자

"아이구 내가 이 참 잘 몬했다."

카며,

"앞으로는 우쨌거나 시긴 대로 잘, 마님 시키는 대로 잘 하겠십니더."

이래가지고, 그 재산 그 많던 걸 그 갖다 다 바친 거, 싹 가지고 와서, 본전 해갖고, 그래 인자 그 핑생을 잘 살았더래요.

꾀 많은 하인

자료코드 : 04_19_FOT_20100715_PKS_BEJ_0005

조사장소 : 경상남도 합천군 봉산면 권빈1구 882-1번지 권빈1구마을회관

조사일시 : 2010.7.15

조 사 자 : 박경신, 김구한, 김옥숙, 마소연, 정아용

제 보 자 : 백은조, 남, 68세

구연상황 : 김봉순 제보자의 이야기에 이어 구연하였다. 이야기가 끝난 후 청중은 박수를 치며 즐거워하자 머리를 쓰다듬으며 함박웃음을 지었다. 조사자들이 이야기를 너무 잘하고, 머리가 좋다고 칭찬을 하자 농담으로 받아치며 이야기가 끝난 후에도 유쾌한 분위기를 만들었다. 청중은 제보자를 보고 이장님이 바쁘

신데 어떻게 알고 따라 들어왔느냐고 하며, 저런 사람이 이런 사기 잘 칠 것이라고 하며 웃었다.

줄 거 리 : 옛날에 한 상전이 하인을 데리고 한양에 과거를 보러 간다. 그런데 이 하인이 어찌나 꾀가 많고 사기를 잘 치는지 주인을 속여 먹기를 밥 먹듯 한다. 주인을 속여 좋은 밥을 빼앗아 먹고, 말도 팔아먹는다. 급기야 상전은 하인의 등에다 오는 즉시 죽이라는 글을 써서 집으로 내려 보낸다. 그러나 하인은 가는 길에서도 여러 번 사기 행각을 벌여, 자기 등에 쓰여 있는 말을 바꿔 쓰고, 주인집 딸과 결혼하기에 이른다. 뒤쫓아 온 상전은 어이가 없어 하인을 죽이려 하나 도리어 온 집안 식구가 몰살된다.

옛날에는 그 한양이라 카면은 과거보는 곳이라꼬 이렇게 안 돼 있습니꺼? 한양.

[이때 제보자가 조사자에게 이야기 한 자루 더 해도 되느냐고 물었다. 조사자는 열 자루 더 해도 된다고 대답하자, 이어서 계속 구연했다.]

한양은 거기에 한양에 은자 과거를 보러 가면은 옛날에는 잘 사는 사람이 공부도 많이 하고 했기 때문에, 그 과거 보는 사람이 자기 종을 델꼬(데리고) 안 댕깄는(다녔는) 가베(가보네). 자기 몸종을 떡 데꼬 썩 과거보러 갔는데, 거기에 인자 지금 말하자면 그 여관방이겠지예(여관방이겠지요)? 거기다가 은자 떡 자기 상전 모시놓고 자기는 그 뭐 하인들은 자는 방은 따로 있겠지.

그래 인자 밥상 겉은 거 하인들이 들어 주는 기라. 밥상을 떡 때가 되서 밥상을 들고 오이(오니) 본깨네, 엄청시리(엄청나게) 자기 상전 밥은 엄청시리 잘 차린 기라. 그래 인자 이걸 묵고 싶기는 묵고 싶은데 상전 밥이라서 묵지는 못하는 기고. 하인이. 상전 있는 방문 앞에 떡 갖다놓고 국그릇을 자꾸 이래 숟가락으로 젓는 기라. 젓고 있은깨, 한참 젓고 있은깨, 상전이 보이까네 국을 종놈이 그 밥 가오다가 젓고 있거든.

"야 이놈아 거 뭐하노?"

이라이(이렇게 하니)

[느릿한 말투로 젓는 시늉을 하며]

"샌님 내가 여-(여기) 들고오다가 여 코를 한 방울 빠자 빠잤는데(빠트렸는데), 아무리 찾아도 안 보입니더.

(청중 : 지가 물-라고(먹으려고))

아무리 찾아도 안 보입니더."

아, 이 마 상전이 생각할 때는 기분이 고마(그만) 안 좋은 기라.

[고함지르듯이]

"야 이놈아 그거 니 묵고 니 밥그릇 니 상 내 도라(달라) 고마."

그래 인자 바까 문-(먹은) 기라.

(청중 : 그 놈 머리 좋다.)

멋지게 싹 멋지게 싹 딱아(닦아) 묵고, 인자 자기 상전이 인자 일 보러 나가면서

"야 이놈아 여기는 눈 빼 먹고 코 빼 먹는 데라 조심해야 돼. 말 겉은 것도 잘보고."

이래 된 기라.

그러고 나갔는데, 가고 난 다음에 말을 어떤 사람한테 딱 이래 소개해 갖고 팔아 묵었뿐 기라(먹어버린 것이라).

팔아무뿌고(팔아먹어버리고) 말고삐 그것만 발로 탁 볿고(밟고) 눈을 가라가(가리워) 있은깨네. 상전이 오더니만

"야, 이놈 자슥아 말은 어쨌노?"

"샌님이 여는 눈 빼 먹고 코 빼 먹는 데라 캐갖고(해서),

[두 손으로 눈을 가리며]

그거 안 빼일라꼬 이래가 있심더."

말은 말은 팔아먹고 코빼이만(고삐만) 볿고(밟고) 있는 기라. 이놈 땜에 과거고 뭐시고 전부 다 고마 버리고, 아무 짓도 안 되는 기라. 그런깨네 등그리에다(등에다) 글을 큰 대문자로 써가지고

"이놈 집에 내려가거들란 당장 물에 빠자(빠트려) 직이라(죽이라)."

직이라 이래 됐는데, 그래 인자 니려오다 본깨네, 상전이 쪼까(쫓아) 내란깨 집에 내려올 수밖에 없는 거 아인가베(아닌가보네).

그래 그 내러오다 본깨네 어느 마을을 썩 지내가는데, 소리질(소로) 지내 가는데, 옛날에는 보리 그 그 저 이래 일찍 시작하는 거 그거 무시라 캅니꺼?

(청중 : 떡보리.)

떡보리예(떡보리요). 그걸 이래 쿵닥쿵닥 찍어(찧어) 쌌거든. 그래 인자 그거 한 사람은 밀어 옇고(넣고), 한 사람은 딛고 이라는데

"내가 이거 좀 거들어주까?"

이란깨네, 거둘러 줄거 커니 얼매나 좋으노. 그래 은자 한참을 찧다 보니 이게 은간이(어지간히) 찧어젼(찧어졌는) 상(듯, 양) 싶은 기라. 그래 은자 다 찧어졌는데, 방아고 아입니까? 이게. 디딜방아 디디야 올라가고, 놓으면 니리오고 이런 건데, 그래 은가이 찧어젼상 싶은데. 그놈을 인제

"어 저 잠깐 있으소."

이 방아고에 딸리 올라가는 기라. 그거 인자 그놈을 뚤뚤 뭉치갖고(뭉쳐서)

(청중 : 떡보리 저거 낸주(나중에) 다 찧어가면 떡 뭉티[18] 매로 된다.)

뭉치갖고 뭉치갖고 이만한 걸 고마 이래 뭉치갖고 거머쥐고, 옆에 그 본깨 아가 있는 기라). 방아고에다 턱 놓 놨뿌고(놔버리고), 그거 마 가- 갖고(가지고) 나가는 기라.

그기 방아찧는 사람들이 그 놓으면 아- 죽을끼고(죽을 것이고), 그걸 마 우짜든가 붙들고 사람이야 가든가 말든가 떡보리 그거야 우짤끼고 아- 안 직일려고(죽이려고), 고마 방아 그놈만 딛고 있는 기라, 인자. 잇

18) '뭉치'의 경상도 사투리.

어뿌리고.

인자 그놈을 갖고 니려오면서, 그걸 띠-(떼어) 묵으면서 배도 고픈데 허기진데, 그러이 은자 띠- 무-가미(먹어가며) 내리오다가 인자 주물럭- 주물럭- 하다보니까. 디백이(됫박) 안 있습니까?이래 와 저 디님기는(되넘기는) 거, 곡식 디님기는 그자? 그걸 만드는 기라.

니려오면서 띠- 묵어가민서, 맨들다가 배도 부르고, 이란 게 할 기-(것이) 없어가 그 떡보리 그거 갖고 디배기를 만들어 갖고 턱 이래 니러온깨네. 꿀장사가

"꿀사소. 꿀사소."

카는 기라.

[청중 웃음]

그래 인자 꿀장사 절에 가가지고.

"꿀 다요(달아요)?"

"예. 꿀인깨 다지예(달지요)."

"이게 디배기에 붙소 안 붙소?"

"에이구 참 디배기가 무슨 꿀 꿀이 붙어."

이래 푹 띠-본깨 붙거든.

"에이 됐다 됐다."

반틈(반쯤) 비았뿌리고(비워서) 그대로 꿀만 묻혀서 가는 기라. 그래 고마 꿀디배기가 됐뿠어, 떡보리가. 그놈을 띠- 묵으면서 오니까 얼마나 맛이 있노.

[청중 웃음]

그래갖고 척 어느 마을로 턱 정자나무 은간이(어지간히) 다 와 가는데, 정자나무 밑에 선부(선비) 어른들이 전부 나와서 앉아서 노는 기라. 그래 인자

"이거 맛 좀 보이소."

하면서 띠-준깨 이기 마 세상에 이런 거는 맛본 어른들이 없는 기라. 그렇게 맛이 있는데,

"그런데 샌님들 여 내 등그리에 뭐라꼬 써 놨는가 한 번 보이소."

떡 본깨네

"내가 이놈 때문에 서울 가갖고 과거를 못 치고 와서, 전부 다 망치고 내가 죽기 됐은깨, 당장 내려가는 대로 물에 빠자(빠트려) 직이라. 어느 강에 그 갖다 빠자 직이라."

이래 써놨다 카거든.

"이거 저 내가 반틈(반쯤) 잘라서 띠- 줄긴깨네, 디배기 그거 은자, 꿀 디배기 띠- 줄낀께네, 이 우리 여 저 저 저 야(이 아이) 때문에 말하자면, 서울 가서 참 내 마음 묵은 대로 잘 되고 한깨네, 당장 내 동생하고 결혼을 시기라(시켜라). 이래 좀 써 주이소."

그래 인자 이기 뇌물이 그때부터 나온 상(듯) 싶어. 천하 없어도 뇌물 이거는 진짜 근절이 잘 안 되는구마.

그런깨네 인자 그 그걸 묵은깨네, 선부 어른들이 얼매나 좋으노. 그래 인자 그걸 갈라(나눠) 묵어가면서 그래 자. 그래 갖고 은자

"니 때문에 서울 가서 과거도 잘 보고 다 마음과 뜻대로 잘 됐은깨, 야 때문에 잘 됐은깨 집에 가거들랑 내 동생하고 결혼을 시기라."

(청중 : 그 놈 머리 좋다.)

떡 이래 인자 그래 해놨은깨네, 그래 인자 그놈을 가지고 집에 오갖고, 그래 인자 그 저 뭐시고, 집에 집에 은자 들오가지고 결혼을 핸 기라(것이라). 이기 좀 있은깨네 저거 그 샌님이 니려 오거든.

"이 놈을 당장 직이라 캤는데 왜 이래 내 동생을 하고 결혼을 시깄노(시켰노)?"

이래 묻는 기라.

"아이고 샌님이 이래 써 붙이서 그래 보내서 결혼 안 시깄나?"

이래 인자 이. 그래 인자 그 집에서 이놈을 당장 물에 갖다 빠자 직이라 카면서, 은자 종놈 종 하인들을 시기서 빠자러 은자 보냈는데, 하인들이 이놈을 메고 가다가 술집에 가가 술을 한 잔 떡 묵는 기라. 떡 이래 달아놓고 뭉치 달아놓고 술 한 잔 먹는데 유기장사가

"유기 사소. 유기 사소."

이카며 오는데 본깨네 눈이 뻘거이(빨갛고) 눈이 막 히젓고 이런 기라. 빼꼼히 내다보고

"보소 보소 유기장사."

"예."

"당신 눈 아픈가베요(아픈가 보네요)."

그렇다 이칸께.

"아이구 나도 눈이 아파서 여 좀 들앉았디만 잠시 나샀뿐다(나아버렸다). 잠시 나샀뿐다."

(청중 : 아이구 어짜고 바까뿐다(바꿔버린다).)

그래 갖고 은자

"요 들와보요 대번에 마 잠시 나샀뿐다."

그런깨네 유기장사 이거 마 눈 때문에 고생을 많이 했는가 모앵이라. 퍼뜩 꺼내놓고 마 이 놈 내놓고 지가 들앉아뺐다(들어앉아버렸다).

(청중 : 옛날에 눈병 나 놓으면 욕봤다.)

그래 갖고 은자 이놈을 짊어지고

"너는 임마 물에 갖다 빠줬는다. 너는 이제 죽는다."

이카미 짊어지고 간깨네,

"아이고 아입니다. 나는 유기장삽니다."

"지랄 같은 소리 하지마라.

[웃음]

"빙시이(병신) 겉은 기 변명도 잘한다. 이놈이요."

그래 갖다 그놈을 갖다 물에 갖다 빠자뻰기라 인자. 유기장사를 빠잤뿌고, 이놈은 그 질로(길로) 그 질로 또 한 사날(사나흘) 지내고 은자 또 집에 온기라. 집에 오가지고

"아이고 샌님. 샌님 덕분에 진짜 참 호강했십니다."

'무슨 호강? 이놈을 물에 갖다 빠잤는데, 이기 어짠 일이고?' 싶어서 그란깨.

"아이고 세상에 그렇게 좋은 데를 난 처음 봤습니다. 용왕국이라 카는 데가 엄청시리(엄청나게) 좋습디다."

"용왕국이 어딘데? 이놈아!"

"참 용왕국이라는 데 이거는 마 멋진 집이 우리 세상 사람들은 인간세상에는 못 봅니다." "거게가 어덴데?"

"용왕국이라고 있십니다. 가 보실랍니까?"

그래가 솔곳한(솔깃한) 기라, 인자.

그래 인자 이래 줄 세워가 나 많은 사람은 앞에 서고, 나 작은 사람은 뒤에 서고, 그러니깨 저거 마누래가 젤 뒤에 서는 기라, 인자. 젤 뒤에 서는데, 그래 인자 그 강에 가 가지고 은자 막 이래 들어가는 기라, 인자.

"하이구 들어가야 됩니더. 용왕국이라 카는 데는 들어가면 엄청 ……."

앞에 들어가는 사람은

"어푸 어푸."

"저게 문 소리고."

쿤께네.

"좋다고 빨리 오란 소리 아이가."

[웃음]

"우--"

이래가 맨 뒤에 저거 마누래가 들어갈라칸깨, 턱 거머잡고 하는 얘기가

"거게 드가면 죽는다."

(청중 : 그 집 식구 다 직있다 은자.)

(청중 : 사람 환장 직씨고 나자빠진다.)

다 직이고 그래 인자 저거 마누래 하고 잘 살았다.

술 못 먹는 내기

자료코드 : 04_19_FOT_20100715_PKS_BEJ_0007
조사장소 : 경상남도 합천군 봉산면 권빈1구 882-1번지 권빈1구마을회관
조사일시 : 2010.7.15
조 사 자 : 박경신, 김구한, 김옥숙, 마소연, 정아용
제 보 자 : 백은조, 남, 68세
구연상황 : 제보자는 청중에게 돌아가며 구연하자며 앉은 자리에 그대로 있으라고 말했다. 제보자가 소주를 한 잔 마시고, 술도 음료수처럼 가볍게 마시면 괜찮다고 하면서 술에 관한 이야기를 하던 중 자연스럽게 이야기를 구연하였다. 이야기가 끝난 후 모두 한바탕 웃었으며, 조사자가 비슷한 이야기를 하나 더 하여 분위기를 더 화기애애하게 만들었다.
줄 거 리 : 세 사람이 술 안 먹는 내기를 했다. 한 사람은 술 한 잔만 먹어도 취한다고 하고, 다른 한 사람은 술을 입에만 대도 돈다고 한다. 그런데 한 사람은 벌써 저쪽에 가서 쓰러져 있다. 술 얘기만 해도 취해서 쓰러진 사람이 내기에 이긴 것이다.

술 안 먹는 내기를 세 사람이 떡 걸었는데, 세 사람이.

"나는 마 술 이거 한잔 마 묵으마(먹으면) 빙 돈다."

이카거든.

그래 인자 다른 친구 한 사람은 거 이제 거기 술 먹는 거, 말하자면 술값을 제일 이긴 사람은 안 내는 기거든(것이거든). 젼(진) 사람이 내는 기지.

"나는 입에만 대도 마 싹 돈다."

이카거든.

서이(셋이) 앉아서 이야기 했는데 한 놈은 어디 가뿌고(가버리고) 없는 기라. 찾아본깨 벌써 저 짜(쪽) 가– 떨어졌뿄어.

[청중 웃음]

누가 이깄을꼬?

(청중 : 떨어진 사람.)

떨어진 사람이 이깄제? 그 사람은 술 얘기만 하면 고마 자빠졌뿄다(떨어져버렸다). 그 사람이 이깄다. 신문에 났지예?

홀시아버지와 며느리

자료코드 : 04_19_FOT_20100715_PKS_BEJ_0008
조사장소 : 경상남도 합천군 봉산면 권빈1구 882-1번지 권빈1구마을회관
조사일시 : 2010.7.15
조 사 자 : 박경신, 김구한, 김옥숙, 마소연, 정아용
제 보 자 : 백은조, 남, 68세
구연상황 : 제보자의 노래가 끝난 후 조사자가 거짓말 이야기, 참말 이야기를 더 해 달라고 부탁하였다. 그러자 제보자는 진실한 이야기가 있다며, 이를 위해서는 전화를 해봐야 한다고 농담을 하였다. 조사자가 싱거운 이야기나 상스러운 이야기도 괜찮다며 계속 구연을 유도하자, 처음에는 할머니들 있는데 그런 이야기를 해서 되겠냐며 주춤하다가 재차 조사자들이 부탁하자 구연을 시작하였다. 그러나 선뜻 이야기를 풀어나가기가 쉽지 않은지 장내 방송하는 흉내 내어 상스럽고 유치한 이야기를 하나 하겠다며 밖에 나가서는 이 이야기를 절대 해서는 안 된다고 익살스럽게 당부하였다. 그 와중에 면장이 방문하여 잠시 구연이 중단되었다. 조사자가 다시 구연 분위기를 만들기 위해 애쓰자, 다시 한 번 야한 이야기니 다른 데 가서는 하면 안 된다는 당부와 함께 구연을 시작하였다. 하지만 구연이 시작된 지 얼마 되지 않아 구연을 중단하고 면장에게 좋은 이야기 하나 하라며 떠넘기기도 하였다. 면장이 자리를 뜨고 난 후, 조사자들이 구연을 이어갈 것을 계속 부탁하자 마지못해 구연을 이어나갔다. 어른들이 계셔서 표현하기가 난감한지 얼버무리며 구연을 끝냈다.
줄 거 리 : 가난한 집에 홀시아버지와 며느리가 살았다. 며느리는 시아버지를 잘 봉양하

기 위해 애를 썼는데, 하루는 갈치장수가 왔다. 돈이 없어 갈치를 못 사는 며느리를 갈치장수가 수법을 써서 갈치를 가져가게 한다. 갈치가 상에 오른 사연을 알게 된 시아버지는 며느리에게 '앞으로'는 하지 말라고 당부한다. 그런데 그 말을 '다시는'으로 알아듣지 못한 며느리는 갈치 장수가 다시 찾아오자, 이번에는 '뒤로' 하였다며 갈치 두 마리를 상에 올린다.

호불미느리하고(홀며느리하고) 호불시아바이가(홀시아버지가) 한 집에서 살면서 미느리가 시아바이를 지극정성으로 모시는 기라.

옛날에는 보면은 진짜 못살다 본깨네, 어떻게 해야 시아바이를 잘 봉양을 하겠느냐. 이런 쪽으로 생각을 하고, 참 뭐 없어서 못 심기지(섬기지), 있으면 심기는 기거든.

[여기까지 하고 말자고 하다가 조사자의 요청으로 다시 이어나갔다.]

그래 인자 갈치장사가 갈치를 떡 팔러 왔는데, 갈치장사가 가만히 갈치를 팔다 본깨네 한 아줌마가 담부락(담벼락) 밑에 앉아서 고심만 하고 있는 기라.

그래 왜 다른 사람들은 활발하게 노는 이래 얘기를 하고 있는데, 그래

"왜 그러냐?"

이래 물으니깨네, 돈이 없어서 갈치를 못 사는 기라.

[구연을 그만두기 위해 면장님에게 말을 걸며 화제를 돌렸다. 조사자의 재촉에 구연을 이었다.]

그래 갈치를 못 사는 입장이 돼 가지고, 뭐 있어야 사지. 보쌀을(보리쌀) 퍼 주고 사겠나, 쌀을 퍼 주고 사겠나. 아무것도 줄라 캐야 줄 기 없는 기라.

그래 인자 갈치장사가 그래 은자 묻는 기라.

"왜 그렇게 걱정을 하는 기색이냐?"

이래 물으니깨

"우리 아부님이 참 갈치 이걸 좋아하는데, 한 바리(마리) 사 드렸으면

(드렸으면) 하는데 돈이 없어 못 사겠다." 이라는 기라.

그래 갈치장사가 미늘이를 불러 불러갖고

"이렇게 이렇게 하면 된다."

이래가지고 우째가(어떻게 해서) 갈치를 한 바리 줬다.

갈치를 한 바리 줘가지고, 그 그 장만해 가지고 시아바이한테 갈치를 탁 대접 밥상에다가 떡 올려놓은깨네, 이 시아바이 생전에 못 보던 이 그런 아주 참 빌미가(별미가) 올라 있거든.

"야야, 이게 어디서 나왔냐?"

물으니깨네,

"아부님 어떻게 어떻게 해서 돈이 없어가 얘기한깨네, 그 갈치장사가 호의를 베풀어 줍디다. 그래서 내가 한 바리 샀습니다. 한 바리 샀습니다."

이래 됐는 기라.

"아구 야야 앞으로는 절대 하지 마라. 앞으로는 절대 하지 마라."

이래된 기라.

그래 은자 그 뒤에 또 갈치장사가 왔는데, 그 그래 인자 갈치장사가 와서 갈치를 팔라꼬 탁 이래 있는데, 또 인자 역시 역시 인자 그런 생각으로 하고 있는데,

그래 또 그날 저녁밥상에 또 갈치가 두 바리가 두 바리가 떡 올라온 기라.

그래 그걸 밥상에 떡 차려갖고(차려서) 아버님한테 떡 차려줬더니,

"야야 이 갈치가 어디서 나왔노?"

이라이,

"아버님이 절대 앞으로는 못하게 해서 뒤로……. 그래갖고 두 바리를 줍디다."

이래된 기라.

시아버지의 그림 편지

자료코드 : 04_19_FOT_20100715_PKS_BEJ_0009
조사장소 : 경상남도 합천군 봉산면 권빈1구 882-1번지 권빈1구마을회관
조사일시 : 2010.7.15
조 사 자 : 박경신, 김구한, 김옥숙, 마소연, 정아용
제 보 자 : 백은조, 남, 68세
구연상황 : 앞 이야기에 이어 구연하였다. 이야기 도중 손동작을 하거나, 휴대폰을 편지지로 이용하여 청중의 이해를 도와가며 구연하였다. 제보자는 사람들이 모이는 장소에 가면 이런 얘기를 돌아가며 하여 즐긴다고 하였다.
줄 거 리 : 글을 모르는 시아버지가 며느리의 편지에 그림으로 답장을 한다. 그림은 남성의 생식기나 바나나를 이용하여 욕으로 표현한다.

시아바이가 내 맹그로(맨쿠로)[19] 농사를 짓고 있고, 우리 며느리가 저 서울에 살고 있는데,

"아버님 쌀 좀 보내주시오."

하-이(하니) 편지를 탁 보낸 기라. 편지를 떡 보냈는데, 그래 그 편지를 딱 본깨네 시아바이가 글을 몰라. 글을 모르기 때문에 이 쌀 도라는(달라는) 건 아는데, 이걸 어째 표현을 해야 되겠노?

그래 인자 이걸 힘이 들어가지고, 그 저 남자말고 거기 인자 그 부위에다가 은자 그림을 그리고 싹 끄어뿐(그어버린) 기라. 그래 갖고 며느리한테 보낸깨네, 이 며느리가 언제 쌀 준다꼬 이것도 없고 모양은 그래 그렸는데, 이게 칠을 했는데 이게 무신고(무엇인고) 알 수가 없다. 세상에 댕기면서 누구한테 물어볼 데도 없고, 고민 중에 자기 남편한테 탁 갖다 대면서

"자기 이거 무신가 한 번 보세요. 우리 시아바시 쌀 좀 부치라고 편지를 했디만 이래 보냈더라."

"이그 등신아 그것도 모르나 십칠일날 보낸다 안 커나?

---

19) '맨쿠로'는 만큼, 처럼의 사투리.

이해가십니까?

(조사자 : 아~ 십에다가 칠을 했다고.)

자기 남편이 얘기를 해줬다.

며느리는

"아버님 쌀 좀 보내주세요 우리 살기 좀 어렵습니다."

이렇게 했는데, 시아바이는 편지를 탁 받고 본깨네, 쌀 보내라는 건 맞는데 미칠날(며칠날) 줄 글을 못 쓰는 기라. 그래서 인자 여자들의 거 복판에 탁 기리(그리) 갖고 이래 칠을 해뿌고 보냈는데, 며느리가 아무리 봐도 이해가 안 가는 기라. 그래갖고 누구한테 보여줄 수도 없고, 자기 남편한테

"자기 이것 좀 보세요. 우리 아버님이 이렇게 보냈는데 이기 며칠날 준다는 이야긴고 이해가 안 간다."

이칸깨네.

"이 등신아 십칠일날 보내준다 안 카나."

그래 인자 그걸 또 편지를 며느리가 탁 보내가.

"아버님 이번에는 빨리 묵었십니다. 우리 언니가 쌀을 무-(먹어) 보디만(보더니만) 맛있다 캐서(해서) 언니하고 갈라 먹었십니다."

이래 된 기라.

"또 좀 더 주세요."

그래 인자 보냈는데, 시아바이가 답장이 오기로 그림을 떡 이 바나나를 그리갖고(그려서), 반틈(반쯤) 까갖고(까서) 보낸 기라. 며느리한테 보냈어. 그림에 바나나의 반틈을 탁 보냈는데, 또 며느리가 걱정이 된 기라. 언제 준다는 소린지 이해가 안 가는 기라. 또 인자 할 수 없이 가-가(가지고) 당기다(다니다) 자기 남편한테

"보소. 아버님이 이래 보냈는데, 이기 언제 준다 소린고 모르겠다."

이칸깨네.

"야, 이 등신아 좆 깔라꼬(깔려고) 갈라(나눠) 묵었나. 니 혼자 묵지."
이라는 기라.

도 닦은 총각의 이야기 땜

자료코드 : 04_19_FOT_20100715_PKS_BEJ_0010
조사장소 : 경상남도 합천군 봉산면 권빈1구 882-1번지 권빈1구마을회관
조사일시 : 2010.7.15
조 사 자 : 박경신, 김구한, 김옥숙, 마소연, 정아용
제 보 자 : 백은조, 남, 68세
구연상황 : 앞 이야기에 이어 구연하였다. 구연을 끝내고 제보자는 자신이 이 이야기를 왜 했는지에 대한 변을 늘어놓았다. 이어 웃으면서, 사람은 시킬 만큼 시켜야 하며, 대충 아는 데까지만 묻고 말아야 되는데, 이렇게 무리하게 이야기를 시키면 안 된다. 사람은 절대적으로 시킬 만큼 시키고 대충 요렇게 아는 데까지 묻고 말아야 된다고 했다. 제보자의 이 말이 이야기 속 주인공의 상황과 맞아 들어가서 좌중이 한바탕 폭소를 터뜨렸다. 이로서 제보자는 이야기를 그만 했으면 좋겠다는 표현도 함께 한 셈이다.
줄 거 리 : 한 총각이 산골에서 도를 닦고 어느 정도 됐다 싶어 하산을 하였다. 날이 저물어 어느 마을 사랑방에 들어갔더니, 이야기판이 벌어졌다. 돌림으로 이야기를 하고, 이야기를 하지 못하는 사람은 엄동설한에 밖에 나가 있는 벌을 서게 되었다. 산에서 오래 생활한 총각은 이야기 거리가 전혀 없어 밖에서 벌을 섰는데, 너무 추워 이야기를 하겠다고 방으로 들어온다. 총각은 종이에 글을 써서 물 담은 양푼에 넣고 도술을 부려, 방안에 있는 사람들에게 풍랑을 만나 메주짝을 안고 허우적거리는 벌을 준다. 마침 윗방에 가 있던 주인양반이 사람들을 구한다.

옛날에 어느 진-짜 머리 좋은 총각이 공부라카면 자기가 도 닦는 기기(그것이) 큰 공부 아인가베예(아닌가봐요)? 산꼴짝에 가서 여 도를 뭐 십 년을 했는지 오 년을 했는지 그거까지는 잘 모르겠지만은, 내 딴에는 됐다 싶어서 어느 이래 참 야외를 니러(내려) 온 기죠. 사회 사회로 은자 사

람 사는 데로 니러 온 긴데, 산에서.

옛날에 도 닦는 사람은 그 저 호랭이가 옆구리 반틈 파무도(파먹어도), 그 거기에 정신을 집중하다본깨네(집중하다보니까), 반틈 파무도 모른다 커거든예(모른다하거든요). 그런 쪽으로 머리가 길어도 모르는 기고, 이[虱]가 있어도 모르는 기고, 한군데만 정신을 집중하다 본깨네,

그래 인자 내 딴에는 배울 만치 배았다 싶어서 은자 떡 이래 어느 야외 떡 내러온깨네, 해가 저무리해서(저물료고 해서) 어느 촌으로 은자 마을을 들어간 기라. 마을로 떡 들어가는데, 가본깨네 어데 뭐 잘만한 데도 없고, 지금 겉으면 우리 여 동회관 매꾸로(맨쿠로) 이런데 들온 기지(것이지). 옛날 겉으면 사랑방이라 커는 거라. 사랑방인데.

그 은자 사랑방에 떡 들와서 은자 들와보니까, 전부 다 은자 옛날 겉으면 뭐 다른 얘기가 없는 기라. 돌아가며 얘기 하는 기라. 뭐 니 한자리 하고 내 한자리 하고, 얘기 몬하면 우리가 아더래도(알더라도) 얘기 몬하는 사람 집에 가는 기라.

그러이깨네 이얘기를 안 배울래야 안 배울 수가 없는 기라예. 실제로 그랬어요. 돌아가며 내 차례가 되면 해야 되는 기라. 수건 이래 돌리가면서 "독"카며 내 뒤에 오면 노래 부르는 거 아지요? 그거 하고 똑 같은 기라. 내 차례가 되면 해야 되는 기라.

그런깨 인자 그 어느 마을에 턱 들와서 본깨네, 자기가 그 자기 위해서 들온기지, 얘기 하러 들온 게 아이거든. 그래 그 들온끼네 돌리가면서 얘기를 주-욱 하고 앉았는데, 자기 차례가 됐는 기라.

세상에 얘기라꼬는 뭐 있겠습니까? 산에 가서 까막까치 짖는 거, 새우는 소리, 그 뿐이 그거 뿐이 모르는 기지예. 들은 기 없고, 본 기 없으이깨, 그런깨 그 얘기를 하라 커이까네 없는 기라.

그래 그 때는 얘기를 몬 하면 그 밖에 나가서 벌을 서는 기라. 동지섣달 그 추운데 밖에 나가서 이래 뭐 웃통을 벗는다든지 뭐 그래갖고 뭐 한

삼십 분을 하든지 십 분을 하든지 벌을 서는데, 그래 밖에 쫒가 내가지고 벌을 세았는데, 얼매나 추웠는지

"내가 하겠다."

이래 돼서 들라도라(들어오게 해라) 캐가 들오가

[이때 제보자가 양푼이를 아느냐고 물어 조사자가 안다고 대답하자 계속해서 이야기를 진행했다.]

진짜로 양푼이에 물을 인자 한 반 양푼이 떠오라 카는 기라. 떠다 놨다. 창호지 종오를(종이를) 하나 가(가지고) 오라 카는 기라. 창호지 종오를 하나 가오라 캐가 떡 갖다 줬다. 붓을 가오라 캐서 붓을 갖다 줬다. 그-따(거기다) 대고 옆에서 보는데, 창호에 내 그 잊아뿔랐는데(잊어버렸는데), 뭐라고 써 갖고, 등잔불에다가 떡 창호 종오에 불을 붙이더니,

양푼이에다가 떡 옆에서 보는데, 사랑꾼들이 보는데, 은자 양푼이에다가 그 옇으면은 어째 되겠어요? 꺼지죠? 물이깨네. 창호지 종이에다가 불을 붙이갖고 양푼에다 옇으면은 물에 넣는데, 꺼지지 안 꺼질리 없죠.

양푼이를 떡 옇는 순간, 여러 사람 보는 데서 물이 부글부글 부글부글 끓디만은 넘는 기라. 양푼이 넘치는 기라. 그 이 방만하다고 보만, 이 차올라 오는 기라, 자꾸 이래. 차올라 오갖고(와가지고, 와서) 난제는(나중에는) 마 사람이 자물어질(잠길) 정도가 되니까, 꺼야 될 거 아이가 그자? 거기 마 배가 생기는 기라. 배가 뭣이냐 겉으마 미주짝(메주짝, 메주덩어리) 겉은 거 그런 기 은자 배라 그만.

[양손을 허공에 들어올려 허우적대는 시늉을 하며]

그걸 마 거머안고 사람 살리라꼬 마 괌을(고함을) 지르고 난리가 났는데, 그 때 마침 그 주인이 없었으면 안중도(아직도) 그 배가 떠내려 갈란가(갈른지) 몰라. 주인이 그 당시에 그 저 웃방에 올라간 기라. 그 마술에 안 걸렸어. 도술에 안 걸리갖고 웃방에 잠깐 올라간 동안에 잠시 올라왔는데, 금방 아래채에서 사랑방에서 막 통곡 소리가 막 진동을 하는 기라.

이 우찌된 일인고 싶어서 내려가 본깨네, 메주짝을 거머안고 풍파만냈다고 사람살리라꼬 괌을 질러쌌고(질러 대고) 막 이래. 서로가 막 거머안고 막 내 죽는다고 이래쌌거든.

이기 정신이 홀긴(홀린) 데는 인뻼만 시긴다 캤습니까? 신짹이를(신짝을) 갖고 야중이 때리 팬깨(패니까) 눈이 뚜룩뚜룩 하면서 …….

노랫가락

자료코드 : 04_19_FOS_20100119_PKS_KYS_0017
조사장소 : 경상남도 합천군 봉산면 계산2구 동편마을회관
조사일시 : 2010.1.19
조 사 자 : 박경신, 김구한, 김옥숙, 정아용
제 보 자 : 권양순, 여, 75세
구연상황 : 새로운 청중으로 등장한 제보자는 앞 제보자가 부르는 노래를 한 곡 듣고 난 이후 이 노래를 달아서 불렀다. 박수를 치며 웃음 띤 얼굴로 구연하였는데, 청중도 박수를 치며 장단을 맞추며 흥겨워하였다. 제보자는 한 때 노래를 제법 불렀다고 한다. 구연 도중 가사에 감동이 되었는지 눈물을 훔치기도 하였다.

사랑이 불과같으면

안 나와

가슴인들 오죽하리
가슴만 탈뿐아니라 육천마디가 다녹아진다

잘하죠?

새천당 세모시낭게 늘어진가재다 군대를매어

(청중 : 좋다)

임이밀면 내가나밀고 내가나밀면 임이밀어
임아임아 줄살살밀어라 줄떨어지면 정떨어진다

가고못오실 임이면 정이나따나 가지고가지
임은가고 정만남아니 사랑도 십리로서야
병아니나기가 만무로다

꽃같이 고으나님은 열매같이도 맺어놓고
나도실 못오실망정 한분에한번씩 ○○질하소

산도좋고 물도나좋다 내심중알사람 하나도없대이

내사랑 남주지말고 남의사랑 탐내지마라
나도언제 알뜰한사랑을 백년이싫도록 잘살아보리

모심기노래

자료코드 : 04_19_FOS_20100119_PKS_KYS_0026
조사장소 : 경상남도 합천군 봉산면 계산2구 동편마을회관
조사일시 : 2010.1.19
조 사 자 : 박경신, 김구한, 김옥숙, 정아용
제 보 자 : 권양순, 여, 75세
구연상황 : 장수청 제보자에게 여러 노래를 권하던 중 제보자가 이 노래를 불렀다.

이논에라 모를심어 잔잎나서 영화로다
우리자녀 곱기길러 갓을씌와 영화로다

노랫가락

자료코드 : 04_19_FOS_20100119_PKS_KYS_0028
조사장소 : 경상남도 합천군 봉산면 계산2구 동편마을회관
조사일시 : 2010.1.19

조 사 자 : 박경신, 김구한, 김옥숙, 정아용
제보자 1 : 권양순, 여, 75세
제보자 2 : 백운점, 여, 75세
구연상황 : 앞 노래에 이어서 계속 불렀다.

제보자 1 금쪽겉은 아들정에는 메늘년이 다가-가(모두 가져가)
일월겉은 딸아정은 사우넘이(사위놈이) 다가가고

[웃음]

금을주면 너를사나 옥을주면 너를사나
그러구로 키안(키운)정은 다모도(모두)다 허사로다

[청중이 아무 소용없다고 맞장구쳤다. 장수청 제보자가 '상여소리'를 맛보기로 조금 보여주었다. 조사자가 계속해서 구연을 청하는 가운데에 백운점 제보자가 다음 노래를 불렀다.]

○○랑 채두루놓고 옛날사랑을 잊지를마라

제보자 2 마산서 백말을타고 진주못둑에 썩올라서니
수양버들

[다시 고쳐서]

연꽃은 봉지가지고 수양버들은 빨춤을춘다
수양버들 빨춤출때에 우리인생은 춤못추나

창부타령

자료코드 : 04_19_FOS_20100119_PKS_KYA_0002

조사장소 : 경상남도 합천군 봉산면 계산2구 동편마을회관
조사일시 : 2010.1.19
조 사 자 : 박경신, 김구한, 김옥숙, 정아용
제 보 자 : 기영애, 여, 81세
구연상황 : 앞 노래에 이어 구연했다. 왼쪽 무릎을 세워 그 위에 두 손을 맞잡은 상태로 시원하고 큰 목소리로 불렀다. 청중은 중간 부분에서 박수를 흥을 돋우었다. 제보자는 구연을 끝내고 '정월대보름(달거리)'도 전에는 불렀는데 지금은 못한다고 했다. 진주경상대학교에서 와서 계산 2구 남녀 노래자랑대회를 열었을 때 자신이 일등 할 정도로 노래를 잘 했는데, 지금은 귀도 어둡고 등신처럼 산다고 말하였다. 노래를 어느 천 년에 부르다가 처박아 두었더니 노래가 안 된다고 아쉬워하였다.

아니아니 놀지는 못하리라
하늘과같이 높은사랑 하회와같이도 깊은사랑
칠년대환(칠년대한) 가문날에 빗방울같이도 귀한사랑
오년지수 긴장마에 햇빛같이도 반견(반긴)사랑
당년황해 양개비요(양귀비요) 이도령의사랑은 춘향이라

(청중 : 좋다~)

일년 삼백육십오일 하루만못봐도 못살래라

(청중 : 잘한다~)

얼씨구나 절씨구 기화로구나 아니놀지는 못하리라

노랫가락

자료코드 : 04_19_FOS_20100119_PKS_KYA_0003
조사장소 : 경상남도 합천군 봉산면 계산2구 동편마을회관
조사일시 : 2010.1.19

조 사 자 : 박경신, 김구한, 김옥숙, 정아용
제 보 자 : 기영애, 여, 81세
구연상황 : 앞 노래에 이어서 구연했다. 한쪽 무릎을 세우고 그 위에 왼손을 얹어 턱을 괴고 노래를 불렀다. 트이고 큰 목소리로 시원하게 불렀으나 제보자는 노래가 안 된다고 말했다. 옛날에는 좀 했는데 나이가 팔십이 넘으니 잘 부르지 못한다고 하였다.

에~
가고못오실 임이면 정이나마 가지고가지
임은가고 정만남겨니 밤은 야상경한데
사랑도 십리로서야 병아니들리가 만무로다

청춘가

자료코드 : 04_19_FOS_20100119_PKS_KYA_0023
조사장소 : 경상남도 합천군 봉산면 계산2구 동편마을회관
조사일시 : 2010.1.19
조 사 자 : 박경신, 김구한, 김옥숙, 정아용
제 보 자 : 기영애, 여, 81세
구연상황 : 앞 노래에 이어서 계속 구연하였다.

산중호걸이 청춘이 다가고
오는중 모르고 가구나
무정세월이 오고가지를 말어라
알뜰한 내청춘이 다늙어가구나

화투뒤풀이

자료코드 : 04_19_FOS_20100119_PKS_KYS_0005

조사장소 : 경상남도 합천군 봉산면 권빈1구 882-1번지 권빈1구마을회관
조사일시 : 2010.1.19
조 사 자 : 박경신, 김구한, 김옥숙, 정아용
제 보 자 : 김영순, 여, 76세
구연상황 : 앞 노래에 이어 제보자가 자청해서 구연하였다.

정월솔가지 속속한마음
이월매조에 맺어놓고

[“뭐라커노 또?”라며 멈추자 청중이 다음 가사를 일러주어 다시 시작하였다.]

삼월사꾸라 산란한마음
이월매조야 맺어

[제보자가 다시 이월로 돌아가자, 청중이 사월이라고 고쳐주었다. 이후 몇몇 사람이 함께 불렀다.]

사월흑사리 허사로다
오월난초 나는나비
유월목단에 춤을추고
칠월홍돼지 홀로누워
팔월공산에 달이뜬다
구월국화 굳었던마음이
시월단풍에 다떨어지네
오동장롱 값많다해도
비삼십을 당할쏜가

창부타령

자료코드 : 04_19_FOS_20100119_PKS_PCS_0008
조사장소 : 경상남도 합천군 봉산면 권빈1구 882-1번지 권빈1구마을회관
조사일시 : 2010.1.19
조 사 자 : 박경신, 김구한, 김옥숙, 정아용
제 보 자 : 박초성, 여, 74세
구연상황 : 앞 노래에 이어 계속 구연했다. 제보자와 청중이 함께 박수를 쳤다.

니모(네모)반듯 장판방에다 십육도전기를 밝혀두고
임은앉아 공부하고 나는앉아서 수를놓아
임의무르팍을 썩댕기비고(베고) 싱그레방실 웃는모습
못다야보고도 날이샌다

(청중 : 좋-다!)

얼씨구나좋다 지화자좋네 아니노지는 못하리라

창부타령 (1)

자료코드 : 04_19_FOS_20100119_PKS_BGJ_0003
조사장소 : 경상남도 합천군 봉산면 계산2구 남계마을회관
조사일시 : 2010.1.19
조 사 자 : 박경신, 김구한, 김옥숙, 정아용
제 보 자 : 배갑중, 여, 71세
구연상황 : 막 도착한 제보자는 금세 조사장소의 분위기를 파악하고 이 노래를 구연하였다. 서서 춤추는 시늉을 하며 즐겁게 노래를 불렀다.

청춘낙엽에 떨어진다고 사람실망 하지말고
꽃은피서 져고(지고)보면 내년삼월 비누만은

(청중 : 좋다~)

이내인생 늙어지면 다시한번 못젔는고

창부타령 (2)

자료코드 : 04_19_FOS_20100119_PKS_BGJ_0005
조사장소 : 경상남도 합천군 봉산면 계산2구 남계마을회관
조사일시 : 2010.1.19
조 사 자 : 박경신, 김구한, 김옥숙, 정아용
제 보 자 : 배갑중, 여, 71세
구연상황 : 앞 노래에 이어 계속 구연하였다. 역시 일어서서 춤을 추며 신나게 구연하였다.

하늘겉은 약한몸에다가 태산겉은 빙을(병을)징기(지녀)
처마(치마)팔고 반지를팔아 사모야약방에다 약을지어
청로홍화덕 얹어놓고 원숫네잠이 들어서
낭군간줄 내몰랐네 천리가도 따라가고
만리도 따라가고 당신뒤에는 내가딸코(따르고)
바늘야가는데 실못가나 우런님가는데 나못가나
일천구백은 사십에오년 팔월이여 십오일날
우리나라 해방이되었구나
문전문전 태극기는 동서야남북을 휘날리고
우런낭군님 어데가고 돌아올줄을 모르는고

독새 노래

자료코드 : 04_19_FOS_20100119_PKS_BGJ_0028

조사장소 : 경상남도 합천군 봉산면 계산2구 남계마을회관
조사일시 : 2010.1.19
조 사 자 : 박경신, 김구한, 김옥숙, 정아용
제보자 1 : 배갑중, 여, 71세
제보자 2 : 장수분, 여, 69세
제보자 3 : 이영순, 여, 75세
구연상황 : 제보자에게 노래 한 곡을 더해 줄 것을 청하자 창부타령 곡조로 이 노래를 구연하였다. 뒷부분으로 가자 청중이 "독새 노래"라고 말했다. 제보자는 생각이 잘 안 나는지 중단하였다. 구연 후 청중은 제보자가 빠트린 부분과 뒷부분에 대해 의견이 많았다.

한살묵고 이미(에미)잃고 두살묵어 애비잃고
호부[20]다섯살에 조모잃고 내오데라(어디라) 갈데가없어
삼촌집을 찾어가니 삼촌은 내리쫓고
숙모는 겉을쫓아내 오데라 갈데가없어
서울걸어 따라가서 화개장을 받았구나
진사급지를(급제를) 달고온께 우리집은 쑥대밭이
만납시다 만납시다 쑥대밭으로 만납시다
자개죽어서

화투뒤풀이

자료코드 : 04_19_FOS_20100119_PKS_BUJ_0001
조사장소 : 경상남도 합천군 봉산면 계산2구 동편마을회관
조사일시 : 2010.1.19
조 사 자 : 박경신, 김구한, 김옥숙, 정아용
제 보 자 : 백운점, 여, 75세
구연상황 : 여러 가지 노래를 유도하던 중 제보자가 갑자기 하라고 하면 노래가 되느냐

20) '홑으로, 단지, 겨우'에 해당하는 경상도 방언.

고 하더니, “일 년 열두 달 노래 한번 할까?”며 구연에 임하였다. 시원하게 막 힘없이 즐겁게 불렀다. 이 노래는 젊어서 놀 때 부르던 것이라고 한다. 젊을 때 노래가 꽉 찼는데 지금은 신식 노래가 나오는 바람에 구식 노래는 처박히는 신세가 되었다고 안타까워하였다.

정월솔가지 속속한마음
이월매조에 맺아놓고
삼월사꾸라 산란한마음
사월흑사리 허송하야
오월난초 나던나비
유월목단에 춤을춘다
칠월홍사 홀로누다
팔월공산에 달떠온다
구월국화야 꽃자랑말아라
시월단풍에 다떨어진다
비오동아 우산을들고
공산삼십을 찾아간다

노랫가락

자료코드 : 04_19_FOS_20100119_PKS_BUJ_0004
조사장소 : 경상남도 합천군 봉산면 계산2구 동편마을회관
조사일시 : 2010.1.19
조 사 자 : 박경신, 김구한, 김옥숙, 정아용
제 보 자 : 백운점, 여, 75세
구연상황 : 조사자가 계속해서 나무하러 가면서 지게 목발을 두드리면서 부르던 노래를 구연해 줄 것을 종용했다. 그러자 그 노래는 지게 지고 가면서 해야 된다며 이 노래를 구연하였다. 노래가 끝나자 “밤은 필요 없고, 처녀가 좋아 데리고 잘 욕심”이라고 노래내용의 핵심을 이야기했다.

뒷동산 밤따는처녀 밤한톨이만 빌려주소
외톨백이 빌려나주까 세톨백이를 빌려주까
이밤저밤 다재치놓고 길고긴밤을 빌렵시오

청춘가 (1)

자료코드 : 04_19_FOS_20100119_PKS_BUJ_0005
조사장소 : 경상남도 합천군 봉산면 계산2구 동편마을회관
조사일시 : 2010.1.19
조 사 자 : 박경신, 김구한, 김옥숙, 정아용
제 보 자 : 백운점, 여, 75세
구연상황 : 산에 나무 하러 갈 때 부르던 노래를 더 해달라고 청하자, 이 노래를 불렀다. 이 노래는 놀 때나 나무하러 갈 때 주로 불렀다고 한다. 당시에는 지게를 짊어지고 일곱 명이서 산에 죽 올라가기도 하였는데, 이 노래는 제보자의 삶을 노래로 만든 것이라고 한다. 친정아버지가 가난한 집안의 육학년 졸업생에게 시집을 보내어 온갖 고생을 다했다고 한다. 그래서인지 노래가 더 구슬프고 처연하게 들렸다.

육학년 졸업상을~ 소박만 했더니
지게목딱(목발) 문중수가~ 에이~ 날찾아 왔구나

수시댁이 수명단아

자료코드 : 04_19_FOS_20100119_PKS_BUJ_0006
조사장소 : 경상남도 합천군 봉산면 계산2구 동편마을회관
조사일시 : 2010.1.19
조 사 자 : 박경신, 김구한, 김옥숙, 정아용
제 보 자 : 백운점, 여, 75세
구연상황 : 노래를 더 해달라고 청하자 이 노래를 불렀다. 부르다가 잊어버렸다고 하다

가 다시 이어 부르더니 결국 끝까지 부르지 못했다. 가사가 긴 참 좋은 노래로, 전에는 잘 불렀으나 워낙 오랫동안 안 불렀더니 잘 부르지 못한다고 하였다. 이레 안에 아버지를 여의고, 형제만 남아서 은장도로 언니 머리와 자기 머리를 잘라, 그것으로 배를 매었다는 노래인데 모두 잊어버렸다고 하며 끝맺지 못하였다.

수시댁이 수명단아 만수동동 울엄매야
임오정도 좋지만은 자석정을 띠고가나
헌양산 받치들고 골목골목 눈물이야
재죽재죽이(자국자국이) 설음이네

[잊어버렸다며 기억을 더듬었다.]

성아머리 석자한치 요내머리 두자한치
은장도로 드는칼로 모습모습 찍어내여
열석새라 금바대는 댓잎겉이 맺아놓고

청춘가 (2)

자료코드 : 04_19_FOS_20100119_PKS_BUJ_0008
조사장소 : 경상남도 합천군 봉산면 계산2구 동편마을회관
조사일시 : 2010.1.19
조 사 자 : 박경신, 김구한, 김옥숙, 정아용
제 보 자 : 백운점, 여, 75세
구연상황 : 새로 들어온 청중에게 노랫가락을 잘 한다며 "우수경칩"을 하라고 부추겼다. 잠시 후 제보자가 직접 이 노래를 불렀다.

우수 경칩에~ 대동강 풀리고~
정든님의 말소리~ 내가슴 풀린다~

시집살이노래

자료코드 : 04_19_FOS_20100119_PKS_BUJ_0009
조사장소 : 경상남도 합천군 봉산면 계산2구 동편마을회관
조사일시 : 2010.1.19
조 사 자 : 박경신, 김구한, 김옥숙, 정아용
제 보 자 : 백운점, 여, 75세
구연상황 : 조사자의 요청으로 기억을 더듬어 구연했다. 그러나 기억의 부실로 얼마 구연하지 못하였다.

한살묵어 엄마죽고 두살묵어 이미

[다시 고쳐서]

애비잃고

["삼오다섯 열다섯이라 커더나?"라고 하다가 다시 고쳐서 구연함.]

열다섯에 시집가서 다문다문 나하나라

[다시 고쳐서]

다문다문 다섯식구 나하나가 넘이로다
나안묵은 붕어괴기 날묵었다 탓이로다
나안보낸 민애기 날보냈다 탓이로다

창부타령

자료코드 : 04_19_FOS_20100119_PKS_BUJ_0011
조사장소 : 경상남도 합천군 봉산면 계산2구 동편마을회관
조사일시 : 2010.1.19
조 사 자 : 박경신, 김구한, 김옥숙, 정아용

제 보 자 : 백운점, 여, 75세
구연상황 : 조사자가 여러 노래의 구연을 유도하는 가운데, 제보자는 이 노래가 생각났는지 "내 노래 한 마디만 더 하께."라고 하고 구연에 임하였다. 어깨를 들썩이며 신명나게 구연하였다.

맹사십리 해둥화야 꽂진다고 설워마오
뒷동산에 피는꽃은 맹년춘삼월 다시패고
우리인생은 한번가면 다시오기가 어렵구나

양산도

자료코드 : 04_19_FOS_20100119_PKS_BUJ_0015
조사장소 : 경상남도 합천군 봉산면 계산2구 동편마을회관
조사일시 : 2010.1.19
조 사 자 : 박경신, 김구한, 김옥숙, 정아용
제 보 자 : 백운점, 여, 75세
구연상황 : 제보자는 장수청 제보자가 마을회관에 오기 전에 "내 풀 비러 가는 노래 한번 불러 볼게."라며 이 노래를 불렀으나 주변이 너무 시끄러워 다시 구연했다.

옥양목 중우(바지)적삼(저고리) 목발에다 걸-고
화개장터 너덜강에 풀베러 가자
에야라 노디어라 나는 못노리로다
너는 일을해여도 나는 못노리로다

술은 술술이 잘넘어가고
찬물아 냉수는 입안에 뱅뱅돈다

청춘가 (3)

자료코드 : 04_19_FOS_20100119_PKS_BUJ_0016
조사장소 : 경상남도 합천군 봉산면 계산2구 동편마을회관
조사일시 : 2010.1.19
조 사 자 : 박경신, 김구한, 김옥숙, 정아용
제 보 자 : 백운점, 여, 75세
구연상황 : 최점이 할머니의 노래를 듣고자 하였으나 아프고 나서 노래를 못한다고 사양하였다. 조사자는 제보자에게 먼저 한 곡을 불러줄 것을 청하였다. 제보자는 "내 한 곡 불러줄게."라며 선뜻 나서 이 곡을 구연하였다.

땅땅구(땅딸구)[21] 하지말고~ 내품에 잠들마(잠들면)~
바느질 품팔아서~ 술받아 드리지~

청춘가 (4)

자료코드 : 04_19_FOS_20100119_PKS_BUJ_0018
조사장소 : 경상남도 합천군 봉산면 계산2구 동편마을회관
조사일시 : 2010.1.19
조 사 자 : 박경신, 김구한, 김옥숙, 정아용
제 보 자 : 백운점, 여, 75세
구연상황 : 앞 노래에 이어 조사자의 유도로 이 노래를 불렀다.

청천 하늘에~ 잔별도 많은데~
요네야 가슴에~ 좋-다 희망도 많구나~

청춘가 (5)

자료코드 : 04_19_FOS_20100119_PKS_BUJ_0025

---

21) '땅딸구'로 노름을 말한다.

조사장소 : 경상남도 합천군 봉산면 계산2구 동편마을회관
조사일시 : 2010.1.19
조 사 자 : 박경신, 김구한, 김옥숙, 정아용
제보자 1 : 백운점, 여, 75세
제보자 2 : 장수청, 남, 75세
구연상황 : 앞 노래에 이어서 계속 불렀다. 백운점 제보자는 오른손으로 무릎을 두드리며 장단을 맞추었다. 장수청 제보자는 이런 노래는 십대 때는 하루 종일 불러도 다 못 불렀다고 한다.

제보자 1 시집살이 고부는(고비는)~ 열두나 고부요(고비요)~
고부야 마중도(마다도)~ 눈물이 나는구나~

제보자 2 꽃이 고와도~ 춘추에 단절이요~
당신이 잘나도~ 육십세 안쪽이라~

청춘가 (6)

자료코드 : 04_19_FOS_20100119_PKS_BUJ_0027
조사장소 : 경상남도 합천군 봉산면 계산2구 동편마을회관
조사일시 : 2010.1.19
조 사 자 : 박경신, 김구한, 김옥숙, 정아용
제보자 1 : 백운점, 여, 75세
제보자 2 : 권양순, 여, 75세
제보자 3 : 장수청, 남, 75세
구연상황 : 앞 노래에 이어서 계속 불렀다.

제보자 1 청천 하늘에는~ 잔별도 많고서~
가지많은 내가슴엔~ 수심도 많더라~

제보자 3 낙화가 진다고 설날을 말어라
한금에[22] 연연만 또다시 옵니다

제보자 2 가지많은 나무에 바람잘날 없구요
자그만은 내가슴에 좋-다 숨잘날 없구나

제보자 1 뒷동산 산라래미 산들 산들요
내가슴 ○곳은 어찌그리도 산란한고

제보자 2 청춘만 되거라 청춘만 되거라
한오백년 사더래도 청춘만 되거라

(청중 : 잘한다~)

제보자 1 청춘만 노랫가락이 얌치가(염치가) 있어서
탁배기 술한잔에 양산도 하는구나

[충치가 막혀버린다고 함.]

제보자 3 이팔 청춘에 소년만 되거라
백발을 보고서 반절을 말어라

창부타령 (1)

자료코드 : 04_19_FOS_20100119_PKS_BEJ_0003
조사장소 : 경상남도 합천군 봉산면 권빈1구 882-1번지 권빈1구마을회관
조사일시 : 2010.1.19
조 사 자 : 박경신, 김구한, 김옥숙, 정아용
제보자 1 : 백은조, 남, 68세
제보자 2 : 최술이, 남, 82세
제보자 3 : 박초성, 여, 74세
제보자 4 : 최명수, 남, 87세

---

22) '한금'은 '한금에야'로 '기껏해야'의 경남방언.

구연상황 : 백은조 제보자가 노래를 시작하자 자연스럽게 돌아가며 한 곡씩 불렀다. 청중은 박수를 치며, 장단을 맞추고 즐거워하였다.

제보자 1 주야장-판 밤도길다 나만홀로 밤을샌다
밤이야 길거나만은 임이안계신 탓이로다

제보자 2 놀아 젊어서놀아 늙어지면은 못노나리
일생은 일장춘이면 아니놀고는 못하리로다

제보자 3 저건네라 저산밑에 나무야비는아 남도령아
오만나무 다비어도 오죽아설댈랑 비지마라

(청중 : 좋다.)

올을(올해를) 키와(키워) 내년 키와
후을라네 후을라네 낚숫대를 후을라네
잘낚으면 열녀구나 못낚아면은 상사로다
열녀상사를 다낚아다가 백년이가도록 살아보자
얼씨구나좋네 지화자좋네 아니노지는 못하리라

(청중 : 좋다.)

제보자 1 천양짜리 처녀를보고 만수담을 뛰넘다가
행주낭게 걸려 보오란(모보단)조끼를 잡아쨌네
우러집에 부모가알면 그말대꾸를 어이하나
아-이총각아 성내지마라 니하고내하고 살기가되면은
본살같이 집어(기워)주마 니가아무리 솜씨가인들
본살같이야 집을쏜가

[제보자가 "좋다!"라고 하자, 청중이 웃었다. 제보자는 조사자에게 내일

도 모레도 마을회관에 오라고 하여 함께 웃었다.]

제보자 4 노자노자 젊어서만노자 나가(나이가) 많아지면은 못노나니

(청중 : 좋다!)

화무는 십일홍이요 저달도차면 기우나니라
인생은 일장춘몽인데 아니야 놀지는 못하리로다

[청중 박수침]

노랫가락

자료코드 : 04_19_FOS_20100119_PKS_BEJ_0007
조사장소 : 경상남도 합천군 봉산면 권빈1구 882-1번지 권빈1구마을회관
조사일시 : 2010.1.19
조 사 자 : 박경신, 김구한, 김옥숙, 정아용
제 보 자 : 백은조, 남, 68세
구연상황 : 앞 노래에 이어 계속 구연했다.

꽃같이 곱으나님을 열마(열매)같이도 맺어놓고
가지가지 뻗은정은 뿌리같이도 깊이들어
아마도 우리야정이는 백년이가도록 끄떡없네

모심기노래 (1)

자료코드 : 04_19_FOS_20100119_PKS_BEJ_0009
조사장소 : 경상남도 합천군 봉산면 권빈1구 882-1번지 권빈1구마을회관
조사일시 : 2010.1.19

조 사 자 : 박경신, 김구한, 김옥숙, 정아용
제 보 자 : 백은조, 남, 68세
구연상황 : 조사자가 여러 노래를 요청하자 제보자가 이 노래를 불렀다.

서마지기 논빼미는 반달같이 매와내네
지가무슨 반달이든가 초생달이 반달이지

모심기노래 (2)

자료코드 : 04_19_FOS_20100119_PKS_BEJ_0012
조사장소 : 경상남도 합천군 봉산면 권빈1구 882-1번지 권빈1구마을회관
조사일시 : 2010.1.19
조 사 자 : 박경신, 김구한, 김옥숙, 정아용
제 보 자 : 백은조, 남, 68세
구연상황 : 조사자의 요청으로 이 노래를 불렀다. 일어서서 가락에 맞추어 몸을 앞뒤로 흔들고 두 팔을 수시로 내저으며 신명나게 구연하였다. 청중 세 명이 함께 불렀다.

물꼬처렁 물흘어놓고 주인한량 어디갔소
문에(문어)전북 손에라들고 첩의방에 놀러갔소
무슨첩이 대단해서 낮에가고 밤에가노
낮으로는 놀러가고 밤으로는 자로(자러)간다
오호후~

창부타령 (2)

자료코드 : 04_19_FOS_20100715_PKS_BEJ_0011
조사장소 : 경상남도 합천군 봉산면 권빈1구 882-1번지 권빈1구마을회관
조사일시 : 2010.7.15

조 사 자 : 박경신, 김구한, 김옥숙, 마소연, 정아용
제 보 자 : 백은조, 남, 68세
구연상황 : 제보자는 청중에게 노래를 유도하였다. 선뜻 나서는 사람이 없자 직접 나서서 구연하였다. 어깨춤을 추며 흥에 겨워 노래하였다. 노래가 끝나자 청중이 이장이(제보자가) 참으로 "두루걸이"라며 칭찬하였다. 조사자도 동네가 태평하려면 이장을 잘 만나야 한다며 거들자, 제보자는 겸연쩍게 웃었다.

저건네라 남산밑에 나무비는 남도롱아
다른나무는 다비어도 오죽설대랑 비지마오

(청중 : 잘한다~)

올키우고 내년을키와 낚시대를 후아잡아

(청중 : 잘하고)

한강수 깊은물에 옥단처자를 낚알라요
잘낚아면 열녀되고 못낚아면 상사로다
열녀상사 고를빼여 고상지도록 살아보세

양산도

자료코드 : 04_19_FOS_20100715_PKS_BEJ_0012
조사장소 : 경상남도 합천군 봉산면 권빈1구 882-1번지 권빈1구마을회관
조사일시 : 2010.7.15
조 사 자 : 박경신, 김구한, 김옥숙, 마소연, 정아용
제 보 자 : 백은조, 남, 68세
구연상황 : 청중이 재창을 요구하며, 세 마디는 해야 한다고 하자 앞 노래에 이어 구연하였다. 어깨를 들썩이며 아주 신나게 열창하였다.

이히이이여~

우리야 세월이 장(늘)요래(이렇게) 좋구나
풀잎에 이슬같이 떨어지면은 그만이라
아서라 놀아라 못노리로다
능기능기를 하여도 나는 못노리로다

십우야 밝은달은 구름속에 놀고
열칠팔 못난큰아기 나를안고 논다
어쑤 하이~

창부타령 (3)

자료코드 : 04_19_FOS_20100715_PKS_BEJ_0013
조사장소 : 경상남도 합천군 봉산면 권빈1구 882-1번지 권빈1구마을회관
조사일시 : 2010.7.15
조 사 자 : 박경신, 김구한, 김옥숙, 마소연, 정아용
제 보 자 : 백은조, 남, 68세
구연상황 : 할머니들은 매우 즐거워하며, 어느 동네도 우리 동네만한 데는 없을 것이라 하였다. 앞 노래에 이어 구연하였다. 무릎을 손바닥으로 쳐서 장단을 맞추거나, 박수를 치는 등 신명을 내며 노래를 하였다.

나물묵고 물마시고 팔을비고 누웠으니
대장부 살림살이가 요만하면 만족하요
얼씨고좋구나 지화자좋네 아니노지는 못하리라

백구야껑충 나들(날지들)마라 너잡아러 내아니간다
우리선생 가르치기를 너를쫓아서 내가왔네
얼씨구좋다 지화자좋네 아니놀고 무엇하노

각설이타령

자료코드 : 04_19_FOS_20100715_PKS_BEJ_0014
조사장소 : 경상남도 합천군 봉산면 권빈1구 882-1번지 권빈1구마을회관
조사일시 : 2010.7.15
조 사 자 : 박경신, 김구한, 김옥숙, 마소연, 정아용
제 보 자 : 백은조, 남, 68세
구연상황 : 제보자가 할머니들도 노래 좀 하라고 청하였다. 제보자에게 각설이타령 부탁하자, 잠시 생각하더니 한 번 웃고 구연을 시작하였다. 노래하는 내내 입가에 웃음이 걸려 있었고, 익살스러운 표정을 짓기도 하였다. 구연이 끝난 후 청중이 건네 준 술을 한 잔 하였다. 조사자가 이장님인 제보자의 성품과 능력을 칭찬하자, 마을 분 모두가 좋고, 마을 운기가 좋아서라며 겸손한 모습을 보였다.

얼-씨고씨고씨고 들어간다
절-씨고들어간다
아래장에는 비가오고
오늘장에는 눈이오고
오육월에는 무슨서리
칠팔월에 비서리
동지섣달에 된서리
들녘에는 홍서리
산중에는 믹서리
우리회관에 풍년서리
어~ 품바하고도 들어간다
이각설이가 이래도
한대목만 빠지면
지집자석(계집자식) 다깖긴다(굶긴다)
아~ 품바하고 들어간다

각설이타령

자료코드 : 04_19_FOS_20100119_PKS_SYR_0004
조사장소 : 경상남도 합천군 봉산면 권빈1구 882-1번지 권빈1구마을회관
조사일시 : 2010.1.19
조 사 자 : 박경신, 김구한, 김옥숙, 정아용
제 보 자 : 손영락, 남, 72세
구연상황 : 마을 이장인 백은조 제보자가 한 곡 부르라고 권하여 부르게 되었다.

얼-씨구씨구 들어간다
절-씨구씨구 들어간다
작년에왔던 각설이
죽지도않고 또왔네

(청중 : 어이! 어이!)

어와요놈이 요래도
정승판사 자재요
정승판사 자재요

베틀노래

자료코드 : 04_19_FOS_20100119_PKS_SYR_0010
조사장소 : 경상남도 합천군 봉산면 권빈1구 882-1번지 권빈1구마을회관
조사일시 : 2010.1.19
조 사 자 : 박경신, 김구한, 김옥숙, 정아용
제 보 자 : 손영락, 남, 72세
구연상황 : 백은조 제보자에게 베틀노래를 구연할 수 있는지 묻자 제보자가 이 노래를 불렀다. 제보자는 서사민요인 이 노래를 읊조리지 않고 창부타령 곡조로 불렀다.

베틀을노세 옥란강에다 베틀을노세

베틀다리는 사다리요 내다리는 두다리라
앞다리는 돋아놓고 뒷다리는 낮차놓고
안질개랑 돋안양은
우리나라 건사님이 용상잡에 앉은듯다
부태야 두른양은
절로생긴 공룡산에 허리안개 둘른듯다
이애대는 삼형제요 ○○대는 독생이라

청춘가

자료코드 : 04_19_FOS_20100119_PKS_SYR_0011
조사장소 : 경상남도 합천군 봉산면 권빈1구 882-1번지 권빈1구마을회관
조사일시 : 2010.1.19
조 사 자 : 박경신, 김구한, 김옥숙, 정아용
제 보 자 : 손영락, 남, 72세
구연상황 : 앞 노래에 이어 계속 구연했다. 오른 팔을 춤추듯 너울거리며 지긋한 눈빛으로 신나게 불렀다. 청중은 흥겨워하였다.

임은 임이라꼬 목터도록(터지도록) 불러도
우런님이 아니라서 대답이 없구나

너두팔 나두팔 양두팔 청춘에
무엇이 기럽아서(귀해서) 좋-다 못산다 하더냐

창부타령

자료코드 : 04_19_FOS_20100119_PKS_LGS_0006
조사장소 : 경상남도 합천군 봉산면 계산2구 남계마을회관

조사일시 : 2010.1.19
조 사 자 : 박경신, 김구한, 김옥숙, 정아용
제 보 자 : 이갑순, 여, 78세
구연상황 : 제보자가 유행가를 꺼내자 청중이 그런 노래하지 말고 옛날노래, 노랫가락이나 청춘가 같은 노래를 부르라고 말하였다. 그러자 제보자가 이 노래를 구연하였다. 이영순 제보자가 거들어 같이 불렀다.

얼씨구나좋다 기화자좋네 아니놀지는 못하리라
하늘같이도 높은사랑아 하해같이도 깊은사령
칠년대환 가문날에 빗방울같이도 남긴사랑
청양하에 양귀비요 이도령엔 춘향이라
일년삼백 육십에일일 하루만못봐도 못살겠네
띠리리리~ 띠리리리리리~ 아니노지를 못하리라

청춘가

자료코드 : 04_19_FOS_20100119_PKS_LGS_0008
조사장소 : 경상남도 합천군 봉산면 계산2구 남계마을회관
조사일시 : 2010.1.19
조 사 자 : 박경신, 김구한, 김옥숙, 정아용
제보자 1 : 이갑순, 여, 78세
제보자 2 : 이영순, 여, 75세
구연상황 : 앞 노래에 이어 계속 구연하였다. 제보자와 청중이 박수를 치며 장단을 맞추었다. 이영순 제보자가 부를 때는 이갑순 제보자도 함께 불렀다.

제보자 1 서산에 지는해는요~ 지고싶어서 지느냐~
날두고 가는님은~에 가고싶어 가느냐~

제보자 2 얼절시구 할적에는~ 친구도 많디만은~
내몸에 빙이든때~ 친구도 없더라~

창부타령 (1)

자료코드 : 04_19_FOS_20100119_PKS_LYS_0002
조사장소 : 경상남도 합천군 봉산면 계산2구 남계마을회관
조사일시 : 2010.1.19
조 사 자 : 박경신, 김구한, 김옥숙, 정아용
제 보 자 : 이영순, 여, 75세
구연상황 : 앞 노래에 이어서 불렀다. 고개를 끄덕이며 태연하게 큰 목소리로 구연하였다. 맑고 구성진 목소리로 불렀다.

한송이 떨어질꽃이 낙화가된다고 설워마라
한번피었다 지는줄을 나도번연히 알면서도
모진손으로 꺾어다가 시들기전에 내버리니
버림도 설아니거든 무심꼬 밟구가니
진도(자기도)아니나 슬퍼소냐
충명전에 문연이라면 너무도아파서 못살겄네
허후한한평생 허무하구나 인생백년이 꿈이로구나
절씨구나 지화자자좋네 아니아니서지는 못하리라

창부타령 (2)

자료코드 : 04_19_FOS_20100119_PKS_LYS_0004
조사장소 : 경상남도 합천군 봉산면 계산2구 남계마을회관
조사일시 : 2010.1.19
조 사 자 : 박경신, 김구한, 김옥숙, 정아용
제 보 자 : 이영순, 여, 75세
구연상황 : 앞 노래에 이어 계속 구연하였다. 두 손을 너울너울 춤추듯이 하며 신명나게 구연하였다.

높은산에는 눈날리고 낮은산에는 비뿌리고

악수장마를 퍼벗는(붓는)듯이 대천바다에 물밀듯이

오늘이자리에 오시난손님 무엇으로만 대접하리

변변치못한 장부의타령 열없은손님의 ○○란가

얼씨구나좋다 지화자자좋네 아니아니서지는 못하리라

노랫가락

자료코드 : 04_19_FOS_20100119_PKS_LYS_0009

조사장소 : 경상남도 합천군 봉산면 계산2구 남계마을회관

조사일시 : 2010.1.19

조 사 자 : 박경신, 김구한, 김옥숙, 정아용

제보자 1 : 이영순, 여, 75세

제보자 2 : 배갑중, 여, 71세

구연상황 : 앞 노래에 이어 이영순 제보자가 이 노래를 부르자, 배갑중 제보자도 이어서 한 곡 불렀다.

제보자 1 뒷동산 고목나무가 날캉같이도 속이썩어

속이썩어 남이아느냐 겉이섞어야 남이알제

화무는 십일홍이요 달도차면은 기우나니

[이후 배갑중 제보자가 다음 곡조의 앞 소절을 부르는데, 청중이 무어라 말을 걸자 중단하였다. 이에 조사자의 요청으로 처음부터 다시 불렀다.]

제보자 2 하늘이 높더라해도 삼사우경에 참이실(참이슬)오고

북만주가 멀만을해서 한번가시면 못오시나

[제보자는 노래를 끝내고 길게 하면 재미없다며 짧게 짧게 불러야 한다고 말하였다.]

제보자 1 수천당 심어진낭게 늘어젼가지에 그네를메여

임이뛰면 내가가밀고 니가

[다시 고쳐서]

내가밀면은 임이뛰고

임아임아 줄미지마라 줄떨어지면은 정떨어진다

모심기노래

자료코드 : 04_19_FOS_20100119_PKS_LYS_0011

조사장소 : 경상남도 합천군 용주면 봉기리 봉기마을회관

조사일시 : 2010.1.18

조 사 자 : 박경신, 김구한, 김옥숙, 정아용

제 보 자 : 이영순, 여, 75세

구연상황 : 조사자가 배갑중 제보자에게 '보리타작노래'나 '지신밟기', '상여소리'를 모르느냐고 하자 이영순 제보자가 이 '모심기노래'를 먼저 부르기 시작했다. 청중은 이후 제보자에게 모심기노래의 가사를 가르쳐 주어 구연을 도왔다. 이영순 제보자는 구연 중간 청중에게 조사자들이 멀리서 왔으니 다들 노래 좀 부르라며 채근하였다. 노래하지 않으려고 하는 청중에게 잘 부르는 노래도 부르고, 못 부르는 노래도 불러야 한다며 노래 부르기를 종용하였다. 두 손을 모은 다리 앞에 놓고 기쁜 표정으로 즐겁게 구연하였다.

서마지기 요논빼미~ 반달같이 떠나가네~

지가무슨 반달인고~ 초승달이 반달이지~

[웃음]

[청중이 다음 노래의 앞 구절을 가르쳐 주었다.]

모야모야 노랑모야~ 언제커서 열매열래~

이달커고 저달커고~ 칠팔월에 열매열지~

[청중이 모든 노래를 잘 한다고 칭찬하였다. 몇 가지 모심기노래의 앞 부분을 제시하자 다음 노래를 불렀다.]

오늘해는 다졌는가~ 골목마다 연기나네~
우런님은 어딜가고~ 연기낼줄 모르는고~

[제보자가 다른 사람에게 한 곡 부르기를 청하자, 청중이 다른 가사를 언급하였다. 이에 도움 받아 제보자가 다음 노래를 시작했다.]

능청능청 비러(벼랑)끝에~ 무정하다 저오라바
나도죽어 후성가서~ 낭군한번 싱기(섬겨)볼래

창부타령 (3)

자료코드 : 04_19_FOS_20100119_PKS_LYS_0012
조사장소 : 경상남도 합천군 용주면 봉기리 봉기마을회관
조사일시 : 2010.1.18
조 사 자 : 박경신, 김구한, 김옥숙, 정아용
제보자 1 : 이영순, 여, 75세
제보자 2 : 장수분, 여, 69세
구연상황 : 앞 노래에 이어서 계속 구연하였다. 두 번째 노래는 가사는 '모심기노래'이나 '창부타령' 곡조로 불렀다.

제보자 1 이빠젼데 박씨박고 머리신데는(흰 데는) 먹칠하고
배꽃은 장가를가고 석노꽃은(석류꽃은) 요각가고
청산아 울지마라 비럭산아 비치(비웃지)마라

[안 부르니까 또 잊어버렸다고 하며 끝까지 부르지 못한 이유를 말하였

다. 청중이 "요내나도 장가간다"라고 끝맺지 못한 부분을 언급했다. 이영순 제보자가 장수분 제보자에게 노랫가락 많지 않느냐고 하라고 했다. 조사자는 모심기노래 중 다음 노래의 앞부분을 언급하고, 이에 장수분 제보자는 이 노래를 창부타령 곡조로 불렀다.]

모시적삼 안섶안에 분통겉은 저젖봐라
많이보면 병이날끼고 빛만살짝 보고가자
얼씨구나좋다 지화자좋네 아니놀지는 못하리라

제보자 2 찾아가자 찾아나가자 백두산을 찾아가자
백두산만당에 둥근달이솟아 둥근달옆에는 양백이솟아
꽃양산이팔랑 유똥치마[23]팔랑 이십세간장이 다녹는다
얼씨구나좋다 기화자좋네 요렇기좋다가는 딸놓겠네

창부타령 (4)

자료코드 : 04_19_FOS_20100119_PKS_LYS_0015
조사장소 : 경상남도 합천군 봉산면 계산2구 남계마을회관
조사일시 : 2010.1.19
조 사 자 : 박경신, 김구한, 김옥숙, 정아용
제 보 자 : 이영순, 여, 75세
구연상황 : 앞 노래에 이어 계속 구연하였다.

저건데라 미나리깡에 미나리비는 저처녀야
눈짓을하니 니가아나 손짓을하니 니가아나
너는죽어 깨구리가되고 나는죽어 비암이되어
내년춘삼에 춘삼월이오면 미나리깡에서 만납시다

23) 유똥(뉴똥) : 견으로 만든 옷감. 즉 유똥치마는 비단치마를 뜻함.

(조사자 : 잘한다~)

[웃음]

양산도 (1)

자료코드 : 04_19_FOS_20100119_PKS_LYS_0018
조사장소 : 경상남도 합천군 봉산면 계산2구 남계마을회관
조사일시 : 2010.1.19
조 사 자 : 박경신, 김구한, 김옥숙, 정아용
제보자 1 : 이영순, 여, 75세
제보자 2 : 장수분, 여, 69세
구연상황 : 청중과 이야기를 나누던 중 제보자는 이 노래가 생각났는지 구연하였다. 감기에 걸려서 노래가 잘 안 나온다고 했다. 장수분 제보자가 노래를 이어받아 하면서 두 사람이 한동안 쉬지 않고 교대로 흥겹게 구연하였다. 제보자들은 때로는 박수를 치며 장단을 맞추거나, 때로는 상대방이 노래할 때 거들어 함께 부르기도 했다. 이영순 제보자는 구연을 끝내고 목에서 단내가 난다며 그만 하자고 했다.

제보자 1 신작도여분대기요 뽈뿌루나무는 시칠을딸아서 고무빨래하는나

제보자 1 에에에이요~
노자좋구나 저리젊어서노자 늙어서지면은 못놀아주리~

제보자 2 사장구복판이 뚝떫어(뚝뚫어)놓고 거사야잡놈이 발빙(발병)이나~

제보자 1 사장구복판은 다당글당글놓고 거사잡놈아랫두리는 옴줄옴줄겄네
아라방당당둥개디어라 나는못노리다 넝기를하여도 나는못노리로다

제보자 2 사장구모가지가 가늘더라고해도 장단을맞춘대는 만구일삭이로나
놀기가좋기는 사장기복판이좋고 잠자기좋기는 큰아기품안이로나

제보자 1 소슬한밤바람 처매끈을날리 불쌍한여자몸이 갈곳이없네
아써라말어라 니가그리마라 알뜰한저청춘이 다늙어진다

제보자 1 우리가이러쿠다가 병이나들마 오두나(어느)의사가 날나사(날낫게 하여)주나

(조사자 : 잘한다~)
[웃음]

제보자 1 사구라꽃밭에 임실어다놓고 임인가꽃인가 만무슨하리
당당둥개디어라 나는못노리라 넝기넝기를하여도 나는못노리로다

제보자 2 오동아숲속에 거문고소리 줄줄이탱가도(탱겨도) 깍소리난다

제보자 1 니가잘나서 일색이되나 내눈이어덥아서 단잠이든다
아써라말어라 그래도못노리라 냉기풍파가일어나도 나는못노리라

제보자 1 높은산살봉 이홀로선나무 날과같이도 이홀로섰네

창부타령 (5)

자료코드 : 04_19_FOS_20100119_PKS_LYS_0019
조사장소 : 경상남도 합천군 봉산면 계산2구 남계마을회관
조사일시 : 2010.1.19
조 사 자 : 박경신, 김구한, 김옥숙, 정아용
제보자 1 : 이영순, 여, 75세
제보자 2 : 장수분, 여, 69세
구연상황 : 이영순 제보자가 다시 이 노래를 한 구절 부르고는 잊어버렸다고 하자, 장수분 제보자가 뒷부분을 말로 읊었다. 조사자의 요청으로 두 사람이 다시 노래

를 부르고 한 곡을 더 이어 구연했다.

봄들었네 봄이들었네 이강산삼천리 봄들었네
푸린것은 버들이요 노린것은 꾀꼬리고
황금같은 꾀고리는 장아리밭으로 날아든다

백설겉은 흰나비는 부모님근상을 입었는가
소복단장 곱기나 하고 다리밭으로 넘나든다
얼씨구나 지화자좋네 아니놀지는 못하리라

양산도 (2)

자료코드 : 04_19_FOS_20100119_PKS_LYS_JSB_0020
조사장소 : 경상남도 합천군 봉산면 계산2구 남계마을회관
조사일시 : 2010.1.19
조 사 자 : 박경신, 김구한, 김옥숙, 정아용
제보자 1 : 이영순, 여, 75세
제보자 2 : 장수분, 여, 69세
구연상황 : 앞 노래에 이어 계속 구연하였다.

신장로여분대기 거문가놓고 날나이탱가도 각소리가난다
아르마당당당둥개디어라 나는못노리라 넝기넝기를가여도 나는못노리로다

다리세기 노래

자료코드 : 04_19_FOS_20100119_PKS_LYS_0021
조사장소 : 경상남도 합천군 봉산면 계산2구 남계마을회관
조사일시 : 2010.1.19

조 사 자 : 박경신, 김구한, 김옥숙, 정아용
제 보 자 : 이영순, 여, 75세
구연상황 : 조사자의 유도로 이 노래를 구연하였다. 오른손으로 자신의 오른쪽 무릎과 왼쪽 무릎을 번갈아 두드리며 구연하였다. 구연이 끝나고 재미있다는 듯 청중과 함께 웃었다.

이거리저거리 각거리
청두맹건 도맹건
짝바리 해양지
도래줌치 장두칼

[목소리를 높여]

이넘저넘 자묵다가(잡아먹다가)
목구멍에 걸려서
쿵 캥

꼬부랑 할머니

자료코드 : 04_19_FOS_20100119_PKS_LYS_0022
조사장소 : 경상남도 합천군 봉산면 계산2구 남계마을회관
조사일시 : 2010.1.19
조 사 자 : 박경신, 김구한, 김옥숙, 정아용
제 보 자 : 이영순, 여, 75세
구연상황 : 조사자가 아이 때 놀이하면서 부르던 노래들을 더 불러달라고 요청하자 한 제보자가 "할매가 꼬꾸랑질을 간깨네 똥이 누룹 꼬꾸랑 똥이 누르집아서 뭐 꼬꾸랑질에 앉아 똥을 눈깨네 꼬꾸랑 개가 와서 주면서 꼬꾸랑 짝대기 가지고 탁띠리이 꼬꾸댕 깽깽 꼬꾸댕 깽깽"라고 하였다. 그러자 이영순 제보자가 이 노래를 구연하였다.

할매가 할매가 저게

꼬꾸랑질로 가다가
꼬꾸랑한 저저 낭기있어서
꼬꾸랑한 저저 낭기올라가서
꼬꾸랑한 똥을눈깨
꼬꾸랑개가 와서

은자

꼬꾸랑똥을 무뿠다(먹어버렸다)

아이가

문깨네

은자

꼬꾸랑작대기 가지고

은자

탁 새리준깨네(때려주니까)
꼬꾸랑깽깽 꼬꾸랑깽깽
그칸다커는(그런다고 하는)

이 빠진 아이 놀리는 소리

자료코드 : 04_19_FOS_20100119_PKS_LYS_0023
조사장소 : 경상남도 합천군 봉산면 계산2구 남계마을회관
조사일시 : 2010.1.19
조 사 자 : 박경신, 김구한, 김옥숙, 정아용

제 보 자 : 이영순, 여, 75세
구연상황 : 조사자의 유도로 이 노래를 구연하였다. 이빨 빠진 아이를 보고 실제로 이 노래를 불렀다며 구연 후 한 번 더 실감나게 흉내 내었다.

앞니빠진 개오지야
도랑가 가지마라
송어새끼 놀랜다

청춘가

자료코드 : 04_19_FOS_20100119_PKS_LYS_0025
조사장소 : 경상남도 합천군 봉산면 계산2구 남계마을회관
조사일시 : 2010.1.19
조 사 자 : 박경신, 김구한, 김옥숙, 정아용
제보자 1 : 이영순, 여, 75세
제보자 2 : 장수분, 여, 69세
구연상황 : 청중과 이야기를 나누던 중 이영순 제보자는 이 노래가 생각났는지 구연하였다. 감기에 걸려서 노래가 잘 안 나온다고 말했다. 장수분 제보자가 연이어 불렀다.

제보자 1 열둘이 여불라서~ 머구장(모기장) 처마는~
입었다가 벗었다가 에에~ 다 떨어지는구나

제보자 2 석성에 통처매이요~ 내입었을 망정~
시시한 농태군~ 에에~ 눈알로 내도네~

[잠시 이야기를 나누었다.]

저달은 인지(이제)가면이요~ 훗달에 오지마는~
한분간 내청춘~ 언제나 또올꼬~

저달을 뚝따서 등안에 옇고서~

임오는 길초에~ 연잡을 갑시다~

잠자리 잡는 노래

자료코드 : 04_19_FOS_20100119_PKS_LYS_0026
조사장소 : 경상남도 합천군 봉산면 계산2구 남계마을회관
조사일시 : 2010.1.19
조 사 자 : 박경신, 김구한, 김옥숙, 정아용
제 보 자 : 이영순, 여, 75세
구연상황 : 조사자의 유도로 구연하였다.

잠자리 꽁꽁

붙은자리 붙어라

먼데가마 죽는다

애우단

자료코드 : 04_19_FOS_20100119_PKS_LYS_0030
조사장소 : 경상남도 합천군 봉산면 계산2구 남계마을회관
조사일시 : 2010.1.19
조 사 자 : 박경신, 김구한, 김옥숙, 정아용
제 보 자 : 이영순, 여, 75세
구연상황 : 청중이 앞 노래의 뒷부분을 서로 입을 맞추어 읊조리는 와중에 제보자가 이 노래를 불렀다.

궁합에도 못갈장가 책력에도 못갈장가

장가가던 첫날밤에 핑풍넘에 아기우네

아가아

[다시 고쳐서]

젖주어라 젖주어라
물같은 흐르난젖을 아니주고 무엇하리
가요가요 나는가요 왔던길로 나는가요
이앙(이왕)질에(길에) 온걸음에

[잠시 청중의 말에 귀를 기울이다가]

이앙질에 온걸음에 아가이름을 짓고가세
아가이름은 장순이고 당신딸이름은 잡년이라

화투뒤풀이

자료코드 : 04_19_FOS_20100119_PKS_JSB_0001
조사장소 : 경상남도 합천군 봉산면 계산2구 남계마을회관
조사일시 : 2010.1.19
조 사 자 : 박경신, 김구한, 김옥숙, 정아용
제 보 자 : 장수분, 여, 69세
구연상황 : 조사자가 조사취지를 설명하자 곧바로 제보자가 이 노래를 구연했다. 양반다리를 하고 두 손을 무릎위에 올려놓고, 시원한 목소리로 불렀다.

풀어보자 풀어보자
화투한못을 풀어보자
정월솔가지 속속한마음
이월매조에 맺어놓고
삼월사꾸라 산란한마음
사월흑사리 허송하네
오월난초 날던나비

유월목단에 춤잘춘다
칠월홍돼지 홀로누워
팔공산에 달떠오네
구월

그다음에 뭐냐?

구월국화야 꽃자랑말라
시월단풍에 다떨어진다
비와오동을 우산을씌고
공산삼십을 찾아간다
얼씨구나 지화자좋네
아니놀지는 못하리라

노랫가락 (1)

자료코드 : 04_19_FOS_20100119_PKS_JSB_0007
조사장소 : 경상남도 합천군 봉산면 계산2구 남계마을회관
조사일시 : 2010.1.19
조 사 자 : 박경신, 김구한, 김옥숙, 정아용
제 보 자 : 장수분, 여, 69세
구연상황 : 앞 노래에 이어 계속 구연하였다.

가고못오실 임이시나만 정이나따나[24] 가지고가지
임은가고 정만남아니 타는가슴이 오죽탈꼬
가슴만 탈뿐아니라 오만(온몸)전신이 다타노라

24) '정이라도'의 경상도 방언임.

노랫가락 (2)

자료코드 : 04_19_FOS_20100119_PKS_JSB_0013
조사장소 : 경상남도 합천군 봉산면 계산2구 남계마을회관
조사일시 : 2010.1.19
조 사 자 : 박경신, 김구한, 김옥숙, 정아용
제보자 1 : 장수분, 여, 69세
제보자 2 : 이영순, 여, 75세
구연상황 : 앞 노래에 이어 계속 구연하였다.

제보자 1 높은산살봉 이홀로선나무 날과같이도 홀로섰구나

[이영순 제보자가 나무하러 가면서, 지게목발 두드리면서 부르는 노래 불러보라며 자신은 다 잊어버렸다고 하였다. 제보자는 다음 노래를 불렀다.]

마산서 백말을타고 진주못둑에 썩올라서니
연꽃은 손질을치고 수양버들은 춤잘추네
수양버들 춤잘추는데 우리인생은 춤못추나

제보자 2 잠도와서 자자하고 일못하서 자자하고
원신님의 시어마씨 삼안모습 덧안굴에

청춘가

자료코드 : 04_19_FOS_20100119_PKS_JSB_0014
조사장소 : 경상남도 합천군 봉산면 계산2구 남계마을회관
조사일시 : 2010.1.19
조 사 자 : 박경신, 김구한, 김옥숙, 정아용
제 보 자 : 장수분, 여, 69세
구연상황 : 앞 노래에 이어 계속 구연하였다.

물레돌 비고서~ 잠자는 저처녀~
언제나 커가지고~ 내사랑 될란지~

노랫가락 (3)

자료코드 : 04_19_FOS_20100119_PKS_JSB_0016
조사장소 : 경상남도 합천군 봉산면 계산2구 남계마을회관
조사일시 : 2010.1.19
조 사 자 : 박경신, 김구한, 김옥숙, 정아용
제보자 1 : 장수분, 여, 69세
제보자 2 : 이영순, 여, 75세
구연상황 : 앞 노래에 이어 계속 구연하였다.

제보자 1 뒷동산 밤따는처녀 밤한톨이를 빌렵시다
외톨밤을 빌려나줄까 쌍톨아밤을 빌려줄까
이밤저밤 다재치놓고 길고긴밤을 빌렵시다

제보자 2 차도영산 돌아젼샘이 보살(보리쌀)씻는아 저큰아가
보살이사 씩거나마는 곱은손바닥 다닳는다

[이런 것도 불렀으며, 노래는 많은데 다 잊어버렸다고 하였다.]

고은홀목 닳크마만은 처녀할소리 못됩니다

이정승 맏딸애기

자료코드 : 04_19_FOS_20100119_PKS_JSB_0017
조사장소 : 경상남도 합천군 봉산면 계산2구 남계마을회관
조사일시 : 2010.1.19

조 사 자 : 박경신, 김구한, 김옥숙, 정아용
제 보 자 : 장수분, 여, 69세
구연상황 : 앞 노래에 이어 계속 구연하였다.

이정승아 맏딸인가 너잘났다고 소문듣고
한분가도 못볼래라 두불가도 못볼래라
삼시분을 찾아간깨네 삼시칸 대청끝에
두리둥시리 나섰구나 삼실보선 그보선을
맵시좋기도 받아신고 중실비단 보단처매
발마중도 바디가래 동남풍이 살살분깨네
젊은홍간장이 다녹는다

비야비야

자료코드 : 04_19_FOS_20100119_PKS_JSB_0024
조사장소 : 경상남도 합천군 봉산면 계산2구 남계마을회관
조사일시 : 2010.1.19
조 사 자 : 박경신, 김구한, 김옥숙, 정아용
제 보 자 : 장수분, 여, 69세
구연상황 : 조사자가 이 노래를 유도하자 청중이 "비야비야 오지마라 어리빗챔빗 다줄께"라고 하였다. 이어 장수분 제보자는 이것이 노래라며 창부타령 곡조로 불러주었다.

비야비야 오지를마라
우리언니가 시접간다
비로맞고 시접을가마
고운처마가 얼롱진다

애우단

자료코드 : 04_19_FOS_20100119_PKS_JSB_0029
조사장소 : 경상남도 합천군 봉산면 계산2구 남계마을회관
조사일시 : 2010.1.19
조 사 자 : 박경신, 김구한, 김옥숙, 정아용
제 보 자 : 장수분, 여, 69세
구연상황 : 앞 노래에 대해 청중이 계속해서 옥신각신 하는 가운데 장수분 제보자가 서사민요인 이 노래를 창부타령 곡조로 불렀다. 그러나 조금하고 중단하였다.

아랫집에 책력보고 완집에는 궁합보고
궁합에도 못갈장개 책력에도 못갈장개
내가씌와서 가는장개는 어느누구가 말릴쏘녀
첫째문을 열고보니 까막깐치가 진동하고
두모랙이를(모퉁이를) 돌아가니 생이소리가(상여소리가) 완등하네

모심기노래

자료코드 : 04_19_FOS_20100119_PKS_JSC_0012
조사장소 : 경상남도 합천군 봉산면 계산2구 동편마을회관
조사일시 : 2010.1.19
조 사 자 : 박경신, 김구한, 김옥숙, 정아용
제 보 자 : 장수청, 남, 75세
구연상황 : 나무하러 산에 가던 제보자가 마을회관에 들르자, 청중은 제보자가 노래를 잘한다며 노래하기를 청하였다. 제보자는 노래 안 부른 지가 이삼십 년이나 되는데 갑자기 노래가 나오느냐며, 한 번 생각해서 적어가지고 해야 노래가 된다고 했다. 청중과 조사자가 여러 번 청해서 이 노래를 불렀다. 아주 구슬프게 목청 좋게 잘 불렀다. 옛날에는 세월 보내려고 부른 노래이며, 열 몇 살 먹어서부터 부른 노래라고 한다. 제보자의 노래 구연에 청중은 환호하였다. 한 곡조 부르고 중간에 쉬면서 이야기 하는 동안 청중이 노래를 마무리하라고 채근하자 이어서 불렀다.

물꼬철철 헐어놓고 주인한량 어데갔소
등너메라 첩을두고 첩의방에 놀러갔소

등너메라 첩을두고 첩의방에 놀러갔소
밤으로는 자러가고 낮으로는 놀러가네

과부자탄가

자료코드 : 04_19_FOS_20100119_PKS_JSC_0013
조사장소 : 경상남도 합천군 봉산면 계산2구 동편마을회관
조사일시 : 2010.1.19
조 사 자 : 박경신, 김구한, 김옥숙, 정아용
제 보 자 : 장수청, 남, 75세
구연상황 : 일 년 열두 달 노래를 열 몇 살 적에 불렀는데, 갑자기 생각이 안 날 것이라 했다. 연습하면 잘 한다고 해서, 조사자가 연습 삼아 불러달라고 하자 이 노래를 구연하였다. 현관 마루에 걸터앉아, 웃음 띤 얼굴에 구성진 목소리로 신명나게 불렀다. 기억이 부실한 부분은 건너뛰거나 청중의 도움을 받기도 하여 이어나갔다. 밤에 혼자서 생각하면 모두 잘 생각난다고 했다. 청중은 박수를 치며 즐거워했다.

정월이라 초하룻날은 덕구하는 명절이라
집집마중다 아들이 새배하러 다녀갔나
이월달은

[갑자기 노래를 하게 되니 생각이 안 난다고 하며, 다음 달로 넘어갔다.]

삼월이라 삼짓날은
강남에갔던 연자들도 옛집을찾아서 오건마는
우런님은 어데를가고 집찾아올중도 모리던고
사월이라 초파일은 석가모니 탄생이라

집집마다 등불을달고 자손불공을 위하는데
하늘을잡아봐야 별을따지 임없는나의몸 소용있나
오월이라 단오일은 추천하는 명절이라
유월달은 유월달은

[기억이 안 나는지 멈추었고, 조사자가 "유두"라고 하자 계속 구연했다.]

유월이라 초엿샛날은 유두명절이 이아니나
임없는 빈방안에 건창이막혀서 못먹겠네
백준천분 굳은생핀(송편) 올기도쫄기도 맛도좋은데
칠월이라 칠석날은 갠우직녀가 만나는날

(청중 : 아이 잘한다!)

원화작교 밟는길에 일년에한번씩 만나건만
우런님은 어데를가고 십년에한번도 못만나노

(청중 : 할마이가 세상을 베렸어.)

팔월이라 대보름은 한가위가 이아이나
백분청주 맑은술도 건창이막혀서 못먹겠네
구월이라 구일날은 계홍덕이 아니던가

[생각이 안 나는지 기억을 더듬자 청중이 시월달은 상달이라고 알려주었다. 시월달을 시작하다가 구월달이 생각났다며 다시 말로 하였다.]

구월이라 구일날은
계홍덕의 청둥하에 기러기도 옛집을찾건마는
우런님은 어데가고

[여기서 "옛날에는 구월 구일날 죽으면 집 찾아 매혼도 온다."는 이야기라고 설명한 후 다시 구연하였다.]

우런님은 어데가고 집찾아오는줄 모르는고
시월달은 상달이라 집집마다 고사치성

["은자 시월 도신하거든."라고 한 후 다시 구연하였다.]

하느님전에

[잠시 멈추었다.]

불불설이요 하느님전에 불설이요

[생각이 잘 안 나는 듯 시월달을 처음부터 다시 구연하였다.]

시월달은 상달이요 집집마다 고사치성
불성

[제보자가 시월달을 제일 잘 한다고 하며 또 멈추자, 조사자가 구월달부터 노래로 다시 불러달라고 청하였다. 그러나 다시 말로 읊조리기를 "계홍덕에 천궁하에 계홍덕에 천궁하에 기러기도 옛집을 찾건마는 우런님은 어데가고 은자 구일구일날 집찾아올줄 모른다 이 말이고."라고 한 후 시월달을 구연하였다.]

시월달은 상달이라 집집마다 고사치성
하느님전에
하느님전에 무설이요 퇴주잔에는 백설이라

[조사자가 이 부분을 다시 노래로 해 달라고 하자, 저녁에 집에 가서

생각하면 싹 기억이 난다고 대답하였다. 조사자가 구월 달부터 노래로 부르면 다시 생각나지 않겠느냐고 해도 응하지 않아 마무리를 해 줄 것을 청했다. 그러자 구월달 시월달은 조금 헷갈리니 놔두고 동짓달부터 하겠다고 하였다. "동짓달을 잡고 보니 노래로 부르까?"라며 다음을 곡조로 구연했다.]

동짓달을 잡고보니 절기는벌써로 내년이라
동지팥죽을 먹고나니
나이는한살 더먹었는데 임은하나 더없느냐
섣달은 막달이요 빚진사람이 쫄리는데

["섣달은 막달이요 빚진사람 쫄리는데"라며 작은 목소리로 읊조리더니 다시 구연하였다.]

섣달은 막달이요 빚진사람은 쫄리는데
해동자를 지나고본께 섣달그믐이 고대더라

창부타령

자료코드 : 04_19_FOS_20100119_PKS_JSC_0014
조사장소 : 경상남도 합천군 봉산면 계산2구 동편마을회관
조사일시 : 2010.1.19
조 사 자 : 박경신, 김구한, 김옥숙, 정아용
제 보 자 : 장수청, 남, 75세
구연상황 : 조사자가 제보자에게 잘 하는 노래가 무엇이냐고 질문하자 창부타령을 잘 한다고 하였다. '해방가'를 잘 했는데 지금은 다 잊어버렸다고 한다. 술을 먹으면 목소리가 짱짱하다고 하였다. 청중이 '장부타령'을 하라고 청하자 앉은 자리에서 팔을 너울거리며 웃음 띤 얼굴로 구성지게 불러주었다.

아니아니 노지는 못하리로라
백구야 날지마라 너를쫓아서 내안간다
남산춘입에 봄왔으니 너를쫓아서 갈리있나

나물묵고 물마시고 팔만배고도 누웠으니
대장부 살림살이는 금과디도 문제없다

노랫가락

자료코드 : 04_19_FOS_20100119_PKS_JSC_0024
조사장소 : 경상남도 합천군 봉산면 계산2구 동편마을회관
조사일시 : 2010.1.19
조 사 자 : 박경신, 김구한, 김옥숙, 정아용
제 보 자 : 장수청, 남, 75세
구연상황 : 조사자의 청으로 구연하였다.

에~
가고못오실 님이라면 정이나마저 갖구(가지고)가지
임은가고 정만남으니 밤은점점 야삼경이라
사람의 심리로서야 뱅(명)아니들리가 만무로세

창부타령

자료코드 : 04_19_FOS_20100119_PKS_CMS_0013
조사장소 : 경상남도 합천군 봉산면 권빈1구 882-1번지 권빈1구마을회관
조사일시 : 2010.1.19
조 사 자 : 박경신, 김구한, 김옥숙, 정아용
제보자 1 : 최명수, 남, 87세

제보자 2 : 박초성, 여, 74세

구연상황 : 이야기 구연을 끝낸 백은조 제보자에게 청중이 이야기는 네 마디를 해야 한다고 했다. 그러자 백은조 제보자는 청중을 향해, 이제 노래를 해보자며 제보자에게 '장부타령'을 하라고 권했다. 즉석해서 제보자가 이 노래를 불렀다. 이어 백은조 제보자는 박초성 제보자에게도 노래 한 곡 더 하라고 권했다.

씨구씨구 아니먹고는 못노니라
백구야백구야 날지를마라 너를잡으로 내가니라
우리선산이 가다일로 너를좇아서 내가왔다
나물을묵고 물을마시고 팔을베고서 누웠으니
대장부 살림살이 요만하면 너끈하다
얼씨구나 좋다 지화자자 절씨구 좋다

태산이 흙마다하나 부잣집아들이 돈마다하나
태산은 흙원망을말고 없는금전을 한탄을마라

창부타령 (1)

자료코드 : 04_19_FOS_20100119_PKS_CSI_0001
조사장소 : 경상남도 합천군 봉산면 권빈1구 882-1번지 권빈1구마을회관
조사일시 : 2010.1.19
조 사 자 : 박경신, 김구한, 김옥숙, 정아용
제 보 자 : 최술이, 남, 82세
구연상황 : 조사장비가 준비되자 제보자는 먼저 해보겠다며 이 노래를 구연하였다. 웃음 띤 얼굴로 여유 있게 불렀다. 노래가 끝나자 청중은 박수를 치며 반겼다.

얼씨구나 지화자좋네 아니놀고 못하리로다

(청중 : 좋-다)

하늘이 높지만은 삼삼오경이 ○을주고
북만조가 멀지만은 치레급병 왕래한다
황천길 얼마나멀어 한번가면 못오시노
북망산천 찾어가서 무덤을안고 통곡하니
무정하고 야속한님아 왔나소리를 왜몬하노
얼씨구나 지화자좋네 아니노지는 못하리로라

각설이타령

자료코드 : 04_19_FOS_20100119_PKS_CSI_0002
조사장소 : 경상남도 합천군 봉산면 권빈1구 882-1번지 권빈1구마을회관
조사일시 : 2010.1.19
조 사 자 : 박경신, 김구한, 김옥숙, 정아용
제보자 1 : 최술이, 남, 82세
제보자 2 : 백은조, 남, 68세
구연상황 : 조사자의 유도로 최술이 제보자가 맛보기로 이 노래를 조금 구연하였다. 이어 백은조 제보자가 받아서 조금 더 구연하였다.

제보자 1 어허품바 각설아~
이각설이가 이래도
한대목만 빠지면
기집자석 다죽인다
품바품바 각설아~

제보자 2 아래장에 비가오고
오늘저녁엔 비오고
오육월엔 무서리
칠팔월엔 무서리

동지섣달 질서리
들녘에는 홍서리
산중에는 밀서리

[천천히 말로]
여 카메라반에는 술서리

창부타령 (2)

자료코드 : 04_19_FOS_20100119_PKS_CSI_0006
조사장소 : 경상남도 합천군 봉산면 권빈1구 882-1번지 권빈1구마을회관
조사일시 : 2010.1.19
조 사 자 : 박경신, 김구한, 김옥숙, 정아용
제보자 1 : 최술이, 남, 82세
제보자 2 : 최명수, 남, 87세
구연상황 : 앞 노래에 이어 계속 구연했다. 최명수 제보자의 노래는 유산가이나 창부타령 곡조로 불렀다.

제보자 1 화단앞에 지는꽃과 풀속에 우는새와

(청중 : 좋-다~)

유심히 듣는다면 감개할바가 없건만은
우유빌빌 찬서리는 소리소리를 ○○이라
얼씨구나 정말좋네 아니놀고는 못하리라

(청중 : 좋다. 어- 잘하고~)

제보자 2 얼씨구씨구나 절씨구 아니야놀지는 못하리로라
큰전춘성 만날망정 때는좋구나 벗-님네

산천정기를(경개를) 구경을가자
죽장망외(망혜) 단보자(단표자) 낯선이강산을 썩들어가니
폭포도 장히좋다만 여산경치가 여개로구나

(청중 : 좋-다~)

얼씨구나좋다 지화자좋다

(청중 : 좋-고~)

아니놀지는 못하리로다

(청중 : 어 잘하고~)

양산도

자료코드 : 04_19_FOS_20100119_PKS_CSI_0014
조사장소 : 경상남도 합천군 봉산면 권빈1구 882-1번지 권빈1구마을회관
조사일시 : 2010.1.19
조 사 자 : 박경신, 김구한, 김옥숙, 정아용
제보자 1 : 최술이, 남, 82세
제보자 2 : 백은조, 남, 68세
구연상황 : 서로 한 곡 하라고 권하던 중에 아는 노래를 다 했다고 하던 최술이 제보자가 이 노래를 시작했다. 청중은 힘차게 박수를 치며 흥겨워하였으며, 화투치며 노는 것보다 훨씬 낫다고 말했다. 돌아가며 한 곡씩 노래 부르기를 끝내고, 박초성 제보자가 "늙어도 신은(신명은) 있다."고 하여 모두 웃었다.

제보자 1 에에 허어어~
노자좋구나 젊어노자 늙어

[기침이 나온다고 말한 뒤 다시 구연했다.]

늙어지면 못노리로다
세월아네월아 오고가지마라

(청중 : 좋다! 잘한다~)

아까운청춘이 다늙어진다

제보자 2 후여~
우리야세월이 짱요래좋-나 풀잎에이슬같이 떨어지면은그만이다.

[노래가 잘못된 것 같다고 말하였다.]

제보자 1 니가잘나내가잘나 그누가잘나 창마장터유곽이 ○○니가잘랐구나
세월아네월아 오고가고오지마라 명년세월이 해마를간다.

[웃음]

제보자 2 니잘났다내잘났다 둘이싱간을(싱갱이를)말고 두홀목거머쥐고 사진관으로가자
두어라말어라 그래도못노리로다 넝기넝기를하여도 못노리로다

[제보자가 "좋다!"라고 한 후 휘파람을 불며, 청중을 향해 졸지 말고 정신차리라고 해서 모두 웃었다.]

제보자 2 이팔청춘에 소년이못되고 백발을보고서 반절을한다

제보자 3 산천이곱아서 나여기왔나 임사던곳이라서 나여게왔지
아서라말어라 니가그리를말어 사람의인간괄시를 그리마라

제보자 2 십우야밝은달은 구름속에서놀고 열칠팔○는큰아기 나를안고돈다

애기 어르는 노래

자료코드 : 04_19_FOS_20100119_PKS_CJI_0007
조사장소 : 경상남도 합천군 봉산면 계산2구 동편마을회관
조사일시 : 2010.1.19
조 사 자 : 박경신, 김구한, 김옥숙, 정아용
제 보 자 : 최점이, 여, 80세
구연상황 : 조사자의 유도로 이 노래를 구연하였다.

둥글둥글

저저 거기 뭐꼬?

모개겉이 커거라
모래밭에 수박숭거
둥글둥글 잘키워라

모심기노래

자료코드 : 04_19_FOS_20100119_PKS_CJI_0010
조사장소 : 경상남도 합천군 봉산면 계산2구 동편마을회관
조사일시 : 2010.1.19
조 사 자 : 박경신, 김구한, 김옥숙, 정아용
제 보 자 : 최점이, 여, 80세
구연상황 : 앞 제보자에게 모심기노래의 구연을 요청하자 앞 제보자가 최점이 제보자에게 부르기를 청하였다. 제보자는 이 노래를 말로 읊었다.

서마지기 논빼미는 반달같이 애아놓고(에워놓고)
이논빼미 모를심어 잔잎나서 영화로다
우리동생 곱기키워 갓을씌와 영화로다

숟가락 닷단열닷단 세니라고 늦어오네
늦어오네 점심챔이가 늦어오네
숟가락닷단 열닷단세니

[다시 고쳐서]

세니라고 더딘가
늦어오네 늦어오네 점심챔이가 늦어오네

청춘가

자료코드 : 04_19_FOS_20100119_PKS_CJI_0020
조사장소 : 경상남도 합천군 봉산면 계산2구 동편마을회관
조사일시 : 2010.1.19
조 사 자 : 박경신, 김구한, 김옥숙, 정아용
제 보 자 : 최점이, 여, 80세
구연상황 : 장수청 제보자에게 해방가를 청하자 생각을 해봐야 한다고 하였다. 그러자 제보자가 이 노래를 먼저 불렀다.

이남산 풀잎은 푸르야 좋구요
안에들은 임은품 곱아야 좋구나

닐리리야

자료코드 : 04_19_MFS_20100119_PKS_KYA_0022
조사장소 : 경상남도 합천군 봉산면 계산2구 동편마을회관
조사일시 : 2010.1.19
조 사 자 : 박경신, 김구한, 김옥숙, 정아용
제 보 자 : 기영애, 여, 81세
구연상황 : 앞 노래에 이어서 계속 구연하였다.

짜증을내어서 무엇하나 한숨을순대는(쉬어서) 무엇하나
인생일장 춘몽인데 아니야놀고서 무엇하나
니나노~ 닐리리야 닐니리야 얼씨구나 좋다

도라지타령

자료코드 : 04_19_MFS_20100119_PKS_LYS_0010
조사장소 : 경상남도 합천군 봉산면 계산2구 남계마을회관
조사일시 : 2010.1.19
조 사 자 : 박경신, 김구한, 김옥숙, 정아용
제 보 자 : 이영순, 여, 75세
구연상황 : 청중을 한 명씩 호명하며 한 마디씩 하라고 권하던 제보자가 이 노래를 구연하였다. 청중은 박수를 치며 흥겨워하였다.

도라지도라지 도라지~ 심심산천에 백도라지~
한두뿌리만 캐어도~ 대바구니천섬만 되노라~
에헤이옹 에헤이오 에헤요~ 아여라난다 기화자좋다 ~
저기저산밑에 도라지가 한들한들~

베틀가

자료코드 : 04_19_MFS_20100119_PKS_LYS_0031
조사장소 : 경상남도 합천군 봉산면 계산2구 남계마을회관
조사일시 : 2010.1.19
조 사 자 : 박경신, 김구한, 김옥숙, 정아용
제 보 자 : 이영순, 여, 75세
구연상황 : 제보자는 이 노래를 말로 먼저 읊었다. 곡조를 넣어 불러달라는 조사자의 요청에 제보자의 인적사항을 확인하는 시간이 끝나기를 기다렸다가 잊지 않고 불러주었다. 곡조는 창부타령조로 불렀다.

배틀놓자 배틀을놓자 옥난강에다 배틀 놓자
밤에짜면은 월강단이요 낮에짜면 하비단이라
하비단월강단 다재치놓고 서방님와이사스나 지어볼까
얼씨구나 지화자가좋네 아니노지는 못하리라

육이오사변 노래

자료코드 : 04_19_MFS_20100119_PKS_JSC_0019
조사장소 : 경상남도 합천군 봉산면 계산2구 동편마을회관
조사일시 : 2010.1.19
조 사 자 : 박경신, 김구한, 김옥숙, 정아용
제 보 자 : 장수청, 남, 75세
구연상황 : 나무 하러 간다며 나갔던 제보자가 마을회관에 다시 왔다. 방으로 들어오면서 조사자가 먼 데서 찾아왔으니, 다른 것은 몰라도 "육이오 사변 노래" 하나는 해주고 가겠다고 했다. 조금 전에는 캄캄하니 생각이 안 났는데, 술 한 잔 먹고 나무하러 올라가면서 생각이 났다고 한다. 나무는 죽을 때까지 하는 것이지만, 이 노래는 아무도 모르는 것이라 꼭 해줘야겠다고 생각했다고 한다. 이 노래는 제보자가 열다섯 살 먹던 해 육이오 때 나온 노래이다. 서울사람이 피난을 내려와서 지은 노래인데, 노래책에 나온 것을 명심해 두었다고 한다. 가사를 먼저 읊조린 후 구성지게 불렀다. 창부타령 곡조로 불렀다.

아니아니 노지는 못하리로다
가자 어서어서가자 정든고향은 서울이라
봇짐하나 있지도않고
정처없이도 나완것이 피난의 길이든가
여기서쑥떡 저기서쑥떡 구박이잦어서 못살겄네
원망도 못할사정 이설음을 누가아리
생각사로 분하구나 전우를무시한 괴뢰군아
인민군을죽이는 인민군이야 이름이좋아서 불로초라

해방가

자료코드 : 04_19_MFS_20100119_PKS_JSC_0021
조사장소 : 경상남도 합천군 봉산면 계산2구 동편마을회관
조사일시 : 2010.1.19
조 사 자 : 박경신, 김구한, 김옥숙, 정아용
제 보 자 : 장수청, 남, 75세
구연상황 : 앞 노래 한 곡조를 부른 후 다시 일하러 가는 제보자에게 조사자가 해방가를 불러달라고 하자 다시 자리에 앉았다. 오래 안 불러서 생각을 좀 해야 되겠다고 하여 앞 제보자가 짧은 노래 한 곡을 먼저 불렀다. 이윽고 안 부른 지 20년은 된다며 될지 모르겠다고 하면서 노래를 시작하였다. 뒷부분이 생각이 안 나는지 헷갈린다며 끝맺지 못했다. 청중은 박수를 치며 장단을 맞추었다.

해방이왔네 해방이왔네 우리나라에 해방이왔네
일천구백 사십오년 우리나라 해방왔네
문전문전 태극기는 바람에펄펄 휘날리고
삼천만동포 만세소리는 가닥가닥이 울려오고

(청중 : 잘한다~)

원자탄에 맞았는가 수류탄에 맞았는가
다른집은 다오는데 우린님은 안오는

[다시 고쳐서]

아니오네

객귀물리는 소리

자료코드 : 04_19_ETC_20100119_PKS_LYS_0027
조사장소 : 경상남도 합천군 봉산면 계산2구 남계마을회관
조사일시 : 2010.1.19
조 사 자 : 박경신, 김구한, 김옥숙, 정아용
제 보 자 : 이영순, 여, 75세
구연상황 : 조사자가 이 노래를 유도하자 선뜻 불러주었다. 끊임없이 오른팔을 허공 가운데 내저으며 귀신을 쫓는 시늉을 하며, 시종 위엄 있는 큰 목소리로 구연하였다. 구연이 끝나자 제보자와 청중이 별것을 다 해본다며 한바탕 웃었다.

워씨사~

["객구집 물리는 것 그거?"라고 하였다. 이어 조사자가 다시 알고 있는 가사를 읊조리자 구연을 계속했다.]

앞도량 뒷도량 천지조왕을 물리는기 아이고
이가문에 응 저수가 나빠서 따라들고 묻어들어온 객구물립니다
썩 뻗어나가거라
안빠져 나가마 칼로 목을쳐서
대천바다 한가운데 무쇠가매 씌알거다
귀신천신도 못하구로

7. 삼가면

경상남도 합천군 삼가면 이부리 이부마을

조사일시 : 2010.7.13

조 사 자 : 박경신, 김구한, 김옥숙, 정아용

삼가면은 삼한시대에는 반사해국(半斯奚國 또는 斯二岐國)이란 부족국가의 옛 터이다. 양전리 고분에서 출토된 토기들이 삼한시대의 것으로 추정되어 이를 뒷받침해 주고 있다. 고려조 이후부터 삼가현의 현청을 현재의 삼가 쪽으로 옮기고 현감을 두었는데, 1914년 합천군에 병합되어 오늘에 이르고 있다. 그 당시 삼가현의 관할은 현재의 삼가와 쌍백면, 가회면, 봉산면 일부와 거창군 신원면, 의령군 봉수면 일부, 대의면 일부였다. 그리고 조선 고종 32년(1895년)에는 현에서 군으로 승격 명실상부한 행정의 중심부가 되었으나 19년 만에 다시 면으로 격하되어 옛날의 권위는 찾을 수 없다.

본래 삼가군 현내면의 지역으로 삼가읍내에서 제일가는 마을이라고 해서 일부 또는 일부동이라고 하였는데, 1914년 행정구역 폐합에 따라 동문동, 홍문동 일부를 병합하여 일부리라 해서 합천군 삼가면에 편입되었다. 현재 일부리는 일부, 이부, 장기, 봉두 등 4개의 행정리에 일부, 새동네, 이부, 장기, 봉두, 신봉두 등 6개의 자연마을로 형성되어 있다.

그중 조사마을로 선택한 이부마을은 옛날 삼가군 현내면 당시 동문성 밖의 박가묘가 있는 곳이라고 하여 동박동네, 박개미 등으로 불려왔다. 이부동은 마을 앞에 33호 국도가 나있는데 이 33호 국도 주변과 북쪽의 당산 밑으로 이뤄진 집단 마을이다. 마을 앞 동남으로 양천강이 흐르고, 강 건너에 백학산이 솟아 있다. 양천강 제방(옛 만류제) 밑의 고수부지는 면민의 체육장이다. 동쪽 오두산과 넓드덩에는 선사시대의 유물이 출토되었으나 일제강점기부터 지금까지 수시로 도굴당한 흔적만 역력히 노출되고 있다. 백학산 좌쪽 기슭에는 옛부터 유명한 약수천이 있는데 이곳은 면민의 아침 운동장소 겸 생수 공급처이다. 그리고 고등학교, 중학교, 병원 등 공공시설과 소재지 전체에 공급하는 상수도 시설도 이곳에 있는데 면내에서 빈부의 격차가 적은 윤택한 마을이기도 하다. 일부리에서 중심이 되는 마을이며 일부 마을 동쪽에 있다.

문화유적으로는 문하 시중 인천 이작신의 신도비가 있으며, 주변의 다양한 지형들이 이 마을이 오래되었음을 말해주고 있다. 얍닥물이라는 곳이 있는데, 얍닥머리란 마을 위쪽 당산 밑의 양지 바른 주거지인데 산에 들어가는 들머리를 얍닥이라고 한다. 망덤은 백학산 줄기 강가의 절벽 덤이다. 백학산성의 제일 앞쪽에서 망보는 첫 초소가 있어서 망보는 덤이라고 해서 망덤이라고 하며, 백학산정에서 내려다보면 물고기 망태와 같이 생겼다고 하여 망태덤이라고 했는데 줄어서 망덤이라 한다고 전해오고 있다.

이부마을에는 2010년 현재 170여 세대에 400여 명이 거주하고 있다. 다른 마을에 비해 규모가 큰 마을이다. 성씨의 분포는 밀양박씨, 김녕김씨, 경주최씨, 창녕조씨, 인천이씨 등 다양한 성씨들이 살고 있다. 주요 산업은 농, 축산업이다. 농업은 주로 쌀, 보리농사에 시설채소 재배도 부분적으로 하고 있다. 인구가 많음으로 인하여 이부할머니경로당 회원 수도 70여 명이 넘는다고 한다. 민속상의 특징은 달집태우기를 비롯하여 윷놀이, 지신밟기 등을 한다. 특이한 것은 여자 씨름과 여자 줄다리기를 한다는 점이다.

조사자들은 조사 당일 삼가면사무소에서 문화담당 조성환 씨를 만나 삼가면의 경로당 현황과 유능한 제보자를 추천받았다. 바로 이부할머니경로당을 찾았다. 조사자들은 먼저 전화를 드렸던 이부할머니경로당 심복연 총무를 만났다. 조사의 취지와 목적을 말씀드리자 조사자들을 반기며 흔쾌히 조사에 협조해 주었다. 요즘은 다른 단체에서 너무 많이 찾아와서 할머니들이 힘들기 때문에 대부분 방문하고자 하는 사람들을 거절한다고 했다. 심복연 총무는 다른 제보자들의 구연을 유도하고, 분위기를 흥겹게 하는 역할을 주로 맡았다. 조사에 관심 없는 할머니들은 다른 방에 모여 시끌벅적 이야기를 나누고 있었는데, 조사에 지장이 있을 정도다 싶으면 그때마다 소란함을 제지해 주기도 하였다. 조사자들이 2차 조사를 위해 문막임 제보자의 자택을 찾아갈 때도 따라나서 구연을 유도하는 일을 도와주었다.

마을회관 총무의 도움으로 문막임 할머니를 만날 수 있었다. 평소에도 노래하기를 즐기고, 잘 부르는지 마을 사람들 모두 제보자를 추천하고 칭찬하였다. 실제로 나이가 믿기지 않을 정도로 총기가 있어 조사자들을 놀라게 하였다. 조사자가 첫 소절을 일러주면 거의 바로 구연이 시작되었으며, 칭칭이노래나 베틀노래 등 쉽게 듣기 어려운 노래도 구연해 주었다.

염불이나 장편 민요 등 길이가 꽤 긴 노래들도 거의 막힘없이 술술 구연하였으며, 10분이 넘어가는 이야기도 물 흐르듯 구연하였다. 목청도 시원시원해서 듣기에도 좋았다. 절에 자주 다니는 제보자는 '무등산 보살'이라는 법명도 가지고 있을 정도로 독실한 불교 신자였다. 제공한 첫 노래도 염불이었으며, 이야기를 하고는 삶의 방식이나 지혜에 대한 이야기를 덧붙이는 등 불교의 색채가 생활 전반에 녹아 있는 모습이 여기저기서 드러났다.

총기 있는 제보자를 만난 덕분에 조사자들은 조금 소란스러운 마을회관을 피해 제보자의 자택으로 이동해서 2차 조사를 진행하였다. 제보자는 구연을 하면서 미흡하다는 생각이 들었던지, 종종 조사자들에게 미안하다는 말을 하였다. 조사자들이 제보자의 뛰어난 기억력에 대해 수차례 칭찬하자, 자신의 어릴 적 이야기를 들려주며 자신의 총명함을 자랑하기도 하였다. 이야기를 할 때에는 얄궂은 이야기라며 구연을 피하려고 하였지만, 조사자들이 끈질기게 설득하면 입을 가리고 크게 웃으며 구연을 하곤 하였다. 제공한 자료는 염불노래, 줌치노래, 모심기노래, 경기민요, 장편민요 등 다수이다.

이부마을에서 조사한 자료는 염불을 비롯하여 베틀노래, 줌치노래, 장모노래, 어머니노래, 밭 메는 노래, 노래 등 민요 30편과 설화 17편이다.

▌제보자

문막임, 여, 1926년생

주 소 지 : 경상남도 합천군 삼가면 이부리 380번지 이부할머니경로당, 852번지 자택.
제보일시 : 2010.7.13
조 사 자 : 박경신, 김구한, 김옥숙, 마소연, 정아용

이부할머니경로당에서 만난 제보자로 자택으로 이동하여 자료를 채록할 정도로 자료가 많고 조사에도 적극적이었다. 해인사 용탑선원에 15년을 다니며 배웠다는 염불을 가장 먼저 구연하는 등 독실한 불교 신자였다. 제보자는 '무등심 보살'이라는 법명도 가지고 있었고 절과 관련된 이야기를 많이 했다. 또한 사람은 복을 타고 나는 것이 가장 중요하며, 또 하찮은 사람이라도 하시하지 말아야 한다고 거듭 강조했는데, 실제로 이와 관련된 내용의 이야기를 여러 편 구연했다. 불교와 관련된 보시하는 이야기도 좋아했다.

양반다리를 하고 두 손을 다리 앞에 모아 상체를 조금씩 흔드는 자세로 구연에 임했다. 이야기든 노래든 생각나는 자료가 있으면 적극적으로 구연하거나, 조사자의 권유나 청중의 청으로 구연하기도 했다. 두 손을 위로 올리는 동작을 많이 하고, 큰 목소리로 진지하게 구연했다. 염불을 구연할 때는 끝나고 합장하기도 하고, 자신의 삶의 철학과 맞닿아 있는 이야기를 할 때는 신이 나서 아주 설득력 있게 구연하려 했다. 그러나 주로 혼자서 구연을 많이 하는 것에 대해 쑥스러워하며 겸손함을 내비쳤다. 구연이 미흡하다는 생각으로 종종 조사자들에게 미안하다는 말을 하였다.

조사자들이 제보자의 뛰어난 기억력에 대해 수차례 칭찬하자, 제보자의 어릴 적 이야기를 들려주며 자신의 총명함을 언급하기도 하였다. 청중은 조용히 경청하거나 이야기 내용에 맞장구를 치기도 하고, 제보자의 기억력에 칭찬을 많이 하였다. 실제로 제보자는 85세라는 나이가 믿기지 않을 정도로 총기가 있어 조사자들을 놀라게 하였다. 조사자가 첫 소절을 일러주면 거의 바로 구연이 시작하였으며, 염불이나 장편 민요 등 길이가 꽤 긴 노래들도 거의 막힘없이 술술 구연했으며, 10분이 넘어가는 이야기도 물 흐르듯 구연하였다.

동글납작한 얼굴에 단정한 옷차림을 하고 건강해 보였다. 목소리가 크고 시원해서 듣기에 좋았으나 단어를 많이 줄여 말하는 언어습관이 있었다. 아들 없이 딸만 많은 집에서 태어나 소학교를 나왔다. 소화 1년생으로, 의령군 칠곡면의 소학교를 다녔는데 공부는 별로 하지 않고 일본어와 일본어 구구단을 배우고 반공훈련을 아주 많이 했다고 한다. 졸업은 16세에 했으며, 21세 되던 해에 해방이 되었다고 한다. 소학교 다닐 때, "목세루 통처마와 저고리"를 입고 앞가르마를 타고 머리는 세 가닥으로 땋아 학교를 다녔으며, 소를 먹이고 길쌈도 하였다고 한다. 사주를 세게 타고 나서 거의 집에는 있지 않고, 여러 큰 절에 다니고 '언당암' 같은 선방에 다니며 선방공부를 마쳤다고 했다. 의령군 칠곡면에서 18세에 합천으로 시집을 왔다. 택호는 칠곡댁이다.

제공한 자료는 설화 15편, 염불, 모심기노래, 경기민요 등 민요 다수이다.

제공 자료 목록

04_19_FOT_20100713_PKS_MMI_0028 저승사자도 도망가게 한 영감
04_19_FOT_20100713_PKS_MMI_0029 자식 많이 둔 부모의 잠자리
04_19_FOT_20100713_PKS_MMI_0031 임금이 데려 간 고을원의 딸
04_19_FOT_20100713_PKS_MMI_0032 산중에서 배필 구한 정승 딸

04_19_FOT_20100713_PKS_MMI_0033 시 잘 짓는 못생긴 각시
04_19_FOT_20100713_PKS_MMI_0034 보시하여 고월원이 된 머슴
04_19_FOT_20100713_PKS_MMI_0035 어머니가 둘인 김대성
04_19_FOT_20100713_PKS_MMI_0036 부마가 된 게으름뱅이
04_19_FOT_20100713_PKS_MMI_0040 식견 없는 시아버지와 며느리
04_19_FOT_20100713_PKS_MMI_0041 상객 가서 실수한 아버지
04_19_FOT_20100713_PKS_MMI_0042 꼬마신랑
04_19_FOT_20100713_PKS_MMI_0043 큰방 마누라가 된 모방 마누라
04_19_FOT_20100713_PKS_MMI_0044 심청전
04_19_FOT_20100713_PKS_MMI_0045 유충렬전
04_19_FOT_20100713_PKS_MMI_0046 칠성별이 된 아들
04_19_ETC_20100713_PKS_MMI_0001 석가모니 부처님 탄생
04_19_ETC_20100713_PKS_MMI_0002 석가여래 부처님
04_19_ETC_20100713_PKS_MMI_0003 염불노래
04_19_FOS_20100713_PKS_MMI_0004 창부타령 (1)
04_19_FOS_20100713_PKS_MMI_0005 창부타령 (2)
04_19_FOS_20100713_PKS_MMI_0006 베틀노래
04_19_FOS_20100713_PKS_MMI_0007 모심기노래 (1)
04_19_FOS_20100713_PKS_MMI_0009 시집살이노래
04_19_MFS_20100713_PKS_MMI_0010 아리랑
04_19_FOS_20100713_PKS_MMI_0011 모심기노래 (2)
04_19_FOS_20100713_PKS_MMI_0012 줌치노래
04_19_FOS_20100713_PKS_MMI_0013 창부타령 (3)
04_19_FOS_20100713_PKS_MMI_0014 모심기노래 (3)
04_19_FOS_20100713_PKS_MMI_0015 모심기노래 (4)
04_19_FOS_20100713_PKS_LSN_0016 모심기노래
04_19_FOS_20100713_PKS_MMI_0017 댕기노래
04_19_FOS_20100713_PKS_MMI_0018 가난한 장모노래
04_19_FOS_20100713_PKS_LSN_0019 창부타령
04_19_FOS_20100713_PKS_MMI_0020 어머니노래
04_19_FOS_20100713_PKS_MMI_0021 창부타령 (4)
04_19_FOS_20100713_PKS_MMI_0023 밭 메는 노래
04_19_FOS_20100713_PKS_BBN_0024 베틀노래 (2)
04_19_FOS_20100713_PKS_MMI_0025 달아달아 밝은달아

04_19_FOS_20100713_PKS_MMI_0026 떡타령
04_19_FOS_20100713_PKS_MMI_0027 사위노래
04_19_FOS_20100713_PKS_MMI_0037 칭칭가
04_19_FOS_20100713_PKS_MMI_0038 삼 삼는 노래
04_19_FOS_20100713_PKS_MMI_0039 거미노래

변분남, 여, 1932년생

주 소 지 : 경상남도 합천군 삼가면 이부리 852번지 이부할머니경로당
제보일시 : 2010.7.13
조 사 자 : 박경신, 김구한, 김옥숙, 마소연, 정아용

조사자들이 조사의 목적을 설명하고 구연을 청하자, 제보자는 문막임 제보자의 구연을 유도하는데 앞장서면서 조사에 적극적으로 도움을 주고자 하였다. 그러다가 청중이 '베틀노래'의 구연을 부추기자 방에서 나와 미소를 머금고 노래를 불렀다. 문막임 제보자와 교대로 베틀노래를 불렀으나 기억이 완전하지 않아 중도에 그만두었다.

안경을 쓰고, 작고 마른 체구를 지녔다. 작은 얼굴에 작은 이목구비를 하고, 인자한 인상을 주었다. 택호는 거창댁이다.

제공한 자료는 베틀노래가 있다.

제공 자료 목록
04_19_FOS_20100713_PKS_BBN_0008 베틀노래 (1)
04_19_FOS_20100713_PKS_BBN_0024 베틀노래 (2)

심복연, 여, 1933년생

주 소 지 : 경상남도 합천군 삼가면 이부리 852번지 이부할머니경로당
제보일시 : 2010.7.13
조 사 자 : 박경신, 김구한, 김옥숙, 마소연, 정아용

제보자는 이부할머니경로당의 총무를 맡고 있었다. 조사자들을 반기며 조사에 적극적으로 협조해 주었다. 주로 다른 제보자들의 구연을 유도하고, 분위기를 흥겹게 하는 역할을 했다. 조사에 관심 없는 할머니들이 다른 방에 모여 시끌벅적 이야기를 나누고 있었는데, 조사에 지장이 있을 정도로 소란스러우면 그때마다 현장 분위기를 수습해 주었다. 조사자들이 2차 조사를 위해 문막임 제보자의 자택을 찾아갈 때도 따라가서 구연을 유도하며 청중 역할을 해주었다.

활달한 성격으로, 밝은 색 옷을 입고 화장을 해서인지 나이에 비해 매우 젊어 보이고 건강해 보였다. 택호는 의령댁이다.

제공한 자료로는 화투뒤풀이가 있다.

제공 자료 목록
04_19_FOS_20100713_PKS_SBY_0022 화투뒤풀이

이삼남, 여, 1924년생

주 소 지 : 경상남도 합천군 삼가면 이부리 852번지 이부할머니경로당
제보일시 : 2010.7.13
조 사 자 : 박경신, 김구한, 김옥숙, 마소연, 정아용

조사자들이 문막임 제보자에게 이야기를 청하고 있을 때, 나서서 이야

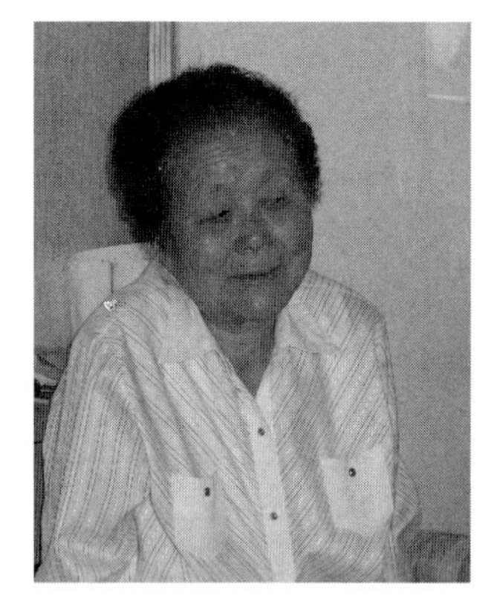

기를 재미있게 구연한 것을 시작으로 조사에 참여하였다. 제보자는 노래를 하고 나서 목소리가 잘 나오지 않는다는 말을 여러 번 하였으며, 청중과 조사자가 구연을 권할 때마다 목소리가 안 나온다는 이유를 들어 한두 번씩 거절하다가 구연하고는 했다. 일본 노래나 유행가를 부르기도 하였는데, 조사 자료에 대한 이해가 부족한 듯 했다.

둥근 얼굴에 깔끔한 옷차림과 검정색으로 염색을 한 제보자는 나이에 비해 정정한 모습이었다. 산청군이 친정이며 일본에서 살다가 17세에 합천으로 시집을 왔다고 했다. 택호는 매실댁이다.

제공한 자료는 이야기 1편과 경기민요 4편이 있다.

제공 자료 목록
04_19_FOT_20100713_PKS_LSN_0030 감 홍시 따는 시아버지
04_19_FOS_20100713_PKS_LSN_0016 모심기노래
04_19_FOS_20100713_PKS_LSN_0019 창부타령

저승사자도 도망가게 한 영감

자료코드 : 04_19_FOT_20100713_PKS_MMI_0028
조사장소 : 경상남도 합천군 삼가면 이부리 380번지 이부할머니경로당
조사일시 : 2010.7.13
조 사 자 : 박경신, 김구한, 김옥숙, 마소연, 정아용
제 보 자 : 문막임, 여, 85세
구연상황 : 청중이 형님 아니면 오늘 조사자들이 허탕치고 갔을 것이라고 하자, 제보자는 안 해서 그렇지 다른 사람도 할 줄 알 것이라며 겸손하게 말했다. 조사자가 이야기를 구연해달라고 부탁하였다. 이런 데서 할 수 없는 이야기라고 하지 않으려 했지만, 조사자가 상관없다고 계속 청하자 하나만 하겠다며 이 이야기를 구연했다.
줄 거 리 : 옛날 조선시대 어떤 노인 부부가 살았다. 할머니가 앓아눕자, 길쌈도 할 수 없고 빨래도 할 수 없어 할아버지의 입성이 좋지 않았다. 하루는 들에 일을 하러 갔다 온 할아버지가 땀과 오물로 더럽혀진 옷을 모두 벗어버리고, 부엌 앞에서 수제비를 만들었다. 수제비 반죽을 떼어 끓는 물에 넣는 족족 반죽이 도로 튀어나와 맨살인 할아버지의 몸 이곳저곳을 때린다. 마침 저승차사가 할머니를 데리러 와서 할아버지의 행색을 보고, 이때까지 차사를 하고 다녀도 저런 놈은 처음 봤다며 무서워 도망가 버렸다.

옛날에 우리 우리 조선시대 말이다. 우리 시대 나(나이) 많던 사람들이 사던 시대, 참 말도 몬하게 안 살았나.

[조사자를 가리키며]

여는(여기는) 보도 몬 하고, 우리도 또 기경도(구경도) 몬하는 그런 세월이라. 그런 세월에 은자 할맘이 아팠는 기라. 할맘이 아팠어.

할망이 아팠는데 댄께네(그러니까) 뭐 지금의 이런 옷이 있나, 씩거(씻어) 입는 이런 옳은 옷이 있나, 명-베(무명베) 삼베 그 뿐이거든. 할매가 아파노니깨(아파 놓으니까) 뭐 질쌈을(길쌈을) 많이 할 수 있나, 얄궂은

거 뭐 쪼가리(조각) 같은 걸 걸고 대니면서(다니면서) 옷이라고 입고 대니는데,

이 영감이 배는 고프고 들에 가서 일로 하고 온깨내, 할맘은 방-가 아파가 누워 있제, 들에 가서 일로 하고 온깨네 마 옷은 찍찍하게 걸리제, 땀도 있제. 막 안 씩거 놓이깨네 때도 많제 이러니까네, 에이 벗어 내-리삐고(내려 버리고), 내가 내가 저금을 해야 되겠다 싶으거든.

그 영감이 인자 옷을 벗어 내삐리고, 그럼 은자 옷을 내삐리고 인자 전부 자기 따린(따른) 거는 다 달리가 안 있나.

[청중 웃음]

있제. 있으이깨네, 그래 영감이 올키(옳게) 반죽을 할 줄 아나 오데(어디).

[밀가루 반죽하는 시늉을 하며]

얄궂기 끼적찍적 주물이갖고(주물러가지고, 주물러서) 밀집이(수제비) 반죽을 했던 모얭이라.

[부엌 아궁이에 불 지피는 시늉을 하며]

불- 때 불에다가 부석에(부엌에) 떼우고,

[수제비를 솥에 떠 넣는 시늉을 하며]

그 물로 한 분 푹 데비고 퍽 떠 옇고(넣고) 떠 옇고 하이깨네,

[수제비가 몸에 튀어오는 시늉을 하며]

그 물에 막 툭 튀- 갖고

[생식기가 있는 부분을 손을 때리며]

여도 온깨(오니)

[가슴 위를 때리며]

여도 툭 떼리고

[와 불두덩이 위와 입을 번갈아 재빠르게 때리며]

주로 여-(여기)가고 여-가고 여-가고 때리제끼거든(때리거든). 때리제

낀게(때리니까) 사자가 은자 할맘 데리로(데리러) 왔는 기라. 사자가 인자 할망 데릴러 왔는 기라.

천지 사자 질로(사자 노릇을) 하고 댕기(다녀) 봐도 저런 놈은 처음 봤는 기라. 온 천지 그걸 갖다가 그래가 마 밀집이 떼 옇는다고 여- 때리고 저- 때리고 해논깨네 사자가 무섭어서(무서워서) 몬 보고 돌아가더란다.

자식 많이 둔 부모의 잠자리

자료코드 : 04_19_FOT_20100713_PKS_MMI_0029
조사장소 : 경상남도 합천군 삼가면 이부리 380번지 이부할머니경로당
조사일시 : 2010.7.13
조 사 자 : 박경신, 김구한, 김옥숙, 마소연, 정아용
제 보 자 : 문막임, 여, 85세
구연상황 : 청중이 감 홍시 따는 것, 그 간단한 것 해보라고 권했다. 조사자는 제보자에게 앞 이야기가 전혀 야한 이야기가 아니라며 이보다 더 웃기는 이야기도 괜찮다고 하자, 이 이야기를 구연했다. 이야기가 끝난 후 이야기 내용 때문에 제보자와 청중, 조사자가 한참을 웃었다.
줄 거 리 : 옛날에 영감 할머니가 함께 살면서 자식을 스무 명 넘게 낳았다. 그러자 큰아들이 밤에 아버지와 어머니가 함께 잠자지 못하게 감시를 했다. 그러자 아버지가 "꼬꼬" 하면서 신호를 하면 어머니가 따라 나가기로 했다. 그런데 아이들이 모두 눈치를 채고 "삐약삐약" 하면서 아버지 어머니 뒤를 따라 나섰다.

옛날에 영감 할맘이 삼시로(살면서) 어-띠(어떻게나) 아들 아들 딸을 스무남(스무남은)[25] 개씩 놓는 기라.

놓두면 놓두면 저거 따리(따로) 놨두면 모르는 기라. 그런깨(그러니까) 큰아들이 지키야(지켜야) 안 되나.

[왼쪽 팔을 내저으며 말리는 시늉을 하며]

---

25) 스무개가 조금 넘는.

영감 몬(못) 자구로(자게) 저가부지(자기 아버지) 하고 저거매(자기 엄마)하고 몬 자구로 지키야 되거든. 개놓이(그렇게 해 놓으니) 영감 할맘이 신호를 해갖고(해가지고, 해서) 영감이

"꼬꼬"

커머, 할맘이 따라 갈판이라.

그래 따라 갈낀데 이넘우(이놈의)

"꼬꼬"

커이 아-들이 벌써 눈치를 알고 전부 다

"뺙뺙"

카면서(하면서) 따라 가더란다.

임금이 데려간 고을원의 딸

자료코드 : 04_19_FOT_20100713_PKS_MMI_0031

조사장소 : 경상남도 합천군 삼가면 이부리 380번지 이부할머니경로당

조사일시 : 2010.7.13

조 사 자 : 박경신, 김구한, 김옥숙, 마소연, 정아용

제 보 자 : 문막임, 여, 85세

구연상황 : 조사자가 제보자에게 이제 힘드신데 이야기 몇 편만 더 구연해 주면 조사를 마무리 하겠다고 부탁하였다. 제보자는 딱 한자리만 하겠다며 구연을 시작했다. 시종 손짓을 해가며 이야기를 이어 나갔다. 이야기가 끝난 후, 제보자는 사람은 모든 복을 타고 나지 않기 때문에 완전한 만족은 있을 수 없고, 누구나 한 가지 이상의 고민이 있다며 이야기가 주는 교훈을 강조했다.

줄 거 리 : 옛날에 한 고을원이 부자이나 자식은 딸 하나뿐이었다. 재산도 많아서 늘 부처님께 딸을 좋은 곳에 시집보내게 해달라고 빌었다. 딸이 시집갈 때가 되자 아버지의 마음에 뒷집 머슴에게 가라는 부처님의 목소리가 들려왔다. 도저히 그냥 줄 수 없는 아버지는 머슴을 가만히 불러 딸을 짊어지고 어디든 가라고 명한다. 신이 나서 딸을 지고 길을 가던 머슴이 상처하고 바람 쐬러 나온 임금의 행차에 놀라 지게를 두고 수풀 속에 숨어버린다. 임금의 분부로 지게를

들여다보니 예쁜 처녀가 들어있자, 임금이 그 처녀를 말에 태워 가버린다.

어는 한 골-에 참 그 고을 원을 살은 집이 있는 기라요(것이라요). 그 집이 있는데, 그 원을 살고 재산은 많고 이러 마 다 같이 안 주거든. 열 가지 총주(중에) 일곱 가지를 받으면 대택이지(큰 복이지). 일곱 가지 다 안 준다. 지(자기) 뭐했다고 일곱 가지 다 줄 것고(것이고). 다 안 준다. 다 안 주고 사는 기라. 이 사람이 이 세상 사람이.

그런데 인자 그 집이 그래 부잔데, 그래가 사는데, 재산하고 그리 모든 것을 베실을(벼슬을) 줬는데 딸 하나�이(하나밖에) 뿌인(뿐인) 기라(것이라). 딸 하나백이, 그래 그걸 금쪼가리(금조각) 같이 안 키와?

금 쪼가리 같이 키움시로(키우면서) 돈이 있고 한깨네, 만-날 그 인자 그 절에가 부처님 앞에, 이 우리 딸 참 잘 좀 오데 그래 조라꼬(주라고) 짜드러(짜드라)[26] 부처님한테 그런 기도를 하거든.

그리 기도를 했는데, 그 딸이 인자 장여해가(장성해서) 시집갈 때가 된깨네, 부처님이 마음에 부처님이 말씀을 하까마는 지(자기) 마음에 뒷집에 머슴을 주라 커는 기라. 지 마음에 부처님 하는 소리 겉는(같은) 기라, 지 마음에. 뒷집에 머슴을 주라 컨깨네 저그 그것도 머슴도 사람이라요. 저 사람 가죽 밑에 뭣이 든 줄도 모르는 기라.

[고개를 흔들며]

사람을 내려다봐가는 안 되거든. 글치만은(그렇지만) 지가 그마치(그만큼) 벼슬을 해 하는데, 그 딸로 갖다가 지 집 머슴을 주라 커면은 사람 주변에 누 눈이 있거든. 그러이 참 몬 주고 있는 기라. 몬하는 거 마 우째도 죽어도 몬 하는 기라.

그래서 은자 고마 머슴을 살짹이(살짝) 불러갖고(불러가지고), 괴를(괴짝을) 한 개 따듬어 갖고, 우리 저 아를 짊어지고 니 맘대로 가라 캤거든

26) '짜드라'는 '많이'의 경상도 방언.

(했거든). 가라캐뺐어.

그래 딸을 내어줬는데, 그래 내주고 은자, 머슴은 오죽 좋을 뺑이는(밖에는). 그 정승집의[27] 좋은 집에 딸을 그리 줬은께, 괴를 다듬어갖고 은자 그 처지를 짊어지고

[왼손을 들어 먼 곳을 가리키며]

저 산골로 넘어가야 재를 넘어가야 자기 집으로 가는 기라. 가는데, 가는 중간에 재로 못 넘어가서 오디서 막 풍물소리가 나고 막 야단이 났거든. 야단이 나서, 이 무엇이 이러노 싶어서 쳐다본께, 하- 그 날사말고(날이야말로) 정승이 임금님이 상치를(상처를) 하고 그 이 저그 부하를 데꼬(데리고) 바람 쐬우러 나온 나온 기라.

갠논께(그래 놓으니까) 이 머슴이 겁을 내갖고(내서), 저저 저래온다 싶어 말도 타고 그래 넘어온께, 겁이 나서 그 오데 다가 뭐 개울갖다가 오데 내라놓고 숨어뺐어. 수풀 속에 숨어가 있은깨네(있으니까) 은자 떡 온깨네 괴가 포가(표시가) 나거든.

그래 은자 너 저저 무슨 괴고 가 드다보라(들여다보라) 커거든. 드다본깨네 아-주 가인 처지가 분꽃 겉은 처지가 앉아 있더란다. 그 그 말로 탠다(태운다). 고마 앞에 태워서가 가삐리는(가버리는) 기라.

[청중 웃음]

가삐리니 이 고마 총각은 고마 허풍 허풍질 했지.

산중에서 배필 구한 정승 딸

자료코드 : 04_19_FOT_20100713_PKS_MMI_0032
조사장소 : 경상남도 합천군 삼가면 이부리 380번지 이부할머니경로당

27) "고을원의 집에"라고 해야 하는데 잘못 구연함.

조사일시 : 2010.7.13
조 사 자 : 박경신, 김구한, 김옥숙, 마소연, 정아용
제 보 자 : 문막임, 여, 85세
구연상황 : 앞 이야기에 이어 구연하였다. 여전히 손을 많이 사용해서 실감나게 구연했다.
줄 거 리 : 옛날에 한 정승이 딸의 배필로 좋은 사람을 구하려고 배우자가 나타나는 물건을 가지고 전국 방방곡곡을 다녀도 구하지 못했다. 그래서 정승은 딸을 남복하게 하고 그 물건을 주면서 스스로 배필을 구해오게 했다. 딸은 아무리 다녀도 자기 배필이 나타나지 않자 어느 산중에 들어갔는데, 거기서 곰보를 만나는데 그 사람이 자기 배필임을 알게 된다.

딸로 참 작기한(적게 낳은) 사람이 있어. 옛날에 또 그런 기 있는가 이런데,

아무리 아바이가 그 정승이 딸을 갖다가 좋은데 옇을라고(넣으려고) 골골 마중(마다) 다 댕겨도(다녀도) 딸 옇을 자리가 없는 기라.

근데 옛날에는 그기 참말인가 모르지만은

[왼손바닥을 펴 들고 오른 손 검지로 그 손바닥을 가리키며]

요런 요런 뭐 짤쪽한(짧고 긴) 요런 거 보면 지 배온이(배필이) 그 딜오드라요(들어와요). 배온이 배온이 딜오는데(들어오는데), 그걸 하나 징기고(지니고), 아바이가 아무리 댕기도 그 딸 배온이 안 딜오는 기라. 그래서요 딸로 남복을 끼매가(꾸며서) 입혀가지고 이거를 준깨네, 이걸 주면은 니가 니 배온을 구해봐라.

근데 이 처지가 인자 그거를 아바이한테 받아가꼬, 아무리 댕기도 내-봐도 디로는 데가 없는 기라. 딜오는 데가 없어서 이럴 게 아이다, 이래 사람 많이 있는 데로 할 게 아이고 오딜(어디를) 산중을 드가가꼬 혹 배필이 나올랑가 싶어서 산중 재를 넘어간깨네, 빡빡 얽은 고동 빡조[28]가 으이? 고동 빡조면 좀 크면 어때? 뭐 만한 게 모지기, 옛날에 모지기 짐을 짊어지고 탈래탈래 내려오거든.

---

4) '빡조'는 '곰보(얼굴이 얽은 사람을 낮잡아 이르는 말)'의 경북방언.

[왼팔을 뻗고 오른손을 왼쪽 팔꿈치 부분에 갖다대어 비끼는 시늉을 하며]

그래 싹 요리 맞비끼갖고(마주 비껴가서) 이제 쉼시로(쉬면서) 해나(혹시나) 저기나 싶어서

[왼손으로 물건을 들여다보는 시늉을 하며]

거기 들오(들어오) 거기 딜온다(들어온다) 안 커나(하나).

시 잘 짓는 못생긴 각시

자료코드 : 04_19_FOT_20100713_PKS_MMI_0033
조사장소 : 경상남도 합천군 삼가면 이부리 380번지 이부할머니경로당
조사일시 : 2010.7.13
조 사 자 : 박경신, 김구한, 김옥숙, 마소연, 정아용
제 보 자 : 문막임, 여, 85세
구연상황 : 앞 이야기에 이어 계속 구연했다. 이야기의 내용에 맞추어 팔을 크게 벌리기도 하고 웃기도 하며 구연했다. 이야기를 끝낸 후 사람 사는 일이 다 그렇지 않느냐며 절대 고루 안 준다는 말을 강조했다. 청중은 잘한다고 박수를 치고, 이런 이야기는 할머니에게서 처음 듣는다고 하였다.
줄 거 리 : 한 달덩이 같은 선비가 장가를 가니 각시가 어떻게나 못 났던지 쳐다볼 수가 없었다. 신랑이 배운 글 솜씨로 각시의 모습을 시로 지어 읊었더니, 얽고 못생긴 각시가 그 시에 화답하여 함께 잠자리에 든다.

[노래를 부르며]

각시각시 검은각시 검고도 얽는각시 머슨(무슨) 정에 잠이오요.

[다시 이야기를 하며]

장가로 간깨, 신선보가 장개로 간깨네, 저 하늘에 떠들오는 달덩이 같은 선부가 장개를 간깨네,

["어-띠"를 힘을 주어 강조하며]

어-띠(어떻게나) 각시가 못났던지, 못났으면 그저 못 났나 빡존데, 그래서 각시라고 자꾸 차러(쳐다) 볼 수가 없는 기라.

그러이 지 배안(배운) 글대로 쭉쭉 이르면서로 시를 지이(지어)

"각시각시 검은각시"

[노래를 부르며]

"검고도 얽은각시 머슨정에 잠이오요"

[다시 이야기를 하며]

큰깨(하니까) 이기(이것이) 얼굴은 그리 생겄지만도 존기(좋은 것이) 군기 있거든. 탄기(타고 난 것이) 있거든.

[노래를 부르며]

"월성동동 신선부에 글꽤소리 잠잘오요"

[두 손을 들고 흔들면서 다시 이야기조로]

지는(자기는) 월성동동 신선부를 만나가지고 갖다. 그 글괴를(글귀를) 이른깨 만사가 태평해갖고 누워 자는 기라.

보시하여 고을원이 된 머슴

자료코드 : 04_19_FOT_20100713_PKS_MMI_0034
조사장소 : 경상남도 합천군 삼가면 이부리 380번지 이부할머니경로당
조사일시 : 2010.7.13
조 사 자 : 박경신, 김구한, 김옥숙, 마소연, 정아용
제 보 자 : 문막임, 여, 85세
구연상황 : 조사자가 이야기를 유도하자 별다른 망설임 없이 구연을 시작하였다. 진지한 자세로 손동작을 많이 사용하여 이야기를 구연했다. 제보자는 불교와 관련된 보시하고 복 받은 이야기를 구연하는 것이 신명나는 것 같았다. 장시간의 구연에 지칠 법 한데도 열심히 구연했다.
줄 거 리 : 하동 고을에 남의 집 머슴을 살던 아주 가난한 사람이 있었다. 어느 섣달 그믐날 저녁에 한 암자를 찾아가서 지붕이 새는 암자를 보고 그동안 장가가려

고 모아둔 돈을 모두 암자를 수리하는 데 바친다. 동네사람들의 비난이 스님에게 쏟아진다. 이어 머슴은 앉은뱅이, 소경, 문둥이가 되더니 마침내 호랑이에게 물려간다. 화가 난 스님이 부처를 도끼로 찍고 떠나버리나 머슴은 마침내 고을원이 된다. 부처님께 전 재산을 보시했기 때문에 사세에 당할 업을 한 생애에 한 번에 당하는 복을 받고 고을원이 된 것이다.

여기 하동이라, 하동 여 하동인데 머슴을 사는 기라. 머슴을. 머슴을 은자 그런깨네(그러니까) 은자 참 없시머 어짜노. 없는 데는 뭐도 못한다고, 없는데 심도(힘도) 못 당한다.

사실은 넘우(남의) 집에 살아가지고, 입만 몇(몇) 식구 입만 믹이살리구 낭깨네. 섣달 그믐날 지녀(저녁에) 나갈 때는 목도리 한 짹이, 옛날에 목도리 뭐 양발이나(양말이나) 있고, 버선이 있었나, 그 우 발등만 덮구 댕기는(덮고 다니는) 목도리 그 하나 지고 나가는 기라. 나가 나가고 그 정도거든.

[입맛을 한번 다신 뒤]

목도리 하나 그것만 쥐고 나가고 마

[청중이 제보자에게 뭘 좀 마시고 하라고 권하자 제보자가 괜찮다고 대답하였다.]

그래 그래 갖고 은자 쥐고 나가는데, 하 이렇게 몬 산깨네 내가 우째야 내가 밥이라도 한 그륵(그릇) 먹고 살겠노 싶은 기라.

한 오데 그 올라간깨네 쪼그만 암자가 하나 있어요. 암자가 암자가 하나 있는데, 그 암자를 둘러본깨네, 암자가 새는 기라 새. 그거는 실지라(실제라). 책에 있는데, 실지라. 그거는 실진데 암자가 샜어.지 몇 년 벌어놓은 머슴세금 그걸 갖다가, 장개나 가고 쪼매 살라고 모아놓은 그걸 갖다가 거따가(거기다가) 갖다가 암자를 잉개네[29].

그 동네사람이 막 미천놈이라고, 에이 저놈 미천놈 저놈 미천놈 저 중

---

29) 지붕을 잇는다는 말인 듯함.

놈한테 꼬이갖고,전부 재산을 다 갖다가 저다다가(저기다가) 그 낭구를(나무를) 잇는다고 하고 동네가 들썩들썩 했는 기라. 동네가 들썩들썩하고 그래 했는데, 그래갖고 지가 그래 돈을 그다 넘우 집 살던 걸로 갖다 돈을 절에다가 바칬인깨네, 거기 가서 이제 시님하고 같이 살아야 되거든. 같이 살아야 되니까 그 절에 가서 같이 사는 기라.

시님하고 산깨네 산깨네 앉은뱅이가 되는 기라. 그 지 재산을 갖다가

[이때 한 청중이 입 마른데 마시라고 음료수를 권하자 제보자는 사양하고 계속 구연했다.]

있는 데로 그 바칬이면 그 집에 가면 잘살아야 될 거 아이가. 앉은뱅이가 돼서 요동을 몬하는 기라. 또 앉은뱅이가 되디-이(되더니), 또 쪼매 있으깨네 또 봉사가 되는 기라. 봉사가 돼 삐리는 기라, 봉사가 된깨네 더하지, 앉은뱅이보다 더 하지. 또 그래 되디-이, 또 몇 년 지나 또 있시이까네 문디-이가(문둥이가) 되는 기라. 문디-이가, 사람이 사는 게 그렇데이. 문둥이가 되디-이 문디-이가 되고 나이깨네 호석해가(호식해) 가삐리. 그만 호석해가 가삐리 호석해가 가삐리고 없는 거야.

그런깨네 이 동네방네가 막 꺼져 자빠졌는 기라. 그 중놈이 꼬아가 그 나이 많은 총각을 갖다가 넘우 집을 산 총각을 그 정도가 돼 됐는데 우째서 은자 그러는 기라. 그러이 이 시님이 그 절을 지키고 사는 시님이 어떻구로 고마 화가 올라왔던지. 그 도끼를 갖고 부처님을 갖고 이마빼기를 마 팍 쫒아가(쪼아서) 쫒아놓고, 들망을 짊어지고 달-알났삐랐거든(달아나버렸거든). 그 절에 안 있고 달-알나뺐거든.

그랬는데 은자 그 사람이 사세의 업을 사세의 업장을 사세의 업장을 한목(한번에) 받았어. 그 보세한(보시한) 덕택으로 부처님 앞에 보세한 덕택으로. 그라면 지가 또 한 평상에 앉은뱅이, 또 한 평생에 봉사, 한 평생에 문디-이(문둥이), 한 평생에 호석해(호식해) 갈낀데, 사세의 업을 한목에 받았삔(받아버린) 기라. 한목에 받아갖고 고을원이 됐다 아이가. 고을

원이. 이 하동군에 고을원이 됐거든. 그건 실지 책이 있어요. 책이 있어.

고을원에 하동 고을에 저저 감사가 돼 가지고 지는 그런 줄도 모르고 새칠하러(시찰하러) 나왔거든. 거게. 고을에 인자 큰 그게 됐은깨네 집집 마중 우째 사는고 동네 그거로 안 나오겄어. 그래 나와서 은자 둘러 나와서 나온 그날 그 시님이 나도 아이구 내가 그 절로 갖다가 그래 사다가 그 중생을 갖다가 그래 그 해갖고 그래가 고마 호석해 가고 했는데, 내가 그래서 이 절로 비아 놓고 왔인깨네 주야로 마음에 지 사던 간 데라서 마음에 안 있어?

있인깨네, 그 날사말로(날이야말로) 내가 절에 한 문(번) 갈백에 없다싶어 짊어지고 내려오는 기라. 내려오자 고을원이 은자 이 꾸욱 둘러보고 절도 디가본깨네(들어가보니까) 과연 여 자기 이마 여 백혔거든(박혔거든). 도끼가.

그래 그 시님이 와서 빼니까 빼지지 다른 사람은 안 빼지고.

삼사세의 업을 받아가지고 고을원이 됐다.

어머니가 둘인 김대성

자료코드 : 04_19_FOT_20100713_PKS_MMI_0035
조사장소 : 경상남도 합천군 삼가면 이부리 380번지 이부할머니경로당
조사일시 : 2010.7.13
조 사 자 : 박경신, 김구한, 김옥숙, 마소연, 정아용
제 보 자 : 문막임, 여, 85세
구연상황 : 앞 이야기에 이어 바로 이 이야기를 구연했다. 보시하는 내용이라 자연스럽게 생각이 난 것 같았다. 짧게 이야기를 끝내고 제보자는 자신의 생각을 힘주어 펼쳐 놓았다. 조사자를 보고 하느님을 섬기는지 모르겠으나 그래도 삶을 마칠 때는 부처님을 섬기는 것이나 다를 바가 없다고 했다. 썩은 구름에도 비가 들었으니 사람을 내려다보지 말라고 했다. 사람을 하시하지 말고 서로 나누어 함께 잘 살자는 말을 강조했다. 신실한 불교신자임이 제보자의 말에서

느껴졌다.

줄 거 리 : 불국사를 지은 김대성은 어머니가 둘인데, 후생의 어머니는 선생 집에 바느질을 해서 산 두 마지기의 논을 절에다가 시주한 사람이다. 그래서 김대성이 후생의 어머니를 위해서 불국사를 지었다고 한다.

그 저 저 경주 불국사는 불국사는 전생에는 전생 후생 대성이가 김대성이가 어머니가 둘 아이가.

전생에 석굴암을 짓고, 후생에 불국사를 짓고 그 둘이 절로 안 지았나. 근데 그 어무이가 기문장 동네 기문장 집에, 기문장 문쟁이라 말하자면 지금 치면 선생 택이라. 머슨 선생 그렇거든.

기문장 집에 몇 년을 살 그 그 집에 바느질을 해주고 그거를 해가지고, 그래 논 두마지기 산거로 절에다가 시주를 시주를 시주를 했다. 그래 그 완전한 대성이가 그 불국사가 되고.

부마가 된 게으름뱅이

자료코드 : 04_19_FOT_20100713_PKS_MMI_0036

조사장소 : 경상남도 합천군 삼가면 이부리 380번지 이부할머니경로당

조사일시 : 2010.7.13

조 사 자 : 박경신, 김구한, 김옥숙, 마소연, 정아용

제 보 자 : 문막임, 여, 85세

구연상황 : 앞 이야기에 이어 계속 구연했다. 시종 오른손을 사용하여 상황에 어울리는 동작을 하며 이야기를 구연했다. 이것은 옛날이야기라며, 오래 전에 들은 것으로 잊어버려지지 않아서 알고 있다고 했다. 제보자는 이야기 끝에 병신같이 사는 사람도 때가 되면 사람 노릇을 한다고 강조했다.

줄 거 리 : 어머니가 품을 팔아서 얻어온 양식을 먹으며 왼 종일 잠만 자는 게으른 아들이 있었다. 어머니의 애간장을 태우던 아들은 좋은 꿈을 얻어놓았다는 말로 어머니를 달랬다. 그러든 중에 아들은 국법을 위반하여 징역을 살러간다. 아들은 늘 오줌을 누는 자리에 좁쌀이 한 그루 나서 이삭이 달린다. 그 이삭을 쥐가 따 가려는 걸 죽이고, 이어 작은 쥐가 무엇을 가지고 와서 두고 가버린

다. 그 물건을 가지고 와서, 공주의 병을 고치고 부마가 된다.

이 놈이 어-떻게 겔븐지(게으르든지) 사실 주-매(자기 어매) 보리밥이 품 들어 온 거 그거 묵고 사시로 자는 기라. 사시 누워 자는 기라. 하도 주-매가 얼-매나 기가 차겠노. 보리밥이 옇-온 거 은자 그거 얻어 묵고, 만날 자석이라커는 기(것이) 바-아(방에) 자빠져 자면 얼-매나 그기 애가 터지겠노.

그랬는데 이기 오데 한 문은 나가디-만(나가드니만) 머-시(무엇이) 국보에 걸리가주고(걸려서) 가서 한 일대로 머시 살아야 되는 기라. 살어러 간깨 이기 사실 오줌 누는데[30)]

그래 은자 어마이가 갔다오머

[간절한 목소리로]

"아이구 니는 주야로 그래 누워자고 우째야 되겠노 우째야 되겠노."

"한질 꿈을 하나 좋은 거 얻어놨다."

커는 기라 지가. 만날 하는 소리가.

저놈이 사시로 누워서 누울라고 저놈이 좋은 꿈을 얻어놨다 커지, '저놈이 저 꼴로 우찌 해가 살것꼬.' 싶어 참 그래 있는데, 사실 좋은 꿈을 얻어놨다 쿠는 대로 꿈 이바구는(이야기는) 안 하는 기라.

꿈 이바구는 안 하는데, 그래 그 거서 은자 시녀 오줌 누는 데가 그 나오면 있었어. 오줌 누는 데가 우연히 좁쌀 한 나무가 서더라요. 서가주고 그 좁쌀이 커 가주고 가실(가을) 돼서 이리 익어서 디리졌는데(늘어졌는데) 고 쥐가 보르르 오더니 고걸 뚝 떼 갈라고 대들거든. 대드니깨, 에이 내가 저걸 삼년을 키았는데 니가 그걸 가-가 싶어 주먹으로 탁 때리 쥑이고 난깨, 쪼매는 게 하나 오디마는 머시 가오디마는(가져 오더니만) 요리요리 하디마는 그기 보르르 기-(기어) 갔뿌거든.

---

30) 이 부분은 뒷부분의 내용인데 너무 빨리 구연하여 다시 바로잡아 구연한다.

쥐가 뭐 죽은기- 가더라 캐. 보리보리 하면서,

탁 때리가 ○○○○○ 저거 집에 와서 다 살고 징역 다 살고 누웠은깨, 나라임금 딸이 죽었는데 살리주기만 살리주면 사위 삼으꾸마. 그래 그거 내 살리꾸마, 그래 가서 살렸거든. 또 다른 나라서 또 그런 일이 또 일어났어. 그 또 그거 살렸거든.

근데 그 아무리 병신 겉이 그래가 아무 것도 없고 마 처러(쳐다) 볼 때는 사람으로 처리 봤어. 아이 방아 찍어오는데, 방아 찍어 올 때 그때 묵고 주매 ○○거리 누워가 만날 누워 자는 그거 사람으로 봤나 동네사람이.

근데 한쪽 오른쪽 발엔 달이 뜨고, 왼쪽 발에는 해가 뜨는 기라. 그때 가서 이기 마치는(맞아들어가는) 기라.

식견 없는 시아버지와 며느리

자료코드 : 04_19_FOT_20100713_PKS_MMI_0004
조사장소 : 경상남도 합천군 삼가면 이부리 852번지
조사일시 : 2010.7.13
조 사 자 : 박경신, 김구한, 김옥숙, 마소연, 정아용
제 보 자 : 문막임, 여, 85세
구연상황 : 조사자가 앞서 제보자가 얄궂다고 구연하지 않았던 이야기를 해 줄 것을 부탁하였다. 그러나 그런 이야기를 어떻게 하냐며 구연하려 하지 않았다. 청중과 조사자들이 괜찮다며 계속 구연을 유도하였다. 제보자는 계속 웃으며, 옛날 사람들이 심심해서 하는 이야기지 여기서 할 만한 것은 못된다며 말머리를 쉽게 꺼내지 못했다. 계속되는 권유에 제보자는 구연을 시작하였다. 이야기를 하면서도 쑥스러운지 손으로 입을 가리며 크게 웃기도 하였다. 왼쪽 다리를 세우고 팔로 다리를 감싼 채 앉아서 구연을 끝낸 후, 크게 웃으며 이야기 내용에 설명을 덧붙이기도 하였다. 이것은 할 이야기가 못돼서 오늘 처음 사람들 앞에서 하는 이야기라고 했다. 웃기려고 지어낸 이야기가 아니고 진짜 식견 없는 사람들이 있었다고 한다.

줄 거 리 : 어린 며느리가 밥상을 가져와서 방귀를 뀌자 시아버지가 그게 무슨 소리냐고 묻는다. 며느리가 철이 없어 시아버지 앞에서 하지 말아야 할 대답을 하고, 식견 없는 시아버지 역시 며느리의 대답에 걸맞은 말로 맞장구를 친다.

옛날에 인자 저 시아바이도 살고 며느리도 살고 다 없이 산다 아이가. 없이 살고. 옛날에 사는 그거 말할 게 있어야지 하 이런 방도 뭐 잠자는 것도 말도 몬 하고 그래 살았는데,

그래 인자 이 며느리가 쪼매난 거 보거든. 옛날에는 지금 맹키로(맨쿠로, 처럼) 나이가 드나 열닷 살만 무면(먹으면) 시집가라 하고, 스무 살만 무-면(먹으면) 아들 장개 들이고, 열여덟 살만 무-도 딜이고 그란다.

그래가 인자 장개

[웃음]

그러니까 이 며느리가 이제 밥상을 가져 가거든. 시아버지 밥상을 가져 가면서 조심하면서 열댓 살 먹은 게 새건이(식견이) 있나, 어른 앞에 방귀를 뀌어대? 방귀를 안 뀌어야지. 방귀를 안 뀌어야 되는데, 지금 이 시절은 괜찮지만 옛날 그 시절 방귀를 뀌면 안 되지.

[웃음]

그래 인자 며느리가 밥상을 가져가면서 방귀를 인자 뽕 뀐게네, 시아바이가 못 들은체하고 앉아서 밥이나 받아먹으면 안 되것나. 근데 또 짬이 없는 게 안 있나. 배절수 없는 짬이 없는

“야야 그기 인자 들꾼소리 뭔소리냐”

하거든.

그러니까 이 며느리가 이년이 어데가 배웠는가 입이 야물어가지고

“아버님 그게 봄보지 날개 터는 소리라요.”

[웃음]

며느리 그기 새건이 없으니까 대놓고 하는 기라.

지 나오는 대로 그걸 들었으면

"야야! 그런 소리 안 하는 기라. 그게 뭔소리고?"
이러고 꿈적 살아야 될 것 아이가.
시아바이라 카는 게 또 짬이 없어 뭐라 카는 게
"아 그래 그러니까 내 좆이 끄덕하더라."

상객 가서 실수한 아버지

자료코드 : 04_19_FOT_20100713_PKS_MMI_0005
조사장소 : 경상남도 합천군 삼가면 이부리 852번지
조사일시 : 2010.7.13
조 사 자 : 박경신, 김구한, 김옥숙, 마소연, 정아용
제 보 자 : 문막임, 여, 85세
구연상황 : 조사자가 이야기를 더 해줄 것을 부탁하며, 이런 이야기들이 제보자의 생각과 다르게 조사 자료로서 가치가 있음을 설명했다. 그러자 제보자는 앞의 이야기보다는 쉽게 말문을 열고 이야기를 시작하였다.
줄 거 리 : 아들을 장가보내면서 상객으로 간 좀 모자라는 사람이 있었다. 집이 가난하여 동네 장을 얻어다 먹는 처지인 탓에 아들을 보고 자꾸만 장이 달다며 장을 많이 먹으라고 하자, 아들이 장이 달면 가만히 먹기나 하라고 말한다. 그러자 아버지는 아들 바지를 입고 왔다는 말도 못할까 보냐고 했다. 집으로 돌아오자 동생이 잘 다녀왔느냐고 하면서 어떻게 하고 왔느냐고 묻자, 며느리에게 시아버지로서 하지 말아야 할 당부를 하고 온 사실을 말했다. 그러나 파혼이 됐다는 동생의 말을 듣고 욕을 물리러 가서 또다시 말실수를 한다.

그래 인자 아들 상각을(상객을) 가거든. 또 저 그 저 뭐고 아들로 뭐 자슥을 장가를 딜이면(들이면, 가면) 뭐 상각을 가야 안 되겠나.

근데 하도 가난해가지고 엄청시리 가난하는 기라. 옛날에는 안 없나. 없는걸 봐야되깐개(보야되니까) 그 즈그(자기) 할망이 품을 들어 무면서(먹으면서) 동네 장을 장 얻어다 묷는(먹었는) 모냥이라(모양이라). 동네 장을. 인자 일로 해주고 몬 담아 묷어.

가난해서 담으면 인자 그래 묹는데, 이 아바이라 카는 사람이 아들 상가를 가 가지고, 이제 한 방서(방에서) 밥을 밥상을 받아 묵음시로(먹으면서) 고마 밥을 무면 될낀데,

"야야 장 달다, 밥 많이 무라. 동네 장을 다 얻어 무도 이 집 장은 없다."

사커든(하거든).

그래 싼게(하니까) 이놈우가 한번 뭐라 하고 말 거 아이가 고마 몇 번 글커고(그렇게 하고) 말면 될낀데

"아부지!"

[웃음]

아들이 좀 더 낫던 모냥이라.

"아버지 달 묹다다 하고 잡숫소."

"내 니(네) 중(중우, 바지) 입고 왔다고 내 할 말 몰라겄나(못하겄나)."

[웃음]

없어서 아들 중이를 입고 상가를 갔던 모냥이라.

또 아들 또 상가를 인자 가는 기라. 인자 상가를 간깨

"행님"

인제 즈그 행님이 좀 어중간히 그렇던 모냥이라. 사람이 좀 그렇던 모냥이라. 그런깨

"행님 요번에 상가 가갖고(가서) 잘 그래가 왔소?"

"응 상가 가 내 잘 그러고 왔지"

지는 잘 하고 왔는 기라.

"그러면 우쨌소? 우쨌는교?"

우다이[31] 되는 기라. 되도 않는 행님을 아들 지 아들인 게 상감은 보내

31) '다그쳐 묻다'는 의미로 말한 듯함.

야 되고

"뭐 서너 마디 조선말 캤구만."

[웃음]

"행님 무슨 서너 마디 조선말을 캤소(했소)?"

칸개(하니까)

[웃음]

돌아 올라카면 며느리 봐야 안 되나? 며느리 수중 챗너고[32] 시아바이 보거든. 옛날에는

"다홍처마 입고 초록저고리 입고 높은 산에 가지 마라. 먼데 사람 보면 좆 꼴린다."

며느리한테 첨 먼지(먼저) 본 놈이. 그렇고. 또 뭘 보느냐니 망할 놈의 영감쟁이가 홑처마를 입고 보리덕석에(보리멍석에) 앉지 말라하거든. 보리덕석이 모를 끼다. 이 사람들은. 옛날에는 보리타작을 해가지고 보리를 널어놓는 까시래이[33] 까시래이 오줌 누는데 들어가지 말라고. 그래 인자

"행님 정 글케했어요(그렇게 했어요)?"

"글케 했지 제일로 좋은 소리지."

라 하거든. 좋은 소리라 카는 거라. 지는.

"아이고, 행님 큰일 났소. 가문은 망했으니, 가문은 파계를 했으니 행님 가서 그랬으니 큰일이 났다고."

"그러면 내가 가서 물리고 오면 되지."

물리러 가는 기라. 욕 물리러 가는 기라. 인자 가 가지고

"어이, 서든가 말든가? 앉든가 말든가?"

---

32) '치마입고'라고 말한 듯함.

33) '까끄라기'로 벼・보리 따위의 낟알 겉껍질에 붙은 수염 동강.

꼬마신랑

자료코드 : 04_19_FOT_20100713_PKS_MMI_0006
조사상소 : 경상남도 합천군 삼가면 이부리 852번지
조사일시 : 2010.7.13
조 사 자 : 박경신, 김구한, 김옥숙, 마소연, 정아용
제 보 자 : 문막임, 여, 85세
구연상황 : 조사자가 이야기가 더 없느냐며 구연을 부탁하자 곧바로 구연을 시작하였다.
줄 거 리 : 이전 시대에는 신부가 신랑보다 나이를 여덟 살이나 열 살 정도 더 먹었다. 그래서 시집가는 날부터 보듬어서 키웠다. 이렇게 키워서 남편을 삼았으나 나이가 들면서 신랑과 나이 차이가 많이 나게 되어, 신부가 먼저 할머니가 되면 신랑에게 구박당하기도 했다고 한다. 한창 어린 신랑을 키울 때면 각시는 어린 신랑을 위한 노랫말을 지어 불렀다고 한다.

각시가 여덟 살 더 먹고, 열 살 더 먹고, 바깥에 그 시상이(신랑이) 인자 또 왔는갑데이. 요기 오데(어디) 저 문 앞에 쯤 저 왔는갑데이. 본깨한 꼴로 본깨, 근데 옛날에는 애나 열세 살 열두 살 먹고 장가가는 그기 장가간 거가?

그라면 그 각시가 맹을 인자 맹이 있거든. 영을 그 따라와서 따라와주메(따라와 주면서) 목일 저거 누구 맹키(맨쿠로) 따라와서 그거 하는 기라. 그 자는 기라. 자모(자면) 각시가 보듬아다 그 신랑 거를 그러구로 키아 놓는 기라. 열함 살 썩 여덜 살 썩 저 이게 더 먹으니까 그기 뭐 아(아이) 안긋나?

그래가 우리 동네 저 보면 고마 각시는 그래 시집을 와가지고, 나이 가고 아 놓고 살림을 산깨네 할망구가 되고. 지는 인자 남자가 나이 뭐 그래 논깨네 각시 입을 다 짼다. 각시하지 마라 칸다고 각시 입을 다 째, 싸움을 해갖고, 지 각시 하지 마라 칸다고.

그 그런 세월, 그 우리가 그런 세월을 많-이 넘구고(넘기고) 옛날 세월은 그런 세월이라. 그런 세월을 많-이 넘구고.

그래 물레독 비고 잠자는 총각 언제나 커서 내 낭군될래

(조사자 : 그 한번 불러주소.)

물레독도 베고 쪼메는(조그만한) 기(것이) 자거든. 언제나 커야 되노. 그 소린 기라.

큰방 마누라 된 모방 마누라

자료코드 : 04_19_FOT_20100713_PKS_MMI_0007
조사장소 : 경상남도 합천군 삼가면 이부리 852번지
조사일시 : 2010.7.13
조 사 자 : 박경신, 김구한, 김옥숙, 마소연, 정아용
제 보 자 : 문막임, 여, 85세
구연상황 : 영리해서 아는 것이 많다고 칭찬하자, 제보자는 영리한 것도 소용이 없고 사람은 아무리 못생겨도 복을 타고 나야 한다고 강조했다. 그러더니 곧바로 이 이야기를 구연했다.
줄 거 리 : 너무 못생겨 모퉁이 방 신세이던 마누라가 그래도 지인지감의 능력이 있어, 남편이 과거에 급제하게 한다. 못생겼으나 재주가 있어 이후 큰방에서 거처하는 큰방 마누라가 된다.

어떻구리 못생깄던지 그 마 나무툼백이처럼(나무토막처럼) 생깄는 기라. 그기 왕의 왕의 마누라가 됐거든.

다시[34] 사람 보는데 내놓을 수가 없어. 사람 보는 데는 내놓을 수가 없어. 그래 모 모 못방[35] 옇어가지고, 방을 못방을 옇어가지고 항상 그따다 못방마누라가 됐는 기라.

못빵 마누라가 됐는데, 그리 못생긴 그 사람이 그래도 인재네. 아는 사람이라. 그래 그 은자 남편이 과게를 하러 갈라쿤깨네(가려고 하니까) 그

34) '도대체', '도저히'의 뜻으로 말함.
35) '모방(안방의 한 모퉁이에 붙어 있는 작은 방)'을 말함.

딱 시기(시켜) 주는 기라.

머신 도포로 해서 입고, 머신 도포는 우찌 집고(지어), 머슨 우짜고. 그래 고름 우찌 달고 머신 수실로 우찌 해갖고 그리 가라 커는 기라.

가서 그리 해가(해서) 못방 마누래가 큰방 마너래가 안 됐나. 못났다고 다 그. 못빵 마너래가 큰방 마너래가 돼. 큰방 마너래가 되는 기라. 못나도.

심청전

자료코드 : 04_19_FOT_20100713_PKS_MMI_0008
조사장소 : 경상남도 합천군 삼가면 이부리 852번지
조사일시 : 2010.7.13
조 사 자 : 박경신, 김구한, 김옥숙, 마소연, 정아용
제 보 자 : 문막임, 여, 85세
구연상황 : 조사자가 긴 이야기를 청하자 심청이 이야기를 하려면 한정 없이 길다고 하면서도 구연 의사를 보였다. 심청이 어머니의 내력을 이야기하자면 길어서 못 한다고 하였다. 그래도 괜찮으니 해달라고 청하자 구연을 시작했다. 이야기를 끝낸 후 많이 빼먹어서 그렇지 긴 이야기라는 것을 몇 번이나 강조하였다. 뺑덕 어매가 아주 나쁘다고 덧붙였다.
줄 거 리 : 태어난 지 이레 안에 어머니를 여윈 심청이를 심봉사가 젖동냥을 해서 키운다. 열다섯 살이 된 심청이는 남의 집 일을 해주고 아버지를 봉양하는데, 아버지가 몽은사 절의 스님과 덜컥 한 약속 때문에 뱃사람들에게 팔려가게 된다. 바다에 뛰어든 심청이 연꽃으로 피어나고, 뱃사람들이 그 연꽃을 나라에 바친다. 용궁에서 심청은 어머니를 만난 후 왕비가 된다. 이후 봉사 잔치를 해서 심봉사를 찾고, 딸을 만난 아버지가 놀라 눈을 뜨게 된다.

어느 고을에 심봉사가 그래 살았다 아이가. 살았는데 그래 심봉사가 인자 그 심청전을 보면 그래 저 부인은 곽가라. 성이 곽가고. 심학구고 심학구거든. 심학구고.

그래 인자 딸은 청이고. 그랬는데, 그 인자 이레 안에 죽어뺐다(죽어버렸다) 아이가. 어마이가 죽어삐고. 그 봉사가 하 더듬어 댕김서로(댕기면서, 다니면서) 오만(온갖) 데를 다 댕기면서 냇가 서답(빨래) 씩는(씻는) 사람한테서 젖멕이서, 그래 우리 청이를 그래 키았다 아이가.

키워 가지고 그 가난한 집에 그래 큼서로(크면서) 아바이를 밥을 얻어다 먹이고, 그래 키웠는데, 그래 열닷 살이 됐는데, 그 동네 인자 선사부인이라 카는 부인은 이 말할 거 같으면 인자 지금으로 말할 거 같으면 지금 우리 선생부인 오데 안 있나 그런 사람들이라. 그래 엄마를 삼아가지고, 참 밥을 얻으로 가면 인자 그 그 정도가 되고, 만날 그래 삼고, 그래 사는데, 밥을 심봉사가 얻어다 갖다 믹이고 그래 사는데, 어찌 배는 고프고 고마 집은 춥어(추워) 소리를 하고 심청이가 안 오는 기라.

어느 날 밥을 얻으러 가가(그 아이가) 안 오는 기라. 그래 이 심봉사가 짝대기를 집고 살살 나간다고 나간 기(것이) 그래 눈 먼 개천아 니 그러나 눈 먼 봉사 내 그러지. 개천물에 빠졌뺐어. 개천에 빠져뺐는 기라.

그래 놓으니까 춥기는 춥고 이 봉사가

“허푸허푸 내 죽는다.”

고 고함을 지르니깨, 저 몽은사라는 절이 있어. 모훈사 하주승이가 중이 이 세주 집을 날아왔다가, 세주를 해가지고, 동냥을 해갔고, 절로 찾아올라가면서 훔(한) 편에 슬픈 소리가 들리거든.

“허푸 사람죽소. 날 좀 건져주소. 살려 달라.”

카니 그래 차츰차츰 찾아가니깨 어떤 사람이 빠져가지고 봉사라. 그리 건져내가(건져내어) 이바구를 나누는 기라.

나눈깨네, 그래 그 봉사가 인자 그 저 하주승이가 하는 말이 시님이 하는 말이

“우리 부처님한테 삼백 석을 시주를 하면 생연에(생전에) 어두운 그걸 뜬다.”

했거든. 뜬다 하니까
"아무쪼록 준비 할꾸마."
캤어. 이 봉사가 아무것도 없는기 그런깨네 그 하주승이가 참 우스운 사람 다 봤네. 집이 이리 빈곤해갖고 집이 벌써 쌔가리가(서까래가) 나발 부는데 무슨 그 준비를 하겄냐고, 그러니까 허허 사람을 우이 본다고 농담을 하고 보내뻤거든.
이 그래 인자 서로 갈랐는데, 그래 심청이가 인자 갔다 온깨네, 그 정도가 된깨네 심청이가 열닷 살 묵는가? 열일곱 살 묵는가? 그 정도 됐는데 아주 그거한 사람이라. 심청이가.
그내가 지가 오는데 어느 고을에 밥을 얻으러 간깨네, 그 낭임양사 스님들이 그 한해 사람을 사다다가(사서) 그 물에다 갖다 제사를 하면 장사가 잘되기 그렇기 때문에 삼백 석을 주고 인자 사가 간다. 그게 명의가 붙었는 기라.
그런깨네 이 심청이가 옛날 처지가 되고 한깨 앞에 나서서 그 뱃사람한테 말로 못하고, 그 성사부인한테 엄마 맹키로(맨쿠로, 처럼) 삼고 대니는 사람한테 그래 그 말로 해가지고, 저 서인들을 불러서 삼백 석에 내 몸을 사가지고 인자 그 정도로 했거든. 그 정도로 해가지고 그래 그 그래 인자 그 서인들 본깨네 열댓 살, 열일곱 살 먹은 처지가 된깨네, 사가(사서) 갈라고 인자 그래 삼백 석을 모훈사로 고마 세주를 올렸뻤는 기라. 세주를 올리고.
이 심봉사는 천지도 모르고, 막 그래 인자 댕기면서 묵고 허허 막 아바이가 그래 놓으니까, 이제 시주를 하고도 뭐 쪼개(조금) 있던가, 밥을 해가 낫기(낫게) 줬던가,
"올 아침은 뉘집에 제사를 지냈나? 오늘 반찬이 매우 좋다."
고, 참 딸은 말도 몬하게 기가 차는 기라. 그래 인자 우는 기라.
운깨네

“그래 와 그래 우냐?”

그 정도가 됐지만은 그래 이 심청이가 날로 받아놓고, 저 가서 빠져 죽을 날로 받아놓고 배안에 칠성당을 모셔가지고 간절히 빌었다 아이가.

이 소녀는 가되 어짜든 아버지 눈을 떠가지고 삼사행지를 점지해가지고 이 집에 조상을 갔다 받들고 우짜든동(어떻게 하든지) 이 집을 그리 도라고. 난제(나중에) 갈 그 날짜 받아놓고 선

“닭아닭아 울지마라. 니가울면 나죽는다. 내죽는건 안서러운데 즈그 아버지가 동네방네 거렁뱅이 되가 괄시받는 그거 우째할꼬 이집에가 밥떠라(달라). 저집에가 밥떠라 괄시받는걸 우째할꼬.”

심청이가 밤새도록 울고, 전부 관맹관하고(갓맹건하고) 이 옷하 다 집어가지고 농안에 넣어서 그래 한께, 이 서인들이 고마 심청이는 그리 하고 있는데, 이 심봉사가 알까 싶어 겁이 나는데, 이 서인들은 막 북장구를 두드리고

“오늘 행선 날인깨 빨리 나오라.”

고 그래 인자

“세인님! 내 오늘 행선날인 중(줄) 아는데 우짜든 좀 가서 더 늦차도라.”

꼬 그래 하고, 나중에 고마 심봉사 이게 알아가지고

“아이고 눈 뜨기도 싫고, 천지 고마 상놈들아 사람 사다가 제사 지내는 곳이 어데요.”

천지가 다 울고 산천초목도 다 울고. 그래 뭐 팔린 몸이 됀깨 안가고 되나 삼백 석은 저 몽은사로 시주가 됐는데, 그래 배안데 배를 타고 심청이가 곳곳마장 갈 때

[이때 제보자가 조사자를 향해 물 먹고 싶으면 냉장고에 있다고 말한 후 이어서 계속 구연하였다.]

오만[36] 이곳을 들어가고 저곳을 저 산 밑으로 가니까 오만 새소리가 다 나고, 오만 풀도 다 알고, 그리 그 배를 타고 가면서 슬픈 노래를 부르

고, 슬픈 소리를 하고 울었다 아이가.

"차옥산 짤래비는"

짤래비가 인자 원숭이라. 말하자면 차옥산이라는 산이 그 오데 있던가?

"이곳을 당도하니 차옥산 짤래비는 자슥 사는 슬픈 소리"

해가 진께 짐승도 자슥을 찾는 기라. 근데 지는 부모를 떨아(떨어뜨려) 놓고 간깨네, 오만소리를 다 하고 심청이가 갔거든. 빠진 그 그 갔는 기라.

간깨네, 이 시인들이 서인들이 밀어 넣지는 몬하고 그 아-(아이) 하는 행동 인자대로 나둬야 안 되나. 그러니까 그 물에 빠지려하니 어떻노? 그래 온 조상한테 빌고 오만 것을 다 하고 우짜든가, 그래 인자 고마 심청이가 물에 안 빠졌나.

처마를 둘러쓰고 빠지고 나니까 이 서인들이 얼마나 그랬다고 막 북장구를 두드리고 고마 연꽃이 마 딱 한 송이 딱 올라오는 기라. 연꽃이 한 송이 딱 올라왔는데 그래 그거를 연꽃을 딱해선 뱃사람들이 서울 나라에다가 그걸 했거든.

심청이가 용왕궁을 들어간깨네 주거메가(저거 어메가) 죽어서 유왕붕이 되가 있더란다.

"그래 저기 가는 심소주야(심소저야)! 발도 봐도 내 딸이고, 손도 봐도 내 딸 같고, 만 가지를 봐도 내 딸같다."

그래도 또 그 가운데서 그 또 법이 있기 때문에 못 있는 기라. 부모하고 그 자슥하고는 벌써 인연이 갈리갖고(갈라져서) 벌써 이래(이렇게) 안에 못 있는 기라. 못 있어서, 그래 인자 그런데 그 연꽃 안에서 연꽃에서 인자 이바군가 현실인가 우리는 안 봤지만은 심청전이 책이 그렇거든. 그

36) '오만'은 '온갖'이라는 경상도 방언.

래 그 안에서 심청이가 나왔다 아이가. 나왔거든.

그 안에서 터져 나와 이놈의 하우가(왕후가) 항상 보면 마누래가 여게여 근심이 졸졸하게 붙었는 기라. 그래서 인자 참 오래꺼정 댈꼬 그래 살다가 그래 우째서 그래 근심을 못 떠내고 근심이 그러냐고 이래 물으니깨네, 그래 인자 저그 아배를 갖다 그 정도가 돼갖고 인자 갖다 그래 됐지.

됐는데, 그 심봉사가 그 꿈에 마 심청이 물에 데꼬 갈 때 말도 몬하게

[이때 제보자는 "이 책이 대강 대강하지 다 몬한다."라고 한 후 계속했다.]

그래 갖고 은자 봉사 잔치로 석달 여흘로 했다 아이가. 봉사 잔치를 석달 여흘로 맹로잔치를(맹인잔치를) 석달 열흘로 할 때, 그 심청이 물에 빠진 후 죽고 나니까, 마누라를 얻은 거 산 오데 뺑덕 어미를 얻어가지고 응 열값 술값 떡값에 말키(말끔)[37] 다 잡혀가고 말도 몬하고,

그 항성에 인자 잔치 인자 갈 때 하도 날이 더워서 냇가 가서 인자 목을(멱을) 감으러 가자고 인자 목감고 가자고 옷을 벗어 놓으니까, 그 또 심둥궂은 사람이오. 봉사옷을 입고 가논깨네, 그 갔다가 맹인 잔치하고 인자 봉사 잔치하고 말을 타고 내려온 사람이 본깨, 배짝(바짝) 마른 저 강변에 허딱 벗은 심봉사가 부자지만 훌케(움켜) 자매고(싸매고) 신세 타랭하고 앉아 있는 기라. 그런깨네 인자 그 사람들이 옷을 줘서 입고, 그래 저거 뺑덕어미는 도망을 가 안선맹이다 커는 봉사가 있어.

그런 봉사가 그래 그 아를 갖다가 샘형제로 다 놓고, 이 심청이 빈 데로 다 그 아 샘형제로.

근데 오만봉사가 다 디라도 저거 아버지 안 딜오거든. 안 딜오는데 석달 여흘로 잔치를 하는데, 석달 여흘에 마지막 날에 해가 다 져- 가는데 오데서(어디서) 맹인이 하나 딜오는 거라.

37) '말끔(조금도 남김없이 모두 다)'의 경상도 방언.

인자 봉사가 딜오는데, 봉사가 하나 딜오는데, 딜온깨네, 그래 본깨네, 저거 아배라.

저그 아버지가, 인자 심학구가 요 오데 흉터가 빼알 맹키로 그래 점인가 있는데, 저거 아배라.

그래 이 심청이가

"아부지!"

카면서도 그런깨네, 이 심학구가

"이 일이 우떤 일이냐. 을자갑자 초패인 날 몽중에 보던 니 얼굴이라."

봉사가 돼 논깨네, 눈으로는 안 돼도 꿈에 은자 그 아가 자기 꿈에 몽중에 보던 얼굴이 자슥 얼굴이 오늘인자 보는 기라.

그

"아버지!"

카니까 퍼뜩 눈을 뜨고, 그렇다고 그런 이박도 있고.

유충렬전

자료코드 : 04_19_FOT_20100713_PKS_MMI_0009
조사장소 : 경상남도 합천군 삼가면 이부리 852번지
조사일시 : 2010.7.13
조 사 자 : 박경신, 김구한, 김옥숙, 마소연, 정아용
제 보 자 : 문막임, 여, 85세
구연상황 : 조사자가 춘향이 이야기도 잘 하실 것 같다고 구연을 유도하자, 춘향이 이야기나 유충렬 이야기 모두 다 알고 있다며 이 이야기를 시작하였다. 유충렬전 책을 보면 말을 다 못한다는 제보자의 언급으로 보아, 이 이야기는 책을 읽고 아는 것 같았다. 청중은 모르는 것이 없다고 제보자를 칭찬하였다.
줄 거 리 : 유충렬의 어머니가 유충렬을 임신하고 모를 심고 있는데, 정한담이 말을 타고 와서 그 어머니에게 오늘 심은 모가 몇 포기인지 말하라고 한다. 대답을 못하면 죽이겠다고 하자, 뱃속에 있던 유충렬이 정한담에게 이렇게 응수하라

고 가르쳐 준다. 말을 타고 내려오면서 말발자국이 몇 발자국인지 물어보라고. 이후 유충렬이 큰 애기가 되어서 땅이 갈라져 땅속에 들어가게 되었는데, 그 어머니가 정한담에게 유충렬이 있는 곳을 가르쳐 주어 유충렬이 죽는다. 어머니가 조금만 더 늦게 가르쳐 주었어도 유충렬은 죽지 않았을 것이다. 유충렬은 말 안장에 발 하나를 얹어 말을 타려 한 채 목이 잘린다.

유충렬전은 자한담이(정한담이) 그 늠이 운수가 어째젔노?

충렬로 유충렬이리로(유충렬이를) 배- 가지고 그 엄마가 모를 숨근깨네(숨그니까) 그 망할 놈이 자안담이 그 놈이 말을 타고 모 숨근 데 내려왔는데,

"오늘 모숨근 거 몇 피긴고(포기인고) 갈차(가르쳐) 내라."

커는 기라.

"몇 패기를 숨궜는지 그 사람이 모를 숨그면 몇 패기 세나? 모른다."

큰개네, 모르면 직인다(죽인다) 크는 뱃속에서 그 유충렬이가 큰 애기거든.

유충렬 큰 애기 자안담이가 죽어도 글코, 살아도 글코, 큰 사람이고 이 사람은 그거 없는 사람이 없어. 그래가 오마 오늘이지 내려오는 뱃속에서 통과를 해주는 기라.

"발재죽이 몇 발재죽인 그건 물어 봐라."

카거든. 그래 인자

"금(그러면) 당신은 말로 타고 내려오면서 발재죽이 몇 발재죽인고?"

지는 몇 발재죽인지 세놨나 오데(어디) 모르지. 그런깨 이놈이 올라가.

그 충렬이가, 큰 애기가 그래서 부모는 안부모는 넘이라(남이라). 아바이하고 부자간은 한 거시기라도 이 주매는(자기 어매는) 넘이거든. 그런 때문에 큰일이 굴면 어마이는 돌리야 돼. 어마이를 돌리삐거든. 이 여자 입이 여자입이라서 돌리삐야 되는 기라.

그런깨네 이기 그래가 큰 애기가 돼갖고 딱 고마 땅이 딱 갈라져 가지

고 유충렬이가 딱 고마 땅으로 드가는데(들어가고) 디가고(들어가고) 난깨, 그 저거 논인데 망개, 망개, 망개 아는가 모르겠다. 망개 덩굴이 큰 게 한 개 나와가 또 항생 같은 게 나와가 떡 이래가 있는 기라.

그래가 있는데, 어-띠 그러로 갖다가 주메(주면서) 그거로 갖다가 조라든지(졸았든지) 그 오둘 갔냐고 갈쳐내라고 조랐던지. 그래 그만 조끔만 한 입만 더 안 글캤으면 될낀데, 말을 타고 딱 발하나 얹고 고만 탁 탁 목이 잘리뿠다.

칠성별이 된 아들

자료코드 : 04_19_FOT_20100713_PKS_MMI_0010
조사장소 : 경상남도 합천군 삼가면 이부리 852번지
조사일시 : 2010.7.13
조 사 자 : 박경신, 김구한, 김옥숙, 마소연, 정아용
제 보 자 : 문막임, 여, 85세
구연상황 : 제보자는 어릴 때 배워 놓은 것들이 오늘처럼 쓰인다는 것이 너무 웃기는 일이라며 한참을 웃었다. 사람이라는 것은 글만 배워서는 안 되고, 입도 똑똑해야 한다고 했다. 안 피곤하시면 춘향이 이야기나 다른 이야기 하나만 더 해 달라고 청하자, '신털쟁이 영감' 이야기를 하겠다며 이 이야기를 구연했다.
줄 거 리 : 하늘에 인월강 건너편 조그만 집에 신털쟁이 영감이 살고 있었다. 그 영감 집에 한 할머니가 목까지 차오는 인월강을 건너 밤마다 내왕을 한다. 그 할머니의 아들이 어머니가 고생하는 사실을 알고 칠성다리를 놓아준다. 영감 집에 갔다가 돌아오던 어머니는 물을 건너지 않고 다리를 건너 집으로 오게 되자 너무 좋아서, 그 다리를 놓아준 사람이 죽으면 칠성별이 되라고 기도한다. 칠성다리를 놓은 그 아들이 죽어서 마침내 칠성별이 된다.

하늘에 저 신털쟁이가 인월강을 건데가(건너서) 쪼매는(조그만) 집에 신털쟁이가 살거든. 신털쟁이가. 그기 인자 한 칠월달 되고 한 가시리가(가을이) 돼야 인을 하늘에 인월강이 안 나오나.

이놈우 신털쟁이 영감 집에 어느 할매가 아들 하나 놓고, 하 그 영감을 얻어가지고, 그 인월강을 건데가지고 모가지가 인월강에 물이 짚어서 여까지 차는 기라. 그래도 이놈의 할망구가 하루 저녁도 안 빠지고, 그 신털쟁이 영감 집에 찾아가는 기라.

찾아간깨네, 자슥이 ‘우리 옴마는 어데 가니라고 날로갖다고(나를) 나두고(놔두고), 만날 밤 마정(마다) 저리 댕기는고’ 싶으거든. 싶어서, 하루저녁은 인자 주매 따라 나섰어. 주매가 물로 톡 이래갖고 마 해임을(해엄을) 해서 가갔고 쪼끄맨한 오두막집에 간깨, 신털쟁이 영감이 이 신을 삼고 앉았거든. 그 디(들어) 가거든.

‘아 우리 엄마가 저리 댕기는구나! 내가 이래가 안 되겠다.’ 그래 시작해서 우짜든 다리를 놓는 기라. 인월강에다가 일곱 다리를 저 다 다가 돌로 저 다 다가 인자 일곱 다리를 놓거든. 일곱 다리를 딱 놓고 난깨네, 이 할망구가 영감한테 누워자고 나온깨네, 그 물로 안 드가고 다리로 건넌깨네 울마나 좋노.

‘아이구! 이 다리 놓은 사람 하늘 천상에, 이 다리 놓는 사람 천상에, 놓는 사람 죽어서 칠성벨이(칠성별이) 되라고 기도를 했는 기라.

한깨, 그 칠성이가 칠성별이 되고 다리 일곱 다리 놓은데 칠성별이 칠성별이 됐다 아이가.

감 홍시 따는 시아버지

자료코드 : 04_19_FOT_20100713_PKS_LSN_0030
조사장소 : 경상남도 합천군 삼가면 이부리 380번지 이부할머니경로당
조사일시 : 2010.7.13
조 사 자 : 박경신, 김구한, 김옥숙, 마소연, 정아용
제 보 자 : 이삼남, 여, 87세

구연상황 : 조사자가 감 홍시 이야기를 해달라고 부탁하자 제보자가 이 이야기를 구연했다. 중간에 웃음을 섞어가며 구연하였다.

줄 거 리 : 시아버지가 감을 따러 감나무에 올라가자 그 밑에서 지켜보고 있던 며느리는 시아버지의 부자지를 보게 된다. 식견 없는 며느리는 노출된 시아버지의 부자지를 감나무에 감 홍시가 매달린 것처럼 비유한다.

시아바이가 감을 따러 올라갔거든. 감 홍시가 메느리가 밑에서 쳐다보고 그 참 유식하네.

[웃음]

그래가 인자 감을 따는데, 할배가 감을 따거든.

[위로 쳐다보며]

"아버님 머리 우에(위에) 그 감홍시가 댈롱댈롱하네요. 아버님 붕알도 댈롱댈롱하네요."

커머 그기 이야기라꼬.

창부타령 (1)

자료코드 : 04_19_FOS_20100713_PKS_MMI_0004
조사장소 : 경상남도 합천군 삼가면 이부리 380번지 이부할머니경로당
조사일시 : 2010.7.13
조 사 자 : 박경신, 김구한, 김옥숙, 마소연, 정아용
제 보 자 : 문막임, 여, 85세
구연상황 : 청중이 몇 편의 이야기 구연을 끝낸 제보자에게 이제 노래를 하라고 청하자 망설임 없이 구연을 시작하였다. 어깨를 움찔거리며 제법 흥겨운 소리로 노래하자 청중은 잘한다며 박수를 쳤다. 제보자가 이게 아주 옛날노래라고 하자, 청중 한 명이 베를 짤 때 부르는 노래가 아니냐고 했다. 제보자는 베틀노래 가사를 창부타령 곡조로 불렀다.

한삼모시 석자수건 동래자재(자주 베) 선을둘러
밤으로는 줄에들고 낮으로는 목에거요(걸어요)
서월가신 선부님아 우리선부 안오시냐
오기사 오지마는 칠성판에 실리오요
명전대(명정대)

[다시 고쳐서]

갈작에는(적에는) 일삼대요(일산대요) 올작에는 맹진대라
맹진대를 앞시우고(앞세우고) 칠성판에 실리오네

창부타령 (2)

자료코드 : 04_19_FOS_20100713_PKS_MMI_0005

조사장소 : 경상남도 합천군 삼가면 이부리 380번지 이부할머니경로당
조사일시 : 2010.7.13
조 사 자 : 박경신, 김구한, 김옥숙, 마소연, 정아용
제 보 자 : 문막임, 여, 85세
구연상황 : 앞 노래에 이어 구연하였다. 노래가 끝난 후 "할망구 마 (조사자를) 따라 나설까?"라며 농담을 하여 좌중을 한바탕 웃겼다. 매일 집에만 있다가, 젊었을 때 배운 노래를 사람 많은 데서 처음 하니 잘 안 나오지만, 곧 자꾸 나온다고 하며 웃었다.

서월이라 금대밭에 금비들기(금비둘기) 알을낳아
서월가신 선부님이 쳐보고 쥐어보네
놓고가신 저선부야
아들애기 놓거들랑 정선감사를 마린하고(마련하고)
딸애기를 놓거들랑 부흥골로 마련하소

베틀노래

자료코드 : 04_19_FOS_20100713_PKS_MMI_0006
조사장소 : 경상남도 합천군 삼가면 이부리 380번지 이부할머니경로당
조사일시 : 2010.7.13
조 사 자 : 박경신, 김구한, 김옥숙, 마소연, 정아용
제 보 자 : 문막임, 여, 85세
구연상황 : 조사자가 '베틀노래'를 아느냐고 했더니 안다고 자신 있게 대답했다. 구연을 청하니 처음에는 그만하자며 거절하였으나 곧 구연할 의향을 보였다. 그러나 금방 생각나지 않는 듯 잠시 머뭇거리다가 조사자가 노래의 첫머리를 알려주자 구연을 시작하였다. 오래 안 부른 탓인지 하던 구절을 되풀이하기도 하다가 "옳게" 모르겠다며 중간에 그만두었다. 몸을 조금씩 흔들면서 차분하게 구연하면서 청중의 도움을 청하기도 했다.

천상에 놀던선녀 지화에 내려와서
베틀한상 받아보세

앞도다리 돋아놓고 뒷도다리 낮차놓고
그우에라 안진양은
이서방의 본댁인가 떠들오는 월색이네

[기침을 하고 잠시 생각하더니]

부테한상 두른양은
청태산 깊은골에 안개두른 지생이요

[노래 가사가 기억나지 않아 청중과 의논하여 다음 순서를 생각해 내고는 계속했다.]

말코한상 두른양은
천상에 올라앉아 주야장천 ○를짓고
북나드는 저지생은
삼천궁녀 딸을잃고 딸찾아서 떠나시고
채바퀼랑 꽂안양은
중의중의 넋일랑가 주야장천 갈을까고
북나느는 저지생은
삼천궁녀 딸을잃고 딸찾아서 떠나시고
잉애대라 샘행지는(삼형제는)
골골이도 널어서고 줄줄이도 널어섰소
나부손대 상행지는
청태산 깊은골에 매기러기(외기러기) 우는지생
북나드는

[다시 고쳐서]

버빽다리 넘는양은

태사 깊은골에 잎지는

[다시 고쳐서]

나뭇잎떨어진 지생이요

철걱신 떠나서는

모심기노래 (1)

자료코드 : 04_19_FOS_20100713_PKS_MMI_0007
조사장소 : 경상남도 합천군 삼가면 이부리 380번지 이부할머니경로당
조사일시 : 2010.7.13
조 사 자 : 박경신, 김구한, 김옥숙, 마소연, 정아용
제 보 자 : 문막임, 여, 85세
구연상황 : 조사자가 중도에 끝나버린 '베틀노래'를 더 이어가도록 유도하는 와중에 구연을 시작하였다. 좌중이 많이 시끄러웠으나 점점 조용해졌다. 제보자는 '모심기노래' 특유의 길고 느린 곡조로 쉬지 않고 달아서 진지하게 네 곡을 불렀다. 마지막 노래를 끝내고는 "아무리 답답해도 안 오더라. 지나가며 자기 꽃이 있다고 하더라."며 노래 가사를 언급하고 크게 웃었다. 모심기노래는 많다고 하였으나, 나이가 들어 목이 가서 더 못 부르겠다고 마무리하였다.

서월선배 연을띄와

[이거 올라가느냐고 확인한 후]

그지산중 걸렸다네

아래웃논 모꾼들아 연을거는 구경가세

청춘하늘 뜬구름아 비실었나 눈실었나

눈비도 아니실고 노래명창 다실었네

서마지기 요논빼미 반달같이 떠나가네
니가무슨 반달인고 초생달이 반달이제
초생달만 반달이오 그믐달도 반달이네

알금삼삼 고븐처녀 도리깨장단에 춤잘치네

아척이실(아침이슬) 채진밭에(채소밭에) 불똥[38] 꺾는 저큰아가
불똥이야 꺾건만은 고운손목 다베리오(버리오)
베렀더니 말았더니 수작어예 상관있소

노랑부치(부채) 청도포야 꽃을보고 지내가요
이등한등 넘어서면 우리꽃도 만발했소

시집살이노래

자료코드 : 04_19_FOS_20100713_PKS_MMI_0009
조사장소 : 경상남도 합천군 삼가면 이부리 380번지 이부할머니경로당
조사일시 : 2010.7.13
조 사 자 : 박경신, 김구한, 김옥숙, 마소연, 정아용
제 보 자 : 문막임, 여, 85세
구연상황 : 변분남 제보자가 베틀노래 구연을 힘들게 이어가다 도중에 끝낸 후, 제보자가 이 노래를 이어 불렀다. 제보자는 구연을 끝내고 한참 동안 혼자 웃었다. 청중은 이런 노래는 듣느니 처음이라며, 제보자를 두고 못하는 노래가 없다고 칭찬했다.

성아성아 사촌성아 시집살이 우떻더노
시집살이 좋지만은 쪼그만은 재피방에
물레놓고 베틀놓고 잠자기도 에렵더라(어렵더라)

38) 상추 꽃대가 올라가서 씨가 여문 상추 대궁이를 말함.

중우벗은 새아자비(시아주버니) 말하기도 에렵더라

비야비야 오지마라 우리생이(형, 언니) 시접갈때
가매꼭지 물디가모(들어가면) 비단처매 얼룩진다

모심기노래 (2)

자료코드 : 04_19_FOS_20100713_PKS_MMI_0011
조사장소 : 경상남도 합천군 삼가면 이부리 380번지 이부할머니경로당
조사일시 : 2010.7.13
조 사 자 : 박경신, 김구한, 김옥숙, 마소연, 정아용
제 보 자 : 문막임, 여, 85세
구연상황 : 조사자가 모심기노래를 더 해주기를 요청하였더니 구연을 시작하였다. 시선을 아래로 둔 채 천천히 몸을 흔들며 노래를 불렀다. 구연이 끝나고 청중이 최고라며 박수를 치자 혼자 노래해서 겸연쩍은지 "따라나서믄 싶다. 고마."라고 하며 웃었다.

문에(문어)전복 울러매고 첩의방에 놀러가네
무슨열어[39] 첩이건데 밤에가고 낮에가요
밤으로는 자러가고 낮으로는 놀로가요

산중논에 모를숭궈 잔잎흩을[40] 영화로세
부모없는 동생을키와 갓을씌워 영화로세

한강에라 모를부여 못쩌내기 난감하네
우리동생 곱기키와 갓을씌워 영화로세

---

39) '열어'는 '놈의'라는 뜻으로 구연한 듯함.
40) '잔잎나서'의 뜻으로 구연한 듯함.

줌치노래

자료코드 : 04_19_FOS_20100713_PKS_MMI_0012
조사장소 : 경상남도 합천군 삼가면 이부리 380번지 이부할머니경로당
조사일시 : 2010.7.13
조 사 자 : 박경신, 김구한, 김옥숙, 마소연, 정아용
제 보 자 : 문막임, 여, 85세
구연상황 : 제보자는 혼자만 구연하는 것이 부끄럽고 미안한지 흉보려면 보라는 말을 하였다 청중은 흉을 보는 것이 아니고 몰라서 못 부르는 것이라고 말했다. 방안에 있는 사람이 좀 소란스럽게 하자 청중 가운데 한 명이 옛날 노래 귀한 자료를 멀리서 와서 채록하니 좀 조용히 하라고 충고했다. 그 사이에 곰곰이 부를 노래를 생각하던 제보자가 이 노래를 구연하였다.

울(우리)오바니 숭근(심은)나무 삼정승이 물을줘야
그나무 살아나고 육판사를 뻗었구나
동도가지 달이뜨고 서쪽가지 해가떴네
서울가신 구경꾼아 오만(온갖)구경 다못해도
줌치(주머니)구경은 하고가소
아적내딸 내딸애기 저녁내딸 내딸애기
우리딸 봉든애기 서이앉아 지은줌치
은이라도 열에닷냥 돈이라도 열에닷냥
쉰닷냥이 보압지요

창부타령 (3)

자료코드 : 04_19_FOS_20100713_PKS_MMI_0013
조사장소 : 경상남도 합천군 삼가면 이부리 380번지 이부할머니경로당
조사일시 : 2010.7.13
조 사 자 : 박경신, 김구한, 김옥숙, 마소연, 정아용
제 보 자 : 문막임, 여, 85세

구연상황 : 조사자와 청중이 구연을 계속할 것을 부탁하자, 혼자만 계속하기가 쑥스러운지 도리어 다른 사람에게 하기를 권하였다. 조사자와 청중이 이런 노래를 잘 하는 사람이 없다며 아는 노래 있으면 주변을 신경 쓰지 말고 불러달라고 청했다. 한 청중이 제보자의 남편이 장가올 때 부른 노래를 청하자 이 노래를 구연했다. 돌아가신 할아버지는 민촌에서 자라나서 지게 목발 두드리며 부르는 노래 등 이 고장 사람들이 알아듣지 못하는 그런 노래를 아주 잘 불렀다고 한다. 목청이 좋아 '청춘가' 같은 것을 잘 불렀다고 한다.

해마른가자 구비를치고 임은날잡고 낙루하네

임아임아 날잡지말고 선해[41]지는 해잡아나도까(줄래)

모심기노래 (3)

자료코드 : 04_19_FOS_20100713_PKS_MMI_0014

조사장소 : 경상남도 합천군 삼가면 이부리 380번지 이부할머니경로당

조사일시 : 2010.7.13

조 사 자 : 박경신, 김구한, 김옥숙, 마소연, 정아용

제 보 자 : 문막임, 여, 85세

구연상황 : 조사자가 '모심기노래' 알고 계신 것 있으면 더 해 달라고 청하였더니, 모심기노래는 우리가 안 부르면 이제 없어진다고 한 뒤 이 노래들을 불렀다. 세 곡을 달아서 부르고는 마지막 노래의 가사에 대해서 흥분해서 설명했다. 남자가 오죽 못났으면 계모의 말만 듣고 아들 형제를 죽이고, 다시 장가를 못가서 대를 끊는 일을 만들었겠느냐며 목소리를 높여 말했다. 세 번째 노래는 가사 내용으로는 '다순에미(계모)노래'이나 모심기노래 곡조로 불렀다.

천장만장 돌배낭게(배나무에) 술이한상 꽃피였네

그꽃꺾어 베를나야 임오보선(버선) 잔볼걸어

임을보고 보선보니 임줄정이 정에(전혀)없네

임의동생 근도롱아 니나신고 근서거라

41) '서산에'라고 구연한 듯함.

배꽃은 장개가고 석노꽃은 요각가네

남산아 윇지마라 배옥산이 해롱하네(희롱하네)

꽃패고(피고) 잎편(핀)낭게 열매보고 나는가네

좁쌀닷말 가는논에 쉰다섯이 매는논에

우리행지(형제) 고운행지 행지둘이 매여놓고

정지밑에 잠을자니 다슨에미[42] 서드롱[43]보소

나오든짐승 들어가네

우리아부지 그말듣고

장도칼로 품에품고 그아들을 그래비고(베고)

직여(죽여)놓고 둘러보니 물꼬청청 헐었구나

저기가는 저행찬아 전실이냥 후실이냥

전실이거든 나가가고 후실장개 가지마소

후실에미 말듣다가 정재씨를 다나뺐네(다없앴네)

모심기노래 (4)

자료코드 : 04_19_FOS_20100713_PKS_MMI_0015

조사장소 : 경상남도 합천군 삼가면 이부리 380번지 이부할머니경로당

조사일시 : 2010.7.13

조 사 자 : 박경신, 김구한, 김옥숙, 마소연, 정아용

제 보 자 : 문막임, 여, 85세

구연상황 : 청중이 "다풀다풀 다박머리"는 모르느냐며 그 노래가 좋다고 구연을 부탁하였다. 제보자는 왜 자꾸 자기만 하느냐고 하였으나, 선뜻 노래를 시작하였다. 웃음 띤 얼굴로 노래를 하였다. 노래를 끝내고는 "사위가 손님이라도 자기 아버지도 건더기를 좀 주지 그랬느냐, 영감이 할머니 죽었다고 노랑감태 쓰고 물

42) '다시 본 에미'라는 뜻. 즉 계모를 말함.

43) '거동'의 뜻으로 구연함.

국만 받고 있으니 그래서는 안 된다."며 흥분하여 말하고는 한참을 웃었다.

다풀다풀 다박머리 해다진데 어데가요
울어머니 산소등에 젖먹으러 나는가요

오늘해가 다졌는가 올올마장 검은연기나네
우리할망 어데가고 연기낼줄 모르는고

땀박땀박 수제비는 사위상에 다오르고
노랑감태 둘러씨고 멀국서기 아주섭네(서럽네)
아부지야 그말마소 손이라고 안그랬소

댕기노래

자료코드 : 04_19_FOS_20100713_PKS_MMI_0017
조사장소 : 경상남도 합천군 삼가면 이부리 380번지 이부할머니경로당
조사일시 : 2010.7.13
조 사 자 : 박경신, 김구한, 김옥숙, 마소연, 정아용
제 보 자 : 문막임, 여, 85세
구연상황 : 청중과 조사자가 구연자의 능력에 감탄하며 칭찬을 하는 와중에 구연을 시작하였다. 노래를 끝내고 총각이 처녀 댕기를 주워서 안 주더란다고 했다. 조사자가 결혼하자는 말이 아니냐고 하자, 청중이 그렇다고 하고, 제보자는 총각이 처녀댕기를 주웠는데 쉽게 주느냐고 힘주어 말하며 웃었다.

울아버지 서울양반 울오마니 진주떡이(진주댁이)
서월가신 울아버지 댕기석자 떠왔다네
울오마니 눈물댕기 우리올치(우리올케) 눈치댕기
담안에서 널뛰었다가 담밖으로 빠졌다네

주였다네 주였다네 수태영이 주였다네
태영태영 수태영아 주은댕기 나를도라
소문없이 죽은댕기 모척없이 너를주까
아래솥에는

[다시 고쳐서]

큰솥에는 솥을걸고 동솥걸고 큰솥걸고
아장아장 걷는애기 엄마아바 부를떡에(부를적에)
너를주마

가난한 장모노래

자료코드 : 04_19_FOS_20100713_PKS_MMI_0018
조사장소 : 경상남도 합천군 삼가면 이부리 380번지 이부할머니경로당
조사일시 : 2010.7.13
조 사 자 : 박경신, 김구한, 김옥숙, 마소연, 정아용
제 보 자 : 문막임, 여, 85세
구연상황 : 앞 노래에 이어 계속 구연했다. 배가 고파서 절편고개에서 밭을 일구어 먹고 살았는데, 그 집에는 또 그렇더라고 하면서 노래 가사에 설명을 덧붙였다. 청중들은 제보자가 부른 이런 노래는 듣도 보도 못했다며 제보자의 총기를 칭찬했다.

인절미사 절핀고개 재한장모(장인장모) 밭을메네
가던말을 채질하고 우리집에 돌아오니
우리안들 일색이오 우리부모 가난해여
양반행사 몬한들사(못하지만) 큰절이야 하지말고
반절이나 하고오지

어머니노래

자료코드 : 04_19_FOS_20100713_PKS_MMI_0020
조사장소 : 경상남도 합천군 삼가면 이부리 380번지 이부할머니경로당
조사일시 : 2010.7.13
조 사 자 : 박경신, 김구한, 김옥숙, 마소연, 정아용
제 보 자 : 문막임, 여, 85세
구연상황 : 이삼남 제보자가 신식 유행가를 부르고 난 후, 청중은 그런 노래는 여기 해당이 안 된다며 이야기를 나누었다. 그런 중에 제보자가 이 노래를 구연했다. 차분하게 노래했는데 곡조와 가사가 주는 분위기가 슬펐다. 구연을 끝낸 제보자에게 청중들은 박수를 치고 잘한다며 칭찬했다.

울오마니 죽던난(죽고난)방에 우리올키가 나를치네
웅치만치 울었더니 베개모에 소이되야(되어)
거글사(그것이) 소이라고
기우(거위)한쌍 오리한쌍 쌍쌍이라 떠딜오네(들어오네)
무장할사 이김생아(짐승아)
대동강을 나여두고 베개모에 니가떴나
대동강도 있지만은 갈때달라 내가떴소

창부타령 (4)

자료코드 : 04_19_FOS_20100713_PKS_MMI_0021
조사장소 : 경상남도 합천군 삼가면 이부리 380번지 이부할머니경로당
조사일시 : 2010.7.13
조 사 자 : 박경신, 김구한, 김옥숙, 마소연, 정아용
제 보 자 : 문막임, 여, 85세
구연상황 : 앞 노래에 이어 구연하였다. 노래가 끝나고 남아장군이 이십에 간신에게 몰려 죽었는데, 죽어서도 대장부가 되겠다고 했다. 예나 지금이나 간신 때문에 살지 못한다며, 그 큰 장군을 왜 죽이느냐며 목소리를 높여 노래에 대한 자신

의 감정을 표현했다.

남아일신 배뱅군이오 후세주처는 대장부라.

밭 메는 노래

자료코드 : 04_19_FOS_20100713_PKS_MMI_0023
조사장소 : 경상남도 합천군 삼가면 이부리 380번지 이부할머니경로당
조사일시 : 2010.7.13
조 사 자 : 박경신, 김구한, 김옥숙, 마소연, 정아용
제 보 자 : 문막임, 여, 85세
구연상황 : 조사자가 '밭 메는 노래'를 부탁하자 우리 경로당을 올려주면(일등 시켜주면) 하겠다고 농담을 하였다. 조사자가 밭 메는 노래만 하면 올려주겠다고 농담을 받자, 구연을 시작하였다. 중간에 잊어버렸다며 가사 내용을 말로 설명하였다. 조사자의 요청으로 다시 곡조로 불러 마무리했다. "언니는 잘 났다고 생각하고 자신은 못났다고 생각하는 것이 모두 마음 때"라고 말했다.

마음때라 그긴밭에 눈매고운 저큰아가
누간장 녹힐라고 그리곱기도 잘생겼노
우리집에 우리생이 날카마도 더잘생기
떠들오는 월색이오 이내나는 못다생기

[잊어버렸다며 중단하고 뒷부분을 설명하려 했다. 조사자가 모르는 부분은 건너뛰고 끝부분을 곡조로 해달라고 청하자 덧붙여 구연했다.]

이내나는 못다생기 연구름에 반달일세

떡타령

자료코드 : 04_19_FOS_20100713_PKS_MMI_0026
조사장소 : 경상남도 합천군 삼가면 이부리 380번지 이부할머니경로당
조사일시 : 2010.7.13
조 사 자 : 박경신, 김구한, 김옥숙, 마소연, 정아용
제 보 자 : 문막임, 여, 85세
구연상황 : '떡타령' 같은 떡과 관련된 노래가 없느냐고 하자 이 노래를 구연했다. 원래 이 노래는 제법 긴 게 있는데 못한다고 했다.

올농사 풍년지고 너도커고 나도커서
찰떡치고 메떡을쳐서
어느곳에 한곳으로 씨러지자(쓰러지자)

사위노래

자료코드 : 04_19_FOS_20100713_PKS_MMI_0027
조사장소 : 경상남도 합천군 삼가면 이부리 380번지 이부할머니경로당
조사일시 : 2010.7.13
조 사 자 : 박경신, 김구한, 김옥숙, 마소연, 정아용
제 보 자 : 문막임, 여, 85세
구연상황 : '사위노래'나 '찹쌀술 담그는 노래(권주가)'의 구연을 부탁하였더니 "사우노래?" 하면서 선뜻 이 노래를 구연했다. 구연을 끝내고 무엇이 더 있는데 생각이 안 난다고 했다.

구야구야 담배구야 너랑나랑 같이살자
생전좋은 우리아들 메느리가 앗아가고
평생좋은 딸의정은 사위가 앗아가고
구야구야 담배구야 너랑나랑 같이살자
백미닷섬 실은살에 액미겉은 내사우야

칭칭가

자료코드 : 04_19_FOS_20100713_PKS_MMI_0001
조사장소 : 경상남도 합천군 삼가면 이부리 852번지
조사일시 : 2010.7.13
조 사 자 : 박경신, 김구한, 김옥숙, 마소연, 정아용
제 보 자 : 문막임, 여, 85세
구연상황 : 문막임 제보자의 자택으로 장소를 옮겨 조사를 계속하였다. 구연하기 적당한 장소에 자리를 잡고 조사기기를 설치하자 준비나 한 듯 '칭칭이노래'를 한 곡 해보겠다며 구연을 시작하였다. 몸을 좌우로 흔들고 무릎을 손으로 두드리며 노래를 불렀다. 분명한 발음으로 막힘없이 쉬지 않고 술술 구연하였다. 노래가 끝난 후 모두들 감탄하며 제보자의 구연 능력과 총기에 칭찬을 했다. 제보자는 어렸을 때부터 총기가 있었다고 한다. 그러나 이런 말을 사람들에게 한 적은 없다고 한다.

아하 칭칭나네~
하늘에라 옥황사는 치이나 칭칭나네~
무지개타고 산중가고 치이나 칭칭나네~
명사십리 해당화야 치이나 칭칭나네~
너꽃진다 설워마라 치이나 칭칭나네~
그꽃은 다시지면 치이나 칭칭나네~
맹년삼월 다시오고 치이나 칭칭나네~
우리인생 하먼가면 치이나 칭칭나네~
다시오기 애러워라 치이나 칭칭나네~
내일날로 비올랑가 치이나 칭칭나네~
다문한꿍게 넝그리온다 치이나 칭칭나네~
호과꽃도 꽃일랑가 치이나 칭칭나네~
오는나비 괄시하요 치이나 칭칭나네~
어흐 칭칭나네~
천하맹장 초패왕은 치이나 칭칭나네~

오광에라 언덕가꼬 치이나 칭칭나네~
가는세월 잡알쏜가 치이나 칭칭나네~
오는발 막알쏜가 치이나 칭칭나네~
몽중화초 피었다가 치이나 칭칭나네~
찬바람에 낙화로다 치이나 칭칭나네~
진시왕 문서시에 치이나 칭칭나네~
타지고 남아있어 치이나칭칭나네~
세상사람 다늙키요 치이나 칭칭나네~
넓기도 서른중에 치이나 칭칭나네~
모양조차 늙어가요 치이나 칭칭나네~
초록겉은 이내귀가 치이나 칭칭나네~
절백(절벽)강산 되어가고 치이나 칭칭나네~
초록겉은 이내눈이 치이나 칭칭나네~
안장님이 되어간다 치이나 칭칭나네~
어흐 칭칭나네~ 치이나 칭칭나네~
우리인생 생기올때 치이나 칭칭나네~
어느곳에 댕기왔소 치이나 칭칭나네~
석가여래 공덕으로 치이나 칭칭나네~
아부님전 뼈를빌고 치이나 칭칭나네~
어머님전 살을빌려 치이나 칭칭나네~
세상살이 생각하요 치이나칭칭나네~
어흐 칭칭나네~ 치이나 칭칭나네~
하늘하고 하늘위에 치이나 칭칭나네~
천아천아 우리천아 치이나 칭칭나네~
우리가 심은나무 치이나 칭칭나네~
삼정승 물을 줘야 치이나 칭칭나네~

육판사를 뻗은가지 치이나 칭칭나네~
해도 열고 달도 연다 치이나 칭칭나네~
달은따서 겉을하고 치이나 칭칭나네~
해는따서 안을하여 치이나 칭칭나네~
우리딸 봉든애기 치이나칭칭나네~
서이(셋이)앉아 지은줌치 치이나 칭칭나네~
은이라도 열에닷냥 치이나 칭칭나네~
돈이라도 열에닷냥 치이나 칭칭나네~
쉰닷냥이 본값이오 치이나칭칭나네~
들가운데 정지나무 치이나칭칭나네~
일꾼이여 씨러지고 치이나 칭칭나네~
무덤산중 골비알이(골비탈이) 치이나 칭칭나네~
고개지어 씨러지고 치이나 칭칭나네~
질섶에(길섶에) 몸에꽂은 치이나 칭칭나네~
일꾼이여 시러지고 치이나 칭칭나네~
둥아둥아 이내둥아 치이나 칭칭나네~
하늘에라 보배둥아 치이나 칭칭나네~
이내품안 귀한둥아 치이나 칭칭나네~
이둥 저둥이오 치이나 칭칭나네~
높은산에 할가진가 치이나 칭칭나네~
살래물에 뚱띵인가 치이나 칭칭나네~
나라에는 충신둥아 치이나 칭칭나네~
부처님전 열븐둥아

삼 삼는 노래

자료코드 : 04_19_FOS_20100713_PKS_MMI_0002
조사장소 : 경상남도 합천군 삼가면 이부리 852번지
조사일시 : 2010.7.13
조 사 자 : 박경신, 김구한, 김옥숙, 마소연, 정아용
제 보 자 : 문막임, 여, 85세
구연상황 : 제보자는 혼자 있을 때는 어릴 때 부르던 노래가 모두 생각나는데, 이렇게 막상 부르라고 하면 당황해서 잘 안 나온다며 미안하다고 했다. 조사자가 '삼 삼을 때 부르는 노래'를 부탁하자 가사를 읊조렸다. 그런 노래가 있는데 다 기억이 나지 않는다고 했다.

이삼삼아 옷해입고 무등산중 기경가자(구경가자)
무등산중 올게아리 고개지어 씨러지고

거미노래

자료코드 : 04_19_FOS_20100713_PKS_MMI_0003
조사일시 : 2010.7.13
조사장소 : 경상남도 합천군 삼가면 이부리 852번지
조 사 자 : 박경신, 김구한, 김옥숙, 마소연, 정아용
제 보 자 : 문막임, 여, 85세
구연상황 : 앞 이야기가 끝난 후 '삼 삼는 노래' 같은 것 없느냐고 하자 이 노래를 불렀다. 읊조리듯 구연한 후, 이 노래에 대해 설명을 곁들였다. 어릴 때 소 먹이러 다닐 때 큰 아이들이 가르쳐준 노래인데, 싸릿대 솔에 거미줄을 쳐 놓으면 그 거미줄에 여러 가지 것들이 걸리고 애들 머리카락도 걸렸다고 한다.

거무야 거무야 왕거무야
매알장 매실장 싸라장 라면장 멀개당
창밖에 이리징 저리징 왕거무야

베틀노래 (1)

자료코드 : 04_19_FOS_20100713_PKS_BBN_0008
조사장소 : 경상남도 합천군 삼가면 이부리 380번지 이부할머니경로당
조사일시 : 2010.7.13
조 사 자 : 박경신, 김구한, 김옥숙, 마소연, 정아용
제 보 자 : 변분남, 여, 79세
구연상황 : 조사자가 문막임 제보자에게 중도에 끝냈던 '베틀노래'를 다시 불러주기를 요청하였다. 그러자 청중이 방안에 있던 제보자를 지목하며 베틀노래를 잘 한다고 하여 거실로 모셔 구연을 청했다. 제보자는 조사자가 원하는 자리에 앉아 얼굴에 미소를 띤 채 구연을 시작했다. 그러나 자랄 때 배운 후 한 번도 부르지 않아 기억이 나지 않는다며 문막임 제보자에게 같이 불러보기를 청하기도 했다.

뒷도다리 낮춰놓고 앞도다리 돋아놓고
안질도듬 앉아갖고
부티양은 두른양은

[웃음]

허리안개 두른지상

[문막임 제보자를 가리키며 제보자보다 더 잘한다고 말한 뒤]

말코로 말코로 암한것은 부티

베틀노래 (2)

자료코드 : 04_19_FOS_20100713_PKS_BBN_0024
조사장소 : 경상남도 합천군 삼가면 이부리 380번지 이부할머니경로당
조사일시 : 2010.7.13
조 사 자 : 박경신, 김구한, 김옥숙, 마소연, 정아용

제보자 1 : 변분남, 여, 79세
제보자 2 : 문막임, 여, 85세
구연상황 : 청중이 '베틀노래'를 해 보라고 하자, 문막임 제보자는 베틀노래가 얼마나 많은지 아느냐며 베틀 부위에 대해 일일이 언급하였다. 조사자가 베틀노래를 아는 사람이 많이 없어서 듣기가 어렵다며 다시 해줄 것을 부탁하였으나 가사가 쉽게 생각나지 않는지 선뜻 노래하려 하지 않았다. 조사자가 첫머리를 꺼내었지만 이 노래를 다 모른다며 주저했다. 그 때 변분남 제보자가 먼저 구연을 시작하였다. 중간에 문막임 제보자가 가사를 일러주며 노래에 끼어들었다. 둘이서 하다 보니 한 제보자가 막히면 생각할 시간이 없이 다른 제보자가 구연하는 바람에 꾸준히 이어지기가 어려웠다. 결국 문막임 제보자가 다른 노래를 불러버려 아쉽게 끝나고 말았다. 문막임 제보자는 이 노래를 어머니와 동네 사람들한테 배웠다고 했다. 18세 이전에 배운 노래로 그래도 조금 기억하고 있어 그나마 한다고 했다.

제보자 1 앞두다리 돋아놓고 뒷두다리 낮춰놓고
그우에라 앉은양은 부티라고 두른양은
첩첩산 중허리에 허리안개 두른지상
지파리라 꽂안양은 중의죽은 넋일랜가
주야장천 가로가네 용두마리

[이때 문막임 제보자가 잘못 되었다는 듯이 끼어들어 다음을 말로 구연했다.]

제보자 2 채팔이라 꽂은양은 중의죽은 넋일랜가
주야장천 갈을까고

[이때 문막임 제보자가 "또 그 북나드는 저지생은 북이 나들어야 안 되나. 채팔을 꽂았으면 북이 나들어야 안 되나?"라고 하였다. 변분남 제보자가 이어서 구연하려 하였으나 문막임 제보자가 다시 구연하는 통에 그 목소리는 묻혀버렸다.]

북나드는 저지생은 삼천궁녀 딸을잃고
딸찾아서 드나시고
잉애대는
골골이도 늘어섰고 줄줄이도 늘어섰고

[두 사람이 따로 구연하는 모습을 보고 청중이 혼자서 해야겠다고 충고 하였다.]

홀오래비 밀기대는 주야장천 홀로서고
새가지기 버겨미는 진을치고 썼는지생
도투마리 넘는양은 청태산 깊은골에
백낙치는 소리로다 배부땡이 저지생은
구시월 시단풍에 잎이떨어진 지생이오

[여기서 문막임 제보자가 다시 막히자 변분남 제보자가 이어서 구연했다.]

제보자 1 지질로굽은 철기신은
처녀댁이 딸을잃고 딸찾아서 드나시네
그비(그베)한틀 다짰으니 식은석자 시찌로다
앞냇물에 씻어가지고 뒷냇물에 푸세백이

화투뒤풀이

자료코드 : 04_19_FOS_20100713_PKS_SBY_0022
조사장소 : 경상남도 합천군 삼가면 이부리 380번지 이부할머니경로당
조사일시 : 2010.7.13
조 사 자 : 박경신, 김구한, 김옥숙, 마소연, 정아용
제 보 자 : 심복연, 여, 78세

구연상황 : 조사자의 권유에 이삼남 제보자와 함께 구연을 하였으나, 주변이 소란한 관계로 녹음 상태가 좋지 않아 한 번 더 부탁하였다. 차분한 목소리로 불러주었다. 역시 이삼남 제보자가 거들어 구연했다.

정월솔가지 솔솔한마음
이월메주에 맺어놓고
삼월사꾸라 산란한마음
사월흑싸리 흑사로다
오월남초 나는나비
유월목단에 춤잘치고
칠월홍태지 홀로나누어
팔월명산에 달도밝다
구월국화 굳은마음
시월단풍에 다떨어지고
오동지섣달 긴긴밤에
임의생각이 절로난다

모심기노래

자료코드 : 04_19_FOS_20100713_PKS_LSN_0016
조사장소 : 경상남도 합천군 삼가면 이부리 380번지 이부할머니경로당
조사일시 : 2010.7.13
조 사 자 : 박경신, 김구한, 김옥숙, 마소연, 정아용
제보자 1 : 이삼남, 여, 87세
제보자 2 : 문막임, 여, 85세
구연상황 : 짤막한 우스개 이야기를 끝낸 이삼남 제보자가 청중의 권유로 노래를 시작했다. 눈을 지그시 감고 몸을 앞뒤로 천천히 흔들며 구연을 하였다. 구연이 끝나자 "참 안 된다."며 웃었다. 그러나 청중은 연세가 얼만데 잘 한다며 칭찬했다. 이어 문막임 제보자가 이삼남 제보자의 노래 가사를 듣고 비슷한 노

래가 생각났는지 이어서 한 곡을 더 불렀다.

제보자 1 진주방적 안골목에 처녀한상 간곳이없네
처녀댕기 끝만보고 총각한상 간곳이없네

[제보자가 "참 안 된다."며 웃고, 청중은 "연세가 팔십이 넘는데 잘 한다."며 칭찬했다. 제보자는 "힘들어서 못하겠다."며 웃었다. 이어 문막임 제보자가 계속해서 불렀다.]

제보자 2 전주당성 안사랑에 장기도는 저남순아
옥겉을사(같을사) 너거(너의)누부 반달같이 나를도라.

창부타령

자료코드 : 04_19_FOS_20100713_PKS_LSN_0019
조사장소 : 경상남도 합천군 삼가면 이부리 380번지 이부할머니경로당
조사일시 : 2010.7.13
조 사 자 : 박경신, 김구한, 김옥숙, 마소연, 정아용
제보자 1 : 이삼남, 여, 87세
제보자 2 : 문막임, 여, 85세
구연상황 : 청중이 이삼남 제보자에게 노래할 것을 권하자, 목소리가 안 나와서 못하겠다고 했다. 앞에 한 것만큼만 하면 된다고 노래하기를 부추기자 수줍은 듯 웃으며 구연을 시작했다. 이삼남 제보자의 노래가 끝나자 문막임 제보자가 한 곡을 이어 불렀다. 문막임 제보자는 다른 사람들도 한 곡씩 하라고 하였다. 조사자가 두 분이서 교대로 부르는 것이 낫겠다고 하자 이삼남 제보자가 또 한 곡을 더 불렀다. 곡조가 흥겨워서인지 모두 신이 난다며 즐거워했다.

제보자 1 열두폭 채알밑에다 장닭암닭을 마주놓고

(청중 : 아이구 잘한다!)

청대끝을 마주나놓아꽂고 청실홍실을 인연을맺어
사모관대 당신이쓰고 족두래원사는 내가씨고
북경자배 당신이하고 신부좌배는 내가하고
백년계약 맺어놓고 이별이라는 왠말이왠말이오 어싸~

[청중은 제보자의 노래에 신이 난다거나 좋다며 즐거워했다. 이 와중에 문막임 제보자가 다음 노래를 불렀다.]

제보자 2 저건네 초당앞에 백년언약조(백년언약초) 심었더니
백년언약 아니나나고 금년이별이 완전하네

[문막임 제보자가 모두 한 번씩 노래를 부르라고 권하자 몰라서 못한다고 했다. 조사자가 두 분 제보자끼리 주거니 받거니 하는 것이 좋겠다고 하자, 이삼남 제보자가 다음 노래를 불렀다.]

제보자 1 네모반짝 낡으나방에 임도눕고요 나도눕고
임에팔을 땡기(당겨)벨적에 임은벙긋이 나는생긋

아리랑

자료코드 : 04_19_MFS_20100713_PKS_MMI_0010
조사장소 : 경상남도 합천군 삼가면 이부리 380번지 이부할머니경로당
조사일시 : 2010.7.13
조 사 자 : 박경신, 김구한, 김옥숙, 마소연, 정아용
제 보 자 : 문막임, 여, 85세
구연상황 : 제보자의 노래 실력과 총기에 칭찬이 끊이지 않자, 흥이 났는지 박수를 치고 어깨를 들썩이며 신나는 목소리로 이 노래를 구연하였다. 제보자는 이 노래를 아리랑 곡조로 불렀다. 노래가 끝나고 청중이 박수를 치자 자꾸 하라고 해서 한 것이며, 이렇게 노래를 신나게 부르기는 생전 처음이라며 쑥스러워하였다. 청중은 모르는 것이 없다며 칭찬을 했다.

한섬리 파도에 해 올라가모(올라가며)

(청중 : 신났다. 은자.)

산바칠 새눈이 발동을 한다

지무찌야 나무찌야 문열어라
알뜰한 김상순 들어간다

(청중 : 아이구! 잘합니다.)

마산포 정해야 두름두름이엮어라
충청도 중복성은(중복숭아는) 오줄자줄한다

달아달아 밝은달아

자료코드 : 04_19_MFS_20100713_PKS_MMI_0025
조사장소 : 경상남도 합천군 삼가면 이부리 380번지 이부할머니경로당
조사일시 : 2010.7.13
조 사 자 : 박경신, 김구한, 김옥숙, 마소연, 정아용
제 보 자 : 문막임, 여, 85세
구연상황 : 앞 노래에 이어서 계속 구연했다.

달아달아 밝은달아 이태백이 놀던달아
저기저기 저달속에 계수나무 빴깄던가
금도끼를 따듬아서 초가상간 집을지어
양천부모 모시다가 천년만년 살고지고

석가모니 부처님 탄생

자료코드 : 04_19_ETC_20100713_PKS_MMI_0001
조사장소 : 경상남도 합천군 삼가면 이부리 380번지 이부할머니경로당
조사일시 : 2010.7.13
조 사 자 : 박경신, 김구한, 김옥숙, 마소연, 정아용
제 보 자 : 문막임, 여, 85세
구연상황 : 청중이 염불부터 한번 하라고 청하자 제보자가 이 자료를 구연했다. 몸을 좌우로 흔들면서 막힘없이 구연하였다. 기억력이 아주 좋았으며 차분한 어조로 나직한 목소리로 읊조렸다. 구연을 끝낸 후 크게 박수를 치며 웃자, 청중도 박수를 쳤다. 제보자는 이 자료를 '석가모님 부처님 탄생'이라고 했다.

하늘우에 하늘아래 제일서인 누구신고
도설천군 호맹보살 고해중생 건질라고
갑이낭군 중인도에 마야부인 몸을빌어
정반왕군 탄생하니 갑인사월 팔일일세
구릉토수 몸을씻고 연꽃솟아 밟았더니
사방칠보 걸으시고 일수지천 일수지리
사자후로 외친말씀 천상천하 유아독자
석가태자 이름으로 왕후상자 십구년에
부귀공명 실데없고(쓸데없고) 경성성불 굳은결심
야밤중에 성을넘어 설산으로 들어가서
삭발가사 변장하니 출가도인 불명하네
가락서인 처음하나 선도수행 알고보니
속진타랑 헛됨이라 그자리서 하직하고
육년고를 다시깎아 명성보를 학절대호

임원하월 팔월이라 항아수에 모욕하고(목욕하고)
보리수행 다시나가 팔십많은 많은무리
남김없이 행복씻기 정항열에 대서오니
십육부종 세인이라
우담바래(우담바라) 꽃이패고(피고) 경성동이 진동하노
허공진의 다시나와

[기침]

수미상전 부열치니
장하시다 우리세인 대한민국 만세로세

석가여래 부처님

자료코드 : 04_19_ETC_20100713_PKS_MMI_0002
조사장소 : 경상남도 합천군 삼가면 이부리 380번지 이부할머니경로당
조사일시 : 2010.7.13
조 사 자 : 박경신, 김구한, 김옥숙, 마소연, 정아용
제 보 자 : 문막임, 여, 85세
구연상황 : 조사자가 구연을 잘한다고 칭찬을 하자 흔쾌히 하나 더 하겠다며 나서다가, 혼자 하니 겸연쩍은지 다른 사람이 한 명 하면 하겠다고 잠시 쉬었다. 그러나 조사자와 청중이 다른 사람이 생각할 동안 구연해달라고 하자 곧 이 노래를 시작하였다. 역시 나직한 목소리로 읊조리듯 구연했다. 구연이 끝난 후 조사자가 노래 제목과 노래를 배운 곳을 물어보았다. 노래 제목은 '석가여래 부처님'이며, 해인사 용탑선원에 15년을 나들면서 배웠다고 하였다. 이 노래는 언제 부르느냐고 물었더니 나이가 많아 저승 갈 날이 멀지 않았기 때문에 평소에 자주 외워야 한다고 말했다.

청량산 육육상상봉에 반탑이 왠말인고
앉아서 하는염불 청용세계 아니러요(아니라요)

쉬어서 하는염불 우리세계 아니러까(아니랄까)
악한마음 먹은이는 수틀같이 다루시고
선한마음 묵은이는 복발같이 다라시고(다루시고)
청량산 돌잠위에 일월선생 계신곳에
약수암에 모욕하고 야시당에 등불달아
전생후생 지은죄는 일시에 소멸하고
영혼은 극락가고 일신은 명산가서
여래열면 선조님네 구슬같은 염불마음
극락세계 인도하고 소백산 솔씨받아
태백산에 모종부여(모종부어) 여래보살 메가가여
그나무 베어다가 열두칸 배를모아
옥난강에 띄어놓고
앞칸에는 하주실코(하주싣고) 뒷칸에는

[입을 다시며 잠시 쉰 후]

문수보살
앞칸에는 하주보살 은제놋제 곱기달고
불우에는(위에는) 천금이오 물밑에는 항금이라(황금이라)
용의머리 꽃이퍘네(피었네) 그꽃꺾어 손에쥐고
연하봉에 올라가서 연삼해삼 불보사님

[합장한 채 고개를 두 번 숙이면서 말을 길게 빼면서]

나~무아미타~불

염불노래

자료코드 : 04_19_ETC_20100713_PKS_MMI_0003
조사장소 : 경상남도 합천군 삼가면 이부리 380번지 이부할머니경로당
조사일시 : 2010.7.13
조 사 자 : 박경신, 김구한, 김옥숙, 마소연, 정아용
제 보 자 : 문막임, 여, 85세
구연상황 : 앞의 구연에 대해 여러 가지 추가 질문을 하면서 구연능력을 칭찬하던 중에 제보자가 이 노래를 시작했다. 시선을 아래로 향한 채 몸을 좌우로 흔들며 침착하게 구연했다.

육육장장 깊은골에 염씨(염주씨)닷말 허쳤더니(흩었더니)
그밤에다 돌아보니 염불운이 늘어섰네
남산에서 밭을갈아 좀씨닷말(좀씨 다섯 말) 허쳤더니
그밤에다 돌아보니 염불운이 늘어섰네

[기침을 한 후]

연잎파리 밥을싸고 연꽃에는 반찬싸고
주래태래 짊어지고 깊은산중 들어서니
골짝골짝 목탁소리 방방이라 염불소리

[합장하고 고개를 숙이면서]

나~무~아미타~불

8. 쌍책면

▌조사마을

경상남도 합천군 쌍책면 다라리 계촌마을

조사일시 : 2010.2.25

조 사 자 : 박경신, 김구한, 김옥숙, 정아용

쌍책면은 합천군의 동부에 위치하고 있으며 황강이 동남으로 흐르고 있다. 남쪽으로는 초계면, 서북쪽으로는 율곡면과 북쪽으로 경북의 고령군 쌍림면과 각각 경계하고 있으며 황강변을 이용한 시설채소가 많이 재배되고 있는 전형적인 농촌의 지역이다. 쌍책면을 10개 법정리와 18개 행정리로 구분되어 있으며 33개의 자연마을이 있다. 70년대 말까지만 해도 도로가 거의 포장되지 않아 교통의 불편을 많이 겪었는데, 지방도 907호선과 1080선의 확포장으로 대구 등과의 교통이 원활하게 되었다. 1982년부터 1988년 7년간에 걸쳐 완공된 합천댐은 농업용수 및 홍수의 조절로 농사에 많은 도움을 주고 있으며 호당 경지면적이 적으나 수리시설이 거의가 완비되어 있는 전형적인 농촌 지역이다.

쌍책면 다라리는 중촌과 계촌으로 나뉘며, 이름은 옛날 다라가야에서 유래했다고 하며, 가야시대의 토기가 많이 발굴되었다. 본래 초계군 초책면의 지역으로 지형이 달처럼 생겼으므로 다라실 또는 다라동 월곡이라 하였는데 1914년 행정구역 폐합에 따라 다라리라 해서 합천군 쌍책면에 편입되었다.

중촌마을은 쌍책면 소재지에서 1.3km 떨어져 있으며 이조시대에는 초계군 덕진면에 속하였으며 현재 다라리에 속한다. 이 지역에서 제일 높은 산인 부소산이 있고 화철사에서 동남으로 뻗어 함박산을 거쳐 갈비봉을 이룬다. 이 마을에 제일 먼저 들어온 성씨는 여양진씨로 중촌 저수지 옆 대박골이라는 곳에 살았으며 진씨께서 돌아가시자 청덕면 정산에서 장례를 치루었다고 한다. 다음에는 진양강씨(晉陽姜氏)가 자리 잡았는데 중촌마을 앞 두간이라는 곳에 상당히 많은 사람이 살았으며 어느 해 질병으로 인해 많은 사람이 죽고 사방으로 흩어졌다. 그중 한 집은 쌍책 건태로 이주하여 현재까지 잘 살고 있다고 한다. 그 후 밀양박씨(密陽朴氏)와 안동권씨(安東權氏)가 합천 대양에서 이곳으로 이주해 현재까지 그 명맥이 이어지고 있다. 현재는 밀양박씨의 집성촌을 이루고 있다.

계촌마을은 쌍책면 소재지에서 1.3km 떨어져 있으며 이조 때에는 초계군 덕진면에 속하였다. 북서쪽으로 와우산을 이루며 월촌 마을이라고도 하며 다라리에 속한다. 다라 앞에 구례라는 들이 있는데 이 들을 끼고 흐르는 냇물이 아홉 구비라 하여 9례라는 이름이 붙었다고 하며 이 마을의 재앙을 방지하는 뜻이 있다고 한다. 마을형성 시기는 안동권씨가 합천 대양에서 495년 전에 시거하였고 약 2/3 정도를 차지하였으며 밀양박씨도 495년 전에 시거하여 약 1/3 정도가 살았다고 한다. 다라의 입구에는 오림목이라는 정자가 있는데 나무 2그루는 없어지고 3그루만 남아있어 주민들의 휴식처가 되고 있다. 또한 칠성바위(일곱개의 바위)가 노씨선산에 있으며 새마을 사업으로 일부가 파손되어 마을에 재앙이 많아 다시 복구하였다고 한다.

계촌 마을의 문화유적으로는 안동권씨의 재실 소우정이 있고 안동권씨 송석공의 효자비가 있다. 특징적인 지형으로 계촌 뒤편에 있는 산으로 소가 누워있는 형상이므로 와우산이라 한다. 학등은 중, 계촌 사이에 있는 산등성으로 학처럼 생겼다고 해서 붙여진 이름이다. 옛날 계촌 지역에 주막이 있었는데 그 이름이 웃주막이다. 현재 계촌마을 뒷편에 위치하고 있으며 음력 6월 하순에 제관 2명을 복인이 아니고, 임산부가 아니며 복이 있는 사람을 선정하여 음력 7월1일에 당산제를 지내고 있고, 마을 어귀마다 황토를 놓아 마을의 안녕을 빌고 있다. 그 주막의 형체는 남아 있으나 사람은 살지 않는다고 했다.

계촌마을의 가구 수는 50여 세대이고 인구는 약 130여 명이다. 주요 성씨는 안동권씨와 밀양박씨가 거의 대부분이고 그 밖에 합천이씨, 함안조씨, 광산김씨 등이 있다. 주요 생계수단은 쌀, 보리 및 논농사와 시설재배로 딸기를 많이 생산한다.

조사자들이 아침 일찍 쌍책면사무소를 찾아 정태섭 부면장의 안내를 받았다. 부면장은 쌍책면의 현황과 경로당 위치 등에 대해 상세히 안내해 주었다. 그리고 대한노인회 합천군지회 쌍책면분회장을 찾아가면 좋은 제보자를 많이 추천해 줄 것이라며 연락처를 알려 주었다. 구전민요는 계촌마을 박동실 할아버지를 추천해 주었다. 우리는 성산리 외촌 경로당을 거쳐 오후 늦게 다라리 계촌 마을회관에 도착했다.

계촌마을 경로당에는 10여 명의 할아버지 세 명과 할머니 일곱 분이 계셨다. 우리는 쌍책면사무소와 성산리 외촌 경로당에서 알려 준 박동실 할아버지를 찾았다. 쌍책면에서 면지에 실릴 정도로 구전노래를 잘한다고 소문이 나있어서 다른 마을 경로당이나 면사무소로부터 추천을 받았다. 딸기밭에 농약 치는 일을 끝내고 집에 돌아간 구연자를 전화로 불러다가 노래를 부탁하였다. 제보자는 노래 가사에 대해서 설명을 많이 하면서, 이야기는 거짓말이라도 노래는 거짓말이 없다고 하셨다. 구연한 노래는 창부타령, 양산도, 모노래 등으로 알고 있는 가사는 더 있어 보였지만 몇 곡조밖에 해주지 않았다.

오히려 곁에 있던 박수갑 할아버지가 술을 드시고 신명나게 노래를 불러 주셨다. 제보자는 다라리가 안태 고향으로 군대시절 빼고는 여기에서 계속 사셨다고 했다. 학교는 국민학교를 중퇴하였기 때문에 공부를 못한 게 한이라고 하였다. 농사가 생업으로 젊었을 때는 밭농사를 천 평, 논농사는 천사백 평을 지었다고 했다. 구연한 노래는 지신밟기와 노랫가락, 성주풀이, 모심기노래 등이 있으며, 젊었을 때 어른들이 하는 걸 따라다니면서 보고 배웠다고 하였다. 술을 드시고 흥을 내어 노래를 불렀고, 성주풀이의 경우에는 읊조릴 때는 생각이 안 나서 못한다며 그냥 설명하면서 이야기 했다.

박맹숙 제보자는 조사에 협조적이어서 흔쾌히 '내가 노래 하나 할까?' 라고 말하며 구연을 바로 시작하였다. 구연한 노래는 베틀노래와 창부타령과 모심기노래 등으로 어릴 때 배웠다고 했다. 초성도 좋았으며, 중간중간에 가사에 대한 설명도 하였다. 구연한 노래는 많지는 않았지만 제일 먼저 구연을 시작하고 중간에 다른 구연자들의 노래가 끊길 때쯤 구연하여 노래판에 흥을 유지시켰다.

다라리 계촌마을에서는 베틀 노래, 지신밟기, 달구질 노래, 양산도, 모심기노래 등 민요 19편을 조사하였다.

경상남도 합천군 쌍책면 성산리 외촌마을

조사일시 : 2010.2.25

조 사 자 : 박경신, 김구한, 김옥숙, 정아용

쌍책면은 합천군의 동부에 위치하고 있으며 황강이 동남으로 흐르고 있다. 남쪽으로는 초계면, 서북쪽으로는 율곡면과 북쪽으로 경북의 고령군 쌍림면과 각각 경계하고 있으며 황강변을 이용한 시설채소가 많이 재배되고 있는 전형적인 농촌의 지역이다. 쌍책면을 10개 법정리와 18개 행정리로 구분되어 있으며 33개의 자연마을이 있다. 70년대 말까지만 해도 도로가 거의 포장되지 않아 교통의 불편을 많이 겪었는데, 지방도 907호선과 1080선의 확포장으로 대구 등과의 교통이 원활하게 되었다. 1982년부터 1988년 7년간에 걸쳐 완공된 합천댐은 농업용수 및 홍수의 조절로 농사에 많은 도움을 주고 있으며 호당 경지면적이 적으나 수리시설이 거의가 완비되어 있는 전형적인 농촌 지역이다.

성산리는 본래 초계군 초책면 지역으로서 옛 성이 있었으므로 잣미, 잿미 또는 성산이라 하였는데 1914년 행정구역 폐합에 따라 성산리라 해서 합천군 쌍책면에 편입되었다. 외촌마을과 내촌마을로 구성되어 있다.

외촌마을은 쌍책면의 소재지로 남쪽으로 흐르는 황강변(黃江邊)에 위치하고 있으며, 옛날 가야시대부터 사람이 살았던 문화 유적지가 많은 곳으로 현재 합천박물관이 소재하고 있는 곳이기도 하다. 지명에 대한 두 가지 설이 있다. 그중 하나는 지형이 누애의 잠자는 형태 같다고 하여 누애 잠(蠶)자와 잠잘미(尾)자를 써서 잠미라 불리었고, 또 하나는 옛날에 성이 있었다고 해서 잿 성(城)자에 뫼 산(山)자로 성산이라 불렀다. 이조시대에는 초계군 초계면에 속하였으며 문화류씨가 610년 전에 시거하였으며, 구슬밭에는 5-6가구가 1975년까지 살았으나 현재는 집터와 대밭의 흔적이 남아있다. 정자나무는 이중호씨 조부가 120년 전에 심었다고 하며 주민들의 휴식처로 이용되고 있다. 현재 정자나무가 있는 곳에는 설치년도가 정확하지 않으나 1920년대에 생긴 것으로 추정되는 돌 방앗간의 흔적을 찾아 볼 수 있으며, 1953년까지 곡식을 찧었다고 전해진다. 소를 이용하여 2명(가래질1명, 빗자루질1명)이 1가마를 정미하는데 2시간 정도 소요되고 1974년 도로확장으로 인하여 형체의 일부만 남아 있으며 그 위치에 바위가 있는데 건들바위라고 부른다.

외촌마을에서 내려오는 이야기 중에 흥미로운 것은 1920년 경신년 물난리에 관한 것이다. 1920년 폭우로 인하여 현재 오성산업 위치에 외막을 설치하고 2명(이교전 부친과 정씨)이 밤에 잠을 자다가 강물이 외막 위까지 불어나 2명은 외막의 틀을 잡고 강에 표류하게 되었다. 그러나 그들은 다라에 있는 안산에서 소나무를 발견하고 소나무를 잡으면서 1명은 살수가 있었는데 1명은 창녕 칠현까지 떠내려가 극적으로 구출되어 쌍책까지 오는데 보름이나 소요되었다. 한편 고향에서는 빈소를 차려놓고 계속적으로 시신을 찾고 있었다. 다행히 두 명 다 구사일생으로 살 수 있었던 것은 너무나도 마음이 좋은 덕분이었다고 하며 마을 사람들의 입에서 입으로 전해져 오늘날까지 내려오고 있다.

외촌마을의 가구 수는 100여 세대로 이루어졌으며 인구는 300여 명이다. 성씨 분포는 문화류씨, 밀양박씨, 전의이씨, 파평윤씨, 김해김씨 등 다양하다. 문화류씨가 가장 많은 비율을 차지하고 있다.

외촌마을은 농업을 주로 하여 살고 있으며, 수박, 오이, 딸기 등 특작물이 많이 나는 곳이다. 민속적 특징은 당수나무는 있으나 당집은 없다고 한다. 그리고 삼월삼짇날에 동제를 지낸다고 한다. 정월대보름에는 달집태우기와 윷놀이 등을 하며 옛날에는 그네뛰기, 널뛰기 등 다양하게 했다.

조사자들이 먼저 찾은 곳은 대한노인회 합천군지부 쌍책면분회를 찾았다. 이곳은 쌍책면사무소 정태섭 부면장이 추천해 준 곳이다. 노인회 사무실에는 두 분이 나와 있었다. 부면장이 전화를 해서 노인회 총무님과 회장님이 나왔다. 그중에서 박기수 할아버지를 통해 몇 가지 합천 관련 설화를 들었다. 제보자는 마을에서 이장과 농협 조합장을 역임하였으며, 현재는 노인회 총무를 맡고 있다. 다라 마을에서 성장하여 초계중학교를 졸업하였으며, 논농사가 생업이다. 조사자들의 질문에 성의있게 대답하였다. 제보자는 조사에는 협조적이었으나 구연한 자료가 실화 위주로 전통적 설화의 범주에는 벗어나 있었다. 합천지역과 해인사 관련 설화를 몇 편 구연해 주었다.

노인회관에서의 조사를 간단히 마치고 부면장이 추천한 성산리 외촌할머니경로당으로 자리를 옮겼다. 경로당에 도착하자 점심 식사 후라 그런지 다들 쉬고 있었다. 조사자들이 조사 온 목적과 취지를 이야기하고 면사무소의 추천으로 왔다고 하니 우리는 그런 것 잘 모른다고 하며 손사래를 쳤다. 하지만 김선임 할머니가 조사자의 조사취지를 듣고 조사장비를 설치하기도 전에 노래를 불러주었다. 조사자들이 멀리서 왔다며, 누구든 아는 노래 자료를 제공하라고 청중의 구연을 부추기고, 다른 제보자가 노래하면 추임새를 넣어 칭찬하거나 박수를 치며 흥을 돋우었다. 또한 구연자들이 평소에 아는 노래를 언급하여 구연하기를 청하는 등 구연 장소에 활기를 불어넣는 역할을 하고, 조사자에게 협조하려고 노력하였다. 노래는 많이 알고 있으나 온전히 외우지 못해 부르지 못한다며, 첫머리만 꺼내면 부르겠다고 말하기도 하였다.

특징적인 제보자는 류을영 할머니다. 처음 조사를 시작할 때 청중으로부터 웃기는 노래를 잘하는 구연자라고 추천을 받았는데 경로당에 계시질 않았고, 나중에 조사를 좀 했을 때 병원에 갔다 왔다며 경로당으로 왔다. 처음에는 몸이 아파서 흥이 안 나고 다 잊어버렸다고 노래 부르기를 사양하였지만 청중과 조사자들의 거듭되는 요청에 구연하였다. 그러나 구연자가 걱정하던 것과는 달리 힘 있고 흥겹게 불렀으며, 특히 모심기노래를 구연할 때는 서서 허리를 굽히고 모를 심는 흉내를 내면서 불러 청중의 웃음을 샀다. 구연한 노래는 베틀노래부터 각설이타령, 모심기노래, 애우단 등이었으며 다양한 노래를 알고 있는 듯했다. 특히 모심기노래 중에서 '눙청눙청 비루 끝에~'의 뒷가사는 우리가 익히 알고 있는 것이 아니라 처음 들어보는 가사였다. 우리가 처음 듣는 거라고 하자 노래를 다 부른 후 오빠는 개구리가 되고 나는 독사가 되어 미나리깡에서 만나자는 것은 잡아먹으려고 그런 것이라며 노래가사를 설명하였다. 이외에도 다양한 제보자들이 구연에 참여해 주었다. 외촌마을에서는 권주가, 시집살이노래, 모심기노래, 애우단, 고사리 꺾는 노래, 화투뒤풀이 등 29편의 민요와 설화 1편을 조사하였다.

▌제보자

김선임, 여, 1946년생

주 소 지 : 경상남도 합천군 쌍책면 성산리 외촌 250번지 외촌마을회관
제보일시 : 2010.2.25
조 사 자 : 박경신, 김구한, 김옥숙, 정아용

조사자의 조사취지를 듣고 조사장비를 설치하기도 전에 노래를 불러줄 정도로 조사에 적극적인 제보자이다. 조사자들이 멀리서 왔다며, 누구든 아는 노래 자료를 제공하라고 청중의 구연을 부추기고, 다른 제보자가 노래하면 추임새를 넣어 칭찬하거나 박수를 치며 흥을 돋우었다. 또한 제보자들이 평소에 아는 노래를 언급하여 구연 분위기를 조성하는 등 구연 장소에 활기를 불어넣는 역할을 하여 조사자에게 협조하려고 노력하였다. 노래는 많이 알고 있으나 온전히 외우지 못해 부르지 못한다며, 첫머리만 꺼내면 부르겠다고 말하기도 했다.

통통한 체격에 성격이 활달하여 좌중을 이끌고, 유머감각이 있어 구연판에 웃음을 선사했다. 청중 중 가장 젊었으며, 말이 빠르고 목소리에 힘이 넘쳤다. 택호는 대개댁으로, 동네혼사를 했다고 한다.

제공한 자료는 청춘가 1편이다.

제공 자료 목록
04_19_FOS_20100225_PKS_KSI_0001 청춘가

류을영, 여, 1936년생

주 소 지 : 경상남도 합천군 쌍책면 성산리 외촌 250번지 외촌마을회관
제보일시 : 2010.2.25
조 사 자 : 박경신, 김구한, 김옥숙, 정아용

처음 조사를 시작할 때 주변으로부터 웃기는 노래를 잘하는 사람이라고 추천받은 분이다. 병원에 갔다가 조사가 좀 진행되었을 때 조사장소에 도착하였는데, 처음에는 몸이 아파서 흥이 안 나고 다 잊어버렸다고 노래 부르기를 사양하였다. 청중과 조사자들의 거듭되는 요청에 구연에 임했다. 그러나 제보자가 걱정하던 것과는 달리 힘 있고 흥겹게 노래를 불렀으며, 특히 모심기노래를 구연할 때는 서서 허리를 굽히고 모를 심는 흉내를 내면서 불러 청중들을 즐겁게 했다. 노래는 어릴 때 많이 배웠고 시집와서도 배웠다고 했다. 각설이타령 같은 신나는 타령조의 곡을 즐겨 구연하였다.

까무잡잡한 피부에 마른 체구를 지녔다. 택호는 선동댁으로, 친정인 율곡 선동에서 열여덟 살에 시집을 왔다고 하였다.

제공한 자료는 각설이 타령 등 민요 4편이다.

제공 자료 목록
04_19_FOS_20100225_PKS_REY_0021 각설이타령 (1)
04_19_FOS_20100225_PKS_REY_0022 모심기노래
04_19_FOS_20100225_PKS_REY_0024 각설이타령 (2)
04_19_FOS_20100225_PKS_REY_0026 애우단

박기수, 남, 1935년생

주 소 지 : 경상남도 합천군 쌍책면 다라리 중촌마을 358번지 대한노인회 합천군지회 쌍책면분회

제보일시 : 2010.2.25

조 사 자 : 박경신, 김구한, 김옥숙, 정아용

조사장소를 찾아가 만난 제보자로 조사자의 청에 순순히 자료를 구연하게 되었다. 아는 것이 없다고 하면서도 진지하고 차분한 자세로 합천 해인사에 관한 유적이나 장군, 비석 이야기를 주로 구연했다. 조사자가 순수 설화를 제공하게 유도하였으나 도깨비나 여우에 홀린 사실담 차원의 이야기를 구연했다. 해인사와 더불어 자신이 살고 있는 지역에 대한 자부심이 대단해 보였으나, 재미있는 이야기를 보유하고 있지는 못했다. 양반다리에 손은 바닥을 짚고, 나직한 목소리로 구연에 임했으며, 가끔씩 오른손을 들어 손짓을 곁들이기도 했다. 조사자의 질문에 성의 있게 답해 주고, 조사에는 협조적이었다. 구연한 자료들은 모두 어른들로부터 전해들은 이야기라고 한다.

깔끔하고 단정한 옷차림에 말에 조리가 있고, 유식한 분위기가 느껴졌다. 상냥한 성격으로 수줍게 웃는 모습이 인자해 보였다. 다라마을에서 성장하여 초계중학교를 졸업했으며, 논농사가 생업이다. 마을에서 이장과 농업회 조합장을 역임했으며, 현재는 노인회 총무를 맡고 있다.

제공한 자료는 전설과 실화 차원의 이야기 6편이다.

제공 자료 목록

04_19_FOT_20100225_PKS_PGS_0001 합천지역의 유적

04_19_FOT_20100225_PKS_PGS_0002 해인사와 김명환 장군

04_19_FOT_20100225_PKS_PGS_0003 팔만대장경의 판목
04_19_FOT_20100225_PKS_PGS_0004 사명대사 비
04_19_FOT_20100225_PKS_PGS_0005 도깨비에게 홀린 종손
04_19_FOT_20100225_PKS_PGS_0006 여우에게 홀린 형님

박동실, 남, 1933년생

주 소 지 : 경상남도 합천군 쌍책면 다라리 325번지 계촌마을회관
제보일시 : 2010.2.25
조 사 자 : 박경신, 김구한, 김옥숙, 정아용

쌍책면에서 면지에 실릴 정도로 구전노래를 잘한다고 소문이 나 있어서 다른 마을 경로당이나 면사무소로부터 추천을 받은 제보자이다. 딸기밭에 농약 치는 일을 끝내고 집에 돌아간 제보자를 전화로 오게 하여 노래를 부탁하였다. 제보자는 모심기노래 가사에 대해 설명을 열심히 하고, 이야기는 거짓말이라도 노래는 거짓말이 없다고 강조했다. 양반다리를 한 채로 오른손은 무릎에 붙이고 왼손을 들어 손짓하며 흥겹게 노래를 불렀으며, 청중은 추임새를 넣고 박수를 치면서 흥겨워했다. 면사무소에서 찾아와 보리타작 노래를 채록해 갔다고 하고, 또 알고 있는 노래는 더 있어보였지만 실제로는 몇 곡 구연하지 않아 아쉬움을 남겼다. 청중의 말로는 장가왔을 무렵에 노래를 정말 잘 했다고 한다.

제보자는 마른 체구에 선한 인상으로 목청이 좋고 신명이 있었다. 이곳이 안태 고향으로, 열아홉 살이던 6·25 이듬해에 당시 열여섯 살이던 할머니와 결혼했다고 한다. 삼형제의 맏이로 일을 많이 하고, 짐도 많이 지고, 평생 농사를 짓고 살았다고 한다.

제공한 자료는 민요 3편이다.

제공 자료 목록
04_19_FOS_20100225_PKS_PDS_0016 창부타령
04_19_FOS_20100225_PKS_PDS_0017 양산도
04_19_FOS_20100225_PKS_PDS_0018 모심기노래

박맹숙, 여, 1936년생

주 소 지 : 경상남도 합천군 쌍책면 다라리 325번지 계촌마을회관
제보일시 : 2010.2.25
조 사 자 : 박경신, 김구한, 김옥숙, 정아용

제보자는 조사장소에서 가장 먼저 구연에 참여하였다. 조사장비를 설치하자마자 자료를 제공하고 조사에 적극적인 모습을 보였다. 태연하게 막힘없이 구연했으며, 말이 활달하고 기억력과 목소리가 좋았다. 가사에 대한 설명도 곁들이며, 박수를 치고 몸을 좌우로 움직이거나 손을 너울거리며 즐겁게 노래를 했다. 다른 제보자들의 노래가 끊길 때쯤 구연하여 노래판에 흥을 유지시키는 등 조사에 협조적이었다. 청중은 제보자를 두고 유식한 노래도 잘하고, 글도 잘하며, 인물도 좋은 사람이라고 칭찬했다.

활달한 성품과 고운 색깔의 옷차림을 한 깔끔한 외모로, 택호는 도전댁이다. 친정인 고령 도전에서 열아홉 살에 시집을 왔다고 하였다.

제공한 자료는 베틀노래 등 민요 4편이다.

제공 자료 목록
04_19_FOS_20100225_PKS_PMS_0001 베틀노래
04_19_FOS_20100225_PKS_PMS_0003 창부타령 (1)
04_19_FOS_20100225_PKS_PMS_0007 모심기노래
04_19_FOS_20100225_PKS_PMS_0014 창부타령 (2)

박수갑, 남, 1929년생

주 소 지 : 경상남도 합천군 쌍책면 다라리 325번지 계촌마을회관
제보일시 : 2010.2.25
조 사 자 : 박경신, 김구한, 김옥숙, 정아용

조사 분위기가 고조되었을 때 술을 권하며 노래 부르기를 권유하여 조사에 참여하게 된 제보자이다. 흥이 많은 제보자는 술기운으로 흥겹게 노래를 불렀다. 목청이 좋아 아주 구성지게 노래를 부르고, 오른손으로 다양한 동작을 곁들이며 구연에 임했다. 웃음 띤 얼굴로 몸을 움찔거리면서 장단을 맞추었다. 청중들은 막히는 부분을 돕거나, 시종 박수를 치고 추임새를 넣기도 하고, 지신밟기를 구연할 때는 꽹과리 소리를 말로 흉내 내어 후렴구를 만들기도 했다. 특히 청중들이 입으로 하는 이 꽹과리 소리 때문에 구연판이 한바탕 신나는 놀이마당이 되기도 했다. 기억력이 좋은 편이었으나 논매기 소리나 상여소리는 오래 하지 않아 기억나지 않는다고 했다. 지신밟기는 작년에 정자를 지을 때 부르기도 하고, 자주 불러서 그나마 기억난다며 자신 있게 구연했다. 달구질노래를 부르고는 실제 상황에 대한 설명도 잘하였는데, 이는 제보자의 산 경험 때문이기도 했다. 이런 의식요들은 윗대 어른들로부터 하던 행사로 전통

으로 내려온 것이라며 모두 어른들이 하는 걸 따라다니면서 보고 배웠다고 하였다.

반백의 머리에 단정한 차림의 제보자는 스스로 몸에 별 이상이 없고 마음은 청춘이라고 할 정도로 건강해 보였다. 다라리가 안태 고향으로 군대시절 빼고는 여기에서 계속 살았다고 했다. 해방이 되는 바람이 학교를 다니다 말아서 공부를 못한 게 한이라고 하였다. 학교를 안 가니 노래나 부르며 살았다고 한다. 농사가 생업으로, 젊었을 때는 밭농사는 천 평, 논농사는 천사백 평이나 지었다고 했다.

제공한 자료는 지신밟기, 달구질노래 등 민요 7편이다.

제공 자료 목록
04_19_FOS_20100225_PKS_PSG_0008 노랫가락
04_19_FOS_20100225_PKS_PSG_0010 창부타령 (1)
04_19_FOS_20100225_PKS_PSG_0011 지신밟기 (1)
04_19_FOS_20100225_PKS_PSG_0012 달구질노래
04_19_FOS_20100225_PKS_PSG_0013 지신밟기 (2)
04_19_FOS_20100225_PKS_PSG_0015 창부타령 (2)
04_19_FOS_20100225_PKS_PSG_0019 모심기노래

성분임, 여, 1937년생

주 소 지 : 경상남도 합천군 쌍책면 성산리 외촌 250번지 외촌마을회관
제보일시 : 2010.2.25
조 사 자 : 박경신, 김구한, 김옥숙, 정아용

주변에서 이런 노래를 아는 사람 해보라며 한 소절을 부르자, 노래로는 말고 이야기로는 하겠다며 선뜻 나서서 자료를 제공하게 된 제보자이다. 짧은 이야기이지만 천천히 조리 있게, 웃으면서 손동작도 곁들여 이야기를 하였다. 구연을 끝낸 후에 이야기 속 인물에 대해 복을 타고나지 못한 팔자가 그렇다며 평을 하였는데, 말하는 어조를 통해 이야기가 주는 교훈

을 좋아하는 모습을 엿볼 수 있었다.

까무잡잡한 피부에 다부진 인상을 주었으나 의외로 조용하고 수줍음이 많은 편이었다. 치아가 빠져서 노래 부르기 힘들다고 했다. 택호는 창녕댁으로, 친정은 쌍책면이다. 열아홉 살에 초계면 정곡리로 시집을 갔는데, 다시 친정 쪽으로 와서 살게 되었다고 한다.

제공한 자료는 설화 1편이다.

제공 자료 목록
04_19_FOT_20100225_PKS_SBI_0030 쟁피 훑는 마누라

안혜연, 여, 1926년생

주 소 지 : 경상남도 합천군 쌍책면 다라리 325번지 계촌마을회관
제보일시 : 2010.2.25
조 사 자 : 박경신, 김구한, 김옥숙, 정아용

조사장소에 구연이 잠시 뜸하고, 청중이 서로 노래하기를 권하던 중에 조사에 참여하게 된 제보자이다. 제보자는 민요 한 편을 나지막한 목소리로 차분히 불렀다. 백발에 티셔츠와 조끼, 몸빼바지 차림으로 수더분한 인상을 지녔다. 택호는 댁말댁으로, 친정인 댁말에서 열아홉 살에 시집을 왔으며, 구연한 노래는 어릴 때 배웠다고 했다.

제공한 자료는 노랫가락 1편이다.

제공 자료 목록
04_19_FOS_20100225_PKS_AHY_0002 노랫가락

이순분, 여, 1931년생

주 소 지 : 경상남도 합천군 쌍책면 성산리 외촌 250번지 외촌마을회관
제보일시 : 2010.2.25
조 사 자 : 박경신, 김구한, 김옥숙, 정아용

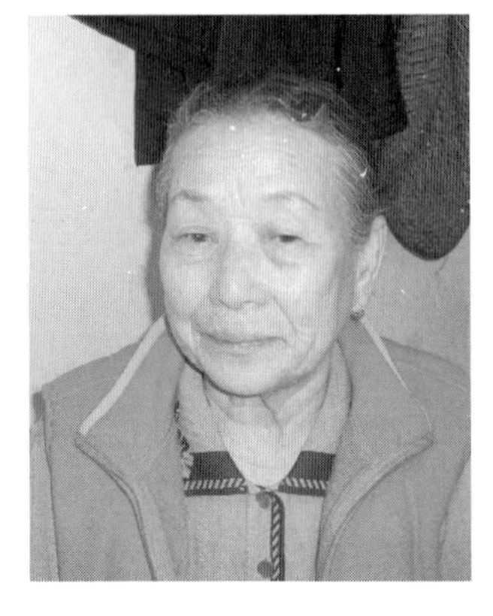

조사가 시작되고 한두 사람이 짧은 노래 몇 곡을 부른 후에 제보자가 조사장소에 도착했다. 조사장소의 상황을 재빨리 감지한 제보자는 청중의 요구에 스스럼없이 노래 한 곡을 불렀다. 대체로 조용히 나서서 차분하고 침착하게 구연하였다. 잘못 구연한 부분이 나오면 다시 고쳐 부르기는 했으나 기억력은 양호한 편이었다. 집에서 혼자 노래 부르면 잘 되는데 갑자기 부르니 잘 안 된다며 매끄럽게 구연하지 못한 점을 아쉬워하였다. 청중은 노래가 길다거나, 연세에 비해서 노래를 잘한다거나, 점쟁이가 온 줄 알았다는 등의 반응을 보였다. 조용한 성격으로 보였으나 아는 노래는 적극적으로 부르려는 자세를 보여주었다. 조사자에게도 친절한 마음씀씀이를 내비쳤다.

깔끔한 옷차림에 쪽진 머리를 하고 화장을 곱게 한 단아한 외모와 심성이 곱고 조용한 성품을 지녔다. 목소리가 맑고 차분했다. 함안에서 15세에 머리를 얹고 16세에 이 동네로 시집와서 살고 있다. 택호는 지실댁으로 창녕 지실에서 왜정 때 시집왔다고 한다.

제공한 자료는 고사리 꺾는 노래 등 민요 몇 4편이다.

제공 자료 목록
04_19_FOS_20100225_PKS_LSB_0004 권주가
04_19_FOS_20100225_PKS_LSB_0025 베틀노래
04_19_FOS_20100225_PKS_LSB_0027 고사리 꺾는 노래
04_19_FOS_20100225_PKS_LSB_0029 화투뒤풀이

정국자, 여, 1934년생

주 소 지 : 경상남도 합천군 쌍책면 다라리 325번지 계촌마을회관
제보일시 : 2010.2.25
조 사 자 : 박경신, 김구한, 김옥숙, 정아용

조사장소의 분위기가 돌아가면서 한 곡씩 부르는 흐름으로 이어졌다. 청중은 제보자에게도 노래 부르기를 청하자 제보자가 구연에 참여하였다. 박수를 치며 차분하게 노래를 불렀지만, 노래가사를 많이 알지는 못하는 듯했다. 구연한 노래는 친정에서 어릴 때 배운 것이라고 했다.

조용한 성격으로 다소 기운 없어 보이는 모습을 보였다. 택호는 정실댁으로, 친정인 진정마을에서 열아홉 살에 시집왔다고 했다.

제공한 자료는 청춘가 2편이다.

제공 자료 목록
04_19_FOS_20100225_PKS_JGJ_0005 청춘가 (1)
04_19_FOS_20100225_PKS_JGJ_0009 청춘가 (2)

조귀순, 여, 1929년생

주 소 지 : 경상남도 합천군 쌍책면 성산리 외촌 250번지 외촌마을회관
제보일시 : 2010.2.25
조 사 자 : 박경신, 김구한, 김옥숙, 정아용

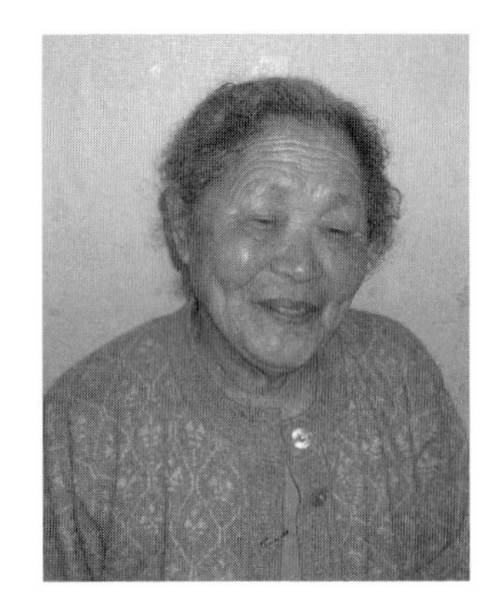

조사자가 조사장소에 가서 만난 제보자들 중 한 사람이다. 좌중을 이끌던 김선임 제보자의 요청으로 구연에 임했다. 차분하나 구성진 목소리로 어깨를 들썩이고 얼굴을 좌우로 흔들며 신명나게 구연하였다. 청중은 박수를 치며 장단을 맞추었다. 노래는 많이 알고 있으나 기억의 부실로 적극적으로 조사에 임하지는 못했다.

체구가 크고, 얼굴이 둥글고 큰 편으로 후덕한 인상을 주었다. 인근마을 덕봉에서 17세에 시집을 왔으며, 조순분 제보자와 동서간이다.

제공한 자료는 시집살이노래 외 민요 2편이다.

제공 자료 목록
04_19_FOS_20100225_PKS_JGS_0002 청춘가
04_19_FOS_20100225_PKS_JGS_0003 노랫가락
04_19_FOS_20100225_PKS_JGS_0015 시집살이노래

조순분, 여, 1926년생

주 소 지 : 경상남도 합천군 쌍책면 성산리 외촌 250번지 외촌마을회관
제보일시 : 2010.2.25
조 사 자 : 박경신, 김구한, 김옥숙, 정아용

조사 분위기가 어느 정도 무르익었을 때 조사장소에 도착한 제보자이다. 청중이 평소에 잘한다는 사위노래를 구연하기를 청하자 머뭇거리지

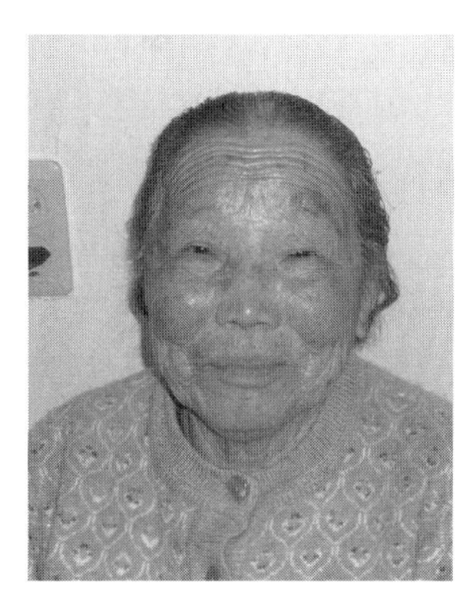

않고 구연을 시작했다. 이후 노래가 생각날 때마다 자청해서 불렀다. 잘한다는 청중의 칭찬에 노래가 모두 짤막짤막해서 재미도 없다며 겸손해 했다. 젊었을 적에는 노래를 내놓으면 아주 많았으며, 답답할 때 마다 노래라도 실컷 불렀다고 회고하였다. 노래가사의 내용이 모두 맞는 말이라고 강조하거나 노래가사에 공감하는 언급을 하는 것으로 보아 노래를 부르면서 힘들 때 그 가사에서 삶의 위안을 얻었음을 짐작할 수 있다. 어떤 노래는 시집와서 제보자의 형님인 세 살 연상의 조귀순 제보자가 가르쳐 주어 배우게 되었다고 말했다.

둥근 얼굴에 파마머리를 하고 항상 웃음 띤 표정으로, 성격과 마음씨가 좋아보였다. 목소리는 탁한 편이나 발음이 분명하고, 목청도 좋은 편이었다. 택호는 함안댁으로 함안에서 16세에 이 마을로 시집을 왔다.

제공한 자료는 시집살이노래와 모심기노래 외 민요 다수이다.

제공 자료 목록

04_19_FOS_20100225_PKS_JSB_0005 노랫가락 (1)
04_19_FOS_20100225_PKS_JSB_0006 노랫가락 (2)
04_19_FOS_20100225_PKS_JSB_0007 창부타령 (1)
04_19_FOS_20100225_PKS_JSB_0008 노랫가락 (3)
04_19_FOS_20100225_PKS_JSB_0009 노랫가락 (4)
04_19_FOS_20100225_PKS_JSB_0010 노랫가락 (5)
04_19_FOS_20100225_PKS_JSB_0011 노랫가락 (6)
04_19_FOS_20100225_PKS_JSB_0012 노랫가락 (7)
04_19_FOS_20100225_PKS_JSB_0013 창부타령 (2)
04_19_FOS_20100225_PKS_JSB_0014 청춘가 (1)
04_19_FOS_20100225_PKS_JSB_0016 노랫가락 (8)
04_19_FOS_20100225_PKS_JSB_0017 노랫가락 (9)

04_19_FOS_20100225_PKS_JSB_0018 모심기노래
04_19_FOS_20100225_PKS_JSB_0019 창부타령 (3)
04_19_FOS_20100225_PKS_JSB_0020 청춘가 (2)
04_19_FOS_20100225_PKS_JSB_0023 창부타령 (4)
04_19_FOS_20100225_PKS_JSB_0028 창부타령 (5)

차분이, 여, 1938년생

주 소 지 : 경상남도 합천군 쌍책면 다라리 325번지 계촌마을회관
제보일시 : 2010.2.25
조 사 자 : 박경신, 김구한, 김옥숙, 정아용

청중이 구연에 참여하기를 권하여 노래 부르게 된 제보자이다. 박수를 치며 차분하게 노래를 불렀다. 고운 얼굴로 밝은 인상을 지녔으며, 택호는 대실댁이다. 진정마을이 친정으로 19세에 이 마을로 시집왔다고 한다.

제공한 자료는 창부타령 2편이다.

제공 자료 목록
04_19_FOS_20100225_PKS_CBI_0004 창부타령 (1)
04_19_FOS_20100225_PKS_CBI_0006 창부타령 (2)

합천 지역의 유적

자료코드 : 04_19_FOT_20100225_PKS_PGS_0001
조사장소 : 경상남도 합천군 쌍책면 성산리 597-5번지 대한노인회 합천군지회 쌍책면분회
조사일시 : 2010.2.25
조 사 자 : 박경신, 김구한, 김옥숙, 정아용
제 보 자 : 박기수, 남, 76세
구연상황 : 조사자가 합천과 관련된 이야기를 해달라고 하자 제보자가 주저 없이 이야기를 시작하였다. 제보자는 줄곧 양반다리에 바닥을 손으로 짚은 채로 나지막하게 얘기했다.
줄 거 리 : 합천은 산골 지역이지만 유물이 많은 곳이다. 첫째로 해인사의 팔만대장경이 있다. 또한 합천 대야성은 왜적의 침입을 물리치기로 유명한 성이다. 관내를 보면 쌍책면에 옥전고분이 있고, 거기서 발굴한 것이 합천박물관에 있다. 또한 다라국 유적도 존재한다. 그 외에 전설과 관련된 장수발자국이라는 바위와 말 맨 구멍바위, 병풍바위라는 것도 있다.

거 우리 지역은 참, 우리 한국을 봐서도 아주 참, 산골 지역입니다. 산골지역인 반면에, 참 역사적으로 보나 뭘 보더라도 참 이름 있는 우리 그 유물도 많고, 참 보물도 많습니다.

첫째 볼라치면은 우리 국보 몇 호고? 3호가? 우리 합천 해인사에 가시면은 팔만대장경, 아 즉 말하자면 우리나라의 국보 아닙니까? 국본데 이 국보가 바로 저 있는 것이 우리 합천입니다. 그걸로 인해서 관광객들도 많이 오고 있습니다마는 우리는 이것을 참 자랑스럽게 생각하고, 또 내년도에 2011년도에는 에 지금 세계엑스포 우리 해인사 그, 즉 말하자면 그 팔만대장경 축제가 있습니다. 축제가 있는데 매일 한 50만 명이 약 51경 이상 오고 여기서 축제를 한다는 그런 예보도 들어봤는데 상당히 거대한 행사인 걸로 알고 있습니다.

그리고 우리 합천에는 대야성, 대야성이라고 하면 그 전 왜정 때 에 왜정이 침입하면 물리쳤던 전투 지역입니다. 그 전승 지역에서 대야성에서 큰 전승을 이뤄가 그런 과거도 있고.

우리 관내를 볼 것 같으면은 우리 쌍책 요 올라치면 옥전고분, 옥전고분이 있어가지고 이거 개발을 많이 했습니다. 개발을 했고 또 합천박물관이 우리 쌍책에 지금 에 지금 보유돼있습니다. 박물관 옆에 고분이 있고, 여 고분을 박물관 관람하기 위해서 각처에서 관람객들도 많이 오고 있습니다.

우리 지역에 보면은 또 성산 여 성토, 어 옛날에 그래 뭐야 그 어느 땐가,

[한참을 생각한 후]

조선시대 아 조선시대 에 고 다라국 다라국이 먼저죠. 다라국 시대에 그 성이라는 것을 확인하고, 작년도에도 진주에서 진주에서 와가지고, 여 개발 인관이라고 많이 일했어요, 일하고. 그 사람들이. 그 우리 지역에 보면 옛날 다라국을 비롯해가지고 역사가 굉장히 깊은 걸로 알고 있습니다.

음 그리고 우리 다라 같은 데 보면은 에 또, 장수발자국이라는 그런 옛날 장수가 뛰어내렸다는 그런 에 잔바구 위에서 뛰어가지고, 뛰어내렸는데 그 돌에 들이닥쳤다 이거라. 닥쳤는데 그 돌에 발자취가지고 바위가 박히 있고, 그 장수가 또 말을 매었다는 돌구멍이, 바위 구멍이 말 맨 그런 자취도 있고.

그 국문학 측면은 상당히 옛날 전설이랄까 사실 그런가도 모르겠거니와 그러한 것도 더러 있어요. 있는데, 저로서는 잘 아는 게 없습니다마는 우리 지역이 역사적으로 봐서 뭐 좀 깊으다 이런 점을 볼 수 있습니다.

(조사자 : 그럼 여기 쌍책면에서 좀 특히 아까 말한 그런 바위 뭐 특히 그런 것에 대한 전설 내려오는 건 없어요? 그 바위가 어떻게 생겼다?)

그, 그 바위가 그 편평우리 하이 생긴

(조사자 : 이름 그 바위 이름이 뭐죠?)

바위 이름, 이름도 없고

(조사자 : 없고요?)

칼 맞은 듬이 있다, 칼 맞은 듬이 있는데, 그 칼 맞은 덤이 뭐냐? 그 암이 이렇게 돼있는데, 거기다가 옛날 장수가 칼로 때렸다고 해서 칼 맞은 듬이 있고, 그 덤 위에서 장수가 뛰어내렸는데 그 발자취가 장군발자취다. 그 옆에 볼라치면 큼직한 바위가 있는데 그 바위에 구멍이 있어요. 구멍이 빠꿈 있는데 그 이제, 말을, 말 끈을 맨 구멍이다 이런 전설이 있습니다.

그리고 또 뭐 다라 요 모퉁이 모리로 내리가면 거기 뭐뭐 평풍바위라(병풍바위라). 평풍바위란 것도 있는데, 평풍처럼 이렇게 쭉 바위가 있거든요. 그래서 그 평풍바위다 이런 일화도 있고.

해인사와 김명환 장군

자료코드 : 04_19_FOT_20100225_PKS_PGS_0002
조사장소 : 경상남도 합천군 쌍책면 성산리 597-5번지 대한노인회 합천군지회 쌍책면분회
조사일시 : 2010.2.25
조 사 자 : 박경신, 김구한, 김옥숙, 정아용
제 보 자 : 박기수, 남, 76세
구연상황 : 조사자가 해인사와 관련된 이야기 들은 것이 없느냐고 구연을 유도했다. 제보자가 최근에 알게 된 이야기라며 이 이야기를 시작하였다.
줄 거 리 : 김명환 장군이라는 분이 6·25 때 한국 공군으로 있었다. 합천 해인사에 인민군이 잠입해 있어서 이곳을 폭파하라는 폭격지시를 받았다. 그러나 인민군이 있다고 해도 국보인 팔만대장경이 있는 곳을 파괴할 수 없다고 해서 몇 차례는 명령을 어겼다. 결국 마지막에는 가야산 너머 성주 방면 산중턱에 위장 폭격을 가해서 문화재를 보존하였다고 한다. 지금 김명환 장군의 비가 해인사 법당 앞에 세워져 있다고 한다.

김명환 장군 얘기 들어서 봤는교?

(조사자 : 김명환요?)

몬 들었어요? 이 나도 고 사항은 금년에 알은(알게 된) 사항입니다. 아 김명환 장군이 지금 비가 우리 해인사 법당 앞에 있답니다.

세워졌는데, 이 김명환 장군이 어떤 사람이냐? 아 6·25 때 에 우리 한국 공군으로 어 이래 내려왔어요. 이래 나오다가, 그 당시 인민군이 해인사에 참 '몇 백 명 주살하겠다.' 이 정보가 한국군에 돼가지고 그래, 한국 공군이 그 폭격을 하도록 지시를 내렸던 모양이라. 지시를 내렸는데, 그 김명환 장군이 비행기를 타고 폭격하러 왔더랬어요.

폭격하러 폭격기 몇 대를 같이 인솔해가지고 왔는데, 에 그 가운데 김명환씨가 아무리 봐도 여기는 우리 국보가 보존돼있는 자린데, 즉 말하자면 팔만대장경이 보유하고 있는 자린데 '이 자리를 파괴해서는 안 된다' 이런 맘이 강하게 들었단 말입니다. 그래가지고 이 장군이 폭격을 아니하고 돌아갔답니다.

돌아가고, 또 지시를 다음 며칠 후에 또 지시를 '폭격해라' 이러기에, 또 둘러보고 돌다가 가고 돌다가 가고, 아무래도 이 자리를 폭격하면 안 되겠다 마 인민군은 설령 살더라도 가버리면 그뿐이라고, 그거하겠지만은 그러나 '우리 국보 이것은 어떡하디라도 보존해야 된다' 그런 맘이 들어서 폭격 안하고 말았답니다.

그러다가 세 번째 또 지시를 받고 와가지고는 '야~ 어쩌나' 해가지고 고민 끝에 그 해인사는 폭격 아니 하고 저쪽 넘에 고령 쪽으로, 성주 쪽으로, 성주 방면에 가야산 넘에 산 중턱에 폭격 몇 군데 떨어버리고 '폭격했다' 해서 '폭격했다' 하고 돌아갔어요.

돌아 가가지고 그 내용을 알게 되가지고, 지금 정부에서 국가유공자로 아주 참 성대하게 지금 알리고 있어요. 알리고 있고 그를 위해가지고 지금 그 분을 영원히 알리기 위해서, 지금 해인사에 에 그 유적 비를 금년에 세웠다고 합니다. 금년에 세운 걸로 지금 알고 있는데, 그런 특이한 사항이 있습니다.

팔만대장경의 판목

자료코드 : 04_19_FOT_20100225_PKS_PGS_0003
조사장소 : 경상남도 합천군 쌍책면 성산리 597-5번지 대한노인회 합천군지회 쌍책면분회
조사일시 : 2010.2.25
조 사 자 : 박경신, 김구한, 김옥숙, 정아용
제 보 자 : 박기수, 남, 76세
구연상황 : 조사자가 해인사의 팔만대장경에 관련된 이야기를 들은 것이 없느냐고 질문하자 바로 이 이야기를 구연하였다. 여전히 진지하고 차분한 자세로 조리 있게 구연하였다. 이 이야기는 제보자가 국민학교 6학년 때 팔만대장경을 보러 해인사에 가서 들은 이야기이다.
줄 거 리 : 팔만대장경은 나무를 바다 속에서 3년, 흙 속에서 3년씩 넣었다가 만들었다고 한다. 이런 재목으로 만들었기 때문에 수 만년이 가더라도 오래 보존할 수 있게 되었다고 한다. 그런 팔만대장경이 왜정 때 몇 판이 분실되었다고 한다.

팔만대장경 만들 때의 이야기하자하면, 거 우리 학교 다닐 적에 내도 초등학교 다닐 적에 제일 먼저 해인사 가본 적이 있는데, 그 당시만 하더라도 우리는 여기서 거까지 옛날 말로는 칠십 리라 했어요. 여태까지 칠십 리라 했는데, 그때 우리 걸어서 해인사까지 갔어요.

6학년 때 갔는데, 그때 법상에서 얘기하기를 에 이 팔만대장경은 물 밑에 바다 속에서 나무를 뭐 3년 침수했다가, 또 황토 흙 속에, 흙 속에 또 3년 했다가 이런 식으로 해가지고, 그 나무를 만들기 위해서 에 그래가 인자 말려가지고 핸 거라면서, 이 나무는 수 만년이 가더라도 좀이 먹지 않고 오래 보존할 수 있다는 그런 뜻을 애기 하더만요. 팔만대장경이라는 것은.

그거 이외는 뭐 별다른 것은 없고 그 당시 그러고 인자 왜정 때 몇 판이 분리됐다는 요런 말이 있고.

사명대사 비

자료코드 : 04_19_FOT_20100225_PKS_PGS_0004
조사장소 : 경상남도 합천군 쌍책면 성산리 597-5번지 대한노인회 합천군지회 쌍책면분회
조사일시 : 2010.2.25
조 사 자 : 박경신, 김구한, 김옥숙, 정아용
제 보 자 : 박기수, 남, 76세
구연상황 : 제보자가 팔만대장경 이야기에 이어 사명대사의 비가 존재한다는 얘기를 꺼냈다. 이에 조사자가 왜 그 비를 세웠는지에 대한 얘기를 해달라고 요청했다.
줄 거 리 : 팔만대장경 옆에 사명대사 비를 세워놓았는데, 왜정 때 일본사람들이 비 밑에 거북모양 받침돌의 목을 잘랐다고 한다. 지금은 잘린 목을 다시 이어 붙여놓았다고 한다.

그러고 팔만대장경 저 고 줄에 넘어 고 옆에 사명대사 아, 사명대사 비가 또 있지, 아마. 저는 한분 어릴 때 가보고 그 이후에는 거는(거기는) 들리질(들리지를) 못했는데.

사명대사님이, 그 사명대사란 사람은 참 그 당시에 뭐 말만 하면 그저 척척 됐다고 하는 이런 말도 있던데.

(조사자 : 사명대사님 비를 왜 거기 세웠다 그래요? 그런 얘기는 없어요? 비를 왜 그쪽에 세웠다고 하는 얘기는 없어요?)

그 그걸 세워놓으니까 그 당시에 왜정들이, 왜놈들이 사명대사에 대해서 저 참 너무 피해를 많이 보고 그래싸서(그렇게 해서),

그 저 비(碑) 밑에 구석[44]을 뭐냐면 거북으로 돼있는데, 이 거북을 목을

44) 구석(龜石), 비신(碑身)의 받침돌을 거북 모양으로 했다는 뜻으로, 올바른 용어로는 귀부(龜趺)라고 한다.

잘랐다.

그래 목을 잘른 거를 다시 잇아가지고(이어서)그래 지금 발라놨는 기라 지금.

도깨비에게 홀린 종손

자료코드 : 04_19_FOT_20100225_PKS_PGS_0005
조사장소 : 경상남도 합천군 쌍책면 성산리 597-5번지 대한노인회 합천군지회 쌍책면분회
조사일시 : 2010.2.25
조 사 자 : 박경신, 김구한, 김옥숙, 정아용
제 보 자 : 박기수, 남, 76세
구연상황 : 조사자가 실화 차원의 이야기 말고 재미있는 옛날이야기를 해달라고 청하였다. 제보자는 도깨비에 관련된 이야기라면 잡다한 이야기는 많다고 하면서 이 이야기를 구연했다.
줄 거 리 : 제보자 종손 되는 분이 합천시장에 갔다 오다가 가시덤불 속에 처박히게 되었다. 그 분이 시장에 갔다가 저녁에 오는데, 키 큰 남자가 나타나서 씨름을 하자고 달려들어 씨름을 했다고 한다. 집에서는 사람이 오지 않자 찾아 나섰다. 가시덤불 속에서 옷고름을 발견하고, 그 속에 처박혀 있는 사람을 구해냈다. 씨름하자고 한 그 남자가 바로 도깨비라는 것이다.

옛날 토깨비(도깨비)라는 거 있죠? 토깨비. 토깨비가 있는데, 뭐 지금 와서는 그런 말도 없고 봤다하는 사람도 없더라마는 옛날에는 이 토깨비라는 것이 상당히 있었다.

그런 말이 있는데, 그 참 우리 마을에 우리 여 클 적에 그 우리 종손 되는 분이 합천시장에 갔다 오다가 에 그 참 토깨비한테 홀꼈다는(홀렸다는) 그런 얘기가 있습니다. 있는데, 이 어른이 참 가시덤불 속에 사람이 쳐박히 처박히놨뿠는데(쳐박혀버렸는데), 그냥 본인은 모르지만 본인 뭐 그럼 처박아뿌면 뭐 저 사람은 그거를 모르는데.

이 본인이 어떻게 됐냐면은 시장 갔다가 저녁에 인제 오는데, 참 키가

큼직한 한 남자가 닥 나타나가지고, 그 마 씨름 한판 하자면서 이 막 달라들더라 캐. 달라 들어가지고(들어서) 그래 씨름하자 해가 그 정도만 알았는데 그 후제도(후에도) 몰랐다 아니가.

몰라가지고, 거 인자 지역에서 사람이 안 오니, 찾아나간 결과가 길가에 까시덤불 속에 까시덤불 속에 옷고름이 있다는 것을 찾았어요. 찾았는데, 그래 막 때리고 이래가서 본께(보니까) 깨어났는데, 그 깨어나서 물으니까 사실 참 어떠한 사람이 나타나가지고 마 이 새끼 씨름을 하자고 달라 드는데, 그래가 씨름을 했다는 말이지 그런 애기를 하더라고. 그런 애기가 있어요.

여우에게 홀린 형님

자료코드 : 04_19_FOT_20100225_PKS_PGS_0006
조사장소 : 경상남도 합천군 쌍책면 성산리 597-5번지 대한노인회 합천군지회 쌍책면분회
조사일시 : 2010.2.25
조 사 자 : 박경신, 김구한, 김옥숙, 정아용
제 보 자 : 박기수, 남, 76세
구연상황 : 앞에서 제보한 이런 옛날이야기는 많이 있다고 제보자가 말했다. 조사자가 이런 비슷한 애기를 많이 해달라고 청하자, 이 이야기를 구연하였다.
줄 거 리 : 형님이 모리에 갔다가 저녁 늦게 돌아오는데, 길에 여우가 나타나서 형님 뒤에 오다가 또, 위로 오면서 돌을 굴리다가, 앞으로 왔다가 하면서 사람의 혼을 빼려고 했다. 형님은 여우라고 생각하고 마음을 단단히 먹고 오는데, 마을 입구 어느 집 근처에 오니까 여우가 소리를 지르면서 사라졌다고 한다. 집에 도착한 형님은 얼굴이 창백하고 겨울옷이 흠뻑 젖어 있었다. 여우를 물리치기 위해 고군분투했음을 알 수 있었다.

요 다라에서 모리를 들어가자면 옛날에 아 강변에 참 쪼끄만한 길이 있었구만. 길이 있는데, 청년들이 모리 들어가던 길이, 에 그 오늘에는 이 차선 길이 뚧히가지고(뚫려) 있지만은,

앞날에는 그 모리 내려갈 적에는 참, 그 여우 여우가 사람을 놀리는 그런 것도 많이 있어요. 많이 있는데. 저희 형님께서 참 모리에 갔다가 돌아오는 길에 저녁 늦게 오게 됐습니다. 오게 됐는데, 에 모리 마을 썩 비켜서면은 산모퉁이 돌지예. 밑에는 바로 강인데, 에 길이 함 요런 길이구만. 우에부터가 산이고, 바로 밑에 산이고, 밑에 요런 비탈길이 돼있는데, 쪼그만 길이 요래 돼 있는데,

아 여우가 딱 나타나가지고, 아이 뒤에 살 오다가, 또 우에 오면 우에슬 오면서 돌을 구불렀다가 이란 짓을 하면서, 또 앞에 뽈뽈 오면서 사람의 혼을 빼는 기라. 말하자면. 그래 오다가 우리 다라 마을 앞에까지 이놈이 따라왔어. 따라 와가지고, 그래도 형님 되시는 분은 마 이래가 여우다 이런 생각만 딱 갖고, 마음 단단히 먹고 그냥 완(왔는) 기라.

암만 따라와도 그냥 왔는데, 그 우리 마을 앞에 위통산백이라고 집이 한 채 있는데, 그 집 근처에 오니까, 이 여우가 쾍 소리를 지르면서 고 집 뒤로 산으로 올라가고 말았는데, 그러니 형님이 집에 딱 오니까, 자기는 고래만 알고 왔는데, 집에 와서 보니까, 집에 사람이 볼 때는 얼굴이 아주 창백하고, 그때 명지, 명주바지저고리 옷을 입는데, 옷이 겨울 핫옷 솜 넣은 옷을 입었는데, 옷이 아주 홈빡 젖었더라 이기라. 그만큼 소혼 저

(조사자 : 혼이……. 놀랬다. 혼이 마 참 놀랐다는 거지.)

그만큼 당했다는 거죠. 옷이 홈빡 젖었다는 거지. 그런 얘기지.

쟁피 훑는 마누라

자료코드 : 04_19_FOT_20100225_PKS_SBI_0030
조사장소 : 경상남도 합천군 쌍책면 성산리 151번지 외촌할머니경로당
조사일시 : 2010.2.25
조 사 자 : 박경신, 김구한, 김옥숙, 정아용

제 보 자 : 성분임, 여, 74세

구연상황 : 청중이 “진기맹기 넓은들에 쟁피훑는 마누라” 노래를 꺼내, 그 노래가 좋다며 노래 가사의 내용을 이야기하면서 다른 청중에게 구연할 것을 권했다. 그러자 제보자가 노래로는 못하지만 이야기라면 자신이 해보겠다며 이 이야기를 구연했다. 웃으면서 손동작을 곁들이고, 천천히 조리 있게 구연했다.

줄 거 리 : 공부하는 남편은 둔 어떤 부인이 피를 훑어 생계를 유지하고 있었다. 과거에 떨어지기만 하는 남편 때문에 자신의 신세가 답답하여 재가를 하였다. 마침내 남편이 과거를 해서 어사화를 쓰고, 수졸들을 거느리고 집으로 돌아오는데, 잘 살기 위해 자신을 버리고 간 아내가 “진기맹기” 넓은 들에 여전히 “쟁피”를 훑고 있자, 그것을 빗대어 노래를 불렀다고 한다.

옛날에 어떤 선비가 결혼했는데

(청중 : 크게 좀 하이소.)

시집을 몬 살았어예.

[청중이 크게 하라고 말하면서, 노래를 하라고 했는데 또 이야기를 한다고 하자, 제보자는 이야기는 대충 아니까 한다며 계속 구연했다.]

그래 몬 살아서 저

(청중 : 씨기(세게) 해라. 씨기.)

하실 남 품을 팔아가지고 남편 뒷바라지를 했어예. 그래도 참 남편이 과거에 떨어지는 기라. 맨날 떨어지이, 그래 하도 궁벽해서 포기를 하고 딴 가문으로 팔자를 곤치(고쳐) 갔어.

가고 나니까, 영감님이 갈고 닦은 실력으로, 그 분이 가고 나서 서울 과거를 보러 가니까, 과개 참

[웃음]

합격을 했어

(청중 : 돼 돼가왔다. 아이가?)

합격을 해서 은자 참 영, 거 마 만인간 거닐이고(거느리고), 그거 뭐 옛날에 그 쓰는 거 안 있습니까? 그걸 씨고 이래 막 꽹과리 울리고,

(청중 : 사모관대 사모관대.)

고향을 찾아오니까, 그래 전라도 징기멍기 너른 들에서 그 부인이 갱피를 훑고 있더랍니다. 옛날에 자기한테 살 때도 만날 그런 거 품 팔고 훑어가 일을 연명을 했는데,

그래 그 과개한 그 어른이 그래

"저건니(건네) 저부인은 와 간데쪽쪽 갱피훑노"

커메(하며), 그래 참 노래를 하더라 하시더랍니다.

팔자가 고거빽이는(그거밖에는) 안되니까 어데가도 그거빽이 할 수가 없는 기라. 내가 지질이 복을 몬 탔으니까요. 그런 전설의 얘기는 있습디다.

청춘가

자료코드 : 04_19_FOS_20100225_PKS_KSI_0001
조사장소 : 경상남도 합천군 쌍책면 성산리 151번지 외촌할머니경로당
조사일시 : 2010.2.25
조 사 자 : 박경신, 김구한, 김옥숙, 정아용
제 보 자 : 김선임, 여, 65세
구연상황 : 조사자가 조사 장비를 미처 설치하기도 전에 제보자가 이 노래를 불렀다. 녹음장치를 설치한 후, 제보자에게 이 노래를 다시 한 번 불러달라고 했다. 성격이 활달하고 적극적인 제보자는 좌중에게 시범적으로 이 노래를 부른 듯하다. 청중은 박수를 치며 흥을 돋우었다.

청천 하늘에~ 잔별도 많고요~
요내 가슴에 좋다~ 꽃도 피너라~

각설이타령 (1)

자료코드 : 04_19_FOS_20100225_PKS_REY_0021
조사장소 : 경상남도 합천군 쌍책면 성산리 151번지 외촌할머니경로당
조사일시 : 2010.2.25
조 사 자 : 박경신, 김구한, 김옥숙, 정아용
제 보 자 : 류을영, 여, 75세
구연상황 : 제보자는 베틀노래 가사에 대해서 조금 언급하며, 다 잊어버렸다고 하였다. 잊어버린 대로 구연해 보라고 청중이 권하자 이 노래를 불렀다. 몸을 흔들며 흥겹게 구연했다.

헐~씨고씨고씨고 들어간다~

(청중 : 어이 잘한다~)

절~씨고씨고 들어간다~

(청중 : 옳지!)

어이~
일자로한장 들고나보니
일천막음 먹은마음
죽어지면 못살겠네
씨고씨고 들어간다~

(청중 : 어이~)

이자로한장 들고나보니
큰백루 백구새가
철을찾아서 날아든다
이자로한장 들고나 보니
이월이라

아 잊어뿠다.

이월이라~

[청중이 "한식날에"라고 하자 아니라고 하며 계속 구연하였다.]

이자로한장 들고나보니
이월이라~

[청중이 다시 "이월이라 한식날이다 커더구만."이라고 하자, 아니라며

삼자로 넘어가서 구연했다.]

삼자로한장 들고나보니
삼월이라 삼짇날에
제비한쌍이 날아오네
사자로한장 들고나보니
사월이라 초파일에
강등불을 밝혀놓고
어헐 씨고씨고 들어간다~
오자로한장 들고나보니
오월이라 단오일에
견우직유가 좋을씨고
육자로한장 들고나보니
유월이라 유딧날에
막걸리잔이 맛좋구나

[웃음]
[청중 웃음]

인자 다했나?

칠자로한장 들고나보니
칠월이라 칠석날에
견우직유가 좋을씨고
팔자로한장 들고나보니
팔월이라 팔일날에
올래송핀이 맛좋구나

(청중 : 어 잘한다!)

구월이라 구일날에
국화주가 맛좋고
십월이라 십일날에
고사차장이 좋을씨요

모심기노래

자료코드 : 04_19_FOS_20100225_PKS_REY_0022
조사장소 : 경상남도 합천군 쌍책면 성산리 151번지 외촌할머니경로당
조사일시 : 2010.2.25
조 사 자 : 박경신, 김구한, 김옥숙, 정아용
제 보 자 : 류을영, 여, 75세
구연상황 : 앞 노래에 이어 제보자가 이 노래를 부르면서 앉은 자세에서 논매는 시늉을 하였다. 청중이 일어서서 하라고 권하였다. 제보자는 일어서서 엎드려 시종 논매는 흉내를 내며 구연했다. 청중이 잘한다고 칭찬하고, 청중들의 반응이 좋자, 제보자는 이어서 모심기노래를 한 곡 더 구연했다. 조사자가 노래가사에 대해 관심을 보이자 흥분해서 설명해 주었다. 여동생이 미나리깡에서 게구리가 되어 만나 부독새가 된 오빠를 잡아먹겠다는 내용이라고 했다.

서마지기 논빼미는 물꼬만 넘어가고
에이 작년에는 둘이매디- 올게는 혼차매노

(청중 : 어허~ 잘 넘어간다~)

헤이 히우
에이 초저녁에 굵은달이 새벽날에 불어지고

[청중과 함께]

이후후후~

[청중이 박수를 치며 웃기고, 잘했다고 칭찬했다. 조사자도 재미있다고 하고, 곧 다음 노래를 구연했다.]

눙청눙청 비러끝에 무정할사 정오라방
에이 건진동상 떤지놓고 가는올끼 건져주네
나도죽어 후성(後生)가서 낭군한분 싱기볼래(섬겨볼래)
오래비(오라비)죽어 개구리되어 이내몸은죽어 부독새될래
밍년삼월 진진해에 미나리깡에 만납시다

각설이타령 (2)

자료코드 : 04_19_FOS_20100225_PKS_REY_0024
조사장소 : 경상남도 합천군 쌍책면 성산리 151번지 외촌할머니경로당
조사일시 : 2010.2.25
조 사 자 : 박경신, 김구한, 김옥숙, 정아용
제 보 자 : 류을영
구연상황 : 각설이타령을 참 잘한다고 하자 이 노래를 불렀다. 노래 가사가 재미있게 진행되자 청중이 중간에 끼어들어 어디서 저런 노래를 배웠느냐며 농담을 하여 구연을 방해했다. 다시 한 번 구연을 청했으나 기억의 부실로 많이 구연하지는 못했다.

얼씨고씨고 들어간다
얼씨고씨고씨고씨고 들어간다
작년에왔던 각설이는
죽지도않고 또왔네
입는고리는 저고리
뀌는고리는 꾀꼬리

(청중 : 저건 어디가 배아왔노? 문-디(문둥이) 꼴갑한다.)
[웃음]

헐씨고씨고 들어간다

["지랄병 안하나? 하라캐 놓고."라며 웃었다. 그러자 청중이 웃으며 사과했다.]

앉은고리는 돗고리라

(청중 : 어디 저런 걸 배웠을까?)
[여기서 구연을 멈추자 조사자가 계속해 달라고 청했다. 청중은 많이 했으니 그만 하라고 하고, 조사자는 이 노래가 끝난 것 같지 않으니 마저 해달라고 요구했다.]

호부래비 동네는
호릉시가 백발
저저이 동네는
갈치가 백발
고래없는 바다는

[웃음]
(청중 : 인자 다 했다. 얼추 한 서른 개는……)
[조사자가 "고래 없는 바다는" 뒤에 뭐냐고 하고, 처음부터 다시 구연해 달라고 요청했다. 제보자는 자꾸 잊어버린다며 다시 구연해 주었다.]

얼씨고씨고 들어간다
작년에왔던 각설이는
죽지도않고 또왔소

얼씨고씨고 들어간다
고래없는 바다는
갈치가 백발
저저이 동네는
호릉시가 백발

[청중이 웃으며 이거 지어낸 것 아니냐며 농담을 했다. 이에 다른 청중이 구연을 방해한다며 타박을 주었다. 제보자도 중간에 끼어들면 가다가도 말이 막힌다며 잠시 후 다음을 구연했다.]

앉은고리는 저고리
뀌는고리는 뢰꼬리
입는고리는 챗강저고리

애우단

자료코드 : 04_19_FOS_20100225_PKS_REY_0026
조사장소 : 경상남도 합천군 쌍책면 성산리 151번지 외촌할머니경로당
조사일시 : 2010.2.25
조 사 자 : 박경신, 김구한, 김옥숙, 정아용
제 보 자 : 류을영, 여, 75세
구연상황 : 청중이 앞 제보자가 부른 베틀노래에 대해서 여러 이야기를 나누는 중에 제보자가 이 노래를 시작했다. 그러나 청중이 하던 이야기를 멈추지 않아 이야기 소리와 함께 노래가 채록되었다. 분위기에 아랑곳 하지 않고 목이 잠기는데도 불구하고 차분하게 구연한 후 다 잊어버렸다며 조금 더 하다가 끝냈다. 제보자는 이 노래를 창부타령조로 구연했다.

이구십팔 열여덟에 첫장가를 가자하니
앞집에라 궁합보고 뒷집에라 책력보고

한모링이(모퉁이) 돌아가니 까막까치 진동하고
두모랭이 돌아가니 여우새끼 진동하네
시모링이 돌아가니 석자수건 목에걸고
두쪽손을 주는 아

[다시 고쳐서]

한쪽손을 주는핀지 두쪽손을 피어보니
신부죽은 부고로세

[감기에 걸려서 목이 자꾸 잠긴다고 말한 후 계속하였다.]

동네밖에 들어가니 곡소리가 완연하네
대문열고 썩들어가니 신부죽은

["아유 잊어뺐다."라고 한 후 곧 이어서 구연하였다.]
[말하듯이]

대문열고 들어가니
신부죽은 곡소리가 진동하네

[다시 읊조리며]

큰방문을 썩열고보니
둘이비자 지은비게 혼채비기 우짠일고
날줄라꼬 하연술은 상두군을 디리시오
날줄라꼬 빛은떡은 손님대접 잘하세요
가요가요 나는가요 오던질로 돌아가요

창부타령

자료코드 : 04_19_FOS_20100225_PKS_PDS_0016
조사장소 : 경상남도 합천군 쌍책면 다라리 483번지 계촌마을회관
조사일시 : 2010.2.25
조 사 자 : 박경신, 김구한, 김옥숙, 정아용
제 보 자 : 박동실, 남, 78세
구연상황 : 전화로 연락하여 조사장소에 오게 된 제보자는 우선 술을 한잔 마시고, 담배부터 피우며 노래할 준비를 했다. 이윽고 제보자에게 노래를 청하자 '장부타령'을 해보겠다며 구연을 시작했다. 자주 하지 않아 잊어버렸다고 하며 잠시 멈추기도 했으나 노래를 부를수록 점점 목청 좋게 시원스럽게 불렀다. 양반다리를 한 채로 오른손을 무릎에 붙이고 왼손을 들고 손짓하며 흥겹게 불렀다. 청중도 "좋다~ 얼씨구~"라고 하며 박수를 치면서 흥을 돋우었다.

아니~ 아니아니 노지는 못하리라~
이 아니 노지는 못하리라~

(청중 : 얼씨구~)

너에나에는 만날적에는 열두폭 채왈밑에
이물평풍에 둘러치고

(청중 : 좋다~)
["이것이 끄터머리"라고 한 후]

황한금 좋은관계 청룡각떨랑 이관띠고
칠보단장 갖춘후에 너에홍산을 떨쳐있고
밤대추랑 군디를띠코 밤대추 구디띠코
청송녹죽 마주꽂고 장닭암닭을 마주놓고
국방자대 하온후에 황초불만 두루캐와
얼씨구 좋을씨고 아니놀지는 못하리라

[이것은 장부타령이라고 말한 다음, 자주 안 하니까 잊어버린다고 하였다. 더 불러달라고 청하자 이어서 구연했다.]

아니노지는 못하리라
이 아니노지는 못하리라

(청중 : 얼씨구~)

이정승으 맏딸아기 허잘났다꼬 소문났네
한번을가고 못보겠네 두번을가고 못보겠소
삼십분 가서보니 삼시칸 마리(마루)끝에
신던보선 썩나

[다시 고쳐서]

발등보선 쳐다보니
삼선보선 접보선에 맹색이를 받춰신고
칠보단장 갖춘후에는 누에사를 입어떠요
뒤끌에를 쳐다보니 삼단같은 저머닐랑
딩천댕기를 잘라내고

(청중 : 잘한다~)

뒤끌에를 쳐다보니 딩천댕기를 졸라맸소

(청중 : 얼씨구~)

애간장을 녹힐라꼬 대장부간장만 다태운다

(청중 : 하이고~)

얼씨구 좋을씨고 아니노지는 못하겠소

양산도

자료코드 : 04_19_FOS_20100225_PKS_PDS_0017
조사장소 : 경상남도 합천군 쌍책면 다라리 483번지 계촌마을회관
조사일시 : 2010.2.25
조 사 자 : 박경신, 김구한, 김옥숙, 정아용
제 보 자 : 박동실, 남, 78세
구연상황 : 조사자가 '논매기 소리'를 박수갑 할아버지와 선후창으로 불러달라고 청하였다. 그러자 '양산도'를 부르겠다고 하고 이 노래를 불렀다.

헤헤에에히이~요~
물가운데다 연창꽃피고~

(청중 : 뭐, 양산도 하나?)
(청중 : 어이~)

심청이 죽어서 영혼이라구나
가시를 말어라
가시거라 바가라 못노리로다
해냄기를 해여도 못노리로오다

모심기노래

자료코드 : 04_19_FOS_20100225_PKS_PDS_0018
조사장소 : 경상남도 합천군 쌍책면 다라리 483번지 계촌마을회관
조사일시 : 2010.2.25
조 사 자 : 박경신, 김구한, 김옥숙, 정아용

제 보 자 : 박동실, 남, 78세

구연상황 : '모심기노래'를 한 곡 해보겠다고 한 후, 한참을 생각하더니 이 노래를 말로 먼저 구연하였다. 이어 노래에 얽힌 유래담을 장황하게 설명하였다. 박수갑 할아버지가 곡조로 불러주라고 하자, 해석을 먼저 해야 한다고 말했다. 모심기노래는 쉴 참에 부르는 노래가 제일 많다고 하였다. 마침내 이 노래를 곡조를 넣어 부르고, 노래에 담긴 뜻을 설명한 다음, 이에 대한 답가가 있다며 한 곡을 더 불렀다. 웃음을 머금은 얼굴로 왼팔을 들어 장단을 맞추어 흔들면서 구성지게 불렀다.

찔레꽃에다

(청중 : 어이~ 디쳐(데쳐)내여 임오야보선에 볼걸었네~)

(청중 : 그래하더라. 그래한다.)

(청중 : 잘합니더~)

(청중 : 잘하니요~)

임에 보선에 볼 걸었재 했지요?

보센보고서 임을보니 임줄생각이 전히없네

[영감이 지독히 못났던지, 버선을 만들어 놓고 버선 줄 생각이 없었다는 이 노래의 뜻을 자세히 설명했다. 청중도 이와 관련해서 한 마디씩 거들었다. 이에 대한 답을 이렇게 했다면서 다음 노래를 구연했다.]

저건니라도 황새덕에 청실홍실을 군디(그네)매여

(청중 : 잘한다~ 청실홍실~)

청실홍실 군딜 매여 캤지요?

임캉날캉 헐러뛰여~ 떨어야질까도 염려로다

베틀노래

자료코드 : 04_19_FOS_20100225_PKS_PMS_0001
조사장소 : 경상남도 합천군 쌍책면 다라리 483번지 계촌마을회관
조사일시 : 2010.2.25
조 사 자 : 박경신, 김구한, 김옥숙, 정아용
제 보 자 : 박맹숙, 여, 75세
구연상황 : 조사자들이 조사 목적을 설명하고, 한 쪽에서 조사 장비를 설치하자마자 바로 제보자가 구연을 시작했다. 오른쪽 무릎을 세우고, 세운 무릎을 깍지 낀 손으로 감싸 안은 채로 노래를 했다. 몸을 움찔움찔하면서 박자를 맞추며 노래를 불렀다. 조금 숨이 차 했으나 차분하고 진지하게 구연했다. 구연을 끝내자, 청중은 기억력이 좋다고 박수를 치며 환영하였다. 제보자는 조사자들이 이 노래의 깊은 의미를 모를 것이라며 아쉬워했다.

월궁에 노던손님 지화에 나려와서

(청중 : 아이구 잘한다.)

할일이 전히없어 금자한필을 짤랐더니

(청중 : 아이구 잘한다.)

비틀한쌍이 전히없어
사방에라 둘러보니
옥비틀 딸가운데 기수나무
나무는 있건만은 대묵한쌍이 전히없어
앞집에라 김대묵아 집에라 박대묵아
굽은데는 등을치고 곧안데는 배를치고
앞두다리는 고아놓고 뒷다리는 낮차놓고
비틀한쌍 걸어노니 비틀놀데가 전히없어
사방에라 살펴보니 옥난간이 비었구나

그터에다 터를닦아

쪼끄만은 빌당짓고 빌당안에 비틀놓니

안질깨라 앉안양은

우리나라 검사님이 용상자개를 하는듯고

부티한쌍 둘른양은

부티같이 손골짝에 허리안개를 둘른듯다

말코라 품은양은

하늘에서 청룡황룡 알을품고 앉안듯다

치왈이라 뻗친양은 쌍무지개 뻗친듯고

안질깨라 환얀양은 용상작에를 앉안듯다

북한쌍 나드는양은

하늘에서 청룡황룡 알을품고 앉안듯다

바디한쌍 치는양은

바디같이도 손골짝에 베락(벼락)치는 지생이라

잉애대라 삼형지요 눌룸대 호부래비

쿵쿵절사 용두마리 바

[기침]

(청중 : 또 저기 용두마리 있다.)

뱁이한쌍 널찌는(떨어지는)양은

구시월 서단풍에

(청중 : 옛날에 베틀노래다.)

가랑잎이 널찌는소리

치

그, 그거 뭐꼬, 치활 끄신개

끄신개라 땡기는양은
우수물에 낙숫댄가 고기낚는 지생이라
금자한필을 짜고나니 손톱발톱이 다가렵네
앞록강에 씻거다가 뒷강에다 히야다가(헹궈다가)
홍두깨를 옷을입혀

[기침]

두방마치(두방망이) 뚜드리서
서월가신 우러님의 도복(도포)한쌍을 비고나니
섶도없고 짓(깃)도없네

(청중 : 언간이(어지간히) 작기 했다.)

맨드래미 짓을날고 봉숭아를 섶을달아
도복한쌍 지었더니

그신랑오까 지다린다 지끔 지다리니

저게가는 저행인아 우리행인은 안오등게
오기사 오건만은 칠성판에 실리온다

["칠성판에 실려 오는 기라."라고 하자, 청중이 "죽어가 오는갑다."라고 하였다. 제보자는 조사자를 보고 이런 양반들은 제보자가 한 말의 의미를 다 모를 거라고 한 후, 계속해서 구연했다.]

쌍가매를

뭐 또

쌍가매를 바랬더니 꽃쉥이가 이언(어찌된)일고(일이고)
화죽대를 바랬더니 밍전대가(명정대가) 외연(어찌된)일고
임아임아 나는간다
활살(화살)겉이도 굽은길에 활살겉이도 잘도간다

[말로 재빠르게]
그 옷입고 그마 가뿠더란다.

창부타령 (1)

자료코드 : 04_19_FOS_20100225_PKS_PMS_0003
조사장소 : 경상남도 합천군 쌍책면 다라리 483번지 계촌마을회관
조사일시 : 2010.2.25
조 사 자 : 박경신, 김구한, 김옥숙, 정아용
제 보 자 : 박맹숙, 여, 75세
구연상황 : 청중은 한 마디씩 하라고 서로 노래하기를 권하였다. 제보자는 나이든 사람이 불러야 더 좋지 않으냐고 했다. 제보자에게 더 불러달라고 청했더니 이 노래를 박수를 치며 즐겁게 불렀다.

명사십리 해당화야 꽃진다고 설음마라
명년삼월 봄이오면 너는다시 피건만은
우리인생은 한변가면 다시오기가 어렵더라

(청중 : 잘한다~)

물우에 거품갈고 풀잎에 이실갈고
일장춘몽 꿈이로다

모심기노래

자료코드 : 04_19_FOS_20100225_PKS_PMS_0007
조사장소 : 경상남도 합천군 쌍책면 다라리 483번지 계촌마을회관
조사일시 : 2010.2.25
조 사 자 : 박경신, 김구한, 김옥숙, 정아용
제 보 자 : 박맹숙, 여, 75세
구연상황 : 청중 몇 명이 박동실 제보자의 전화번호를 알아내어 연락을 취했다. 그 사이에 조사자가 제보자에게 노래 한 곡을 더해 주기를 청하자 이 노래를 불렀다.

눙청휘청 저비러끝에 무정하다 정오라방
나도죽어 저승가서 낭군앞에 심길란다
헝아(형아)몸은 죽어지면 싹도돋고 임도돋네
내인생은 싹도없고 움도없다

창부타령 (2)

자료코드 : 04_19_FOS_20100225_PKS_PMS_0014
조사장소 : 경상남도 합천군 쌍책면 다라리 483번지 계촌마을회관
조사일시 : 2010.2.25
조 사 자 : 박경신, 김구한, 김옥숙, 정아용
제 보 자 : 박맹숙, 여, 75세
구연상황 : 제보자에게 베틀노래를 잘 부른다고 하고, 다른 노래 한 곡을 더 불러줄 것을 청했다. 옛날노래를 부르라는 말이냐고 대답했다. 한손을 춤추듯 내저으며 큰 목소리로 정확하게 이 노래를 불렀다. 구연이 끝나고 "우리 영감이 일찍 갔뿠다."고 하면서 미워서 이런 노래를 부른다고 했다. 옆 청중이 제보자를 두고 유식한 노래도 잘하고, 글도 잘하고, 인물도 좋다고 칭찬했다. 달아서 두 곡을 불렀는데, 두 번째 곡은 제보자가 자신의 인생을 소재로 지은 가사로 보인다.

임은가시고 봄은오니 꽃만피어도 임우생각

강초일월이 한수심하여도 강물만불어도 임우생각
동지오동 설한풍에 백살만맞아도 임우생각
앉았으니 임이오나 누웠으니 잠이오나
일편단심 그대생각 몽중인들 잊을소냐

도로가 난각하여 사생전고로 모린고로
일조문안 하오나니 칠십다년 늙은부모
이팔청춘 젊은처자 추호도 생각없이
그대같이도 불로인생 세상에 또있는가

노랫가락

자료코드 : 04_19_FOS_20100225_PKS_PSG_0008
조사장소 : 경상남도 합천군 쌍책면 다라리 483번지 계촌마을회관
조사일시 : 2010.2.25
조 사 자 : 박경신, 김구한, 김옥숙, 정아용
제 보 자 : 박수갑, 남, 82세
구연상황 : 조사가 어느 정도 진행되고 있었다. 제보자에게 청중이 술 한 잔 하고 노래를 부르라며 술을 따라주었다. 제보자가 노래를 시작하자 청중은 시종 박수를 치고, 추임새를 넣어 흥겨운 분위기를 만들었다. 제보자도 신이 나서 오른손으로 손짓을 하며 노래를 불렀다. 걸쭉한 목소리로 노래를 잘 넘기자 청중이 환호하였다.

노세 젊어서놀아 늙어지면은 못노나니

(청중 : 잘한다. 하이!)

화무는 십일홍인데 아니놀고서 무엇하리

(청중 : 좋다. 잘한다~)

가고못올 임이거든 정이나마저 가져고가지

(청중 : 좋다. 하이!)

임은가고 정만남으니 밤은점점 야삼경인데

(청중 : 좋다~)

사람의 심리로서야 이길뗄리가 어떻게하리

(청중 : 좋다)

백두산석영 나두진이요 두만강수가 억마무라

(청중 : 잘하니요~)

남아이십 이핀구이면 후세수친이 대장부라
아마도 이거진 양반은 남해장군

창부타령 (1)

자료코드 : 04_19_FOS_20100225_PKS_PSG_0010
조사장소 : 경상남도 합천군 쌍책면 다라리 483번지 계촌마을회관
조사일시 : 2010.2.25
조 사 자 : 박경신, 김구한, 김옥숙, 정아용
제 보 자 : 박수갑, 남, 82세
구연상황 : 청중이 "우리 영감"은 노랫가락을 참 잘 불렀는데, 지금은 아무 것도 못한다고 말을 꺼냈다. 제보자도 그 사람 참 잘 불렀다고 하면서, 자신도 창부타령을 좀 했다고 말했다. 그러자 청중이 창부타령을 해보라고 청하자 노래를 불렀다. 오른손을 들어서 내저으며 노래를 불렀는데 술을 드신 상태라 더욱 흥이 나는 듯했다. 청중은 노래를 잘한다고 칭찬했다.

추강월색 달밝은밤에 뜻없는 이내몸이
모든시름을 잊으라꼬 외로이도 홀로누워

(청중 : 좋-다)

밤은점점 야심한데 침불안석에 잠못자고

(청중 : 잘한다.)

몸부림에 시달리니 꼬꼬닭은 울었으니
오날도 뜬눈으로 새벽맞이를 하였구나

[청중은 노래를 잘한다고 칭찬을 많이 했다. 이렇게 노래를 잘하니까 전화해서 오라고 했다고 하자 이어서 또 한 곡을 불렀다.]

사랑사랑 사랑이길래 사랑이란것이 무엇이냐
알다가도 모르는사랑 믿다가도 속안사랑

(청중 : 좋-다)

알캉달캉 싸운사랑 무얼상영에 깊은사랑

(청중 : 잘~하네요)

요내정만 다빼어가고 줄줄모르는 얄미운사랑

[청중 웃음]

이내간장을 다태워놓고 지긋지긋이 욕된사랑

(청중 : 좋-다)

이사랑저사랑 고만이루고
아무도몰래 솔직히만나 소근소근이 속안사랑

지신밟기 (1)

자료코드 : 04_19_FOS_20100225_PKS_PSG_0011
조사장소 : 경상남도 합천군 쌍책면 다라리 483번지 계촌마을회관
조사일시 : 2010.2.25
조 사 자 : 박경신, 김구한, 김옥숙, 정아용
제 보 자 : 박수갑, 남 82세
구연상황 : 노래 몇 개를 부른 제보자가 가겠다고 하면서 일어서자, 할머니들이 못 가게 붙잡았다. 조사자는 제보자에게 논매기소리나 상여소리를 청하자, 제보자는 후창 하는 사람이 있어야 한다고 했다. 후렴구를 가르쳐 주면 조사자와 더불어 청중이 뒷소리를 대신 하겠다고 하자, 논매기 소리를 하려고 시도하였다. 그러나 안 부른 지 오래 되어 잘 안된다고 하였다. 상여소리도 권하자 이렇게 한다며 설명하였으나 구연하는 데까지 이르지는 못했다. 그러다 청중이 지신밟기를 해보라고 권유하자 그것은 외우고 있다며, 지신밟기에 대해서 설명을 하다가 노래가 아니라 말하듯 구연을 시작하였다. 노래로 해달라는 조사자의 요청에 그것은 실제로 행사할 때 하는 것이라며 지금은 외워서 하는 것이라 말하듯이 한다고 했다. 꽹과리를 치면서 하는 실제상황이 아니라서 노래가 안 되는 것 같았다. 제보자는 지신밟기의 단계들이 넘어갈 때마다 설명을 하면서 구연했다. 제보자는 이 지신밟기를 작년에 정자 지었을 때도 했다며, 자신이 있어서 한다고 했다. 청중도 익히 아는 노래여서 제보자가 생각이 잘 안 날 때 가사를 가르쳐 주기도 하며 제보자의 구연에 관심이 많았다. 제보자는 발음이 약간 부정확할 때가 있었으나 알고 있는 자료를 열심히 구연해 주었다.

[제일 먼저 그 집 마당에 들어가면 그 집 주인한테 인사부터 먼저 한다고 말한 후 구연하였다.]

〈성주풀이〉

주인주인 문여소
나가는 나갔던 손님이 드간다

[갑자기 인사를 하고 들어가서 놀다가 그 제물 차려 놓은데, 거기서 성주풀이를 시작으로 지신을 밟는다. 먼저 "에기여차 성주야"라고 한 후 꽹과리를 "따당따당따당땅" 친 후]

성주본이 어데냐 성주본~ 본이라

(조사자 : 그걸 노래하듯이 해주세요. 아 성주 본~)

성주본이 어데냐 성주~
그여 경상도 안동땅~

[조사자가 곡조를 넣어서 해달라며 "성주본이 어데냐"를 노래하는 시늉을 하자, 그건 차차 나온다며 노래하는 것은 행사할 때 하는 것이고, 지금은 외워서 하는 것이라고 말했다.]

대개 저 성주 성주 어야 본이 오데 오데냐
경상도 안동땅
안동이라 본일레라
안동이라 본일레라
제비원에 솔씨를받아
소평대평 던졌더니
그솔이점점 자라나서
소보지기가 되었구나
소보지기가 자라나서

대보지기가 되었구나
대보지기 자라나
낙락장수가 되었구나
앞집에라 박대목
뒷집에라 김대목
거지톱을 걸어놓고
서른서이 역꾼들아
에기여차 땡겨 주소
용두마리 터를닦아
오행으로 주추놓아

(청중 : 호박주추 유리지동 해쌌데.)

오행으로 주추놓아
인일여지 지동을세와
팔조목 도리를얹어
상량간 대롱을얹어
가래요물 걸어놓고
오색토로 알매를하야
태극으로 개와를하야
육십사괘를 뽑아내어
일여수가 북문이요
이칠화가 남문이요
참판문은 동문이요
사오검은 서문이라
이문을 크기달아

이문을크기 높이달아
이이문을 높이달고 달고
아양유물을 갖촤놓고
오는손님을 접대로하고
가는손님을 전송을하소
에기여차 성주야

[성주풀이는 이것이 끝이라며, "이제 조왕에 가면"라고 하면서 잠시 말을 멈추자, 청중이 입이 마른 것 같다고 제보자에게 음료수를 드리려고 했다. 제보자는 마시지 않겠다고 한 후 조왕지신으로 넘어갔다.]

〈조왕지신〉

에기여차
에기여차 조왕아

(청중 : 목마르면 목 적사이소.)
[음료수를 한 모금 마신 후]

에기여차 조왕아
연지분통 하신후에
수일씩 불일하야
조왕님을 모싰구나
조왕님의 도력으로
자손도 홍송하고
수복이 당함자로
춘추만대를 디롸주소

(청중 : 그래.)

아들애기 놓거들랑
정승감사를 매련하고(마련하고)
딸애기 놓거들랑
정렬부인을 매련하소
일년이라 열두달
가년이라 열석달

그전에는 달달이 했는데, 요새는 생략돼서 마 고래한다.

가년이라 열석달
삼백이라 육십일

인제여여

안가태평 점지하소서
에기여차 조왕아

[이제 이것이 끝이라고 하였다. 청중이 잘한다고 칭찬하고, 이제 집 뒤에 하는 철륭은 이렇게 한다면서 계속해서 구연했다.]

〈철륭지신〉
에기여차 철륭아~
거는 그래도 간단하지 인자.

좌철륭 우백호
우철륭 좌백호
허공대공 노는데
허공대공 노는데
좌철륭은 못노나

에기여차 철룡아

[이것은 이게 끝이고, 그리고 나면 장독에 가면, "장독은 은자"라고 한 후]

〈장독지신〉

에기여차 장독아

[여기서 제보자는 막히는지 잠시 멈추자, 청중은 생각이 안 나느냐고 물었다. 조사자는 "장독지신을 물리자"라고 하며 구연을 도우려 하였다. 청중은 생각나는 것만 하라고 하고, 제보자는 갑자기 하려니까 막힌다고 말한 후 계속 구연했다.]

에기여차 장독아
정불같이도 달아라
당불같이도 달아라
저저 일년이라 열두달
일년일년이라 열두달
저저 삼백이라 육십일
변함없이저저 점지하소서
저 할아짐을(하루아침을) 불와도
저저 열동이나 불와주고
여여 스무동이 백동이나 불와주소

[청중 웃음]
[청중이 웃으며 잘한다고 칭찬하자, 이제 뒤주에 간다고 말했다.]

〈뒤주지신〉

에기여차 노죽아

(청중 : 아, 노죽에 가면.)
그거는 마

할아직을 불와도
천석이나 불와주고
저저 만석이나 만석이나 불와주고
춘추만대를 절와주소

요게 끝이고. 소마구 가면 은자

〈소마구지신〉
에기여차 우마야

그라면 저저

할아직을 불와도
천마리나 불와주고
저 만마리나 불와주소

[청중 웃음]

에기여차 우마야

(청중 : 아이고, 그래.)

그래 춘춘
춘추만대를 절와주소

[춘추만대 이것은 언제든 따라 들어가는 것이라고 했다. 그리고 옛날에 디딜방아 있는데, "거는(거기는) 가마"라고 한 후 계속 구연했다.]

〈방아지신〉

이방아가 누방아고
강태공의 조족방아

[청중 웃음]

할아직을 찧아도
천석이나 찧아주소
만석이나 찧아주소
춘추만대를 찧아주소

[조사자가 안방지신이나 새미지신, 대문지신은 안 하느냐고 하자, 청중이 새미 같은 것은 없다고 했다. 제보자는 대문 나가는 것은 있다는 듯, "삽짝에 나가가지고" 하면서 계속 구연했다.]

〈삽짝지신〉

눌리자 눌리자
오방지신을 눌리자
여여여 오방지신을 눌리자

(청중 : 잡구잡신을 해야지.)
(청중 : 눈 크고 발 큰놈~)
(청중 : 잡구잡신은 물알로 만복은 …….)

키크고 발큰놈
물알로 해졌고
복많고 밀군군자
이집가문으로 다들오소

요러고

에기여차~

달구질노래

자료코드 : 04_19_FOS_20100225_PKS_PSG_0012
조사장소 : 경상남도 합천군 쌍책면 다라리 483번지 계촌마을회관
조사일시 : 2010.2.25
조 사 자 : 박경신, 김구한, 김옥숙, 정아용
제 보 자 : 박수갑, 남, 82세
구연상황 : 조사자가 달구질노래의 구연을 요청하자 원래는 꽹과리를 치면서 불러야 하지만 그냥 해보겠다고 했다. 중간에 막히는 부분은 청중이 가르쳐주어 구연했다. 처음에는 말하듯 구연하였는데, 곡조를 넣어 불러달라고 청해 다시 노래로 불렀다. 제보자가 부른 것이 기본에 해당하는 가사라고 한다. 뒤에 이어지는 내용은 마지막 가는 길에 다시 이름을 불러보자며 백관들의 이름을 부르는데, 상두꾼들이 돈 얻으려고 하는 수단이라고 한다. 이것은 백관이 많으면 많이 부르기도 하나, 부담이 되기 때문에 오래 하지는 않는다고 한다. 호명된 사람은 돈을 상두꾼 주머니에 조금씩 넣어준다고 한다. 이 부분은 실제 행사를 해야 노래가 나온다며 뒷부분의 구연은 사양했다.

어~허~~루~ 달구야~

이러쿠든요.

(청중 : 또~)

(조사자 : 천지?)

산지조종은

(청중 : 곤륜산이요. 곤륜산이요~)

(청중 : 물은?)

수지조종은 황하수로다~
천지대명산이 여기로구나~

(청중 : 천지대명산이 여기구나)

지신밟기 (2)

자료코드 : 04_19_FOS_20100225_PKS_PSG_0013
조사장소 : 경상남도 합천군 쌍책면 다라리 483번지 계촌마을회관
조사일시 : 2010.2.25
조 사 자 : 박경신, 김구한, 김옥숙, 정아용
제 보 자 : 박수갑, 남, 82세
구연상황 : 조사자가 여러 노래의 구연을 유도하자, 제보자는 안한 지 오래되어 다 잊어버렸다고 했다. 지신밟기는 그래도 계속 불러 왔기 때문에 이 정도로 한다고 했다. 이에 조사자가 앞서 부른 지신밟기를 곡조를 넣어서 실제로 하듯이 불러달라고 청했다. 꽹과리가 없어서 안 된다고 하는 걸 청중이 대신 그 소리를 내주겠다고 하여 구연을 시작하게 되었다. 제보자가 노래를 시작하자, 청중이 박수를 치고 청중이 입으로 "깽자깽자깽자깽" 하는 꽹과리 치는 소리를 흉내내어 후렴을 넣어 주었다. 아주 신나고 즐거운 분위기 속에서 제보자도 어깨를 들썩이며 구연했고, 청중은 재미있어 하며 진즉에 이렇게 할 걸 그랬다고 말했다.

〈성주지신〉

에기여차 지신아~

(청중 : 깽자깽자깽자깽)

성주분이 어데고~

(청중 : 깽자깽자깽자깽)
(청중 : 안동이라 본일레라)

경상도 안동땅~

(청중 : 깽자깽자깽자깽)

안동이라 본일레라~

(청중 : 깽자깽자깽자깽)

제비원에 솔씨를 받아~

(청중 : 깽자깽자깽자깽)

소평대평을 던졌더니~

(청중 : 깽자깽자깽자깽)

그솔이점점 자라나서~

(청중 : 깽자깽자깽자깽)

소보지기가 되었구나~

(청중 : 깽자깽자깽자깽)

소보지기가 자라나야~

(청중 : 깽자깽자깽자깽)

대보지기가 되었구나~

(청중 : 깽자깽자깽자깽)

대보지기가 자라나서~

(청중 : 깽자깽자깽자깽)

도리지동이 되었구나~

(청중 : 깽자깽자깽자깽)
(청중 : 잘한다~)

앞집에라 박대묵아~

(청중 : 깽자깽자깽자깽)
(청중 : 신난다~)

뒷집에라 김대목아~

(청중 : 깽자깽자깽자깽)

거지톱을 걸어놓고~

(청중 : 깽자깽자깽자깽)

서른서이 역군들아~

(청중 : 깽자깽자깽자깽)

에기여차 땡기주소~

(청중 : 깽자깽자깽자깽)

용두마리 터를닦아~

(청중 : 깽자깽자깽자깽)

오색으로 주추놓아~

(청중 : 깽자깽자깽자깽)

인이여지 지동을세와~

(청중 : 깽자깽자깽자깽)

팔조목 도리를얹어~

(청중 : 깽자깽자깽자깽)

(청중 : 으샤으샤으샤)

가래연목을 걸어놓고~

(청중 : 깽자깽자깽자깽)

오색토로 알매를하야~

(청중 : 깽자깽자깽자깽)

태극으로 개와를하야~

(청중 : 깽자깽자깽자깽)

육십사괘를 뽑아내어~

(청중 : 깽자깽자깽자깽)

(청중 : 잘한다.)

일여수가 북문이요~

(청중 : 깽자깽자깽자깽)

이칠화와 남문이요~

(청중 : 깽자깽자깽자깽)

팔조목 도리없

[다시 고쳐서]

사오김은 서문이라~

(청중 : 깽자깽자깽자깽)

이문을 크기닦아~

(청중 : 깽자깽자깽자깽)

이문을 높이달고~

(청중 : 깽자깽자깽자깽)

아양유물을 갖촤놓고~

(청중 : 깽자깽자깽자깽)

오는손님을 접대로하고~

(청중 : 깽자깽자깽자깽)

가는손님을 전송을하소~

(청중 : 깽자깽자깽자깽)

에기여차 성주야~

(청중 : 깽자깽자깽자깽)

[청중이 "제비원에 솔씨받아"라고 하자, 그것은 초두에 나온다면서 이에 대해 잠깐 설명했다. 조사자가 나머지 지신도 이렇게 노래로 불러줄 것을 청하였다. 그러자 제보자가 웃으면서 "이거 괜히 차렸다."고 하였다. 이어서 성주지신을 조금하다가 잘못된 것을 알고 녹음한 것을 풀어버리라고 당부한 다음, 다시 조왕지신으로 고쳐 구연하였다.]

〈조왕지신〉

에기여차 조왕아

(청중 : 깽자깽자깽자깽)

연지분통 하신후에

(청중 : 깽자깽자깽자깽)

수일씩 불일해야

(청중 : 깽자깽자깽자깽)

조왕님을 모싰구나

(청중 : 깽자깽자깽자)

조왕님의 도력으로

(청중 : 깽자깽자깽자깽)

자손도 훙송하고

(청중 : 깽자깽자깽자깽)

수복이 당함자로

(청중 : 깽자깽자깽자깽)

춘추만대를 디라주소

(청중 : 깽자깽자깽자깽)

아들애기 놓거들랑

(청중 : 깽자깽자깽자깽)

정승감사를 매련하고

(청중 : 깽자깽자깽자깽, 매구는 내가 매구다.)

딸애기 놓거들랑

(청중 : 깽자깽자깽자깽)

정렬부인을 매련하소

(청중 : 깽자깽자깽자깽)

일년이라 열두달

(청중 : 깽자깽자깽자깽)

가년이라 열석달

(청중 : 깽자깽자깽자깽)

삼백이라 육십일

(청중 : 깽자깽자깽자깽)

안과태평 점지하소서

(청중 : 깽자깽자깽자깽)

에기여차 조왕아

(청중 : 깽자깽자깽자깽)

[제보자는 지신밟기는 성주와 조왕, 이 두 가지가 가장 중요하다고 했다. 조사자는 노래로 부르니까 말로 할 때에 들어가지 않던 구절도 들어가니 나머지 부분도 구연해 줄 것을 청했다. 그러자 다시 구연을 계속했다.]

〈철룡지신〉

[여기서부터는 꽹과리 소리를 내지 않고, 제보자의 노랫가락에 맞추어 후렴까지 계속 박수를 쳤다.]

에기여차 철룡아~
좌철룡 우백호~
우철룡 좌백호~
허공대공 노는데~
요지요부은 못노나~
에기여차 철룡아~

(조사자 : 에기여차 장독아~)

〈장독지신〉

에기여차 장독아~

정불같이도 달아라~

당불같이도 달아라~

다지걸 불와도~

백독이나 불와주소~

천독이나 불와주소~

(청중 : 잘하니요~)

에기여차 장독아~

창부타령 (2)

자료코드 : 04_19_FOS_20100225_PKS_PSG_0015
조사장소 : 경상남도 합천군 쌍책면 다라리 483번지 계촌마을회관
조 사 자 : 박경신, 김구한, 김옥숙, 정아용
조사일시 : 2010.2.25
제 보 자 : 박수갑, 남, 82세
구연상황 : 누군가 이 노래를 한 소절만 부르고 중단하자, 다른 분이 누군가 뒤 부분의 가사를 일러주어 다시 불렀다. 그러나 제보자가 나서서 또 잘못 되었다고 하면서 이 노래를 다시 불렀다. 청중은 제보자에게 노래를 구성지게 잘 부르는 솜씨가 여전하다고 칭찬하였다.

해다지고 저문날에 옷갓을하고 어디가노

첩우야집에 가실라거든 나죽는꼴이나 보고가소

첩우야집은 꽃밭이요 나의집은 연못이라

꽃과나우는 봄한철이요 연못에금붕어는 사시장천

얼씨구디리리리 기화자좋네 아니놀고서 못하리라

모심기노래

자료코드 : 04_19_FOS_20100225_PKS_PSG_0019
조사장소 : 경상남도 합천군 쌍책면 다라리 483번지 계촌마을회관
조사일시 : 2010.2.25
조 사 자 : 박경신, 김구한, 김옥숙, 정아용
제 보 자 : 박수갑, 남, 82세
구연상황 : 박동실 할아버지가 모심기노래에 대해서 이야기를 꺼냈다. 조사자가 모찌기 노래를 한 곡 언급하자 제보자자 그것은 모찔 때 제일 먼저 하는 노래라며 이 노래를 불렀다. 구연하는 중간에 박동실 제보자가 끼어들어 노래를 부르자 제보자는 순서가 이르다고 하였다. 한참 후 제보자가 다시 구연했다.

이워내자 이워내자 이모자리를 이워내자

(청중 : 잘한다~)

[모자리를 시작하면 가장 먼저 이 노래를 부른다고 설명했다. 이 와중에 박동실 제보자가 다음노래를 시작하자, 박수갑 제보자는 아직 그 노래 순서가 아니라며 이의를 제기했다. 두 분이어 옥신각신 하여, 조사자가 박동실 제보자에게 다시 구연하기를 청했으나 해석은 조사가가 하라며 제보자가 다음 곡을 불렀다.]

눙청눙청 벼리끝에 무정한한손도 저오라방
나도해죽어서 후성가서 낭군을 심길라요

노랫가락

자료코드 : 04_19_FOS_20100225_PKS_AHY_0002
조사장소 : 경상남도 합천군 쌍책면 다라리 483번지 계촌마을회관
조사일시 : 2010.2.25
조 사 자 : 박경신, 김구한, 김옥숙, 정아용

제 보 자 : 안혜연, 여, 85세
구연상황 : 청중은 서로 노랫가락 같은 것이라도 한 마디씩 하라고 권하였다. 제보자가 노래를 잘한다며 구연할 것을 청하자, 제보자는 노랫가락 한 마디 하겠다며 이 노래를 불렀다. 청중은 박수를 치며 흥을 돋우었다.

공자님 심어준낭게 양정자를 물을주어

(청중 : 좋-다!)

사사로 뻗은가지가 맹자꽃이가 피었구나
아마도 그꽃이름은 춘추만대를 무궁하라

권주가

자료코드 : 04_19_FOS_20100225_PKS_LSB_0004
조사장소 : 경상남도 합천군 쌍책면 성산리 151번지 외촌할머니경로당
조사일시 : 2010.2.25
조 사 자 : 박경신, 김구한, 김옥숙, 정아용
제 보 자 : 이순분, 여, 80세
구연상황 : 청중은 각각 노래 첫머리만 내 놓으면 뭐든 부를 수 있다고 했다. 평소에 노래를 부르지 않아서 생각이 안 난다며 노래를 잘 부르지 못하는 이유를 설명하였다. 그러던 참에 조사장소에 도착한 제보자는 상황을 파악한 후 "사우노래"를 불러보겠다며 이 노래를 불렀다. 중간에 한 번 잘못 구연하여 다시 고쳐 부르기는 하였으나, 대체로 차분하고 침착하게 구연을 끝냈다. 제보자는 혼자하면 잘 되는데 갑자기 부르니 잘 안 된다며 조금 아쉬워하였으나. 청중은 노래가 길다거나, 잘 한다거나, 점쟁이가 온 줄 알았다며 반응을 보였다. 조사자가 연세에 비해서 노래를 잘 한다고 하자 한 사람이 쌍책에 물이 좋아서라고 하며 웃었다.

찹쌀백미 삼백석에

(청중 : 크기 크기하소.)

액미같이 나빈사위
만첩

[다시 고쳐서]

낙동강 칠백리길에 구슬같이 가린사위
만첩산중 깊은골에 동산겉이 더턴(찾은)사위
밀양삼

[잊어버려서 안 되겠다며 손사래를 치고, 청중은 웃었다. 조사자가 괜찮다고 하자, 끊어져서 안 될 것이라 했다. 재차 괜찮다는 조사자의 말에 다시 고쳐서 구연하였다.]

만첩산중 깊은골에 청실홍실 맺은사위
진주못둑 버들숲에 이슬받안 감내주로
천상이라 항로판에 이슬받안 천상주라
밀양삼동 유리잔에 시월끄떡 부어놓고
오리당 풍어단의 옥장판에 받쳐놓고
은지녹지 손에들고 안주놓고 술을부어
이술이 술아니라 부모거에 효자추요(효자주요)
형지간에 우애추라 일가친척 화목주라
친구에는 벗님초라 우리나라 추진초라
팔로한강 영화초라
이술받아 잔에들고 내딸사랑 자네로다
근근할때 자시(마셔)보게

베틀노래

자료코드 : 04_19_FOS_20100225_PKS_LSB_0025
조사장소 : 경상남도 합천군 쌍책면 성산리 151번지 외촌할머니경로당
조사일시 : 2010.2.25
조 사 자 : 박경신, 김구한, 김옥숙, 정아용
제 보 자 : 이순분, 여, 80세
구연상황 : 청중이 "옛날 비짜는 노래"가 좋으니 그것 한번 해보라고 권하였다. 류을영 제보자는 잊어버려서 못한다고 하고, 제보자는 될지 안 될지 모른다고 하였다. 생각나는 대로 해도 된다고 하자 이 노래를 구연했다. 중간에 몇 번이나 멈추긴 했으나 기억력이 좋은 편이며, 술술 구연했다. 제보자는 다 잊어버려 잘 못했다고 좀 아쉬워했으나, 청중은 어찌 그리 안 잊어버리고 잘 하느냐고 칭찬했다. 제보자는 십대 무렵 베를 짜면서 이 노래를 배웠으며, 두루마리에 다 적어놓았는데 없어졌다고 한다.

월궁에 노던선녀 인간천지 나려오니
할일이 전히없어 금자한펼 짜자더니
비틀나무 전히없네
하늘에라 달가운데
기순나무 동남으로 뻗은가지
옥도끼를 따듬아서 금도끼를 찍어낸듯
비틀한쌍 있건마는 대목이 전히없네
서울갔던 노대목을 아리살살 모시다가
굳은나무 등을치고 곧은나무 배를쳐서
먹줄-를 탕탕탱가 자수맞차 궁을뚫버(구멍을 뚫어)
앞다릴랑 높이걸고 뒷다릴랑 낮게걸어

(청중 : 잘한다~)

베틀한쌍 있건마는 베틀놀데 방이없어
마우(좌우)한편 살피보니 옥난강이 비었구나

옥난강에 비틀놀때 자경수로 손떠넘는 지상이요
설로주로 길러다는 용광수로 길러낸듯
앉일가에 도듬놓고 그우에 앉아보니
지역(기역)자를 기린듯다
부테해를 둘른양은
금강산 제일봉에 허리안개 둘른듯네

[여기서 생각이 막히는지 "그래 인자 또."라고 하며, 끊어지는 것을 걱정했다. 괜찮다고 하자, 잊어버려서 그렇다며 어디 하느냐고 하다가 이어서 구연했다.]

버금이라 치송할때
하늘이라 청룡황룡 입벌리는 지상이라

["나 또 안 생각힌다."라고 하더니 곧이어 계속했다.]

잉애대는 삼형제요
고부에 맺힌이에 줄줄이도 섰는이에
억만군사 거느리고 진을치는 지상이라
바대집 쳐는소리
어루강산 늙은중이 목탁치는 지상이요
치알한쌍 노는양은
지(자기)평생 내걸어가도 길복판을 못가노라
버거

["저 뭐꼬? 이거 뭐꼬?"라고 하자 청중이 "북"이라고 하자 계속 구연했다.]

북한쌍 노든양은
선학이 알을안고 백란강을 나는듯다
철기-신 노는
철기신 노는양은
주야평상 지동(기둥)방에 한복하는 지상이라
꼬박꼬박 나부손은 임을보고 손친듯다
길이길이 용두마리
어련아해 어미잃고 어미찾아 우는듯네
밀고짝지 검어쥐고 도투마리 미는양은
본대을 소박하고 떡을치고 미는듯다
그럭저럭 다짠후에 베리한쌍 쥐는양은
구시월 서단풍에 가랑잎 쥐는듯네

["은자"라고 말한 다음 계속 구연하였다.]

그럭저럭 다짠후에 은장도 드는칼에
어싯어싯 목을비어 은채(은자)를 손에잡고
한자두자 재여보니 서른석자 시지로다
압록강에 희야(행궈)갖고 뒷냇강에 푸세하야
이리뜰(이릿돌)에 따듬아서 임의적삼 비자하니
섶도없고 짓(깃)도없네

(청중 : 언간이(어지간히) 작기 짰던갑다.)

뒷동산에 올라가서 매화꽃을 꺾어다가
섶도달고 짓도달고 아츰이슬 사끝마치
은다래미 백로수에 맵새있기 다려놓고

서월갔던 한량들아 우리낭군 안오더냥
오기사 오지마는 일곱불을 몸에감고
이십사일 상대궁에 에화능차 나려온다
에고답답 내심중아 이구십팔 열여덟에
일삼대(일산대)를 바래왔더니 명창대가 웬일인고
삼사대를 바래왔더니 꽃쉥이가 웬일이요

(청중 : 죽었든갑다.)

은가락지 찌던손에 작지가 무슨일고
말폭처마(치마) 입던들이 삼폭처마 웬말이요
입어보소 입어보소 이옷한번 입어보소

(청중 : 음~)

옷입을줄 모르시고 잠자기만 좋아하네
앉았으니 임이오나 누웠으니 잠이오나
청천에 기러기는 쌍을지어 날라가고
고살고살 바람소리 이내간장 다녹힌다
에고답답 내심중아 이구십팔 열여덟에
과부소리 무슨일고

고사리 꺾는 노래

자료코드 : 04_19_FOS_20100225_PKS_LSB_0027
조사장소 : 경상남도 합천군 쌍책면 성산리 151번지 외촌할머니경로당
조사일시 : 2010.2.25
조 사 자 : 박경신, 김구한, 김옥숙, 정아용

제 보 자 : 이순분, 여, 80세

구연상황 : 제보자에게 다른 노래는 없느냐고 하자, 이 노래를 해보겠다며 구연했다. 구연이 끝나자 청중은 재미있어하며 웃고, 좋아했다. 청중이 조사자에게 돈 십만 원을 제보자에게 주고 가라고 농담을 했다.

남산밑에 남대롱아 서산밑에 서처녀야
나물캐러 유랑가자
나물캐러 가지마는 칼도없고 신도없소
남도령포겟또(호주머니) 탈탈터니 돈석냥이 나오구나
칼도사고 신도사고
올라가는 올기사리(올고사리) 내려오는 늦기사리(늦고사리)
광주리더풀 꺾어담아 물도좋고 경치좋은데
점섬밥이나 먹고가소
남도령빈또 끌러보니 사월오월 열매로다
숫처녀빈또 끌러보니 칠팔월 열매로다
남도령밥은 숫처녀가먹고 숫처녀밥은 남도령먹고
당신밥을 바갔으니 백년기약을 맺압시다
앞초마풀어 치알치고 헐끈(허리끈)풀어 평풍치고
광주리옆에 주물상차려 백년기약을 맺았구나

화투뒤풀이

자료코드 : 04_19_FOS_20100225_PKS_LSB_0029
조사장소 : 경상남도 합천군 쌍책면 성산리 151번지 외촌할머니경로당
조사일시 : 2010.2.25
조 사 자 : 박경신, 김구한, 김옥숙, 정아용
제 보 자 : 이순분, 여, 80세
구연상황 : 제보자에게 구연을 더 청하자, 베틀노래 같은 것은 부르지만 더 이상 안 하

겠다고 했다. 청중이 화투노래를 언급하고, 조사자가 앞부분을 조금 부르자 제보자가 구연을 시작했다. 노래가 끝나자 청중이 많이 불렀다고 하며, 처음에는 아무도 못하고 가게 될 줄 알았는데 정말 많이 불렀다고 뿌듯해 했다.

정월소까지 솔솔한마음
이월매조에 맺아놓고
삼월사꾸라 산란한마음
사월흑사리 흩어진다
오월난초 나비가되어
유월목단에 춤잘치네
칠월홍돼지 홀로앉아
팔월공산에 뚝떨어진다
오동장농 값많다해도
비삼십을 당할쏘냐

청춘가 (1)

자료코드 : 04_19_FOS_20100225_PKS_JGJ_0005
조사장소 : 경상남도 합천군 쌍책면 다라리 483번지 계촌마을회관
조사일시 : 2010.2.25
조 사 자 : 박경신, 김구한, 김옥숙, 정아용
제 보 자 : 정국자, 여, 77세
구연상황 : 돌아가며 한 명씩 노래를 부르던 청중은 제보자에게 아무 노래나 부르라고 채근했다. 제보자도 박수를 치며 차분하게 노래를 불렀다.

바람 불어서~ 산넘어~가고~

(청중 : 좋다!)

수양산 그늘은~ 에이~ 골로만 지노라~

청춘가 (2)

자료코드 : 04_19_FOS_20100225_PKS_JGJ_0009
조사장소 : 경상남도 합천군 쌍책면 다라리 483번지 계촌마을회관
조사일시 : 2010.2.25
조 사 자 : 박경신, 김구한, 김옥숙, 정아용
제 보 자 : 정국자, 여, 77세
구연상황 : 청중이 이렇게 먼 데까지 찾아와주어 고맙다는 말을 하면서 조사자들에 관심을 보이고 있을 때, 제보자가 갑자기 노래를 시작했다. 노래가 시작되자 청중은 박수를 쳐주며 흥을 돋웠다.

간다 못간다~ 얼마나 울었노~
정기정 마다에(마당에)~ 한강수 되노라~

청춘가

자료코드 : 04_19_FOS_20100225_PKS_JGS_0002
조사장소 : 경상남도 합천군 쌍책면 성산리 151번지 외촌할머니경로당
조사일시 : 2010.2.25
조 사 자 : 박경신, 김구한, 김옥숙, 정아용
제 보 자 : 조귀순, 여, 82세
구연상황 : 노래 한 곡을 선두 주자로 구연한 앞 제보자가 청중을 향해 한 곡만 하라고 종용하자, 잠시 후 제보자가 이 노래를 불렀다. 청중은 박수를 치며 장단을 맞추었다.

아찰찰 지른(기른) 머리~ 국화짐 놓고요~

[여기서 제보자가 잊어버렸다고 하고, 청중은 웃었다. 청중이 "유리영창 반만열고"라고 일러주자 계속 구연했다.]

유리영창 반만열고 좋다~ 날오라 하너라~

노랫가락

자료코드 : 04_19_FOS_20100225_PKS_JGS_0003
조사장소 : 경상남도 합천군 쌍책면 성산리 151번지 외촌할머니경로당
조사일시 : 2010.2.25
조 사 자 : 박경신, 김구한, 김옥숙, 정아용
제 보 자 : 조귀순, 여, 82세
구연상황 : 청중이 서로 해 보라고 권하는 중에 제보자가 이 노래를 구연하였다.

간밤에 꿈좋더니 임의천리서 편지가왔네

(청중 : 그래.)
(청중 : 하소 또.)

편주사 왔거나만은 임은어예서 못오시나

(청중 : 그래.)
(청중 : 그래. 잘하네.)

나도언제 유정케만나 ○○같이도 살아보네

(청중 : 아이구 잘한다. 눈물날라 한다.)

시집살이노래

자료코드 : 04_19_FOS_20100225_PKS_JGS_0015
조사장소 : 경상남도 합천군 쌍책면 성산리 151번지 외촌할머니경로당
조사일시 : 2010.2.25
조 사 자 : 박경신, 김구한, 김옥숙, 정아용
제 보 자 : 조귀순, 여, 82세
구연상황 : 조사자가 시집살이노래의 구연을 청하자 제보자가 이 노래를 불렀다. 제보자는 이 노래를 열일곱 살 나이로 시집왔을 때, 세 살 위 형님(조순분 제보자)이

가르쳐 준 것이라고 말했다. 청중은 그래도 이런 노래를 안 잊어버리고 있다고 칭찬했다.

한살묵어 엄마죽고 두살묵어 아배죽고

그래 저저

두살먹어 아배죽고 세살묵어서

[생각이 안 나는지 "뭐더라?" 하면서, 이 노래는 열일곱 살에 갓 시집 왔을 때, 형님이 가르쳐 준 것이라 설명한 후 구연을 계속했다.]

호부다섯에 공부해서 열다섯에 머리얹어
시집가던 사흘만에 일거리로 도라하니(달라하니)
참깨닷말 들깨닷말

형님 날 배와주대요. 인제.

들깨닷말 참깨닷말 두닷말을 주는것을
한말볶고 두말볶고 볶고나니
은가매솥이 벌어졌네
사

[생각이 안 나는지 "저저"라고 한 후 계속 이어 구연하였다.]

큰방문을 반만열고 어머니 들어보세요
한말볶고 두말볶고나이 은가매솥이 벌어졌어요
야이년아 친정가서 너는솥거 물어온나
사랑문을 반만열고 아버님 들어보이소
은가매솥이 벌어져서

그리됐다 하니까

[다시 읊조리며]

야이년아 그것도 ○○래라
야이년아 친정가서 은가매솥도 물어온나

그래 마 가뿠는(가버렸는) 기라. 중질하러 가뿐께. 이제.

[다시 읊조리며]

가요가요 중질가요

그래 중질을 가가지고 뭐 우짷는고 또 빠자묵었다. 그래 저 시주하러 가이까네, 시댁에 집에 시주하러 간기라. 오래 오래 됐는데, 그래 동냥왔다쿤까네

[다시 읊조리며]

삽짝께라(사립문에) 저중님은 우리며느리 반사하네
여보시오 그말마세요
세상천치 다댕기마 같은사람 없겠는가

커며, 그래 타박을 주고.

노랫가락 (1)

자료코드 : 04_19_FOS_20100225_PKS_JSB_0005
조사장소 : 경상남도 합천군 쌍책면 성산리 151번지 외촌할머니경로당
조사일시 : 2010.2.25
조 사 자 : 박경신, 김구한, 김옥숙, 정아용

제 보 자 : 조순분, 여, 85세
구연상황 : 제보자는 이순분 제보자가 구연하는 중간에 조사장소에 도착하였다. 조사자가 제보자에게 모심기노래를 불러줄 것을 청하자 모른다고 하였다. 청중이 제보자에게 사위노래를 부르라고 하자 이순분 제보자가 사위노래는 자신이 불렀다고 하였다. 그러자 청중은 둘은 서로 다른 노래라며, 제보자의 사위노래는 딸 시집보낼 때 사위에게 불러준 노래라고 하였다. 조사자도 같은 노래라도 상관없다고 하여 이 노래를 구연하게 되었다. 이 노래는 제보자가 딸을 시집보내놓고 마음이 아파서 부른 노래인데, 사위가 녹음을 해 가서 자주 듣는다고 했다. 제보자와 청중은 이 노래의 가사와 부른 경위를 중시하여 사위노래라고 하였으나 그 곡조는 노랫가락이다.

태산겉은 이모야정은 북망산천이 앗아가고
일월보배 아들정은 미늘애씨 앗아가고

(청중 : 좋다.)

요조숙녀 딸오정은 사우씨가 앗아가고

(청중 : 잘한다.)

이정저정 다떨어지고 담배야꽁초가 벗이로다

[청중 웃음]

초야초야 벗님초야 너랑나랑 벗을삼자
자다가도 너를찾고 노다가도 너를찾고

[그럴려고 했더니 놀다가 보니 담배꽁초가 떨어져버렸으며, 이 정 저정 다 떨어지고 북망산천밖에 갈 데가 없다고 하였다.]

노랫가락 (2)

자료코드 : 04_19_FOS_20100225_PKS_JSB_0006
조사장소 : 경상남도 합천군 쌍책면 성산리 151번지 외촌할머니경로당
조사일시 : 2010.2.25
조 사 자 : 박경신, 김구한, 김옥숙, 정아용
제 보 자 : 조순분, 여, 85세
구연상황 : 앞 노래에 이어 계속 구연하였다. 시원하고 큰 목소리로 불렀다. 노래가 끝나고 청중은 팔십 노인이 잘한다며 박수를 쳤다.

청태산 깊으난골에 홀로가시난 저선배야
그선보 무정도하다 꽃을두고서 지내치네
꽃이사 좋거나만은 넘의꽃에다 손댈소냥

창부타령 (1)

자료코드 : 04_19_FOS_20100225_PKS_JSB_0007
조사장소 : 경상남도 합천군 쌍책면 성산리 151번지 외촌할머니경로당
조사일시 : 2010.2.25
조 사 자 : 박경신, 김구한, 김옥숙, 정아용
제 보 자 : 조순분, 여, 85세
구연상황 : 앞 노래에 이어 계속 구연하였다. 청중은 잘한다며 박수를 치고, 임 오는 데 개가 짖으면 안 된다고 덧붙였다.

개야워리 검둥아개야 내먹던누룬밥 너를준다
먹기싫어 너를주나 배가불러 너를주나
밤중에 임오시거든 짖지말라고 너를준다

노랫가락 (3)

자료코드 : 04_19_FOS_20100225_PKS_JSB_0008
조사장소 : 경상남도 합천군 쌍책면 성산리 151번지 외촌할머니경로당
조사일시 : 2010.2.25
조 사 자 : 박경신, 김구한, 김옥숙, 정아용
제 보 자 : 조순분, 여, 85세
구연상황 : 앞 노래에 이어 계속 구연하였다. 제보자는 옛날노래는 내 놓으면 가득한데 잊어버렸다고 했다. 옛날에는 답답할 때 노래는 실컷 불렀다고 한다. 천천히 쉬어가며 아는 노래를 다 해달라고 하자 노래가 짤막짤막해서 재미도 없다고 말했다. 청중은 제보자가 나이가 많아도 목청도 좋고 노래를 잘한다고 칭찬하였다. 또한 그런 이유로 제보자를 찾으러 얼마나 다녔는지 모른다고 말했다.

수천당 심오진낭게 당사실로 군대를매여
임이타면 내가밀고 내가타면 임이밀고
동자야 줄미지마소 줄떨어지민은 정떨어진다

노랫가락 (4)

자료코드 : 04_19_FOS_20100225_PKS_JSB_0009
조사장소 : 경상남도 합천군 쌍책면 성산리 151번지 외촌할머니경로당
조사일시 : 2010.2.25
조 사 자 : 박경신, 김구한, 김옥숙, 정아용
제 보 자 : 조순분, 여, 85세
구연상황 : 앞 노래에 이어 계속 구연하였다. 제보자는 노래는 아무리 많아도 그 내용이 다 맞는 말이라고 했다. 이에 청중도 노래는 거짓말이 없다고 맞장구를 쳤다.

찔레꽃을 살쿰아데치 임의보선을 잔볼받아
보선보고 임을보니 임줄정이 전히없네
저임아 설음을마소
임줄라꼬 지은보선 임안주고 누를주리

노랫가락 (5)

자료코드 : 04_19_FOS_20100225_PKS_JSB_0010
조사장소 : 경상남도 합천군 쌍책면 성산리 151번지 외촌할머니경로당
조사일시 : 2010.2.25
조 사 자 : 박경신, 김구한, 김옥숙, 정아용
제 보 자 : 조순분, 여, 85세
구연상황 : 청중이 제보자에게 모심기노래를 권하였으나 모른다고 하였다. 청중이 모심기노래의 한 구절을 노래하고, 가사를 대충 말하였으나 제보자는 이 노래를 불렀다. 김선임 제보자가 제보자를 보고 나이가 백세가 다 됐는데도 노래를 저렇게 잘 하니, 언제 죽을지 모르겠다고 하여 모두 한바탕 웃었다.

밤중에 개짓는소리 임오시는가 내다보니
임은점점 간곳이없고 모진강풍이 날속이네

노랫가락 (6)

자료코드 : 04_19_FOS_20100225_PKS_JSB_0011
조사장소 : 경상남도 합천군 쌍책면 성산리 151번지 외촌할머니경로당
조사일시 : 2010.2.25
조 사 자 : 박경신, 김구한, 김옥숙, 정아용
제 보 자 : 조순분, 여, 85세
구연상황 : 앞 노래가 끝나고 좌중이 이야기를 나누던 중 제보자는 이 노래를 부르기 시작했다. 구연을 끝낸 후 늙으니 저물도록 누워 있어도 친구도 찾아오지 않는다며 가사와 관련된 언급을 하였다. 노래가 짤막짤막 하다는 제보자의 말에 청중은 이번에도 노래를 참말로 잘 한다고 칭찬하였다.

나무라도 고목이되면 눈먼새도 아니오고
물이라도 누수가되면 놀던고기도 아니놀고
요몸도 늙어나진게 오던친구도 아니오고

노랫가락 (7)

자료코드 : 04_19_FOS_20100225_PKS_JSB_0012
조사장소 : 경상남도 합천군 쌍책면 성산리 151번지 외촌할머니경로당
조사일시 : 2010.2.25
조 사 자 : 박경신, 김구한, 김옥숙, 정아용
제 보 자 : 조순분, 여, 85세
구연상황 : 앞 노래에 이어 계속 구연하였다.

옥편에 매화를심어 거리노중에 떤졌더니
찬바람 궂으난비는 맞을대로 다맞았네

창부타령 (2)

자료코드 : 04_19_FOS_20100225_PKS_JSB_0013
조사장소 : 경상남도 합천군 쌍책면 성산리 151번지 외촌할머니경로당
조사일시 : 2010.2.25
조 사 자 : 박경신, 김구한, 김옥숙, 정아용
제 보 자 : 조순분, 여, 85세
구연상황 : 앞 노래가 끝나고 청중이 이제 많이 부르지 않았느냐고 하였다. 그러던 중에 제보자가 이 노래를 구연하였다.

남산밑에 남대롱아 서산밑에 서대롱아
오만잡나무 다비어도 오죽대한쌍을 비지마소
올키와(올해 키워)내년을키와 낚숫대를 후알라요
압록강에 물들거든 옥닥처녀를 낚을라요
못낚으면 상사로다 낚으면은 영화로다
영화상사 꽃맺아놓고 그꽃피도록 노다가세

청춘가 (1)

자료코드 : 04_19_FOS_20100225_PKS_JSB_0014
조사장소 : 경상남도 합천군 쌍책면 성산리 151번지 외촌할머니경로당
조사일시 : 2010.2.25
조 사 자 : 박경신, 김구한, 김옥숙, 정아용
제 보 자 : 조순분, 여, 85세
구연상황 : 제보자의 사위에 대해서 이야기 하던 중 이 노래를 불렀다.

술과담배를 이~요 나심중 알건만
북망산 가신님은 좋다~ 내심중 모르네

노랫가락 (8)

자료코드 : 04_19_FOS_20100225_PKS_JSB_0016
조사장소 : 경상남도 합천군 쌍책면 성산리 151번지 외촌할머니경로당
조사일시 : 2010.2.25
조 사 자 : 박경신, 김구한, 김옥숙, 정아용
제 보 자 : 조순분, 여, 85세
구연상황 : 앞 제보자의 짧은 이야기 구연이 끝나자, 제보자가 한 마디 더 부르겠다며 이 노래를 불렀다.

배고파 지으난밥이 미도많고 돌도많다
미많고 돌많은것이 임에없는아 탓이로다
언제나 유정임만나 돌미없는밥 먹어볼꼬

노랫가락 (9)

자료코드 : 04_19_FOS_20100225_PKS_JSB_0017
조사장소 : 경상남도 합천군 쌍책면 성산리 151번지 외촌할머니경로당

조사일시 : 2010.2.25
조 사 자 : 박경신, 김구한, 김옥숙, 정아용
제 보 자 : 조순분, 여, 85세
구연상황 : 새로운 분이 등장하여 어수선한 가운데 제보자가 이 노래가 불렀다.

꽃같이 고으나님을 열마같이도 맺아놓고
가지가지 받으난정을 뿌리같이도 깊이두네

모심기노래

자료코드 : 04_19_FOS_20100225_PKS_JSB_0018
조사장소 : 경상남도 합천군 쌍책면 성산리 151번지 외촌할머니경로당
조사일시 : 2010.2.25
조 사 자 : 박경신, 김구한, 김옥숙, 정아용
제 보 자 : 조순분, 여, 85세
구연상황 : 조사자가 모심기노래를 맛보기로 보여주자 제보자가 이 노래를 불렀다. 몸을 앞뒤로 흔들면서 구연했다.

모야모야 노랑모야 니언제커서 열매열래
이달잡고 훗달커서 칠팔월에 열매연다

창부타령 (3)

자료코드 : 04_19_FOS_20100225_PKS_JSB_0019
조사장소 : 경상남도 합천군 쌍책면 성산리 151번지 외촌할머니경로당
조사일시 : 2010.2.25
조 사 자 : 박경신, 김구한, 김옥숙, 정아용
제 보 자 : 조순분, 여, 85세
구연상황 : 류을영 제보자에게 각설이타령을 권하고 있는 중에 제보자가 이 노래를 불렀다.

산아산아 백두산아 눈비맞은 백두산아
눈비맞아 원통한데 이름조창 백두산가

청춘가 (2)

자료코드 : 04_19_FOS_20100225_PKS_JSB_0020
조사장소 : 경상남도 합천군 쌍책면 성산리 151번지 외촌할머니경로당
조사일시 : 2010.2.25
조 사 자 : 박경신, 김구한, 김옥숙, 정아용
제 보 자 : 조순분, 여, 85세
구연상황 : 앞 노래에 이어서 계속 구연했다. 박수를 치며 구연을 한 후, 이 노래는 혼자 사는 "호불할마이" 노래라고 했다. 저 건너 산에 소나무가 나처럼 홀로 서 있다는 내용으로 늙은이들이 부르는 노래라고 설명했다.

갈비봉 봉아리요~ 위로이(외로이) 소나무~
니날과 같이도 좋다~ 위로이섰구나~

창부타령 (4)

자료코드 : 04_19_FOS_20100225_PKS_JSB_0023
조사장소 : 경상남도 합천군 쌍책면 성산리 151번지 외촌할머니경로당
조사일시 : 2010.2.25
조 사 자 : 박경신, 김구한, 김옥숙, 정아용
제 보 자 : 조순분, 여, 85세
구연상황 : 앞 제보자가 미국사람 말하는 것을 흉내 내며 즐거워하고 있는데, 제보자가 이 노래를 구연했다.

일본동정(동경) 가신님은 돈벌마오고
공동묘지 가신님은 제사때오고

창부타령 (5)

자료코드 : 04_19_FOS_20100225_PKS_JSB_0028
조사장소 : 경상남도 합천군 쌍책면 성산리 151번지 외촌할머니경로당
조사일시 : 2010.2.25
조 사 자 : 박경신, 김구한, 김옥숙, 정아용
제 보 자 : 조순분, 여, 85세
구연상황 : 앞 제보자에게 또 다른 노래 없느냐고 하고 있는데, 제보자가 손으로 방바닥을 치며 이 노래를 불렀다.

백설겉은 흰나비는 부모님금상을 입었는가
소복단장 곱기하고 장다리밭으로 날아든다

창부타령 (1)

자료코드 : 04_19_FOS_20100225_PKS_CBI_0004
조사일시 : 2010.2.25
조사장소 : 경상남도 합천군 쌍책면 다라리 483번지 계촌마을회관
조 사 자 : 박경신, 김구한, 김옥숙, 정아용
제 보 자 : 차분이, 여, 73세
구연상황 : 청중이 제보자에게 한 마디 하라고 권했다. 제보자가 박수를 치며 차분하게 이 노래를 불렀다.

산아산아 높은산아 네아무리 높다한들
우리부모가 나를길러 높은은공을 미칠쏘냐

(청중 : 좋다~)

높고높은 부모은공 어이하여 갚아보리

창부타령 (2)

자료코드 : 04_19_FOS_20100225_PKS_CBI_0006
조사장소 : 경상남도 합천군 쌍책면 다라리 483번지 계촌마을회관
조사일시 : 2010.2.25
조 사 자 : 박경신, 김구한, 김옥숙, 정아용
제 보 자 : 차분이, 여, 73세
구연상황 : 조사자가 이빨과 관련된 제목을 언급하자 제보자가 "내 한번 하께."라며 이 노래를 불렀다. 청중은 좋다며 즐거워했다.

이빠진데 박씨를박고머리신데 먹칠하고
송기꺾어 작지를짚고 칠부책은 옆에찌고
이고씨고 송낙을씨고 합천해인사 정실가자

9. 야로면

경상남도 합천군 야로면 구정2구 대한노인회 합천군 야로면분회

조사일시 : 2010.6.16

조 사 자 : 박경신, 김구한, 김옥숙, 마소연, 정아용

야로면은 통일신라시대에 처음으로 현이 설치되어 적화현이라 불리었다. 신라 35대 경덕왕 16년(757년)에 야로현으로 고쳐 고령군에 속하게 되었다. 그 후 고려 8대 현종 9년에 합천이 주로 승격되면서 고령군에서 합천군으로 소속을 달리하게 되었다. 1914년 행정구역개편에 따라 현내, 상북, 하북의 3개 면을 통합하여 야로면이라고 하였다.

야로면은 가야산 해인사로 통하는 입구이므로 일찍이 문물이 발전하였고, 옛 가야시대의 유적이 지금도 상당수 존재하며, 1890년 대홍수로 합

천군청과 향교가 이 곳으로 이전하였으나 1893년에 군청은 환원하고 향교는 현재까지 남아 있다.

562년 이전까지는 대가야에 영속되어 야로면의 동남쪽에 위치한 현재의 금평을 금굴동이라 하였고 금굴에서 생산된 철광석을 돈평의 불무골에 있는 고로에서 정련하여 병기와 농기구를 만들었다고 한다. 그런 연고로 경덕왕 16년(757년)에 현청면을 개칭할 때 야로(冶爐)라고 불리어졌던 것으로 보이며, 야로는 쇠를 불리는 화로라는 뜻으로 고로(高爐)와 뜻이 통한다.

야로면은 군청 소재지 동북방 28km 지점에 위치하며, 동쪽으로 경북 고령군. 서쪽으로는 거창군 가조면과 인접해 있다. 고찰 해인사 관광지 배후 지역으로서, 양돈, 양파 등 농, 축산물의 집산지로 부상하고 있다.

조사자들이 찾은 구정리는 과거 야로현의 소재지로서 고려 8대 현조에 합천군에 편입되었다. 조선시대에 현내면에 편입되었으며, 1914년 행정구역 개편에 따라 역산동(歷山洞), 선원(仙源), 장기(場基), 구정(鳩汀), 유촌(兪村), 송계동(松溪洞), 정대동(汀坮洞)의 일부와 하북면(下北面)의 일부와 병합하여 구정리라 해서 야로면에 편입되었다, 오늘날의 구정리는 구정 1,2,3,4 등 4개의 행정리에 구정, 시장, 선원, 유촌동, 송계, 영미 등 6개의 자연마을로 구성되어 있으며, 구정1구는 옛날 야로현의 소재지이며 객사터, 동헌터 등의 유적이 남아 있다.

1936년 병자년 수해로 지금의 위치에 면사무소 우체국 등이 옮겨져 형성된 마을로 시장과 선원(仙源) 마을이 속해 있으며 상가를 이루고 있어 야로면의 중심지이며, 합천향교 등의 문화유적이 있다. 구정2구는 1936년 병자년 수해로 지금의 1구에서 면사무소, 우체국 등이 옮겨져 형성된 마을로서 시장과 선원(仙源) 마을이 속해 있으며, 야로면의 중심지로서 상가를 이루고 있다. 구정2구의 선원마을은 '선이마을'이라고도 부르며 장터의 북쪽에 있다. 동리 옆으로 가야천이 흐르고, 옛 선비들이 풍류를 즐겼던

'무릉공원'이 있으며. 선비들이 풍류를 즐기며 살았던 마을이라 하여 선원이라 불렀다.

성씨 분포는 진양하씨, 김해김씨, 연안차씨를 비롯하여 기타 성씨들이 살고 있다. 특히 진양하씨는 고려시대 이후로 500년 이상 거주하고 있다. 민속적 특징은 정월대보름날 달집태우기와 윷놀이 등을 한다. 옛날에는 팔월 보름에도 씨름 등 마을 축제가 많았는데 지금은 하지 않는다.

조사자들이 면사무소의 도움을 받아 대한노인회 합천군 야로면 분회를 찾았을 때는 점심시간이 막 지났을 무렵이었다. 할아버지들은 점심 식사 후 화투와 텔레비전 시청 등으로 소일하고 있었다. 조사자들이 조사 온 목적과 취지를 말씀드리자 서로 미루면서 구연을 하지 않으려 했다. 조사자들이 합천지역의 전설이나 노래를 부탁드렸다. 그러자 전명근 할아버지가 나서서 이야기는 아는 것이 없고 노래나 하나 부르겠다고 하며 적극적으로 임해 주었다. 그러나 고령이라서 그런지 귀가 어두워 말은 잘 알아듣지 못했으며, 구연 도중 가사를 잊어버려 주위의 도움으로 구연을 끝맺었다.

야로면에서는 설화 자료에 대한 여러 가지 정보를 바탕으로 할아버지들과 대화를 나누었지만 민요 몇 편밖에 채록하지 못했다.

▌제보자

배금돌, 남, 1925년생

주 소 지 : 경상남도 합천군 야로면 구정 2구 대한노인회 합천야로면분회
제보일시 : 2010.6.16
조 사 자 : 박경신, 김구한, 김옥숙, 마소연, 정아용

다른 제보자에게 노래를 유도하는 와중에 자청해서 노래 한 곡을 불러준 제보자이다. 어릴 적부터 모를 심었는데, 그때 배운 노래라며 모심기노래를 구연했다. 기운 없이 노래를 부르고는 힘들어서 더 못 부르겠다고 했다. 청중은 기억력이 있으니 그 정도라도 노래를 부른다고 제보자의 총기를 칭찬했다. 제보자는 더운 날씨 탓에 점퍼 지퍼를 채우지 않은 채 노래를 불렀으며, 큰 소리로 호탕하게 웃었다.

얼굴빛이 붉고 수줍음을 타는 제보자는 푸른색이 들어간 안경을 끼고 있었고, 앞니가 소실된 상태였다.

제공한 자료로는 모심기노래가 있다.

제공 자료 목록
04_19_FOS_20100616_PKS_BGD_0002 모심기노래

배상병, 남, 1931년생

주 소 지 : 경상남도 합천군 야로면 구정 2구 대한노인회 합천야로면분회
제보일시 : 2010.6.16
조 사 자 : 박경신, 김구한, 김옥숙, 마소연, 정아용

옆방에 있던 제보자는 바닥에 앉아 있는 할아버지들과 달리 의자에 앉아 있었는데, 시종일관 조사자들의 작업에 관심을 보였다. 다른 제보자가 잘못 부르는 가사나 잊어버린 가사를 알려주던 제보자가 스스로 하겠다며 구연에 임했다. 노래 한 곡을 시원하나 진지하게 불렀다. 구연 후 노래가사에 대해 설명하기도 하고, 70년 전에는 학교에 가지 않고 대신 모를 많이 심었는데, 모를 심다가 지겨워서 이런 노래를 불렀다고 덧붙였다.

자그마한 보통 체구에 좁고 긴 얼굴로 옷차림이 단정했다. 검은 머리에 굵은 중저음의 목소리가 쨍쨍하여 나이보다 젊어 보였다.

제공한 자료는 모심기노래이다.

제공 자료 목록
04_19_FOS_20100616_PKS_BSB_0003 모심기노래

전명근, 남, 1918년생

주 소 지 : 경상남도 합천군 야로면 구정 2구 대한노인회 합천야로면분회
제보일시 : 2010.6.16
조 사 자 : 박경신, 김구한, 김옥숙, 마소연, 정아용

조사자들이 야로면 경로당에 도착했을 때 큰방에 7명, 작은방에 6명이 모여 앉아 화투를 치고 있었다. 조사자가 조사취지를 설명하고 구연을 권하던 중 제보자가 선뜻 나서서 노래를 불러보겠다고 하였다. 고령의 제보자는 바지를 걷고 앉아 조용히 차분하게 구연했는데, 구연 도중 가사를 잊어버려 주위의 도움으로 구연을 끝맺고는 하였다. 그러나 나이에 비해

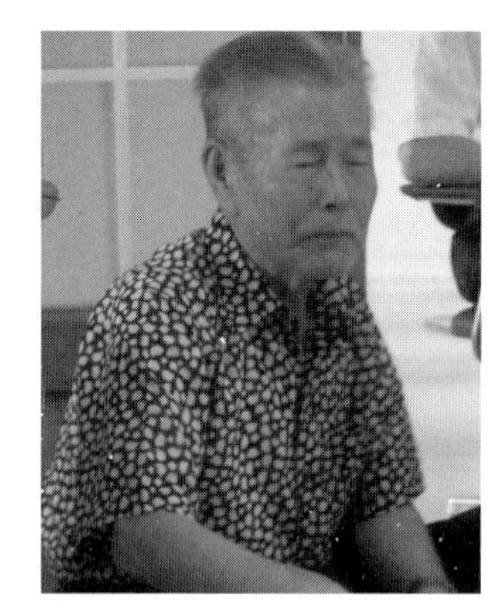

목청은 좋은 편이었으며, 발음도 좋은 편이었고, 생각나는 가사는 모두 알려주려는 의지를 보였다. 구연한 모심기노래는 제보자가 83년 전 13세 때 부르던 노래라고 했다. 그 당시는 열 살만 되면 모를 심었다고 했다. 특히 가사에 담긴 뜻을 설명하기를 좋아했다.

제보자는 자그마한 체구에 귀가 어두워 듣기 능력이 떨어졌다. 머리는 반백이었으나 나이에 비해 건강해 보였다. 슬하에 4남 1녀를 두었으며, 스무 남은 마지기 논으로 농사짓고 살았다고 하였다.

제공한 자료는 모심기노래이다.

제공 자료 목록

04_19_FOS_20100616_PKS_JMG_0001 모심기노래

모심기노래

자료코드 : 04_19_FOS_20100616_PKS_BGD_0002
조사장소 : 경상남도 합천군 야로면 구정2구 253-2번지 대한노인회 합천야로면분회
조사일시 : 2010.6.16
조 사 자 : 박경신, 김구한, 김옥숙, 정아용
제 보 자 : 배금돌, 남, 86세
구연상황 : 전명근 제보자에게 다른 노래를 유도하는 중에 제보자가 이 노래의 구연을 시작했다. 기운 없이 수줍은 듯 구연했다. 노래가 끝나고 힘들어서 못하겠다고 말했다. 청중은 기억력이 있는 사람은 이 정도라도 노래를 부른다며 칭찬했다.

모야모야 노랑모야 언제커서 열매열래

(청중 : 잘한다~)

이달크고 훗달커서 칠팔월에 열매열지

모심기노래

자료코드 : 04_19_FOS_20100616_PKS_BSB_0003
조사장소 : 경상남도 합천군 야로면 구정2구 253-2번지 대한노인회 합천야로면분회
조사일시 : 2010.6.16
조 사 자 : 박경신, 김구한, 김옥숙, 정아용
제 보 자 : 배상병, 남, 80세
구연상황 : 옆 방에서 의자에 앉아 미닫이 문 사이로 구연상황을 지켜보며, 다른 제보자들이 틀리게 부르는 가사나 모르는 부분을 가르쳐주던 제보자가 "내 한 마디 부르께." 하며 조사에 참여했다. 시원한 목소리로 열심히 진지하게 불렀다. 구연

후 가사에 담긴 내용을 간단히 설명하면서 70년 전에는 학교에 가는 대신 모를 많이 심었는데, 지겨움을 달래려고 특히 모심기노래를 많이 불렀다고 했다.

알곰삼삼 고운처녀 해다진데 어데가노
저건너라 산소등에 젖먹으로 나는가요

모심기노래

자료코드 : 04_19_FOS_20100616_PKS_JMG_0001
조사장소 : 경상남도 합천군 야로면 구정2구 253-2번지 대한노인회 합천야로면분회
조사일시 : 2010.6.16
조 사 자 : 박경신, 김구한, 김옥숙, 정아용
제 보 자 : 전명근, 남, 93세
구연상황 : 조사자들은 청중에게 이 지역 전설이나 이야기를 구연해 달라고 계속적으로 권유했다. 조사자의 끈질긴 권유에도 별 성과가 없어 노래 잘 하는 분이 누구시냐며 노래를 불러 줄 것을 청했다. 이때 제보자가 노래하겠다며 주변이 좀 소란한 분위기에서 그윽한 눈빛으로 차분하게 이 노래를 구연했다. 이어 계속적인 유도로 몇 곡을 이어서 불렀다. 생각나는 가사는 모두 구연하려는 의지를 보여주었고, 노래에 담긴 내용을 자주 설명했다.

능창능창 비르끝에 무정할사 저오라바
나도죽어 후성가서 낭군부터 심길라네

[한 청중은 이 노래의 뜻을 잘 새기면 의미가 아주 깊은 노래라고 했다. 조사자가 모심기노래 중 다른 가사가 많지 않느냐고 질문하자, 방금 구연한 노래 가사의 의미를 설명하였다. 모심기노래를 더 불러달라고 하자 바로 다음 노래를 불렀다.]

서마지가 요논빼미 반달겉이 떠나가네

[여기서 제보자가 잠시 쉬자 청중이 "니가 무신 반달이냐 그것도 해야

지, 초생달이 반달이지 커는 거"라고 하자 계속 이어서 구연했다.]

니가무신 반달이고 초승달이 반달이네

[청중이 "물꼬철철" 하라고 가사를 끝까지 일러주었으나, 과자를 먹고 있던 제보자는 생각해봐야 한다며 웃었다. 조사자가 모찌기노래나 새참에 부르는 노래를 청하였다. 제보자에게 가사를 일러 주던 청중이 제보자에게 한 곡 더 하라고 권하자 다음 노래를 구연했다.]

요논에다 모를숭궈 장잎나서 영화로세

(청중 : 옳-지!)

어린동생 곱기길러 갓을씌와 영화로세

(청중 : 어허~ 잘한다~)

[청중이 제보자의 연세가 93세라며, 이 노래는 83년 전 열세 살 때 부르던 노래라고 했다. 그때는 열 살만 먹으면 모를 심었다고 말했다. 실제로 모심기노래를 부르면서 모를 심었다고 하였다. 청중은 조사자가 제보자에게 가사를 가르쳐 주라고 하면서, 조사자를 두고 기억력이 좋다고 말했다. 조사자가 모심기 가사들을 언급하자 모두 잊어버렸다고 하던 제보자는 바로 직전에 부른 모심기노래를 다시 한 번 더 부르면서 가사에 담긴 의미를 설명했다. 청중이 다시 "물꼬 철철" 한 번 해주라고 하자 다음 노래를 계속해서 불렀다.]

물꼬철철 흘리놓고 주인한량 어데갔노
첩의방에

[잘못 구연하자 청중이 "문에전복", "문에전복 손에들고"이라고 가르쳐

주자, 웃으며 "그렇다. 그거 잊어뿌랐다."며 다시 고쳐 구연했다.]

문에전복 손에들고 첩의방에 놀러갔네

[청중은 농사를 지어도 이런 노래를 부르지 않았다고 하고, 다른 청중은 아예 들어보지도 못했다고 하였다. 조사자가 가사를 언급하며 다시 구연을 유도하던 중에 제보자가 다음 노래를 불렀다.]

오늘해가 다졌는가 골골마중 연기나네

[여기서 "그것도 뒤에 끄트머리 있는데 잊어뿔라서 모르겠다."고 했다. 그러자 청중이 그 끄터머리에는 "우르님은 어데가고 연기낼줄 모르는고" 라며 가사를 일러주었다.]

우르님은 어데가고 기억할줄

(청중 : 연기낼줄)

모르는고

10. 용주면

경상남도 합천군 용주면 가호리 가호마을

조사일시 : 2010.1.18
조 사 자 : 박경신, 김구한, 김옥숙, 정아용

용주면은 합천군 1읍 16면의 하나이다. 본래 용주면은 합천군 조고개면이라 하다가 1895년 행정구역개편 시 용주면으로 개칭하여 17개 동리 관할했다. 서기 1914년 이사리면의 13개 동리와 가의면의 5개 동리, 대일면의 벌리동, 삼가군 대평면의 대산동을 병합하여 용주면으로 개편(15개리 관할)하였고, 1987년 봉산면 죽죽리가 용주면으로 편입되었다. 오늘날 용주면은 16개 법정리와 25개의 행정리, 54개의 자연마을로 구성되어 있다. 지리적으로는 합천읍에서 서쪽으로 8km 떨어져 있는 곳으로써 합천댐이 건설되기 이전에는 상습 침수지가 많았던 곳이다. 동쪽으로 합천읍, 남쪽으로 대양면과 쌍백면, 서쪽으로 대병면과 가회면, 북쪽으로 봉산면과 접경을 이루고 있으며 황강이 면 중심부를 관류하고 있다. 합천댐이 건설되면서 황강변을 따라 강남과 강북의 도로가 개설, 포장되었고 길이 360m의 용주교가 강남북으로 연결되어 있으며 합천댐의 관문 역할을 하고 있다. 합천읍과 인접하여 합천읍 생활권을 형성하고 있으며, 주요 유형문화재로는 벽한정이 있고 황계폭포, 용문정 등 자연발생 유원지가 있다.

가호마을은 용주면 소재지에서 서북간 4km 정도에 위치한 마을로 진주류씨가 99% 집단 거주하고 있는 특이한 마을이다. 옛날부터 내려온 동명은 가호리다. 아름다울 가(佳)자와 호수 호(湖)자로서 아름다운 호수가 있는 마을이라는 뜻인데 옛날부터 산간벽지에 호수라고는 없는 마을에 어떻게 이런 지명이 붙여졌는지 알 수 없지만 진주류씨의 선조들은 이 지명을 자랑스럽게 사용해 왔다. 그런데 일제가 이 땅을 침략하여 일본인 산실이라는 자가 제 마음대로 안 내(內)자와 가사 가(袈)자로 아무 뜻과 의미도 없는 내가리로 표기하여 그때부터 용주면 내가리로 호칭되어 오면서 내가리 1,2구로 분동되어 2개의 마을이 형성되었다. 1990년부터 1993년에 걸쳐 동민들의 숙원인 내가리에서 가호리로 환원을 건의한 결과 1995년 12월 7일부로 합천군 의회 조례제정에 의하여 명칭변경 통과로 지금 현재 가호리로 사용되고 있다. 1984년 국가적 대사업인 합천댐이 완공되어 그야말로 상전벽해의 기적이 일어나 이 고을 앞에 조정지댐이 생겨났다. 이제야 이 동네는 옛 조상들이 불러왔던 가호리라는 명칭과 같이 아름다운 호수가 있는 동네가 되었다.

문화유적으로는 진주류씨 집성촌인 관계로 진주류씨와 관련된 정자들이 많다. 용문정은 가호리 용문산에 있으며 군수 류수정의 행완서돈한 곳이다. 초계 정황규가 찬기문하고 후손 종원이 찬량송하였다. 용문탄은 고을 서쪽 가호리에 있으며 류씨의 용문정이 있고 정자 북쪽 왕동골에 동산제가 있다. 주요지명으로는 용바위가 있다. 용바위는 용주면 가호리 용문정 앞, 황강천 가운데 있으며 용의 형태와 같다고 해서 용바위로 불리우고 가뭄이 계속되면 온 주민들이 이곳에서 기우제를 지내며 비를 내리게 해 달라고 기원하기도 했다. 회동은 옛날부터 도롱골이라고 불러왔다. 옛날 물레가 돌아가는 곳이라 해서 도롱골이라고 불러왔는데, 현재는 합천댐 발전소의 터빈이 돌아가고 있는 장소이다.

가호리의 가구수는 100여 가구이고 상주 인구는 200여 명이다. 성씨 분포는 진주류씨, 합천이씨, 해주정씨, 초계종씨, 김녕김씨 등이 있으나 옛날부터 진주류씨 집성촌이다.

합천군 조사 첫날 일정으로 먼저 합천군청을 찾아 문화예술 담당 이성태 씨를 만나 합천군의 현황과 구비문학적 상황 등에 대해 많은 이야기를 듣고 여러 가지 관련 자료를 얻었다. 이성태 씨가 추천한 지역 중 거리적으로 가장 가까운 용주면을 찾았다. 용주면사무소 윤영권 씨를 만나 노인회장 이만용 씨의 연락처를 얻었다. 이만용 씨를 만나기 위해 조사자들은 용주노인회관을 찾았다. 노인회관에는 할아버지들이 10여 명 있었으나 모두 아는 것이 없다며 구연에 응해주지 않았다. 대신 가호리 마을회관을 추천해 주며 무실양반(노래), 손무댁(이야기), 철원이 엄마를 찾아 가라고 했다.

1월 19일 오후에 가호리 마을회관을 찾았다. 8명의 할머니들이 야야기를 나누며 놀고 있었다. 조사자들이 용주노인회관에서 추천해주어 왔다고 하자 우리는 아는 것이 없다며 구연에 잘 응해주지 않았다. 청중이 손님들이 멀리서 왔는데 누가 노래하나 하라고 하면서 윤종순 할머니를 지목했다. 청중이 놀러가서 부른 노래를 해보라고 하자 잊어버리고 없다고 하였으나 그래도 괜찮다고 청중과 조사자의 설득으로 부른 것이 베틀노래이다. 전에 베틀을 직접 짜던 분으로 할머니로부터 이 노래를 배웠다고 하는데 구연하는 모습에서 베틀노래에 대한 애정이 엿보였다. 전에는 끝까지 부를 수 있었는데 요즘은 기억이 잘 나지 않아 조금밖에 부르지 못한다며 아쉬움을 드러냈다. 멀리서 온 조사자를 위해 애써 구연하는 모습을 보여주는 등 조사자에게 친절했다.

그리고 추천해 준 철원이 엄마(문주남)를 찾으니 청중이 자장가를 잘 부른다고 했다. 문주남 할머니는 자장가를 평소에도 즐겨 부르던 노래인 듯 했으나 그리 길게 부르지는 못하였다. 집에 가서 가지고 온 복사본의 책을 보고 자장가를 읊었다. 사연인즉 대구에 있는 딸네 집에 외손녀를 돌봐주러 갔다가 이불집 주인에게서 우연히 그 책을 빌려보게 되었다고 한다. 그 당시에는 가사가 너무 좋아 자주 읽고, 하루 저녁에 끝까지도 읽었으며, 2년 후 집에 돌아와서도 가끔 읽었으나 요즈음은 읽지 않는다고 하였다. 집이 좀 먼 것 같았는데, 수고스러움을 마다 않고 집에 가서 자장가책을 가지고와 조사자에게 구연해 주었는데, 그 정성을 보면 이 자장가에 대한 애착이 무척 강해 보였다.

가호마을회관에서는 베틀노래와 자장가를 조사하는 것으로 일정을 마무리 지었다. 마을사람들이 내일 다시오면 노래 잘하는 제보자가 온다고 해서 이틀 뒤 다시 오겠다고 약속하고 가호마을 조사를 마쳤다.

1월 20일 이틀 전에 방문했던 가호마을회관을 다시 찾았다. 대한노인회 용주면 분회에서 추천해준 류원칠과 류철규 제보자를 만났다. 이틀 전 마을회관을 방문했을 때 못 만난 제보자이다. 제보자는 조사자가 지신밟기를 잘 한다는 소문을 듣고 찾아왔다는 사실을 기쁘게 받아들이고 적극적으로 구연하려 애썼다. 그러나 이런 노래를 안 부른 지가 너무 오래 되어 많이 잊어버렸다고 아쉬움을 드러냈다. 지신밟기 외에도 망깨노래나 상여소리 등 들어보기 쉽지 않은 노래들은 기꺼이 불러주었다. 망깨노래를 언급했을 때는 뒷산에 못을 팔 때 삼일 동안 불러서 이 노래를 잘 한다고 반가워하였고, 상여소리 앞소리도 잘 매긴다고 자부심을 내보이며 구연에 의욕을 내비쳤다. 빠트린 부분이 있어도 노래를 마무리하려는 의식을 가지고 있었다. 초성이 좋았으며, 자신감 있는 목소리로 감칠맛 있게 노래를 잘 불렀다. 몸을 흔들거나 한 손을 사용하여 장단을 맞추어 노래의 분위기를 더하는 등 열성을 다해 구연하는 모습을 보여주었다. 망깨노래와 상여소리의 앞소리는 책에도 없는 것이라며 귀한 자료임을 인식하고 있었다.

유철규 제보자는 유원칠 제보자와 함께 만난 제보자이다. 제보자는 융통성을 발휘하여 구연하는 재주가 뛰어났다. 유원칠 제보자가 가사와 곡조를 정식으로 부르려고 한다면, 유철규 제보자는 완벽하지 않아도 쉽게 노래를 시작하거나, 내 임의대로 가사를 만들어서 부르는 솜씨가 있었다. 지신밟기 노래를 마음속으로 준비하는 유원칠 제보자를 앞질러 먼저 시작할 정도로 머뭇거림이 없었다. 각설이 타령에 달거리를 접합시켜 부르기도 하고, 상여소리도 즉석에서 가사를 생각해내어 부르는 재주를 발휘했다. 제보자 스스로도 기억나지 않을 때는 둘러대는 재주가 필요하다고 말했다. 지신밟기, 상여소리의 구연에도 참여했으나, 어릴 적 부르던 재미있는 노래도 많이 알고 있었으며, 같은 노래라도 아주 흥겹고 재미있게 부르는 자질을 보였다. 두 손을 활발히 사용하여 노래말의 표현을 도왔고, 스스로도 흥에 겨워 노래하고, 또한 청중을 웃기게 만들려고 노력을 하였다. 아는 노래는 요구하지 않아도 자청해서 즐겁게 구연에 임했다. 기억력이 좋은 편이었고, 한 마디로 노래를 즐기는 제보자이다. 제공한 자료는 지신밟기 노래, 상여소리, 말 잇기 노래, 다리세기 노래, 화투뒤풀이 등 다수이다.

경상남도 합천군 용주면 봉기리 봉기마을

조사일시 : 2010.1.18

조 사 자 : 박경신, 김구한, 김옥숙, 정아용

본래 합천군 가의면의 지역으로서 봉태 또는 봉기동이라 하였는데 1914년 행정구역 폐합에 따라 가호리 일부 지역을 병합하여 봉기리라 해서 용주면에 편입되었다.

봉기리는 새 봉(鳳)자와 터 기(基)자를 따서 봉기라고 명명하였다. 1500여년 경 사찬이씨가 최초로 자리잡고 살았으나 경신년 수파로 인해 뿔뿔이 흩어지고 거창군내에 대거 거주하고 있다고 전해진다. 1550년 경에 진주강씨, 광산김씨, 밀양박씨 등이 입향하여 현재까지 거주하고 있다. 봉기라고 명명한 이유는 마을 뒷산이 마치 봉황이 알을 품고 있는 형상이라 하여 봉기라 불리게 되었다.

합천읍으로부터 약 8km 지점에 위치하고 있으며 북으로는 우곡마을, 서로는 가호리를 경계로 하고 있다. 합천댐(보조댐)이 자리 잡고 있는 전형적인 농촌마을로 관광지인 합천댐, 용문정을 잇는 군도12호선이 마을 옆을 휘감고 있다.

주요지명으로는 수안골과 죽방골이 있다. 수안골은 가뭄이 심했을 때도 이곳은 물이 있어 작물경작에 어려움이 없어 붙여진 이름이다. 죽방골은 흉년이 들어 먹고 살기 힘들 때에 흰죽 한 그릇과 논 한배미를 맞바꾸었다고 하여 붙여진 이름이다. 먹뱅이는 새탑 북쪽에 있는 골짜기로 대낮에도 어둡다고 하여 붙여진 이름이다.

봉기마을의 인구 현황을 보면 70여 가구에 150여 명이 거주하고 있다. 성씨는 광산김씨와 진주강씨가 주를 이룬다. 진주강씨가 먼저 들어와 살기 시작했으며 주 생계수단은 논농사와 딸기농사다. 옛날에는 당산을 중심으로 당산제도 지냈으나 도로가 나면서 당산도 없어졌다고 한다.

조사자들이 가호리 마을회관 조사를 마치고 다른 마을로 이동 중에 들른 마을이다. 마을회관에는 할머니방과 할아버지 방이 따로 있었다. 조사자들은 할머니 방으로 가서 찾아 온 목적을 말씀드리고 조사장비를 설치했다. 장비 설치가 끝나자마자 가장 적극적으로 협조해 준 제보자가 김정조 할머니이다. 시어머니에게 들은 실화나 자신의 시집살이 이야기도 주저하지 않고 들려주었다. 농담도 잘하여 좌중을 웃게 만들거나 조사에 솔선수범하여 참여함으로써 조사 분위기를 유도하였다. 시종 웃음 띤 얼굴로 구연에 임하였으나 자주 잊어버렸다며 멈추었다가 다시 하였다. 의욕이 넘쳤으며 입담도 좋고 유머감각이 있어 경험담을 구수하게 들려주었다. 멀리서 왔다며 조사자에게 자신이 알고 있는 자료는 모두 제공하려는 의지를 보여주는 등 매우 친절하였다. 정신대에 끌려가지 않기 위해 어린 나이에 시집을 왔는데, 신랑이 무서워서 시어머니가 돌아가실 때까지 시어머니와 한 방에 거처하였다고 한다. 이런 이유로 시어머니에게 들은 이야기가 많다고 한다. 제공한 자료는 이야기 2편과 모심기노래, 동요, 단편 민요가 다수이다.

조사 분위기가 무르익자 청중은 젊은 사람들도 노래를 부르라고 했는데, 이에 선뜻 구연에 응한 사람이 송춘애 제보자이다. 제보자는 화투뒤풀이를 부르고 이어 신식 유행가도 2편 불러 구연 장소를 흥겹게 만들었다. 직접 손뼉을 치며 장단을 맞추면서 신나게 구연하였는데, 청중도 동참하여 같이 박수를 치고 즐거워하였다. 경기민요를 많이 아는 듯 했으나 장구를 울러 매야 소리가 잘 나온다며 많이 구연하지는 못했다. 자료를 제공하는 다른 제보자를 칭찬하고 분위기를 흥겹게 조성하는 등 조사자에게 친절하였다. 제공한 자료는 화투뒤풀이, 각설이타령, 경기민요 등이 있다.

청중이 전설을 잘 구연한다고 하여 옆 할아버지 방에서 모셔온 제보자가 김상수 할아버지다. 마을 지명이나 성씨 등 마을에 대한 전반적인 여러 가지 것들에 대해 많이 알고는 있었으나 제대로 설명을 하지 못하고 내용이 소략하여 자료적 활용도는 떨어졌다.

봉기마을에서는 베틀 노래, 각설이 타령, 지신밟기, 손비비는 소리 등 민요 18편과 설화 3편을 조사하였다.

경상남도 합천군 용주면 용지리 용지2구마을

조사일시 : 2010.1.19
조 사 자 : 박경신, 김구한, 김옥숙, 정아용

용지리는 황강변의 중간에 위치한 곳으로 서쪽으로 황매산 줄기가 뻗은 의룡산과 멀리 덕유산 쪽에서 흘러 온 물줄기가 황강이 되어 동쪽으로 흘러가고 있다. 서기 1400년경부터 용마리는 지금의 용주교 밑 황강바닥에서 동쪽을 바라보며 형성되어 있었으며 이천서씨들의 마을로 200년 전까지 집성촌을 이루었다고 한다. 또한 마을 뒤편 황강천에 큰 평야지대에 쌀을 생산하고 있어 무척이나 살기 좋은 마을이다. 내(川)가 높아짐에 따라 마을과 농경지가 침수하게 되자 이웃 마을인 용지리, 고품, 황계 등지로 이주하였다. 1600년 경 모단에 처음으로 청송심씨가 살기 시작하여 의

성김씨, 광산김씨, 성주이씨, 고령박씨 등이 들어와 더불어 살게 되었으며, 둔덕에는 의성김씨, 이천서씨, 청송심씨, 남평문씨 등이 살기 시작했다. 용지리는 용지1구와 용지2구로 나뉜다.

용지2구는 동쪽으로 모단, 서쪽으로는 2km 떨어진 의룡산 아래에 위치한 둔덕마을로 형성되어 있다. 모단은 황강변으로 강가의 언덕이라서 물가언덕 모자와 오목한 것이 소쿠리 모양이라서 둥글 단(團)자로 모단이라 불리어졌다. 오목한 곳에 위치하였고 지금의 황강천이 평야지대였을 때 농사를 짓기 위한 유일한 저수지가 있었다고 한다. 둔덕은 의룡산 아래에 위치해 있는데, 1500년경에는 의룡산 일대가 성터라 의병이 진을 치고 있었다. 이렇듯 의병을 모으고 나라에 덕을 쌓았다 하여 모일 둔(屯)자와 큰 덕(德)자를 합쳐 마을이름을 둔덕이라 하였다.

인구 현황은 60여 가구에 150여 명이 거주하고 있다. 성씨는 의성김씨,

이천서씨, 청송심씨, 남평문씨 등 다양한 성씨들이 살고 있다.

문화유적으로는 청주한씨, 남평문씨 재실이 있고, 김시준의 처 강양이씨가 시부모에게 효도하고 남편을 잘 받들므로 유림에서 조정에 건의하여 세운 효열문이 있다. 1987년 태풍으로 소실된 것을 1988년 면사무소 앞에 다시 설치하였다. 서당골은 문괴암 선생이 서당을 지어놓고 글을 가르친 곳으로 이룡산 3부 능선의 골짜기이며 둔덕동에서 북쪽으로 2번째 골짜기이다.

조사자들이 용지2구 마을을 찾게 된 배경은 합천지역의 전설이나 설화 자료 수집을 위해 여기저기 부탁을 드린 결과 할아버지들이 많은 곳을 가보면 전설에 관한 내용을 많이 들을 수 있을 것이라 하여 찾게 된 곳이다. 조사자들이 마을회관을 방문하자 방안에서 화투를 치는 사람들, 거실 운동기구에서 운동을 하는 사람들, 앉아서 이야기를 나누던 사람들 등 다양하게 소일하고 있었다. 조사의 목적과 취지를 설명 드리자 아는 것이 없다며 대부분 구연에 응해주지 않았다. 그러다 조사자들의 집요한 요청에 응해준 제보자가 심재출 할아버지다. 아는 자료는 많아보였으나, 나이 탓으로 숨 가빠하는 등 적극적인 자세로 구연에 응하려 하지 않았다. 노래를 하다가 자주 자리에서 일어나 방안을 돌며 기억이 안나 못 하겠다는 말을 자주 했다. 하지만 방 안 청중이 이구동성으로 추천하는 것으로 보아 옛날에는 구연을 잘한 제보자임을 알 수 있었다. 그러나 나이가 많아 기억이 많이 소실되었다. 치아가 온전하지 못해 발음도 불분명하게 들리기도 했다. 제공한 자료는, 모심기노래, 경기민요, 지신밟기 등이다. 용지2구 마을회관에서는 더 이상 자료를 조사하지 못하고 일정을 마무리했다.

▌제보자

김상수, 남, 1931년생

주 소 지 : 경상남도 합천군 용주면 봉기리 166번지 봉기리마을회관
제보일시 : 2010.1.18
조 사 자 : 박경신, 김구한, 김옥숙, 정아용

전설을 잘 구연한다고 하여 할머니 방 바로 옆에 있는 할아버지 방에서 모셔온 제보자이다. 마을 지명이나 성씨 등 마을에 대한 전반적인 여러 가지 것들에 대해 많이 알고 있었으며, 설명도 잘 하였으나 자료적 가치는 희박하였다.

유식한 편이었고, 나이보다 젊고 건강해 보였다. 발음도 정확하였으나 귀가 어두워 조사자가 원하는 자료를 이해시키기가 어려웠다. 주갑주 제보자와는 부부지간이며, 이 마을 토박이이다.

제공한 자료는 민요 1편이다.

제공 자료 목록
04_19_FOS_20100118_PKS_KSS_0018 가사도 출처있고

김정조, 여, 1931년생

주 소 지 : 경상남도 합천군 용주면 봉기리 166번지 봉기리마을회관
제보일시 : 2010.1.18
조 사 자 : 박경신, 김구한, 김옥숙, 정아용

다른 마을로 가는 길에 들른 마을회관에서 만난 제보자이다. 할머니들

만 모여 있는 방에서 여러 분 가운데 조사자에게 가장 협조적이었다. 조사자가 조사 장비를 설치하자마자 아는 노래를 연달아 불러주었으며, 시어머니에게 들은 실화나 자신의 시집살이 이야기도 주저하지 않고 들려주었다. 농담도 잘 하여 좌중을 웃게 만들거나 조사에 솔선수범하여 참여함으로써 조사 분위기를 주도하였다.

시종 웃음 띤 얼굴로 구연에 임하였으나 자주 잊어버렸다며 멈추었다가 다시 하였다. 자료 제공하는 것에 의욕이 넘쳤으며, 입담도 좋고, 유머 감각이 있어 경험담을 구수하게 들려주었다. 목소리가 많이 갈라지고, 탁하며, 또한 몹시 떨렸는데, 스스로 이 점에 불만이 많았다. 여러 번 목소리만 좋으면 "차랑차랑" 하게 구연할 수 있을 것이라며 아쉬워하였다. 멀리서 왔다며 조사자에게 자신이 알고 있는 자료는 모두 제공하려는 의지를 보여주는 등 매우 친절하였다.

시원시원하고 활달한 성격으로 머리카락이 희고 커트머리를 하였으며, 바지와 조끼차림이었다. 마을 노인회장직을 맡고 있는 만큼 통솔력의 자질도 보였다. 15세에 아랫마을 손목리에서 이 마을로 시집을 왔으며, 택호는 손목댁이다. 정신대에 끌려가지 않기 위해 어린 나이에 시집을 왔는데, 신랑이 무서워서 시어머니가 돌아가실 때까지 시어머니와 한 방에 거처하였다고 한다. 이런 이유로 시어머니에게 들은 이야기가 많다고 한다. 슬하에 오남매를 두고 있다.

제공한 자료는 이야기 2편과 모심기노래, 동요 등 민요가 다수이다.

제공 자료 목록

04_19_FOT_20100118_PKS_KJJ_0020 무명베 감고 쌀 바꾸러 갔다 온 아들
04_19_MPN_20100118_PKS_KJJ_0021 봉기 원통이

04_19_FOS_20100118_PKS_KJJ_0001 새야새야 파랑새야
04_19_FOS_20100118_PKS_KJJ_0002 이삼삼아 옷해입고
04_19_FOS_20100118_PKS_KJJ_0003 강녹씨야 강녹씨야
04_19_FOS_20100118_PKS_KJJ_0007 모심기노래 (1)
04_19_FOS_20100118_PKS_KJJ_0008 모심기노래 (2)
04_19_FOS_20100118_PKS_KJJ_0009 시집살이노래
04_19_FOS_20100118_PKS_KJJ_0011 청춘가 (1)
04_19_FOS_20100118_PKS_KJJ_0012 청춘가 (2)
04_19_FOS_20100118_PKS_KJJ_0016 지신밟기
04_19_ETC_20100118_PKS_KJJ_0017 손 비비는 소리

문주남, 여, 1939년생

주 소 지 : 경상남도 합천군 용주면 가호리 2구 670번지 가호리마을회관
제보일시 : 2010.1.18
조 사 자 : 박경신, 김구한, 김옥숙, 정아용

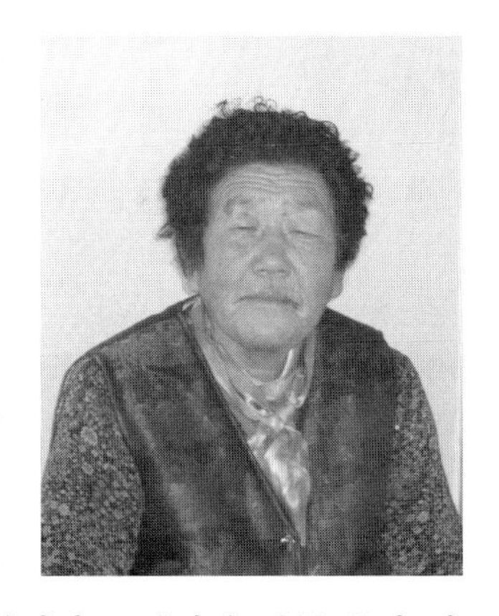

조사자가 찾아간 마을회관에서 만난 제보자이다. 청중이 자장가를 잘 부른다고 한 제보자로 실제로 자장가 한 곡을 구연하였다. 평소에 즐겨 부르던 노래인 듯 했으나 그리 길게 부르지는 못하였다. 집에 가서 가지고 온 복사본의 책을 보고 자장가를 읊었다. 사연인즉 대구에 있는 딸네 집에 외손녀를 돌봐주러 갔다가 시장 이불집 주인에게서 우연히 그 책을 빌려보게 되었다고 한다. 그 당시에는 가사가 너무 좋아 자주 읽고, 하루 저녁에 끝까지도 읽었으며, 2년 후 집에 돌아와서도 가끔 읽었으나 요즈음은 부르지 않는다고 하였다. 집이 좀 먼 것 같았는데, 수고스러움을 마다 않고 집에 가서 자료를 가지고와 조사자에게 구연하여 준 정성을 보면 이 자장가에 대한 애착이 무척 강해 보였다.

조금 통통한 외모에 수더분한 인상을 지녔으며, 목소리가 맑았다. 치과에서 이를 빼고 와서 마스크를 하고 있었다. 입이 아픈 데도 불구하고 장시간 자장가를 구연할 정도로, 자장가 구연에 대한 대한 자부심과 열의가 대단했다. 그러나 어려운 어휘는 정확하게 읽지 못하는 것으로 보아 한글 해독 능력이 뛰어난 것 같지는 않았다. 태어나 자란 곳은 부산이고, 20세 무렵에 이 근처 대병으로 시집을 와서 살다가 이 동네로 온지는 48년째라고 한다.

제공한 자료는 자장가 1편이다.

제공 자료 목록
04_19_FOS_20100118_PKS_MJN_0002 자장가

송춘애, 여, 1948년생

주 소 지 : 경상남도 합천군 용주면 봉기리 166번지 봉기리마을회관
제보일시 : 2010.1.18
조 사 자 : 박경신, 김구한, 김옥숙, 정아용

조사 분위기가 무르익자 청중은 젊은 사람들도 노래를 부르라고 했는데, 이에 선뜻 구연에 응한 사람이 제보자이다. 제보자는 화투뒤풀이를 부르고 이어 신식 가요도 2편 불러 구연 장소를 흥겹게 만들었다. 직접 손뼉을 치며 장단을 맞추면서 신나게 구연하였는데, 청중도 동참하여 같이 박수를 치고 즐거워하였다. 경기민요를 많이 아는 듯 했으나 장구를 울러 매야 소리가 잘 나온다며 많이 구연하지는 못했다. 자료를 제공하는 다른 제보자를 칭찬하고 분위기를 흥겹게 조성하는 등 조

사자에게 친절하였다.

목소리가 아주 좋고 노래도 잘 불렀다. 갸름한 얼굴에 잘 생긴 이목구비를 지녔으며 인상이 좋았다. 인근 대병에서 19세에 이 마을로 시집을 왔으며, 택호는 학동댁이다.

제공한 자료는 화투뒤풀이, 각설이타령 등 민요 4편이 있다.

제공 자료 목록
04_19_FOS_20100118_PKS_SCA_0005 화투뒤풀이
04_19_FOS_20100118_PKS_SCA_0010 각설이타령
04_19_FOS_20100118_PKS_KJJ_0012 청춘가 (2)
04_19_FOS_20100118_PKS_SCA_0013 창부타령

심재출, 남, 1930년생

주 소 지 : 경상남도 합천군 용주면 용지리 522번지 용지리마을회관
제보일시 : 2010.1.20
조 사 자 : 박경신, 김구한, 김옥숙, 정아용

주변 사람들에게 남자 분들이 많다는 마을회관에 소개받아 간 곳에서 만난 제보자이다. 방안에서 화투를 치는 사람들, 거실 운동기구에서 운동을 하는 사람들, 앉아서 이야기를 나누던 사람들 중에서 유일하게 자료 조사에 응해준 제보자이다. 아는 자료는 많아보였으나, 나이 탓으로 숨이 가빠하는 등 적극적인 자세로 구연에 응하려 하지 않았다. 노래 한 곡을 시작해서 끝내기도 전에 몇 번이나 그만두려 하였다. 노래를 하다가 자주 자리에서 일어나 방안을 돌며 그만 하겠다고 말하였다. 이런 점에서 구비문학에 대한 이해도는 높지 않아보였다.

자그마한 체구에 약간 쉰 목소리로 구슬프게 구연하였다. 고개를 곡조에 따라 움직이면서 지그시 눈을 감거나, 왼손을 내젓기도 하면서 노래하였다. 젊은 시절 동네 행사에 참여하였다고 하는데, 그 당시 노래를 잘 부른 유능한 소리꾼임을 짐작할 수 있다. 방안의 청중이 이구동성으로 추천한 점도 이를 뒷받침한다. 그러나 나이가 많아 기억이 많이 소실되었다. 치아가 온전하지 못해 발음도 불분명하게 들리기도 했다. 보유한 자료를 시원스레 구연하게 하고 채록하지 못한 것 같아 아쉬움이 남는 제보자이다.

제공한 자료는 지신밟기 외 3편이다.

제공 자료 목록
04_19_FOS_20100120_PKS_SJC_0001 모심기노래
04_19_FOS_20100120_PKS_SJC_0002 진주난봉가
04_19_FOS_20100120_PKS_SJC_0003 각설이타령
04_19_FOS_20100120_PKS_SJC_0004 지신밟기노래(성주풀이)

심필점, 여, 1935년생

주 소 지 : 경상남도 합천군 용주면 봉기리 166번지 봉기리마을회관
제보일시 : 2010.1.18
조 사 자 : 박경신, 김구한, 김옥숙, 정아용

제보자는 조사 분위기가 어느 정도 무르익자 자청해서 노래를 구연하였다. 박수를 쳐 장단을 맞추면서 노래 불렀다. 젊은 시절에는 모심기노래도 많이 하고, 논매기노래도 하였는데, 세월이 흘러 이제 다 잊어버렸다고 한다. 조사 분위기가 흥겨운 분위기로 흐르자 경기민요를 불렀다. 더 구연해 달라는 조사자의 요청에 이런 노래는 많이

알고 있으나 조금씩 불러야지 많이 하면 안 된다고 말하였다.

체구가 작고, 파마머리에 각진 얼굴로 전체적으로 야무지고 재바른 인상을 주었다. 가늘고 낭낭한 목소리로 열심히 구연하였다. 택호는 대전댁이다.

제공한 자료는 모심기노래와 청춘가이다.

제공 자료 목록
04_19_FOS_20100118_PKS_SPJ_0004 모심기노래
04_19_FOS_20100118_PKS_SPJ_0006 청춘가
04_19_FOS_20100118_PKS_KJJ_0012 청춘가 (2)

유원칠, 남, 1936년생

주 소 지 : 경상남도 합천군 용주면 가호리 398번지 가호리마을회관
제보일시 : 2010.1.20
조 사 자 : 박경신, 김구한, 김옥숙, 정아용

대한노인회 용주면 분회에서 추천받아 찾아가 만난 제보자이다. 이틀 전에도 마을회관의 할머니 방을 방문한 적이 있는 제보자이다. 제보자는 조사자가 지신밟기를 잘 한다는 소문을 듣고 찾아왔다는 사실을 기쁘게 받아들이고 적극적으로 구연하려 애썼다. 그러나 이런 노래를 안 부른 지가 너무 오래 되어 많이 잊어버렸다고 아쉬움을 드러냈다. 지신밟기 외에도 망깨노래나 상여소리 등 들어보기 쉽지 않은 노래들은 기꺼이 불러주었다. 망깨노래를 언급했을 때는 뒷산에 못을 팔 때 삼일 동안 불러서 이 노래를 잘 한다고 반가워하였고, 상여소리 앞소리도 잘 매긴다고 자부심을 내보이며 구연의욕을 내비쳤다. 빠진 부분이 있어

도 노래를 마무리하려는 의식을 가지고 있었는데, 이로 보아 구비자료에 대한 소양이 깊음을 알 수 있다. 초성이 좋았으며, 자신감 있는 목소리로 감칠맛 나게 노래를 잘 불렀다. 몸을 흔들거나 한 손을 사용하여 장단을 맞추어 노래의 분위기를 더하는 등 열성을 다해 구연하는 모습을 보여주었다. 망깨노래와 상여소리의 앞소리는 책에도 없는 것이라며 귀한 자료임을 자부하고 있었다.

키는 작지만 다부진 인상을 주는 얼굴을 지녔다. 발음은 정확하고 힘있는 목소리로 구연할 줄 알았다. 제보자의 말로는 이름도 못쓴다고 하나 기억력이 좋았다. 언젠가 마산 MBC에서 지신밟기를 완전하게 채록해 갔다고 하는 것으로 보아 유능한 제보자임을 알 수 있다. 이 마을 태생으로 2남 2녀를 두고 장남은 육군대령으로 재직 중이라 한다.

제공한 자료는 지신밟기 노래, 상여소리, 망깨노래, 각설이타령, 모심기 노래 등이 있다.

제공 자료 목록

04_19_FOS_20100120_PKS_YWC_0001 지신밟기노래
04_19_FOS_20100120_PKS_YWC_0002 모심기노래 (1)
04_19_FOS_20100120_PKS_YWC_0004 모심기노래 (2)
04_19_FOS_20100120_PKS_YWC_0006 망깨노래
04_19_FOS_20100120_PKS_YWC_0007 창부타령
04_19_FOS_20100120_PKS_YWC_0009 각설이타령
04_19_FOS_20100120_PKS_YWC_0014 노랫가락
04_19_FOS_20100120_PKS_YCG_0016 상여소리
04_19_FOS_20100120_PKS_YCG_0018 칭칭가

유철규, 남, 1939년생

주 소 지 : 경상남도 합천군 용주면 가호리 398번지 가호리마을회관
제보일시 : 2010.1.20

조 사 자 : 박경신, 김구한, 김옥숙, 정아용

유원칠 제보자와 함께 만난 제보자이다. 제보자는 융통성을 발휘하여 구연하는 재주가 뛰어났다. 유원칠 제보자가 가사와 곡조를 정식으로 부르려고 한다면, 유철규 제보자는 완벽하지 않아도 쉽게 노래를 시작하거나, 임의로 가사를 만들어서 부르는 솜씨가 있었다. 지신밟기 노래를 마음속으로 준비하는 유원칠 제보자를 앞질러 먼저 시작할 정도로 머뭇거림이 없었다. 각설이타령에 달거리를 접합시켜 부르기도 하고, 상여소리도 즉석에서 가사를 생각해내어 부르는 재주를 발휘했다. 실제로 자신의 입으로 기억나지 않을 때는 둘러대는 재주가 필요하다고 말했다. 지신밟기, 상여소리의 구연에도 참여했으나, 어릴 적 부르던 재미있는 노래도 많이 알고 있었으며, 같은 노래라도 아주 흥겹고 재미있게 부르는 자질을 보였다. 두 손을 활발히 사용하여 노랫말의 표현을 도왔고, 스스로도 흥에 겨워 노래하고, 또한 청중을 웃기게 만들려고 노력하였다. 아는 노래는 요구하지 않아도 자청해서 즐겁고 신나게 구연에 임했다. 기억력이 좋은 편이었고, 한 마디로 노래를 즐기는 제보자였다.

앞머리가 벗겨져서 나이가 좀 들어보였으나, 체격이 좋고 건강해 보였다. 마음씨가 좋아보였고, 남을 즐겁게 하는 것을 좋아했다. 노래 자료를 다양하게 많이 보유하고 있었다.

제공한 자료는 지신밟기노래, 상여소리, 말 잇기 노래, 다리세기 노래, 화투뒤풀이 등 다수이다.

제공 자료 목록

04_19_FOS_20100120_PKS_YWC_0001 지신밟기노래

04_19_FOS_20100120_PKS_YCG_0003 말 잇기 노래 (1)
04_19_FOS_20100120_PKS_YWC_0004 모심기노래 (2)
04_19_FOS_20100120_PKS_YCG_0005 말 잇기 노래 (2)
04_19_FOS_20100120_PKS_YCG_0008 각설이타령
04_19_FOS_20100120_PKS_YCG_0010 다리세기 노래
04_19_FOS_20100120_PKS_YCG_0011 화투뒤풀이
04_19_FOS_20100120_PKS_YCG_0012 양산도
04_19_FOS_20100120_PKS_YCG_0013 창부타령 (1)
04_19_FOS_20100120_PKS_YCG_0015 천자뒤풀이
04_19_FOS_20100120_PKS_YCG_0016 상여소리
04_19_FOS_20100120_PKS_YCG_0017 창부타령 (2)
04_19_FOS_20100120_PKS_YCG_0018 칭칭가

윤종순, 여, 1924년생

주 소 지 : 경상남도 합천군 용주면 가호리 2구 670번지 가호리마을회관
제보일시 : 2010.1.18
조 사 자 : 박경신, 김구한, 김옥숙, 정아용

조사가가 찾아간 마을회관에서 만난 제보자이다. 청중이 놀러가서 부른 노래를 해보라고 하자 잊어버리고 없다고 하였으나, 그래도 괜찮다고 청중과 조사자의 설득으로 부른 것이 베틀노래이다. 전에 베틀을 직접 짜던 분으로 할머니로부터 이 노래를 배웠다고 하는데 구연하는 모습에서 베틀노래에 대한 애정이 엿보였다. 표정에서 전에는 완전히 부르던 노래를 조금밖에 부르지 못하는 것에 대해 아쉬움이 묻어났다. 멀리서 온 조사자를 위해 애써 구연하는 모습을 보여주는 등 조사자에게 친절했다.

조그마한 얼굴과 커트머리에 가는 이미지의 이목구비를 지녔으며 인자해 보였다. 나이가 많아서인지 목소리에 힘이 없었다. 고령 연보에서 18세에 이 마을로 시집와서 지금까지 살고 있다.

제공한 자료는 베틀노래 1편이다.

제공 자료 목록

04_19_FOS_20100118_PKS_YJS_0001 베틀노래

주갑주, 여, 1934년생

주 소 지 : 경상남도 합천군 용주면 봉기리 166번지 봉기리마을회관

제보일시 : 2010.1.18

조 사 자 : 박경신, 김구한, 김옥숙, 정아용

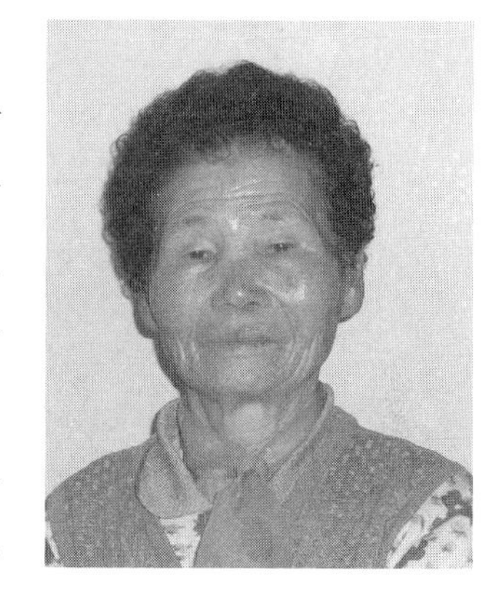

다른 제보자가 구연할 동안은 조용히 경청하였나, 자신이 아는 이야기나 노래가 나오면 해보겠다며 적극적으로 구연에 임하는 제보자였다. 짧은 이야기 한 편과 간단한 민요를 즐겁게 구연했다. 이로써 조사에 도움을 주려는 태도를 보였다.

자그마한 체구에 성격이 활달해 보이는 분위기를 지녔다. 대병에서 19세에 이 마을로 시집을 왔다고 한다.

제공한 자료는 설화 1편과 민요 2편이다.

제공 자료 목록

04_19_FOT_20100118_PKS_JGJ_0019 며느리의 시집살이

04_19_FOS_20100118_PKS_JGJ_0014 청춘가

04_19_MFS_20100118_PKS_JGJ_0015 노랫가락 차차차

며느리의 시집살이

자료코드 : 04_19_FOT_20100118_PKS_JGJ_0019
조사장소 : 경상남도 합천군 용주면 봉기리 봉기마을회관
조사일시 : 2010.1.18
조 사 자 : 박경신, 김구한, 김옥숙, 정아용
제 보 자 : 주갑주, 여, 77세
구연상황 : 청중이 제보자에게 이 이야기를 구연할 것을 권유하였다. 제보자는 곧바로 이 짧은 소화를 구연하고 청중이 웃음으로 반응하였다.
줄 거 리 : 옛날에 갓 시집온 며느리에게 시어머니가 짚단이나 송아지, 강아지에게도 예 하라고 존칭법을 가르친다. 그러자 며느리가 송아지나 거적대기에도 씨를 붙이고, 개에게도 님자를 붙이고, 개의 행동에도 존칭으로 표현함으로써 시어머니가 알아듣지 못하게 말을 한다.

옛날에 저 시집을 가마 시엄마가

"짚단도 예하고 송아지도 예하고 강아지도 예하고 다 예하라."

캤어.

"짚단도 예하라."

하고.

그래 은자 옛날에 시집을 가마, 그래

"송철 송철씨가 거철씨를 둘러씨고 뒷목으로 드갔이니 개님이 보시디 이시요 지시오."

그래 은자 시어마이가 듣고 그 뭔 소린고 싶푸거든(싶거든).

"야야, 메느리! 그 뭔소리고?"

큰까네

며느리가

"송아지가 거적이를 씨고 뒷꿈창을 드간깨네 그래 은자 개가 보고 웃고 짓고 한다."

고, 그래 그러더란다.

무명베 지니고 쌀 바꾸러 갔다 온 아들

자료코드 : 04_19_MPN_20100118_PKS_KJJ_0020
조사장소 : 경상남도 합천군 용주면 봉기리 봉기마을회관
조사일시 : 2010.1.18
조 사 자 : 박경신, 김구한, 김옥숙, 정아용
제 보 자 : 김정조, 여, 80세
구연상황 : 자료를 채록해서 무엇을 하느냐는 청중의 질문에 조사자가 대답하던 중에 제보자가 이 이야기를 구연하였다. 이 이야기는 제보자 남편이 겪은 이야기로 제보자가 시집와서 들은 이야기라고 한다. 일제강점기 선조들이 겪던 어려움을 알려주는 생생한 일화이다. 청중은 진지하게 경청하며 내용에 반응을 보이기도 하였다. 이야기를 끝낸 후 예전에는 그렇게 어려웠다. 어떻게 무명베 한 필을 알몸에 감았는지 모르겠다며 놀라워하였다.
줄 거 리 : 지금까지 살아 있으면 구십인 남편이 열아홉 살 때의 일이다. 전라도 무주에 가면 쌀이 많다는 소식을 듣고 무명베를 가지고 쌀을 바꾸러 간다. 일제강점기, 베를 보면 빼앗아가던 시절이라 온몸에다 무명베 한 필을 챙챙 감고 핫저고리까지 입은 빵빵한 몸으로 길을 떠난다. 이웃 사람과 이곳 봉기마을에서 산길로만 걸어 무주에 도착해서 어느 집에서 쌀밥 한 그릇 얻어먹고 베를 주고 쌀 한말을 바꾼다. 그러나 이 쌀을 또 빼앗길까봐 두려워 베를 도로 달라고 하여 몸에 감고 집으로 돌아온다. 기다리던 어머니는 빈손으로 돌아오는 아들을 보고, 오산이라고 하는 데 가서 무명베를 주고 피쌀을 한 말 바꾸어 온다. 그 피쌀이 죽을 끓이면 엄청나게 양이 늘어나서 또 한 시절을 그걸 먹고 넘겼다고 한다.

우리 영감은요, 올해 살았으마 딱 구십인데,

쪼맨을(조그만할) 적에 양식이 없어서, 저 전라도 무주 가마(가면) 쌀이 쌨다고(많다고) 소문을 듣고, 나이 열아홉 살 묵어서, 베로 미영베(무명베)로, 그때는 일본 전쟁시대라서, 미영 미영비 보면 빼뜰어갔거든(빼앗아갔거든).

그래놓은깨네, 미영베 한 필로, 직접 우리 영감이 그랬다 캐. 몸띠-(몸뚱이) 가다가 은자, 베로 들고가마 빼길까 싶어서, 몸에다 알몸에다 베 한 필로

["창창"을 힘을 주어 길게 발음함.]

창-창 감아놓은깨네, 영 마 구둔해서 이래갖고, 그중에

["질쭉한"을 길게 발음함.]

질-쭉한 핫저구리로 해서 여꺼정 오는 걸 해 입고 있은깨, 몸띠가 똑 빵빵한이 해갖고, 전라도 무주꺼정 걸어서갔다 캐. 산질로 산질로 해서 걸어간깨네

(청중 : 그 먼데로 걸어갔을끼?)

["하머. 너거 그래마 시 저 너거 시아바이 사춘하고."라며 청중의 말에 대답하였다.]

그래 인자 걸어서 간깨네, 참 밥을 해서

["한 그륵"을 강조하여 길게 말하였다.]

한- 그륵 주는데, 쌀밥을 한 그륵(그릇) 얻어묵고 그 물이 좋아서 좋더란다. 그래 인자 묵고 난깨네(나니까), 이 베 쌀을 한말 주기는 주되, 가다가 뺐기마 우리는 책엄 몬 진다 커더라네.

그래 이 밥은 얻어 묵고, 배는 부리고, 만약에 오매가 그러구러 해갖고 미영베로 이래 주는 걸, 가다가 쌀로 뺏기며 우짜고 싶어 똑 걱정이 되더라 캐.

그래서 고만 다부(도로) 쌀로 조삐리고(줘버리고) 미영베로 또 감아지고 또 오는 기라.

[청중 웃음]

또 온깨네, 집에서는 쌀 구해가 오는가 싶어서 어무이는 이래 지다리고 있는데, 그양 오거든.

그래서 와갖고, 저 지산 오데 가서 피쌀로 한 말 미영베로 한 필 준깨

네, 피쌀로 한 말 보안(뽔안) 싸리쌀로 한 말 주더란다.

그걸 죽을 끼리논깨(끓여놓으니까) 어떻큼(어떻게나) 죽이 늘던지

(청중 : 아 피쌀이 그만큼 느네.)

마 쪼매썩 갖다 끼리도 하 늘더란다.

(청중 : 피쌀이 죽도 꼬시고(고소하고))

그래 묵고 냉깄다고(넘어갔다고) 내가 이약을(이야기를) 들었네요.

나 열다살 묵고 스물여섯에 장개를 온깨네 마 노총각이라꼬 들썩들썩 겄더라꼬. 그러이 우리가 영감하고 열한 살 차이라서. 그래 그런 이바구를 들었다. 우리 어무이한테.

봉기 원통이

자료코드 : 04_19_MPN_20100118_PKS_KJJ_0021
조사장소 : 경상남도 합천군 용주면 봉기리 봉기마을회관
조사일시 : 2010.1.18
조 사 자 : 박경신, 김구한, 김옥숙, 정아용
제 보 자 : 김정조, 여, 80세
구연상황 : 이야기를 하나 하겠다며 실화라고 하면서 이 이야기를 구연하였다. 청중도 알고 있는 듯 먼 곳 사람 이야기가 아니라는 반응을 보였다. 제보자와 청중은 옛날에는 시집살이를 어떻게 했는지 모르겠다고 하고, 돈 벌 재주도 없어 꼼짝 없이 한 낭군 섬기며 살았다고 이야기 했다. 심지어 머리 올리고 나서 친정에서 해 묵혀 시집을 가는데, 그새 신랑이 죽고 없어도 시집간다고 "끄떡끄떡" 갔다며, 옛날 여인들의 부당한 삶을 토로했다. 청중도 이에 대해 한 마디씩 거들며 이야기를 나누었다.
줄 거 리 : 봉기리에 한 며느리가 시집을 와서 시집살이가 고되어서 세 살 아이를 두고 죽는다. 그러자 그 남편이 너무 원통하고 애닯아서 앞산을 쳐다보며 원통하다고 노래를 부른다. 하도 원통하다고 노래를 부르다보니, 이후 그 사람의 별칭이 봉기 원통이가 되었다고 한다.

이전에 마누래가 장개로 간깨, 어떠쿰(어떻게) 시집이 무섭든지. 시집이 무섭아서 그러구러 고상을 하다가 고마(그만) 마누래가 죽었어요.

죽었는데, 아-로(아이를) 세 살 묵는 걸 냅두고(놔두고) 죽었는데, 그래 신랑이 아-로 업고, 서서 대청에 떡 서가지고,

[곡조를 넣어서]

> 아이고 아이고 원통해라 원통해라~
> 갑사처매 뜰어서
> 우리 공지미 쾌자해 입힐라커디
> 와니가 입고가노
> 아이고 아이고 원통해라~
> 오매 아부지 샘긴다고(섬긴다고)
> 청어 한마리 못묵어보고
> 와이고 와이고 원통해라 원통해라~

["또 뭣이더라."고 한 뒤 이어 구연함.]

> 날 아직으로(아침으로) 일나마
> 따독따독 덮어주디이
> 날 안덮어주고 어데갔노
> 아이고 아이고 원통해라~

[다시 말로]

알랑(아일랑) 해서 업고 저- 안산을 채리보고 그래 막 울어싸요(울고 있어요). 울어싸놓이 마 베로 마 원팅이가 됐어. 하도 원통해라고 싸아서 (해서).

그래 갖고 여개 있어서 이 사는데, 가호리 저 가면 봉기 원팅이 올라

온다.

[웃음]

(청중 : 먼 데 사람도 아이라.)

그래 그래 샀다가, 이전에 그리 시집을 살고 모도 죽었어.

가사도 출처 있고

자료코드 : 04_19_FOS_20100118_PKS_KSS_0018
조사장소 : 경상남도 합천군 용주면 봉기리 봉기마을회관
조사일시 : 2010.1.18
조 사 자 : 박경신, 김구한, 김옥숙, 정아용
제 보 자 : 김상수, 남, 80세
구연상황 : 마을 지명과 유래에 대한 이야기를 다양하게 하던 제보자에게 옛날 이야기와 노래를 구연해 주기를 청했다.

가사도 출처있고 노래도 곡조있네
짜른(짧은)노래 길기(길게)불러 다정하게 놀아보세

새야새야 파랑새야

자료코드 : 04_19_FOS_20100118_PKS_KJJ_0001
조사장소 : 경상남도 합천군 용주면 봉기리 봉기마을회관
조사일시 : 2010.1.18
조 사 자 : 박경신, 김구한, 김옥숙, 정아용
제 보 자 : 김정조, 여, 80세
구연상황 : 고품리 마을회관을 다시 찾아가던 조사자가 가는 길에 보이는 마을회관을 방문한 것이 이 봉기리 마을회관이다. 조사자가 할머니들만 계시는 방에 들어가 조사 취지를 설명하였다. 다과와 음료를 대접하여 분위기를 만들자 제보자가 시원스레 나서서 이 노래를 구연하였다. 구연을 끝내자 청중은 잘한다고 반응을 보이고, 제보자는 "노래되었느냐?"며 조사자에게 확인하는 말을 하였다.

새야새야 포랑새야니어데가 자고왔노
개울명당 내리더터[45)]

[소리가 안 떨리면 차랑차랑하게 잘 할 거라는 말을 한 후 계속함.]

개울명당 내리더터 칠성판에 자고왔소
그방치기 워떻더노 천장에는 비리(벼룩)쏟고
베개모에 달이뜨고

["베개모 아는교?"라고 조사자에게 묻고 계속 구연함.]

이불밑에 꽃이패고
요강요강 재빨요강 발끝으로 밀치놓고

(청중 : 어이 잘한다!)
[웃음]
["그래 밀치놓고"라고 한 후 계속함.]

사랑사랑 아~

[잘못 구연한 듯 다시 고쳐 계속 구연함.]

낮으로는 낮에사랑 밤으로는 품에사랑
사랑사랑 내사랑아 잠든사랑 장해로세

이삼삼아 옷해입고

자료코드 : 04_19_FOS_20100118_PKS_KJJ_0002
조사장소 : 경상남도 합천군 용주면 봉기리 봉기마을회관
조사일시 : 2010.1.18
조 사 자 : 박경신, 김구한, 김옥숙, 정아용

---

45) 내려오면서 훑어본다는 뜻임.

제 보 자 : 김정조, 여, 80세
구연상황 : 앞 노래의 구연을 끝내고 노래 하나를 더 부르겠다고 말한 다음 이 노래를 구연하였다. 이 노래를 누구에게 배웠느냐고 묻자 제보자는 방안의 청중에게 배웠다고 우스갯소리를 하였다. 이어 어릴 때 배웠다고 하고, 청중 중 한 명은 옛날 어른들께 배운 것이라 덧붙였다.

이삼삼아 옷해입고 무등산천 귀경(구경)가자
무등산천 개머리는 무등잡고 희롱하고
사천

[틀린 듯 고쳐 구연함.]

하늘에라 옥황선녀 구름잡고 희롱하고
우리

[잘못 구연한 듯 다시 고쳐 부름.]

사천앞에 오나락은 고개젖쳐 사라지고
들가운데 둥근아 수영버들 좋은듯이 사라지고
우리동네 두루두루 잠이들어 사라졌네

[웃음]

강녹씨야 강녹씨야

자료코드 : 04_19_FOS_20100118_PKS_KJJ_0003
조사장소 : 경상남도 합천군 용주면 봉기리 봉기마을회관
조사일시 : 2010.1.18
조 사 자 : 박경신, 김구한, 김옥숙, 정아용
제 보 자 : 김정조, 여, 80세
구연상황 : 앞 노래에 이어 "또 한 개 더 불러볼까?"며 이 노래를 구연하였다. 구연을

끝낸 후, 잘 하신다며 기억력이 좋다고 하자 웃음으로 답하였다. 청중도 박수치며 노래 부를 자격이 있다며 즐거워하였다. 이 노래의 제목을 묻자 제목은 모른다며, "강녹씨야 강녹씨야"라는 노래 첫 구절을 들먹였다.

강녹씨야 강녹씨야 여지강에 성녹씨야
엉쿠렁에 반바래끼 반틀잡아 족끼놓고
이슬겉은 저마너래 우찌 리 곱기생기
나도생기 못다생기 까마군가 까친가
우찌저리 허무한고 목을비어 대봉하고
찹쌀닷말 멥쌀닷가 에닷말 술을해여

[웃음]
(청중 : 아이구 잘한다.)

비기딜랑 졸라치고 은아은아 동네은아
너거종은 오데갔노 서월낭강 빨래갔소
서월낭강 물이말라 진주낭강 물이좋아
어릉처렁 씻고지아 초비어른 장개가고
서울어른 후백가고 진주어른 요각가고
아해종아 말마

[다시 고쳐 읊조림.]

말몰아라 어른종아 짐챙기라

[온갖 소리 다 한다고 하며 웃음.]

어릉처렁 가고지야

모심기노래 (1)

자료코드 : 04_19_FOS_20100118_PKS_KJJ_0007
조사장소 : 경상남도 합천군 용주면 봉기리 봉기마을회관
조사일시 : 2010.1.18
조 사 자 : 박경신, 김구한, 김옥숙, 정아용
제 보 자 : 김정조, 여, 80세
구연상황 : 모심기노래 중 제보자가 아는 것을 불러 보겠다며 구연을 시작하였다. 노래를 부르다가 잊어버렸다며, 순서가 바뀌고 하더니 처음부터 다시 불렀다. 여전히 떨리는 불안정한 목소리로 열심히 구연했다.

서마지기 논빼미가 반달같이 미아내네(매워내네)
거기무신 반달인양 우리누부 반달이다
반달같은 너거누부 온달같은 나를도라

모심기노래 (2)

자료코드 : 04_19_FOS_20100118_PKS_KJJ_0008
조사장소 : 경상남도 합천군 용주면 봉기리 봉기마을회관
조사일시 : 2010.1.18
조 사 자 : 박경신, 김구한, 김옥숙, 정아용
제 보 자 : 김정조, 여, 80세
구연상황 : 앞 노래에 이어서 계속 구연하였다. 중간에 잘못 구연하여 다시 고쳐 불렀다. 이 노래는 긴 노래인데 다 잊어버렸다고 했다.

우런님은 오데가고 골골맞아 연기나는데
우런님은 어데가고 연기낼줄 모르는고
다풀다풀 딸애기는 젖묵으로

[다시 고쳐서 구연함.]

다풀다풀 다박머리 니어데가노 허우우산

주름 밑에라 크던가

밑에

젖먹으로 나는가요

["그래 은자 영감이 할마이를 잃어버렸던 모양이지."라고 설명한 후 구연함.]

골골마중 연기나는데 우런님은 어디가고

연기낼줄 모르는고

시집살이노래

자료코드 : 04_19_FOS_20100118_PKS_KJJ_0009
조사장소 : 경상남도 합천군 용주면 봉기리 봉기마을회관
조사일시 : 2010.1.18
조 사 자 : 박경신, 김구한, 김옥숙, 정아용
제 보 자 : 김정조, 여, 80세
구연상황 : 시집살이노래를 청하자 제보자는 스스로 이 노래를 부르겠다고 나섰다. 처음에는 읊조리듯 구연했으나 자주 말로 설명하며 완전하게 구연하지는 못하였다. 자꾸 잊어버린다는 제보자의 말에 청중이 오늘부터 연습하라고 하여 웃었다. 제보자는 이런 노래가 옛날에 "시집살은 노래"라고 구연이 끝난 후 설명했다.

성아성아 사촌성아 시접살이 어떻더노

시집살이 좋던구만

질캉같은 찰독안에 쌀퍼내기 정이럽고(어렵고)

중우(바지)벗은 시아재비 말하기도 정이럽고

그러구러

사랑앞에 배알꽃은 날안꺾은 배알꽃을
날꺾었다 탓일래라
살강밑에 봉우괴기 날안묵은 봉우괴기
날묵었다 탓일래라
죽구지야(죽고싶어라) 죽구지야 이내목숨 죽고지야
석자수건 목에걸고

죽을라고 마음을 묵었어. 그래 은자 방서 담고 누웠으니깨 신랑이 마침 그때 온 거라

축다(축담)안에 올라서서 동에동쪽 돋안(돋은)해가
서해서쪽 글아니요
일어나소 머신(무슨)잠을

그래 자느냐고 은자 신랭이 굴 쿠는 기라.[46] 굴 캐도(그렇게 말해도) 기척이 없어 또

청끝에 올라서서 어저녁에 들은잠이
머시그리 깊이들어 일어날줄 모르요

이러쿠이 그래도 기척이 없어.

방문을열고 드가보니 석자수건 목에감고

가고 없는 기라. 그래 은자 오마이를 보고

큰방에 어머님도 들어보소

46) '굴 쿠는 기라'는 그렇게 말하는 것이라는 뜻임.

사랑방에 아버님도 들어보소
천금겉은 넘우자석 데려다가
우짤라고(어떻게 하려고) 저래놨소(저렇게 해 놨소)

커거든. 그래 인자 굴쿠고. 아이구 무시라.

[웃음]

그래가고 은자 저 저게 시동상이

유둑실 유둑실은 시동상
목소릴랑 끊어서 대롱을하고

[여기서 제보자가 헷갈린다며 잠시 멈추었다. 청중이 그래도 잘한다고 하거나, 처음 듣는 노래라며 제보자의 노래를 칭찬하였다.]

그래 저 새가 풀풀 깐치 까마구가 날아간께 각시가 채려보고 시집 살 때

더풀더풀 저날갤랑 쫓아우런님을 주고지야
유둑실은 목소릴랑 시동상을 주구지야
핼곰핼곰 눈동자는 시누에씨 주고지야

청춘가 (1)

자료코드 : 04_19_FOS_20100118_PKS_KJJ_0011
조사장소 : 경상남도 합천군 용주면 봉기리 봉기마을회관
조사일시 : 2010.1.18
조 사 자 : 박경신, 김구한, 김옥숙, 정아용
제 보 자 : 김정조, 여, 80세
구연상황 : 제보자에게 아는 노래는 다 불러달라고 하자 이 노래를 구연하였다. 이런 노래들은 옛날에 어렸을 적 불렀다고 한다. 그때는 신식노래가 따로 없었기 때

문에 이런 노래를 따라 불렀다고 한다.

합천읍내 유복자야~ 딸자랑 말아라
연지찍고 분바르만 니나(너나)내나

[웃음]
[뒷부분은 청중이 마무리함.]

똑같구나

갈미선산 중허리는 허리안개 돌고요
우리집에 우런님은 날안고 도는구나

질까집(길가집) 담장은 높아야 좋고요
술집에 아주머니 곱아야 좋더라

청춘가 (2)

자료코드 : 04_19_FOS_20100118_PKS_KJJ_0012
조사장소 : 경상남도 합천군 용주면 봉기리 봉기마을회관
조사일시 : 2010.1.18
조 사 자 : 박경신, 김구한, 김옥숙, 정아용
제보자 1 : 김정조, 여, 80세
제보자 2 : 송춘애, 여, 63세
제보자 3 : 심필점, 여, 76세
구연상황 : 다과를 먹고 음료수를 마시며 한참을 쉬었다. 쉬는 동안 여러 노래를 언급하며 불러주기를 청하는 가운데 제보자가 이 노래를 불렀다. 이 노래들은 일제 강점기 때 군인으로 잡혀갈 때 그 부인들이 부른 노래라고 설명했다.

제보자 1 일본 대판은 임풍년 지고요
우리야 조선은 임풍년 졌구나

우편부 배달부님 급살병을 맞았는가
우런님 소식이 무소식이네

제보자 2 산중에 큰(자란)것도 원통타 하는데
요리도리 이산중에 날씨러지는다(쓰러지는구나)

제보자 3 산이 높아야 골짝도 깊으네
쪼그만은 여자속이 좋-다 얼마나 깊으냐

제보자 2 니가 날만치 사랑을 준다면
가시밭이 천리라도 좋다~ 맨벗고 가는구나

제보자 1 니잘랐다 내잘랐다가~ 간을(승강이를) 말고요
두홀목 마주잡고~ 사진관으로 갑시다

지신밟기

자료코드 : 04_19_FOS_20100118_PKS_KJJ_0016
조사장소 : 경상남도 합천군 용주면 봉기리 봉기마을회관
조사일시 : 2010.1.18
조 사 자 : 박경신, 김구한, 김옥숙, 정아용
제 보 자 : 김정조, 여, 80세
구연상황 : "옛날에 지신밟는 거 한 마디 하까?"라며 이 노래를 구연했다. 청중은 쾌지나 칭칭나네라며 후렴구를 넣어 장단을 맞추고 흥을 돋우며 무척 즐거워하였다.

어야로 성주야~
이터에 들앉아
쾌지나칭칭나네~

터를닦아 집을지어

쾌지나칭칭나네~

사모에 핑경 달고

쾌지나칭칭나네~

동남풍이 딜이불면(들이불면)

쾌지나칭칭나네~

핑경소리가 완연하네

쾌지나칭칭나네~

이터가 뉘턴고

쾌지나칭칭나네~

강씨네 터이로세

쾌지나칭칭나네~

이터에 들앉아

쾌지나칭칭나네~

뒤뜰에 밭사고

쾌지나칭칭나네~

아들애기 놓거들랑

쾌지나칭칭나네~

팔형제만 점지하소

쾌지나칭칭나네~

딸애기는 놓거들랑

쾌지나칭칭나네~

삼형제를 점지하소

쾌지나칭칭나네~

어야라 성주야

쾌지나칭칭나네~

성주임네 덕택으로
쾌지나칭칭나네~
동남풍이 딜이부네
쾌지나칭칭나네~
소새끼는 놓거들랑
쾌지나칭칭나네~
일년에 한바리썩(마리씩)
쾌지나칭칭나네~

자장가

자료코드 : 04_19_FOS_20100118_PKS_MJN_0002
조사장소 : 경상남도 합천군 용주면 가호리 964-4번지 가호마을회관
조사일시 : 2010.1.18
조 사 자 : 박경신, 김구한, 김옥숙, 정아용
제 보 자 : 문주남, 여, 72세
구연상황 : 청중이 제보자에게 자장가 구연을 권유하자, 치과에서 이를 빼고 와서 입이 아프다고 사양하더니 익히 외우고 있던 자장가를 구연했다. 곡조를 넣어 조금 구연하다가 막히자 집에 자장가 책이 있다며 집에 가서 복사본으로 엮어진 책을 가지고 왔다. 이 책은 대구에 있는 손자를 키워 주러 대구에 갔다가, 밀양할머니라는 분에게 빌린 책을 복사한 것이라고 한다. 대구에서 가사가 너무 좋아 즐겨 읽다가, 2년 후 고향에 돌아와서도 이 책을 가끔 읽었으나 요즈음은 읽지 않는다고 했다. 구연 초반에는 잘 읽었으나 어휘가 어려운 부분에서는 자주 틀리게 읽었다. 말하기도 힘들고, 숨도 차고, 글자도 잘 안 보이는지 중간쯤에서 다 읽어야 하느냐고 물었다. 중간에 건너뛰고 끝부분을 읽어달라는 조사자의 청에 몇 장 읽다가 끝부분을 읽고 마무리하였다. 제보자가 책을 읊조리는 분위기에서 아주 귀중한 말씀을 구연한다는 자부심이 드러났다. 원래 책에 적힌 제목은 "청도 훈세가(訓世歌)", 그 밑에 "어린이 자장가"라고 되어 있었다. 또한 책의 머리말에는 청도의 전정열이 조모인 평양조씨의 구전을

재편하였으며, 진주향교에서 만든 것으로 되어 있었다.

나라에는 충신동아 금자동아 옥자동아
부모에는 소자동아 형제에는 우애동아
나라에는 충신동아 이웃간에 시기(신의)동아
친구간에 우애동아

글쿠고 뭐라커더라?
[한 손으로 입을 가리고서]

모래밭에 수박굵듯 둥굴둥굴 잘커거라
청태산 폭포처럼 줄게차게 잘살어라

[또 있는데 모르겠다며, 집에 있는 책을 가지고 오겠다고 하였다. 잠시 후 집에서 가지고 온 책을 보고 구연함.]

알콩달콩 알콩달콩 금자동아 옥자동아[47)]
금을준들 너를사냐 은을준들 너를사냐
우리아기 잘도잔다 모습도 준수하다

자는 모습도 좋은 기라. 저거 할매가. 그래.

나라에는 충신동아 부모에는 효자동아
형제에는 우애동아 일가친척 화목동아
친구에는 시기동아(신의동아) 공부에는 열성동아

[기침함.]

매사에는 충실동아 무병장수 건강동아

47) 책에는 "알갈달강 알강달강 은자동아 금자동아"라고 되어 있음.

우리한손 우리문전(문중) 너에게 달려있다

[자기 문중에 자기 아이가 달려있다는 말이라고 설명함.]

일취월장 잘자라서 이나라에 기동되고
세계사의 큰별되어 배달여로(배달겨레) 인도하고

[책장을 한 장 넘김.]

천사에는(청사에는) 초록이고(좋은이름) 후세계에 남겨주소
은자동아 금자동아 우리아기 아기 착한아기
요순같이 인자하고 공명같이 지혜롭고 지혜롭고
순석한(명석한) 두애총기(두뇌총기) 일남저기(일남첩기) 조실불망(종신불망)
국제일학(군계일학) 되겨

[다시 고쳐서]

되게하고 성낭대사(선망대상) 되어주소
동방사의(동방삭의) 맹을받고(명의빌고) 석순의(석숭의) 복을받아(복을 빌어)
명도 명도질고 복도받고 문무금전 우리아기
효자손 대일하여 효자창손 하어주소
은자동아 금자동아 우리아기 착한아기
금을준들 너를사냐 금을준들 너를사냐

[청중이 책장을 잘못 넘기는 제보자에게 한 장을 더 넘기라고 가르쳐 주었다.]

단군할배 피를받아 배달여게(배달겨레) 일번으로(일원으로)
부대부대(부디부디) 잘자라서 이나라의 기동되소
자장자장 우리아기 잘도자고 잘도논다

[다시 고쳐서]

잘도잔다
자장자장 우리아기 자 자장자장 우리아기
은자동아 금자동아 할미말씀 바로듣고
마음깊이 차타주소(갚아주소) 장성한후 기억하소
남기면 울이되고(뿌리있고) 물이면(물이라면) 책이된다(샘이있다)
이나라의 백성으로 우리시조 모를쏘냐
옛날적의 옥황상저 하개늘(하계를) 살피시다가
동방의 군조없고(군주없고) 매답게(애닯게) 여기시사
아들환공(아들환웅) 보낼때게(보낼때에) 천부인을 품어쓰고

[책장을 한 장 넘기며, “이거 다 읽어가 뭐하겠노?”, “다 읽어주까”라고 하였다.]

풍요롭고(풍운대사) 그러시고(거느리고) 백두대강(백두대강) 하강하고(하강하사)
태백산록 단목하에 세상을 여로할때(제도할 때)
호랑이와 곰이서 사람되길 기원드려
마늘 마늘세개 쑥한숨을(줌을) 두어두며

[다시 고쳐서]

두어주면(돌에주며) 하신말씀

토굴속에 들어가서 빛을내어(해빛을) 보지말고
석달 석달열흘 기도하면 소원성취 하오리라
승리한(성미 급한) 호랑이는 열홍을(열흘을) 몰어내고(못넘기고)
굳기와(끈기와) 참을성을 곰을환생 시켰으니(시키었네)
부인으로 항하여(환생하여) 짝을찾지

[다시 고쳐서]

짝찾지 못하오매
환궁처오(환웅천황) 치어사(취처하여) 단군할배 탄생하네
우리시조 장할시고 해동조선 창건하사
아사달에 도음하고(도읍하니) 무전은

[다시 고쳐서]

무진년 시월삼일 해동조선 애국하니
오천년에 광명이라
단군할배 다스릴때 홍익인간(홍익인간) 높이

[다시 고쳐서]

높이내고(높은이념)
백성에(만백성에) 가르쳐서 심어

[다시 고쳐서]

심어고 가르쳐를 때를잃지 잃지 않겠고
사낭하려(사냥하러) 나갈때는 새읽기를(새끼밴놈) 잡기하고(잡지말고)
물가에 서너실때(천엽할때) 어린고기 잡지말고

두렁에

[다시 고쳐서]

밭두렁에 봉을심어(뽕을심어) 중늙은이 배달있고(비단입고)

원장안에 육중키는(육축키워) 상근은이 기본이라

불쌍하고도 나라에서 구제하고

정천법을 본받아서 고루고루 효세하니

태평성세 아니든가

배달여게(배달겨레) 고동들고(동포들아) 서로돕고 함때중성(한테뭉쳐)

[다시 고쳐서]

중천

단군할배 이지말자 인자하신 단군선조

어련백성(어린백성) 가르칠때 부자부호(부자자효) 가르치니

부모는 사랑이고(사랑하고) 자식은 효도하고

백성의(백행의) 거룩하라(으뜸이라) 효도근본 무엇인고

부모덕은 읎게하리 부모정은 읎으라면

내몸조심 어두워라 위험한곳 가지말고

나쁜천군

[다시 고쳐서]

나쁜친구 친치말고 좋은친구 스승되고

나쁜친구 도적이라

단체소장(단지소장) 푹꺼지고(붉어지고) 칠지소장 거어진다(검어진다)

효도의 참된도리 부모마음 허아리고(헤아리고)

내몸처신 바로하자

[이거 다 읽어도 돼느냐, 지겨우면 그만하겠다고 말했다. 이에 조사자는 조금 더 읽은 후 끝부분을 읽어달라고 청하였다.]

은자동아 금자동아 백년지혜(백년지계) 무엇이고(무엇인고)
유아교육 더디어라(으뜸이라)
한기문에(한가문에) 홍망성에(홍망성쇠)

[다시 고쳐서]

어렬때에(어릴때에) 인자나난(있나니라)
좋은모습

[다시 고쳐서]

좋은모간 길러주고 나쁜버릇 고쳐주자
세살먹은(세살버릇) 어린가에(여든까지) 옛날도 있었더라
일제일지(일일지계) 그하친이요(아침이요) 일년지혜(일년지계) 봄이이네(봄에있네)
봄에심지 아니하면 가을추수 할수없고
젊어공부 아니하면
나의

[다시 고쳐서]

나이들면 어찌하리
공부하는 좋은모습(좋은습관) 일찍부터(일찍부터) 들게하소
형제 형제간에 우애함도 효도의 일찌라(일환이라)
동기일신 갈라지면 닫는거(다같은) 부모혈육
부모눈에 빛이된다

[청중이 무엇이 많다며 이제 끝부분을 읽으라고 했다.]

다같은 자식이라 이해타산 하게하고(하지말고)
부대부대(부디부디) 잘지내소
어든해(너탓내탓) 다르면은(다투면은) 부모모습(부모가슴) 못되데
일자일천(일가친척) 화옥

[다시 고쳐서]

화목하고(화목함도) 조상에 보답이라
한분뿌리에(한뿌리에) 갈라져서 산지사방 살아가나
근본으로 따져면은(따진다면) 같은

[다시 고쳐서]

다같은 혈육이라
조선

[다시 고쳐서]

선조선산 잘찾아고(잘살피고) 늙은부모 잘모셔라
주글주글(우글쭈글) 깊어주네(깊은주름) 너로인해 생겨나고
혈기사방(혈기방장) 좋은시절 너를위해 희생했다
부모질책

[다시 부드럽게]

부모질책 바로듣고 말대답 부대마소
자식생각 하는지책(하는 질책) 공손하

[다시 고쳐서]

공손하게 바로듣고
마음속에 새기두고(새겨듣고)

[지겹지 않느냐며 이제 그만 할까라고 물었다. 맨 끝부분을 구연해달라는 조사자의 요청에 몇 장을 넘겨 구연했다.]

은을준들 너를사나 우리아기 착한아기
그모습도 준수하다
나라에는 충신동아 부모에는 효자동아
일가친척 화목동아 형제간에 우애동아
친구간에 시의동아(신의동아) 공부에는 열성동아
매사에는 성실동아 무명장수(무병장수) 건강동아
우결한손(우거한촌) 우리가문 너에게(너어깨에) 달려있다
일취일장(일취월장) 잘자라서 이나라에 지동되고
세계에는 큰별되어 배달여게(배달겨레) 인도하고
청사에는 좋은이름 후세계에 남겨두소
은자동아 금자동아 우리아기 착한아기
요순같이 인자하고 공명같이 지혜롭고
명첩한 두의총기(두뇌총기) 일남일기(일남첩기) 조실부모(종신불망)
군저일탁(군계일학) 되게하고 선망대사(선망대상) 되어주소
동방석의(동방삭의) 동방석의 명을받고 석순의 복을빌려
명도길고 복도많고 무명건전(문무겸전) 우리아기
효자효손(효자자손) 백일하여(복을빌어) 자손성서(자손창성) 하여주소
부대부대 (부디부디) 잘자라서 이나라의 기동되고

배달역에(배달겨레) 인도하소
은자동아 금자동아 할미말씀 새기두고
할미말씀 새기두고 장성한 장성한후 기억하고
자장자장 우리아기

화투뒤풀이

자료코드 : 04_19_FOS_20100118_PKS_SCA_0005
조사장소 : 경상남도 합천군 용주면 봉기리 봉기마을회관
조사일시 : 2010.1.18
조 사 자 : 박경신, 김구한, 김옥숙, 정아용
제 보 자 : 송춘애, 여, 63세
구연상황 : 젊은 사람들은 노래가 없느냐고 하자, 청중 중 가장 젊은 제보자가 이 노래를 불렀다. 직접 손뼉을 치면서 흥겹게 구연하였다. 청중 몇몇도 함께 박수를 치며 장단을 맞추었다. 노래가 끝나고 한 청중이 논은 안 팔고 딸 놓는다고 하느냐고 하자, 제보자는 딸이 없으니까 딸 놓아야지라고 대답했다.

정월솔가지 속속한마음
이월매조리에 맺아놓고
삼월사꾸라 산란한마음
사월흑사리에 허사로다
오월난초 나비가되어
유월목단에 춤잘춘다

(청중 : 잘한다.)

칠월홍돼지 홀로누워
팔월공산에 달도밝다
구월국화 굳었던마음이

시월단풍에 뚝떨어진다

[청중 : 잘한다고 하며 박수침.]

얼씨구나좋다 절씨구나좋네
요렇게좋다가 딸놓겠네

각설이타령

자료코드 : 04_19_FOS_20100118_PKS_SCA_0010
조사장소 : 경상남도 합천군 용주면 봉기리 봉기마을회관
조사일시 : 2010.1.18
조 사 자 : 박경신, 김구한, 김옥숙, 정아용
제 보 자 : 송춘애, 여, 63세
구연상황 : 김정조 제보자가 청중을 향해 해방가를 몇 마디 읊조리며 구연하기를 청하였으나 아무도 하지 못했다. 조사자가 각설이타령을 불러주기를 청하자 제보자가 박수를 치며 이 노래를 부르기 시작했다. 그런데 옷도 안 차려 입고 노래가 안 나온다며 거절하였다. 재차 요청하며 박수를 치자 두 구절 하고는 안 하려고 하였다. 거듭 청하여 다시 불렀으나 사자까지밖에 안 배웠다며 중간에 그만두었다. 제보자와 청중은 박수를 치며 흥겨워하였다.

얼씨구씨구 들어간다
절씨구씨구 들어간다
작년에왔던 각설이가
죽지도않고 또왔네
얼씨구씨구 들어간다
죽지도않고 또왔네

[청중 웃음]

일자로한자 들고나보니
일선에가신 우리낭군
제대하기만 ○○먹었네
이자로한자 들고나보니
이성만이 ○○○○
○○○○ ○○○○
삼자로한자 들고나보니
삼팔선이 가로막혀
홍길동이가 힘이들었네
사자로한자 들고나보니
사주팔자가 기박하여
장돌뱅이가 되었구나

창부타령

자료코드 : 04_19_FOS_20100118_PKS_SCA_0013
조사장소 : 경상남도 합천군 용주면 봉기리 봉기마을회관
조사일시 : 2010.1.18
조 사 자 : 박경신, 김구한, 김옥숙, 정아용
제 보 자 : 송춘애, 여, 63세
구연상황 : 앞 노래에 이어 계속 구연했다. 긴 노래가 없다며 미안한 듯 웃었다.

타박타박 타박머리 해다젼데 어데가요
우리엄마 산소등에 젖먹으로 나는가요

모심기노래

자료코드 : 04_19_FOS_20100118_PKS_SPJ_0004
조사장소 : 경상남도 합천군 용주면 봉기리 봉기마을회관
조사일시 : 2010.1.18
조 사 자 : 박경신, 김구한, 김옥숙, 정아용
제 보 자 : 심필점, 여, 76세
구연상황 : 노인 회장인 김정조 제보자가 시집와서 있었던 이야기를 끝냈다. 제보자가 자청해서 "아는 노래가 있는데 한번 불러 볼까?"라고 물어본 후, 모르면 가르쳐 달라고 하고는 이 노래를 구연하였다. 제보자는 박수를 치면서 구연하고, 노래 끝부분에 가사가 더 있을 것이라며 기억해내려 애썼다. 논매는 노래도 불렀었고, 모심기노래도 많이 있는데 다 잊어버렸다고 하였다.

모야모야 노랑모야 언제커서 열매열래
이달커고 저달커고 칠팔월에 열매열래

청춘가

자료코드 : 04_19_FOS_20100118_PKS_SPJ_0006
조사장소 : 경상남도 합천군 용주면 봉기리 봉기마을회관
조사일시 : 2010.1.18
조 사 자 : 박경신, 김구한, 김옥숙, 정아용
제 보 자 : 심필점, 여, 76세
구연상황 : 앞 제보자가 잠시 가요를 두 곡 불러 구연 분위기를 흥겹게 만들자 제보자가 이 노래를 불렀다. 박수를 치며 장단을 맞추며 신나게 구연하였다. 두 곡을 부르고 더 불러달라는 조사자의 요청에 이런 노래는 아주 많으나 조금씩 해야지 많이 부르면 안 된다고 하며 다 부르지 않았다.

옥당목 주접사~ 첫물이 좋고요~
새총각 새처녀 좋다~ 첫날밤이 좋더라

[조사자가 제보자의 이름을 물어서 잠시 지체하다 다시 불렀다.]

사꾸라 꽃밑에~ 임실이다 놓고서~
임인가 꽃인가 좋다~ 분별을 못할래라~

모심기노래

자료코드 : 04_19_FOS_20100120_PKS_SJC_0001
조사장소 : 경상남도 합천군 용주면 용지2리 266-2번지 마을회관
조사일시 : 2010.1.20
조 사 자 : 박경신, 김구한, 김옥숙, 정아용
제 보 자 : 심재출, 여, 81세
구연상황 : 청중의 적극적인 추천으로 제보자가 노래를 시작하였다. 될지 안 될지 모른다면서도 오랜만에 노래하게 되어 기쁜 듯 즐겁게 노래하였다. 구연이 끝나고 노래가사에 대한 설명을 덧붙이면서, 제대로 하려면 아침노래부터 계속해야 하는데 생각이 안 난다고 말했다.

모여모야 나랑모야 언제커서 열매열래
이달커고 저달커고 훗달 열매열래

[웃음]

서마지기 논빼미를 반달같이도 미어가네
니가야 무신반달이고 초생달이 반달이지.

진주난봉가

자료코드 : 04_19_FOS_20100120_PKS_SJC_0002
조사장소 : 경상남도 합천군 용주면 용지2리 266-2번지 마을회관
조사일시 : 2010.1.20
조 사 자 : 박경신, 김구한, 김옥숙, 정아용

제 보 자 : 심재출, 여, 81세

구연상황 : 제보자가 앞 노래를 끝내자 조사자는 잘한다며 더 구연해 줄 것을 요청하였다. 제보자는 "내 노래 하나 하까?"며 이 노래를 구연하였다. 막힘없이 구연하다가 끝부분에서 기억이 잘 안 나는 듯 가사를 빠트리고 마무리했다. 구연이 끝나자 미안하다고 말했다. 이 노래는 어릴 적부터 부르던 노래라고 한다.

울도담도 없는집에 시집삼년을 살고나니
아들아들 메늘아가 진주낭군을 만날려니
진주낭강에 빨래가라 난데없는 발자국소리는
철석철석 들어오니 구름같은 옷을입고
새별같은 갓을씨고 번개겉은 말을타고
못본듯이 지나가네 검정빨래 검기씻거
흰빨래랑 희기씻거 집이라꼬 돌아오니
시어마씨 하는말씀 아가아가 메늘아가
진주낭군을 만나라면 사랑마루 내리가라
네모반듯 사모판에 주모상을 차리놓고
못본듯이 지나가네

[기억이 안 나서 당황하면서 기억해내려 했다. 생각이 안 나는 듯 다음 구절로 노래를 마무리하였다.]

첩의사랑 한철이라 본처사랑 본처는 백년이요
니그리할줄 내몰랐네

각설이타령

자료코드 : 04_19_FOS_20100120_PKS_SJC_0003

조사장소 : 경상남도 합천군 용주면 용지2리 266-2번지 마을회관

조사일시 : 2010.1.20
조 사 자 : 박경신, 김구한, 김옥숙, 정아용
제 보 자 : 심재출, 여, 81세
구연상황 : 앞 노래 구연 후 제보자는 노래를 그만 하려고 일어났다. 조사자가 더해줄 것을 청하자 바로 이 노래를 구연했다. 막힘없이 구연하던 제보자는 마무리도 하지 않고 그만두려 했다. 조사자와 청중의 요청으로 구연을 끝내고, 청중은 그중 가장 낫다며 제보자의 구연능력을 높이 칭찬하고, 박수를 치며 장단을 맞추고 흥겨워하였다.

각설이가 못나도
제살붙이는 님긴다(넘긴다)
장돌뱅이가 못나도
튀전하면서 님긴다
어허품바 각설아
그대문도 걸우고
또한대문을 들어가네
일자로한자 들고보니
일월이송송 해송송
밤중새별이 완연한다
이자로한장 들고보니
이리치고 저리치고
양달죽에 개로친다
삼자로한자로 들고보니
삼중가리 녹초때는
재상앞에 쓰러졌네
품바품바 각설아
그대문도 걸구고
사장자로한장 들고보니

사시농촌 바쁜걸음
점섬채미가 늦어간다
품바품바 각설아
오자로한자 들고보니
오가네득다 관운장은
적토마을 빌어타고
어허품바 각설아
그대문도 걸우고
육자로한자 들고보니
진주낭강에 이에미는
왜문천자 목을안고
어허품바 각설아
그대문도 그러구고
또한대문 들어가니
칠자로한자 들고보니
칠년대한 가물음에
앞동산에는 비묻고
뒷동산에 비온다
만인간이 춤을춘다
어허품바 각설아
그대문도 걸우고
팔자로한자 들고보니
너거형제 팔형제
우리형제 팔형제
한서당에 글을읽어
과게보기를 들오신다

[그만 하고 말자며 웃었다.]

구자로한자 들고보니
군대간지 구년만에
이중생활이 왠말이냐
장자로한자 들고보니
장안에라 미인들은
일등포수가 다모여도
그범한바리를 못잡고
지불에설설 녹아지라

지신밟기노래(성주풀이)

자료코드 : 04_19_FOS_20100120_PKS_SJC_0004
조사장소 : 경상남도 합천군 용주면 용지2리 266-2번지 마을회관
조사일시 : 2010.1.20
조 사 자 : 박경신, 김구한, 김옥숙, 정아용
제 보 자 : 심재출, 여, 81세
구연상황 : 앞 노래에 이어서 구연하였다. 처음에 말로 읊조렸는데, 이를 창으로 불러달라는 조사자의 요청으로 다시 곡조로 구연하였다. 그러나 조금 하고 구연하지 않으려고 하여 청중이 조사취지를 다시 설명하고, 술을 권하는가 하며 천천히 쉬어가면서 부르라고 설득하였다. 조사자와 청중의 간청으로 좀 더 구연하였으나, 중간에 안 하겠다며 자리에서 일어나 방안을 이리저리 다니기도 하였다. 제보자는 이 지신밟기도 음성이 좋은 사람이 불러야 듣기가 좋다고 하였다. 술을 권하면서 길게 빼서 불러보라는 청중의 요구에 그것은 술에 만취되어 고꾸라지기 직전에라야 가능하다고 했다

[말로 읊조림.]

어여라 지신아

좌우산천 둘러보니 좌천절우 백호는
정승판사가 내리나가구나

[기침함.]

용머리 터를닦아 호박주치 유리지동
사모에 쇠를걸어 동남풍이 건들불어도
핑경소리 요란하다

["자손부터 은자 구해야 가거든."라고 설명함.]

이집에 들앉아 자손도 개터라
아들애기 놓이시면 팔형제를 점자돌라
딸애기 놓이시면 이세명이만 점자주고
아들애기 잘길러서

[기침함.]

또 저 부귀영화 누리도라고 애기하고

[여기까지 구연한 후 다시 가사 내용을 설명하면서 이것도 성대가 좋은 사람이 불러야 좋다는 말을 하였다. 조사자와 청중의 적극적인 권유로 잠시 쉰 다음 창으로 계속 구연하였다.]

덕우산 나룽에 용머리 터를닦아
호박주치 유리지둥 사모에 쇠를걸어
동남풍이 건들불면 핑경소리 요란하다
이런대한 이터에 노인들은 오시는데
천년이나 누리고 만년이나 누리소

그것도 그러니와 이곳을 하고나면
천년이나 나가고 만년이나 나가소
그것도 그러니와
좌우산천을 둘러보니 좌천절우 백혼데
정승판사 맥이나고 부귀영화 누리봅시다.

[또 그만하고 말자며 멈추고 자리에서 일어났다. 청중의 요구로 다시 “들어보까 또”, “숨질이 가빠” 좋지 않다며 구연을 시작하였다.]

경상도 안동땅 제비원에 솔씨받아

(청중 : 올치! 천천히 하소.)

소평대평 던졌더니
그솔이점점 자라나서 오도목이 되었구나
왕연옥이 되었구나 도리지동이 되었구나
앞집에라 김대목아 뒷집에 박대목아
이장망태 걸머매고 소서목을 베러가자
음지쪽낭근 양지놓고 양지쪽낭은 음지논다
굳은낭근 배를치고 곧은낭근 먹줄놓고
어기어차 실어다가 이맹당 이터에
좌우산천 둘러보고 좌천절 우백호
정승판사 내리나니 그것도 그러니와
사좌우 사사칸

[“또 막힌다.”며 그만하자고 하여며 멈추었다. 기억나지 않는 부분은 빠트리고 이어서 해달라고 요청하였다.]

[이 부분부터 말로 설명함.]

사칸두 줄비놓고 높이짓는 기라.
높이짓고 나면 좌우사천 참 저저
사모에 칠을하고 동남풍이 건들불면
핑경소리 요란한다 이기라
저저 이터에 들앉아가주고
자손이 제일하거든.
자손부터 불아주소이기라
그 은자 농사 내리가면 농사발을 받아돌라고 하는
그래 얘기하고

[“그만 하고 맙시다.”고 하여 다시 조사자가 조금만 더 해 달라고 청하였다. 한 청중도 오늘 술값 한다며 부추기며 제보자가 조금 더 구연하기를 원했다. 제보자는 난감해 하며 다시 창으로 구연하였다.]

이터에 들앉아 농사도 개터라
앞에역에 논갈고 뒤에역에 밭사서
금넌농사 짓거든 오곡이 다잘되어
굵어지고 떨어지고
한 가지를 떨거든 일천석 쏟아지소
두아지를 떨거든 이삼천석 쏟아지고
삼세가지 떨거든 억수만수 쏟아지소
앞에역에 앞노죽 뒤에역에 뒷노죽
구시(구이)속의 가노죽
밑에섬은 삭아나고 우에섬은 마구난다
부귀영화 누리보세

어여라 지신아 이맹당 이터에

[생각이 막혀 다시 멈추었다. 해 보니까 의외로 힘이 든다고 말하며 잠시 쉬었다.]

에여라 지신아
살강에라 정금이 정금겉이 돋우고
판이라면 쟁수판 육이라면 안육이
싹이라면 부레싹이 그것도 그러니와
살강에 정각이 정강같이 돋우고
이터에 들앉아

[청중이 뭐라고 하자 다시 멈추었다. 이거 다 하려면 한정이 없다고 하였다. 청중이 가호리에 있는 잘 하는 사람을 소개해주며 찾아가라고 하였다.]

○○구들 돌구들 탈이나도 돌마둥
명지베 시삼베 탈이나도 달말구
그것도 그러니와
이터에 들앉아 누굴보고 기다리나
자녀아들

[다시 고쳐서]

자녀를보고 기다리오
그것도 그러니와 부귀영화 누리소
앞에역에

[안 된다며 다시 멈추었다.]

지신밟기노래

자료코드 : 04_19_FOS_20100120_PKS_YWC_0001
조사장소 : 경상남도 합천군 용주면 가호리 964-1번지 마을회관
조사일시 : 2010.1.20
조 사 자 : 박경신, 김구한, 김옥숙, 정아용
제보자 1 : 유원칠, 남, 75세
제보자 2 : 유철규, 남, 72세
구연상황 : 유원칠 제보자가 지신밟기를 잘 한다는 말을 듣고 찾아왔다고 하자 제보자는 기뻐하며 구연할 의욕을 비쳤다. 먼저 성주지신을 박력 있는 목소리로 힘차게 구연했다. 양반다리를 하고 몸을 약간씩 흔들면서 의연한 자세로 노래를 불러주었다. 성주풀이를 끝내고 절반도 못했다며 아쉬워하며 다시 부르고 싶어 했으나 구연상황이 그렇게 되지 않았다. 그 사이에 유철규 제보자가 '소마구 지신'을 부르고, 이어 유원칠 제보자가 성주지신의 빠진 부분 중 생각나는 부분을 부르고 나서 성주지신을 마무리했다. 이어 대청지신과 소마구 지신, 수문장 지신을 구연했다. 대청지신은 안 빠트리고 구연했다며 만족스러워하였고, 소마구와 수문장은 서너 마디밖에 안 된다며 구연을 꺼렸으나 전체 지신밟기 중 중요한 자료라는 조사자의 말에 구연에 임했다. 청중은 지신밟기 문서가 동네 마다 다르다는 것을 강조했고, 유원칠 제보자는 우리 동네에서 하는 것도 있지만 다른 동네 것도 배워서 한다고 설명했다. 청중은 제보자에게 이런 저런 참견과 조언을 하고 박수를 치며 제보자를 대견스러워했다. 구연이 끝나고 유원칠 제보자는 자신이 한 것이 전체 분량의 삼분의 일도 안 된다며 미안해했고, 마산 MBC에서 왔을 때는 지신밟기를 모두 채록해 갔다며 참고하라고 덧붙였다. 또한 유원칠 제보자는 "가넌"이라고 하는 것이 윤달 있는 해라거나 "눈 크고 발 큰놈"은 도둑이라는 등 조사자를 위해 어려운 내용을 설명하는 친절을 보여주었다.

〈성주풀이〉

제보자 1 호롱산 나중에 용머리 터를닦아
입구자 집을지어 몸채도 오칸에
행랑도 오칸에 두집은 열두칸

[잊어버렸다며 잠시 멈추었다.]

호박지치 유리지동 사모에 핑경달아
동남풍 딜이불면 풍경소리 요란하다
그것도 그러니와 유신역 대주가
이터에 들앉아 자손이 개터라
자손을 불아주소
아들아기 주시거든 육형지만 점지하고
딸아기 주시거든 형제만 점지하소
도합은 팔남매 한책에 공부시켜
서책을 품에품고 서월이라 올라가니
글씨가

[다시 고쳐서]

장중에 들어가니 글새가 걸렸네
머슨글새 걸렸노 이글을 살피보니
자자에 비음이요 귀마다 간주로다
용연에 먹을갈아 강음에 붓을풀어
조맹부 체를받아 황액이 필적으로
일필로 휘지하여 장중에 서자하니
잠시간 두시간
그글을 받아보고 부르나니 실로에
장중에 들어가서 전하께 재배하고
어금삼잔 먹은후에 우수에 홍패요
좌수에 옥대인데 이러한 이력도
부모의 영화로다 그것도 그러니와
유신역 대주가 이터에 들앉아

농사가 개터라 농사를 불아주소
앞에는 논사고 뒤에는 밭사고
앞에는 소매고 뒤에는 말매고
일년가 열두달 가년가 열석달
올농사 지어내여 한가지 흔들거든
여러백석 쏟아지고 두가지 흔들거든
여러천석 쏟아지소
합천아 십칠면 군경아 모여라
어기여차 긴나무 어기여차 매여다가
앞에는 앞노죽 뒤에는 뒷노죽
구시노죽 산호죽 덩그렇게 개어놓고
밑에섬 싹나고 우에섬 나부(나비)나소
그것도 그러니와

[기침함.]

눈크고 발큰넘 물알로 헤어지고
잡귀야 잡신은 물알로 헤어지소
그것도 그러니와 유신역 대주가
동서남북 다니나마 너부(남의)눈에 꽃이되고
너부눈에 잎이되소

〈마구지신〉

제보자 2 이터에 들앉아 우마가 개터라
소막을 불아주소
헌마구 새끼놓으면 황둥이만 낳어주고
뒷마구에 새끼놓으면 열두마리만 낳아주소

이래저래 사는살림 살림살이가 늘어가네

〈성주풀이 빠진 부분〉

제보자 1

[성주풀이를 만족스럽게 끝내지 못해 아쉬운지 “팔형제만 점지하소” 뒷부분이라고 설명한 후 다음을 구연했다.]

강남서 나오신 대한국 손님네
도리점 낙점에 한점만 점지하소

[한참 쉬며 이야기를 나누다가 더 이상 생각이 안 나니 이것은 이쯤해서 마무리해야겠다며 다음을 구연하였다.]

이 굿을 하고나면 성주님도 좋아하고
조왕님도 춤을춘다 이만하만 넉넉하다

〈대청지신〉

제보자 1 어야디야 성주여 성주본이 어데요
경상도 안동땅 제비열에 솔씨받아
허평대평 던졌더니 이솔이 점점자라와
이집재목이 되었네
유신역 대주가 이집재목 마련할때
앞집에라 박대목 뒷집에라 김대목
금도치를 둘러매고 제주한라산 건너가서
좋은생장목 골라내어 한번쫓고 두번쫓고
삼세번에 넘어갔네
넘기고보니 계수나무 가지떼서 추녀걸고
굽은넘은(놈은) 등을치고 오색토로 알면조

이집재목을 마련하네
한얼

[다시 고쳐서]

한동끌어 일지동 두동끌어 삼지동
삼세동을 끌어서 이집재목을 마련했소
천년이나 누르소 만년이나 누르소
춘추만대를 누루소 이만하만 넉넉소

〈소마구지신〉

제보자 1 허여라 지신아~
유신역 대주가 이터에 들앉아
우마가 개터라 우마를 불아주소
우마에 새낄랑 일년가 열두달
가년가 열석달 달달이 놓기해도
금송아치 놓게하고
엄사래 태사래 날마중 탈이나마
발병도 하지말고 발도리병도 하지말고
아무잡병 하지마소 이만하만 넉넉하다

〈수문장지신〉

제보자 1 어야디야 수문장

[틀렸다며 멈추더니 다시 고쳐 구연하였다.]

허여라 지신아~
유신역대주가 이터에 들앉아

수문장에 실거라 수문장님 불아주소
눈크고 발큰놈 물알로 헤어지고
들온놈 못나가고

[웃음]

나간놈 들어오소
이만하면 넉넉하다

〈조왕지신〉

제보자 1 지신아~

[“합니다.”라고 함.]

지신아~

[“이제 박신역할까?”라고 하며 웃음.]

유신역 대주가 이터에 들앉아
천릉이 세더라 천릉을 누르주소
불때장군 세더라 불때장군 누르주소
그것도 그러니와
눈큰놈 발큰놈 물알로 헤어지고
그만하만 넉넉다

모심기노래 (1)

자료코드 : 04_19_FOS_20100120_PKS_YWC_0002
조사장소 : 경상남도 합천군 용주면 가호리 964-1번지 마을회관

조사일시 : 2010.1.20
조 사 자 : 박경신, 김구한, 김옥숙, 정아용
제 보 자 : 유원칠
구연상황 : 조사자가 노동요를 여러 가지 권하자 제보자는 모심기노래를 해보겠다며 구연을 시작했다. 술기운에 붉어진 얼굴로 초성 목소리로 불렀다.

다풀다풀 다박머리~ 해다젼데 어데가노~
우리엄마 산소등에~ 젖묵으로 나는가요~

모심기노래 (2)

자료코드 : 04_19_FOS_20100120_PKS_YWC_0004
조사장소 : 경상남도 합천군 용주면 가호리 964-1번지 마을회관
조사일시 : 2010.1.20
조 사 자 : 박경신, 김구한, 김옥숙, 정아용
제보자 1 : 유원칠, 남, 75세
제보자 2 : 유철규, 남, 72세
구연상황 : 앞 노래에 이어 계속 구연했다. 유원칠 제보자가 구슬프게 노래를 부르자, 유철규 제보자가 이어서 구연했다. 유철규 제보자는 노래를 끝내고 부모님 산소 등에 솔을 심는 것도 영화이고, 어린 동생 곱게 키워 장가보내는 것도 영화라고 설명했다.

제보자 1 오늘해가 다졌는가 골골마중 연기나네
우리집에 우런님은 어디가고 연기낼줄 왜모르나

(청중 : 마무라가 죽었거등.)

오뉴월 더분날에 시누올키 밭을매니
때아닌 소나기가 무심키도 내리더리
하늘도 무심하여 두남매를 쓸고가네
개시

[다시 고쳐서]

불쌍하다 이내몸은 들고 내리가고
개심하다 우리오빠 우리올캐 건져놓고
나는하나 하내리가니 이거어이 기가찰코
개심할사 오라버님
나도죽어 후성가서 낭군부터 섬길라요

제보자 2 물꼬철철 흘어놓고 주인한량 어데가소
문어전복 오려들고 첩우방에 몰러갔네

[웃으면서 모심기노래라며 이게 끝이라고 함.]

서마지기 논빼미는 반달겉이 떠나가네

[이것도 이게 다라고 함.]

어린동생 곱게키와 갓을 씌와 영화로다
우리부모 산소등에 솔을키와 영화로세

망깨노래

자료코드 : 04_19_FOS_20100120_PKS_YWC_0006
조사장소 : 경상남도 합천군 용주면 가호리 964-1번지 마을회관
조사일시 : 2010.1.20
조 사 자 : 박경신, 김구한, 김옥숙, 정아용
제 보 자 : 유원칠, 남, 75세
구연상황 : 망깨노래나 목도노래를 아느냐고 하자 제보자는 “그거 내가 잘 하지.”라고 하며 반가워했다. 젊은 시절 동네 위쪽에 사흘 동안 못을 팔 때 이 노래를 부르며 일했다고 한다. 그러나 부른 지 오십년도 넘은 노래라 많이 잊어버렸다

고 했다. 유철규 제보자는 아무 가사나 집어넣어 부르라고 참견했다. 망깨노래는 원래 다른 노래의 가사를 넣어 불러도 되고, 부르는 사람이 가사를 만들어 불러도 되는 노래라고 한다. 원래는 망깨는 노래가 들어가야 망깨가 되었으며, 무척 고된 일이었다고 한다.

어여라 망깨여~
천근만근 망깨는 천령에 놀고요

[그러면 "어여자"라고 다른 사람이 후렴을 넣었는데 그게 안 되니 노래 부르기가 힘들다고 했다. 그러자 청중이 그 부분은 건너뛰고 하라고 말했다.]

저기가는 저할머니 딸있거든 사우삼아
사우는

[다시 고쳐서]

따님은 있지마는 나이에려 (나이가 어려서) 몬하였네
아이고 할머니 말도마소
재비가 작애도(작아도) 강남을 가고
참새가 작애도 새끼를 치는데

["내가 자꾸 뺀다."며 후렴을 하지 않고 부르는 것을 언급함.]

새끼를 치는데
천근만근 망깨는 공중에 놀고요
어여차 망깨여 허여허여 망깨여~

[잊어버렸다며 멈추었다. 전에는 하루 종일 불렀던 노래라 자신 있게 부른다고 했는데 안 부른 지 너무 오래되어 잘 안 된다고 하였다. 그러자 유철규 제보자는 아무 가사나 자꾸 주워 넣으라고 했다.]

많이든사람 돈많이주고

[웃음]

작게든사람 돈작게준다
힘을모아 들어보자
어여라 망깨여~
천근만근 망깨는 공중에 놀고요
열두자 말목이 물밑에 들어가네
어여라 망깨야~
산이조종 곤륭산이요 수지조종은 황해순데

[기침함.]

낮이라도

[다시 고쳐서]

꽃이라도 낙화가되면 오는나비 아니오고
물이라도 폭포가되면 오는고기 아니오고
우리인생 늙어지면 오는친구도 아니온다
어여라 망깨야~
늦기전에 놓고들고 얼른뚝딱 뚜디리보세

창부타령

자료코드 : 04_19_FOS_20100120_PKS_YCG_0007
조사장소 : 경상남도 합천군 용주면 가호리 964-1번지 마을회관
조사일시 : 2010.1.20

조 사 자 : 박경신, 김구한, 김옥숙, 정아용
제 보 자 : 유원칠, 남, 75세
구연상황 : "내 노래 한 곡 부르께."라며 이 노래를 불렀다. 오른손으로 신체부위를 가리키며 재미있게 구연했다. 마지막 구절을 듣고 청중은 잘한다며 웃었다.

진주덕산 남사당에 장기바둑뜨는 저남숙이
너의누이가 얼마나잘라
가르메라(가르마라) 하는것은 붓대끝으로 기린겉고
너의누부 코등이는 삐들기한쌍이 앉안겉네
너의누나 입안에는 참깨야씨를 발안겉고
너의누부 양쭉어깨 달아니뜨도 달뜬겉네
너의누부 자는방에 불아니서여도(불아니켜도) 불선겉고(불켠 것 같고)
너거누부 날아니주면 육개월징역을 살린단다

각설이타령

자료코드 : 04_19_FOS_20100120_PKS_YWC_0009
조사장소 : 경상남도 합천군 용주면 가호리 964-1번지 마을회관
조사일시 : 2010.1.20
조 사 자 : 박경신, 김구한, 김옥숙, 정아용
제 보 자 : 유원칠, 남, 75세
구연상황 : 앞 제보자에 이어 제보자가 나도 '각설이타령'을 해보겠다며 이 노래를 구연하였다. 유철규 제보자가 각설이 타령을 잘 한다고 칭찬하고, 자신과 다르게 문자 있는 각설이를 한다고 했다. 유철규 제보자와 또 다른 분위기로 감칠맛나게 구연했다. 목소리 크기로 강조하기도 하고 흥을 돋우기도 했다. 구연 후 제법 잘 하지 않느냐며 웃었다. 한 번도 쉬지 않고 기운차게 박진감 있게 구연하였으며, 두 손을 자주 내저으며 노래를 불렀다.

얼씨고씨고씨고씨고 들어간다

절씨고씨고 들어간다
작년에왔던 각설이 죽지도안하고 또왔네
얼씨고씨고씨고 들어간다
이각설이가 이래도 하럿장만 빈하면
계집자석이 다굶고
일자로한장 들고보니
일월이송송 해-송송 밤중새별이 돌아오고
이자로한장 들고보니
이리저리 다녀봐야 내갈데는 한군덴데
삼자를한장 들어보니
삼사사방 다녀도 내갈데도 거기더라
사자를한장 들어보니
사시춘풍 가는길 적토마를 집어타고
서월행을 해본들 거기도몬가고 끝났고
오자로한장 들어보니
오줄오줄 크는아기 반물치마가 춤을친다
얼씨구씨구 하지도 아니놀고 무엇하리
품바하고도 또할한다
육자로한장 들어보니
유월역에 넓은땅 우리터부기 어덴고
얼씨구씨구 들어간다
칠월칠석 돌어오니 견우직녀가 만나는데
까치새끼가 머리가빠-져
얼씨구 들어가네
팔월이라 들어보니 팔자없는 우리인생
어디가서 살아보꼬

구자로한장 들어보니

구월국화 아무리좋아도 우리마누라만 몬하더라

[청중 웃음]

시월한장 들어보니 칠자로한장 들어보니

칠자팔자 하해도 칠월이 상식인가

얼씨구씨구 들어본다

효자로한장 들어봤으니

당임수풀에 나온범 일자포수가 다모다도

그범한마리 몬잡고 돈천냥을 쓰러졌에

이랬으야 살겠느냐

동짓섣달 춥은날에 우찌내가 살아갈꼬

노랫가락

자료코드 : 04_19_FOS_20100120_PKS_YWC_0014
조사장소 : 경상남도 합천군 용주면 가호리 964-1번지 마을회관
조사일시 : 2010.1.20
조 사 자 : 박경신, 김구한, 김옥숙, 정아용
제 보 자 : 유원칠, 남, 75세
구연상황 : 청중과 이야기를 나누던 중 제보자가 이 노래를 불렀다.

아호~ 대천지 한바다우에 뿌리없느난 낭기쏫아

가지가지 열두나가지 잎은피어서 삼만육천

그낭게 열마가열어 우리인생이 태여났소

말 잇기 노래 (1)

자료코드 : 04_19_FOS_20100120_PKS_YCG_0003
조사장소 : 경상남도 합천군 용주면 가호리 964-1번지 마을회관
조사일시 : 2010.1.20
조 사 자 : 박경신, 김구한, 김옥숙, 정아용
제 보 자 : 유철규, 남, 72세
구연상황 : 제보자는 "우리 어릴 때 하던 것, 못된 것 하나 불러 볼까?"며 이 노래를 구연했다. 오른팔과 손가락이 노래곡조 따라 움직이며 흥겹고 재미나게 구연했다. 제보자는 이 노래를 여남은 살 때 부른 것이라고 하였다.

길로길로 가다가
바늘하나 죴었네(주었네)
죴은바늘 누주꼬
누도주꼬 나를주까
견진다고 떤진기(던진 것이)
불매간에 떤졌네
치았네 후었네
낚시하나를 후었네
후은낚시 넘주까
넘주기도 싫고
내하기도 싫고
떤진다고 떤진 것이
진주야남강에 떤졌네
낚았네 낚았네
잉어한바리를 낚았네
낚안잉어를 누주꼬
넘주기도 싫고
내하기도 싫고

시장에갖다 팔았더니

돈십전을 받았네

받안(받은)돈을 우쨌고

아무다구 뺄대흙고

떡을한입 샀네

떡하나를 샀더니

시장에서 먹을라니

시장꾼이 달라하네

집에가서 먹을라니

안방에서 먹을라니

마누라가 돌라하고

청에가서 먹을라니

아들놈이 도라하고(달라하고)

부엌에가서 먹을라니

메늘이도 돌라하네

죽담에앉아 먹을라니

강아지도 돌라하고

마당에서 먹을라하니

달구새끼(닭새끼)가 돌라하네

["좀 쉬 갖고"라고 한 후 기침을 하고 곧이어 계속했다.]

소마구가서 먹자하니

송아지새끼도 움매움매

돼지마구서 먹을커니

돼지도 꿀꿀

뒷굼창-48)가서 먹울라커니

성주조왕이 돌라하네

뒷동산에서 먹을라니

까마구새끼가 덜-렁

아이구아이구 우짜꼬

내입에는 안드가네

말 잇기 노래 (2)

자료코드 : 04_19_FOS_20100120_PKS_YCG_0005
조사장소 : 경상남도 합천군 용주면 가호리 964-1번지 마을회관
조사일시 : 2010.1.20
조 사 자 : 박경신, 김구한, 김옥숙, 정아용
제 보 자 : 유철규, 남, 72세
구연상황 : 유원칠 제보자가 망깨노래를 시작하다가 생각이 안 난다며 잠시 멈추자, 제보는 "내가 한번 할게."라며 이 노래를 불렀다. 오른손의 검지를 내민 채 오른팔을 들어 장단을 맞추며 신나게 구연하였다. 마지막에 큰 소리로 "붙으면 첩"이라고 하자 모두 웃었다.

저건너 저영감 어이~

나무하러 안갈란가

등이굽어 몬가네

등굽으모 질매가지49)

질매가지는 궁기(구멍이) 넓어

궁기넓으면 대실리

대실리는 껌네

48) '뒷굼창'은 뒷간, 즉 변소를 가리키는 듯함.

49) 길맛가지(길마의 몸을 이루는 말굽 모양의 나뭇가지).

껌으면 까마구
까마구는 너푸르지네(널부러지네)
너푸리지면 무당
무당는 뚜디리네
뚜디리면 대정
대정은 찍네
찍으면 깨
깨는굴에 디가네(들어가네)
굴에디가면 배암(뱀)
배암은 무네
물면 범
범은 뛰네
뛰면은 배럭(벼룩)
배럭은 붉네
붉으면 대추
대추는 다네
달면은 엿
엿은 붙네
붙으면 첩

각설이타령

자료코드 : 04_19_FOS_20100120_PKS_YCG_0008
조사장소 : 경상남도 합천군 용주면 가호리 964-1번지 마을회관
조사일시 : 2010.1.20
조 사 자 : 박경신, 김구한, 김옥숙, 정아용

제 보 자 : 유철규, 남, 72세

구연상황 : 조사자가 제보자에게 각설이타령을 잘 할 것 같다고 하자, 하기는 잘 하나 숨이 차서 잘 안 부른다고 하였다. 곡조를 길게 빼지 말고 쉬어가며 해달라고 하여 구연을 시작했다. 오른팔을 사용해서 노랫말을 흉내 내고, "품-품-" 할 때는 입으로 바람소리를 실감나게 내는 등 온몸으로 아주 열을 내어 흥겹게 구연하였다. 청중은 제보자가 신명이 나서 구연하는 모습을 웃음으로 반응하였다. 흔히 과부자탄가라고 하는 달거리를 가사를 넣어서 구연한 것이 이 각설이타령의 특징이다. 구연이 끝나자 "재미나지요?"라고 묻고는 제보자 마음대로 가사를 넣어서 부른 것이라고 설명하였다.

어허품바 각설아 이각설이가 어데갔노
하리장만 꿀리면 칠팔인구가 다죽는다

[입으로 바람을 내뿜으며]

어허 품-품-바 각설아

[웃음]
[청중 웃음]

정월이라 대보름은 달구경가는 명절인데
청춘남녀가 손을잡고 달구경을 가자한다
어허 품-품-바나 각설아
두이자를 들고보니

[막히는지 잠시 주저하였다.]

이월이라 한식절이 개자추녀가 넋이로다
청춘남녀가 손을잡고 동서남북을 다헤매다
우리집을 못찾는다
어허품바나 각설아

[길다고 여기서 그만하자고 하는 걸 다시 설득하여 구연을 계속했다.]

삼월이라 삼짓날은 제비는옛집을 찾어오고
우리님은 어디가고 날찾아서 아니오고
어허품바나 각설아
사월이라 초파일은 팔만대장경이 초대하는날

[뭐가 또 있는데 생각이 안 난다고 했다.]

우리야임은 어디가고 나를찾아 아니오고
아들딸을 와안생각노

["아들딸을 낳아야 되거든."이라고 설명함.]

오월이라 단오일은 춘천(추천)하는 명절이라
높은가지는 내리매고 낮은가지는 올리매고
당신나와 그네뛰던 당신은 어디가고
내혼차서 ○○○○ 어허품바나 각설아
육월이라 유두날은 유두야명절이 아니든가
백정속에 찌지난떡을 임없는떡을 내혼차먹으니
건창이막혀서 못먹겠네

[웃음]

칠월이라 칠석날은 갠우야직녀야 만나는날
은하작교 먼길에도 일년에한분씩 만나는데
우리임은 어디가고 하루녁도 안찾아오노
팔월이라 십오일은 한가을이 아니든가
저달이 밝았더니 날찾아오는사람 하나없네

니나가자 당신가자 우리선산 찾아가자
어허품바나 각설아
구월이라 구일날은 부실부실 궂은영감
아래묵만(아래목만) 찾아들고
우리님은 어디가고 날찾아서 아니오요
시월이라 상달인가 집집마다 떡 해놓고
어버님 아버님 비는구나

[제보자가 비는 모습을 흉내 내자 청중이 박장대소하였다.]

우리님은 어디가고 빌자소리도 와안하노
십일월이라 동짓달 동짓팥죽을 먹고나니
나이는한살 더먹었는데 우리님은 와안오노
섣달이라 막달인가 빚있는사람 쫄리는데
이달그믐을 지내고나니 맹년섣달그믐 또고대로세

다리세기 노래

자료코드 : 04_19_FOS_20100120_PKS_YCG_0010
조사장소 : 경상남도 합천군 용주면 가호리 964-1번지 마을회관
조사일시 : 2010.1.20
조 사 자 : 박경신, 김구한, 김옥숙, 정아용
제 보 자 : 유철규, 남, 72세
구연상황 : 조사자의 권유로 시작하였다. 두 다리를 펴고 두 손으로 짚으며 실제상황을 흉내 내어 구연했으나 끝내지 못했다.

이거리 저거리 각거리
진두맨도 도맨도

딱바리 해양건

도래줌치 짝두칼

머구밭에 둡서리

이리갔다 저리갔다

화투뒤풀이

자료코드 : 04_19_FOS_20100120_PKS_YCG_0011

조사장소 : 경상남도 합천군 용주면 가호리 964-1번지 마을회관

조사일시 : 2010.1.20

조 사 자 : 박경신, 김구한, 김옥숙, 정아용

제 보 자 : 유철규, 남, 72세

구연상황 : 조사자의 권유로 구연하였다. 끝부분에 "임의생각"을 "내생각만하소"로 바꾸어 불러 주체적으로 노래를 즐기는 모습을 보여주었다. 청중은 웃으며 이의를 제기하였으나, 제보자는 자신의 의견을 굽히지 않았다.

정월솔가지 속속한마음

이월매조에 맺어놓고

삼월사쿠라 산란한마음

사월흑사리에 흩어졌네

오월난초 나비가날아

유월목단에 춤잘추고

칠월홍돼지 홀로누워

팔월공산에 달떠오네

구월국화 굳었던마음

시월단풍에 뚝떨어지고

오동짓섣달 설한풍에

백설만나려도 내생각만하소

양산도

자료코드 : 04_19_FOS_20100120_PKS_YCG_0012
조사장소 : 경상남도 합천군 용주면 가호리 964-1번지 마을회관
조사일시 : 2010.1.20
조 사 자 : 박경신, 김구한, 김옥숙, 정아용
제 보 자 : 유철규, 남, 72세
구연상황 : 조사자가 여덟 살 때 부른 노래라며 창가 하나를 부른 후 이 노래를 구연하였다. 지게 작대기를 두드리듯 오른쪽 엉덩이를 손으로 두드리며 매우 흥겨워하며 불렀다.

에헤이요~
놀다가 갑시다 놀다가이나 가요
저해가 다지도록 놀다가 가-자
아르마 뚱땅땅 두둥개 디어라
이래도 못놀고 저래도 못놀고
아니 못노리구나
여개(여기)사람이 다가더라캐도 나는좋기만 좋네

창부타령 (1)

자료코드 : 04_19_FOS_20100120_PKS_YWC_0013
조사장소 : 경상남도 합천군 용주면 가호리 964-1번지 마을회관
조사일시 : 2010.1.20
조 사 자 : 박경신, 김구한, 김옥숙, 정아용
제 보 자 : 유철규, 남, 72세
구연상황 : 옆 할머니 방에 있던 청중이 와서 제보자에게 노래할 것을 청했다. 곡조를 길게 빼서 구슬픈 어조로 구연했다. 이 노래의 가사는 제보자의 말처럼 망깨노래에도 넣어 부를 수 있고, 또 회심곡에도 들어가며, 이렇게 따로 부를 수도 있다고 한다.

산이조종은 곤륭산이요 수지조종은 황해순데
꽃이라도 낙화가되면 오는나비도 아니오고
낭기라도 고목이되니 오는새도 아니오고
우리인생이 늙어나지니 오는친구도 아니오는데
이팔청춘에 소년님들 백발을보고도 반절마소
나노언제 이팔이더니 오늘날에 백발이요
백발이 오는길을 가시철막을 막아놓고
청춘이 오는길은 고속도로를 낳여놓-니
백발이 제일먼저알고 지름길로 돌아와서
이내머리에다가 백발을했소
얼씨구 절씨구절-씨구 아니 놀고도 무엇하리

천자뒤풀이

자료코드 : 04_19_FOS_20100120_PKS_YCG_0015
조사장소 : 경상남도 합천군 용주면 가호리 964-1번지 마을회관
조사일시 : 2010.1.20
조 사 자 : 박경신, 김구한, 김옥숙, 정아용
제 보 자 : 유철규, 남, 72세
구연상황 : 천자문 읽는 것을 해보겠다며 이 노래를 구연했다.

하늘천 따따지
가매솥에 누룽밥
따갈따갈 긁어서
사당은 한구시(한구유)
요내나는 한그륵(그릇)
하늘천 따따지

언제일러(읽어) 이책떼고

천자

[생각이 안 나는지 웃으며 머뭇거렸다.]

천지훈장 삼년도하니

언제호야를 내가할꼬

상여소리

자료코드 : 04_19_FOS_20100120_PKS_YCG_0016
조사장소 : 경상남도 합천군 용주면 가호리 964-1번지 마을회관
조사일시 : 2010.1.20
조 사 자 : 박경신, 김구한, 김옥숙, 정아용
제보자 1 : 유철규, 남, 72세
제보자 2 : 유원칠, 남, 75세
구연상황 : 청중이 유원칠 제보자가 상여소리 앞소리를 잘 매긴다고 알려주었다. 그러자 청중이 제보자에게 한번 구연해 줄 것을 청했다. 유원칠 제보자는 종구라는 것을 흔들고 앞서가며 앞소리를 부르는 것인데 책에도 나온 음반에도 없는 것이라고 말했다. 유철규 제보자는 칭칭이와 앞소리는 부르는 사람 마음대로 자꾸 주워대면 되는 노래라고 했다. 유원칠 제보자가 준비를 하는 동안 유철규 제보자가 먼저 구연을 시작하고, 이후 유원칠 제보자와 교대로 구연했다. 두 제보자가 구연하는 가락과 가사는 매우 구슬프게 들렸다. 기억나는 대로 손짓을 하며 열성을 다해 구연해주었다. 제보자와 청중 모두 상여소리는 끝이 없는 노래라며 가사는 앞 소리하는 사람이 주워 넣기 나름임을 강조했다.

제보자 1 허-허 허허홍~어화남차 허어홍~

아이고~ 아이고~

[청중 웃음]

어어 내가가면 어느날에 내가오나

허허 허허홍 어화남차 허어홍
북망산천 멀다더니 문턱앞이 북망산천
허~허~ 허-허-홍

[슬프게 우는 소리로]

아이구 아이구 아~

[웃음]
[청중이 웃자 제보자는 이게 들어가야 된다고 말했다.]

허~허~ 허-어홍~어화넘차 허어홍~
나는지금 떠나가면 어느 절에 내가오나
평풍에라 그린닭이 홰를칠때 내가오나
호걸솥에 안친개가 멍멍짖을때 내가오나
큰솥에라 안친쌀이 싹이나면 내가오나
허-허- 허어홍~ 어화넘차 허허홍~

[이것은 다 하려면 너무 길다며 조금만 하고 말아야 한다고 했다.]

제보자 2 허-허-허어홍 허화넘차 허-홍
나는가면 언제올꼬 오는날을 일러주소
동솥에라 삶은밤이 싹이터면 다시오고
가마솥에 안힌개가 워겅컹짖으면 다시오고
평풍에라 걸린닭이 꼬끼요커면 다시올게
어-어- 어허홍 어화넘차 어허홍
나는가면 언제올꼬 오면날을 알려주제

오동짓달

[다시 고쳐서]

윤동짓달 스무날에 꽃이피면 다시오고
아이고아이고 에고한들 내가언제 다시올꼬
여보세오 벗님네들 고향두고 가는인생
핀안이도 계십세오
행상띠에 상주님아 아이고지고 하여흔들
일생일사 일반인데 에고한들 소용있나
당나라에 양귀비도 하릿밤을 못지나서
이땅속에 잠이들고
영사십리 해당화여 꽃이핀들 한탄마소
너는지도 나는가고 후년삼월이면 다시일도
하지만은 동쪽에듣는해는 오늘이면 다시돋고
오후면은 서산으로 넘어간들
서산에 걸린인생 아니가고 어찌할꼬
아이고한들 머슨소양

제보자 1 천지님의 피를받고 부모님의 살을받고
이내몸이 태여났네
동쪽서쪽 바라본들
동해해는 돋아오고 서해해는 저물거만
친구많고 벗많애도 동행할자 하나없네
천지운도 막을자없고 돋는일월을 막알수없네
저승사자 가자하니 꼼짝말고 나는가네
대궐겉은 집도두고 자식손자 다눕혀놓고

요내나는 떠나가네
이길내가 떠나가면 누구를만나서 서로다고
조상님께 먼저가서 조상님께 순배하고
친구들을 찾아보고 친구안부 다물어보고
우째살았노 그말한마디 내청춘이 이리됐네

[잠시 쉬면서 제보자는 이 노래는 가사를 생각나는 대로 마구 끌어넣으면 된다는 말을 여러 번 강조했다. 하루에 백리를 가면 백리 가는 동안 앞소리를 주워대야 한다고 했다. 조사자가 한번 부른 가사를 또다시 부를 수도 있느냐고 묻자 유철규 제보자는 자신은 가다가 막히면 다음과 같은 가사를 넣어 부르기도 한다고 했다.]

저건너 저논자리
그사람이 얼마나바빠 논에피도 못뽑고가요

[제보자는 상두꾼들이 "어홍~" 하도록 만들어야 된다고 했다. 유원칠 제보자에게 이어서 더 해달라고 청하자 가사를 이어서 해야 하는데 앞에 뭐라고 했는지 모르겠다고 했다. 숨길이 가빠 쉬었다며 이어서 구연했다.]

제보자 2 허-허-허어홍 허와넘차 어허홍
나는가만 언제올꼬 오면나를 일러주소
윤동짓달 수뭇날에 꽂이피면 다시올게
허-허-홍 어허홍 허화넘차 어허홍
행상뒤에

[아까 했다고 말한 후 계속하였다.]

상주님아 에고에고 하지마소

인생일자 태어나서 일생일사 그만인데
어허허 어허홍
동쪽에 듣는

[다시 고쳐]

뜨는해는 내일이면 다시뜨고
서쪽에 지던달도 내일이면 다시진데
우리인생 이래가면 언제한변 돌아올꼬
에고에고 어예할꼬
아이고지고 하여본들 어디가 소망 있나

제보자 1 허-허-허허홍 어화넘차 어허홍
우리친구 많고많애 어느누가 동행하고
친구들은 고만두고 이내나는 산골가네
이길내가 떠나가면 어느친구 벗을삼노
산새들을 벗을삼고 떼잔디를 이불삼고
흙을파서 살을삼고 이내나는 누웠일게
상주들아 울지마라 큰상주야 울지마라
너는지끔 내가가면 내사던살림 너에주지
두채자석 울지마라 나는너를 지혜주마
막내아들아 우지마라 니가우니 내몬간다
질이가려서 몬가는기아니라 눈물이가려서 내몬간다
어허 어허 어허홍
자석들을 잘되라고
나는 지금 떠나가면 소원성취를 빌어주마

[청중이 여러 이야기를 나누다가 상여소리 가사가 남았으면 더 해달라고 요청하였다. 그러는 사이에 유철규 제보자가 창부타령을 한 곡 불렀다. 유철규 제보자의 창부타령이 끝나자, 유원칠 제보자는 상여소리는 끝이 없으니 이제 그만하고 끝맺음을 해주겠다며 다음 가사를 불렀다.]

제보자 2 허-허- 허어홍 허화넘차 어허홍

영사

[아까 하던 거라고 말한 후 계속하였다.]

영사십리

[그 들어갔을 거라는 말을 재빠르게 한 후 이어서 구연하였다.]

해당화야 꽃이핀들 한탄마라
너는지면 다시피고 나는가면 언제올꼬
허-허- 허어홍
행상뒤에 상주님아 이내말씀 들어보소
일생일사 일반인데 에고지고 하고운들
무슨소용 어데있나
당나라에 양귀비도
이시간을 몬지내서 이땅속에 잠이들고
청나라에 뭐

[다시 고쳐서]

진시왕도 만리장성을 서와(세워)놓고
이시간을 몬지내서 이땅속에 잠이들고

재주좋은 이조종도
이시간을 못지내서 이땅속에 잠이들어
우리인생 태어난들 아니가고 우찌할꼬
어허 허허홍 어화넘차 어허홍
세상만사 어디두고 어예두고 어디갈꼬
자석딸다 키아놓고(키워놓고) 아무리간들 같이가나
어허허 어허홍
세상만사 허사로다 아니살고 어이할꼬
어허홍 어허야
옆에있는 우리행님 다시한번 들어보소
살아가면 인생인데 살아서 멸치머리가
죽어서 소고리카마(소쿠리보다) 낫네
허어허 허허홍 허화넘차 어이할꼬
나도갈길 바빠져서 어찌하야 할꼬

[웃음]

창부타령 (2)

자료코드 : 04_19_FOS_20100120_PKS_YCG_0017
조사장소 : 경상남도 합천군 용주면 가호리 964-1번지 마을회관
조사일시 : 2010.1.20
조 사 자 : 박경신, 김구한, 김옥숙, 정아용
제 보 자 : 유철규, 남, 72세
구연상황 : 제보자와 유원칠 제보자가 상여소리를 교대로 구연하고 있었다. 잠시 쉬며 청중과 조사자가 이야기를 나누던 중 제보자가 이 노래를 불렀다. 이 노래가 끝나자 다시 상여소리를 구연했다. 순서상으로는 상여소리 사이에 위치하나 자료 정리의 편의상 상여소리 후로 처리한다.

모시적삼 시적삼속에 분통겉은 저젖봐라
많이보면 병날끼고 손톱마치만(만큼만) 보여주소
그젖꼭지 보고나면 내팽성은 행복하면
그절봄이 또나더니라

칭칭가

자료코드 : 04_19_FOS_20100120_PKS_YCG_0018
조사장소 : 경상남도 합천군 용주면 가호리 964-1번지 마을회관
조사일시 : 2010.1.20
조 사 자 : 박경신, 김구한, 김옥숙, 정아용
제보자 1 : 유철규, 남, 72세
제보자 2 : 유원칠, 남, 75세
구연상황 : 유원칠 제보자가 상여소리를 마무리하자 곧바로 유철규 제보자가 이 노래를 구연했다. 중간에 유철규 제보자가 쉬자 유원칠 제보자가 이어서 노래를 부르고, 다시 유철규 제보자가 받아서 노래했다. 취기 탓인지 마지막이어서인지 시종 웃으며 즐겁게 구연하고 경청했다.

제보자 1 치이나 칭칭나네~
노자좋다 젊어놀자 늙어지면 못하리라
치이나 칭칭나네~
산속으로 찾어가니 소깽이도 많고많다
치이나 칭칭나네~

[청중 웃음]

대밭으로 찾어가니 대마디도 많고많다
치이나 칭칭나네~
우리야인생 먹고보니 정도많고 정도많다

치이나 칭칭나네~
작으나크나 내동무야
치이나 칭칭나네~

[칭칭이는 마음대로 가사를 넣으면 안 된다고 하였다.]

제보자 2 늙고젊고 내동무야 안팎없이 내동무야

[웃음]

안팎없이 내동무야
채이(키)짝은 짝이없고 내신짝은 짝이인데(있는데)
이내인생 짝이없고

[이 노래 다하려면 제법 많다고 하였다.]

제보자 1 도시락짝도 짝이있고 젓가락짝도 짝이있고
내신짝도 짝이있는데 채이짝겉은 내팔자야

베틀노래

자료코드 : 04_19_FOS_20100118_PKS_YJS_0001
조사장소 : 경상남도 합천군 용주면 가호리 964-4번지 마을회관
조사일시 : 2010.1.18
조 사 자 : 박경신, 김구한, 김옥숙, 정아용
제 보 자 : 윤종순, 여, 87세
구연상황 : 합천장에 간 사람들을 기다리며, 여러 노래를 언급하며 구연을 유도했다. 잊어버렸다고 구연하지 않으려는 제보자에게 하는 데까지 해보라고 권했더니 이 노래를 불렀다. 녹음기를 의식한 듯 많이 긴장하고 목소리가 조금 떨렸다. 불안한 듯 몸을 자주 움직이고, 혀로 입술을 자주 축였다. 그런데 기억이 잘

안 나는지 몇 구절 구연하지 못했다. 이 노래는 제보자의 할머니에게서 배웠다고 한다.

노다하니 심심하여 좌우한편 둘러보니
옥란간이 비었구나 옥란강에 비틀놓아
앞다릴랑 도아놓고 뒷다리는 낮이놓고
구우라 앉인임은 하관을 숙이시고
마사를 반반하야

[“아이구 모리겠다.”고 하면서 잠시 멈추자 청중이 잘 한다며 박수를 쳤다.]

안질갤랑 더더놓고
구우라 앉인님은
하관을 시기시고 마상은 반반하니

[모르겠다고 하며 웃었다. 청중이 천천히 생각해서 하라고 했다. 한참 후 계속 구연했다.]

부티랑 두련양은
남해남산 무지개가 부패로 외운듯고

[기침]
[다 할 줄 알았는데 모르겠다고 함.]

청춘가

자료코드 : 04_19_FOS_20100118_PKS_JGJ_0014
조사장소 : 경상남도 합천군 용주면 봉기리 봉기마을회관

조사일시 : 2010.1.18
조 사 자 : 박경신, 김구한, 김옥숙, 정아용
제 보 자 : 주갑주, 여, 77세
구연상황 : 김정조 제보자의 가난하던 시절에 남편이 겪었던 이야기를 끝내자, 제보자는 "내가 한 가지 할까요?"라며 이 노래를 불렀다.

저건네 저영감 솥적는 양반아
임우정 떨어젼데는 뭘로 떼우느냐
임우정 떨어젼데는 이요~ 금전을 떼우고
솥떨어젼데는 무쇠를 떼워요
전화줄 떨어진데는 에~ 철사줄로 떼우고

노랫가락 차차차

자료코드 : 04_19_MFS_20100118_PKS_JGJ_0015
조사장소 : 경상남도 합천군 용주면 봉기리 봉기마을회관
조사일시 : 2010.1.18
조 사 자 : 박경신, 김구한, 김옥숙, 정아용
제 보 자 : 주갑주, 여, 77세
구연상황 : 한 곡 더 부르라고 권하자 앞 노래에 이어 이 노래를 불렀다.

새야새야 포랑새야 녹두낭게 앉지마라
녹두꽃이 떨어지면 청포장사 울며간다
얼씨구절씨구 차차차 지화자 좋구나 차차차
은하방차 호시절에
아니 놀지는 못하리라 차차차

손 비비는 소리

자료코드 : 04_19_ETC_20100118_PKS_KJJ_0017
조사장소 : 경상남도 합천군 용주면 봉기리 봉기마을회관
조사일시 : 2010.1.18
조 사 자 : 박경신, 김구한, 김옥숙, 정아용
제 보 자 : 김정조, 여, 80세
구연상황 : 조사자가 객귀물리는 소리나 손 비비는 것을 해달라고 요청하였다. 그러자 제보자는 시어른이 있어서 늘 시어른이 손을 비비는 걸 보고 자연스럽게 배웠는데, 누가 보면 부끄러워서 말소리를 크게 하지 않았다고 말하고는 선뜻 구연하였다.

정지(부엌에) 들어가서 손을 비비면

어~ 성주님네
그저 이가정은 강씨네 가정이오니
나는 김씨 명당이요
그저 오늘 성주님네 대접할라고
정신대로 정신껏 했으니
그저 모든 것을 잘 봐주소

이러쿠고 그래.

[청중이 커피를 끓여 와서 조사자에게 대접하였다. 잠시 후 제보자는 기억이 나는지 이어서 구연하였다.]

그저 집에 숨은 대장군님
그저 이터에 좌중한 대장군님

그저 이터는 강씨네 터인깨네
이 명당은 김씨명당입니다
그저 오터턴가(어떻게 하든지)
저 아들 뻐시럼(부스럼) 그저 아픈데 없이
그저 잘 받들어주시고
분부대로 밥잘먹고 건강하게 해주옵소서

11. 율곡면

▌조사마을

경상남도 합천군 율곡면 내천리 내천마을

조사일시 : 2010.1.20
조 사 자 : 박경신, 김구한, 김옥숙, 정아용

율곡면 내천리는 본래 조선조에는 초계군 갑산면(甲山面)지역으로 마을 앞 황강 연변의 은빛 십리 백사장이 넓게 펼쳐져서 평사락안천(平沙落雁川)이라 하여 기러기, 황새, 백로, 왜가리, 청둥오리 등 많은 종류의 철새 도래지로 유명하다. 마을 지명이 안천(雁川)으로 기록되고 불려왔으나 한일합방으로 인한 1914년 왜정(倭政)의 행정구역 개편으로 기러기 안자(안천 雁川)를 안내자(內川)로 잘못 의역표기(意譯表記)하고 개칭되어 현 합천군 율곡면에 편입된 것으로 고정(考訂)된다. 일설에 의하면 400여 년 전

임진왜란시 왜병이 부산포에 상륙하여 병선(兵船)으로 낙동강을 거슬러 올라와 그 지류인 황강으로 진입하여 현 내천리(內川里) 뒷편 못지산(天池山)에 주둔하고 대안(對岸)인 기리(己里) 백마산성(白馬山城)의 아군 의병과 화살, 창 등의 무기로 격렬한 전투가 벌어졌던 곳이라 하여 동네이름을 "왜나루"라고도 불렀다 하는데 구전일 뿐 확실한 고록(考錄)은 없고, 또 안천(安川)으로 일부 불리어지나 안천(雁川)이 틀림없다고 전한다.

내천리는 옛부터 산궁수회처(山窮水廻處)라 일컫는데 덕유산(德裕山)에서 발원한 강이 합천읍을 거치면서 유유히 동쪽으로 흐르다가 내천리에 이르러서 지산(池山, 天地川)과 용덕산(龍德山)을 휘감아 돌아 북쪽으로 용트림하면서 굽이쳐 동남으로 흘러 낙동강(洛東 江)에 합류된다. 이렇게 용비천(龍飛天)하는 지세(地勢)에 좋은 명당(明堂)이 있고 큰 인물(人物)이 배출된다 하여 유명무명(有名無名)의 地師(풍수)들이 끊이지 않은 곳이기도 하다. 마을 사람들은 이러한 기(氣)를 이어 받아 전두환 대통령이 탄생했다고 믿고 있다. 전두환 전대통령의 고향이다.

문화유적으로는 청계서원과 학림정이 있으며, 주요 지명으로는 내천리 서쪽 지산 정상에 있는 천지라는 연못이 있다. 임진왜란 때 왜병이 진을 치고 주둔하여 맞은 편 백마산성에 주둔한 우리 의병과 치열한 접전을 벌였던 전설이 깃든 연못이다.

내천마을의 가구수는 90여 가구에 160여 명이 거주하고 있다. 성씨 분포는 완산전씨, 수원백씨, 인동장씨, 경주최씨, 초계정씨 등 다양한 성씨들로 구성되어 있다. 주 생업은 황강변의 논농사와 하우스재배(딸기)로 비교적 부유한 편이다.

율곡면 부면장의 추천으로 가게 된 곳이다. 율곡면 중 가구 수가 많고, 비교적 어르신들이 많이 모이는 곳이라 했다. 마을회관에 도착했을 때 할아버지 방에는 노인 세 분이 장기를 두고 있었다. 제보자는 합천이나 동네와 관련된 전설의 구연을 요청하는 조사자에게 기꺼이 내천리에 얽힌 전설을 구연해 주었다. 말솜씨는 어눌해 보였으나 마을과 관련된 전해오는 이야기를 침착하게 설명하였다. 마을의 다른 이름이 왜나루라 불리는지에 대해서 임진왜란과 연결하여 그 사연을 자세히 들려주려 노력했다. 이 지방에는 주로 농요를 불렀고, 특히 안산 평풍들에서 풀 베는 노래가 슬프게 들리던 시절이 있었다고 전했다. 그러나 제보자는 그 노래 자료는 보유하고 있지 않았다. 제공한 자료는 전설 1편이다. 아쉽게도 다른 분들은 아는 것이 없다고 하며 구연에 응해주지 않았다.

경상남도 합천군 율곡면 영전리 영전1구마을

조사일시 : 2010.7.15
조 사 자 : 박경신, 김구한, 김옥숙, 정아용

율곡면은 원래 조선조에는 합천군의 천곡면과 율진면, 초계군의 갑산면

으로 관할되어 왔으나 1914년 일제의 행정구역 개편으로 이 3개면을 통폐합하여 율곡면을 만들고, 율진면의 율자와 천곡면의 곡자를 합하여 율곡면이라 명명하였다. 1959년 7월까지 문림리에 면사무소가 있었으나, 1959년 8월 1일부로 현재의 영전리 교동(校洞) 455-1번지 현 장소로 이전하였다. 황강은 북율곡(6개리)과 남율곡(8개리)의 중앙을 관류하여 교통이 불편하였으나 영전과 제내를 연결하는 교량이 가설됨으로써 크게 해소되었으며, 합천군의 중심 면으로 지속 발전하고 있다. 교통으로는 국도 33. 국도 24(16.1km)호선과 지방도 1034(10.9km)호선으로 대구, 진주, 창녕을 1시간 생활권으로 하고 있다.

황강을 중심으로 토질이 비옥하여 딸기, 수박, 배 등의 주산지이다. 지역적 특성으로는 호국의 얼이 살아 숨 쉬는 임진왜란 때 격전지인 백마산성과 천길 절벽의 개벼리, 지방유형문화재 198호인 호연정과 136호로 지정된 청계서원 등의 유적지가 산재되어 있다.

영전리는 본래 천곡면으로 1914년 일제의 행정구역 개편시 벽전동(壁田洞)을 합병하여 영전이라 하여 율곡면에 편입되었다. 대암산(大岩山)줄기가 북쪽을 향해 여러 줄기가 뻗었는데 골이 깊고 길어 기다란 밭이 많다하여 영전이라 불렀다고 한다. 원래는 영전동과 벽전동의 2개 마을이었으나 영전초등학교가 개설되면서 학교 주위에 교동마을이 만들어졌고, 신작로가 개통되면서 도로 변에 옹기 도요지가 생기면서 점촌마을이 형성되었다. 거리에 방황하던 나환자를 집단 수용하는 작은 개벼리에 팔복원마을이 생겨서 지금은 6개 자연마을로 이루어져 있다.

광복과 더불어 1959년 문림리(文林里)에 소재하던 율곡면 청사를 영전리로 이전하여 건립하게 되자 잇달아 율곡 단위 농협, 보건지소, 농촌지도소, 우체국 등 여러 기관이 설립되어 면의 중심지로 발전해 왔다. 영전은 1, 2구로 나뉘어져 있고 면 소재지는 1구에 위치하고 있다.

주요지명으로는 장군대좌혈과 고려장터가 있다. 장군대좌혈은 벽전동남쪽 대암산의 일맥인 정상으로 한발이 심하면 여러 동민들이 모여 기우제를 지내던 장소다. 풍수지리설에 의하면 이곳이 대명당 자리로 여기에 묘를 쓰면 자손이 번창하고 고관대작이 난다는 미신을 믿고 주민들 몰래 도장(盜葬)이 들었다 하여 인근 주민들에 의해 묘를 파헤치는 일이 비일비재하던 곳이다. 화난 주민들에 의해 관을 파서 숨겨두고 묘주와 분쟁이 잦았던 곳으로 유명하다. 고려장터는 현동마을 동편 정상에 옛 석실이 남아 있는데, 고려장터라 불리며 질그릇 부장품이 자주 발견되었다.

영전1구의 세대수는 90여 세대이고 인구수는 250여 명이다. 성씨 분포는 충주석씨, 합천이씨, 완산전씨, 기타 성씨 등으로 이루어져 있다.

율곡면의 조사는 율곡면사무소 조수일면장님의 적극적인 관심으로 두 차례에 걸쳐 이루어졌다. 율곡면의 인구 분포는 65세 이상의 인구가 많다고 했다. 그중에서 민요나 설화를 구연해 줄 수 있는 곳으로 영전리와 내천리, 제내리를 추천해 주었다.

먼저 찾아간 곳은 영전리 벽전마을이다. 지금의 행정구역은 영전1구로 되어 있다. 조사자들이 마을회관을 찾아다니자 마을 어르신이 안내해 주었다. 이곳은 특이하게 노천경로당을 운영하고 있었다. 여름이 되자 냇가 위에 정자를 지어 마을 일이라든가 소일거리가 있으면 이곳에 와서 논다고 했다.

시냇물 옆에 평상이 차려진 곳에 할머니 몇 분이 앉아서 쉬고 있었다. 유일순 제보자 또한 거기서 더위를 피하고 있었는데, 조사자들의 구연 요청에 노래를 잘 못한다며 겸손한 모습을 보이기는 했지만 거절하지는 않았다. 그렇게 조사가 시작되었으며, 제보자는 적극적으로 가장 많은 자료를 제공하였다. 마을사람들의 말로는 평소에도 자주 노래를 부르며 시간을 보낸다고 하였다. 제보자는 본천댁으로 불리는데, 같은 동네로 시집을 와서 붙여진 택호라고 하였다. 19세에 시집을 왔으며, 딸이 하나라서 '일순'이라는 이름을 얻었다고 한다. 노래는 처녀 때 배웠다고 하였다. 제공한 자료로는 모심기노래, 경기민요 다수이다.

다음으로 곁에서 듣고 있던 박순악 할머니가 구연을 해 주었는데 마을 사람들도 제보자가 노래를 하는 것은 평소에도 거의 듣지 못했는데 신기하다고 했다. 제보자는 정이 많아 조사 중에도 조사자들에게 계속해서 수박을 대접하거나 마실 것을 주는 등 세심하게 배려해 주었다. 본인이 나서서 구연을 적극적으로 하지는 않았지만, 다른 사람이 구연하는 도중에 생각나는 노래가 있으면 기억해 두었다가, 다른 이의 노래가 끝나면 자신의 노래를 이어가곤 하였다. 그리고 다른 사람들이 구연을 할 때 박수를 치는 등 분위기를 잘 맞춰주었다. 제공한 자료는 경기민요 몇 편이다.

정전분 할머니는 유일순 제보자의 맏동서이다. 제보자는 마을 사람이 추천을 해 주어서 조사자들이 자택으로 방문해 구연을 요청하였다. 처음에는 거절해서 어쩔 수 없이 돌아왔지만, 평상에서 조사를 하고 있을 때 찾아와서 구연에 협조해 주었다. 주변 사람들과 본인의 말에 의하면 젊었을 때는 가수였다고 한다. 노래를 할 때 어깨를 들썩이거나 박수를 치는 등 신명이 많고, 탁 트인 목청으로 봐서는 실제로 젊었을 때 노래를 꽤나 했을 듯 보였다. 나이가 많아서 옛날만큼 소리가 넘어가지 않는다며 많이 안타까워하였다. 그러나 조사에 적극적으로 임하였다. 제공한 노래는 경기민요 다수이다.

영전1구 벽전마을에서 채록한 자료는 금자동아 은자동아, 모심기노래, 시집살이 노래, 노랫가락, 청춘가 등 민요 31편과 설화 1편이다.

경상남도 합천군 율곡면 임북리 임북1구 임북마을

조사일시 : 2010.7.15
조 사 자 : 박경신, 김구한, 김옥숙, 정아용

임북리는 본래 합천군 천곡면 지역으로 마을 앞에 큰 숲이 우거져 숲 뒤쪽에 마을이 있었으므로 숲 뒤, 혹은 임북이라 불렀는데 1914년 일제의 행정구역 개편 시에 종간(宗澗)마을을 병합하여 임북리라 명하고 율곡면으로 편입되었다.

마을 서쪽은 황강을 사이로 합천읍과 경계하고, 북쪽은 율진리, 동쪽은 제내리, 남쪽은 문림리와 접경하고 있는데 황강이 임북리 삼면을 감싸고 굽이쳐 흐르므로 농지가 비옥하고 농용수가 풍부하여 농사에 적합한 입지이다. 근래에는 농공단지가 조성되어 가동 중이어서 농공병진이 잘되고, 소득이 높은 마을이다. 수개의 자연 마을로서 1.2구로 나누어져 있으며, 1구는 상림과 하림으로, 2구는 종간, 땅고개 등으로 되어 있다. 율곡 농공단지가 1990년 4월 10일 준공되어 23.6ha의 부지에 전자부품, 시멘트제품, 모방직, 건축자재, 종합식품 등 18개 업체가 입주 가동 중이다.

주요 문화유적으로는 문무정과 임강정이 있으며, 지명으로는 원갈미라는 곳이 있다. 이곳은 임북리 북쪽의 황강 기슭에 있는 골짜기로 음력 섣달 그믐이면 초저녁에 닭이 우는데 강 건너 마을 사람들이 위치를 확인하기 위해 가까이 가 보면 닭의 울음소리가 뚝 그치고 하여 그 위치를 알지 못하였다고 한다. 지사(地士)들이 여기를 좋은 명당이 있다고 자주 찾아들었다고 하는데 이 일대를 계명성이라 한다.

임북1구는 69여 가구에 160여 명이 거주하고 있다. 성씨 분포는 진주 강씨, 합천이씨 등 다양한 성씨들이 살고 있다.

조사자들이 임북1구를 찾은 이유는 영전 1구 벽전마을에서 조사를 하던 중, 그 곳 제보자들이 노래 잘하는 사람이 있다며 추천해주었던 사람이 이성인 할머니이다. 임북마을회관에 도착해 할머니들에게 제보자에 대해 물으니, 모두들 이구동성으로 노래를 잘 한다고 칭찬하였다. 조사자는 직접 제보자 자택을 방문하여 구연을 요청하고, 마을회관에서 채록하였다. 제보자는 목청이 시원시원하고 신명이 많았다. 기억력도 좋아서 각설이타령이나 달거리 노래 같은 장편 민요도 막힘없이 구연하였다. 노래를 하며 박수를 치거나 어깨를 들썩이고, 팔을 너울거리며 춤을 추는 등 흥겨움을 잘 표현하였다. 제보자는 자료를 제공하는 과정에서 같은 노래는 두 번 하지 않으려고 하였으며, 구연을 유도하기 위해 조사자가 일러주는 첫머리를 듣고는 다 아는데 왜 또 시키는지 모르겠다는 말을 여러 번 하였다. 도중에 택배를 받을 것이 있다며 집에 다녀오기도 하였는데, 다녀오면서 능소화를 머리에 꽂고 등장해 좌중을 웃음바다로 만들기도 하였다. 제보자는 다리를 다쳐서 몸이 안 좋다고 하면서도 노래를 부르자 신명이 나는지 얼굴에 함박웃음을 띠고 노래하였다. 스스로도 노래방 기계만 틀어놓으면 신이 나서 가만히 있지를 못한다고 하였다. 제보자는 할머니와 언니, 동네 아주머니들에게서 노래를 배웠다고 한다. 제공한 자료로는 장편민요, 경기민요, 모심기노래 등이 있다.

임북마을 할머니들이 마을회관에 나와 하는 일들은 주로 낚시에 필요한 도구를 만드는 부업을 하고 있었다. 할머니들은 각자 할 일을 하면서 박수를 치거나 추임새를 해주며 분위기를 이끌어 주었다. 이성인 제보자가 노래를 몇 곡 한 뒤 택배를 받으러 가야 한다며 잠시 자리를 비운 사이 심계화 할머니가 자료를 제공해 주었다. 처음에는 선뜻 나서서 구연하려 하지 않았지만, 조사자의 끈질긴 권유에 청춘가 등 몇 편의 자료를 제공해 주었다. 구연하는 동안에도 일을 손에서 놓지 않아 큰 흥은 느껴지지 않았다. 그러나 이성인 제보자가 돌아와 구연을 하면서 청중에게 박수라도 치라고 여러 차례 이야기하자, 도중에 갑자기 일어나서 텔레비전 앞에서 팔을 휘젓고 제자리를 돌면서 신명나게 춤을 추기도 하였다. 이로써 모든 사람들이 한바탕 웃으며 흥겨운 분위기에서 구연이 이어질 수 있었다. 제공한 자료는 청춘가 4편이다.

임북1구 마을회관에서 채록한 자료는 권주가, 양산도, 화투뒤풀이, 청춘가, 각설이타령 등 민요 20편이다.

경상남도 합천군 율곡면 임북리 임북2구 임북마을

조사일시 : 2010.1.20
조 사 자 : 박경신, 김구한, 김옥숙, 정아용

임북2리 조사는 합천군 1차 조사 때 이루어졌다. 임북리는 원래 임북1구와 임북2구로 나누어진다. 1구는 상림과 하림으로, 2구는 종간, 땅고개 등으로 되어 있다. 주산업은 농업이며, 임북공업단지가 있다. 임북공업단지는 1988년도에 건설되어 농민들이 농사를 지으면서 공장에서 일할 수 있는 농공병진이 잘 시행되고 있어 소득 증대에 기여하고 있다. 공단 면적은 5만평이며, 21개 공장이 가동 중인데 종업원 수는 약 1,000여 명에 이른다고 한다.

문화유적으로는 기룡정이 있다. 합천이씨 와룡거사 이정화가 시골에 은거하여 여생을 보내기 위하여 와룡산 기슭에 건립하였으나 후손들이 마을로 옮겨서 재건할 때 와룡정의 용이 누워있는 것이 좋지 못하다 하여 기룡정으로 이름을 바꾸었다고 한다. 주요 지명으로는 말발굽 바위와 구부골이 있다. 말발굽 바위는 와룡덤에 있는 큰 바위의 말발굽 자욱이 꽉 박혀 있는데 옛날 삼국시대 말기에 백제군이 대야성을 침공하여 함락시킬 때 신라 장수가 패주하면서 말을 타고 대야성에서 멀리 와룡덤까지 훌쩍 뛰는 바람에 바위에 말발굽이 박혀 말발굽 바위라 부르게 되었다 한다. 구부골은 한사골 북쪽에 있는 골짜기로 아홉 사람의 부자가 살았다고 하여 생긴 이름이다.

임북2구의 세대수는 60여 세대이고 인구는 150여 명이다. 성씨 분포는 합천이씨가 주를 이루고 기타 성씨들이 다양하게 살고 있다.

조사자들은 용주면 가호리 조사를 마치고 율곡면으로 이동하였다. 시간이 늦은 관계로 아침 율곡면 사무소에서 얻은 마을회관 주소록을 바탕으로 하여 가장 가까운 곳에 있는 임북2구 마을회관으로 갔다. 마을회관에는 할아버지와 할머니 등 11분이 계셨다. 조사의 취지와 목적을 말하자 흔쾌히 구연에 응해 주었다.

조사가 시작되자 가장 먼저 노래를 부른 제보자는 안재분 할머니다. 아는 노래가 있으면 열심히 부르려 애썼고, 다른 사람에게도 노래를 권하면서 좌중의 분위기를 잡으려 했다. 성격이 시원시원하고 적극적이었다. 큰 목소리로 여유 있게 노래를 잘 불렀다. 그러나 시작은 했으나 계속 이어 마무리 하지 못하는 노래가 많았다. 합천에 가서 종일 노랫가락을 부른 적도 있다고 하였는데, 단편 민요를 잘 부르는 편이었다. 제공한 자료는 이깅순아 맏딸애기, 단편민요 6편이 있다.

다른 제보자가 이런 노래가 있다며 이야기만 꺼내고 부르지 못하자 유차선 제보자가 부르면서 조사에 참여했다. 고사리 꺾는 노래를 열심히 불렀으나 끝내지는 못했다. 눈을 아래로 향하고 표정은 없었으나, 손뼉을 치며, 가사를 기억해내어 구연하는 데만 집중하는지 매우 진지하게 불렀다. 생각나지 않는 부분은 청중의 도움을 받아 열심히 불렀다. 어릴 때 소 먹이러 다닐 때 노래를 많이 불렀다고 한다. 제공한 자료는 고사리 꺾는 노래와 단편민요 3편이다.

임북2구 마을회관에서 채록한 자료는 사위노래, 고사리 꺾는 노래, 강원도라 구월산 밑에, 화투뒤풀이, 모심기노래 등 민요 28편이다.

제보자

김도역, 여, 1937년생

주 소 지 : 경상남도 합천군 율곡면 임북2구 392번지 임북2구마을회관
제보일시 : 2010.1.20
조 사 자 : 박경신, 김구한, 김옥숙, 정아용

마을회관에서 만난 분으로 스스로 나서서 노래를 부르는 적극적인 제보자였다. 즐거운 표정으로 노래를 불렀고, 노래 부르는 것을 무척 좋아하였다. 아는 노래가 생각나면 주저하지 않고 노래를 구연하였다. 제공한 노래는 어릴 때 할머니에게서 배운 것이라 한다.

가무잡잡한 피부에 뚜렷한 이목구비로 깔끔한 인상을 주었다. 친정은 서산이고, 택호는 보름댁이다.

제공한 자료는 사위노래, 모심기노래 등 민요 5편이다.

제공 자료 목록
04_19_FOS_20100120_PKS_KDY_0002 사위노래
04_19_FOS_20100120_PKS_KDY_0004 청춘가 (2)
04_19_FOS_20100120_PKS_KDY_0011 시누올케 꽃꺾다가
04_19_FOS_20100120_PKS_JSS_0012 모심기노래
04_19_FOS_20100120_PKS_KDY_0016 청춘가 (2)

노의식, 여, 1923년생

주 소 지 : 경상남도 합천군 율곡면 임북2구 임북2구마을회관
제보일시 : 2010.1.20

조 사 자 : 박경신, 김구한, 김옥숙, 정아용

청중이 권하여 노래를 불렀다. 시종 눈을 내리깔고 몸을 살짝살짝 움직이며 노래했다. 중간에 생각이 안 나거나 노래가 끝나면 다 잊어버렸다며 쑥스러운 듯 웃었다.

작은 체구에 자그마한 얼굴, 쪽진 머리를 하고 있는 것이 인상적이었다. 초계 송리에서 20세에 이 마을로 시집을 왔으며, 택호는 해촌댁이다.

제공한 자료는 사위노래 외 2편이다.

제공 자료 목록
04_19_FOS_20100120_PKS_NUS_0008 노랫가락
04_19_FOS_20100120_PKS_JRS_0009 사위노래
04_19_FOS_20100120_PKS_NUS_0022 창부타령

박순악, 여, 1932년생

주 소 지 : 경상남도 합천군 율곡면 벽전마을 422번지 마을어귀평상
제보일시 : 2010.7.15
조 사 자 : 박경신, 김구한, 김옥숙, 마소연, 정아용

둥글둥글한 외모와 체형에 안경을 낀 제보자는 조용한 성격으로 짐작되었다. 노래할 때 목소리가 시원하게 들리지는 않았다. 다른 사람들도 제보자가 노래를 하자 평소에 노래하는 것을 거의 듣지 못했다며 신기하다고 하는 것으로 보아 흥이 많거나 나서

기를 좋아하지 않는 듯했다. 그러나 제보자는 정이 많아 조사 중에도 조사자들에게 계속해서 수박과 마실 것을 대접하는 등 세심하게 배려해 주었다. 나서서 구연을 적극적으로 하지는 않았지만, 다른 사람이 구연하는 도중에 생각나는 노래가 있으면 기억해 두었다가 앞의 노래가 끝난 후 자신의 노래를 이어가곤 하였다. 그리고 다른 사람들이 구연을 할 때 박수를 치는 등 분위기를 잘 맞춰주었다.

택호는 묵골댁이었으며, 17살에 쌍책면에서 시집을 왔다고 하였다. 노래는 자랄 때 배웠다고 한다.

제공한 자료는 노랫가락과 청춘가 등 8편의 민요가 있다.

제공 자료 목록
04_19_FOS_20100715_PKS_PSA_0003 노랫가락 (1)
04_19_FOS_20100715_PKS_JJB_0007 청춘가 (1)
04_19_FOS_20100715_PKS_JJB_0008 노랫가락 (2)
04_19_FOS_20100715_PKS_JJB_0013 청춘가 (2)
04_19_FOS_20100715_PKS_YIS_0015 청춘가 (4)
04_19_FOS_20100715_PKS_PSA_0020 청춘가
04_19_FOS_20100715_PKS_PSA_0024 노랫가락 (2)
04_19_FOS_20100715_PKS_JJB_0027 노랫가락 (6)

박옥련, 여, 1937년생

주 소 지 : 경상남도 합천군 율곡면 벽전마을 345번지 마을어귀평상
제보일시 : 2010.7.15
조 사 자 : 박경신, 김구한, 김옥숙, 마소연, 정아용

제일 늦게 조사장소에 도착한 제보자는 다른 제보자들이 노래하는 동안 박수를 치며 분위기를 맞추는 행동이 대부분이었다. 얼굴이 좀 길고, 키가 큰 편인 제보자는 실제 나이보다 훨씬 젊어 보였다. 그러나 얼굴에는 수심이 드리워져 있었는데, 이는 얼마 전에 아들이 유명을 달리했기

때문이라고 다른 제보자가 알려주었다. 나서서 노래를 많이 하지는 않았지만, 중간에 다른 제보자들이 가사를 잊어버리거나 하면 알려주고자 노력하는 등 조사에는 협조적이었다.

제보자의 택호는 선동댁이며, 15세에 시집을 왔다고 하였다.

제공한 노래는 노랫가락 1편이다.

제공 자료 목록
04_19_FOS_20100715_PKS_JJB_0007 청춘가 (1)
04_19_FOS_20100715_PKS_JJB_0012 노랫가락 (3)

박유복, 여, 1935년생

주 소 지 : 경상남도 합천군 율곡면 임북2구 임북2구마을회관
제보일시 : 2010.1.20
조 사 자 : 박경신, 김구한, 김옥숙, 정아용

조사가 막바지에 이를 무렵 그때까지 열심히 박수치며 청중노릇을 잘하던 제보자가 노래를 해보겠다며 나서면서 조사에 임하게 되었다. 다른 제보자가 부른 노래가 잘못됐다고 지적하던 제보자는 모심기노래를 불렀다. 오른손으로 무릎을 치며 목소리는 작았으나 힘 있게 불렀다.

이목구비가 작고 체구도 작았으나 야무진 인상을 주었다. 율곡면 재내리에서 시집왔으며, 택호는 못안댁이다.

제공한 자료는 모심기노래 외 1편이다.

제공 자료 목록
04_19_FOS_20100120_PKS_PYB_0023 모심기노래
04_19_FOS_20100120_PKS_PYB_0024 창부타령

배학태, 남, 1934년생

주 소 지 : 경상남도 합천군 용주면 내천리 506번지 내천리마을회관
제보일시 : 2010.1.20
조 사 자 : 박경신, 김구한, 김옥숙, 정아용

율곡 면사무소 들러 여러 마을 중에 가호수가 많다는 내천리를 추천받아 찾았다. 마을회관에 도착했을 때 할아버지 방에는 젊잖아 보이는 노인 세 분이 장기를 두고 있었다. 제보자는 합천이나 마을과 관련된 전설의 구연을 요청하는 조사자에게 기꺼이 내천리에 얽힌 전설을 구연해 주었다. 말솜씨는 어눌해 보였으나 마을과 관련된 전해오는 이야기를 침착하게 설명하였다. 마을이 왜 왜나루라 불리는지를 임진왜란과 연결된 사연을 자세히 전달하려고 노력했다. 이 지방에는 주로 농요가 불리었고, 특히 안산 평풍들에서 풀 베는 노래가 슬프게 들리던 시절이 있었다고 전해 주었다. 그러나 제보자는 다른 이야기나 노래 자료는 보유하고 있지 않았다.

준수한 외모에 꼿꼿한 자세와 말투가 점잖았다. 경북대학교 물리학과를 졸업한 농촌에서 보기 드문 학력을 지닌 사람으로 이 고장 토박이다.

제공한 자료는 전설 1편이다.

제공 자료 목록
04_19_FOT_20100120_PKS_BHT_0001 왜나루와 백마산성

심계화, 여, 1932년생

주 소 지 : 경상남도 합천군 율곡면 임북리 임북1구 144번지 임북마을회관
제보일시 : 2010.7.15
조 사 자 : 박경신, 김구한, 김옥숙, 마소연, 정아용

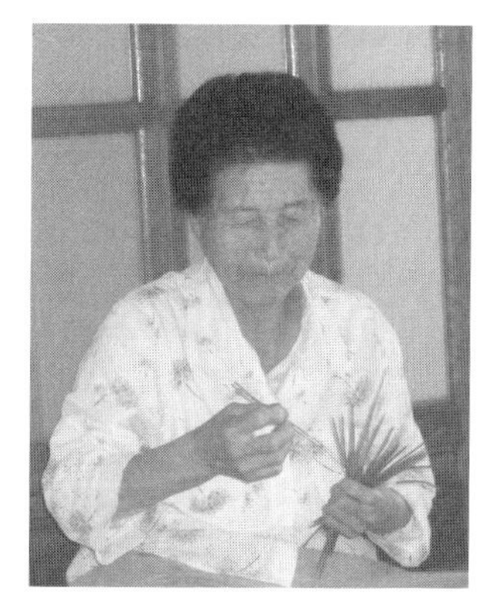

조사자들이 방문했을 때 제보자는 마을회관에서 할머니들과 함께 낚시에 필요한 도구를 만드는 부업을 하고 있었다. 이성인 제보자가 노래를 몇 곡 한 뒤 택배를 받으러 가야 한다며 잠시 자리를 비운 사이 자료를 제공해 주었다. 처음에는 선뜻 나서서 구연하려 하지 않았지만, 조사자의 지속적인 권유에 몇 편의 자료를 제공해 주었다.

목청은 카랑카랑 했으며, 구연하는 동안에도 일을 손에서 놓지 않아 큰 흥은 느껴지지 않았다. 그러나 이성인 제보자가 돌아와 구연을 하면서 청중에게 박수라도 치라고 여러 차례 이야기하자, 제보자가 갑자기 일어나서 텔레비전 앞에서 팔을 휘젓고 제자리를 돌면서 신명나게 춤을 추기도 하였다. 이를 계기로 모든 사람들이 한바탕 웃었고, 흥겨운 분위기에서 조사가 이루어졌다.

제보자는 초계 댁말에서 17세에 시집을 왔다고 하였으며, 체구가 작고 마른 편이었다.

제공한 자료는 청춘가 1편이다.

제공 자료 목록
04_19_FOS_20100715_PKS_SGH_0003 청춘가

안재분, 여, 1938년생

주 소 지 : 경상남도 합천군 율곡면 임북2구 413번지 임북2구마을회관
제보일시 : 2010.1.20
조 사 자 : 박경신, 김구한, 김옥숙, 정아용

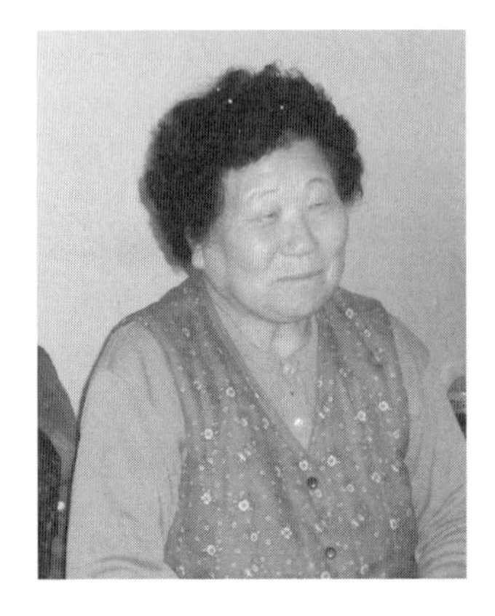

조사가 시작되자 가장 먼저 노래를 부른 제보자이다. 아는 노래가 있으면 열심히 부르려 애썼고, 다른 사람에게도 노래를 권하면서 좌중의 분위기를 주도하려 했다. 성격이 시원시원하고 적극적이었다. 큰 목소리로 여유 있게 노래를 잘 불렀다. 그러나 시작은 했으나 마무리하지 못하는 노래가 많았다. 합천에 가서 종일 노랫가락을 부른 적도 있다고 하였는데, 경기민요를 잘 부르는 편이었다.

둥근 얼굴에 체격이 좋은 편으로, 성격이 활달하고 인정이 많아 보였다. 노래를 잘하고 목청이 좋았으나 기억력이 좋은 편이 아니었다. 초계택리가 친정으로 19세에 이 마을로 시집왔으며, 택호는 댁말댁이다.

제공한 자료는 창부타령 등 민요 6편이 있다.

제공 자료 목록
04_19_FOS_20100120_PKS_AJB_0001 창부타령
04_19_FOS_20100120_PKS_AJB_0005 이강순아 맏딸애기
04_19_FOS_20100120_PKS_AJB_0007 화초동동 첫날밤에
04_19_FOS_20100120_PKS_AJB_0010 도라지병풍 연당안에
04_19_FOS_20100120_PKS_AJB_0013 노랫가락
04_19_FOS_20100120_PKS_JSS_0017 창부타령

04_19_FOS_20100120_PKS_HMS_0021 노랫가락
04_19_FOS_20100120_PKS_NUS_0022 창부타령

유일순, 여, 1938년생

주 소 지 : 경상남도 합천군 율곡면 벽전마을 413번지 마을어귀평상
제보일시 : 2010.7.15
조 사 자 : 박경신, 김구한, 김옥숙, 마소연, 정아용

마을회관을 찾아다니다가 개울 옆 평상 위에 할머니 몇 분이 앉아서 쉬고 계신 것을 발견했다. 제보자 또한 거기서 더위를 피하고 있었는데, 조사자들의 구연 요청에 잘 못한다며 겸손한 모습을 보이기는 했지만 구연을 거절하지는 않았다. 그렇게 조사가 시작되었으며, 제보자는 적극적으로 가장 많은 자료를 제공하였다. 마을사람들의 말로는 평소에도 자주 노래를 부르며 시간을 보낸다고 하였다. 자청해서 노래하는 편은 아니었으나 차분하게 노래하였다. 노래는 처녀 때 배웠다고 하였다.

나이보다 어려 보이는 외모에 자그마한 체구의 제보자는 목소리가 카랑카랑 했다. 기억력도 좋은 편이어서 많은 자료를 제공할 수 있었으며, 발음도 정확한 편이었다. 본천댁이라 불리는데, 같은 동네로 시집을 와서 붙여진 택호라고 하였다. 19세에 시집을 왔으며, 부모님이 딸이 하나라서 '일순'이라는 이름을 지었다고 한다.

제공한 자료로는 모심기노래, 경기민요 다수이다.

제공 자료 목록
04_19_FOT_20100715_PKS_YIS_0032 바깥사돈 유혹한 안사돈
04_19_FOS_20100715_PKS_YIS_0001 금자동아 옥자동아
04_19_FOS_20100715_PKS_YIS_0002 모심기노래
04_19_FOS_20100715_PKS_YIS_0005 청춘가 (1)
04_19_FOS_20100715_PKS_YIS_0006 창부타령 (1)
04_19_FOS_20100715_PKS_JJB_0007 청춘가 (1)
04_19_FOS_20100715_PKS_JJB_0008 노랫가락 (2)
04_19_FOS_20100715_PKS_YIS_0009 청춘가 (3)
04_19_FOS_20100715_PKS_YIS_0010 창부타령 (2)
04_19_FOS_20100715_PKS_YIS_0011 청춘가 (3)
04_19_FOS_20100715_PKS_JJB_0012 노랫가락 (3)
04_19_FOS_20100715_PKS_JJB_0013 청춘가 (2)
04_19_FOS_20100715_PKS_JJB_0014 노랫가락 (4)
04_19_FOS_20100715_PKS_YIS_0015 청춘가 (4)
04_19_FOS_20100715_PKS_YIS_0016 창부타령 (3)
04_19_FOS_20100715_PKS_YIS_0017 청춘가 (5)
04_19_FOS_20100715_PKS_YIS_0018 창부타령 (4)
04_19_FOS_20100715_PKS_YIS_0019 노랫가락 (1)
04_19_FOS_20100715_PKS_PSA_0020 청춘가
04_19_FOS_20100715_PKS_YIS_0022 창부타령 (5)
04_19_FOS_20100715_PKS_PSA_0024 노랫가락 (2)
04_19_FOS_20100715_PKS_YIS_0026 창부타령 (6)
04_19_FOS_20100715_PKS_YIS_0028 청춘가 (6)
04_19_FOS_20100715_PKS_YIS_0029 노랫가락 (2)
04_19_FOS_20100715_PKS_YIS_0030 진주난봉가
04_19_FOS_20100715_PKS_YIS_0031 시집살이노래

유차선, 여, 1936년생

주 소 지 : 경상남도 합천군 율곡면 임북2구 413번지 임북2구마을회관
제보일시 : 2010.1.20
조 사 자 : 박경신, 김구한, 김옥숙, 정아용

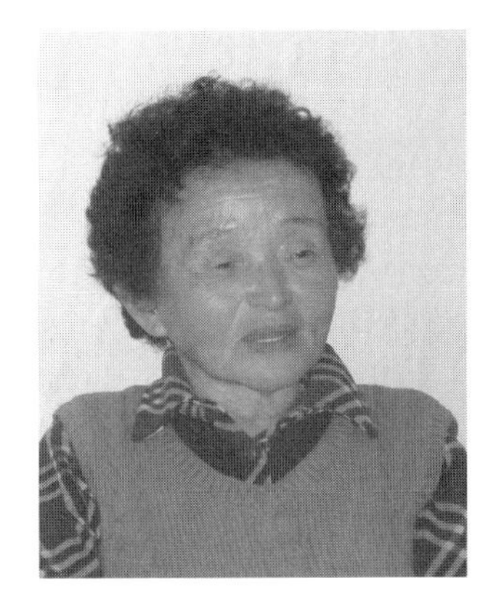

다른 제보자가 이런 노래가 있다며 이야기만 꺼내고 부르지 못하자 제보자가 부르면서 조사에 참여했다. 고사리 꺾는 노래를 열심히 불렀으나 끝내지는 못했다. 눈은 아래로 향하고 표정은 없었으나, 손뼉을 치며 가사를 기억해내어 구연하는 데만 집중하는지 매우 진지하게 불렀다. 생각나지 않는 부분은 청중의 도움을 받아 열심히 불렀다. 어릴 때 소 먹이러 다니면서 노래를 많이 불렀다고 한다.

동글납작한 얼굴이 인상적이었다. 용주면 내가리에서 20세에 이 마을로 시집을 왔다.

제공한 자료는 고사리 꺾는 노래 외 민요 2편이다.

제공 자료 목록
04_19_FOS_20100120_PKS_YCS_0006 고사리 꺾는 노래
04_19_FOS_20100120_PKS_JSS_0017 창부타령
04_19_FOS_20100120_PKS_JSS_0025 노랫가락 (2)

이성인, 여, 1938년생

주 소 지 : 경상남도 합천군 율곡면 임북리 임북1구 135번지 임북마을회관
제보일시 : 2010.7.15
조 사 자 : 박경신, 김구한, 김옥숙, 마소연, 정아용

영전 1구 벽전마을에서 조사를 하던 중, 그 곳 분들이 임북리에 노래 잘하는 사람이 있다며 추천해주었던 분이 제보자이다. 임북마을회관에 도착해 할머니들에게 제보자에 대해 물으니, 이구동성으로 제보자가 노래를 잘 한다고 했다. 조사자들은 제보자 자택을 방문하여 구연을 청하고, 마을회관에 모시고 와서 자료를 채록하였다.

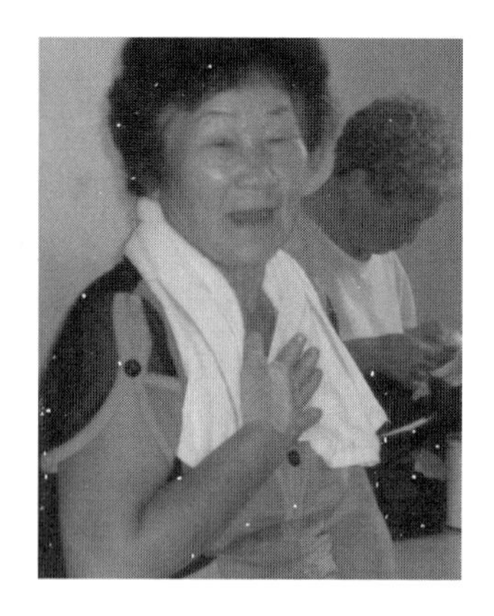

제보자는 목청이 시원시원하고 신명이 많았다. 기억력도 좋아서 각설이타령이나 달거리 같은 노래도 막힘없이 구연하였다. 노래를 하며 박수를 치거나 어깨를 들썩이고, 팔을 너울거리며 춤을 추는 등 흥겨움을 여지없이 표현하였다. 제보자는 자료를 제공하는 과정에서 같은 노래는 두 번 하지 않으려고 하였다. 또한 구연을 유도하기 위해 조사자가 노래가사의 첫머리를 일러주면 다 아는데 왜 또 시키는지 모르겠다는 말을 여러 번 하였다. 도중에 택배 받을 것이 있다며 집에 다녀오기도 했는데, 다녀오면서 능소화를 머리에 꽂고 등장해 좌중을 웃음바다로 만들기도 하였다. 또한 제보자는 다리를 다쳐서 몸이 안 좋다고 하면서도 노래를 불렀는데, 신명이 나는지 얼굴에 함박웃음을 띠고 노래하였다. 스스로도 노래방 기계만 틀어놓으면 신이 나서 가만히 있지를 못한다고 말했다.

택호는 내지댁으로, 벽전에서 시집을 왔다. 19세에 머리를 얹고, 한 해 묵혀 20세에 시집을 왔다는 제보자는 할머니와 언니, 동네 아주머니들에게서 노래를 배웠다고 한다.

제공한 자료로는 권주가, 각설이타령, 화투뒤풀이 등 경기민요 다수이다.

제공 자료 목록

04_19_FOS_20100715_PKS_LSI_0001 창부타령 (1)
04_19_FOS_20100715_PKS_LSI_0002 권주가 (1)
04_19_FOS_20100715_PKS_LSI_0004 청춘가 (1)
04_19_FOS_20100715_PKS_LSI_0005 권주가 (2)
04_19_FOS_20100715_PKS_LSI_0006 노랫가락 (1)
04_19_FOS_20100715_PKS_LSI_0007 청춘가 (2)
04_19_FOS_20100715_PKS_LSI_0008 양산도

04_19_FOS_20100715_PKS_LSI_0009 청춘가 (3)
04_19_FOS_20100715_PKS_LSI_0010 노랫가락 (2)
04_19_FOS_20100715_PKS_LSI_0011 창부타령 (2)
04_19_FOS_20100715_PKS_LSI_0012 청춘가 (4)
04_19_FOS_20100715_PKS_LSI_0013 창부타령 (3)
04_19_FOS_20100715_PKS_LSI_0014 청춘가 (5)
04_19_FOS_20100715_PKS_LSI_0015 노랫가락 (3)
04_19_FOS_20100715_PKS_LSI_0016 청춘가 (6)
04_19_FOS_20100715_PKS_LSI_0017 창부타령 (4)
04_19_FOS_20100715_PKS_LSI_0018 화투뒤풀이 (1)
04_19_FOS_20100715_PKS_LSI_0019 화투뒤풀이 (2)
04_19_FOS_20100715_PKS_LSI_0020 각설이타령

전삼순, 여, 1935년생

주 소 지 : 경상남도 합천군 율곡면 임북2구 임북2구마을회관
제보일시 : 2010.1.20
조 사 자 : 박경신, 김구한, 김옥숙, 정아용

자청해서 노래를 부르면서 조사에 참여한 제보자이다. 손뼉을 크게 치고, 자주 두 손을 춤추듯이 흔들며 노래를 불렀다. 시종 웃으며 노래를 하였는데, 젊었을 때는 노래를 잘 불렀다고 한다.

둥근 얼굴에 피부가 검은 편으로 선한 인상이었다. 가야 해인사에서 17세에 이 동네로 시집을 왔으며 택호는 핵기댁이다.

제공한 자료는 경기민요 5편이다.

제공 자료 목록

04_19_FOS_20100120_PKS_JSS_0014 청춘가

04_19_FOS_20100120_PKS_JSS_0015 노랫가락 (1)
04_19_FOS_20100120_PKS_JSS_0017 창부타령
04_19_FOS_20100120_PKS_HMS_0019 창부타령
04_19_FOS_20100120_PKS_JSS_0025 노랫가락 (2)

정순선, 여, 1939년생

주 소 지 : 경상남도 합천군 율곡면 임북2구 43-11번지 임북2구마을회관
제보일시 : 2010.1.20
조 사 자 : 박경신, 김구한, 김옥숙, 정아용

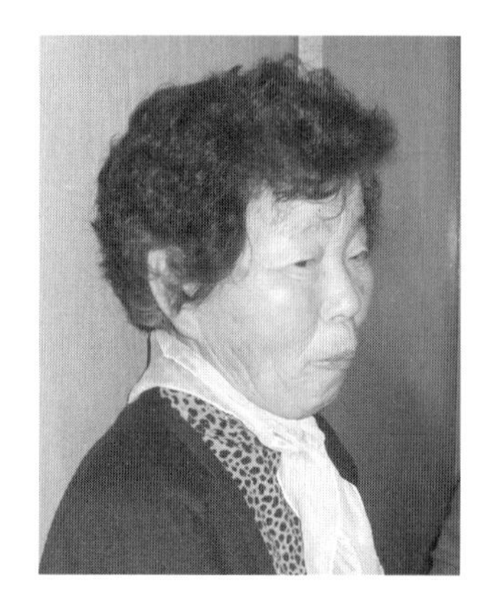

청중의 권유로 구연하게 된 제보자이다. 조용하고 차분하게 노래를 하였다. 평소 노래를 즐겨 부르지는 않는지 적극적으로 조사에 참여하지는 않았다.

얌전해 보이는 얼굴에 나이보다 훨씬 젊어보였다. 율곡면 재내리에서 시집왔으며 택호는 성기동댁이다.

제공한 자료는 모심기노래 외 민요 1편이다.

제공 자료 목록
04_19_MFS_20100120_PKS_JSS_0003 노랫가락 차차차
04_19_FOS_20100120_PKS_JSS_0012 모심기노래

정유선, 여, 1933년생

주 소 지 : 경상남도 합천군 율곡면 임북2구 854번지 임북2구마을회관
제보일시 : 2010.1.20
조 사 자 : 박경신, 김구한, 김옥숙, 정아용

제보자는 다른 사람이 시작하다가 끝내지 못하거나, 제목만 언급하고 못 부르는 노래를 부르면서 조사에 임하였다. 수줍은 듯 시종 웃으며, 몸을 좌우로 흔들면서 즐겁게 구연하였다.

동글납작한 작은 얼굴에 웃음이 많았다. 적중면 양림리에서 육이오사변이 나던 해에 시집을 왔다고 하며, 택호는 양림댁이다.

제공한 자료는 사위노래와 화투뒤풀이가 있다.

제공 자료 목록
04_19_FOS_20100120_PKS_JYS_0009 사위노래
04_19_FOS_20100120_PKS_JYS_0018 화투뒤풀이

정전분, 여, 1929년생

주 소 지 : 경상남도 합천군 율곡면 벽전마을 413번지 마을어귀평상
제보일시 : 2010.7.15
조 사 자 : 박경신, 김구한, 김옥숙, 마소연, 정아용

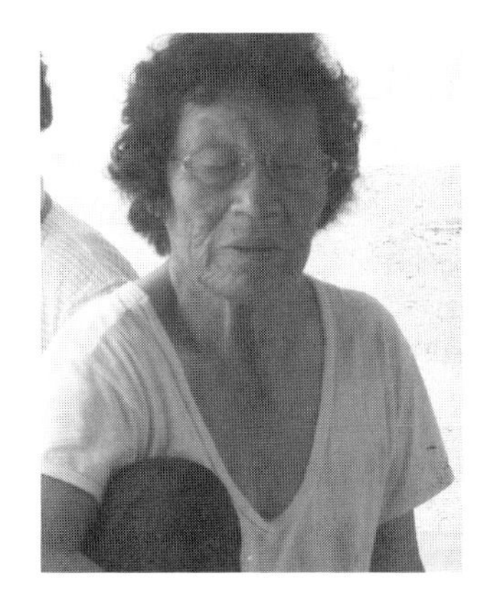

유일순 제보자의 맏동서이기도 한 제보자는 4명의 제보자 중 가장 나이가 많았다. 마을 사람들이 제보자를 추천해 주어서 자택으로 방문하여 구연을 청했다. 처음에는 거절해서 어쩔 수 없이 돌아왔지만, 평상에서 조사를 하고 있을 때 찾아와서 구연에 협조해 주었다. 목청이 시원시원하였으나, 같은 노래를 반복해서 부르는 경우가 많았

다. 주변 사람들과 본인의 말에 의하면 젊었을 때는 가수였다고 한다. 노래를 할 때 어깨를 들썩이거나 박수를 치는 등 신명이 많고, 탁 트인 목청으로 봐서는 실제로 젊었을 때 노래를 꽤나 했을 듯 보였다. 나이가 많아서 옛날만큼 소리가 넘어가지 않는다며 아쉬워하는 말을 여러 번 하였다. 그러나 조사에 적극적으로 임했다.

제보자는 자그마한 체구에 등이 약간 굽어 구부정하게 걸었다. 택호는 한동댁으로 같은 동네로 18세에 시집을 왔다고 하였다.

제공한 노래는 경기민요 다수이다.

제공 자료 목록
04_19_FOS_20100715_PKS_JJB_0004 노랫가락 (1)
04_19_FOS_20100715_PKS_JJB_0007 청춘가 (1)
04_19_FOS_20100715_PKS_JJB_0008 노랫가락 (2)
04_19_FOS_20100715_PKS_JJB_0012 노랫가락 (3)
04_19_FOS_20100715_PKS_JJB_0013 청춘가 (2)
04_19_FOS_20100715_PKS_JJB_0014 노랫가락 (4)
04_19_FOS_20100715_PKS_JJB_0021 노랫가락 (5)
04_19_FOS_20100715_PKS_JJB_0023 청춘가 (3)
04_19_FOS_20100715_PKS_PSA_0024 노랫가락 (2)
04_19_FOS_20100715_PKS_JJB_0025 청춘가(4)
04_19_FOS_20100715_PKS_YIS_0026 창부타령 (6)
04_19_FOS_20100715_PKS_JJB_0027 노랫가락 (6)

홍말순, 여, 1919년생

주 소 지 : 경상남도 합천군 율곡면 임북2구 413번지 임북2구마을회관
제보일시 : 2010.1.20
조 사 자 : 박경신, 김구한, 김옥숙, 정아용

안재분 제보자의 권유로 노래를 부르면서 조사에 임하였다. 노래를 부르는 동안 시종 웃으며 손과 팔의 놀림을 하였는데, 이 행동이 소녀가 하

는 것처럼 귀여워보였다. 구십이 넘는 연세에도 노래를 불러서인지 청중의 반응이 좋았으며, 또 청중이 존경스러워했다.

예쁘장하게 생긴 이목구비에 자그마한 체구로 나이에 비해 건강해 보였다. 발음이 약간 정확하지 않을 뿐 기억력은 좋은 편이었다. 안재분 제보자와 고부지간으로 율곡면 갑산에서 18세에 시집을 왔다. 택호는 가동댁이다.

제공한 자료는 민요 3편이다.

제공 자료 목록

04_19_FOS_20100120_PKS_HMS_0019 창부타령
04_19_FOS_20100120_PKS_HMS_0020 강원도라 구월산밑에
04_19_FOS_20100120_PKS_HMS_0021 노랫가락

왜나루와 백마산

자료코드 : 04_19_FOT_20100120_PKS_BHT_0001
조사장소 : 경상남도 합천군 율곡면 내천리 506번지 마을회관
조사일시 : 2010.1.20
조 사 자 : 박경신, 김구한, 김옥숙, 마소연, 정아용
제 보 자 : 배학태, 남, 77세
구연상황 : 동네와 관련된 전설이나 어떤 전설이든 좋으니 이야기해 줄 것을 청하자 이 전설을 구연해 주었다. 제보자는 마을과 관련된 이 전설을 차분하고 진지한 자세로 구연하고, 청중은 제보자가 묻는 말에 간단히 대답해주었다.
줄 거 리 : 임진왜란 때 왜놈들이 부산포에서 낙동강을 거슬러 올라와서 이 내천마을의 황강까지 쳐들어왔다. 왜놈들은 마을 뒷산 정상에 못이 있는데, 거기 주둔을 하였다. 황강을 끼고 맞은편 산은 우리 의병들이 주둔한 백마산성으로 앞은 험하고 뒤는 완만한 요새였다. 왜놈들이 꾀를 내어 노파에게 산지형의 비밀을 알아내어 뒤쪽으로 쳐들어가 우리 의병들과 싸웠다. 살아남은 의병들은 진주성으로 피신을 했다. 왜놈들이 쳐들어 왔다고 해서 동네 이름이 '왜나루'라고 불리게 되었다고 한다.

임진왜란 때 우리 동네가 이 저 왜나루라 캤어(했어), 왜나루, 왜나루.

왜놈들이 여개 와가주고 진주해가주고 그 뒤에 질 못짜(모퉁이) 올라가마 요 뒤에 산정상에 올라가마 못이 있어요. 자연 자연 못이 있는데, 거게 인자 에 일본 사람들이 인자 낙동강을 거슬러 올러와가주고(올라가서), 이 황강이거든.

낙동강하고 황강하고 여 밑에 접속되는 데가 얼매 안 돼. 한 이십리 한 한 한 이십리 될까?

(청중 : 한 이십 리는 되지.)

고개가 이 황강, 옛날에 황둥강이라 캤네, 황둥강. 이기 어데서 발원하

는 기 아이라, 저 덕유산에서 발원 발원 해가지고, 지금 합천호, 지금 합천호 생긴데서 합천호로 해서 이래서 낙동강 합류되는 기거든.

그래 임란 때, 임란이 버시러(벌써) 뭐 한 사백년 오백, 사백 몇십 년 돼 가지? 사백 한 이삼십, 이십년 삼십년 돼 갈거야.

그 땐데, 부산 부산포로 은자 왜놈들이 올러와가주고 이리 올러, 여게 우리 동네 여 뒷산에 주둔을 했어요. 뒷산에 올러가면 지금 마 여러분들이 올라가보시면 좋을 거야 아마. 차가 올라가는가 모르겠다. 눈이 와서,

(청중 : 차 올라간다.)

올라가는가?

(청중 : 녹았을 끼다.)

이 못이 한 이백 평 되는 이 못이 자연산 못이 있는데, 거게 거 정상 인자 왜놈들이 주둔을 하고, 지금 그 공원이 돼 있어. 군민 그 위락공원이 돼 있는데,

저쭉에 인자 바로 맞은편에 이 낙동강 이 황강 맞은 조쭉 편에 산이 백마산성이라, 백마산성. 그 마 산성지가 있고, 성지가 다 허물어지고 없는데, 그 때 은자 우리 아군들 의병들이지. 의병들이 저 백마산성에 주둔을 하고, 여개는 은자 이 일본 병사들이 은자 여 우리 뒷동네 주둔핸 기라.

[기침]

그래서 우리 동네 이름이 뭐 말하자면 왜나루라 캤든가 모르지.

그래가주고 치열한 전투가 벌어지고 이랬는데, 그 때는 마 화살하고 뭐 조총 겉은 기 있었던 모양이지. 주로 화살 화살 싸웠다 커는(하는) 말이 있는데, 저쭉에 백마산성은 백마산성이라 커는 거는 백마가 원래 은자 앞은 험하고 뒤는 완만하게 은자 꼬리 인자 이리 니리가는 거거든.

저쭉 산새 백마산성 여 산새를 보마 저쭉 쪽에는 완만하게 뒤에 니려가 있고, 앞에는 이 절벽이 돼 있어. 그 성지가 이리 돼 있는데, 이 쪽에 은자 우리 이쭉에서는 왜놈들이 은자 활을 백마로 쏘고 저쭉 싸우고 이랬

는데,

우리 우리 의병들이 은자 그 세력이 약했던 모얭이야. 그 때 뭐 저 박곽마우단이니 이런 분이 와 싸웠다 커는데, 확실하게 뭐 근거는 지금 기록에 없는거 같고.

그래서 은자 왜놈들이 은자 꾀를 낸 기라. 이래가 이래 니려 가가지고 요-앞에 가면 우리 동네 앞에 가면 은자 퉁수골, 퉁수골이라고, 퉁수골. 요새는 통시골이라 커는데, 거게 절이 있었는데 조 앞에, 이 산 산 앞에 이 강 건너라. 쌍책 구역인데, 거기 노파가 니려 와서 목욕, 그 빨래를 하는데, 그래 왜놈들이 은자 물은 모양이지.

그래 저 산을 가면 어디로 우째 가느냐고 물으니까, 저 산은 백마산성이라. 백 백마산이라 커는데, 앞은 절벽이지만 뒤로 가만 산새가 완만하니까 저-쭉을 둘러가라. 그래 인자 저-쭉 그 퉁소골이 저 우에 저 있는데, 둘러가라고 인자 갈(가르쳐) 줬던 모양이라.

그러이 은자 그 산을 넘어 저 쭉으로 와리 쪽으로 넘어가가지고 왜놈들이 그래가 공격을 했어. 공격을 해가, 그래 우리 아병들이 그 우리 의병들이 한국군이 많이 죽었대요. 죽어가지고 그서 은인자 일부 죽고 도주해가 진주성으로, 진주성 싸움이지. 진주성으로 달어나가지고, 거게서 합류해가지고 전투 했다 커는데, 우리 아 의병들 실 실패하고 간 데라.

그래 지금 이 쭉은 산 산이 인자 이쭉 산은 이 여 산 정상에 못이 산 정상에 못이 있어. 요는(여기는) 공원이 조성돼 있고. 저 쭉 보면 강 건너 저주 보면 이 백마산성이 이래 있고, 백마산이 있고, 그 산성지가 지금도 있어.

거게도 장군 장군곡이니, 뭐 샘이도 있고, 거도 전설이 많이 있는데, 그래가주고(그래서) 우리 의병들이 도주했다 커는 그런 전설이 있고.

지금 여게 옛날에 뭐 실전에 쓴 화살촉을 주서(주워) 가지고, 옛날 여 저 이 산에 나무하러 가가 주서가지고 이 그걸 가지고 침을 맨들어가지고

(만들어서) 사람들 하는 거 뭐. 이 흙 속에 쇠붙이가 오래 묻히 있으면 독이 없어진다 해가지고, 침을 맨들어가지고 침을 맨들어가지고 썼다 커는 그런 어른들 그런 말씀도 있었고.

그래 인자 우리 동네 이름이 내천리거든. 내천, 안내자 내천자 내천자 이거 강이라 커는 말. 이래 내천리인데, 옛날에는 왜정시대 그 때는 왜나루라 왜나루, 왜놈이라 커는, 왜놈이 왔다고 왜나루라고 이런 말도 있었다 그러지만은, 그 뒤에 이 동네 은자 동네 이름이 안천(雁川), 기러기 기러기 안자, 내천자 안천이라 커는데, 그 팔일오 해

[다시 고쳐서]

그러니까 한일합방되고 나서 왜놈들이 들어와 안천이라 커니까, 안이라 커니까 마 안내자 내천으로 이래 마. 그때 은자 기록이 기록이 됐다고 어른들한테 그런 늘 그런 이야기 하고 있지요. 하고 있는데, 사실은 여딴데 가만 여게 이 동네 이름을 갖다가 은자 초개군 갑산면 안천리라 이럭캤거든.

옛날 기록은 군지에 옛날 초개 군지에 보면 전부 안천리라 돼 있는데, 기러기 안자 내천자, 안천리로 돼 있는데, 1913년인가 그 그 행정구역 개편되고 왜놈들어와가 할 때, 1913년인가 이럴 거야 아마. 그때 이후로 은자 내천으로 내천으로 돼, 내천으로, 그러이 안내자 내천. 그래 동네 이름이 은자 지금 지금 행정구역으로 은자 내천으로 되어 있지, 내천. 내천으로 돼 있고, 옛날에는 안천이라 캤지. 지금도 안천이라 커마 그 이 근처가마 전부다 그걸 안천으로 통해. 통하고 고런 전설이 있습니다, 있고.

[조사자가 "왜나루라고 하면 나룻배가 여기까지 들어왔다는 말이냐?"고 질문하자 이에 대해 다음과 같은 답변을 들려 주었다. 제보자가 어릴 때까지만 해도 돗단배가 다녔는데, 여름이면 끼배(게젓배 : 작은 게로 만든 젓갈을 팔러 다니는 배)와 소금배가 낙동강을 거슬러 올라왔다. 다리를 놓기 전까지 나루가 있어 나루로 통행했으며, 지금도 나루터가 있고,

강 건너편에 뱃사공집이 나무 밑에 묻혀 있다고 한다. 또한 제보자가 어릴 때는 이 황강에 연어도 올라왔으며, 모래사장도 좋았고, 고기 종류도 다양하게 살았다고 한다.]

바깥사돈 유혹한 안사돈

자료코드 : 04_19_FOT_20100715_PKS_YIS_0032
조사장소 : 경상남도 합천군 율곡면 영전1구 벽전마을 경로당
조사일시 : 2010.7.15
조 사 자 : 박경신, 김구한, 김옥숙, 마소연, 정아용
제 보 자 : 유일순, 여, 73세
구연상황 : 조사자가 제보자에게 이야기 아는 것은 없냐며 구연을 유도하였다. 그러자 이마를 긁적이며 잠시 생각하더니 웃으면서 구연을 시작하고 웃으면서 마무리했다.
줄 거 리 : 사돈이 죽어서 바깥사돈이 문상을 왔다. 안사돈이 곡을 하면서 상여를 타면서 남편을 생각하는 성적인 말을 한다. 그러자 바깥사돈이 더러운 집안이라며 가버린다.

사돈이 죽었는데,

[웃음]

저게 사돈 문상을 온깨네, 그 곡을 하면서 저기 사돈이 안사돈이 백사돈이(바깥사돈이) 왔는데, 곡을 하면서, 그래 저게 생이로(상여로) 은자 탄깨네, 생이틀로 듣고

"영감아. 영감아. 너는 꽃가매로 탔는데, 내 밑에는 언제 올래?"

한깨네, 영감이 고마

"에 더런 놈의 집구석이다."

커면서 달아나뿌렀어.

사위노래

자료코드 : 04_19_FOS_20100120_PKS_KDY_0002
조사장소 : 경상남도 합천군 율곡면 임북2구 마을회관
조사일시 : 2010.1.20
조 사 자 : 박경신, 김구한, 김옥숙, 마소연, 정아용
제 보 자 : 김도역, 여, 74세
구연상황 : 구연을 끝낸 앞 제보자가 다른 사람도 노래 좀 하라고 하자 제보자가 이 노래를 불렀다. 웃음 띤 얼굴로 박수를 치며 즐겁게 구연하였다. 노래가 끝나자 청중은 "잘한다!"며 흥을 돋우었다.

찹쌀백미 삼백석에 액미같이도 가린사우
놋쟁반에 구실을담아 사랑하다 내사우야
진주못둑 시영버들 이슬젖어 어이왔노
칠년대환 가물음에 빗방울받은 송백우야
이술은 자네가들고 내딸성공은 자네가하네

청춘가 (1)

자료코드 : 04_19_FOS_20100120_PKS_KDY_0004
조사장소 : 경상남도 합천군 율곡면 임북2구 마을회관
조사일시 : 2010.1.20
조 사 자 : 박경신, 김구한, 김옥숙, 마소연, 정아용
제 보 자 : 김도역, 여, 74세
구연상황 : 앞 노래에 이어 계속 구연했다.

우수야 경첩에 대동강 풀리고

정든임 말소리 내심정 풀린다

시누올케 꽃꺾다가

자료코드 : 04_19_FOS_20100120_PKS_KDY_0011
조사장소 : 경상남도 합천군 율곡면 임북2구 마을회관
조사일시 : 2010.1.20
조 사 자 : 박경신, 김구한, 김옥숙, 마소연, 정아용
제 보 자 : 김도역, 여, 74세
구연상황 : 제보자는 자청해서 이 노래를 불렀다. 청중 한 사람이 계속해서 모심기노래 중 "낭창낭창 베리끝에"를 잘못 부른 것처럼 의견을 제시했다.

시누올키 꽃꺾다가 낙동강에 떨어졌네

[뭐라고 해야 되느냐며 잠시 기억을 더듬었다.]

무정하다 저오라바
껀진(건진)동상(동생) 다부(도로)놓고 올키부텅 껀지구나
나도죽어 후성가서 낭군부터 싱길라네(섬길라네)
또포대겉은 이내머리 물에사라 다사라지고
분통겉은 이내얼굴 고기밥이 다됐구나
나도죽어 후성가서 낭군부텅 싱길라요

청춘가 (2)

자료코드 : 04_19_FOS_20100120_PKS_KDY_0016
조사장소 : 경상남도 합천군 율곡면 임북2구 마을회관
조사일시 : 2010.1.20
조 사 자 : 박경신, 김구한, 김옥숙, 마소연, 정아용

제 보 자 : 김도역, 여, 74세
구연상황 : 앞 노래에 이어 계속 구연했다.

아실아실 춥거든 내품에 들고요
비게돋어 높으거든 내팔을 베세요

노랫가락

자료코드 : 04_19_FOS_20100120_PKS_NUS_0008
조사장소 : 경상남도 합천군 율곡면 임북2구 마을회관
조사일시 : 2010.1.20
조 사 자 : 박경신, 김구한, 김옥숙, 마소연, 정아용
제 보 자 : 노의식, 여, 88세
구연상황 : 청중의 요청으로 이 노래를 부르게 되었다. 그러나 숨길이 가쁘고 노래가 길어서 다 못 부른다며 끝내지 못했다.

말없는 청산이요 티(태)없는 유수로다
말없는 청풍이요 임자없는 밍월(명월)이라
밍월이 아무리집었다해도 사람의심중 몬밝혀주네

창부타령

자료코드 : 04_19_FOS_20100120_PKS_NUS_0022
조사장소 : 경상남도 합천군 율곡면 임북2구 마을회관
조사일시 : 2010.1.20
조 사 자 : 박경신, 김구한, 김옥숙, 마소연, 정아용
제보자 1 : 노의식, 여, 88세
제보자 2 : 안재분, 여, 73세
구연상황 : 앞 노래에 이어 계속 구연했다.

제보자 1 달떠오네 달떠오네
대구야 팔공산에 달떠오네
장안에는 두견새 울고
장안에 호걸이 모여 드네

제보자 2 석자수건 목에걸고 깨발매는 저처녀야
깨밭이사 좋지만은 연락서산에 해떨어졌네

노랫가락 (1)

자료코드 : 04_19_FOS_20100715_PKS_PSA_0003
조사장소 : 경상남도 합천군 율곡면 영전1구 벽전마을 경로당
조사일시 : 2010.7.15
조 사 자 : 박경신, 김구한, 김옥숙, 마소연, 정아용
제 보 자 : 박순악, 여, 79세
구연상황 : 조사자가 구연을 부탁하자 할 줄 모른다며 거절하다가, 노랫가락을 해달라고 하자 이 노래를 구연했다. 왼쪽 다리를 세워 그 위에 팔을 걸친 자세로 노래를 불렀다. 중간에 기억이 나지 않아 작은 소리로 읊조려보더니 모르겠다고 크게 웃으며 구연을 중단하였다.

대구팔공산 달이나밝아 달성고암은(달성공원에) 두견이우네
낙동강에 임실은저배는

청춘가

자료코드 : 04_19_FOS_20100715_PKS_PSA_0020
조사장소 : 경상남도 합천군 율곡면 영전1구 벽전마을 경로당
조사일시 : 2010.7.15
조 사 자 : 박경신, 김구한, 김옥숙, 마소연, 정아용

제보자 1 : 박순악, 여, 79세
제보자 2 : 유일순, 여, 73세
구연상황 : 정전순 제보자가 앞서 했던 노래를 다시 한 번 불렀다. 곧 이어 박순악 제보자가 노래를 불렀다. 부채로 박수를 치며 구연했다.

제보자 1 남산 풀잎은 푸러사 좋구요
임하고 나하고 좋다~ 젊어야 좋더라

제보자 2 저달 뒤에는 새별이 딸고요(따르고요)
울엄마 뒤에는 에루아~ 내따라 갈란다

노랫가락 (2)

자료코드 : 04_19_FOS_20100715_PKS_PSA_0024
조사장소 : 경상남도 합천군 율곡면 영전1구 벽전마을 경로당
조사일시 : 2010.7.15
조 사 자 : 박경신, 김구한, 김옥숙, 마소연, 정아용
제보자 1 : 박순악, 여, 79세
제보자 2 : 정전분, 여, 82세
제보자 3 : 유일순, 여, 73세
구연상황 : 조사자가 "개야개야 검둥개야"라는 노래는 없냐고 구연을 청했다. 청중이 정전분 제보자에게 해보라고 부추기는 사이에 박순악 제보자가 구연을 시작했다. 박순악 제보자는 얼굴에 웃음을 머금고 노래를 하였으며, 그 뒤를 이어 정전분 제보자, 유일순 제보자가 구연을 이어갔다. 노래가 끝낸 박순악 제보자는 조사자들에게 대접할 수박을 자르는 일에 열중했다.

제보자 1 개야개야 검두나개야 너를밥주꾸마 짖지마라
야밤에 임오시거든 짖지말라꼬 너를준다

[조사자가 "봄은오고 임은가니"라고 첫머리를 일러주고, 유일순 제보자가 구연을 시작하였다. 그런데 첫마디가 채 끝나기도 전에 정전순 제보자

가 끼어들어 다음 노래를 구연되었다.]

제보자 2 임오시마 주실라꼬 가슴깊이 품었더니
그수건 검기도전에

[이때 생각이 나지 않는지 "뭐라 커노?"라고 하자 박동련 제보자가 이 뒷부분을 제시해 주었다.]

이별화초가 만발했네

[조사자가 도중에 끊겼던 '봄은오고'를 마저 구연해달라고 부탁하여 다음 노래를 이어 불렀다.]

제보자 3 봄은오고 임은가니 꽃만피어도 임오생각

[잠시 주저하다가]

꽃은피어 만발이되고 잎은피어서 청산이라
꽃좋다 탐내지말고 모진손으로 꺽지마라

모심기노래

자료코드 : 04_19_FOS_20100120_PKS_PYB_0023
조사장소 : 경상남도 합천군 율곡면 임북2구 마을회관
조사일시 : 2010.1.20
조 사 자 : 박경신, 김구한, 김옥숙, 마소연, 정아용
제 보 자 : 박유복, 여, 76세
구연상황 : 앞 노래에 이어 계속 구연했다.

다펄다펄 다박머리 해다젼데 어디갔소
어머니 산소등에 젓먹으로 내가가요

창부타령

자료코드 : 04_19_FOS_20100120_PKS_PYB_0024
조사장소 : 경상남도 합천군 율곡면 임북2구 마을회관
조사일시 : 2010.1.20
조 사 자 : 박경신, 김구한, 김옥숙, 마소연, 정아용
제 보 자 : 박유복, 여, 76세
구연상황 : 조사를 마무리하려고 제보자들의 인적사항을 여쭤보던 중 제보자가 이 노래를 불렀다. 구연을 끝내고 제보자가 "좋다!"라고 하자 청중이 웃으며 즐거워 했다.

나물묵고 물마시고 팔을베고 누웠으니
대장부 살림살이 요만하면 여전하지

청춘가

자료코드 : 04_19_FOS_20100715_PKS_SGH_0003
조사장소 : 경상남도 합천군 율곡면 임북리 하림1구 135번지 임북마을회관
조사일시 : 2010.7.15
조 사 자 : 박경신, 김구한, 김옥숙, 마소연, 정아용
제 보 자 : 심계화, 여, 79세
구연상황 : 이성인 제보자가 택배 받을 것이 있다며 집으로 잠시 돌아간 사이에 제보자에게 구연을 부탁하였다. 처음에는 목소리가 꺽꺽거려서 안 된다며 거절하였지만, 계속되는 조사자들의 요청에 구연을 시작하였다. 구연을 하는 동안에도 낚싯줄 끼우는 작업을 손에서 놓지 않았다.

[앞부분 '서산에 지는 해는'이 녹음이 안 됨.]

지고싶어 지나요
날두고 가는임은 가고싶어 가느냐

신작로 널러서 질가기 좋구기

전깃불 밝아서 좋다~ 임찾기 좋구요

산이 높아야 골도나 깊으지
쪼끄만한 여자속에 무슨전 깊으요

동동추여라 저달이 밝은데
임의동동 생각이 좋다~ 저절로 나는구나

창부타령

자료코드 : 04_19_FOS_20100120_PKS_AJB_0001
조사장소 : 경상남도 합천군 율곡면 임북2구 마을회관
조사일시 : 2010.1.20
조 사 자 : 박경신, 김구한, 김옥숙, 마소연, 정아용
제 보 자 : 안재분, 여, 73세
구연상황 : 조사가 시작되자 제보자가 가장 먼저 노래를 불렀다. 한 곡을 부른 후 이어서 이 곡을 구연했다. 박수를 치면서 크고 시원한 목소리로 불렀으며, 청중도 박수를 쳐 장단을 맞추었다.

이천(이창)저천(저창) 반만열고 침자질하는 저처녀야
침자질도 곱지만은 고개살꼼 들어보소
고개살꼼 드지마는 총각보기가 미안하요

이깅순아 맏딸애기

자료코드 : 04_19_FOS_20100120_PKS_AJB_0005
조사장소 : 경상남도 합천군 율곡면 임북2구 마을회관
조사일시 : 2010.1.20
조 사 자 : 박경신, 김구한, 김옥숙, 마소연, 정아용

제 보 자 : 안재분, 여, 73세

구연상황 : 조사가 시작되자마자 청중의 요청으로 이 노래를 불렀다. 구연하는 중간에, 잠시 웃는 사이에 다른 사람이 조금 구연했는데, 그 부분이 정확하게 녹음되지 않아 다시 불러주기를 청하였다. 제보자는 시원스럽게 다시 구연하였고, 제보자와 청중은 함께 박수를 치며 장단을 맞추었다. 구연이 끝나자 한 청중은 이 노래를 들으니 눈물이 난다고 했다.

이깅순아 맏딸어기 허잘났다 소문듣고
한분가도 못볼래라 두번가도 못볼래라
삼시분 가서보니 삼시칸 대청끝에
허리둥실 나섰구나 발목에라 처러보니(살펴보니)
삼실보선 저보선에 명세초록을 받추신고
저구리라 처러보니 둥질비단 호단처매
물명주 바지가래 동남풍이 팔랑팔랑
뒷끝이라 처러보니 삼단겉은 저머리는
누간장을 녹힐라고 저리곱기도 잘생깄노

화초동동 첫날밤에

자료코드 : 04_19_FOS_20100120_PKS_AJB_0007
조사장소 : 경상남도 합천군 율곡면 임북2구 마을회관
조사일시 : 2010.1.20
조 사 자 : 박경신, 김구한, 김옥숙, 마소연, 정아용
제 보 자 : 안재분, 여, 73세

구연상황 : 제보자는 앞에서도 이 노래 부르기를 시도한 적이 있다. 노래가 좋은지 다시 부르기를 시작했으나 기억의 부실로 몇 소절 부르지 못하였다. 제대로 부르지 못해 많이 안타까워했다.

화초동방 첫날밤에 부끄럼도 가이없네

열두폭 치알밑에 족두리한근

[잊어버렸다고 하며, 그 이유가 신식노래를 부른 탓이라고 했다. 청중이 "쪽두리 한근을 내가씨고"라고 하면 된다고 하였다. 생각을 더듬더니 말로 두 구절을 더 구연했다.]

[말로 구연함.]

열두폭 치알밑에 꽃평풍을 마주치고
양촛불 밝히놓고 백연언약을 맺었다

도라지병풍 연당안에

자료코드 : 04_19_FOS_20100120_PKS_AJB_0010
조사장소 : 경상남도 합천군 율곡면 임북2구 마을회관
조사일시 : 2010.1.20
조 사 자 : 박경신, 김구한, 김옥숙, 마소연, 정아용
제 보 자 : 안재분, 여, 73세
구연상황 : 또 다른 노래를 구연해주기를 청하자 이 노래를 불렀다. 차분한 어조로 구연했다.

도라지핑풍(병풍) 연당안에 잠든큰아기 문열어라
바람불고 눈오는날에 니올줄알고 문닫았나
그케도 대장부요 약속마금을 잊을쏘냐
아살살곰 잠이들어 요방경추가(경치) 요대로다

노랫가락

자료코드 : 04_19_FOS_20100120_PKS_AJB_0013
조사장소 : 경상남도 합천군 율곡면 임북2구 마을회관
조사일시 : 2010.1.20
조 사 자 : 박경신, 김구한, 김옥숙, 마소연, 정아용
제 보 자 : 안재분, 여, 73세
구연상황 : 앞 노래에 이어 계속 구연했다. 박수를 치면서 장단을 맞추며 노래 불렀는데, 청중 몇 명이 함께 불렀다.

유천당 시모실낭게 양사실로 군대를매어
임이뚜면 내가서밀고 내가뛰면은 임이밀고
임아임아 줄미지마라 줄떨어지면 정떨어진다

뒷동산 돌아전샘이 보살(보리쌀) 씩는아 저처녀야
보살도 유정타만은 옥석같은 홀목(손목)닮소
내홀목 닮든지마든지 당신왔던질로 배삐(바삐)가소

금자동아 옥자동아

자료코드 : 04_19_FOS_20100715_PKS_YIS_0001
조사장소 : 경상남도 합천군 율곡면 영전1구 벽전마을 경로당
조사일시 : 2010.7.15
조 사 자 : 박경신, 김구한, 김옥숙, 마소연, 정아용
제 보 자 : 유일순, 여, 73세
구연상황 : 마을회관을 찾아 이동하던 중에 마을 한가운데로 흐르는 개울 위에 마련된 작은 평상에 모인 할머니들을 만났다. 곧 할머니들을 상대로 조사를 시작하였다. 마을 사람들이 추천한 할머니들을 모셔다가 구연을 부탁드렸다. 제보자는 조사자들이 구연을 유도하자 앞뒤부분을 다 잊어버려 기억나는 가사가 얼마 되지도 않는다며 나서기를 주저하다가 구연을 시작하였다. 뻗은 다리 사이에 손을 집어넣은 채로 몸을 앞뒤로 움직이며 구연을 하였다. 그러나 끝부분이

기억나지 않아 완전히 끝맺지는 못했다.

금자동아 옥자동아 칠기(칡)청산 높은동아
부모거게는 호자동 형제거게는 우애동
일가거게도(친척 거기도) 화목동

모심기노래

자료코드 : 04_19_FOS_20100715_PKS_YIS_0002
조사장소 : 경상남도 합천군 율곡면 영전1구 벽전마을 경로당
조사일시 : 2010.7.15
조 사 자 : 박경신, 김구한, 김옥숙, 마소연, 정아용
제 보 자 : 유일순, 여, 73세
구연상황 : 조사자가 모심기노래를 부탁하자 노래가 완전히 기억나지 않는다며 잠시 생각하더니 구연을 시작하였다. 제보자는 이 모심기노래를 다른 곡조로 불렀다. 끝부분이 생각나지 않아 멈칫거릴 때마다 조사자가 옆에서 가사를 일러주어 겨우 마무리하였다.

서마지기 논빼미
물꼬는 철철흘어놓고 쥔(주인)한량 어데갔노
등너메다 첩을두고 밤낮없이 넘나든다

["또 뭐꼬" 하는 제보자에게 다른 가사를 언급하자 계속 구연함.]

모야모야 노랑모야 언제커서 열매열래

[기억이 나지 않아 잠시 멈춤.]

이달크코 훗달커서

["한 개도 모른다고" 하며 멈추었다가 조사자의 도움으로 마무리함.]

내후년에 열매열어

청춘가 (1)

자료코드 : 04_19_FOS_20100715_PKS_YIS_0005
조사장소 : 경상남도 합천군 율곡면 영전1구 벽전마을 경로당
조사일시 : 2010.7.15
조 사 자 : 박경신, 김구한, 김옥숙, 마소연, 정아용
제 보 자 : 유일순, 여, 73세
구연상황 : 조사자가 한참 전에 제보자가 부르다 만 노래의 첫머리를 알려주며 구연을 유도하자, 맏동서인 정전분 제보자에게 모르는 건 거들어달라고 부탁하며 구연을 시작하였다. 입가에 웃음을 머금고 몸을 앞뒤로 흔들며 느릿한 속도로 구연하였다. 평상 밑에서는 개울물 흘러가는 소리가 들렸다.

술과 담배는 나심중 아는데~ 야-
한품에 든임도 에루아~ 나심중 모르나

["그기 끝이가?" 하다가 이어서 구연함.]

산너메 달뜬거 세상사람이 다아는데-야
내마금(마음) 달뜬거 에루아~ 아무도 모른다

창부타령 (1)

자료코드 : 04_19_FOS_20100715_PKS_YIS_0006
조사장소 : 경상남도 합천군 율곡면 영전1구 벽전마을 경로당
조사일시 : 2010.7.15
조 사 자 : 박경신, 김구한, 김옥숙, 마소연, 정아용
제 보 자 : 유일순, 여, 73세
구연상황 : 청중이 서로 노래에 대한 기억을 떠올리려고 애쓰며 정보를 주고받았다. 제

보자가 문득 생각난 듯이 이 노래를 구연하였다.

포롬포롬 봄뱁추는 밤이슬오기마 기다리고
옥에간현(갇힌) 열녀춘낭(춘향) 이도롱(이도령)오기만 기다린다

[알아야 끝은 낸다고 하여 조사자가 "얼씨구나 좋다!"라고 하자 이어서 구연함.]

정말로좋다 아니노지는 못하겠노

청춘가 (2)

자료코드 : 04_19_FOS_20100715_PKS_YIS_0009
조사장소 : 경상남도 합천군 율곡면 영전1구 벽전마을 경로당
조사일시 : 2010.7.15
조 사 자 : 박경신, 김구한, 김옥숙, 마소연, 정아용
제 보 자 : 유일순, 여, 73세
구연상황 : 앞집 자두나무에 열린 자두를 주인부부가 따주었다. 그 자두를 먹으며 잠시 쉬는 와중에 조사자가 계속 노래의 첫머리를 알려주며 구연을 유도하였다. 제보자는 조사자가 알려주는 노래 가사를 들으며 기억을 떠올리다가 구연을 시작하였다. 앞뒤로 몸을 흔들며 노래하다가 박수를 치기도 하면서 홍을 표현하였다.

산이 높아야 골도나 깊으지
쪼그만한 여자속이 얼마나 깊으리

울너메(울타리 너머에) 등넘에 꼴비는 총각아
눈치가 있거들랑 좋다~ 떡하나 받아라

산산 봉오리야 여루에(외로이) 선나무
날캉 같이도 에루아~ 여루에 섰구나

나비없는 동산에 꽃피만 무엇하나
임없는 이집살림 에루야~ 날살만 못하리

창부타령 (2)

자료코드 : 04_19_FOS_20100715_PKS_YIS_0010
조사장소 : 경상남도 합천군 율곡면 영전1구 벽전마을 경로당
조사일시 : 2010.7.15
조 사 자 : 박경신, 김구한, 김옥숙, 마소연, 정아용
제 보 자 : 유일순, 여, 73세
구연상황 : 앞 노래에 이어 구연하였다.

나물먹고 물마시고 팔을비고 누웠으니
대장부 살림살이 이만하민은 작작하다
얼씨구나 좋구나 절씨구 좋다

청춘가 (3)

자료코드 : 04_19_FOS_20100715_PKS_YIS_0011
조사장소 : 경상남도 합천군 율곡면 영전1구 벽전마을 경로당
조사일시 : 2010.7.15
조 사 자 : 박경신, 김구한, 김옥숙, 마소연, 정아용
제 보 자 : 유일순, 여, 73세
구연상황 : 정전분 제보자가 노래가사를 떠올리며 읊조리는 와중에 구연을 시작하였다.

옥당목 접주구리야(겹저고리야)~ 남끝동 달고
홀목만(손목만) 나끗나끗 에루아~ 날오라 하는구나

[조사자가 "홀목만 나끗나끗"에 대해서 언급하자, 제보자는 옛날에는

드러내놓고 연애를 하지 않았으나 그래도 살짝 보내는 신호들이 있었다고 설명했다.]

옥당목 중우적삼 첫물이 좋고
새총각 새처녀 에루아~ 첫날밤이 좋구나

[옛날 노래는 이런 것뿐이라고 한 뒤 계속 구연하였다.]

당신이 날만치 아~ 사랑을 한다만
까시밭이 수천리라도 좋~다 맨발로 가는구나

청춘가 (4)

자료코드 : 04_19_FOS_20100715_PKS_YIS_0015
조사장소 : 경상남도 합천군 율곡면 영전1구 벽전마을 경로당
조사일시 : 2010.7.15
조 사 자 : 박경신, 김구한, 김옥숙, 마소연, 정아용
제보자 1 : 유일순, 여, 73세
제보자 2 : 박순악, 여, 79세
구연상황 : 지나가는 할머니에게 노래 한 곡 하고 가라며 붙잡느라고 구연이 잠시 중단되었다. 조사자도 함께 구연을 부탁하며 조사 목적과 취지에 대해 설명하고 있는데, 구연이 시작되었다.

제보자 1 불러라 불러라 노래를 불러라
청춘가나 유행가나 에라~ 멋대로 불러라

내노래 한마디 불러놨다고
사더나 시접살이 에루야~ 못살고 가겠나

제보자 2 노래를 부른다고 잡년이 되나

지행사(자기행실) 글러야 좋다~ 잡년이 되지요

제보자 1 전깃불 밝아서 임찾기가 좋구요
신작로 널러서 질가기 좋구나

제보자 2 당신하나 만여내(만나서) 이야~ 내속에 골빙든것
약방에 감촌줄 날나사(날낫게해) 줄것가(것인가)

[청중이 옛날에 골병이 얼마나 들었으면 이 노래를 몇 번이나 부르느냐고 말했다.]

제보자 2 청춘 대끝에 바람잘날 없고요
요내야 가슴에 좋다~ 수심잘날 없더라

제보자 1 여보소 시아바나 날사령(사랑) 해주소
자기아들 마년에 에라~ 이고상(고생) 하노라

창부타령 (3)

자료코드 : 04_19_FOS_20100715_PKS_YIS_0016
조사장소 : 경상남도 합천군 율곡면 영전1구 벽전마을 경로당
조사일시 : 2010.7.15
조 사 자 : 박경신, 김구한, 김옥숙, 마소연, 정아용
제 보 자 : 유일순, 여, 73세
구연상황 : 앞서 끝까지 부르지 못했던 노래를 생각하다가 이 노래를 생각해내고 구연을 시작했다. 노래를 하는 동안 눈을 감기도 하며, 시원한 목청으로 노래를 불렀다.

첩첩산중 고드름은 봄바람에 떨어지고
요내가슴 맺은마음 어느누가 풀어주꼬
얼씨구나 절씨구나 아니놀고는 뭐하겠노

청춘가 (5)

자료코드 : 04_19_FOS_20100715_PKS_YIS_0017
조사장소 : 경상남도 합천군 율곡면 영전1구 벽전마을 경로당
조사일시 : 2010.7.15
조 사 자 : 박경신, 김구한, 김옥숙, 마소연, 정아용
제 보 자 : 유일순, 여, 73세
구연상황 : 앞 노래에 이어 구연하였다. 녹음을 하는 동안 나무 위에서는 끊임없이 매미가 울고, 근처 집에서는 닭이 계속해서 울었다.

낙동강 칠백리 줄배를 모아서
임이나 탈란가 뱃머리 돌려라

서산에 지는해는 내일같이 오건만
한분간 우런님은 에루야~ 또다시 못 오나

[바로 이어 생각나는 노래가 없는지 눈을 비비며 잠시 쉬었다. 조사자가 노래 더 없느냐고 하자 박순악 제보자가 조사기계 차린 값은 했다며 그만하자고 하였다. 조사자는 웃으며 맞장구를 쳤다. 다른 조사자가 노래의 첫머리를 알려주며 구연을 유도하였다.]

풀잎에 원수는 거미줄이 원수고
우리야 원수는 에루아~ 삼팔선이 원수라

창부타령 (4)

자료코드 : 04_19_FOS_20100715_PKS_YIS_0018
조사장소 : 경상남도 합천군 율곡면 영전1구 벽전마을 경로당
조사일시 : 2010.7.15
조 사 자 : 박경신, 김구한, 김옥숙, 마소연, 정아용

제 보 자 : 유일순, 여, 73세

구연상황 : 조사자의 유도로 앞 노래에 이어 구연하였다. 두 번째 노래가 끝난 뒤 조사자가 시어머니가 며느리에게 누명을 씌웠느냐고 물었다. 청중과 제보자는 옛날에는 며느리를 사람 취급 하지 않았다며, 며느리가 중요한 사람인데도 남이라고 그렇게 했다는 이야기를 주고받았다.

어덤컴컴 빈방안에 십육도전기를 밝히놓고
임은앉아 공부하고 나는앉아 수를놓고
임의물팍(무릎팍) 썩땡기비고 임도쌍긋 나도방긋
하얀가이밤아 새지마소 날이새면은 임이비기라

저건네라 저집에는
다문다섯 사는깅구(식구) 날하나를 넘이라꼬(남이라고)
내안묵은 붕우괴기(고기) 날묵었다꼬 탓일래라
내안꺾은 능금대도 날꺾었다꼬 탓일래라
내안직인(죽인) 붕우새끼 날죽었다꼬 탓일래라
얼씨구나 절씨구나 아니서지는 못할거꼬

노랫가락 (1)

자료코드 : 04_19_FOS_20100715_PKS_YIS_0019
조사장소 : 경상남도 합천군 율곡면 벽전마을
조사일시 : 2010.7.15
조 사 자 : 박경신, 김구한, 김옥숙, 마소연, 정아용
제 보 자 : 유일순, 여, 73세
구연상황 : 앞 노래에 이어 구연하였다.

꽃좋다 탐내지말고 모진손으로 꺽지를마자
꺽거등 바래지말고

[뒷부분은 더 이상 기억하지 못해 끝내지 못했다.]

배고파 지어난밥이 돌도많고서 미도많네
돌많고 미많은밥을 임에오시면

[이때 청중이 잘못되었다며 고쳐 구연하자 이어서 불렀다.]

임이오느나 탓이로다

창부타령 (5)

자료코드 : 04_19_FOS_20100715_PKS_YIS_0022
조사장소 : 경상남도 합천군 율곡면 영전1구 벽전마을 경로당
조사일시 : 2010.7.15
조 사 자 : 박경신, 김구한, 김옥숙, 마소연, 정아용
제 보 자 : 유일순, 여, 73세
구연상황 : 앞 노래에 이어 구연하였다.

흘러가는 저물은 갈곳이 있는데

[자신 없는 태도로]

무정한 이내몸은 갈곳도 없더라

창부타령 (6)

자료코드 : 04_19_FOS_20100715_PKS_YIS_0026
조사장소 : 경상남도 합천군 율곡면 영전1구 벽전마을 경로당
조사일시 : 2010.7.15
조 사 자 : 박경신, 김구한, 김옥숙, 마소연, 정아용

제보자 1 : 유일순, 여, 73세
제보자 2 : 정전분, 여, 82세
구연상황 : 앞 노래와 비슷한 가사가 하나 더 있다고 하자 제보자가 곧바로 이 노래를 구연했다. 제보자가 노래를 부르자 청중이 이 노래가 맞다고 했다. 유일순 제보자는 네 번째 노래를 끝내고 그 노래는 "있는 노래"라며 노래가사의 설명을 덧붙였다. 그러자 옆에 있던 청중도 이 노래에 얽힌 이야기를 하였다. 제보자는 이 노래를 모심기 곡조가 아니라 창부타령곡조로 불렀다.

제보자 1 월천강에다 다리를낳여 그다리는 무나지면
만백성이 중창을(중건을)한데 이내가슴 무나지면
어느자슥이 중창하리
얼씨구나 절씨구나 아니서지는 뭐하겠노

황해도라 구월산밑에 주초캐는 저큰아가

[여기서 제보자는 생각이 나지 않아 다른 사람들에게 끝을 좀 이어라고 요청했다.]

제보자 2 백설같은 흰나비가 부모님근상을 입었는가
소복단장 곱기하고 장다리밭으로 날아드네

제보자 1 꽃아꽃아 곱은꽃아 깊은산중 피지마라
시누올키 꽃꺽다가 남강물에 떨어지니
난데없는 저고래비(자기오래비) 흔비흔비 오시더니
곁에있는 저거동상 옆으로 제치두고
먼데있는 저거댁을 홀묵덥석 쥐는구나
무정할사 정오라방 나도죽어 후상가서
낭군부텅 챙길라요

명사십리 해당화만 꽃아너는 피지마는

한분가신 우르님은 다시올줄 모르시나

청춘가 (6)

자료코드 : 04_19_FOS_20100715_PKS_YIS_0028
조사장소 : 경상남도 합천군 율곡면 영전1구 벽전마을 경로당
조 사 자 : 박경신, 김구한, 김옥숙, 마소연, 정아용
조사일시 : 2010.7.15
제 보 자 : 유일순, 여, 73세
구연상황 : 앞에서 부른 노래를 두 곡이나 다시 부르던 중 제보자가 이 노래를 불렀다.

간다 못간다 얼마나 울었노
정기정 마당에 에라~ 한강수가 되었구나

노랫가락 (2)

자료코드 : 04_19_FOS_20100715_PKS_YIS_0029
조사장소 : 경상남도 합천군 율곡면 영전1구 벽전마을 경로당
조사일시 : 2010.7.15
조 사 자 : 박경신, 김구한, 김옥숙, 마소연, 정아용
제 보 자 : 유일순, 여, 73세
구연상황 : 앞노래에 이어서 계속 불렀다.

간밤에 꿈좋더니

[기억이 나지 않아 멈추자 조사자가 가사를 일러주어 계속함.]

임오거게서 핀지왔네
핀지는 왔거나마는 임은왜그리 못오시나

진주난봉가

자료코드 : 04_19_FOS_20100715_PKS_YIS_0030
조사장소 : 경상남도 합천군 율곡면 영전1구 벽전마을 경로당
조사일시 : 2010.7.15
조 사 자 : 박경신, 김구한, 김옥숙, 마소연, 정아용
제 보 자 : 유일순, 여, 73세
구연상황 : 조사자의 유도로 부르게 되었다. 몇 구절 부르다가 순서가 잘못됐다며 처음부터 다시 불렀다. 그러나 다시 몇 구절 부르다가 옷차림새 부분이 생각나지 않는다며 뒷부분은 말로 설명했다.

울도담도 없는집에 시접삼년을 살고나니
시오마시 하시는말씀
너거야낭군을 보라거든 진주야남강에 빨래를가라
기목나무 호방바치 오동나무

["그전에 통 안 있었나?"라고 한 뒤 계속함.]

통에다가
검은빨래 흰빨래를 그득이 담아이고
진주야남강에 빨래를하니 번개같은 말을타고

[생각이 안 나서 머뭇거리가 조사자가 "울기같이도 날아온다."라고 도왔다.]

번개같이도 날아온다

[무슨 옷을 입었는지 그 부분의 가사가 기억나지 않는다고 했다. 생각해내려 애쓰다가 뒷부분은 결국 말로 가사의 내용을 설명했다.]
[말로]

구름 같은 갓을 씌고 그냥 썩 지나가뿌리. 빨래 씻는 것도 안 보고. 말

을 타고 갔는데, 집으로 돌아간께네, 시오마이 하시는 말씀
"아가아가 며늘아가 아랫방으로 들어카라"
캐. 들어간게네, 아랫방문을 반만 연게네, 꽃과 같은 기상들이 잔을 들고서 술을 쳐서 웃방으로 올라와서 아홉 가지 약 먹고 죽어뿐대.

[옷 입은 부분이 도저히 생각나지 않는다고 하여, 조사자가 끝부분을 언급하자 이어서 말하였다.]

그래
"웃방에 올라온게네 백년친구는 간곳없고 임시만 친구만 남아있다."
캤는데 신랑이 하는 말이 인자 죽고 없은께네 구캤는데,

["그기 중간에 그걸 빠져묵어서 못하겠다."라고 하였다.]

시집살이노래

자료코드 : 04_19_FOS_20100715_PKS_YIS_0031
조사장소 : 경상남도 합천군 율곡면 영전1구 벽전마을 경로당
조사일시 : 2010.7.15
조 사 자 : 박경신, 김구한, 김옥숙, 마소연, 정아용
제 보 자 : 유일순, 여, 73세
구연상황 : 조사자가 첫머리를 알려주어 구연하게 되었다.

성아성아 사촌성아 시집살이 어떻더노
쪼고만은 도리판에 수저놓기도 어렵더라
중우벗은 시동상은 말하기도 어렵더라
타박머리 시누애기

고사리 꺾는 노래

자료코드 : 04_19_FOS_20100120_PKS_YCS_0006
조사장소 : 경상남도 합천군 율곡면 임북2구 마을회관
조사일시 : 2010.1.20
조 사 자 : 박경신, 김구한, 김옥숙, 마소연, 정아용
제 보 자 : 유차순, 여, 75세
구연상황 : 안재분 제보자가 이 노래를 부르기 시작했으나 곧 잊어버렸다며 그만두자 제보자가 노래를 불렀다. 그러나 제보자 역시 기억의 미흡으로 끝까지 부르지는 못했다. 청중은 이 노래가 참 좋은 노래라며 다 부르지 못한데 대해 아쉬워했다.

남산밑에 남대롱아 서산밑에 서처녀야
나물캐러 안갈라나 신도없고 칼도없고
남대롱줌치 탈탈터니 돈에돈푼이 있었는데
한푼주고 신사신고 반푼주고 칼사담고
올라가는 올개사리 음들음 꺾어담고
점섬밥을 묵자하고

[여기서 멈추자 청중이 맞다며 계속하기를 원했다. 그러나 제보자는 다시 고쳐 구연하였다.]

내려오는 늦개사리 달음달음 꺾어담고
물도좋고 경치도존데

[여기서 청중이 아니라며 "점섬밥을"이라고 끼어들었다.]

점심밥을 먹자하니
남대롱밥을 끌러보니 삼년묵은 꽁보리밥
서처녀밥을 끌러보니 삼년묵은 쌀밥이내
서처녀밥은 남대롱묵고 남대롱밥은 서처녀묵고

[기억이 안 나는지 멈추자 청중이 뒷부분의 가사에 대해 이야기가 분분했다. 제보자가 이어 구연했다.]

점섬밥을 묵고나니
처마벗어 채왈치고 저고리벗어서 팽풍치고

[기억을 더듬어 정리하며 말로 구연했다.]

저고리벗어 주물상놓고 물을흘러서 홀기를불고
치매벗어 채알치고 저구리벗어 평풍치고
두사람이 금실금실 잘도논다 커더나

창부타령 (1)

자료코드 : 04_19_FOS_20100715_PKS_LSI_0001
조사장소 : 경상남도 합천군 율곡면 임북리 하림1구 135번지 임북마을회관
조사일시 : 2010.7.15
조 사 자 : 박경신, 김구한, 김옥숙, 마소연, 정아용
제 보 자 : 이성인, 여, 73세
구연상황 : 제보자는 벽전마을에서 추천을 받아 만난 분이다. 조사자들이 찾아오게 된 이유와 조사내용을 설명하고 구연을 부탁하였다. 처음에는 주저하며 선뜻 시작하려 하지 않았다. 당황스러운지 수건으로 계속 땀을 닦았다. 조사자들이 박수를 치며 분위기를 띄우려 애쓰자 구연을 시작하였다. 목청도 좋고 발음도 정확했으며, 노래를 부르면 신명이 나는지 어깨춤을 추거나, 노래 가사에 맞추어 동작도 해가며 구연하였다. 노래 한 곡이 끝날 때마다 노래 내용에 대해서 설명해 주었다

처남처남 내처남아 너거누이 뭐하드노
신던버선 볼받더라 입던적삼 등받더라
연지찍고 분바르고 처형오기만 기다린다

[전국에 사람이 다 흩어져 있으니 카메라(방송)에 나오게 하지 말라며 당부하고는 첫 노래보다 더 신명나게 구연을 시작하였다.]

깊은산중 고드름은 봄바람에 풀어내고
요내가슴 맺힌것은 어느누가 풀어주리

[이 노래는 시집 살 때 미영잡고 물레 돌릴 때 부르던 노래라고 했다.]

봄은봄은 난봄이요 달은달은 건달이라
문전옥답 다팔아먹고 만고야건달이 내로구나

(청중 : 잘한다.)

[제보자가 이런 노래는 신랑이 좀 애를 먹인 노래라고 했다. 청중이 모심기노래 한 곡을 권했으나, 이번 노래는 가사가 제법 길다고 일러주고는 다음 노래를 구연했다.]

찾어가자 찾어가자 함박산중허리 찾어가자
함박산중허리 약물이솟아 십삼도건달이 다모았네
나만(나이 많은)사람이 잡수시면 보글보글 피어나고
처녀총각 먹으면은 불긋불긋 피어난다
앞도한길 뒷도한길 옥도야선비가 지나치네
아따저선비 무정도하다 꽃을보고서 지나치네
꽃이야 곱더라마는 남의꽃에다 손댈소냐
들어오서 들어오소 나자는별당에 들어오소
서른석자 지어난이불 두리둥실 둘이덮고
석자시침 지어난이불 두리둥실 둘이비고
양에두몸이 한몸이되어 두리둥실 잘도논다

[권주가만 하고 말 것이라는 제보자에게 조사자는 이제 시작이라며, 노래를 많이 해 줄 것을 부탁하였다. 제보자는 한숨을 한 번 쉬더니 이 더운 날 땀 흘리며 노래를 해야 되느냐고 난감해 했다. 다시 박수를 치며 구연을 시작하였다.]

열창밀창 창문을열고 창날겉에다 집을지어
날며보고 들면서보아도 임오실줄 내몰랐네
바람불고 비온다고 날올줄모르고 문걸었나

[다음 노래는 한 구절한 후 앞에서 한 거라며 중단하였다. 조사자와 청중이 안 한 거라며, 처음부터 다시 해달라고 부탁하여 구연하였다.]

도라지핑퐁(병풍) 연다지방안에 잠든큰아가 문열어라
바람불고 비온다꼬 날올줄모르고 문걸었나
바람아니라 눈비가온들 약속한일을 잊을소냐

권주가 (1)

자료코드 : 04_19_FOS_20100715_PKS_LSI_0002
조사장소 : 경상남도 합천군 율곡면 임북리 하림1구 135번지 임북마을회관
조사일시 : 2010.7.15
조 사 자 : 박경신, 김구한, 김옥숙, 마소연, 정아용
제 보 자 : 이성인, 여, 73세
구연상황 : 권주가를 유도하며 권주가의 종류가 많은지 물었더니, 아들권주가, 사위권주가 등 많다고 했다. 조사자가 아들권주가부터 해달라고 청하자 잠시 생각하다가 구연을 시작하였다.

황산에라 씨를받아 황해도에라 뿌리놓고
삼정승이 물을주어 육판사가 늙어졌네

수령수령 내아들아

[회갑하면 자녀들에게 술 한 잔 받고 이 노래로 답해준다고 하였다. 사위권주가는 다른 곳에서는 어떻게 하더냐고 조사자에게 물었다. 조사자가 술 이름 많이 나오는 것인지 모르겠다고 하자 다음 노래를 불렀다.]

찹쌀백미 삼백석에 액미같이도 가린사위
진주못둑 은잔디에 이슬맺히서 어예왔어
초가삼칸 내집안에 만대유전 내사위야
밀양삼단 유리잔에

[다시 고쳐서]

놋쟁반에 구실을담아 사랑할사 내사위야
밀양삼단 유리잔에 시월같이도 부은술이
이술일랑 자네가들고 내딸사랑을 끝까지하게

청춘가 (1)

자료코드 : 04_19_FOS_20100715_PKS_LSI_0004
조사장소 : 경상남도 합천군 율곡면 임북리 하림1구 135번지 임북마을회관
조사일시 : 2010.7.15
조 사 자 : 박경신, 김구한, 김옥숙, 마소연, 정아용
제 보 자 : 이성인, 여, 73세
구연상황 : 집에서 볼일을 끝낸 제보자가 한 쪽 귀 뒷머리에 능소화를 꽂고 나타나 좌중을 한바탕 웃음바다로 만들었다. 제보자는 심계화 제보자가 불렀던 노래를 확인하며 같은 곡을 중복하지 않으려 하였다.

술과 담배는 내심중을 알건만

한품에 든임은 에헤~ 나심중을 모른다

깊은산중 고드름은 봄바람에 풀어내고
요내가슴 맺힌것은 어는누가 풀어주리

산너메 달뜬것은 임없는

[다시 고쳐서]

구름없는 탓이요
내마음 살뜬것은 임없는 탓이다

[조사자들이 대접한 음료수 값으로 박수라도 치라고 하며 구연을 이어 나갔다.]

첫날밤 싫은것은 내못난 탓인데
사다가 싫은것은 좋다~ 시어머니 원술이라

권주가 (2)

자료코드 : 04_19_FOS_20100715_PKS_LSI_0005
조사장소 : 경상남도 합천군 율곡면 임북리 하림1구 135번지 임북마을회관
조사일시 : 2010.7.15
조 사 자 : 박경신, 김구한, 김옥숙, 마소연, 정아용
제 보 자 : 이성인, 여, 73세
구연상황 : 앞 노래에 이어 구연하였다.

잡으시오 잡으시오 이술한잔을 잡으시오
이술을 잡수시면 늙도젊지도 아니하요
첫잔술은 은사주요 둘채잔은 동배주라

삼석잔을 날주라
이술을 잡수시고 만수무강 하옵소서

노랫가락 (1)

자료코드 : 04_19_FOS_20100715_PKS_LSI_0006
조사장소 : 경상남도 합천군 율곡면 임북리 하림1구 135번지 임북마을회관
조사일시 : 2010.7.15
조 사 자 : 박경신, 김구한, 김옥숙, 마소연, 정아용
제 보 자 : 이성인, 여, 73세
구연상황 : 제보자가 좀 전에 언급한 이 노래를 청하자 곧바로 구연했다.

배고파 지어난밥은 돌도많고서 미도많다
돌많고미 많은것은 임이없느난 탓이로다

[마을회관에 오면서는 몇 가지 노래가 생각이 났는데, 여기 오니 이제 생각이 안 난다며 가사를 일러주기를 청했다. 청중 한 사람이 노래를 시작하자 구연을 이어나갔다. 처음에는 몇 사람이 함께 불렀으나, 심계화 제보자가 함께 부르면 안 된다고 이의를 제기하여 이성인 제보자 혼자 노래를 마무리했다.]

수천당 시모진남게 꽃사실로 줄을매어
임이타면 내가밀고 내가타면은 임이민다
임아좋다 줄밀지마라 줄떨어지면은 정떨어진다

청춘가 (2)

자료코드 : 04_19_FOS_20100715_PKS_LSI_0007

조사장소 : 경상남도 합천군 율곡면 임북리 하림1구 135번지 임북마을회관
조사일시 : 2010.7.15
조 사 자 : 박경신, 김구한, 김옥숙, 마소연, 정아용
제 보 자 : 이성인, 여, 73세
구연상황 : 심계화 제보자가 흥이 났던지 제보자에게 이렇게 하라며 하던 일을 멈추고 일어나 카메라 앞쪽으로 나와 어깨춤을 추었다. 그 사이 조사자가 노래의 첫 머리를 알려 주자 구연을 시작하였다. 심계화 제보자의 춤으로 한층 흥겨워진 분위기에서 구연이 이어졌다.

새끼야 백발은 쓸곳이 있어도
사람아 백발은 에헤~ 쓸곳이 없더라

양산도

자료코드 : 04_19_FOS_20100715_PKS_LSI_0008
조사장소 : 경상남도 합천군 율곡면 임북리 하림1구 135번지 임북마을회관
조사일시 : 2010.7.15
조 사 자 : 박경신, 김구한, 김옥숙, 마소연, 정아용
제 보 자 : 이성인, 여, 73세
구연상황 : 흥겨운 분위기를 이어가고 싶었던지 청춘가를 하겠다고 하였다. 그러나 실제로 구연한 곡은 양산도였다. 청춘가나 양산도 등 노래 종류에 대한 명확한 인식은 없는 듯 보였지만 신명나게 여러 곡을 이어서 구연하였다.

에헤에두야~
니가죽고 내가살면 열녀가 되나
한강수 깊은물에 푹빠져 죽자
아르마당동동 아르마동동 아니나 못노리라
느능기를 하여도 나는 못 노리라

에헤에이야~

산천초목에 불질러놓고 진주야남강에 물길러간다

(청중 : 잘한다~)

에헤에에야~

니가죽고 내가살면 열녀가 되나

한강수 깊은물에 폭빠져 죽자

에헤에이야~

연산읍내 물레방아 물을안고 돌고

○집에 ○○○○에는 나를안고 돈다

에헤에이야~

뚜댕댕댕소릴랑 사장기소리 자다가들어도 임생각난다

청춘가 (3)

자료코드 : 04_19_FOS_20100715_PKS_LSI_0009
조사장소 : 경상남도 합천군 율곡면 임북리 하림1구 135번지 임북마을회관
조사일시 : 2010.7.15
조 사 자 : 박경신, 김구한, 김옥숙, 마소연, 정아용
제 보 자 : 이성인, 여, 73세
구연상황 : 청중이 유행가를 한 곡 해보라고 하자 제보자는 그것은 안 된다고 설명하였다. 제보자가 조사취지를 잘 이해한 듯 보였다. 조사자가 노래의 첫머리를 일러주자 곧바로 구연을 시작하였다.

낙동강 칠백리 줄배를 모아서

임이나 타실란가 좋다~ 배머리 돌려라

노랫가락 (2)

자료코드 : 04_19_FOS_20100715_PKS_LSI_0010
조사장소 : 경상남도 합천군 율곡면 임북리 하림1구 135번지 임북마을회관
조사일시 : 2010.7.15
조 사 자 : 박경신, 김구한, 김옥숙, 마소연, 정아용
제 보 자 : 이성인, 여, 73세
구연상황 : 조사자의 유도로 구연하였다.

뒷동산 고목나무 날과같이도 속이썩어
속이썩어 남이아나 겉이썩어야 넘이알지

창부타령 (2)

자료코드 : 04_19_FOS_20100715_PKS_LSI_0011
조사장소 : 경상남도 합천군 율곡면 임북리 하림1구 135번지 임북마을회관
조사일시 : 2010.7.15
조 사 자 : 박경신, 김구한, 김옥숙, 마소연, 정아용
제 보 자 : 이성인, 여, 73세
구연상황 : 앞 노래에 이어 구연하였다. 구연을 끝내고 제보자는 요즈음은 이런 노래가사 같은 것은 없고, 너무 표현을 잘 해서 고속도로를 달리고, 첫날밤도 없다고 설명해서 한바탕 웃었다.

뒷동산도 봄철일랠가 잎이피어서 산을덮고
우르님도 야밤일랜가 한쪽팔을 나를덮네

청춘가 (4)

자료코드 : 04_19_FOS_20100715_PKS_LSI_0012
조사장소 : 경상남도 합천군 율곡면 임북리 하림1구 135번지 임북마을회관

조사일시 : 2010.7.15
조 사 자 : 박경신, 김구한, 김옥숙, 마소연, 정아용
제 보 자 : 이성인, 여, 73세
구연상황 : 조사자가 첫머리를 일러주어 구연을 시작하였다.

옥당목 접주거리 양자지(양자주) 끝동에
손목만 낭창낭창 좋다~ 날오라 하는구나

창부타령 (3)

자료코드 : 04_19_FOS_20100715_PKS_LSI_0013
조사장소 : 경상남도 합천군 율곡면 임북리 하림1구 135번지 임북마을회관
조 사 자 : 박경신, 김구한, 김옥숙, 마소연, 정아용
조사일시 : 2010.7.15
제 보 자 : 이성인, 여, 73세
구연상황 : 제보자에게 노래의 앞부분을 일러주면 노래가 바로 나온다고 칭찬하자, 풀어 놓으면 세 가마니가 넘는데, 오늘은 미리 준비를 안 해서 생각이 잘 안 난다고 했다. 평소에는 생각이 잘 나는데, 오늘은 집안일도 많고 몸도 안 좋아 노래가 더 안 된다고 했다. 조사자가 다시 노래의 첫머리를 언급하자 조사자가 다 알고 있다며 웃으며 구연을 시작했다.

나물묵고 물마시고 팔을비고서 누웠으니
대장부 살림살이 요만하면은 넉넉하네
얼씨구나좋다 정말로좋아 요렇기좋다가 논팔겠네

[조사자에게 첫머리를 꺼내라고 요청하여 요구대로 하자 계속 이어 불렀다.]

석탄백탄 타는데 연기도짐도 안나고
요내가슴 타는데 수심과한숨만 남는구나
어여라 난다 어기여차 뱃노래 가잔다

청춘가 (5)

자료코드 : 04_19_FOS_20100715_PKS_LSI_0014
조사장소 : 경상남도 합천군 율곡면 임북리 하림1구 135번지 임북마을회관
조사일시 : 2010.7.15
조 사 자 : 박경신, 김구한, 김옥숙, 마소연, 정아용
제 보 자 : 이성인, 여, 73세
구연상황 : 조사자의 유도로 구연하였다.

술집에 가면은 술생각 나구요
잠들기 전에는 좋다~ 임생각 나는구나

[조사자가 노래 첫머리를 언급하자 앞에서 이미 구연한 노래를 다시 불렀다.]

뒷동산 고목나무는 날과같이도 속이섞어
속이썩으면 넘이아나 겉이섞어야 넘이알지

[조사자와 옛날 노래의 가치와 중요성에 대해 이야기를 나누다가 노래가 생각이 났는지 구연을 시작하였다.]

시집을 못살고 가슴만 영갔지
영골영 술한목음 에헤~ 나못사리로다

시어마니 잔소리 슬비산 가고요
맏동시 잔소리 에헤~ 울화빙(울화병) 타는구나

노랫가락 (3)

자료코드 : 04_19_FOS_20100715_PKS_LSI_0015

조사장소 : 경상남도 합천군 율곡면 임북리 하림1구 135번지 임북마을회관
조사일시 : 2010.7.15
조 사 자 : 박경신, 김구한, 김옥숙, 마소연, 정아용
제 보 자 : 이성인, 여, 73세
구연상황 : 과거와 달리 젊은 사람들의 예의 없는 행동이나 시집과의 관계에서 이기적인 모습을 보이는 사례를 이야기하다가 조사자의 유도로 다시 구연이 시작되었다. 원래는 긴 노래인데 기억이 다 안 난다고 하였다.

광넓은 손수건에다 사랑애자를 수를놓아
손수건도 전하기전에 사랑한그님은 가고없네

청춘가 (6)

자료코드 : 04_19_FOS_20100715_PKS_LSI_0016
조사장소 : 경상남도 합천군 율곡면 임북리 하림1구 135번지 임북마을회관
조사일시 : 2010.7.15
조 사 자 : 박경신, 김구한, 김옥숙, 마소연, 정아용
제 보 자 : 이성인, 여, 73세
구연상황 : 조사자가 첫머리를 꺼내자 그런 것은 조사할 만한 노래가 아닌 줄 알았다고 웃으며 구연을 시작하였다.

질가집 담장은 높아야 좋구요
우리집 정든님은 좋다~ 고와야 좋구나

창부타령 (4)

자료코드 : 04_19_FOS_20100715_PKS_LSI_0017
조사장소 : 경상남도 합천군 율곡면 임북리 하림1구 135번지 임북마을회관
조사일시 : 2010.7.15
조 사 자 : 박경신, 김구한, 김옥숙, 마소연, 정아용

제 보 자 : 이성인, 여, 73세

구연상황 : 조사자가 달거리노래 좀 해달라고 청하자 방금 기억난 노래를 잊어버릴까봐 걱정이 되어서인지 간단한 것 하나만 먼저 하겠다며 구연을 시작하였다. 구연한 뒤에 조사자가 마지막 부분을 잘 듣지 못해서 가사를 확인하자 처음부터 다시 불러 주었다.

서거렁서거렁 쌀씻는소리 오죽대장단에 춤나온다

기러기잡아 술안주하고 동배주걸러라 췟도록(취하도록)먹자

화투뒤풀이 (1)

자료코드 : 04_19_FOS_20100715_PKS_LSI_0018

조사장소 : 경상남도 합천군 율곡면 임북리 하림1구 135번지 임북마을회관

조사일시 : 2010.7.15

조 사 자 : 박경신, 김구한, 김옥숙, 마소연, 정아용

제 보 자 : 이성인, 여, 73세

구연상황 : 달거리 노래는 빠른 것과 느린 것 두 가지가 있다고 하였다. 조사자가 둘 다 해달라고 청하자 박수를 치며 구연을 시작하였다. 동요풍의 흥겨운 노래 구연을 끝낸 제보자는 마지막 구절을 인용하여 인생을 이야기했다. 섣달 비, 일년 열두 달 내린 비가 흘러가는 물길같이 잠깐 간다고 한다. 스무 살까지는 인생이 어찌 되는지 몰랐는데, 칠십이 되니 팔십을 향해 인생이 막 달린다고 했다.

정월이로다

정월소화 달빛아래 학이한쌍이

달빛따라 날아와서 춤을추노라

이월이로다

이월매조 어찌하여 설한강풍에

가랑잎이 떨어져서 앞을가루네(가리네)

삼월이로다

삼월사쿠라 눈속에도 꽃이피었네

[여기서 제보자는 이 가사가 맞지 않는 것 같으나, 올해는 매화꽃에 눈이 왔다고 설명하고, 삼월을 다시 시작했다.]

삼월이로다
삼월사쿠라 눈속에도 꽃피었네
우리친구 어깨맞차 꽃구경가자
사월이로다
사월아침 초아침에
오만잡초 만발하여 마음이 상쾌해
오월이로다
오월난초 꽃이피었네
우리친구 홀목잡고 꽃구경가자
유월이로다
유월목단 꽃중에도 화중화리라
날라가는(날아가는) 나부따라 놀러갑시다
칠월이로다
칠월홍상 나무홍상 붉은꽃피고
이산저산 끊어져도 나는갈라요
팔월이로다
팔월공산 적막강산 야산중에도
슬피우는 두견새야 너우지마라
구월이로다
구월국화 꽃중에도 화중화리라
날라가는 나부(나비)따러 놀러갑시다

시월이로다
시월단풍 어찌하여 설한강풍에
가랑잎이 떨어져서 화수가우네
동짓달이다
동짓달 오동잎이 금빛을신고
서쪽에서 동쪽으로 지나갑니다
섣달이로다
섣달비 열두비는 마지막달에
흘러가는 물길같이 지나갑니다.

화투뒤풀이 (2)

자료코드 : 04_19_FOS_20100715_PKS_LSI_0019
조사장소 : 경상남도 합천군 율곡면 임북리 하림1구 135번지 임북마을회관
조사일시 : 2010.7.15
조 사 자 : 박경신, 김구한, 김옥숙, 마소연, 정아용
제 보 자 : 이성인, 여, 73세
구연상황 : 제보자의 기억력이 좋다고 칭찬하자, 여행 갔을 때 어떤 노래를 불러 칭찬 많이 들었다며 일본 노래를 불러 줄까하고 물었다. 조사자가 좀 전에 부르기로 한 달 거리 다른 곡조를 청하자, 뒤에 앉는 청중을 향해 막히는 구절은 따라하라고 말한 뒤 구연을 시작했다.

정월소까지지 속속한마음
이월매조에 맺아놓고(맺어놓고)
삼월사쿠라 산란한마음
이월

[청중과 조사자가 잘못 되었음을 알리자 고쳐서 다시 구연함.]

사월흑사래 흩어지고

오월난초 나비가되어

유월목단에 춤잘춘다

칠월홍돼지 홀로나누워

팔월공산에 달떠온다

구월국화야 꽃자랑마라

시월단풍에 다떨어진다

[청중이 뒤에 남은 구절은 언급하자 계속 이어서 구연함.]

오동장롱

[다시 고쳐 구연함.]

오동장롱 값많다해도

비삼십을 당할쏘냐

각설이타령

자료코드 : 04_19_FOS_20100715_PKS_LSI_0020
조사장소 : 경상남도 합천군 율곡면 임북리 하림1구 135번지 임북마을회관
조사일시 : 2010.7.15
조 사 자 : 박경신, 김구한, 김옥숙, 마소연, 정아용
제 보 자 : 이성인, 여, 73세
구연상황 : 조사자와 청중이 과부자탄가나 베틀노래, 모심기노래 등의 구연을 유도했으나, 기억나지 않는다거나 배우지 않았다고 했다. 조사자가 각설이타령를 부탁하자 될지 모르겠다며 조금 자신 없어 하였지만 구연을 시작하였다. 구연 후이 각설이타령이 참 재미있다고 하자 한 사람이 요즘 각설이는 이렇게 하지 않고, 옷치장만 요란하다고 했다. 제보자에게 칠자 부분의 가사에 대해서 언급하자, 의미를 알고 들어야 한다며 이 부분을 다시 언급하고 설명했다. 그런

데 구연 할 때 부르지 않았던, 즉 본문에 없는 “대밭에는 마디 치리(치레)와 헌 두디기(포대기) 이(이 : 虱) 치리”도 덧붙여 언급하였다.

일자로한장 들고나봐
일선에가신 우리낭군
돌아오기만 기다린다
이자로한장 들고나봐
이북에있는 김일성아
하로바삐(하루바삐) 손들어라
삼자로한장 들고나봐
삼오신랑 새신랑
신랑우에도 어른있다
사자로한장 들고나봐
사천만은 괴뢰군이
삼팔선으로 들어간다
오자로한장 들고봐
오쭐오쭐 걷는처녀
총각바람에 쓰러진다
육자로한장 들고봐
육이오사빈에 집태우고
거러지생활이 왠말인가
칠자로한장 들고봐
칠칠이는 양치리
소대가리는 뿔치리(뿔치레)
개대가리는 딩기칠기
솔밭에는 기이칠기

[솔밭에는 솔을 꺾고 나면 기만 남는다고 설명한 뒤 이어서 구연함.]

솔밭에는 깅이칠기

[제보자가 생각이 나지 않아 머뭇거리자 청중이 다음 구절은 가르쳐 주었다.]

팔자로한장 들고봐
우리형제 팔형제
한서당에 글을읽어
과게하기만 기다린다
구자로한장 들고봐
구십에나는 노인장
구들막에는 똥싸고
윗목에는 ○○하고
손자함께 ○○○○
미늘이한테는 비럭맞네
얼씨고 들어간다
또한대목 들어간다
콩잎파리를 먹었는가
나폴나폴 잘도간다
얼씨고 들어간다
새끼사리를 먹었던가
서렁서렁 잘도한다
똥물콩이나 먹었는가
기꺽기꺽 잘도한다
기름똥이나 먹었는가

미끌미끌 잘도한다
걸린고리는 문고리
입는고리는 저고리
나는고리는 끼꼬리(꾀꼬리)

청춘가

자료코드 : 04_19_FOS_20100120_PKS_JSS_0014
조사장소 : 경상남도 합천군 율곡면 임북2구 마을회관
조사일시 : 2010.1.20
조 사 자 : 박경신, 김구한, 김옥숙, 마소연, 정아용
제 보 자 : 전삼순, 여, 75세
구연상황 : 청중으로 있던 제보자가 한번 해보겠다며 이 노래를 불렀다. 박수를 치며 부르다가 두 손을 너울거리기도 하였다. 시종 쑥스러워 하며 구연했다.

낙동강 칠백리 뚝떨어져 살아도

[웃음]

임 떨어져서는 에에~나 못사리로다

노랫가락 (1)

자료코드 : 04_19_FOS_20100120_PKS_JSS_0015
조사장소 : 경상남도 합천군 율곡면 임북2구 마을회관
조사일시 : 2010.1.20
조 사 자 : 박경신, 김구한, 김옥숙, 마소연, 정아용
제 보 자 : 전삼순, 여, 75세
구연상황 : 앞 노래에 이어 계속 구연했다.

저문에 개가짖기를 임오시는가 내다나보니
임은점점 간곳이없고 모진강풍만 날속이는구나

창부타령

자료코드 : 04_19_FOS_20100120_PKS_JSS_0017
조사장소 : 경상남도 합천군 율곡면 임북2구 마을회관
조사일시 : 2010.1.20
조 사 자 : 박경신, 김구한, 김옥숙, 마소연, 정아용
제보자 1 : 전삼순, 여, 75세
제보자 2 : 유차순, 여, 73세
제보자 3 : 안재분, 여, 73세
구연상황 : 앞 노래에 이어 계속 구연했다. 박수를 치며 서로 구연하기를 권하면서 즐겁게 불렀다.

제보자 1 백살겉은 흰나우는 부모님근상을 입었든가
소복단장을 곱기하고 장다리밭으로 곰돌아드네
얼씨구좋다 절시구좋네 이렇기좋기는 처음이라

제보자 2 청춘이오는가 뒤돌아봤는데 원순네백발이 날따라오는구나

제보자 3 어릴때게 글못밴뒤로 대구팔공산 달이뜨네
놀러가마 개가짖고 자로(자러)가마 닭이울고
원수로다 원수로다 개와닭이 원수로다

(청중 : 잘한다.)

뒷동산에 저갈가지(살쾡이) 개와닭을 안물고가노

[웃음]

노랫가락 (2)

자료코드 : 04_19_FOS_20100120_PKS_JSS_0025
조사장소 : 경상남도 합천군 율곡면 임북2구 마을회관
조사일시 : 2010.1.20
조 사 자 : 박경신, 김구한, 김옥숙, 마소연, 정아용
제보자 1 : 전삼순, 여, 75세
제보자 2 : 유차순, 여, 75세
구연상황 : 앞 노래에 이어 계속 구연했다. 전삼순 제보자가 노래를 마무리하지 못하자 유차순 제보자가 같은 노래를 다시 불러 마무리했다.

제보자 1 대천리 한바다에 뿌리없는난 낭기쑛아
그낭기 그니를매어 내가타면은 임이밀고

제보자 2 대천지 한바다에 뿌리없는나 낭기서서
그끝에

[잠시 멈추자 청중이 뒷부분을 가르쳐 주었다.]

열매가 열어가지

[여기서 또 멈추고 잠시 생각하다가 다시 구연하였다.]

가지수로 열두나가지 잎이피어서 삼백육십
그끝에 열매가열어 열매이름은 일월이라

모심기노래

자료코드 : 04_19_FOS_20100120_PKS_JSS_0012
조사장소 : 경상남도 합천군 율곡면 임북2구 마을회관
조사일시 : 2010.1.20

조 사 자 : 박경신, 김구한, 김옥숙, 마소연, 정아용
제보자 1 : 정순선, 여, 72세
제보자 2 : 김도역, 여, 74세
구연상황 : 앞 노래에 이어 청중의 요청으로 이 노래를 구연하였다. 곡조를 길게 빼지 않고 노래했다.

제보자 1 모야모야 노랑모야 언제커서 열매열래
이달커고 훗달커서 칠팔월에 열매열래

제보자 2 물꼬철렁 흘어놓고 주인한량 어데갔노
첩우방에 놀러갔네

[여기서 막혀서 당황해 하자 제보자 1이 받아서 뒤 소절을 불렀다.]

제보자 1 첩우방에 갈라거든 이내목을 비고가소

사위노래

자료코드 : 04_19_FOS_20100120_PKS_JYS_0009
조사장소 : 경상남도 합천군 율곡면 임북2구 마을회관
조사일시 : 2010.1.20
조 사 자 : 박경신, 김구한, 김옥숙, 마소연, 정아용
제보자 1 : 정유선, 여, 78세
제보자 2 : 노의식, 여, 88세
구연상황 : 이 노래를 노의식 제보자에게 권하였으나 부르지 않자, 제보자가 불렀다. 웃음 띤 얼굴로 조용히 구연하였다. 이어 노의식 제보자도 이 노래를 구연하였다. 구연 도중 청중이 노의식 제보자에게 방금 불렀다고 해도 이 노래를 부르고 싶었는지 차분하게 끝까지 구연했다.

제보자 1 찹쌀백미 삼백석에 액미겉이 가련사우
초가삼간 내집밑에 백년언약을 맺은사우

놋장반에 구실을담아 사랑하다 내 사우야

(청중 : 잘한다.)

진주못둑 수양버들 이슬이맺혀서 어예왔나
칠년대한 가물음에 이슬받안 당하주라
밀양에라 유리잔에 지와같던 지어놓고
이술한잔을 자시고는 저걸랑 내딸주게

제보자 2 찹쌀백미 삼백석에 액미같이도 가린사우
진주못둑 수양버들 가지가지도 늘어진데
이실이많애서 어찌왔노 초가삼간 내집밑에
백년언약을 맺아놓고

[이 부분에서 생각이 막히는지 “아이구 뭐라 커더노?”라며 웃었다.]

잡으시오 잡으시오 이술한잔 잡으시오
이술이 술아니라 진주덕산 백말주라
은잔놋잔 다바리고 금잔에다 가득부여
이술한잔은 내사우가묵고 내딸사랑은 자네가하주

화투뒤풀이

자료코드 : 04_19_FOS_20100120_PKS_JYS_0018
조사장소 : 경상남도 합천군 율곡면 임북2구 마을회관
조사일시 : 2010.1.20
조 사 자 : 박경신, 김구한, 김옥숙, 마소연, 정아용
제 보 자 : 정유선, 여, 78세
구연상황 : 조사자의 권유로 부르게 되었다. 몸을 조금씩 흔들며 웃음 띤 얼굴로 구연했다.

정월솔가지 솔솔한마음
이월매조에 맺아놓고
삼월사꾸라 산란한마음
사월흑사리 허송하다
오뉠난초 나비가되어
유월목단에 춤을춘다
칠월홍돼지 홀로난마음
팔월공산에 달떠온다
구월국화 굳은잎
시월단풍에 떨어지고
오동장농 값만해도
비삼십은 당할쏜가

노랫가락 (1)

자료코드 : 04_19_FOS_20100715_PKS_JJB_0004
조사장소 : 경상남도 합천군 율곡면 영전1구 벽전마을 경로당
조사일시 : 2010.7.15
조 사 자 : 박경신, 김구한, 김옥숙, 마소연, 정아용
제 보 자 : 정전분, 여, 82세
구연상황 : 유일순 제보자가 손님을 맞이하면서 조사가 잠시 중단되었다. 다시 조사 준비를 하는 와중에 제보자가 구연을 시작하였다. 박수로 장단을 맞추며 신나게 구연하였다. 구연이 끝나고 청중이 다른 곡을 하라고 권하였으나 제보자는 아쉬운지 이 곡을 한 번 더 불렀다. 젊었을 때 곡이 잘 넘어갈 때는 노래가 참 좋았다고 덧붙였다.

대구팔공산 달이나밝아 달성고원에(달성공원에) 두견이우네
낙동강임실은 저배가 달밝은곳으로 찾어가네

달이뜨자 새벽종소리 임이오시자 날이새네

청춘가 (1)

자료코드 : 04_19_FOS_20100715_PKS_JJB_0007
조사장소 : 경상남도 합천군 율곡면 영전1구 벽전마을 경로당
조사일시 : 2010.7.15
조 사 자 : 박경신, 김구한, 김옥숙, 마소연, 정아용
제보자 1 : 정전분, 여, 82세
제보자 2 : 박순악, 여, 79세
제보자 3 : 유일순, 여, 73세
제보자 4 : 박옥련, 여, 74세
구연상황 : 제보자들이 노래 가사를 선뜻 기억해내지 못해서 조사자가 옆에서 노래 첫 머리를 알려주며 구연을 계속해서 유도하였다. 정전분 제보자가 노래를 끝내자 다른 제보자들이 노래를 이어가며 한참을 구연하였다. 모두들 박수를 치며 흥겨워했다.

제보자 1 신작로 널러서 질가기 좋고요
전깃불 밝아서 좋다~ 임보기 좋구나

제보자 2 저구름 속에도 비 들었는가
우런님 그속에도 좋다~ 정 들었는가

[웃음]

제보자 3 시월아(세월아) 봄철아 오고가지를 말어라
아까운 내청춘 네라~ 다늙어 지는구나

제보자 2 임아 정답다 딱들시 누워라
할말이 없으면 좋다~ 진정말 합시다

[할 말이 없으면 진실을 말하라는 뜻이라며 정전분 제보자가 노래의 내용을 설명하였다. 조사자가 가사를 참 잘 지어 놓았다고 말하자, 제보자 중 한 사람이 전부 임노래뿐이라고 덧붙였다.]

제보자 4 낙동강 칠다리 줄배를 모~아서
임이나 탈란가 에~ 뱃머리 둘러라(돌려라)

제보자 2 나를 울리네 나를 울리네
학도나 ○○이 좋다~ 나를 울린다

제보자 4 일본아 동경이 얼마나 좋아서
옥같은 나를두고 에헤~ 연락을 하느냐

제보자 2 바람은 불수록 풍파만 일고~
임은 볼수록 좋다~ 깊은정 드노나

제보자 1 나를 울리네 나를 울리네
말못할 낭군님이 에~ 나를 울리네

제보자 3 술집에 가거들랑 술많이 먹고
술집에 큰아기 탐내지 마세요

노랫가락 (2)

자료코드 : 04_19_FOS_20100715_PKS_JJB_0008
조사장소 : 경상남도 합천군 율곡면 영전1구 벽전마을 경로당
조사일시 : 2010.7.15
조 사 자 : 박경신, 김구한, 김옥숙, 마소연, 정아용
제보자 1 : 정전분, 여, 82세

제보자 2 : 박순악, 여, 79세
제보자 3 : 유일순, 여, 73세
구연상황 : 앞 노래에 이어 구연을 시작하였다. 제보자들은 노래를 같이 부르기도 하고, 앞 노래에 이어 부르기도 하며 구연을 이어나갔다.

제보자 1 노세 젊어서놀아 늙고빙(병)들마 못노나니
화무는 십일홍이오 달도또차면 기우나니
인생은 일장춘몽이요 아니놀면 뭣하겠노

제보자 2 뒷동산 고목나무 날과같이도 속이썩네
속이썩어 넘이아나(아는가) 겉이썩어야 넘이아지(알지)

제보자 3 석탕백탕 타는데는 연기라도 나지마는
요내가슴 다타는데 연기야짐도(김도) 아니나네
얼씨구나 절씨구나 아니야노지는 못하겠노

제보자 2 바람불어 쓰러진남기(나무가) 눈비온다꼬 일어나나
임이없어 누은 남기 약을씬다고 일어나나

[웃음]

얼씨구나 절씨구나 아니노지는 못하리라

제보자 3 남기라도 고목이되만 오던새도 아니오고
물이라도 누수가되만 놀던고기도 아니놀고
꽃이라도 낙화가되만 오던나비도 아니온다
우리청춘 늙어지만 노던친구도 아니논다
얼씨구나 절씨구나

노랫가락 (3)

자료코드 : 04_19_FOS_20100715_PKS_JJB_0012
조사장소 : 경상남도 합천군 율곡면 영전1구 벽전마을 경로당
조사일시 : 2010.7.15
조 사 자 : 박경신, 김구한, 김옥숙, 마소연, 정아용
제보자 1 : 정전분, 여, 82세
제보자 2 : 박옥련, 여, 74세
제보자 3 : 유일순, 여, 73세
구연상황 : 조사자의 유도에 의해 구연이 시작되었다. 제보자 모두 몸을 조금씩 흔들며 노래를 불렀다.

제보자 1 광넓은 손수건에다 사랑애자를 수를놓야
임오시면 주실라고 가슴깊이도 품었더니
임은간 곳이없고 이별화자가 만발했네

제보자 2 저건네 초당앞에 백련화초를 심었더니
백련화초 간곳이없고 이별화초가 만발했네

제보자 3 뒷동산 돌아진샘이 보쌀(보리쌀)씻는아 저큰아가
보쌀이사(보리쌀이야) 곱거나만은 곱은홀목이 다닳는다

청춘가 (2)

자료코드 : 04_19_FOS_20100715_PKS_JJB_0013
조사장소 : 경상남도 합천군 율곡면 영전1구 벽전마을 경로당
조사일시 : 2010.7.15
조 사 자 : 박경신, 김구한, 김옥숙, 마소연, 정아용
제보자 1 : 정전분, 여, 82세
제보자 2 : 유일순, 여, 73세
제보자 3 : 박순악, 여, 79세

구연상황 : 조사자의 유도에 의해 구연되었다. 왼쪽 다리를 세우고 그 위에 팔을 얹은 채로 몸을 흔들며 노래를 하다 중간에 박수를 치기도 하였다. 조사자가 노래를 유도하기 위해 계속 가사의 첫머리를 꺼내자 노래를 많이 알고 있다며 웃었다. 조사자가 일러주는 가사를 듣다가 생각이 나면 노래를 부르기 시작했지만 끝맺지 못하는 경우도 있었다. 노래를 부른 후 조사자의 질문에 가사 내용을 일러주기도 하였다.

제보자 1 새끼야 백발은 씰(쓸)곶이(곳이) 있는데
인간의 백발은 에헤~ 씰곶이 없구나

제보자 2 꽃이 곱아도(고와도) 봄한철 뿐이고
이청춘이 곱아도 풀잎에 이슬같이

[얄궂은 가사를 갖다 붙였다며 구연이 잠시 중단되었다.]

제보자 2 당신아나 만연에

[근 20년을 노래를 안 불러서 다 잊어버렸다고 하고는 노래를 더 잇지 못했다.]

제보자 2 질가집(길가집) 담장은 높아야 좋고
술집에 아주머니라 곱아야 좋더라

술이라고 묵거들랑 치정을 말고
임이라고 만나거든 좋다~ 책칩일 맙시다

술집에 가거들랑 술많이 먹고
술집에 큰아기 에라~ 탐내지 마세요

살림에 보탤라고 산나물 뜯나
총각낭군 만날라고 에루아~ 산나물 뜯지요

[옛날에 노래는 모두 이런 것들이라고 한 뒤 계속 구연했다.]

칠팔월 수싯잎은 철을알고 흔드는데
우리집에 시오마시(시어머니) 철모르고 흔든다

제보자 1 당신하나 만년에 내속에 골빙든(골병든)거
약방에 감초는 나심중 알란가

[청중 중 한 명이 여기에 노래 부르는 줄 어떻게 알고 찾아왔느냐고 하여 잠시 조사자와 이야기를 주고받았다.]

시어마니 잔소리 슬비산 같고요
양골로 마구초는 사랑맛 같구나

[노래를 함께 부르던 유일순 제보자는 "만동시 잔소리는 침물질난다"라고 하지 않느냐고 했다.]

당신하나 만년에 내속에 골빙든거
약방에 감촌들(감초인들) 날나사(낫게 해) 줄것까

제보자 3 청천 하늘에 잔별도 많고요
요내야 내가슴에 좋다~ 수심도 많구나

제보자 1 시고 털버도(떫어도) 막걸리가 좋고
얽고 검어도 에헤~ 본낭군 좋더라

노랫가락 (4)

자료코드 : 04_19_FOS_20100715_PKS_JJB_0014
조사장소 : 경상남도 합천군 율곡면 영전1구 벽전마을 경로당
조사일시 : 2010.7.15
조 사 자 : 박경신, 김구한, 김옥숙, 마소연, 정아용
제보자 1 : 정전분, 여, 82세
제보자 2 : 유일순, 여, 73세
구연상황 : 조사자의 유도에 의해 구연되었다. 왼쪽 다리를 세우고 양팔로 다리를 감싼 채로 몸을 앞뒤로 흔들며 노래를 구연하였다. 유일순 제보자가 함께 구연하였다.

수천당 세모진남게 높고낮은데 군대를매어
임이타면 내가나밀고 내가타면은 저임이민다
저임아 줄밀지말어라 줄떨어지면은 정떨어진다

노랫가락 (5)

자료코드 : 04_19_FOS_20100715_PKS_JJB_0021
조사장소 : 경상남도 합천군 율곡면 영전1구 벽전마을 경로당
조사일시 : 2010.7.15
조 사 자 : 박경신, 김구한, 김옥숙, 마소연, 정아용
제 보 자 : 정전분, 여, 82세
구연상황 : 조사자가 첫머리를 꺼내자 구연에 임했다. "이별화초가 만발했네."라고 한 부분에 대해서 유일순 제보자가 "모진광풍이 날속인다."라고 해야 된다고 했다. 그러나 제보자는 이 말을 듣지 못했는지 다시 고쳐 부르지 않았다.

시문에개가 짖길래 임이오신가 내다보니
임은간 곳이없고 이별화초가 만발했네

청춘가 (3)

자료코드 : 04_19_FOS_20100715_PKS_JJB_0023
조사장소 : 경상남도 합천군 율곡면 영전1구 벽전마을 경로당
조사일시 : 2010.7.15
조 사 자 : 박경신, 김구한, 김옥숙, 마소연, 정아용
제 보 자 : 정전분, 여, 82세
구연상황 : 앞 노래에 이어 구연하였다. 왼쪽 다리를 세우고 앉아서 몸을 좌우로 흔들며 구연 도중에 옛날에는 노래가 "술술 넘어갔는데" 이제 잘 안 된다고 하였다. 구연이 끝난 후, 기차가 소리를 내서 더 산란하다며 부연 설명을 하였다.

무심한 기차야 소리말고 가거라

[옛날에는 술술 넘어갔는데 이제 넘어가지 않는다고 한 뒤 계속함.]

산란한 내마음 좋다~ 더산란 하구나

청춘가 (4)

자료코드 : 04_19_FOS_20100715_PKS_JJB_0025
조사장소 : 경상남도 합천군 율곡면 영전1구 벽전마을 경로당
조사일시 : 2010.7.15
조 사 자 : 박경신, 김구한, 김옥숙, 마소연, 정아용
제 보 자 : 정전분, 여, 82세
구연상황 : 다른 제보자들이 "다리는 무너지지 마라" 그런 노래가 있지 않느냐고 했다. 이에 유일순 제보자가 가사를 들먹이자 제보자가 곧바로 이 노래를 불렀다.

영도반천 무너진데 경칫돌로 싸고(쌓고)
요내앞니 무너진데 금니방천 하여라

노랫가락 (6)

자료코드 : 04_19_FOS_20100715_PKS_JJB_0027
조사장소 : 경상남도 합천군 율곡면 영전1구 벽전마을 경로당
조사일시 : 2010.7.15
조 사 자 : 박경신, 김구한, 김옥숙, 마소연, 정아용
제보자 1 : 정전분, 여, 82세
제보자 2 : 박순악, 여, 79세
구연상황 : 조사자의 유도로 다시 노래를 구연했다.

제보자 1 산은 옛산이라도 물은옛물이 아니로다
주야로 흐르는물이

["곡도 안 넘어간다."고 말한뒤 이어 구연함.]

옛물이라고 할수있나

가고못오실 임이나 정이나만은 다가져가지
임만가고 정만남으니 우리둘이도 임의생각

제보자 2 임이별하던 날밤에 나는어예서 못따러갔노
한강수 깊으난물에 풍기풍기도 빠져죽지

창부타령

자료코드 : 04_19_FOS_20100120_PKS_HMS_0019
조사장소 : 경상남도 합천군 율곡면 임북2구 마을회관
조사일시 : 2010.1.20
조 사 자 : 박경신, 김구한, 김옥숙, 마소연, 정아용
제보자 1 : 홍말순, 여, 92세
제보자 2 : 전삼순, 여, 75세

구연상황 : 안재분 제보자가 자신의 시어머니 되는 홍말순 제보자에게 노래하기를 청했다. 나이 많아 못한다고 하던 제보자는 오른손으로 앞쪽을 수시로 가리키며 박수를 치며 노래를 구연하였다.

제보자 1 이구십팔 열일곱에 우비없이 살았는데
○○○○ 왠일이야 니없으마 내못살간(살겠나)

제보자 2 해다지고 저문날에 이관을하고서 어데가요
등넘

[노래가 안 나온다고 함.]

등너메라 첩우야집에 첩우방에 놀러가요
첩우방은 꽃밭이요 요내방은 연못이라
꽃과나우는 봄한철이요 연못에고기는 사철이라

강원도라 구월산밑에

자료코드 : 04_19_FOS_20100120_PKS_HMS_0020
조사장소 : 경상남도 합천군 율곡면 임북2구 마을회관
조사일시 : 2010.1.20
조 사 자 : 박경신, 김구한, 김옥숙, 마소연, 정아용
제 보 자 : 홍말순, 여, 92세
구연상황 : 전삼순 제보자가 앞 노래의 가사에 대해 설명하고 있는 중에 제보자가 이 노래를 구연했다. 주변이 소란한 관계로 다시 한 번 더 불러줄 것을 청하자 재차 부른 것이 이 노래이다.

강원도라 구월산밑에 주추캐는 저처녀야
당신집이 어데걸래 해다진데 주치캐노
이산넘고 저산넘고 삼사지동 넘어가면

가래떡을 지동하고 시리떡을 구들놓고
질핀으로 백맞추고 사모에라 핑경달고
핑경소리 요람하요

노랫가락

자료코드 : 04_19_FOS_20100120_PKS_HMS_0021
조사장소 : 경상남도 합천군 율곡면 임북2구 마을회관
조사일시 : 2010.1.20
조 사 자 : 박경신, 김구한, 김옥숙, 마소연, 정아용
제보자 1 : 홍말순, 여, 92세
제보자 2 : 안재분, 여, 73세
제보자 3 : 유차순, 여, 75세
구연상황 : 앞 노래에 이어 계속 구연했다.

제보자 1 해다지고 저문날에 밝은달이 오데있노
임없는

[다시 고쳐]

구름없는 탓이로다
임없이 지은밥이 돌도많고 미도많고
임이없는 탓이로다

제보자 2 배고파 지으난밥이 미도많고서 돌도많다
미많고 돌많은밥은 임이없느나 탓이로다

제보자 3 백장에 걸어난시계 얼커덕철커덕 니가지말라
니가가면 세월이가고 세월이가면 내청춘간다

제보자 1 백장에 걸리난시계 타그닥타그닥 가면
니혼차 가지 아까운청춘 다○○소

노랫가락 차차차

자료코드 : 04_19_MFS_20100120_PKS_JSS_0003
조사장소 : 경상남도 합천군 율곡면 임북2구 마을회관
조사일시 : 2010.1.20
조 사 자 : 박경신, 김구한, 김옥숙, 마소연, 정아용
제 보 자 : 정순선, 여, 72세
구연상황 : 청중이 "노랫가락"을 부르라고 하자 제보자가 이 노래를 불렀다. 역시 박수를 치며, 차분하게 수줍은 듯 구연했다.

노세좋다 젊어서놀아 늙어지면은 못노나니

(생각이 안 나는지 "뭐꼬?"라고 하자, 청중이 뒷부분을 가르쳐 주어 계속 구연하였다.)

화무는 십일홍이요 달도차면은 기우나니
일생은 일장춘몽에 아니노지는 못하리라

▌엮은이 소개

박경신 서울대학교 국어국문학과를 졸업하고 동 대학원에서 문학박사 학위를 받았다. 현재 울산대학교 국어국문학과 교수로 재직 중이다. 울산대학교 부총장, 한국구비문학회 회장을 역임하였다. 주요 저서와 논문으로 『안성무가(공저)』(1990), 『역주 병자일기(공저)』(1991), 『동해안 별신굿 무가(1~5권)』(1993), 『대교 역주 태평환화골계전(1~2권)』(1998), 『한국의 별신굿 무가(1~12권)』(1999), 『한국의 오구굿 무가(1~10권)』(2009), 「무가의 작시원리에 대한 현장론적 연구」(1991) 등이 있다.

김구한 울산대학교 국어국문학과를 졸업하고 동 대학원에서 문학박사 학위를 받았다. 현재 울산대학교 연구교수로 재직 중이다. 주요 저서와 논문으로 『울산지방의 민요 연구(공저)』(2009), 『역동적 소통의 현장 이야기판(공저)』(2012), 「동해안 세습무 김영희의 무가사설 연구」(2008), 「손님굿 무가의 지속과 변화」(2014) 등이 있다.

김옥숙 울산대학교 국어국문학과를 졸업하고 동 대학원에서 문학박사 학위를 받았다. 현재 울산대학교 외래강사로 재직 중이다. 주요 논문으로 「여성지혜담 연구」(1997), 「한국 구비지혜담 연구」(2009) 등이 있다.

마소연 울산대학교 국어국문학과를 졸업하고 동 대학원에서 문학박사를 수료하였다. 현재 울산대학교 국어문화원에 재직 중이다. 주요 저서와 논문으로 『키워드로 보는 한국문화(공저)』(2015), 「동해안 오구굿의 <문굿> 연구」(2012)가 있다.

증편 한국구비문학대계 8-19
경상남도 합천군

초판 인쇄 2015년 12월 1일
초판 발행 2015년 12월 8일

엮 은 이 박경신 김구한 김옥숙 마소연
엮 은 곳 한국학중앙연구원 어문생활사연구소
출판기획 김인회

펴 낸 이 이대현
펴 낸 곳 도서출판 역락
편　　집 권분옥
디 자 인 이홍주

주　　소 서울시 서초구 동광로46길 6-6(반포4동 577-25) 문창빌딩 2층
등　　록 1999년 4월 19일 제303-2002-000014호
전　　화 02-3409-2058, 2060
팩　　스 02-3409-2059
이 메 일 youkrack@hanmail.net

값 70,000원

ISBN 979-11-5686-265-9 94810
978-89-5556-084-8(세트)